陈振濂学术著作集

宋词流派的美学研究

陈振濂　著

上海书画出版社

总　序

陈振濂

上海书画出版社社长王立翔兄提出构想，要对近三十年来书法的学术理论研究进行一轮大规模的整理与重建。作为行动之一，是使新时期初曾经叱咤风云、滋生了当代书法美学新学问新气象的《书法研究》复刊，为当代书学理论的飞速发展，及时地提供了一个崭新的、又传统悠久的新空间新领地。我在中国书协分管学术研究工作，对这一重大举措当然是十分赞成。一个出版社，在今天物欲横流又以经济效益做去取的“利润的时代”，却独自承担市场风险，甘愿为学术研究付出自己的努力，这样的决策和这样的前瞻性，对我们而言是十分企盼求之不得的。与王立翔兄相交近二十年，从古籍出版社时代到书画出版社时代，眼看着他辛勤耕耘，高屋建瓴，开疆拓土，风生水起，心中自然为他、也为书法学术研究遇到一个好时代而由衷地高兴！

从去年开始，王立翔兄就提议，当代三十年中若论书法理论成果与业绩，“陈振濂旋风”是一个不可忽视的重要的标志性的存在，故而应该加以整理与概括，让过去的书学家引出些温暖珍贵的回忆；让今后的年轻书学后辈能充分了解我们从哪里来，今后还可以往哪里去。因此动员我在繁忙的公务、教务和学术艺术活动中，抽出相当的时间来整理旧著，形成一个“陈振濂学术著作集”序列，由上海书画出版社陆续出版。这既可以配合市场之需，造福后人，也可以为书学史集聚一批有体系的成果留存于当世。

这样的构思当然极好。但因为我的社会公务工作十分芜杂，在大学的日常教学压力很大，自己又在艺术创作上也负担甚重；尤其是已经坚持了五年之久、准备通过十年时间完成的一部堪称当代书法史上最有价值的“代表作”:《当代书法史记》的创作大工程，坚持每日一记，耗费了大量时间。所以在王立翔兄有此建议之后，我也还是迟迟未能着手启动。拖沓年余，十分惭愧。到了2017年夏，再也拖不下去了，遂下定决心，踏踏实实从头做起：先收集已出版的旧书，又作编排，再逐册写出《新刊前言》每篇约3000字，以某一个课题、一部旧著为契机，通过新撰《新刊前言》，对这一具体领域作一次三十年发展轨迹的梳理。在成批集中进行《新刊前言》的撰稿过程中，我自己也经历了一次关于学术史的“洗礼”。三十年学术探索经历，对我而言，其中的迷茫、彷徨、犹豫、徘徊；不得其解的困惑，豁然开朗后的欣喜；现在想来，种种起伏抑扬，几乎伴随了我的前半生。

列入这个“学术集”的文字，都是三十年以来，在不同时期、不同阶段、不同环境、不同针对面，以及不同写作目标的条件下产生的研究成果。在这次编辑过程中，我向出版社提出的唯一要求，就是保持原书原样。许多著述，反映或者说是代表了当时的认识水平和理论视野；三十年间，也许观察视野更开阔了，研究水平更全面了，但没有当时的筚路蓝缕，没有当时的新硎初试，没有当时的发愿发力，没有当时的绮丽想象，没有当时的雄伟蓝图,今天的学术发展就不会有这样的丰厚成就。之所以强调原汁原味，就是要告诉后来者，改革开放后新时期第一代书学研究的开创者们是怎么走过来的？他们当时想的是什么？他们曾经达到过什么样的高度、宽度与深度？他们的研究方法有哪一些时代特征？在今后，这些著作将会成为当代书学史研究不可或缺的基本素材和原始文献。这是从学术史上做出的一个考虑。

而从这些著述本身看，它们因其当时的开拓性努力而成为三十年间学习书法时的入门必读书和第一代成果。学书者要获得作为基础能力的各种专业知识和观点，必须先阅读这些书籍和论文以获得基本定位、思考起点和发言权，以使自己从外行进而转为内行。从这个意义上说，每一代都有初学者需要获取基本的专业知识，每一代研究学者都希望了解和把握前贤已有的成果以为再出发的起点；这样，这些已经横贯了三十年的学术成果就永远拥有稳定的代代传递的读者。今天新刊这些著作，也就是服务于当下的社会大众、服务于书画篆刻界和文艺界。从出版社的角度来说，这样的努力进取，可以呈现出应尽的文化责任和倡导、恢复书法中国画篆刻等“诗书画印”传统文化的目标；而这样的持续推进，正是今天整个社会大力提倡树立中国文化自信、弘扬中华文明的需要。

更重要的是，在这套“学术集”中，除了专题性很强的各项研究著作以外，还有两套系列的书画篆刻三位一体的著述群。一是《品味经典》丛书，共十册。书法四册、中国画四册，篆刻两册，均统一体例，以学术札记方式对几千年来书画印的名品经典作了细致的展开与点题，还提出许多悬疑未解的学术问题以供后人深入研究。二是关涉书法、中国画、篆刻三大门类的现代新型的专业高等教学程序与教学方法。即共分三册的《中国画形式美学的展开——大学中国画艺术形式与技巧的专业训练系统》《书法形式美学的展开——大学书法艺术形式与技巧的专业训练系统》《篆刻形式美学的展开——大学篆刻艺术形式与技巧的专业训练系统》。是关于书画印三门传统艺术除了纵向体系之外，还在横向的方法论应用上进行的大胆改革与创新。在近百年新学兴起，尤其是改革开放三十年之初，我们以中国古典的经典内容为旨归，以现代思维与现代逻辑作为方法论，以“训练”程序展开来代替“经验”授受，创造和总结出了一套有着科学检验标准的有形的教学方法。鉴于中国古代的书、画、篆刻，在一个传统的经验架构中，一直缺少一种科学的自证和他证的含量；而这三部教程，则正是在这方面所做的有益尝试——推进美学新探索、建立教学新体系。

百年中国美术传统（包括教育传统）建立的历程，是一个“西学东渐”，甚至是全盘西化的过程。各大美术学院的从素描、色彩、速写、写生、石膏、人体、透视、解剖等分类课程进入基础训练，以及以油画、版画、雕塑、水彩、水粉艺术设计分科单设；即使在“中国画”一科中，也强调人物、山水、花鸟画分科教学，所有这些，即是一个不争的“西化”事实。在这样的背景之下，西泠印社反其道而行之，倡导“传统主导”“东学西渐”，尤其强调诗、书、画、印一体综合，互为因果，互相辉映。并把它看作是树立中华“文化自信”的一个重要象征和标志。倘如此，则综合书、画、印的《品味经典》十册，和同样综合书、画、印的大学专业训练教程三册，作为整个学术集的一个重镇，对当代百年的书法、中国画、篆刻的现代发展，具有改变当代艺术史发展轨迹的最核心的价值和意义。

从开创学科的书法学、书法美学、书法史学、书法教育学、空间诗学、比较书法学、创作学等等的专题写作，再到诗、书、画、印综合一体的两大套丛书，当然还有诗词研究、中国画美学、篆刻史与美学、日本书法史和欧美相关历史……我希望这套“学术集”能真正勾勒出这三十年来中国书法理论和传统艺术理论发展历程的一个较具典型意义的重要侧面。倘如是，它作为学术读物、教科书、学科著作，本就可以不朽；作为这个时代的历史理论文献，也足以传诸后世而不朽。当然，是否真的不朽，那就要取决于它本身拥有的品质，以及它在当下所发挥的影响力了。

——我十分忐忑地期待着来自业界的评判。

2017 年 7 月 17 日

草于古钱塘颐斋

新刊前言

陈振濂

从小学习古典文学，对于唐诗的韵脚整齐、朗朗上口，和宋词的长短句参次节奏、富有音乐感都十分喜爱。但最早读的是《古文辞类纂》《古文观止》之类，尤其是对唐宋八大家散文，有着先入为主的好感。年少好奇，对欧阳修《醉翁亭记》《秋声赋》的文采精雅和瑰丽句式还有声调铿锵痴迷不已；又对范仲淹《岳阳楼记》的家国情怀、苏轼前后《赤壁赋》的人生感悟还有天马行空的思绪有着不一般的体察。宋诗固然优秀，但宋词、宋文更是令人着迷。

从学画起步到学书法篆刻，古典文学一直没有荒废。偶读《稼轩词》，没想到这长短句在他手里竟有如此活脱跳跃的一派生机，张口就来，触手成妙，自然令我在古诗文尤其是宋词中获得了极大的乐趣，它陪伴着少年的我一起成长。记得当时与许多长我十几二十的兄长叔伯辈争论，话题是古典文学的学习应该先从哪儿开始？传统的观念是先从《左传》《战国策》《论语》《诗经》《楚辞》开始，讲究一起步就须找最高古的精华。但我自己的体会是，一读“诸子百家”，首先过不了释字和语词关，不免盲人瞎马之弊；且囫囵吞枣，昏昏欲睡，情景太过陌生，语言既不优美，述事也离今天十分遥远，实在不属于“兴趣教学”。大家都说向来就是这个规矩，行之有效了多少年。你一个乳臭未干的青头小子，不知天高地厚，竟想颠覆传统？但我一直坚持，古典文学的学习在今天白话文时代已非必须，那就要让学生真切地感受到它的无上魅力。不然只靠压力下的枯燥无味，三天打鱼两天晒网，是无法产生热爱和热情的。故而我认为学习古文，相对最佳的方法应该是从中间切入：取生动活泼的唐宋经典为根基，下接清末民国以及白话文时代，语义相近，有近水楼台之利；上衔拗口简约、与后世文学无论是思维还是文语均相距甚远的枯燥的上古语文，逐级而上，也有阶梯之便。有如蒙童初学，必从《声律启蒙》《笠翁对韵》等开始，而不是从用字词句十分古拗的《诗经》《左传》开始；又好比幼童学书法，起初必不求空洞的高古如甲金文大小篆，而是先从楷书入手。这古文学习中的"楷书"，就是落脚到唐宋文章。但直到目前，我这样的立场和视点，貌似还是孤独寂寞；学校里教古文，还是捧着《古代汉语》四册本中的第一篇，或《古文观止》第一篇高声诵读：《左传·郑伯克段于鄢》；没有任何改变。

在浙江美术学院读书，幸遇名师提点：书法以外，沙孟海先生的文物考古之学，诸乐三先生的中国画，都是我们书法篆刻课程学习的专业以外的"额外收获"。尤其是陆维钊先生，竟是一位词学大家。偶然的只言片语，已经让我大开眼界，再和过去自己喜欢的宋代古文、宋词对应，顿时有如鱼得水、欣喜若狂之感。后来得知陆师青年时曾协助叶恭绰先生编成《全清词钞》，功力深厚，比如学武遇到顶级剑客，自是佩服得五体投地，顶礼膜拜，死心塌地当追随者，再也不作他想了。

陆维钊师为我指定的研究方向是宋代书法史。于是连带想到要对宋代经典文化如宋画、宋代印章即诗书画印都要综合推进之。而宋词研究则是首选计划中最优先者。陆维钊先生研究清词，在许多清人词集中有大量亲笔批注，体现出他的词学思想。我零星读过一些，浩瀚博大，不容易掌握。但如果用这样的心思去研究宋词？不也符合他老人家的期望吗？

但真到了进入研究阶段，遍读了从王国维《人间词话》到吴梅、夏承焘、唐圭璋等前辈大家的词学著作，尤其是对他们以毕生精力收集资料形成浩大学术工程的不世之功，钦佩无任；再读到当时许多学术期刊上各家老中青学者的词学论文，深深感觉到我若是介入进去，只不过是在几百人的词学队伍中再多增加一人而已，并没有特别的意义和价值。有价值的学术研究，必是先从"问题意识"开始。对于宋词这个文学世界，除了喜好之外，我又能提得出什么"问题"？

直白地把宋词各个阶段的人物、作品、流派介绍一遍，这是普及的常识读物。当时市面上许多宋词著作都是这个类型，看一册就等于读二十册，内容大同小异，重复度很高。我当然不甘心这样的状态。于是，先从找“问题”开始。宋词的大家和代表性词家，历来研究著述可谓汗牛充栋，早有现成结论，已成定式。秦七柳九、苏旷辛豪、美成易安，姜张细腻，处处都成佳话；但寻找突破口，似乎应该绕开这些耳熟能详的人师，先从二、三流的词家做起。翻阅各家词论，对南宋张炎《词源》评吴文英的评语“吴梦窗词，如七宝楼台眩人眼目，碎拆下来，不成片断”深有触动。语词的对偶与组装排列，形成意象，有如电影剪辑中“意识流”片断意象的切换、衔接和跳跃，这正可以与我从事过美学研究、熟悉造型艺术规律及已取得的研讨书画篆刻构图空间思维的学术经验对接起来。而在80年代的词学界，接受并运用西方美学和具有造型艺术积累的专业词学家极其罕见。当时的感觉是：朦胧之间，好像看到了微弱的一线曙光。

但真要实施起来，有大量的工作要做。一部《全宋词》几乎被我翻烂。为了这个“七宝楼台”，我甚至还去读唐代李贺、樊宗师的奇诡风格的诗，还反向专门找宋词中清通白话一路的词家排队逐个研究，写出单篇论文，曾经发表于北京《文学遗产》、上海《文艺论丛》。比如贺铸《东山词》、秦观《淮海居士长短句》、晏幾道《小山词》、朱敦儒《樵歌》等等，我都撰出过专文以增加积累。我以为，像柳永、苏轼、李清照、周邦彦、辛弃疾、姜夔等领袖群伦的大家，专题的研究论著既多，丰富而庞杂，易于先入为主，固化解读，难有新见；而上述晏、秦、贺、朱的词集相对风格集中，倾向性明确，又问津者相对较少，作充分的形式分析反而易于着力。

凭借在书法、中国画和篆刻美学研究方面的积累，遂大胆尝试，开始试图对浩瀚的宋词作品、词集、词论词话等等进行哲学立场上的定位——其方法是：史学材料用美学立场来观照。又重点详细讨论了宋词流派（而不是词家、词作）研究的方法论、基点、现实意义；词形式的生成、创作技巧、形式与内容之间的关系、（内形式）“意象”与（外形式）“声律”、词调词牌与词乐的关系、宋词流派可能有的三大支柱，词的本体与客体即社会性与文化性问题、词的本体与主体即词家主观作用与创作观赏心理问题。最后，综合各种理论思辨的展开与归纳，提出宋词流派研究不限于古代流传至今已被认可沿用的“豪放派”“婉约派”对峙即简单的阳刚阴柔的对应；而是考虑到词本体和词的“形式—内容”的交叉关系，提出北宋初期还有一个“清通派”的历史事实，直到北宋末到南宋末期发育渐趋成熟，才有先出“豪放”后重“婉约”的流派发展形态，从而建立起了一个宋词流派“清通派”“豪放派”“婉约派”三派说的理论模型，并通过引用古代词论典籍的现成相关叙述，来印证它言之有据的可能性和可靠性。

本书写作之时是 1982 年，其时我二十六岁，留校任教，时间充裕，又正是精力最旺盛、喜欢想入非非而不愿按部就班的年龄。著作完成后，直待到 1994 年即十二年后，才由江苏教育出版社出版。但也许一则是因为这样的抽象美学逻辑思辨式的研究方法，在崇尚古典传统的词学界还很感陌生而同道难以适应；二则我后来因为专业关系，全身心投入书画篆刻的创作与研究，而在词学界几乎不活动不露面，没有交流，自然也谈不上有什么影响。可以说，这一成果始终处于少人问津、“束之高阁”的境地。但时隔三十六年回过头来看看这份旧“作业”，对比目前词学界的研究现状，我以为或许也还是没有相类似的成果可以取代它。亦即是说：在我几十年学术研究生涯中，它还是一个特立独行的、崭新的、具有原创力的标志性成果。以一个书画篆刻家研究诗词时与生俱来的对造型和构筑的敏感；以一个艺术美学家即使对待丰富浩瀚的词学史料也必然拥有的本能的逻辑思辨力；以痴迷于词学，希望有所作为有所发明的青年学者的探究热情，今天看这部《宋词流派的美学研究》，仍然是经得住岁月流逝的时代考验的，当然也是无可取代的——不但在我的学术研究格局中是如此，在当下词学界而言也是如此。

已故唐诗研究专家、中华书局总编辑傅璇琮先生与我曾是忘年交。正是他在八十年代末，向我约了一部一百七十万言又一千多页的大书《中国书画篆刻品鉴》（1990 年完稿，1997 年中华书局第一版八开本精装），故而我才会腆颜请求他再为我这部宋词研究著作赐序（记得应该在 1991 年 2 月）。大学者鼓励后进的拳拳关爱之意，铭心不忘。回想当年在北京中华书局办公室向他求序的经过，傅先生还提起当时已在编辑制作的《中国书画篆刻品鉴》一书的书稿，笑道：“中华书局向一个年轻作者约一部上百万言的大开本著作，你可能是第一个。”音容笑貌，历历在目；今时天人永隔，但见《宋词流派的美学研究》旧著列案，乃得抚颂长序，回首曩昔，不胜人琴之悲，唯有焚香祝祷而已。

谨以《宋词流派的美学研究》的再版，献给于我有再造之恩的业师陆维钊先生！

2018 年 8 月 1 日于杭州

序

傅璇琮

我与振濂同志相识，约已十年。最初是一位搞书法的同志介绍，知道振濂同志是一位有才华的年轻的书法研究者，彼此通过几次信，但疏于形迹，所知不多。后来在《光明日报》的“历代书法名作欣赏”专栏，连续读到他每篇不满千字的文章，新奇而精湛的见解，出以清丽的文笔，引起我极大的兴趣。此后我曾写信给他，问他是否有意结集出版，他答以已应陕西人民美术出版社之约，这就是后来印装得颇为优雅的《历代书法欣赏》一书。前年我与中华书局的同仁谈起，拟出版一套雅俗共赏的中国古典艺术品藻的书，大家不期而然地提到振濂同志，于是约他承担数十万字的《中国书画篆刻品鉴》的撰写。近些年来振濂同志无论学术研究和社会活动都极为繁忙，但他还是承应了中华书局的约稿，并给我寄来了他近年来的几本新著，如《书法学综论》《空间诗学导论》，以及其他一些单篇论文。这些年我一来忙于出版社的事务，二来忙于几部大书（如《唐才子传校笺》《全宋诗》）的编著和校阅，很少留意其他文艺门类的新作，振濂同志的这几部书，以一种新颖而富于理论深度的视角，向我提供了一位年轻研究者所作的可贵的多方面的开拓。不久前，振濂同志又告诉我，他的一本四十多万字的《宋词流派的美学研究》又将问世，并嘱我为这部著作写一篇序言。我真想不到，他真有勇气涉猎于几种学术门类，并以其过人的精力和才识，做出令人注目的成绩。

去冬今春，为友人的专著写了两篇序，这两本专著一是南开大学罗宗强教授的《玄学与魏晋士人心态》，一是南京大学程章灿博士的《魏晋南北朝赋史》。在这两篇序中我都谈到了古典文学研究如何走向成熟的问题。我有一个想法，即当正在来临的90年代中，依靠年长一辈学者深厚的学术优势，及80年代随着改革开放的大环境而培养起来的一批硕士、博士研究生特有的一种学术朝气，中国的古典文学研究，必将以深沉的思考与敏锐的探索相结合，较早地从整体上走向成熟。当然，这还只是一种想法，要真正得到科学的认识，还需要论证，这不是一两篇短序所能承担的。现在我读了振濂同志的部分著作，得到一个新的启示，觉得真正要使古典文学研究走向成熟，光靠本学科还是不够的，还需要其他学科的支持，形成一种比较的、交叉的研究。西欧的文艺复兴是人类文化的一次大的繁荣，繁荣的一个特征是文化艺术各部类的全面昌盛，以及各部类之间的紧密渗透与联系。不少研究者都谈到那时一些艺术巨人的备有的多种才具的非凡气质。当然，历史条件各有不同，我们自然不能像彼一时期大匠们那样来要求今天的研究者，但经验是可以借鉴的。在前十年中，我们已经出现了一些优秀著作，它们利用别门学科的成果来研治古典文学，既开阔了研究空间，又加深了对文学特征的认识。就词学而言，前几年对于音乐与词体兴起、交化关系的探讨，使词的研究出现新的生机，就是一个例证。

关于这一点，我认为振濂同志在其《空间诗学导论》书前的一段对话中有很好的说明："文学艺术之间有着相近似的性格，而且它们在表面形式上的不同可以为我们提供崭新的思考线索。比如我在对中国画与书法的空间性格进行理论上的确认时，我自信它们是可视的、客观存在的；但当我发现它们之间还有一种深层的时间推移序列存在时，曾经为这种新收获很感振奋。这种收获立即迫使我反过来对诗作同样的剖析：在时间推移这一文学基本性格确立的同时，诗有没有也属潜在的深层的空间性格？也许正是这么一个偶然冲动，构成了我这本书的最初撰写理由。"

他因中国画与书法的某些艺术特征而引发对诗歌特征的思考，他称之为"一个偶然冲动"，这或许是谦辞，但这种学术上的突然领悟是真实的，它是学术实践的一种飞跃。振濂同志的优势也即在于他能在同时兼治的学科中得到彼此之间的互相发明和补充。而且我想说明的是，他不像前时期文化热中的一种泛泛之谈，他是确实下过功夫的。发表在《文学遗产增刊》第十六辑上他的那篇《略论贺铸词的艺术特色》，具体分析了贺铸词的炼字、结尾、对比、意象组合等等，又善于运用他在画学上的特长，真是细致入微。我想，以他所具备的这些不同方面的学养，来涉足于宋词流派的研究，肯定能为我们的词学研究带来新的思考。

关于宋词的流派，以及宋词分婉约、豪放两派，已经是个很老的向题。振濂同志这部著作中提到南宋的俞文豹在《吹剑续录》中说及苏轼与柳永词风的各异，认为是论宋词分豪放、婉约两派最早的权舆。我看是否还可把时间提前一些，即南宋初期的王灼，他的《碧鸡漫志》卷二，从师友渊源、创作法则（“家法”）的传承上来考察北宋词坛的词人阵营、群体、派别，指出苏轼、柳永各开一派，尽管他并没有用“派”这一名词。而后南宋中叶的王炎（1138—1218），就比较明确地把词分离出“豪壮语”与“婉转妩媚”两大风格类型，并主张“惟婉转妩媚为善，豪壮语何贵焉”（《双溪诗余自序》）。明代的张綖即直接其说，而分宋词为婉约、豪放两体，而以“婉约为正”。虽然清代和近代学者有提出宋词分三派、四派之说，但影响最大、左右本世纪唐宋词研究思维格局的还是婉约、豪放两派说。

我个人以为，这两派说已经有好几百年的历史，自有其合理的一面，但是，作为一种学术研究，历经数百年还摆脱不了前人所设定的理论模式，始终以传统的结论或见解为研究的起点，在前人所规定的研究格局内思考问题，这样要取得真正符合科学意义的进展和突破，总是很难的。本书是不满意两派说的，振濂同志提出三派说，即在婉约、豪放之外，另增以北宋欧阳修为代表的清通派。他的这一说当然也是一家之言，或许也会引起诘疑。本书的可贵在于它不是单从概念出发，全书视野较为广阔，并能抓住词的本体特征来论派，这就使人能超出过去的思维定式，从书中的具体论述中来把握宋词风格的实际。正如作者在第一章所说：“我们有必要用实际的宋词作品来衡量一下这些批评的可靠性。”这就是说，我们的思维方式、研究格局不能局限于过去的流行模式，而应着眼于大量存在的第一手材料，也就是我们理论的根据——整个的唐宋词作。

流派研究，仅是词学研究的一种视角，一种方式，因而它不可能穷尽词学的各个方面。我们尽可从多种方式或不同侧面来进行词的研究。20 世纪二三十年代以来，我们已经有了很好的材料基础，这种基础工作现在还在进行着，已经形成一套系统工程。如以词的总集来说，唐圭璋先生为我们作了范例，他以个人之力编纂成了《全宋词》和《全金元词》。前几年，张璋先生编成了《全唐五代词》，由上海古籍出版社出版，中华书局也已约请南京师范大学的曹济平、萧鹏、王兆鹏同志重编《全唐五代词》。饶宗颐、张璋先生的《全明词》，南京大学古文献研究所的《全清词》，都将陆续出版。词人、词集的个体研究，作品的艺术探索，这些年来都有新的进展。不过我认为，目前对词学研究来说，最薄弱的还是群体研究。词史的实际表明，大作家的影响固然不能漠视，但风气的转变还是由一个群体来共同完成的。缺乏群体的思考与整体的观念，就无法理清发展的脉络。譬如说，南宋中叶辛弃疾去世后的词坛，似乎至今仍是一笔糊涂账。即使是辛弃疾在世的中兴词坛，论者也只注意辛、陈、陆、刘、姜等少数几个大家名家。有的词史、文学史把辛弃疾与刘克庄、刘辰翁拉到一起来论述，却把同时的姜夔排除在外，又将姜夔、吴文英与宋末的周密、王沂孙、张炎放在同一章节，更缺乏史的观念，使得南宋词坛的发展阶段和过程模糊不清。

这些问题，我曾与另一青年词学研究者王兆鹏同志说起过，上面所说的有的也就是他的想法。兆鹏同志是1990年毕业的唐圭璋先生指导的博士研究生，他的博士学位论文题目叫《宋南渡词人群体研究》，是南京大学程千帆先生、中国社科院文学研究所沈玉成先生与我共同担任答辩委员的。他在这篇论文中提到用范式来取代现行的风格研究，我觉得可能是唐宋词群体研究的一个突破。所谓范式，是指惯例性的规范、标准，是作家在他的作品中所建立的一种审美规范，既包括作品本体上的形式特征，也包含创作主体的审美理想及其把握与表现现实世界与心灵世界的方式。从这一设想出发，他把唐宋词归纳为三大范式——“花间范式”“东坡范式”“清真范式”——的相互交替和更迭。这三大范式之说是否还有婉约、豪放两派说的影子，读者尚可讨论。但我觉得，从群体研究来说，它还是朝规范化的研究向前迈进了一步。

兆鹏同志的论点，他或许另外会以适当方式表达得更为清楚和充分，我在这里借这篇短序作一介绍，是想表明，词这个已流传千百年的文学体式，在其发展过程中既产生了众多的佳作，也留下了不少长期纠缠不清的问题，到了今天，随着一批有才华的青年研究者的崛起，是应该也有可能作一系统清理的时候了。我相信，振濂同志的这部书，当为这一系统清理工作提供有价值的思考线索和思想资料。

由此我还想到一个问题，就是我们古典文学研究界的一个弱点，即对现状研究做得很不够。古典文学研究颇有“人相忘于道术，鱼相忘于江湖”（顾炎武语）的味道，各干各的，不相为谋。比较起来，现当代文学研究，则热闹得多，热闹之一，是对现状的研究，劲头较大。我们应当开展对现状的研究。不认真研究学科的现状，是很难有真正的发展的。为什么宋词流派的研究，长期以来老是在两派说的周围徘徊，其原因之一即是对这一现状思考不够，争辩不够，以致到现在仍需花如许笔墨加以论析。词派的研究是如此，其他的问题也有类似之处。我真希望我们的古典文学研究，把一些长期未得解决而又影响较大的问题，开列一批清单，作一些分析，然后组织一定的力量，逐一加以清理。我也希望振濂同志的这部书能引起讨论，使词派的研究进一步引向深入，从而对现状的研究有所推动。

我过去读振濂同志关于书法方面的论著，总感到他的文字运用有一种鲜明的个性色彩，为其他书法学著作所未有。后读到黄庭坚评苏轼书法的几句话，则似若有所悟。黄庭坚在《跋东坡书远景楼赋后》中说：“予谓东坡书，学问文章之间，郁郁芊芊，发于笔墨之间，此所以他人终莫能及尔。”振濂同志的文章所以耐读，是他所论虽为书法，而其背后则有厚实的蓄积，因此使人觉得有一种意趣。意即学问，趣即才情（山谷所谓文章）。这部《宋词流派的美学研究》，也是一个明证。我相信今后有更多的中青年研究者，能打破学科的樊篱，勇敢涉猎于广阔的不同的领域，这就可以期望在不远的将来出现前所未有的文化繁荣的新局面。

我对词，仅是爱好，未有专治。说了老半天，恐怕难免宋人程颢之讥：“介甫谈道，正如对塔说相轮。”高塔尚远，何说相轮。未能副振濂同志之雅望，实在惭愧。

一九九一年二月于北京

目录

导论：关于宋词流派研究的方法、基点与现实意义

主体阐释与整体性规范

任何一种文学史的解释模式，都只是其一位解释者的个人选择而已。

这当然不是说，文学史研究都只是一种绝对“个体”的研究——它指向两个可能的疑惑：一是文学史研究变得狭隘起来，只有研究家个人的作用；二是文学史研究的结论也变得百无聊赖起来，因为它只对研究者个人有意义。应该更准确地说：是作为个体的研究者在进行选择时，必然会以一个普遍的有典型价值的既定状态为出发点。这即是说，作为研究个体，已经在已有的成果、已有的研究状态中进行了深入的把握。这时的研究者，其实已具备了作为某一群体代表的视野与能力。而作为选择对象的研究模式——结果，则必然也应该相对于其他同类成果而具有一种独特性：因为它是基于这一研究者个体的思考、归纳、整理、总结而成的，此中会有对其他成果的包容与筛选或是承袭，但只要是出于个体的研究者，则它必然不会雷同于其他研究者，除非研究者本人懒惰。

研究在不断地变幻与深化，或确切地说是在不断地移位：从一个中心转向另一个

中心，从一个模式转向另一个模式。如果固定不变，是一种永恒的万物不移的法则，那就不会有发展。从文学研究的过程来看，它应该是一个由零碎走向规范、由个别走向一般的过程。历来的文学作品数量恒河沙数，对恒河沙数的作品作同样恒河沙数的琐细探讨，那就不成其为研究了。因此，相对于作品这个“原材料”而言，任何一种研究，都是一个由散到整、由多至约、由繁向简的过程。所谓文学研究的整体性，其实本来是一句多余话：唐圭璋先生《全宋词》收词近二万首，这每一首词都是“个别”，但没有一本词学著作是把这二万首词一首不漏地排列出来再作评价；被研究的词可能只有几百首、几十首；但这几百首、几十首词具有一种典范的意义，于是它就有了相对于二万首的“代表性”。选这几首词，选此不选彼，这里就有了一个选择理由的问题。它本身即是个从繁到约、从散到整的过程。要探讨这个过程，当然也就有了一个解释模式的偏向问题。清代浙派词家朱彝尊作《词综》力主南宋姜夔、张炎清空一派，讲究格律森严而格调醇雅，其中选姜词二十二首、选张词三十八首，选吴文英、周密、王沂孙均极多，但选苏词却少，仅十五首。至于常州词派的张惠言，选词为《词选》，强调词当重比兴寄托，要有“意内言外”之旨，选词即重秦观及辛弃疾等人。至周济的选词宗旨，更是以“庄雅”“归诸中正”为上而“亢厉剽悍”为下，著《词辨》则重周邦彦、吴文英而略苏东坡、姜夔，至于其著《宋四家词选》，更是以苏东坡、姜夔附于辛弃疾之下，完全逸出了一般选词的规矩。像这样的选择，当然是带有明显的流派偏见——抑或说是作为一种典范提出来的。类似的情况到现代词学研究中也还是屡见不鲜：朱孝臧选《宋词三百首》，重周邦彦与吴文英，于吴文英选二十五首，几近十分之一，选周邦彦二十二首多，但辛弃疾只得十二首。这一风气，一直沿袭下来。到胡云翼辑《宋词选》，又反其道而行之，于苏东坡选二十三首，辛弃疾选四十首，但于吴文英却只选四首，史达祖只得二首，这样的对比的确很说明问题：朱孝臧是一代词宗，本身词风近吴文英而重典雅绵丽，对苏、辛一派不甚看重，选词自然也有偏侧。而胡云翼则曾与胡适一起大倡宋词豪放派，不讲求词中音律的重要性而推扬“以诗为词”，又加之有一个五四新文化运动反对传统的思潮作为背景，影响所及，作品选择，当然也是以此为准绳，多选辛、刘、陈一派而忽略格律派作品。由是，对古典作品的选择本身，虽然还不是专论，但都已充分显示出各自的“代表性”或曰研究的“整体性”来了。

虽然如此，我们还是更注重各种理论模式之间的移换及其内在理由。每一种解释模式的存在都有其根基（或曰时代背景）。但一旦有根基，当然也就使它的“代表性”打了些折扣，因为它既受制于某个时代，当然也就无法囊括整个词史的全期，属于此就必然不属于彼。朱彝尊的浙西词派尚“清空”，过分了就成“空疏”；张惠言、周济反其道而行之，尚以“实”、尚以“寄托”。民国初词风柔弱，又因五四新文化运动对传统文化的全面批判，于是就有了胡适、胡云翼的倡导豪放词。但如果反过来想想，如果没有朱彝尊的空疏，张惠言的“代表性”就缺少价值，那么我们今天并不面对空疏的词风，我们也就不会推张惠言、周济为偶像与楷模。同样，没有五四前后国家外忧内患的局面，我们今天对豪放词也不会像胡云翼那样一味推扬不遗余力。流派在转换，转换的理由各异，当然也就导致了每一种文学史（词史）解释模式的转换——正因这样，才构成了一部有声有色的词史。

立足于词韵外部原因或词的自身发展而产生的转换，固如上述。但还有另一种转换的可能性：当理论走向自觉的现代性格之后，理论即解释模式自身也在一个不断更新的过程之中。某一种理论如社会史论的词学研究，在某一特定的条件或意识形态规定与支持下，可以左右逢源游刃有余，但当它在充分展示自身魅力之同时，也必然会暴露出某些弱点。这样，作为一种真实的“代表性”而言，它必然会显出捉襟见肘、顾此失彼的欠缺，它已不能代表我们在不断生发出的美感经验。于是，它就应该被另一种更切合现实、更具有“代表性”的解释模式所取代。当理论研究走向主体、走向主导之后，这种解释模式之间的自动转换，也必定会更趋于频繁。亦即是说，一代文学史（词史）研究的模式之间的“转换”，不但取决于作为物质的词本身的发展规律，或取决于社会背景对词学研究的需求，它还有赖于不断发达的词学理论模式诸如史观、美学观以及各种人文科学“元理论”的不断更新。如果说前者是具体的，那么后者则是抽象的；前者是立足于个人性情偏嗜之选择或社会价值观的涵盖，而后者却有赖于纯理论的哲学构架以及作为理论研究方法论的不断更新。所谓的结构主义文学批评，新批评派文学批评、诠释学派文学批评之间的更迭即是这样一种过程。批评的对象（假设是词）并没有变；个人偏嗜也没有变；或许社会环境在笼统意义上说也没有变；但解释模式的角度与方法却变了，从客观到主观、从结构到文本、从作者中心主义到读者中心主义……

这样，我们就从上述内容中抽取出三个不同的研究元素：①个人偏嗜的选择，②社会环境的影响，③研究方法的取向。本来这三者是互相包容的——因为我们无法否认张惠言的《词选》一定不包含社会环境因素和他在研究方法上的有意强调；但在一个系统的研究框架中，它们却更有可能各司其职，如下表：

个人偏嗜的选择	对具体作品的感受
社会环境的影响	走向风气的倡导
研究方法的取向	理论模式的构建

三者相比，是第三项最具有一种哲学意义当然也占据了一个明显的高度，对我们做文学史研究而言最具有价值。或许更可以进一步说，第一项的发展空间基本上是欣赏与创作层面的，它指向实际的作品；第二项的发展空间在于群体如流派、团体、大的倾向层面，它指向作品的集群；而第三项的发展空间则是历史层面与哲学层面的，因为它决定了我们对某一文学史如词史的总体认识，它指向一个抽象的、高屋建瓴的总领位置，它的研究应该是最高层次的，它不指向某一词家或某一具体词作。

强调这样的研究当然是一个极有价值的提倡，但它绝非唾手可得。因为在此中显然还有许多有待解决的问题。比如第一，我们看到了古代文学理论在这方面的积累太薄弱，中国古典文艺理论的缺乏思辨性，是一个比较文学方面的老话题了。没有或不擅长抽象逻辑思辨习惯的古代批评家们，很少会去关心不同研究方法之间的更换以及它们的哲学价值。这使得过去的文论包括词论，大都是出以随笔札记并大抵停留在个人偏嗜的选择上，最多也只能走向第二项，但都基本上没有第三项的历史、哲学层次上的研究成果。当然这也使得我们今天进行研究时找不到一个现成的出发点，其困难之大可想而知。第二，进行一种纯粹的哲学思考，当然可以充裕地运用第三种方法。但我们所要做的，却又是一项极为实在的工作，我们的研究对象是词，是宋词，从抽象到抽象的做法，于有血有肉的二万首宋词而言，实在显得过于隔阂而陌生。对一个哲学家而言，哲学方法的思辨与哲学内容的思辨是同一性格的；而对于一个词学研究过程而言，哲学方法的思辨如果不落脚到实实在在的作品中来，它对研究可以毫无意义。

于是，我们需要一种能把触角伸向具体作品的理论机制。因为它是思辨的，因此它应该是典范的、整体的而不是零碎散乱的；但又因为它是应用于通学研究的，因此它又必须是可以有例外的——我们从很多词作中取得了一种大致的经验但排除了其他次要的经验，把它当作一个整体性的结论来对待。但那些被排除的次要经验并没有消失，它们仍然不断在提醒研究家别忘了自己的存在。随着研究方法的不断发展、理论阐释模式的不断更换角色，原有的次要经验可能会上升成为主要经验并作用于研究，迫使研究出现局部的甚至是全局的调整。也正因如此，对于上述的三项分类我们应该有一个更现代的把握：作为①的个人偏嗜的选择，它当然是在不断变化、动荡着的；作为②的社会环境的影响，当然也在不断发展；作为③的研究方法的取向，虽然它相对较有稳定性、概括性亦即“整体性”，但它仍然是动态的而不是静态的。“整体性”并非凝固不变、“放之四海而皆准”；“整体性”更不是包治百病，它只是作为讨论上的方便而提出的一种假定格式。它完全可以有例外、有反证，它是从真实的作品中抽象出来的大概模式，在其中必然会含有研究家自身的选择与中心观念的主轴作用。既然如此，那么只要研究家个人摆脱不掉“局限”，则任何一个整体的研究方法也同样摆脱不掉“局限”；在我们最感兴趣的流派研究、形式研究中，这样的思想认识前提是绝对需要的。

文学性与艺术价值的强调

“文学是文学”。这即是说，文学本不应该是作为社会、一般文化乃至某一时某一地社会需要的说明而存在。于是，也就有了所谓的“文本中心”的研究方法。

在关于古典诗词的研究中，“文本中心主义”的立场是针对具体的每一首诗词。扩而大之，则就有了对作品审美层面上的探讨与重视——诸如形态学、风格学的研究即是。其许多内容，都是以前只重整体感悟不重技法展开的批评家们所不注意的，比如修辞，节律的感情投射，意象的平面与立体，形式的封闭与开放，多样性与同一性，词作为结构的清晰性与模糊性，模仿与装饰，题材对形式的作用，风格流派构成的诸因素；再进入历史层面，则还有风格展望的外部与内部原因，风格更迭的周期性，风格的循环再生能力，词作为音乐文学的特性，乐律对词的长短句形式的正面的或反面的影响，内容与形式的交叉，流派构成中的辞、意、意象构成……当然可供思考的空间也极为开阔。

探讨作品文本的价值，当然必须立足于“词”本身。但二万多首宋词是一个浩瀚的存在，别说在此中作细致的分析极不易，就是认准了一首具体的词作，也未必即是抓到了一个可靠的立足点，因为词是文学作品，而文学作品由于时代、环境、思想结构的差异，其阐释的结果可能完全不同，并没有一个标准的答案。杜甫诗“功盖三分国，名成八阵图。江流石不转，遗恨失吞吴”，是遗恨什么？为没有打败吴国而遗恨？抑或是为不应去打吴国而遗恨？王昌龄《从军行》最末一句“不破楼兰终不还”，为什么不还？是边兵卫国意志坚定，必须等楼兰敌国破了才“还”中原？还是长期戍边、一直未破楼兰，因此一直未能“还”中原？前一个解释是一种英雄式的宣言，但比较清晰而简单，意象不厚；后一个解释则是一种充满哀怨的无可奈何，虽不那么堂皇，论感情寄寓却很有厚度，作为诠释家自然可以各取所需。比如清初沈德潜即有过批评，他认为第一种解释很正常，符合一般人的心理期待，但后一种解释却更感人更有意味。沈德潜倾向于后者，但别的批评家也可以选择前者，问题是作为“文本中心主义”，以文本为最可靠的基点；但“诗有别解”，似乎文本也未必真的可靠。

“文本中心主义”的方式相对而言离文学作品的艺术性发掘最为接近。它不是单单指一句解释或一个词的分析，它还可以是指一首作品的结构的展开。因此尽管它也面临着诠释学立场的挑战，但它还是我们乐于运用的一种批评研究方式。因为是文本的，因此它还应该是“非历史”的。所谓的“非历史”，是指它不只依靠一种历史背景与社会背景的泛泛外加笼罩而把生动的词作变质为一种说明；正是基于这一点，我们不太赞成常州词派对宋词名作的盘根寻底，深文罗织。张惠言《词选》中评苏东坡的《卜算子》（缺月挂疏桐），竟有如下的奇奇怪怪说明：

> “缺月”，刺明微也。“漏断”，暗时也。“幽人”，不得志也。“独往来”，无助也。“惊”“鸿”，贤人不安也。“回头”，爱君不忘也。“无人省”，君不察也。“拣尽寒枝不肯栖”，不偷安于高位也。“寂寞沙洲冷”，非所安也。此词与《考槃》诗极相似。

能如此作诠解，逐句不差，则词成了谜语，且是一种以忠君报国的抽象社会纲常立场为准的蹩脚的“谜语”，这样的泛泛“说明”，实在是穿凿附会，让人哑然。故而王国维对此不屑一顾：

> 固哉，皋文之为词也！飞卿《菩萨蛮》、永叔《蝶恋花》、子瞻《卜算子》，皆兴到之作，有何命意？皆被皋文深文罗织。阮亭《花草蒙拾》谓：“坡公

命官磨蝎，生前为王珪、舒亶辈所苦，身后又硬受此差排。”由今观之，受差排者，独一坡公已耶？

——《人间词话删稿》

王国维论词重境界，他是讲究艺术性的。因此他对这种简单比附，完全无视词作本身美的结构而强加“差排”的做法大为不满；但自王国维以来，我们在词学研究中不还在犯着同样的毛病吗？

讲求作品研究中的文本中心，似应把握以下两个原则：

第一，强调作品在艺术上的自足：结构分析、修辞分析、立意分析甚至意象组织的规律分析，应该是向内视角而不是向外视角。亦即是说，不注重作品与社会政治局势，以及伦理纲常之间的有无联系，而注重作品自身作为一个艺术小宇宙的是否自圆自足。诠释可以是多种多样，结论也尽可不同，但必须是艺术的。也即是非历史非社会的背景解说的。

第二，因为是作品艺术结构自身的探索，因此它应该是审美的、以风格与技巧为中心议题的。这亦表明，它可以不牵涉到作者这一条线索。对于作者生平、行实、作诗填词时的动机以及非艺术的寓意，这些都可以被略去，但作品字面上所显现出来的一切意象、一切色彩、结构、词藻，以及意境的美，却是理所当然的主题。由是，文本中心主义的研究应该是非作者的，至少在特定的前提规定下是如此。

从作品中发掘出真正的文学性（艺术性），是过去的研究者很少着力的所在。当然它也只是一个研究侧面，但我却以为它是个相当重要的、必不可少的侧面，并且是最缺少成果的侧面——我们一谈作品研究，常常把它降低到一个欣赏的层面上，以泛泛的读后感来代替深入的理论思考。而一牵涉到理论研究，就习惯于拉进一些外来因素，似乎不如此就不能“深入”，不如此就体现不出它的社会意义，于是文学研究也常常变质为文学与社会生活关系的研究；文学似乎失去了独立性——倘若说文学创作过分强调独立性有被架空的危险，那么文学研究因为有一个既定的作品“文本”在，因此它倒是更应该体现出文学独立、文学自圆自足的系统特征来。

这并不意味着社会环境与作者这两个构成因素的不重要。恰恰相反，在作品文本中心主义研究中，我们把这两个因素暂时排除出去，正是赋予它们以一种新的独立价值——当一定的文本研究成果作为一个系统，再与作品的社会背景研究系列、与作者的身世出处研究系列形成构合，则它们之间会产生一种新的张力，在此时，三者并不是被含糊地混在一起，让懒惰的研究者任意装扮各取所需；而是被当作三个独立的系统形成自足性格，再加以有序的组合；文本有自己的分析空间，社会背景也必须有自己的展开空间，至于作者研究，则更是一个力求充分的研究空间。三个系列的分析性格，以及当它们共同作用于一首词的研究之时，所展示出来的综合性格，会令人信服地证明这种文本研究方法的有序价值。

由文本研究进入流派研究。

文本是一个个体的存在。由不同的文本集合为一个相同倾向的作品群，于是就有了流派产生的可能性——因为“文本中心主义”研究是一种立足于艺术特征的研究，因此它的伸延状态——流派研究——也必然是艺术层面上的。

但这是一个最基本的判断而不是最终的结论，因为我们可以在一首词的文本研究中强调绝对的艺术：艺术手法、艺术结构、艺术倾向……但一扩大为流派，由不同作家、不同环境、不同地域，当然还有各种不同差别的构思与创作冲动来形成一个综合的本体之时，它就不仅仅是具体技巧形式了。即使表面上浮现出的是风格技巧，但其内面也必定会有一些其他因素（有时还可能是主导因素），比如作家的选择动机。每个作家的遭际、观念、审美指向肯定不会雷同，甚至选择的题材也不同，为什么它作为流派却有可能“同”？又比如不同时代背景条件下，人们所关心的世事侧重也不同，为什么会不约而同地形成流派的“同”？作为个体的文本研究，是一个自足的研究；但作为伸延的流派研究，则它应当着力于诸多不同中的同：“不同”是针对社会环境、生活环境和个人性格以及题材内容而言；“同”则是针对作为流派的基本审美倾向无异而言，这就有了奥秘。由是，文本研究一旦转向流派研究，则它又必须依靠对作者的分析和对社会背景的把握，它又从个别走向了综合。但是请注意：这种走向综合仍然是有序的，亦即是有基础有选择的。它决不是含混，更不是杂乱无章，它是在对自身的三大构成即作品（文本）、作家（人）、环境（社会）进行细密分析之后的理性综合。作为基点的作品文本至上——它的伸延意义即是作品艺术性至上——仍然得到足够的尊重。流派研究应当以作品研究为主，以作者研究和社会文化研究为辅，虽然在落实到某个具体流派时，也许会有例外，但作为一个基本准则却不应该受到怀疑。

流派研究分别产生两个指向：第一是艺术分析，作为方法论有价值；第二是必须具有类型化特征，作为结论有意义。对宋词（唐诗、汉赋或元曲、明清小说都不例外），信手拈出十种八种类型，固然也不一定错；但缺乏“类型化”的魅力，则不会在研究领域中产生效果。因为繁细可以无限止地扩大，而对一个学词者或研究家来说，清晰、有序、类型化即上述的“整体性”却具有绝对的价值。而一走向类型化，则必然又要存主略次，自然也会带出一个个可能的例外。但这正是研究的价值所在——当一般人仅仅把视线集中在对个别作品的感受之时，有学者能以归纳、演绎与提炼的方法对几万首宋词作品宏观的提纲挈领的勾勒，它的成功自毋庸置疑。应该说，正是类型化——整体研究方法使我们的研究成为真正的研究；而当这种类型化的流派研究再与一定的史观相结合，使每一流派在词史上能有个独特的位置，并且流派自身从发生、发展到全盛、衰落也形成了一个可以得到确认的“历史”过程时，我们才可以说这样的研究是具有现代意义的。因为很显然，过去一般的宋词研究仅限于欣赏；继而在对流派进行研究之时，却又常常一厢情愿把它们定位，似乎流派一被确认下来即是静态的平面的，自身不再有前行的可能。豪放即是豪放，不再有流派内部的嬗递如蒋捷对辛稼轩的豪放风度的表面淡化内在承传等等情况，以至流派研究又坠入另一个形而上学的窠臼中，这些，都是我们今天在进行类型化分析归纳时应该注意避免的。

——是文学的而不是史学方法的；

——是艺术分析的而不是作者生平传记描述的；

——是类型化的而不是零散的；

——是发展的而不是静态的；

这就是我们在进行宋词流派研究时所把握的几个侧重点。

流派主题与宏观研究立场

强调宋词的形式流派研究，即立足于词学研究的艺术性、文学性本位；强调词史研究中类型化与主体选择之重要性；追索流派研究中所呈现出来的史观、史识——亦即是展开“解释模式”等，它有一个重要的意义，即是具有明显的现实针对性。

关于这一点，我们应该涉及近十年宋词研究的几个重要事实。如几届宋词学术讨论会和古典文学研讨会中关于词学部分的内容。

一、流派研究作为主题

一九八三年十一月，在由华东师范大学主办的首届词学讨论会上，最引人注目也是讨论最热烈的议题，正是宋词流派划分的问题：豪放、婉约是否成派及孰为正变。

强调豪放派与婉约派之分是宋词研究自宋以来的传统看法。对于这一主题，历来有许多研究家投入了相当精力，直到二十世纪六十年代初，还有不少研究家从爱国主义立场，以及从所谓的“进步”立场对宋词豪放派予以过高的肯定。而到了八十年代，也有如吴世昌先生这样的专家提出北宋根本无豪放派，以为豪放、婉约两派划分法是应该予以否定的。首届词学讨论会选择这样一个主题进行集中讨论，表明它在现代词学研究中，仍然是个不可忽视的课题，表明流派研讨乃是宋词研究、词史研究中绕不开的内容。

三年以后，华东师大、南京大学、杭州大学、南京师大等四所高校又发起了第二届词学讨论会。虽然随着时代的推移与学术风气的迁移，词学家们不再直接提出豪放、婉约孰为正变的问题，但在讨论中却仍然没有离开这个中心议题。伴随着政治学、社会学批评被夸张过分而引起学术界的厌倦，许多词学家转而走向对豪放、婉约及各派内在嬗递规律与构成特色的探讨，讲究各派词家内心心理活动的考察，讲究词中意象组织对宋词流派形成的影响，等等不一而足。虽然我们在这届讨论会上看不到明确的豪放、婉约派别的划分，但对宋词流派构成的诸因素，特别是对作为流派研究根基的文学性、艺术性立足点，却有了更深入的研究。当然，正因为主题没有直接落脚到此中来，因此也还难以提出一个明晰的成果。如果说首届词学讨论会是正面涉及了这一流派主题但限于方法上的不足，因而未能达到目的的话，那么第二届词学讨论会则因为扩大和淡化了这个传统主题，因此使成果很难直接对应于流派研究。

这使得宋词流派研究仍无法达到一个相当的高度。近年来，在词与音乐关系、词与词家之间关系，以及词作鉴赏、词学资料汇编（如各种“鉴赏大辞典”《宋词百科大辞典》和《词学》刊物）诸方面，都拥有了相当成绩，但关于流派研究，却仍然缺少应有的起色。它反映出词学流派研究的急迫感，也表明了在流派研究领域中还大有可为。问题不在于豪放、婉约二派说的能否成立，因为仅仅是分派的话，清人陈廷焯已把唐宋词分为十四体；而已故詹安泰先生也将词分为八派；他们的看法，已不同于两派说，但这仍然不能说是一种突破与进步。从两派转向八派、十四体，看来是丰富了，实际上却缺少了概括，我们今天之所以还在念念不忘豪放、婉约两派说并不断从正面反面去思考它的合理性，而对八派、十四体却无甚印象，即表明它未必成功当然也未必可取。

更重要的问题，恐怕还在于流派划分的是否合规律。亦即是：①划分内容是否科学而合理；②划分方法是否对应于流派研究这一前提。正是在这一点上，我们看到了目前宋词流派研究仍然不能尽如人意：要么沦为简单的批判，要么干脆否认流派研究的价值。争执不休、莫衷一是。由是，不重新检验争论及流派研究的已有方法，恐怕这个主题真的渐渐丧失其魅力了。

二、流派研究作为方法

自八十年代后半期，古典文学理论界开始了对自己的反思。作为一个明确的信号，则是在一九八七年三月，由《文学遗产》《文学评论》《语文导报》《天府新论》等四家刊物联合发起的“中国古典文学宏观研究讨论会”。

《文学遗产》杂志率先组织了一场宏观研究的征文活动，并收到论文一百三十余篇。讨论会当然不都是针对词学而言，但它对词学、特别是词学流派研究却具有相当积极的影响。会议提到：所谓的宏观研究，是针对此前古典文学研究中就事论事、注重死文献而忽略活方法的情况而发，强调在研究中应有三种类型，即（一）对文学总体特征的把握；（二）对文学发展规律的探讨；（三）对文学与其他文化艺术的关系研究。以期对古典文学研究家的理论素质、知识结构和方法论进行改造。

与流派研究作为主题内容相比，这是一个牵涉到总体方法论的更大冲击。宋词研究在古典文学研究中虽然只是个局部，但上述的问题它几乎都有。由是，对上述三个类型要求的把握，又可以被转换成宋词研究中的如下三个原则，它是一种新的现代意义上的原则：

（一）对宋词作为文学现象的总体特征的把握。它当然主要指向艺术形式的审美特征，从而与一般搬抄史料、文献再加说明的研究方法大相径庭。

（二）对宋词发展规律的探讨，亦即是对宋词艺术表现、流派风格构成、艺术表现力发展对词史的影响等方面的探讨，它是区别于社会学解释与词家评传描述式的研究——既然是规律探讨，当然会强调解释模式即类型化方法的重要性。

（三）对宋词与其他文化艺术的关系研究，它应该包括一些古典内容的新阐释：如苏轼以诗为词问题、黄庭坚以曲为词或朱敦儒以民歌为词的问题；但更应该包括一些新内容，如宋词中的绘画性、宋词意象的造型特征等等。

本书希望应用的研究方法，正是上述三种类型的内容。而纵观宋词研究的既有成果，恰恰也正是在这些方面缺少进取因此缺乏一种现代感。宋词词史研究、流派研究要能赶上时代学术大潮，要能提出具有现代意义的、更有说服力的成果，必须先进入这样的方法论思考。亦即是说，作为一个主题的流派研究，其范围还是有限的。既作流派研究，就不会是乐律研究，也不是词家生平研究，更不是创作研究或词与社会关系的研究，这就是所谓的排他性。但从一个方法的立场上来看现代意识对古典方法的更替，则它不仅限于流派乐律、作者、创作与鉴赏、词与社会生活研究，任何一种研究都会被囊括在内，都需要应用这样的方法，只不过在流派研究中，因为强调整体性、强调类型化，而对这样的方法特别有迫切的需求罢了。

宏观研究之于古典文学，可以指向两个极，一是外向的，即如古代文学与宗教、文学与儒家观念、文学与中国古代思维方式、文学与文学之间或还有文学与古典绘画、书法之间的比较研究（词与音乐的研究是词学研究中的题中应有之义，它未必算是特殊的宏观研究的内容）。另一是内向的，即是指词史的规律发掘、词学流派的划分、词的形式和总体归纳与整理等等。它不是单一的文献的，也不是个别的欣赏的；它是指向一种“宏观”意义上的规律的——规律不浮现在表面上，它需要思考、整理与发掘；那么同样的，流派现象也不是表面的，它也需要一种宏观意义上的把握与抽象思辨。“古典文学宏观研究”的倡导在词学（词学流派）研究中的意义即在于此。当我们选择了一个“宋词流派”的课题来做研究之时，我们的立足点必然应该是宏观的，它正符合古典文学研究在现阶段的基本目标。

微观的资料排比，孤立的作家作品介绍与事实罗列汇编，它并不是毫无价值的。没有它，就没有研究的物质基础。但当我们看到了整整一代人都津津于此，并以它来代表时代的成就，我们理所当然地会感到不满足。宋词的流派研究作为一个具体的研究课题，还有许多未竟的工作。而不了解与研究它，我们起码在词史研究中就无法把握整个发展脉络。而宋词流派研究作为一个方法意义上的深入，则更是在历来宋词研究格局中具有相当的典型意义——因为正是对它的研究使我们必须更多地调动思辨、归纳、逻辑演绎、抽象提取等能力，而不再陷入具体的一词一作或一时一人文献资料之中。强调宋词发展规律的宏观研究，必然要牵涉到流派这个课题，由此带出来的一系列内容如词的形式、审美表现、艺术性、风格追求等等，都是过去在词史研究中把握不太恰当，或过于机械刻板，或干脆视而不见的一些空白点。

这样，我们对导论中希望展开的理论课题亦即是本书的研究基点可以作如下几个方面的归纳与整理：当我们对这些方面的内容把握已有成熟的思考时，我们才有可能建立起词学研究中的流派理论模式。请注意：不是仅为现存的宋词二万首作品划几个派别，而是通过对它们的分析研究，建立起一种流派理论的阐释模式，并据此进一步对词史进行主体的观照。

一、方法特征	
·能动选择	反对被动的资料中心主义，强调研究中的主体性。
·整体性	避免微观的零碎文献排比而追求理论阐述并形成“解释模式”。
二、研究基点	
·文学价值	注重对作品“文本”的诠释，不乏言历史与社会的外加影响。
·艺术特征	以审美风格分析与形式分析为主，不沦为作家资料说明。
三、现实意义	
·流派主题	强调它是宋词研究中的中心议题，但现在仍是弱项。有研究的急迫性。
·宏观视角	目前中国古典文学研究中的代表性指向，对传统研究方法是一种全面的“革命”。宋词研究不应置身其外。

流派的研究绝不是一种单纯的技术工作，比如把某词或某家划入哪个派中去。现代意义上的研究应该是建立一种批评模式——流派理论的模式。

第一章　宋词流派研究的基点

第一节　选择流派作为基点的依据

我们选择了流派作为宋词研究的切入口。

做任何一种选择都有它的理由,流派的选择当然也不例外。亦即是说:在作家、社会、具体的鉴赏等不同的研究主题中，我们发现流派研究最具有魅力。作家是创作的主体，对它的研究是词学研究中必不可少的基本功。社会环境是词家、词作生存的前提，它当然也绝不应该受到忽略。古代文学研究主张“知人论世”,这“人”即是指作家,“世”则是指社会，两者都不可或缺。文学研究如果不想坠入片面化、单一化的陷阱，则必须形成人、世、作品三位一体的研究格局。

但纵观以往的宋词研究，却存在着一种令人失望的偏废。把“知人论世”片面理解为“社会条件决定论”，作品无关紧要，作家的生平行实与某些政治观点决定了其词作的价值；把文学仅仅当作一种社会和历史现象来考察，却忽略了作品这个根本——当然也必然会无视文学作为一个“本体”，本来是有着自身的发展规律与法则的。由是，在词的研究中，作家、社会环境的社会学评价泛滥，但作品的美学评价却几乎没有，即使偶然有一些，也都是为了说明作家思想如何进步，社会发展如何积极向上等等附属目的，真正独立的美的分析却少之又少。至于把每一首词作的欣赏作为艺术性探讨范例，把词学研究的审美部分仅停留在个人欣赏层次，也不能不看作是一种失误。因为倘如此，则词学研究的审美理论特征根本无法建立起来。我们常常可以看到这样一种模式：在欣赏描述中，先把一首词分为思想性与艺术性两个部分，然后大谈思想性如何（如对辛弃疾、陈亮的词作），再从艺术感受方面去求对应。所谓的欣赏，一则太个体而未必具有典型价值，当然更缺乏理论意义；二则也常常因割裂“思想性”与“艺术性”而变为以“艺术性”去证明“思想性”，从而把应有的审美感受变质为一种特定的附庸说明；更以对词作的整体欣赏被割碎为几个互不相关的板块，使欣赏不复为真正的艺术研究。由是，从论人论世而不论作品（美）到以个人欣赏感受代替艺术研究，我们发现了一种舍本逐末、买椟还珠的奇怪现象，如下表：

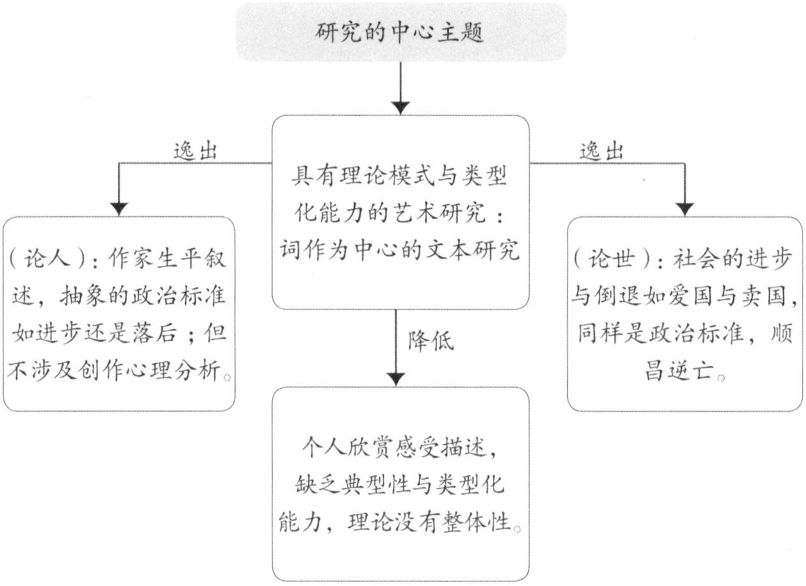

关于上表还有几个问题需要说明。第一，作为研究的中心主题的词作研究和艺术性研究，是指笼统意义而言，它绝不意味着社会学评价的研究或词家传记研究的毫无价值或不能作为中心主题来进行研究。每个词学家尽可以选择自己的研究范围，或以“人”即词家为中心，或以“世”即社会背景分析为中心。但若论词学研究的本体意义，则围绕着词作的艺术性、文学价值以及“文本”中心的研究，当然应该成为主导的内容而不是其他。第二，所谓的“逸出”，当然也是相对意义上而言。因为通常在一个领域中无所谓“入”或“出”，比如强调古典文学的宏观研究，它本身也即是一种“出”，但我们此处所划出的“逸出”，其意义是过分偏离主导方向而过多地以某一“人”“世”的内容来取代本体研究。事实上，如果对词作进行深入的理论探讨，即使重在文本，它也必然会牵及“人”“世”这两方面的内容。由是，只要我们提出一种较深刻的阐释模式（它当然不是单一的），则其间一定会存在着一个综合的、以词作（文本）为主导兼及词家（人）、社会（世）的三位一体的内容结构；论词也就是在论人论世了。

这样，从一个理论研究而不是一般欣赏的立场出发，以流派研究为基点，即会伸延出如下三个不可或缺的分课题：

一、流派形成与个人作用（主体）

二、流派形成与形式规范（本体）

三、流派形成与社会影响（客体）

一旦牵涉到个人、社会与词的形式本体，我们也就找到了一个多角度的立体交叉研究结构。毫无疑问，一个流派的出现，不可能只是纯个人的影响，而是由不同的个人作相似的努力，逐渐聚合而成的。同样的，一个流派的出现，必然会有社会环境的支持与推动，没有一定的社会环境条件，流派出现则失去了生存机制。再同样的，流派的产生必然还取决于词作为形式自身的内在法则规定性——倘若没有这一点，则我们无法理解为什么豪放派出现于南宋而不出现于五代、苏轼的“以诗为词”不出现于南宋末而要出现于北宋中叶。这些问题都不仅仅是词家努力或社会环境制约的理由所可解释的。

应当说，词家的个人努力并不落脚到流派，只落脚到形式。也即是说，身在其中的某一位词家，不可能有更超脱的流派立场而只可能有一个作品立场；任何一种个人努力都只能落脚到作品的具体形式。只有其努力趋向一种共性，由许多人来作相同的追求，这样才有可能由后来者归纳出一个“流派”来。因此，对某一位词家的创作心态研究，大可不必谈他如何先知先觉倡起某个派；词家的努力只能落脚到最具体的技术过程（包括修辞、音律以及一般意义上的风格把握）。这样，形式就成了我们研究流派的又一个切入口。

至于社会影响的作用也一样。因为社会是个五花八门的存在——没有一个专门为词而存在的社会。因此，社会影响也必然要先作用于词家这个创作主体，在“人”的脑子中产生影响进而再被投射到作品中去。那么一个合乎逻辑的推断则是：社会影响当然也不可能笼统地作用于流派而只能具体地作用于词作形式（也包括内容），并通过不断的持续作用，使后人感受到流派追求的大致取向。倘若我们是以宋词流派研究作为宋词研究的切入口，那么我们现在又找到了更具体的一个层面：以形式为切入口。

从流派研究入手到从形式分析入手，是一个从大到小、从笼统到具体的置换过程，但是这个置换是完全合逻辑的。流派是一个相当抽象的存在，它不直接可视可感。没有一定的抽象归纳能力，我们可以感知形式但不能感知流派。但流派产生的立足点又正是形式——因为词家们都不约而同地使用某一种形式以描述相近的内容，这种形式就有了类型化价值，它就有了代表性；成果益丰，投入人数益多，于是就形成了流派。这样，如果我们采取文本艺术分析的方法，则起点必然是落在形式，而目标则指向流派。

形式是个体的，流派则是群体的。形式存在于每一首词的“物质的”词调、声律、修辞、意象组织之中，而流派却置身于一个综合的抽象层次。或许更可以说，形式是一种“存在”的物质，而流派则是对“存在”的一种意识与理解。正是基于此，宋词流派研究的成败与否，首先将取决于宋词形式研究的深度。当我们对形式研究有了一定的把握，把它向历史、向社会、向词家集群作某种扩大，则流派研究的成果自然即会显现出来。

当然，从反面来看流派与形式的关系，也很能说明问题。作为一种概括归纳结果的流派，必然会有例外。苏东坡“以诗为词”，但他那些婉约的小词，其水准并不亚于“花间”；豪放派主张一泻千里，但辛弃疾也有许多柔媚语。一个人的创作已不能一概而论，若要涉及一个时代或一个集群的流派，则在主导倾向掩盖之下的次要倾向亦即是例外，当然更多。其间虽然有主次轻重之分，但倘若无视这些“例外”，则研究无论如何也不能说是有说服力的。以往关于宋词豪放、婉约两派划分，为什么会有那么多争论，即是因为它只考虑共性而忽略个性，只提示主流却排斥支流；再以某一特殊的政治需要去加以利用，当然弊病更多。因此，顾及全面不偏及一面（即使是很主流的一面），是流派研究中不可忽视的一条准则，但也正因为如此，在其间要作游刃有余的把握当然就更难。

而形式研究作为基础，却是十分实在的。它的对象只是个别的一首词。分析与批评，都可以一目了然而无须考虑是否会有例外。很显然，对一首词作研究结论很容易，但对一个词家一生的几百首词，一个流派或词家群的上千首词作一个结论性意见，就十分困难了。宋词流派研究倘若不希望使自身飘浮半空不着边际，则它也必然需要一个扎实的、“物质”的、不太游移的形式研究基础。从这个意义上说，流派研究也不得不依靠形式研究所提供的成果。

选择流派作为研究基点的依据，除上述理由之外，还有如下一些考虑：

（一）流派常常是艺术思潮的集中表现。

某一时代的某一艺术家群的追求，从整个时代看来本是偶然的，但当追求形成了一种“派”，亦即它被社会、被艺术界所认同，它就不再是偶然的了——偶然中包含有必然，这个所谓的必然，应该包括几个方面的内容：①艺术观念的独特性即排他性，它必须不雷同，不含混于其他模式；②艺术活动方式的集团性即不零散性，有一批人志同道合，组织起来（或前后相衔）进行同一目标的探索;③艺术行为与目的的明确性，取代什么、反对什么、倡导什么，必须清晰无误，使流派十分鲜明；④艺术思维模式的宽容性，兼收并容，不自我封闭，尽可能多地吸引更广泛的追随者，使它们从异到同、从隔阂到融合，扩大本派的影响力。以这样的立场去看，它显然已具备了“必然”的条件即理性的、逻辑的条件。而纵观词史上的两种流派，无论是宋代已为人熟知的婉约、豪放派，还是清代的浙西词派、常州词派……或是主动或是被动地都拥有上述条件。即使是宋初，词学本体的机制还不健全，但它也在自身成形过程中寻求不断完善上述条件的可能性。婉约派的提法或许会有争议，但一些更具体的词派的成形，却完全不悖这个原理。如周邦彦的“大晟词派”诸作家徐伸、田为、姚公立、晁冲之、江汉、万俟咏、晁端礼，共同追随周邦彦严守声律、字雕句琢;又如宋末的“雅词派”即从姜夔、史达祖、吴文英直到王沂孙、张炎、周密，强调雅正、醇雅以反对俗;以及辛稼轩的“辛派”，柳永的“俗词派”等等，都是印证上述的好例。这些大大小小的词派的出现，实际上反映出词史上各种艺术思潮不断消长的发展态势。正是有了它们，我们才会对词史有一个清晰的轨迹把握;也才会对各种艺术思潮的代表性、典型性有一个深入的认识。

（二）流派的出现是本类型艺术表现力达到高度成熟的标志。

词家个人的努力落脚在词作上，总是从尝试到走向有规模有格局、逐渐形成个人的基本风格的——除了像苏轼、辛弃疾这样的大手笔，个人风格甚难固定之外，一般词家的追求总有个基本取向。随意取一个词家来考察，从生平着眼，则我们总能从早期到晚期找出一个发展的大脉络:由幼稚走向成熟、由单薄走向厚实、由拘谨走向自由、由生疏走向老练、由初具萌芽走向蔚为大观；词家个体一生的创作实践是如此，作为众多词家集群追求的流派目标，当然更是如此。不管是主动的以社团为依托的有形的流派，或是相对不太主动的跨时代、跨地域的前后承接的不约而同形成的流派，其发展大抵不出乎此。

所谓的成熟，不仅仅是指技巧把握、风格把握的娴熟与得心应手——比如豪放派，在辛弃疾之后的陈亮、刘过的词作，无论词风还是技巧，都走向更见豪放的激烈的抒情的格调；对音律的忽略更见明显。虽然后人有批评，认为此一类词作为“流于叫嚣”，但它却应该是豪放词派合乎逻辑的发展；从技巧上看不免叫嚣之讥，从本流派的立场上看却未必不是一种积极尝试——把本派某一特征强化到一个极限程度以突出本派的艺术张力。待到南宋末，如蒋捷，却又显出豪放派的另一面：沉郁悲壮。这样，作为流派的豪放派，经历了从豪放畅快走向奔走“叫嚣”再走向沉郁低徊；它的艺术容量不断在扩大，最终则形成较为立体、丰满的流派形象，这也是一种成熟，一种更高的、从技巧跨越到风格境界的全面的成熟。

成熟不是平面的单线条的由低向高，它还包含了一种从单薄向丰富的“扩大”过程，即既有直线的上升轨迹，还有横向的开拓性格。作为一个词家，为强调自己的词风特征的清晰性可以不太考虑后者；而作为流派，后者的存在与否却是生命力强弱的关键。选择流派作为研究切入口，其理由也即在于此。

（三）流派的成立是一个带有理性特征的选择过程。

流派的构成基点是词风，词风出自于词家，这里面就有了一个人的能动作用。

具体的某一词家的创作，选此不选彼，可能纯出个人爱好，未必都有个完整的理性选择与思考的因素——创作常常更多地表现为感性的过程，要词家把每一个过程环节都清晰地描述出来，实在也是不合情理的要求。但当某一词家的尝试与探索有了一定的超前性，引起了本人或追随者们的注意，大家都来仿效、引用或追求，并形成一代风气之后，其中的选择却必然应该是理性的、可以说明的了。究其原因，是后来的选择必然以排斥其他作为前提，它就不再仅仅是感性的了。至于事关一个群体的继发性选择，其间的理性痕迹就更明显：即使是一个“我喜欢”的理由，倘作深究，则其结论后面也必然会包含着许多理由。古来论婉约派皆以温庭筠为宗，近人蒋兆兰《词说》曰“宋代词家，源出唐五代，皆以婉约为宗”；至明代张綖则以秦观为婉约之宗，但王士禛却认为“婉约以易安为宗”。其实李清照的词风与富丽浓艳的温庭筠完全不同，不同人心目中的不同的“宗”，其间就有了个理性选择的问题。婉约派孰“宗”的问题既如是，关系到其他流派如俗语派的柳永、大晟乐派的周邦彦，或许还有质实的吴文英派与清空的姜夔派，当更是如此。因此，研究流派现象，必然同时会牵涉到当时词家的思想、价值观以及词论批评，当然还有各人的思维模式问题；它是一个比词作本身大得多的研究空间，从而与通常的词作欣赏方法（即纯感性描述而缺乏共性的研究）区别开来。这种开阔的有丰富内容又多方位的研究空间，显然是极有魅力的。

（四）流派的形成是一个相对抽象的过程。

一个流派的出现并不完全取决于某一词家的主观愿望。没有各种社会因素，人的心理因素的偶然催化，流派的出现很可能是转瞬即逝。倘若我们把一个词家作词看作是一个具体的过程，那么流派成功却应该抽象得多。之所以这样说，是艺术创作本身十分感性，很难用一个逻辑严密的模式去套。艺术心理学之所以要化大量精力去探讨天才、灵感的内容，即表明它在许多情况下是不可知的、偶然的，甚至是非逻辑科学或超逻辑科学的。词家个体情形如此，再扩大为群体意义上的流派现象则更是如此。我们常常以为历史绝对合逻辑，其实这是个相对意义上的结论；我们的研究只不过是尽量使它变得可知一些、合逻辑些以便容易理解些。同样，我们在从事于流派研究时，也只能是在承认有许多例外的前提下，探究出流派形成的大概理由：这些理由有有形的——直接就能加以具体把握的；也有无形的——需要用思维去加以抽象化的。将具体把握与抽象思考结合起来从事流派研究，则即使有例外，作为结论似乎也不会有太多的不如人意——因为例外也已被理性地纳入思考的大框架中去，并已形成了结论的某一侧面内容了。特别是作为文学研究的高层次研究，强调史观、强调哲学思考、强调抽象归纳分析的能力，则流派研究的不那么“粘着”，反而给我们提供了驰骋的天地。

第二节　流派史、思潮史与词史

以风格——更具体地说是形式——演进为轨迹的流派现象，是一个极为丰富复杂的现象。它的立足于艺术性的展现是不言而喻的，但问题并不如此简单。

我们在此中看到了一个可以向上下伸延的套层结构。以流派研究为基准的前后（准确地说应该是，向上：更抽象更宏观层次；向下：更具体更微观层次）的伸延，将形成一个如下表所示的三位一体的研究对象：

· 宏观层次——	词的艺术史与词学批评史	—— 历史模式
· 基准——	流派、思潮现象研究	—— 群体模式
· 微观层次——	词作的艺术研究	—— 个体模式

如果说研究个别词作可以比较随意的话，那么，当一定的词的艺术追求倾向形成之后，它也必然占据一定的时间跨度亦即历史跨度。这样看来，作“流派研究”恐怕很难排斥史的立场与史的观念主导作用；相对于一般词作欣赏的立场而言，流派研究无妨被置换成一个流派“史”研究。

一般的词史研究可以是笼统的叙述，也可以划分成若干个研究分支。比如：词的社会史、词的艺术史、词的作家心理衍变所作用的历史、词的声律史、词的美学史、词论史、词的形式演变史……一旦我们对词史研究有如此细密的分类意识并能提得出相当的成果，那么词学研究的现代性便不言而喻。这还只是个大致的梳理。当然，相对于词史研究的另一翼词美学研究，应该还有其他许多内容，这是一种更思辨的、更欧化的研究，也是相对于古典文学的传统方法而言更陌生的研究。

立足于词的艺术史，在形式史、声律史、流派史、批评史这四个分项中，我们看到了“流派史”研究得天独厚的条件。首先，“流派史”研究立足于创作，即对词作的分析研究。因此它不着力于批评，这样使它更贴近于词史的“真实”，不像批评史研究，是对词论批评的批评。其次，“流派史”研究势必要牵涉到“形式史”“声律史”这两个方面的内容——因为没有人可以谈流派而不涉词调、声律。这些都是作为艺术流派生存与研究的主要基点。它当然表明词的“流派史”研究有更大的囊括性。再次，流派的倡起者是人，流派现象又必然展现为一种社会现象，这样，研究流派史必然要涉及作家史与社会史；但单纯的声律史研究或形式史研究，却可以不涉及上述内容，它相对的更是一个技术与技巧研究的过程。

这就是流派史研究所具有的容量。

作为历史研究的流派研究，使我们的观察审视角度不可能是静态的、平面的；词既然形成了流派，又构成了历史，它的时间性格不言而喻，当然也即具备了动态的、立体的、全方位的发展特征，对它的研究当然也必须具有这一特征。在此中，我们看到了几种颇有深意的“关系”：

（一）个人与集群：大凡能构成一种流派现象，首先必须具备几个条件，一是词家必须构成群，亦即是“集团”或“宗旨”的同一性。词家之间由于共同的生活环境，或由于相近的生活态度与阅历，或还由于相类似的审美理想、相一致的词史观与创作观，会逐渐磨灭去个性的部分而走向趋同。但趋同只是个大体倾向，它在我们的流派研究中有意义，却不能由此而以为词家不再有个性了——常常会有一种倾向：一个词家对流派的趋同倾向比较明显，又被历来的研究家作尽力“放大”；而他的个性的求异部分却无形之中被缩小；人们视而不见，这样的流派研究即使有结论，显然也是片面的、缺乏说服力的——只有我们的流派研究能全面顾及流派的趋同与词家的特异两个方面并作出具体分析，这样的研究也才可以说是动态的、不孤立的、具有成功的史观价值的。

（二）思潮作为聚焦点：流派与思潮的展现，一定具有一个生命发展的过程。当我们把它看作一个孤立的平面状态时，我们对它的评价变得十分清晰但却过于简单，这是一种很危险的“清晰”。而事实上，流派、思潮的形成，其中包含了一些纯属历史性的课题。如从首倡者的个人努力转化为一个群体的努力；又如从倡导者在开始只注重技巧效应而转化为群体的风格、思潮的历史效应；再比如从起步者的仅限于风格探索目的，转化为一个群体所追崇的社会文化思潮的目的；凡此种种，都表明流派研究的切忌平面孤立而要求有强有力的史观作用——要把每个流派的出现看作是动态的史的出现。早期的北宋小令十分清丽通畅，如欧阳修某些词作；但到南宋中期的姜夔，清通却转变为“清空”且复“骚雅”。“清”的格调未失，但趣味却从轻快转向疏淡与雅正，这就是一种史的作用。看不到这种转换痕迹，我们恐怕也很难对词派有确切的把握。宋人张炎《词源》评周邦彦是“善于融化诗句”“浑厚和雅”，但批评吴文英则是“七宝楼台，碎拆下来，不成片段”。周邦彦与吴文英是公认的婉约派前后辉映的两位大师，世人皆称“梦窗之学，源本清真”，“求词于吾宋，前有清真，后有梦窗”，但同样是婉约派首领的周、吴却仍有如此的风格差别，即可说明即使对同一流派，只注重其共性而忽视其差别，仍然是不妥当的。而要有这种区别的能力，则仍须从治词的史观建构上去找。

（三）词史研究中的流派研究：在注重基本资料与文献的前提下，我们应该把流派史研究依词史的现代研究方法进行分析式的清理，即：①流派的社会影响作用——以社会学为出发点的研究模式；②流派形成中的个人倡导作用——以词家个人选择及其中所包含的内在心理依据；③流派产生的本体立足点——即词形式生成的各种规定，如诗的规定、曲子词的规定、乐律的规定等等。关于①的例证，辛弃疾、陈亮（爱国词）、王沂孙（咏物词）最为典型；关于②的例证，则柳永（眠花宿柳的生活态度）、苏东坡（近老庄的人生宗旨）亦可称典范；至于③的例范，则可以从北宋小令上承诗，或北宋中叶慢调兴起对大晟乐派与南宋诸派的影响等词史事实上去探得究竟。这样，倘若没有一个开阔的史的视野，我们就无法对流派研究作如此多层面的思考——把上述三项作一概括与伸延，则又可构成如下一种关系：

①流派的社会影响——社会学出发点；

②流派的个人选择——心理学出发点；

③流派的生存格式演变——形式美学出发点。

倘若我们指社会学出发点是一种文化模式，而心理学出发点是一种个人行为选择，那么形式美学出发点，却是包括了风格、意境、修辞、格律、调式、韵部等一整套形式表现法则的十分庞大的内容，它们也都各自有自身的演变史，它们共同作用于形式，又与社会、词家构成一个更庞大的“史”——“流派史”的研究模式。

（四）立足于现实的思考：我们在过去看到的词史又是什么样的呢？或是把词史变成词家表、词家生平介绍大辞典；或是把词史变成词作排列介绍与欣赏；或是把词史变成为社会政治现实作说明的工具，喋喋不休地讨论进步与倒退、健康与颓废……这样的词史怎么能算史？

词史的研究应该是艺术史的研究，更进而言之，它应该是对词这一文学形式生成的深入把握、对它的发展规律的探讨、对它的内在性格的认识。而这种把握与探讨、认识，最有可能应该先实施于流派艺术方面的研究，因为流派史的存在几乎可以说是词史中最精髓、也最骨骼的部分——倘若我们不想把一部词史写成词的常识介绍的话。

那么结论很明显：研究流派史即是在研究词史的基本内容。反过来，研究流派史也必须有赖于词史方法上提供的支持。没有对这个关系的认真把握，我们肯定做不好流派史的研究；而做不好流派史的研究，当然也肯定做不好词史的研究。

这样的思考结论包含着对过去时代词学研究的批评；但问题在于，民国以来用新学术方法从事词学研究的专家并不少，难道竟无一位前辈做过这样的思考？且不论在早期，词史研究与词的艺术性研究有过一个长足进展的兴盛期；就是在新中国成立后，关于李煜词的讨论、李清照词的讨论，都有相当的成果（只是得不到公正对待罢了）；还有一些词学前辈提出应加强词的艺术性的研究，为此而横遭批判；当然响应者寥寥。在动辄得咎的年代里，要提倡对词的艺术性研究，显然要冒极大的风险。

但除了社会大文化对词学研究的各种干预因素之外，作为词家与词学本身研究而言，也还存在着一些弱点——可以说，即使社会环境没有如此严峻，对词的艺术性诸如流派，思潮研究方面的实施，也会因为研究家个人在素质上的困难和文化积累上或是文化价值观方面的问题而影响其最终成效。具体而言，其原因有如下三点：

①词家个人的素质问题：要研究词的艺术性，势必会牵涉许多文艺学、美学方面的问题。词学是古典文学，过去我们习惯于札记式的点评，很少有能力将之系统化；而有体系的文艺学、美学理论又都是外来的理论，与古典文学隔阂太深。这样，研究词（其他古典文学研究也一样）或是满足于一般欣赏的感受描述，或是言简意赅，一语中的但缺乏系统化，总之，词学家们缺少一种有力的思想武器与研究方法来进入系统化的词的艺术研究——在前一时期大家不约而同地以词的思想性考察来代替艺术性研究，看起来是某种政治需要的影响，其实从另一方面看，也暴露出研究家缺乏一定的研究主体性格，特别是在艺术探讨方面缺乏独立性、缺乏足够的能力。对词的美学立场的研究、对词的形式的思辨研究与艺术系统研究，正是现代意义上的词学研究必须要做的工作。这表明，我们应该正视一个现实：为改进词学研究，词学家的纯古典的知识结构应当作某种转换，即对现代西方文学、艺术流派的了解，应该是词学家们新的基本功内容之一。否则，研究家的现代意义上的素质就无法建立起来。

②词的艺术性不易把握的原因：对艺术性的研究当然是一个立足于审美感受的过程。但审美感受因人而异，无法划一作固定的结论，由是，对词的艺术性研究，必然是一个主观性格极强的研究过程，它很难有统一的标准。

这使得我们在从事研究工作，或在评判研究工作时常常不知所以——没有固定统一的标准，研究的结果如何检验？倘若把每一首词的审美体验、感受逐个加以评判，当然很零碎，而且必须尊重每个审美过程中个体的选择。但问题在于，我们在从事的是对词的艺术性格的研究，它不仅仅针对每个读者的感受与体验，更应该是一项系统性很强的立体研究；词的艺术性可以表现为具体的某一个侧面（如在一首词中），但它更可能表现为一种系统——表现为从美、美感、审美交换等一整套循环机制以及由此而生发出的风格、样式、技巧、形式美与时代特色等方面的课题。我们一旦把它作为一种深层次的理论探讨来对待，则一定的理论框架与思辨方式，完全有可能把它变得有系统。但统观过去的词学研究，一方面词学家们把艺术性等同于欣赏，使研究中的主观的个性作用无限扩大；另一方面则对词的“理论”研究中的理论性格也缺乏认同，缺乏对理论的宏观把握能力，往往捉襟见肘。这些也表明在既有的认识条件下，对词的艺术性研究仍然无法顺利地展开并且尚缺乏一种客观标准。

③与社会难以衔接的问题：词的艺术性研究，是一个相对独立的研究侧面，它不像思想内容或主题、题材、情节或故事（本事）的研究那样，可以直接与社会挂钩。因此，在“文以载道”的旧有文学研究观影响下，它总是很少有可能获得青睐。比如，对词的艺术性研究，很少有可能被社会思潮所利用而成为“人生斗争的武器”。这种社会思潮，不一定是指革命与否；应该说在民国初反封建浪潮中，我们即已看到胡适、胡云翼对宋词豪放派从思想内容上进行的充分利用。而这样的利用，在以后又被以不同面貌、不同目的与不同口号的方式反复进行着。主张古典文学研究应该紧密结合时事政治，如在国难当头时强调爱国词家的雄浑刚健词风，它有相当的现实针对意义。但古典文学研究并不只是“古为今用”的手段，它还可以有探究词作内在法则，或者说并不具有多少现实意义但于严肃的学术研究却不可缺少的那些专门成果，比如关于词与音乐的研究，词律、词调的形式研究等等。对词的艺术性研究的设想，是相对于对词的思想性研究而言的，它们之间不可偏废，但在过去则后者如鱼得水而前者步履艰难。在近百年来时代责任感、历史使命感过强的词学家手里，词的艺术性研究当然失去了应有的光彩与魅力。但这不仅仅是个人的原因，它更大的还在于是中国“诗教”传统的潜在作用所致。我们无意全面否定词的思想性研究的价值，但我们在审视词学研究现状时却应该考虑到它已有的负面影响。

强调流派研究的两大特点——第一是强调史观的重要性，第二是立足于艺术性——我们在一纵一横两个方面找到了出发点。亦即是说，史观的作用作为纵轴，将向我们展开流派发生、形成、发展、衰亡的运动的过程，对它的把握将是一个辩证的过程而不是形而上学的；而艺术性研究作为横轴，则帮助我们建立起一个空间系统，在此中有着立体的各侧面，它们各司其职，共同构成一个综合的“艺术”体。流派的切面特征，当然是这个综合的“艺术”体中的核心部分。一切思想内容及从修辞、声律到意象结构的技巧研究，都被包容在其中了。

第三节　词学流派划分讨论的历史回顾

自宋代以来，对宋词流派划分以及做出阐述的成果有哪一些？如果说，对流派的思辨研究是我们希望强调的话，那么在思辨展开之前的“打地基”工作即文献、资料的清理工作具有同样重要的意义。因为对它的忽视会直接决定思辨研究的失败。因此我们当然不敢掉以轻心。

最早明确提出两宋词派以豪放、婉约分的，当推明代张綖。王又华《古今词论》引张綖论词有如下语：

> 张世文（按，张綖字世文）曰：词体大略有二：一婉约，一豪放。盖词情蕴藉、气象恢弘之谓耳。然亦在乎人，如少游多婉约，东坡多豪放。
>
> ——《词话丛编》第 602 页

张綖提出的两个派是十分明确的。到了清代，则这样的看法又一次被王士祯确认。王氏著《花草蒙拾》有如下语：

> 张南湖论词派有二，一曰婉约，一曰豪放，仆谓婉约以易安为宗，豪放惟幼安称首，皆吾济南人，难乎为继矣！
>
> ——《词话丛编》第 685 页

对照这两段议论，对词家范例的选择已有不同。比如同是婉约，秦观较艳丽而李清照则清淡；同是豪放，若引王国维语，则是“东坡之词旷、稼轩之词豪”（《人间词话》），这“旷”与“豪”的美学特征显然也都不一样。因此，毋宁说王士祯是扩大了张綖的所指范围。但有一点则是共同的，两人的区别方法则都是“两分法”：或阳刚，或阴柔。

两派分法虽涉及的是一个具体的词派内容，但它却反映出一种思维模式。这就是以对立的阴阳上下刚柔的方式来看待事物。不但对豪放、婉约在宋代的代表人物有各种探讨，倘若再追溯到五代，以两派划分的结论也正复不少。兹举数例如下。

倘牵涉到词派论及内容的，最早可上溯到唐与五代的词风，清沈祥龙《论词随笔》

即以李白与温庭筠为例：

唐人词，风气初开，已分二派：太白一派，传为东坡诸家，以气格胜，于诗近西江；飞卿一派，传为屯田诸家，以才华胜，于诗还西昆。后虽迭变，总不越此二者。

——《词话丛编》

至于论及五代词的，也有以两派分者，但也不是表面的豪放、婉约，而是一种新的对比，周济《介存斋论词杂著》：

飞卿，严妆也。端己，淡妆也。

作为它的补充，则还有陈廷焯《白雨斋词话》所提到的：

端己《菩萨蛮》四章，惓惓故国之思，而意婉词直，一变飞卿面目，然消息正自相通。

温庭筠的面目是什么？是绮怨艳丽，亦即是“浓”，而韦庄的词风却是“直”。这样，温、韦之间也可构成一个对比。浓与淡，或曲与直的对比。这同样是一种两分法。所谓的浓与淡或曲与直，我们只要通过两首词的对比即可明了，一是温庭筠的《菩萨蛮》，其中的用词的色彩与排列甚为浓密：“小山重迭金明灭，鬓云欲度香腮雪……新贴绣罗襦，双双金鹧鸪。”另一是韦庄的《必冠子》：“四月十七，正是去年今日，别君时，忍泪佯低面，含羞半敛眉。”淡白疏朗，近如民歌。以此作比，想必较能说明问题。

到了论宋词，则这样的两分法的议论越来越多。我们多引几例以见出其典型性与广泛性。

——明徐师曾《文体明辨序说·诗余》：

至论其词，则有婉约者，有豪放者。婉约者欲其辞情醖藉，豪放者欲其气象恢宏。盖虽各因其质，而词贵感人，要当以婉约为正。

——明王世贞《弇州山人词评》：

词须婉转绵丽，浅至儇俏，挟春月烟花，于闺幨内奏之。一语之艳，令人魂绝；一字之工，令人色飞，乃为贵耳。至于慷慨磊落，纵横豪爽，抑亦其次，不可作耳。作则宁为大雅罪人，勿儒冠而胡服也。

——清田同之《西圃词说》：

填词亦各见其性情：性情豪放者，强作婉约语，毕竟豪气未除；性情婉约者，强作豪放语，不觉婉态自露。故婉约自是本色，豪放亦未尝非本色也。

——清沈祥龙《论词随笔》：

词有婉约有豪放，二者不可偏废，在施之各当耳。房中之奏出以豪放，则情致绝少缠绵。塞下之曲行以婉约，则气象何能恢拓。苏辛与秦柳，贵集其长也。

倘若再涉及词家如苏东坡及词作，则关于豪放婉约两分法的议论更多，不再赘举。不管批评立场如何，对于两分法这一点，却是大家并无疑义的，并且自明张綖以来直到有清三百年，大家都沿袭不误，习以为常了。

这些举例都还是后人的论说。事实上，早在宋词时代，关于两派分的格式已由宋人自己定下了基调，统而观之，一是宋代人对当时著名词家所做的评论——语虽未指实是婉约、豪放，但其义所指却十分明了。另一是宋代词家的夫子自道，所言一经品味，也能看出两派分的内容来。

先来看第一种。

最有名的论述，是南宋俞文豹《吹剑续录》中所记载的一段名掌故：

东坡在玉堂，有幕士善讴，因问："我词比柳词何如？"对曰："柳郎中词，只好十七八女孩子，执红牙拍板，唱杨柳外晓风残月。学士词，须关西大汉执铁板，唱大江东去。"公为之绝倒。

——引《说郛》卷二十四

这红牙拍板与铜琶铁板的差别，或曰"杨柳外晓风残月"之句与"大江东去浪淘尽千古风流人物"的句子差别，正是婉约与豪放的最明显差别。由是，任何一位研究者都会把两派分法的源头拉向俞文豹，以此为他的发明。

但遍观宋代词论中，比俞文豹更早的还有。第一是王炎，他有《双溪诗余自叙》，其中已涉及"豪壮语"与"婉转妩媚语"。之差别：

今之为长短句者，字字言闺阃事，故语懦而意卑。或者欲为豪壮语以矫之。夫古律诗且不以豪壮语为贵，长短句命名曰曲，取其曲尽人情，惟婉转妩媚为善。豪壮语何贵焉？

细品此语，虽是重婉转妩媚而轻豪放，但作为批评模式的两派划分的标准却十分明显，正可看作是"十七八女孩子，执红牙拍板"与"关西大汉执铁板"的先导。王炎生于南宋中叶,比南宋末的俞文豹早了近百年。他作为先导的地位是完全没有问题的。

宋代执此议论的还不仅是王、俞二位。更有一位陈鬘,在他的《燕喜词叙》中也已表现出两派分的意识——虽然还是比较朦胧的:

议者曰:少游诗似曲,东坡曲似诗。盖东坡平日耿介直谅,故其为文,似其为人。歌《赤壁》之词,使人抵掌激昂,而有击楫中流之心。歌《哨遍》之词,使人甘心淡泊,而有种菊东篱之兴。俗士则酣寐而不闻。少游情意妩媚,见于词则秾艳纤丽,类多脂粉气味。

能抵掌激昂生击楫中流之心的,当然是"豪放"派,它与秦七的情意妩媚、秾艳纤丽的"婉约"相比,自属相反。

以王炎、陈鬘、俞文豹为代表的宋代词人的评论,在观念上已给了我们一个启示,即豪放、婉约两分法是宋代人已习惯了的内容。如果把俞文豹文中的"幕士"即直接对曰的那一位(据考证他是当时的教坊大使袁绹)也算上,那么从东坡当时的袁绹直到南宋末的俞文豹,对词派划分的概念是很清楚的:论词可能有不同的体察感受,但作为流派的分类,则两派说是最有代表性的一种结论。

再来看第二种。

苏东坡、秦观、柳永都是著名词家。围绕着这三位词家,曾留下过一些相当有趣的记载,虽是吉光片羽,却也很能说明问题。

先来看苏东坡的两封尺牍。

——《与鲜于侁书》:

近却颇作小词,虽无柳七郎风味,亦自是一家。呵呵!数日前猎于郊外,所获颇多,作得一阕,令东州壮士抵掌顿足而歌之,吹笛击鼓以为节,颇壮观也。

——《与陈季常书》:

又惠新词,句句警拔,诗人之雄,非小词也。但豪放太过,恐造物者不容人如此快活。一枕无碍睡,辄亦得之耳。公无多奈我何。呵呵!

第一篇尺牍作于他的《江城子·密州出猎》词成之后,又是东州壮士,抵掌顿足,还要"击鼓以为节"以求壮观;并指明是不同于柳永的"自是一家",足证他是以柳永作为对立面,以豪放"壮观"来对峙于柳词的。这正是一种清晰的流派意识:要"自是一家”。在这里，“家”即可等于“派”。

再来看苏轼与秦观之间讨论词的一段对话。见宋人曾慥《高斋诗话》：

少游自会稽入都，见东坡。东坡曰：“不意别后却学柳七作词。”少游曰：“某虽无学，亦不如是。”东坡曰：“销魂当此际，非柳七语乎？”坡又问别作何词？少游举“小楼连苑横空，不窥绣毂雕鞍骤”。东坡曰“十三个字，只说得一个人骑马楼前过”。少游问公近作，乃举“燕子楼空，佳人何在，空锁楼中燕。”晁无咎曰：只三句，便说尽张建封事。

学柳永是违反苏东坡的词风的，故苏东坡会有“不意”的责备，而秦观也嗫嚅地加以否认。不但如此，秦少游举十三个字，苏东坡以为累赘，正是在于其雕饰不畅，不如苏自己的通畅快捷而明白不拗的词风——我们在此中看到的，还是苏东坡与柳永以及柳永后继秦观之间在词风上的明显差异：秦观的词风的确很接近柳永。苏东坡常批评秦观气格偏弱，不够通畅强健，曾有联语嘲讽曰：“山抹微云秦学士，露花倒影柳屯田。”以两人并列受责，足证上述推断是不无道理的。而苏东坡自举的“燕子楼空”三句，却是平白无饰，是直而畅。其间的差别，虽未必是婉约之对豪放，但亦差可近之。

虽然苏轼与秦观的讨论——或许还牵涉到柳永的讨论有分派意识，即苏轼以自己的“自是一家”来区别于柳永的红牙拍板，但这仍然只限于北宋前期，以后的周邦彦、李清照以及南宋的辛弃疾、姜夔、吴文英等还未出现。仅以苏轼的批评即指实“豪放”与“婉约”两派划分法的已经成立，自然还缺乏说服力。但同时的袁绹以及王炎、陈鬊、俞文豹以及明清诸家的批评，却是一个相当清晰的流派对比内容。不但所指向的内容已囊括两宋，而且评论的内容也已有明确的分派意识，不再仅仅是对两种词风的优劣评价问题了。至此，我们可以肯定地说，在宋词流派研究的古典成果中，豪放、婉约两派说是最有代表性的一种结论，并且是一种沿袭了几代的横跨近千年的公认的研究规范。对它的分析与批评，将是我们必须要做的一项基础工作。

除两派说之外，还有四派说、十四派说等等，如郭麐《灵芬馆词话》卷一有词分四派说，兹清理如下以见眉目：

词之为体，大略有四：

风流华美，浑然天成，如美人临妆，却扇一顾，《花间》诸人是也。晏元献、欧阳永叔诸人继之；施朱傅粉，学步习容，如宫女题红，含情幽艳，秦、周、贺、晁诸人是也。柳七则靡曼近俗矣。

姜、张诸子，一洗华靡，独标清绮，如瘦石孤花、清笙幽磬，入其境者疑有仙灵，闻其声者人人自远。梦窗、竹窗或扬或沿，皆有新隽，词之能事备矣。

至东坡以横绝一世之才，凌厉一世之气，间作倚声，意若不屑，雄词高唱，则为一宗。

辛、刘则粗豪太甚矣。其余幺弦孤韵，时亦可喜，溯其派别，不出四者。

这是以《花间》及秦、柳、周等为一派，以姜、张为一派，以苏为一派，以辛、刘为一派。约以历代词论所用术语实之，则《花间》以下是"婉约"，姜、张是"清空"，苏轼是畅快自若一种，而辛、刘是"豪放"。它有一定的依据，但却也还有不周到处。首先是以梦窗（吴文英）归诸姜、张，与历来词家方法有异，似为不妥。其次则辛稼轩未必皆粗豪，也难以顾及全面；又以分派线索不太清晰，自然追随者少，后继乏人了。至于另有一种四派说，出自周济《宋四家词选》，指周邦彦、辛弃疾、王沂孙、吴文英为四派并指他们为分领一代，似乎更缺乏说服力。一是无视柳永、苏轼、李清照、姜夔等领袖一代风气的词家，有本末倒置之感；二是周邦彦、吴文英本是一派，强分为二并无道理，而王沂孙却又是姜夔的支裔，列王去姜实在也让人生疑；三是附苏轼、姜夔这两位词家于辛弃疾之下，时代既颠倒，且苏、姜文不同派，与辛稼轩更不同，处置也实在令人费解。因此提出后并无人问津。

至于十四派说，则见于陈廷焯《白雨斋词话》卷八，亦分列如下以见大概：

唐宋名家流派不同，本源则一。论其派别：大约温飞卿为一体，皇甫子奇、南唐二主附之；

韦端己为一体，牛松卿附之；

冯正中为一体，唐五代诸词人以暨北宋晏、欧、小山等附之；

张子野为一体；

秦淮海为一体，柳词高者附之；

苏东坡为一体；

贺方回为一体，毛泽民、晁具茨高者附之；

周美成为一体，竹屋、草窗附之；

辛稼轩为一体，张、陆、刘、蒋、陈、杜合者附之；

姜白石为一体；

史梅溪为一体；

吴梦窗为一体；

王碧山为一体；黄公度、陈西麓附之；

张玉田为一体。

这样的例体别派不免琐碎而且难得要领。比如把姜夔、史达祖等分为二体，却忘记了还有一个重要的李清照；又特列贺铸为一体，却将词风不同的温庭筠与南唐二主合并，因此，这样的分体还是缺乏一定的说服力，作为词坛的代表性结论当然不够。以后陈廷焯又曾有补充，以为“惟飞卿、端己、正中、淮海、美成、梅溪、碧山七家殊途同归，余则各树一帜，而皆不失其正，东坡、白石，尤为矫矫”。这样，十四派又变成了八派，再作清理如下：

①温庭筠、韦庄直到周邦彦、史达祖、王沂孙等为一派；

②张先为一派；

③苏轼为一派；

④贺铸为一派；

⑤辛弃疾为一派；

⑥姜夔为一派；

⑦吴文英为一派；

⑧张炎为一派。

虽然少了些芜杂，但还是未能成一家之说。因为把张炎与姜夔分列，又拈出贺铸与张先，显然也还表明陈廷焯出此论时心中无数——他说是“余则各树一帜”，与东坡、白石相比，张先、贺铸与张炎何尝能称得起是独树一帜?

以派、体对词家风格作划分之外，还有以正变论区别，但这事关另一个审视角度，无法直接指为宋词分派的既有成果。又有甚至以宋词分派比附董其昌的画有南北宗说，见厉鹗的《樊榭山房全集》卷四《张今涪红螺词序》：

尝以词譬之画。画家以南宗胜北宗，稼轩、后村诸人，词之北宗也。清真、白石诸人，词之南宗也。

这倒很有些“豪放”“婉约”两派分的味道。但苏东坡不在论内，大抵可见厉鹗发此论时并非是存着一个统辖全宋词派的立场。他只是自谈感受而已，因此我们不必对它过于认真。且即使硬要归类，则归为两派说亦无大错。

至此，我们大致已可做出结论了：以宋词流派研究的历史成果来看，则自宋当时直至明清，或自宋代词人当时的创作流派把握与后世的词史流派研究，无论是哪个角度，都是以宋词阳刚阴柔的“豪放”“婉约”两派说为典型。清代词学家们也曾有鉴于两派说有不能观照周全之处，而不断提出“四派说”“十四派说”“八派说”等等，但或是失之琐碎不得要领，或是失之武断缺乏划一标准，似乎都只注意到唐宋词人在风格上的众多差异而忽略了流派研究中第一重要的“整体性”“类型化”的原则，因此几乎都未成为一种公认的法则与结论被社会所确认。这样，真正能留给后人印象的，还是“豪放”“婉约”两派分法。

第四节　词学流派划分讨论的现状

从古代到现代，其中文化背景、研究方法与思维模式等已经有了相当大的转换。比如五四新文化运动逼使文言文（它是古典文学生存的根基）退出了文化舞台；又比如对词的研究也开始从札记随笔转向系统的研究——有了对词史的大致梳理。梳理虽然还缺少深度，但毕竟是开始梳理了；词学家们也约略有了些“史”的意识。据调查，自辛亥革命后的短短三十余年间，关于宋词的专著（比较系统的研究）达二十余种。其中如胡云翼的《宋词研究》（1926）、刘坡公的《学词百法》（1928）、胡云翼的《词学 ABC》（1930）、任中敏的《词曲通义》（1931）、刘毓盘的《词史》（1931）、梁启勋的《词学》（1932）、王易的《词曲史》（1932）、吴梅的《词曲通论》（1932）、胡云翼的《中国词史略》（1933）、胡云翼的《中国词史大纲》（1933）、姜方锬的《唐五代两宋词概》（1934），等等不一而足；直至薛砺若《宋词通论》（1949）出，对民国词学研究而言可以说在时间上划了个句号。从一般意义上的谈感受谈体会，到真正以研究的立场去系统地看宋词，胡云翼可以说是个重要的人物，因为正是他在二十世纪二十年代末著的《词学 ABC》中第一次提出“词学”的概念而不是一般“词学”概念，亦即是说，不是描述词的做法以及详析声韵体制，如《学词百法》之类，而是以词学作为一种理论之学，作为文学史之一翼的学术研究来对待。在此一时期，许多词学家著作也皆着力于词家承启、词派分期等方面，特别是一些文学家治词史，常常能宏观地看待词派、分期现象——如陆侃如、冯沅君《中国诗史》卷三论词，即把词划为李煜、苏轼、姜夔这三个时代，以人领时，饶有新意；又比如刘麟生的《中国诗词概论》，论词则分为"词的萌芽时代""词的极盛时代""词的衰落与复兴时代"等三期，这种方法，已不是明清词论家那些轻松雅逸的笔记或词论所可比拟，从而体现出近代学术发展对词学所施加的积极方面的影响。

纵观民国时代，对词的分派方面的成果并非十分明显。但基本上还是上承清人的划分模式，比如郑宾于著《中国文学流变史》，即打破一般宋词分期的纵向方式（即以唐五代到南宋末的方法特征），而提出了分北派之豪放与南派之婉约两个系统，以流派为脉络来探讨宋词存在的价值。此外，在本书中，郑宾于对豪放词予以高度评价，一反传统的词以"婉约"为正宗的观点。考虑到该书成于一九三一年又再版于一九三六年，则正当内忧外患之际，肯定豪放派的举动显然是与著者的忧时心情相吻合的。至于任中敏，则在他的《词曲通义》中以词、曲对比拈出了两派说的模式，如论"词阴柔而曲阳刚"，"词以婉约为主、别体则为豪放;曲以豪放为主，别体则为婉约"，这样的研究，在当时是具有相当高度并且新意迭出的。

但我们更应该看到，当时词学家能以崭新的研究意识为词学开一新门径，还取决于学术著作以外的学术研究——正是在这一时期，唐圭璋的《全宋词》编成，并于一九四〇年出版，为词学研究提供了一份全面的资料，使词学研究的眼界大开。而更有意思的是，一九三三年，龙沐勋在上海创办《词学季刊》，坚持了两年，出版了十一期刊物，使词学研究顿成显学，为集中一代词学家并展开现代意义上的词学研究起到了积极作用，对于倡导词史、词派研究功绩卓著。这种以刊物等现代研究交流媒介为渠道的词学研究，当然更是民国以后文化进入新时期时才具有的优越条件，而为明清词学家所未可梦见了。

自清末以来，关于词风、词派研究的状态，我们大致可分为三个时期。一是自同治、光绪之间，以刘熙载《词曲概》为代表的词派研究，主张论词当重品，品有词品与人品之分。随之则主张论词重清健刚雅，偏于苏、辛一路，连陈亮、刘过、刘克庄、张元幹、张孝祥、蒋捷、文天祥等一概论及；但对婉约派诸家，却时有讥刺。如论"周旨荡而史意贪”即是。宣统年间，王国维著《人间词话》，则提倡“境界”之说，不再求刚求健，而对李后主、纳兰性德，特别是对周邦彦十分推崇。与此同时，况周颐论词有《蕙风词话》，倡导词要“重、拙、大”，显然又有新见。而朱祖谋则推崇周邦彦、吴文英，少视苏、辛。以清末的词学研究而言，则是在“词话”这一古典研究形式之下，以刘熙载倡词品倡阳刚，与王国维倡阴柔前后辉映。至于况周颐、朱祖谋本是同代人，况倡重拙而朱取雅正，亦是一种在词派上各取所需的对比态度。

第二个时期则可以五四运动为分界线。胡适是倡导白话文的一代健将，他论词也迎合这一宗旨——比如他曾于民国十六年（1927）出版《词选》（上海商务印书馆）、大倡“诗人之词”；比如他会花偌大力气去考订研究朱敦儒那平白如民谣的《樵歌》，即可知他是不屑于婉约的。胡云翼、郑宾于则进一步强调婉约、豪放二派分，并开始倡导豪放派词风的社会现实意义——虽然胡适的重白话词未必即可归于豪放，但他们却都截然有别于作为传统的雕金琢玉的“婉约”。这是一个新文化系统中的词学研究格局。至于另一翼，则自清末四大家、特别是朱祖谋以下诸弟子如龙沐勋，则仍然重视“婉约”风格的价值。龙沐勋直到新中国成立以后，在一片赞扬豪放派、否定婉约派的氛围中，选《唐宋名家词选》，却仍然重视晏幾道、周邦彦、姜夔诸家，似乎也已曲折地反映出他的流派倾向来。龙沐勋虽是一个人，但他创办《词学季刊》，在当时是研究的中坚人物，他的努力仍然可窥出正统派词学家对词派划分的不随波逐流的一面来。应该承认，这还是一支不可忽视的力量。“豪放派至上论”并未在民国时期占绝对优势。

建国以后的词派研究，情况稍稍有所变化。伴随着文艺研究中强调政治需要、强调为现实服务的倾向逐渐占主导地位，在古代作品中强调进步与倒退，在古代词家中强划革命与反动，词学研究中两派说风靡一时，并且是以豪放派对婉约派的压倒优势来构建这一时期词派研究的基本面貌的。胡云翼编《宋词选》在序言中即对豪放派大加捧扬而于婉约派轻描淡写；至于几次关于词的讨论，如《文学遗产》编辑部编的《李煜词讨论集》，还有关于李清照词的讨论，无不以“爱国”“现实斗争”“与人民打成一片”等等抽象标准来作牵强的衡量，并对一些有价值的学术论文进行批判，动辄指为“政治问题”。而即使对所谓的爱国词人辛弃疾，也是大谈其抗金。连篇累牍地介绍《水龙吟·登建康赏心亭》《破阵子·为陈同甫赋壮词以寄之》《永遇乐·京口北固亭怀古》等等，无视辛词中也有许多婉约作品存在的事实。由于文艺方针的偏向而导致在古典文学研究领域中的强化论战特色，却没有心平气和的词学本体研究与较少偏见的词派理论研究，这样的情况一直持续到七十年代末。当然，作为所谓“爱国”“进步”的词派研究，必然也是依靠词派两分法即豪放（进步）、婉约（倒退）的分派模式为基点，而以扬“豪放”、抑“婉约”来贯穿始终的。而这种分派模式，显然又是从明清以来词派两分法的传统中得来，只不过打着一个批判封建主义的旗子。至少我们可以说，它在分派模式、观念与分析中仍然沿袭前人，并无再度脚踏实地地进行再认识的努力痕迹。

这实在是个具有讽刺意义的事实。双方都持两派说的区分法，但双方都以一派的观点去批评对方。一九六二年《学术月刊》二月号发表万云骏的《词话论词的艺术性》，还不是翻案，仅仅是提到婉约派词人的词“也值得学习”。而在一九六四年八月三十日《光明日报》上，吴文治则以批判家的口吻指责这是不去抵制“毒素”，认为婉约派词作“会产生不良影响”，是一个关联着我们今天如何对待词这种艺术遗产的严重问题。双方观点针锋相对，但双方使用的却又是同一个基准：两派分法。在当时，这样的批评触目即是，而由社会大背景决定，如果沿循两分法，那么结论几乎是不言而喻的了，豪放派不可能不占上风，连夏承焘、唐圭璋等专门家，和几种《中国文学史》中关于词的部分，也限于时事，概依此说，篇幅浩繁，不赘引。

詹安泰在《宋词风格流派略谈》一文中，提出了与豪放、婉约两派说截然不同的看法。他指出：

> 一般谈宋词的，都概括为豪放和婉约两派，这是沿用明张綖评价东坡、少游的说法，是论诗文的阳刚阴柔一套的翻版，任何文体都可以通用，当然没有什么不对。不过，真正要说明宋词的艺术风格，这种两派说就未免简单化了。

这个批评自然是不错的。为了在词派研究上有自出新见，詹安泰提出了宋词流派的八派说，并提出了他认为较有代表性的词家，综合起来约如下：

一、真率明朗：以柳永为代表；

二、高旷清雄：以苏轼为代表；

三、婉约清新：以秦观、李清照为代表；

四、奇艳俊秀：以张先、贺铸为代表；

五、典丽精工：以周邦彦为代表；

六、豪迈奔放：以辛弃疾为代表；

七、骚雅清劲：以姜夔为代表；

八、密丽险涩：以吴文英为代表。

——《宋词散论》

每一派的出现，都引词家、词作为证。由于它已经不是片断式的“词话”札记而是学术论文，因此读来也比前人有更深入之处。说是破除两派说的既有模式，也算是一种较为成功的尝试。但对于这种尝试，我们也仍然感到有异议：第一是它分八派，令人感到过于烦琐不得要领。词派研究应该不同于词家个人风格倾向的研究，它应有提纲挈领之效、总结概括之功。而八派说恰恰少了一些简洁扼要，亦即是还没有类型化的最佳效果。其次是对柳永、秦观与张先、贺铸的分派，他们是否真的就有十分明显的区别？恐怕落脚到词上亦未必。至于“真率明朗”，与“清新”或“俊秀”之间究竟有什么差别，只怕作者自己也未必能说得很明确。我们在承认詹氏的区分法已高于其他诸家的同时，也还认为这并没有达到最佳分派的高度。更加之，尽管詹氏对宋词分派所用的手法不同，但他的观念立场与古人却并没有大差别——他的层面还是那种人们已经习惯了的平面的分派层面，这样他就无法更深入到问题的实质，只能在同一层面上由简单走向细致，以至流入琐碎一路。

八十年代以来，关于豪放、婉约派以及词流两分法，仍有一些激烈的讨论。首先是出现了一种完全否认词派存在的观点。施蛰存在《西北大学学报》（1980 年第 3 期）上发表论文认为：婉约、豪放仅是作品风格，而风格的形成取决于思想感情。宋人论词，初无二派之分；所谓流派，因有许多人向同一风格写作，蔚为风气，故得以成为一个流派，但并没有一个豪放派。即使吴文英徒众甚多，隐然成派，也不能说是婉约派。施氏又认为，豪放、婉约不是对立面，尚有不豪放又不婉约者在。

这里面牵涉到对“派”的名词作理解的问题。施氏说宋人论词无二派之分，但从我们上引可以看出，宋人已有二派分列的意识。至于认为豪放、婉约不是对立面更有问题：对立面的存在是客观事实，有历来许多词话为证，即使有第三者在，也不能否定这两派是对立的。

其次的论争，则是吴世昌在《文学遗产》（1983 年第 2 期）中撰文指出：“北宋根本没有豪放派。”他是从苏词研究入手，认为“以豪放论苏词、以为苏轼开创豪放派，这是不切实际的，整个北宋，所谓豪放词，不过那么几首”。并据此发问：“如果真有这一派，试问有多少人组成？以谁为派？写出了多少豪放词？收印在什么集子里？”因此，吴世昌也认为不宜再说宋词有婉约、豪放两大派。

否定两派说的论点如上述。反对这种观点的亦不乏其人，在施蛰存发表文章的同期刊物上，周楞伽撰文认为，不但宋词有豪放、婉约两大派，并且这是自《诗》《骚》以来的传统。汉魏风骨即豪放之祖，江左新丽则婉约之宗。并指出自宋俞文豹、明张綖以来即是定论。倘作《词史》，必须大书特书词有豪放、婉约二派，“豪放词以范希文为首唱，而以东坡、稼轩为教主。婉约词则以晏元献为首唱，而以屯田、清真、白石为教主”。一九八四年刘乃昌在《文学评论》中也撰文支持这一观点。

此后关于宋词流派研究的文章发表甚多，有的指宋词两派说是大的归纳，还可分得再细，如对豪放派之苏更清旷而辛则豪雄；婉约派之周、吴质实而姜、张清空，这些更细的特点仍可细细分别，但对两派说则不反对。还有的则认为两派说的现实目的是抬高豪放派打击婉约派，再沿用此二概念，似乎于讨论不利，但并未提出婉约、豪放分派本身是否成立的问题。更有的则认为宋词中豪放、婉约之间没有不可逾越的鸿沟，更不互相排斥对立，不必作硬性规定，等等不一而足。至近几年，则除了大量词家说中涉及词派问题之外，专门讨论词派划分的论文亦复不少，兹举重要的参考篇目如下：

万云骏《试论宋词的豪放派与婉约派的评价问题》（《学术月刊》1979年第4期）；

李志光《论宋词两派说的客观性》（《广州师范学院学报》1982年第2期）；

高建中《婉约·豪放与正变》（《词学》第二辑）；

吴世昌《宋词中的“豪放派”与“婉约派”》（《文史知识》1983年第9期）；

张廷杰《试论近年来宋词研究的几个问题》（《宁夏社会科学》1985年第4期）；

李秉忠《也谈宋词的“豪放派”与“婉约派”》（《山西师大学报》1988年第1期）；

李家欣《论宋词无婉约豪放两派》（《江汉论坛》1988年第2期）；

萧延恕《论宋词的两种基本风格》（《湘潭师院学报》1988年第1期）；

徐敏《北宋词史上的两座里程碑——从柳词“晓风残月”说到苏词“大江东去”》（《北京师范大学学报》1988年第2期）；

刘畅《关于宋词的婉约与豪放问题研究之述评》（《渤海学刊》1988年第1期）

至于一些只论一派成就得失的论文，如钱鸿瑛《婉约词散论》、孙晓民《宋婉约词的物象世界与情感流程》等等，所论的词派划分内容也相当多，不赘。

综上所述，我们几乎已经可以勾画出关于宋词流派讨论上千年的一条大脉络。其中特别是新中国成立以后的词派讨论，因为直接牵涉到本书的学术出发点，需要作一些总结：

（一）豪放、婉约两派说是自古以来的定论，在以前仅仅是为了便于把握词派风格类型而设。但到了近现代，由于客观需求或主观倡导，词派研究中的社会功能的一面被无限扩大，以实用主义的为现实服务为准的，则两派说更得到彻底张扬。无论是五四新文化运动时的倡白话反文言之于词学研究（以胡适为代表），或是三十年代抗日救亡运动中提倡爱国主义精神之于词学研究（以胡云翼、郑宾于等为代表），还是六十年代“文化大革命”前的以思想进步要求之于词学研究（以胡云翼、吴文治为代表），都一无例外地倾向于两派说。我们不能说这些观点一无是处，应该说前两次研究仍有其积极意义的；但倡导两派说的目的并不在于平等地研究两派，而只是提供一个模式，使反对婉约派、倡导豪放派的“政治”倾向更彻底，这样的看法却是有悖于学术研究的基本法则的。甚至，包括今天有部分词学家反对两分法，其理由也并非是两分法本身不合理，而是怕它再被利用来打棍子——是一个应用上的理由，即可见两分法的弊端所在。

（二）反对豪放、婉约两分法的一翼，也是在同一层面上的努力：詹安泰分词派为八，是走向细琐化。吴世昌、施蛰存否定有两派词风，采取不承认主义……但走向细密或否认，方向虽然相反，而其所据的却都是具体的词作；都没有去考虑一下，倘以词作为例则任何分派都可能有例外。这样一则违反了词派研究应该走向类型化的整体格局，另一方面也把词派研究的抽象性降低到对每一首词作的具体检定的水平线上。因此批评本身并非没有价值，但却仍然不能产生决定性影响——对原有的两派说的否定，显然也因为没有找到一个致命的打击点而显得软弱无力，易于被人遗忘。这，就是我对迄今为止宋词流派研究状况的一个基本评价。正是它，成了本书撰写的基本理由。

第五节　流派划分状态得以形成的诸原因

造成宋词研究中豪放、婉约两派说之如此具有生命力，贯穿近千年而未动摇，特别是在有不同看法出现时，它也未被彻底否定而仍然占据着稳定的“模式”地位，其原因是多方面的。

（一）社会中的文学

恐怕没有一种文学是可以独立于社会生活之外的。这样，我们就看到了社会对生存于其中的文学所带来的正面或反面的作用。

正面的作用毋庸赘言。文学构成一个个具体的存在，它的审美也必须有赖于社会这个载体，没有社会，文学将无所依托。无论是从文学作品的主题、题材的选择，或是从它的形式、结构与美的呈现方面的选择，再或是从创造作品的作者的创作冲动、心理的依据以及寄寓与抒发的选择等诸种现象中，我们几乎发现了社会作用的无所不在。既然人离不开社会，而文学又是人学，那么文学创作当然也离不开社会。于是，文学研究当然也摆脱不了社会。

但重视社会因素，与只考虑社会因素是不一样的。当我们站在具体的每个时代之中，对事物对象作好、恶、善、恶或爱国、卖国的区别时，我们在做的是一个伦理的判断工作而不是审美的判断工作。伦理是社会的，而审美在某种意义上说却可能是“超社会”的。所谓的“超社会”，是指它有时体现出的价值是跨越时代、跨越社会结构、非道德立场的。即如我们今天会在李后主的词中感受到美，但我们对帝王生活全然不知；李后主作为封建帝王的恶，并不能“伦理”地决定他的词作一定不美；仅仅从社会立场上去考虑每一首词作，是很难获得真正的审美结论的。

但这恰恰又是个最便利的方法。因为在一段时期内，社会伦理、政治、道德标准是固定不变的，相对于审美标准的丰富性与复杂性而言，它是一个简单明了、易于把握得多的内容。又加之，中国传统文化中的“文以载道”的思想方法，使每一个文学理论家对于“品”的考察远远高于对“美”的考察——理论家们总喜欢在经典作品中寻找出一种教化作用，以使得文学更具有现实意义：不管在古代的重视人品还是在近世的重视“人民性”，都含有一个同样性质的目标。即使是词品（或诗品），虽然已属审美范畴，但不直接去探讨美，却去探讨什么“品”——一个相当抽象的，带有浓郁的主观选择并体现出一定修养的、教化的、涵泳的意味，实在也是在外表上的“美”中掺入了许多非审美的内容。我们无意反对“品”的研究价值，但却应该看到，在一个“品”的概念中，审美的主导已悄悄被做了某种转化。

更加之，的确有不少文学家愿意投身到社会大结构中去。杜甫身为诗人却要“致君尧舜上，再使风俗淳”；而李白则志在天下而视歌诗为小技，是无可奈何之举。这样的观念与立场，西方诗人很少会有。中国文人常常挂在嘴边上的“天下兴亡匹夫有责”，西方人却很少是如此去想的。对西方人而言，诗就是诗，它与治国之道是同样重要的。但正是这种中国式的文艺观，使得诗歌评论中的社会伦理评价模式可以大行其道，因为作为对象的诗作词作中，这样的内容表现本来就已够多了。

宋词中提倡两派说的根由，在此中可以得到证明。因为，1. 词中是有许多以爱国主义或进步的批判的内容为主题的，社会伦理批评完全可以适用而无任何困难。2. 词论家由于主观的或客观的原因，也认为这种社会伦理道德批评最为发人深省，有振臂一呼四座皆惊之效；且又易于为程度不高的大众所迅速理解，不像对美的研究，因太专门而理解者鲜，而且也不能引发出其他含义来。3. 为了要充分实现这样的目标，在词派研究中必须提倡出一种相适应的流派以为典范楷模；而为了使楷模有对立面，通过对对立面的否定来凸现自身，又必须有一个婉约派来相配。当然，相配的东西不能太多太杂以免含混不清，故而有两派足矣。

古代的词派研究，是以第一、第二种理由居多;而近期（即民国以来）的词派研究，则还兼有第三种理由。我们当然不能说,在古来词派研究中只有这种认识模式而无其他,但有一点可以肯定：在一个贯穿上千年的认识传统中，这种因素所起的作用是相当重要的，并有时还在起决定作用。

（二）分派的立足点与分期。

探讨宋词两派分的现象，还必须看到一些有趣的“误会”现象。正是这种“误会”现象导致了豪放、婉约两派说的成立与延续，并在混混沌沌中使许多粗心的追随者奉若圣明。

最早的记载，可推苏东坡自己与袁绹的评价。苏东坡以不同于“柳七”自是一家而自得，其中已有明显的区别意识。倘若考虑到他当时填的词是《江城子·密州出猎》，是“会挽雕弓如满月，西北望、射天狼”的豪气十足的词风，那么说这是以豪放词否定柳永的“十七八女孩子”的婉约，似乎也并无大错。但苏轼不可能是以此作为一个时代、甚至全部宋词的正、反两大流派来对待的。苏轼与柳永，有阳刚、阴柔或曰豪放、婉约之别，但他们的区别仅限于他们之间的文学创作实践范围而未可伸延为全部宋词。至于袁绹的评论，也只是指“大江东去”与“晓风残月”两种词风，作为一种随机的评判，当然十分精彩；但若作为一种放之四海而皆准的比照模式，却未必符合他的原意——因为他是个幕客而非词坛领袖，二则他生于东坡同时，后来的众多词家词风他也无缘得见，缺少对整个时代加以概括的立场与审视视野。

明人张綖提出“词体”，虽可能是指表现形式与风格而尚未扩大到流派，但与流派的所属层次已相去不远。此外他用了“大略”一词，“略”当然是指从许多词作中概括略约而来。又加之，我们还应该考虑到张綖提出此语的环境：他是在明万历年间著《诗余图谱》，并取宋词一百十首为范例，标识平仄，以示作法。《诗余图谱》是明清词谱中最早的一部。既是供人沿袭应用，便具有标准与规范的含义，则他在凡例中提及的那段词体分“豪放”“婉约”的看法，当然也应具有一种规范的含义——强调“婉约”为正，本来就已有规范的意思在。

但我们却仍然从中看到了一丝破绽。第一是以豪放、婉约分属东坡、秦观，自无不可，但对于南宋词家却无一语涉及，使人怀疑他的所指究竟是否全面？而细细考察词籍的流传史，则至张綖的《诗余图谱》初刻的万历甲午、乙未间（1594—1595），姜夔、吴文英两家词集尚未行世。姜夔的《白石道人歌曲》陶宗仪抄本，到清乾隆时才公之于世；而吴文英的《梦窗词集》，则是有赖于毛晋的初得丙丁二集又得甲乙二集，先后付梓才得存世。毛晋比张綖晚了将近五十年，张綖未见姜、吴两家词集，是不言而喻的——至少在他著《诗余图谱》的万历间，不可能有机会看到。这样，张綖的两派说至少不能包囊南宋，论词派就完全失去了意义——在本书的后面具体论词派之际，姜、吴两家是第一等重要的存在。

其次，是张綖两派分观点的落脚处在哪里？

张綖自言“词体”，词体在某种程度上当然也可归为“词派”。在有些词论中以词体代替词派的现象也正复不少。但我们却注意到了《诗余图谱》这部书的撰写目的。

图谱是一种怎样作词的体式，亦即是工具书一类的东西。它是供人作为依据的。

黑白圈标示平仄是一种形式上的依据；被选的一百十首宋词则是一种内容上的依据；而所谓的词体有二则是一种风格上的依据——显然，它们都不是历史研究。

而词学流派研究却是一种彻头彻尾的历史研究。换句话说，张綖告诉我们有两种词体，是要提醒我们，作词当以婉约式为正，而豪放式为变。他分二“体”的目的是规范我们的填词不要过于离正而求变，这是一种着眼于形式与体裁的创作论；而我们历来对他的提法的把握，却指向一种对既有的词作进行历史分派的目的，是一种指向已有的研究分析。这样一来，我们与他的目的之间便产生了极大差异：他是提出范式，约束未然，我们却是归纳历史，判断事实；他立足于形式的“体”，我们却立足于流派的“史”；他的“体”可能是一个空框模式，而我们的“史”却必须以既有的词人作品为依据。

不能说张綖完全不考虑流派的史，因为他提到了“婉约者欲其词情蕴藉，豪放者欲其气象恢宏”，这里面已有明显的类型化痕迹；而类型化正是流派研究的一块最重要基石。但无论如何，张綖的以创作论的体式为标准与我们的以历史论的流派为标准，毕竟分属两个不同的研究范畴。以体式为标准，因为旨在提出创作模式，当然可以偏于风格分析而略于对史实的印证，而且也不用考虑全面，只要有“豪放”“婉约”二派特征存在即可成立。但以流派为标准，却是在做历史研究，必须完全立足于史实，并且一旦划出流派，即形成一种解释历史的模式，还要不断为自己提出否证，比如有无例外？例外的部分能否影响结论？如何去进行逻辑解释？只要一有无法解释的例外，则分派模式就无法成立。像这样的问题，张綖就可以不考虑。即如张綖未见到姜夔、吴文英的词集，作为创作体式的分类并无大关系，不学姜、吴照样可以当一个词家，但作为历史流派的划分却是个无法原谅的疏忽。

直到现在的词派讨论中，这样的问题也时时困扰着学者们。施蛰存否定词派的存在，显然未能说服词坛；而吴世昌也提出北宋没有豪放派，却很小心翼翼、未把它扩展到全宋，因为一扩展到南宋，则辛弃疾、陈亮、刘过等人的词作立即成为无法解释的现象。但仅限于北宋的观点，却又使吴世昌的否定缺乏笼罩力，仍未足以从根本上动摇宋词两派分的传统学说。

亦即是说，由于对宋词中的体与派之间的混淆，我们在一定程度上误解了张綖的真正出发点；这种误解导致了两派说逐渐成为词派研究的传统。而今人对它的批评，本意是要动摇两派说的正统地位，但也无法达到真正的效应。张綖立足于北宋而未见南宋，吴世昌的批评也只限于北宋而不涉南宋；张綖的被误解使两派说成为全宋词派的模式，而吴世昌的批评却又因不想被误解而缺乏改造全宋词两派模式的足够力量。

（三）正统意识。

宋词两派说之所以能沿袭上千年不衰，恐怕还得力于一种对正统意识认同的思维方法。

“诗庄词媚”，是古来对诗、词区别的典型看法。所谓的豪放派独尊论，本来就是针对这一传统认识而提出的反拨。但这种反拨在一定的环境与气候下有价值，如果环境被抽掉了，则人们对于“诗庄词媚”以词之媚作为正宗，仍然抱有一种先天的亲近感。这即是说，在豪放、婉约两派分中，既取媚，当然意味着婉约派为正宗——张綖即已提到了“大抵词体以婉约为正”。至于历来奉婉约为正而反对豪放派的议论则更是多如牛毛，毋庸一一赘举。

强调正宗的看法，溯其源则可追到《毛诗序》，以《诗经》中风、雅两部分的先王时代作品为正声，此后则变风、变雅，表明文学评论中“正”统观念的建立由来已久。合源流之正者即为统；不合者则为变调别体。词起于歌唱，又合于乐律，自唐五代词如典型的南唐二主、温庭筠、韦庄、冯延巳等等，以及《花间集》中所载，几乎都是婉约娇媚、女儿气十足的词风。这样，即形成了以诗为文人墨客高雅正声而词则是倡优竞声的别格的传统认识。在当时词是不登大雅的，即如到了宋初，欧阳修写诗文是地道的大手笔，但填词却是媚丽柔靡，与诗文之间差距甚大，即此可见“词为艳科”传统观念的作用。于是，在文学研究中，词相对于诗、文是变格;而在词的研究中，又出现了正、变之争。王士祯《倚声前集序》有云：

> 诗余者，古诗之苗裔也。语其正，则景、煜为之祖，至漱玉、淮海而极盛。高、史其大成也。语其变，则眉山导其源，至稼轩、放翁而尽变，陈、刘其余波也。

《四库全书总目·东坡词提要》亦有同样议论：

> 词自晚唐五代以来，以清切婉丽为宗，至柳永而一变，如诗家之有白居易。至轼而又一变，如诗家之有韩愈。遂开南宋辛弃疾等一派。寻源溯流，不能不谓之别格。然谓之不工则不可，故至今日，尚与《花间》一派并行

而不能偏废。

检验词以婉约为宗之说，我以为一是与词的发展先有婉约派的先入为主印象有关；二是与词之重音乐性本属婉约阴柔有关；至于传世词人，也大多属婉约。但这些讨论的结论并不重要，我在此最感兴趣的是它的思想方式。

既要找出一个正统来，当然需要再找一个别调来作为对立面。倘无反面的陪衬，正面也决计树不起来。那么婉约既属正，则豪放必属变。于是，正、变关系的讨论及其概念的确立，本身已决定了两派词风确立的前提与条件。

当然还不仅仅乎此。再落脚到其他对比上来，则以词与诗的对比、又以词与乐的对比，都可以说明问题。诗是庄的，于是词必须是媚的；诗是格调至上的，于是词则应该是抒情至上的。即以词论，则以词风作词谓为合律——因为它可以唱，合曲乐；那么以诗风为词则必然又是不合规范的——古人称之为“句读不葺之诗”。请注意，这里都是两两相对的概念与范畴，并无中间道路可走：有如我们无法在合律与不合律的中间，去找出一个既“不合律”也不“不合律”的“半合律”来。当然我们也无法在诗与词之间再找出一个既非诗亦非词的诗词形式来。虽然还有赋、文、曲，但它们离严格意义上的诗词还是距离太大了，不足为凭。

正因为在这种两两相对的范畴中，对词的形式、地位、正统性可以有很清晰的看法，故而它已成为一种有效的模式。

于是，在如此多的研究成果或讨论主题都形成了一种对应关系之后，婉约、豪放两派说之成立，几乎也已是水到渠成的结果了。因为这是出自同一种思想方法，并且已共同综合为同一个立体的结构模式了。试想，涉及词与音乐、词与诗文、词之源流以及词之观念建立的诸多方面的立体结构，作为其组成部分之一的流派风格之说又岂能逸出其外？

这是个事实，却不是个最理想的结果。因为流派问题远远要比其他课题复杂得多，所牵涉到的面也要广泛得多。

（四）审美传统的制约力。

毋庸置疑，不限于词，其他文学艺术门类的理论研究方法中，我们也可窥见大量的对应模式的影响。美与丑、好与恶、优与劣，以及更进一步的哲学思辨中的阴与阳、刚与柔等等，都是一种对应的思维方式。我们不能否认这种思维方式对历史所产生的重大影响——因为正是它，形成了辩证思维的基础。清代文学理论家叶燮曾反复提到这种对应思维法的价值所在以及它的渊源所在。他曾指出：

凡物之义不孤行，必有其偶为对待。弃者，取之对待也。

夫道本无有可弃，本无有可取，道之常也。有弃有取，道之变也。有弃斯有取，有取斯有弃，道之变而常也。故物之弃有万，吾以二统之。物之取亦有万，吾以二摄之。

——《二取亭记》,《已畦文集》卷六

陈孰、生新，二者于义为对待。对待之义，自太极生两仪以后，无事无物不然。日月、寒暑、昼夜，以及人事之万有——生死、贵贱、贫富、高卑、上下、长短、远近、新旧、大小、香臭、深浅、明暗，种种两端，不可枚举。

——《原诗·外篇上》

"对待之法"，即我们所说的对应思维法。叶燮以这种"对待"去统摄一切，有如我们今天用辩证思维与反向思考去对待、认识事物一样，有其突出的价值。而这种思维方法，竟可上溯到日月星辰和"太极生两仪"，很显然，它是放之四海而皆准的，作为认识世界的基本方式而存在的。

即此而论，詹安泰提到的宋词两分法"是论诗文的阳刚阴柔一套的翻版"，其实这一套并无可非议。因为阳刚阴柔理论正是人们对宇宙自然万物精心总结出的成果。认识世界万物既可用此，如叶燮所述，那么论宋词又何尝不可用?

谈到"对待"在古代文学研究历史上的地位，我想举几个例子即可说明问题。《诗》三百篇即是最早的诗了，它的比兴无疑与《易》的思想有关。而《易》的卦象以阴阳为准绳，更是个众所周知的事实。传说伏羲归万物为八类，后憬悟于阴阳道理，遂将最基本的元素分为两类：上阳下阴，形成了人类抽象思维方法的伟大飞跃。而《诗》则以形象的方式对阴阳之道作了充分的展开。《诗·小雅·斯干》:

乃寝乃兴，大人占之。

乃占我梦，维熊维罴。

吉梦维何，男子之祥。

维熊维罴，维虺维蛇。

维虺维蛇，女子之祥。

某遗族修宅院，晚上得了一梦：梦中有熊罴，熊居山，阳性，属牝，阳耸的山象征男性。梦中有虺蛇，蛇伏穴，阴性，属牡，阴凹的穴象征女性。这样，从一个简单的梦中所出现的熊与蛇，即可依阴阳两分法的逻辑伸延出牝与牡、山与穴、男与女、阳与阴、耸与伏、刚与柔、强与弱等等各种对应的关系，这正是一种极有条理的"对待"的思维模式。做诗并不同于说理，诗人也不是哲学家，但从《诗》的这段吟咏中，不已可充分窥出对应思维模式对先民们的深刻影响了吗？

孔子说"文质彬彬，然后君子"，提出了文与质这两个"对待"的概念。老子说"有无相生"，于是就有了"有"（实）与"无"（虚）的"对待"的关系。又《周易》中有"上九，白贲，无咎"之说。贲，本来是斑纹华采，绚烂之美，却曰"白贲"，是以绚烂之极而复归平淡。于是就有了"贲，无色也"，又有了荀爽的"极饰反素"——当然还有孔夫子的"绘事后素"的各种说法。这些"饰"与"素"的关系，"白贲"的说法，都是一种以"对待"为基础的相反相成的关系总结。南朝钟嵘《诗品》提道：

汤惠休曰："谢诗如芙蓉出水，颜诗如错采镂金。"颜终身病之。

而鲍照比较谢灵运诗与颜延之诗，则指谢为"初发芙蓉、自然可爱"，颜诗为"铺锦列绣、雕缋满眼"，这诗风评价中的两大格局，显然也是"对待"的思维模式的。以这样的思维模式去看中国古代的文艺批评，即会发现它几乎无所不在。我们不能说鲍照的"初发芙蓉"与"铺锦列绣"是指实了诗史上的两大派而不再有第三种风格，但至少这两种审美格局的划分已为后人所认同，并潜在地作用于流派研究之中了。至于地道的指实流派的"对待"式两分法，在文艺批评中也并非没有。山水画史上有董其昌的南北宗说，是一个明确的绘画史的流派学说，它与词学中的婉约、豪放之说有很大的可比性。书法史上则有阮元的南北书派说，也指明是论书派而不是单指风格，并且所举也是贯穿整个历史的书法家而不是某个断代。因此，这样的分派并非仅仅词派研究中有，它应该拥有一个更大的文化模式的氛围：从《易》与诸子的哲学思考到一个具体艺术门类的分派，应有尽有。而它的思维基点，即是叶燮所说的从太极生两仪而来的阳刚阴柔的认识论模式。

豪放、婉约两派说的持续长久而未稍懈，是一种文学门类中的具体现象，但在这个现象中却包含着许多深刻的认识论依据与价值观依据。

第二章　流派作为研究对象

第一节　问题的提出

关于宋词两派说成立的依据与原因分析既如上说，则在古来还有一些可以引起我们作反向思考的词论，也不可忽视。如果说，两派说真的如时人所说是“简单”，不能概括全面，那么对它的检验则是个必不可少的工作。而这种检验，应该是全方位的，即不但应该有对两派说从逻辑上的推断与否证，还应该有对具体词作的考察，更应该有对古代词论中吉光片羽的论述的深入反思。这样的批评才是有说服力的。

首先是一般意义上的风格的检验。

以某一词家代表某派，有个很大的缺陷，即是把词家一生的创作看作是固定不变的。但事实上，词家一生风格多变，乃是个十分正常的现象。这样，一旦指实某家属某派，“例外”当然也就会跳出来反驳。典型的如柳永：“执手相看泪眼，竟无语凝噎”，“今宵酒醒何处，杨柳岸晓风残月”（《雨霖铃》），固然是一种柔情入骨的、十七八女郎执红牙板吟唱柔曼的格调，但他的《八声甘州》却有极称雄壮、不减唐人佳处的悲壮格调：“渐霜风凄紧，关河冷落，残照当楼。”这样的氛围，比之唐人边塞诗若何？又何来柔靡格调？

苏轼被认为是所谓的豪放词之祖，因为他有久负盛名的“大江东去”，是被袁绹认为须以关西大汉执铁板豪吟的调子；但苏词中婉约者又何尝少见？清人贺裳《皱水轩词筌》即有一问：

苏子瞻有铜琶铁板之讥，然其《浣溪沙·春闺》曰“采索身轻常趁燕，红窗睡重不闻莺”。如此风调，令十七八女郎歌之，岂在“晓风残月”之下？

东坡词中，婉约者并非只此一句，倘将他的词风作一统计学式的处理，则所谓的豪放词，恐怕在数量上是极少而婉约词却是占了绝大多数的。不但贺裳，明人俞彦有《爰园词话》，已指出：“其豪放亦止人江东去一词，何物袁绹妄加品骘，后代奉为美谈，似欲以概子瞻生平。”豪放虽未必仅此一词，但检《东坡乐府》中词，其数量上的多寡，却是一目了然的。

词作是词人的文学表现。词人的生活是丰富多彩的，那么词作当然也不会死守一个基调，正是因为此，指某一词家必属什么派，如果没有充分的说明，或是没有一种史观意识，必然不能概其全。但问题在于：词人的生活变化又不是全然无序的，它也有内在的规律可觅。让晏幾道去写豪放词，必然不伦。此外，词作在创作时的动机，即抒情与创作冲动，这些内容也并非是单一不变的。沈祥龙《论词随笔》有云：

词之体各有所宜，如：吊古宜悲慨苍凉，纪事宜条畅滉漾，言愁宜呜咽悠扬，述乐宜淋漓和畅，赋闺房宜旖旎妩媚，咏关河宜豪放雄壮。得其宜则声情合矣，若琴瑟专一，便非作家。

我们无法要求一个词家只准言愁而不准述乐，或只准吊古不准赋事……而既是有血有肉的人生经历，硬要词家在创作时用同样的格调、同样的创作情态去写同样的词风，显然也是不可能的。沈祥龙的批评很注意到精确性，因为他谈的只是从个人为出发的“词体”，而还不是从群体出发的词派；倘若词派，其浮动变化的可能性当然更大。

但这仍然只是一个较表面的思考。因为词家与词作当然会有多侧面性格而不能以一概全，但是流派研究的特征表明，所谓的类型化、整体性研究，本来就是以承认例外作为条件与前提的。亦即是说，流派的存在是一个丰富构成的存在，是一种综合相近的多性格的类型。倘若我们要求必须千篇一律，则流派也不复存在了——正是一种大致的、仍然有可能保持个性即相异性的词作集群，体现出相近的（但绝不是完全相同）风格取向，才会构成真正意义上的流派现象。这样一来，柳永之有“关河冷落，残照当楼”作为一种例外，丝毫也无损于他的柔靡之气。而苏轼的婉约风格，也并不能取代他的“大江东去”。当我们从后人的诠释中看到他们对“晓风残月”的柳永与“大江东去”的苏轼进行认同之时，我们无法絮絮叨叨地说这些词的比例很小，不足以构成柳、苏的代表性——“代表性”是一种来自后人的评价，只要后人取此，则即使在几百首中只有一首，这一首即已被注释并产生了效应。亦即是说，苏氏的几百首婉约词并不能取代他的寥寥几首豪放词——这几首“少数派”的词具有历史效应，而几百首“多数派”的词却未必有这样的效应，那么对历史而言，显然应该是这少数几首更有代表性。

因此，从流派研究的立场上看，一个词家被指为某派但在词集中有例外，这是件很正常的事，没有例外倒是有些可疑了。类型化的流派研究，本来就是个取舍、比较、归纳、重主略次的筛选过程。两派说在众多的词家词集中（当然有无数例外）却仍然未被动摇，即表明它拥有充分自信心。但在对许多词作进行细细品尝与思考后，某些更深层的思考，却帮助我们发现了两派说的致命弱点所在。这种发现，首先是从词作与形式分析开始的。在第一章中，我已经提到了流派研究应从词作的艺术性（而不是单一的思想性）和词作的形式分析入手，并以这两项作为基点。现在，正是这两个层面的检验，帮助我们发现了问题的所在。

检验的对象是吴文英、陆游、苏轼的三首词。先举两首可以明显被推断为是对应风格的词。第一首是吴文英的《澡兰香·淮安重午》：

盘丝系腕，巧篆垂簪，玉隐绀纱睡觉。银瓶露井，彩箑云窗，往事少年依约。为当时曾写榴裙，伤心红绡褪萼。黍梦光阴，渐老汀洲烟蒻。

莫唱江南古调，怨抑难招，楚江沉魄。薰风燕乳，暗雨梅黄，午镜澡兰帘幕。念秦楼、也拟人归，应剪菖蒲自酌。但怅望一缕新蟾，随人天角。

这是一种“绵丽为尚”（戈载语）的词风，用典精工，词语华赡，《词洁》称之为“笔端幽艳、古锦烂然”，显然是十分贴切的。但立意却煞是晦涩，可能反复读几遍，也还弄不清词人的原意究竟是指什么。其实描写的不过是一种情思而已，但渲染得却是密密层层，隐然闪烁，看不到它真实的内心世界。

再来看第二首词，陆游的《诉衷情》：

当年万里觅封侯，匹马戍梁州。关河断梦何处？尘暗旧貂裘。　胡未灭，鬓先秋，泪空流。此生谁料，心在天山，身老沧洲。

刘后村以为“一扫纤艳”，毫无软媚的刚健型词风，当然是地道的豪放派词风。而全词雄强沉郁、精警奇肆与极开阔的胸怀，都表明陆游的情调远远不同于前首词的吴文英。吴文英词是精艳华丽，而陆游词则是刚健苍凉。不但如此，在内容上，吴词写身边情事，陆词则抒报国壮志。在技巧上，吴词手法华丽，色彩鲜艳，雕饰意味较浓；而陆词则平铺直叙，慷慨悲歌，全然是从心所出。因此，它们无论就内容还是技巧而言，都反映出极明显的阳刚阴柔的对比特征。前者是婉约，后者是豪放。事实上，历来人也都习惯于这样去看。

如果宋词各种艺术风格都不外乎这两大类，问题倒好解决了。因为这样划分的界线极为分明，不会有什么争执。然而，我们却看到了一种另外的词风。苏轼《望江南·超然台作》：

春未老，风细柳斜斜。试上超然台上看，半壕春水一城花，烟雨暗千家。

寒食后，酒醒欲咨嗟。休对故人思故国，且将新火试新茶，诗酒趁年华。

仅以内容衡之，苏东坡并没有在这首词中寄寓什么报国杀敌的豪放情怀——“诗酒趁年华”的潇洒格调，与陆游的“此生谁料，心在天山，身老沧洲”，是完全不同的基调。内容上的不同与主题立意上的不同，取材于天下兴亡与身边平凡琐事，使这两首词在情调上必然是迥然有异的。

那么，吴文英的《澡兰香》也是写身边情事的。以陆游作为对立面，则苏轼此词与吴文英此词在内容上相近似，以此为理由，我们能否把这两首词划归一类的“婉约”呢？我以为没有人会同意这样的划分。因为吴词与苏词虽然内容相对接近，但在艺术技巧与词风追求上，却是截然不同。吴文英使用的是一种工整华艳、富丽精巧的“镂金错采”的技巧，而苏轼所采用的却是一种平淡清远、不假雕饰的“出水芙蓉”的技巧；它们在题材内容上的近似，完全不足以弥补这种在技巧上的极明显的差异。

苏词与陆游在题材上的不同，可以让最一般的读者区别无误；苏词与吴词在技巧、风格与形式上的差别，任何一个读者也都能判断无误，这种差别丝毫也不亚于题材差别的程度——题材上的差别导致了思想内容的不同，而技巧、风格形式上的差别同样造成了情调上的相异。或许可以更进一步说：苏轼的不假雕饰、平白如话的技巧特色，倒是更接近于陆游的词风特色，他们的不事雕饰是一致的。于是，一种微妙的三角关系形成了。（如图所示）

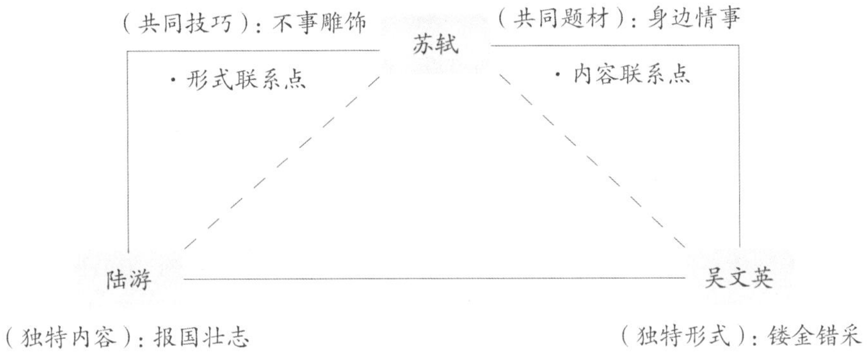

看了这个图，我们必然会想到一个问题：陆游与吴文英分属阳刚、阴柔两个流派，那么，并不属陆、吴，又各兼有陆、吴一部分特点的苏轼，应该是个什么样的位置呢？我们再把上图置换成如下一张对照表：

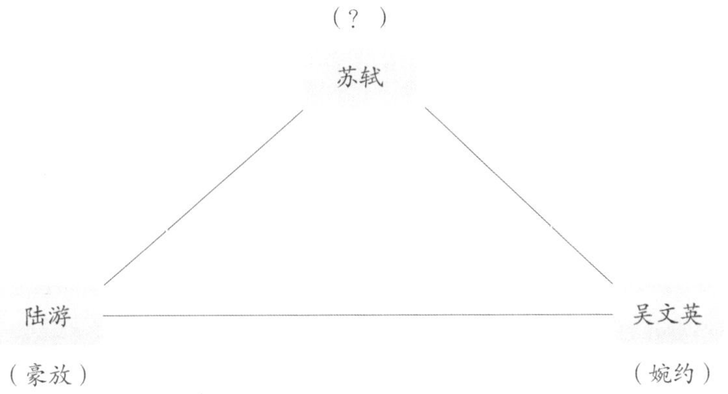

苏轼当然不是婉约，因为他的技巧很平易自然，并不深婉也不雕饰；但他又不属于豪放，因为这首《望江南》写的也就是儿女情事，并无壮怀激烈的情志。苏轼、吴文英、陆游三首词在风格上似乎各占一方，形成鼎足之势。有时，是吴梦窗的华艳精丽对陆放翁与苏东坡的不事雕饰；有时，却又是陆放翁的豪放悲壮对苏东坡、吴梦窗的一派闲情。前者是以技巧形式为比较基点，重在艺术性；后者是以题材内容为比较基点，重在思想性。这种交叉的三角关系，正是传统的豪放、婉约两派说所无法解释的。它使我们找到了两派说的致命弱点，并寻找到了新的流派解释模式成立的可能性。

豪放激越与风花雪月，是题材上十分明确的阳刚阴柔关系；华艳精丽与平静淡雅，则是技巧上的阳刚阴柔关系，它也是十分明显的。但是请注意，比较的认识论基点并未变，还是“阳刚阴柔”这一“自太极生两仪”以来即存在着的辩证结论，但比较的所处层面却变了：它们分属两个不同的范畴。本来，题材内容上的差别应该会在技巧形式上引起连锁反应，而技巧的不同也会在选择主题方面投射出明显痕迹。但是，正因为形式与内容可以互相限制，但却无法互相取代，作为形式技巧本身还有它的相对独立性；看不到它的独立性，把它简单地依附于内容与主题、思想，甚至认为有什么样的题材就必然会产生什么样的表现形式，这样的绝对化思想对于词学（扩大到整个古典文学）研究显然是有害的。

且莫小看了苏轼《望江南》所代表的特定词风的典范意义。唐末五代的诸多词家，如李后主、韦庄，宋初的欧阳修、张先，甚至是周邦彦、秦观、柳永的部分词作中，大多是这一类型。北宋末南宋初的李清照、朱敦儒，更是这种词风的重要典范。也即是说，这类词风几乎贯穿了词的前期的全部。再往上推，则唐人如白居易《忆江南》“江南好，风景旧曾谙”，《长相思》“汴水流、泗水流”；刘禹锡《潇湘神》“湘水流”；韦应物《调笑》“河汉”，以及最早的张志和《渔歌子》“西塞山前白鹭飞”，等等，都是这一类风格。即使是新发现的敦煌曲子词，其实也多有这一类风格。其特征是，所述并非国事大计而只是身边生活内容，但所用语言却是十分通脱而毫不藻饰的。

研究流派是一个贯穿全部词史的历史研究工作，如果对自唐末直到北宋末的这一大段时期视而不见，提不出合理的流派归属，这无论从哪方面看都是有问题的。既然“豪放”“婉约”两派说对这一类型无法解释，我们便有理由认为这种分派模式是不合理的或缺少说服力的。更加之，强调分派的主要依据，应该是在于形式技巧上，而上述以陆游归豪放、以吴文英归婉约，所据的却是内容与题材的理由，这又必然不符合我们在第一章里提出来的以形式、艺术性、风格的研究作为流派研究的基点。很明显，两派说在这样的作品检验中已露出很大破绽，它已无法自圆其说了。

鲍照所提到的“初发芙蓉”与“雕绘满眼”的对比，与其说是与“豪放”“婉约”两派说的认识模式相类似，不如说是与前举苏轼之通脱与吴文英之“藻饰”的艺术形式特征区别更接近。因此引进这样的概念，其立意已不同于两派说了。苏东坡是“初发芙蓉”，吴梦窗是“雕绘满眼”，这是立足于艺术的批评而不是立足于思想内容的批评。倘若仅以内容分列，则豪放、婉约两派说成立；而如以形式来分派，则两派说是远远不够的。但正是这样的检验，使我们更清楚地认识到，由于过于强调词的教化功能（在古代），由于太希望以词来为现实革命斗争服务、宣扬各种爱国主义或革命进步的精神（在现代），导致了豪放、婉约两派说从几个词家的个人感受变成一种人人必须遵循的模式。而问题恰恰在于，词派研究的基点本来不应仅限于上述内容，倒更应该是在于形式技巧即它的艺术性。

当然，既然是流派，内容这部分也不可轻视，因为它的影响也十分重要。无视词中豪放题材与婉约题材的差异以及它对形式所施加的影响，显然也不是客观的态度。但我们还是希望指出，在过去，是忽略形式因素的传统看法多而不是忽略内容因素的弊病多。有鉴于此，目前在流派研究中应大力强调的，是对形式因素的重视。因为它是个缺项。

是内容与形式交叉的起点而不是内容独尊的起点，是豪放与婉约、初发芙蓉与铺锦列绣的交叉起点——我们的流派分类应当尊重这两组关系而不是只取其一面。它当然也会考虑到每个词家的立体性格即同一人却有不同词风的情形，但这样的例外一般不被考虑在我们的流派研究模式之中，因为流派研究是一种类型化、整体性研究，它不对每一个例外负责。至于它的类型化选择，除了词风在词作中所占数量高低这一普遍原则之外，还应考虑到词作对后世的影响力，以及词作对词史所具有的突破能力。这是个综合考察的过程而不仅仅是统计的过程。

第二节　文学作品：内容与形式

顺着“题材内容”与“形式技巧”这两个研究的“维”，我们开始讨论一个古老而又永恒的文艺学课题：内容与形式。如前所述，“内容”——豪放与婉约；“形式”——初发芙蓉与铺锦列绣，将是我们流派讨论的重要基点，必须对它有着清晰无误的认识。

形式与内容的关系是一个很复杂的关系。在不同的艺术门类中，它们之间呈现出不同的关系结构。以艺术的古典与现代作分类，则具象画、写实主义的文学作品，以及写实的雕塑，这些作品中都有一个题材、主题内容的统率作用在，因此“内容”的部分拥有相当明显的主导性。艺术当然不能没有形式，再外加一个内容，于是就形成了内容与形式的对等关系亦即并列关系。而在现代艺术中，如抽象绘画、表现主义绘画、抽象雕塑等等，在其中，具体的社会内容的表现不占主导地位，而审美寄寓的“构思”却取代了一般意义上的内容，使它成为一个以形式其表、审美内容其里的套层结构，这时，内容的隐与形式的显，即构成了一个序列关系。内容主要是审美内容被包括在表层形式之中，不再作为一个方面凸显自身。再以艺术门类的表现功能作分类，则古典绘画、雕塑与文学，当然都明显地看得出内容对形式的制约作用。但音乐、建筑这样的艺术，尽管也很古典，但内容对形式的控制力却很弱，而形式的独立感与自足感却很强。这样，后者也可以说是构成一种序列（而不是并列）关系。如果说对艺术的古典与现代作如此的比较，是一种纵向的比较，那么对艺术门类特征的比较，则是一种横向比较——前者是时间的，而后者却是空间的。

这是一个最基本的认识立场，但也是个最传统的立场。因为分类只是个美学上的研讨，事实上，有没有只有空洞的形式而“不包括任何内容”的作品存在？只要写的是文字，它必然传达思想与意义；要它只有形式没有内容，岂非空话？又比如，有没有只有生活内容感受而“不存在任何形式”的作品？要用色彩、线条、画面或语言文字，就必须对之作某种组合，一组合就必然会有形式。因此现代西方学者们在进行思考时，每每对形式与内容的分开论述表示怀疑——因为事实上找不到没有内容的形式元素和没有形式的内容元素，两者本来就不可分的。

在一个抽象思辨过程中，我们不得不承认“不可分”是个深刻得多的结论。但当我们进入具体的作品考察，甚或是如现在的进行一个复杂得多的“流派”现象考察时，词家（人）、词作、社会、主题构思、技巧形式媒介、词史作为传统的影响力、词的本体观……这一系列课题的存在使我们无法用纯美学的抽象思考来对待：在具体的创作过程中，内容（具体表现为立意、创作冲动、构思、题材、主题……）的作用力并不能完全混淆于对形式的把握——如果我们承认词家对词形式的主动选择，又承认词家的存在严格受到社会生活环境的制约，那么对内容这一部分因素就不能等闲视之。比如柳永不是整天浪迹瓦肆客舍，与歌女们生活在一起，他的词作恐怕就不会有如此香艳。李后主不是深居宫中后又为人虏囚，其词作也未必能如此婉恻与细腻。这种内容、题材对形式的制约，可以说是非常明显、有目共睹的。

当然，一旦成为词的内容，那就应该不是其他内容如小说内容、戏剧内容或限于古典的汉赋、元曲内容；更不应该是所谓的政治思想内容——我们无法确认在创作前这种种内容在词家心目中是什么形态，但有一点毫无疑问：词的内容有它的规定性。比如政治评论的内容，词家们的政治抱负，是通过已被改造过的、合乎词的结构的意象内容，曲折地被寄寓于某种意象中才得以展现出来，并被读者们接受的。倘若没有这种转换，则政治理想之作为内容，仍然只是个简单的内容素材而不具有词的价值。辛弃疾的个别词，陈亮、刘过的词，之所以不被大多数专家们认同，即是因为它缺少从一般内容转向“词的内容”的转变过程。

所谓的“词的内容”之不同于一般内容，即是因为它已被融入特殊的形式轨道，它必须吻合于词的美学性格。它要求：要配合于词的形式，比如不能平铺直叙，要走向浓度很高的意象化；又比如不能直接交待逻辑过程，而必须具有鲜明的形象性，是表情而不是说理；又比如需要走向格律化，不能散漫与毫无组织力。这样的“内容”，是十分严密、有序并具有鲜明的专业性格的。它不是生活内容——生活内容人人都有，而“词的内容”，却只有词家才会有。

从某种意义上说，词的内容应该是已经过过滤的词的“意象”。因为词有特殊的形式，一般内容不合于这种特殊形式则将被遗弃，因此它必须尊重形式对它的制约。又因为词有一整套技巧规范，不是诗本小说，因此内容也必须略去很多推理、逻辑说明以及论证，而出以最典型的意象与意象内容结构。意象中包含了形式的约束，又使内容更“词化”——相对于形式而言，它是受制的客体，是内容，但它更是形式的内容。我们可以站在内容立场上称它是一种“外内容”：在一般内容以外的特殊内容。反过来，相对于内容而言，则它又是一种形式规范，是内容的形式。但纯粹的形式如平仄、韵、四声再分清浊、调式、分片等等，这些都是硬性的规定，它们十分表面化、十分明确。而意象的规范却要灵活得多也丰富得多，它无法形成格式为人遵循。因此，站在形式的立场上，它则是一种“内形式”。

“外内容”与“内形式”，非常典型地说明了意象在中国古典诗词中的特殊价值。没有形式格律的制约，它的内容不会如此紧密有序；没有走向内容的丰富性，它的形式又不会如此灵活而且因人而异。一般生活内容的散漫性，以及作为诗词形式格律的表面性与规范性，它都可以成功地回避掉，从而在两个极端中取得一个中间的、左右逢源的位置。研究诗词中意象组合，并进而研究词风、流派等更广阔的内容，其有利性即在于此。

也正由于这一点，我们看到了在内容组织上的形式感即“词感”。内容是有形式的，当它作为意象，依靠内在的形式限制，再回过头来对一般生活内容进行筛选之时，我们看到了一种并非内容而是形式的出发点。也即是说，词人在选择生活素材（内容）时，他的选择依据是形式，准确地说是形式所支持的意象基准。太白开水的生活内容，不取；能组成一定意象，但却不合适于词的，也不取。在这里，起主导作用的是词的本体观（词史传统的制约力），以及词的形式观（对形式格律的保障），不然，写出来的就不算是词。

考虑内容与研究内容，不应该忽略这样的思考前题。而如果能沿着这一观点继续深入思考，那么我们可以毫不犹豫地认为，从生活中被提取出来，并经过意象化即“词化”，又被纳入一定的形式中去的词的内容，它所形成的不再是散漫的生活内容本身。它构成了一个空间：就意象而言，它是意象空间；就内容而言，则我们可以称它为“造型的内容”——有序性、格律化，这些诗词的特征本来就是偏于“造型”的。在这里，造型与散漫相对。

于是，可以有如下的一个图表，它会使我们对上述关于内容的讨论变得较为清晰。

词的“内容”生成序列：

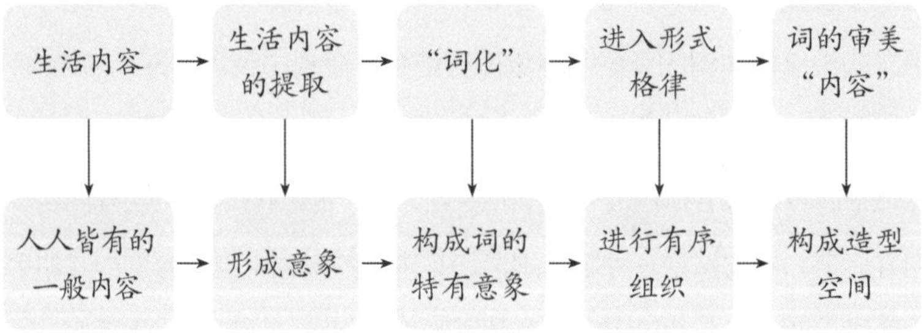

再来看形式。

形式的发展与对形式的研究，似乎要比内容复杂得多。因为文学艺术创作的最终落脚点即在于“形式”。当然，我们流派研究的主要基点也即在于形式。

在一个具体的创作过程中，形式是一种广义上的载体：我们的思想、情绪、感觉，一切我们希望能尽量充分表达的东西，都必须通过形式这个媒介（载体）才能表达出来。词家的创作冲动是随机的、自由的，而形式对之的制约却是法则的、规范的。只要是填词而不是吟诗作赋写文章，那么词的形式作为一种客观的规范，则词家决计无法不去屈从。从这个意义上说词的形式是一种载体——运载词人的思想情态，本也并无大误。

但这只是一个粗浅的结论。因为把词人的创作意向与形式载体截然分开，这本来就有相当大的问题：我们的创作意向从一开始，就应该是“词”性格而不是其他小说、诗、赋、曲等等的。倘若如此，那么作为载体的词的形式，正是词人在最初的冲动时即已充分把握的具体内容之一。

这样，对于形式，我们应该转入深一层的思考中去：既然形式同样是与词家的创作构思、展开同步；那么它之与词家不必构成绝对对立关系，是不言而喻的。亦即是说，“作为载体的形式”这一口号，在一个创作心理分析与创作思考中，不无机械理解之嫌。但是，“作为本体的形式”这一特殊的角度的探讨，却应该引起我们的密切关注。

所谓的“主体”，是指形式在词史发展进程，逐渐地形成自身的独特性格。在某一个具体创作过程中，形式是“载体”，但作为一种传统，它又形成了一个本体——它自身有发生、发展，从幼稚到成熟的全过程；在这个过程中，它不断通过排除与建立，形成自身的逻转轨道：当如此而不当如彼。其间有充足的理由，并且可以被证明。

形式本体存在告诉我们一些最重要的事实。比如我们无法认定词的存在从一出现即是体格健全的，本体的规定告诉我们它有一个逐渐成熟的过程。在唐代白居易、刘禹锡时，词的形式本体发展才刚刚开始。五代、北宋小令是一个发展阶段，到柳永大力发展慢词长调，以细腻的铺叙见长，这又是一个阶段。到了周邦彦在声律上要求严整，彻底完成了作为音乐文学的词的形式，这又是一个阶段。倘若我们只从词的抽象概念出发而无视其“本体”发展的意义，在唐代即要求看到慢词与严格的音乐规则，显然是无法如愿以偿的。又比如我们得知早期的词本来都是些民谣歌曲之类，它相对于诗是“通俗”玩艺儿；到了《花间集》，词被变为宫廷文学样式；再在宋代变为文人士大夫手中的重要文学门类，加进了许多寄托、比喻、用典等等文人的手法。倘若我们也不顾这种“本体”规定，硬在敦煌曲子词中去寻找“用典”“寄托”，显然也是徒劳无功的。形式本体的发展，在某种意义上说，本体即是词史的发展，它们必然是同步的——区别仅在于词史发展的幅面更大，形式本体的发展只限于对形式单一系统的清理而已。

既有了由生到熟、由幼稚到老练的过程，当然也就有了自身的规定性即排他性。比如通常而言，词韵要宽于诗韵，但词的四声要严于诗的四声；不但分平仄，还要辨阴阳清浊。之所以如此，是因为词的歌唱性更强，也是因为词调一长则用韵脚处多，不做宽韵则难有选择余地……理由很多，但理由却都是形式本体的主要内容。像这样的形式本体规定，当然会对内容发生影响，从而形成一个个不同的流派的存在。

从某种意义上说，本体即是自身特征。因而特征的存在标志着词必然会对许多生活内容进行有目的的选择。比如在五代北宋，“词的艳科”这样的看法决定了词的形式与内容的界定。形式可以接纳男女相思离别、宴乐歌舞、金樽檀板与花前月下等内容并对它们做极精密的组织，但却不能指望会有什么豪壮激烈的报国情怀被载体所全面接受；因为本体还缺乏接受这些内容的能力与心理准备。又比如在北宋末，通过士大夫化，通过从欧阳修、张先、秦观、晏殊、苏轼、李清照、周邦彦等文人学士所提倡起来的非民间词即文人词，在词的形式格律上和修辞精凝、意象排比考究等方面积累了雄厚的经验并形成了一整套法则、规范，再看同时朱敦儒的《樵歌》，看他那些平白如话的词，虽然我们也承认他在风格探索方面有价值，但却不可能予他以很高的领袖群伦地位。即使胡适在五四时期曾大力推扬朱敦儒以迎合自己的新文化目的也无济于事。究其原因，也即是白话词在文人化大潮之下已逐渐地脱离词的本体规定，它至少无法倒转发展趋向，它有悖于词的从民歌走向文学化（雅化）的基本目标——在形式上的声律、修辞、用典等要求，它也很难适应日趋精密细致的要求。这些决定了它必然是偏师而不是主力。这些都表明词的本体发展是有其明确的选择标准，并不完全是来者不拒的。

通常我们对形式会产生一种误解，即常常把形式看作是一种纯技术的法则规定。比如我们最习惯于以形式指词调、平仄、声韵等等，对它的作为躯壳的功能予以密切注意，并以为这就是“形式”的全部意义。在词的创作过程中，之所以会有“填词”一说，把创作过程看作是一个“填”的过程，即表明了词家对这种形式规则的屈从关系。但事实上，在真正的词人创作过程中，形式并不仅仅是指这些技术规定，它还应该指一种对应于这些格式的某种创作意识。亦即是说，我们在创作时，最早跃现在脑子里的并不是各种现成的形式法规——它是纯客体的；我们善于加以把握的，是一组组已包含有词的历史与文化传统的既成词语结构——它是可以被包含着某种潜在的主体意识的。比如，词风的婉约，它本身即已包含了一种词对诗、对历史的能动选择，体现了它的音乐文学的特征。而当词被以金樽檀板在风月脂粉的氛围中唱出来之时，它的格律、平仄的要求已被打上了浓郁的侧艳色彩而不复过去“中性”的格律形式本身。在诗的七言、五言对比之下，词的“泛声”与各种“摊破”“添声”等等的技巧，自然是一种走向细腻、妥帖因而必然在最初意义上说是走向柔曼的形式规定。它表明形式本身已具有了某种特殊的柔性倾向，它的目的是格律的，但却又涉及内容与整体的审美格调的导向。宋人赵福元《鹧鸪天·赠歌妓》有云：

裙曳湘波六幅缣，风流体段总无嫌。歌翻檀口朱樱小，拍弄红牙玉笋纤。

腔子里、字儿添、嘲撩风月性多般。忔憎声里金珠迸，惊起梁尘落舞帘。

把红牙拍弄与“添字”、把“嘲撩风月”与“添字”挂起钩来，显然表明这些技巧是使词走向更柔性化以与诗、文相对的一种标志。“添声”如此，“减字”也不外乎此。请看晏幾道《南乡子》：

月夜落花朝，减字偷声按玉箫。

再看扬无咎《雨中花令》：

慢引莺喉千样转，听过处，几多娇怨。换羽移宫、偷声减字，不顾人肠断。

都把偷声减字的技巧与柔性化倾向十分明显的“按玉箫”“几多娇怨”“不顾人肠断”联系起来。如果说，偷声减字还有添声的技巧是属于纯形式方面的问题，那么它在宋词的具体环境中，却扮演了一个具有内容意味的柔性化角色。在这里，形式的存在并不只是一具躯壳，它还规定了审美上的大致轨道。举个最通常的例子，《减字木兰花》这一词调的存在，即是以《木兰花》前后段第一、三两句的七字句，各减三字而成为四字句，形成一种四、七、四、七的长短交叉句式，自然在音节上已多了一种婉转的意趣。又因为是改变句式，原有的七言句通篇仄韵，也相应变为第二、四句韵即隔句转韵的方式。且四韵中两仄两平，比起通篇仄韵来，在调子上也要柔得多也委婉得多。无论是减字的减弱，还是添声的加繁，它都是在原有的划一节奏中寻找细腻、多变的表达方式的一种努力。表面上看是为合乐歌唱，但在客观上却是导致了回环委婉的形式感的完美呈现，它的拥有特殊的“内容”即“词本身”的含义，应该是毋庸置疑的了。

我们应该把词的形式看作是一种“符号”。符号的存在是一种文化内涵的存在，它不仅仅是指示与约束，它还具有包容与展示的功能。词的形式的技术部分，即我们通常所说的调式、平仄、韵脚等等，固然是重要，但它并非“形式”的全部，它只是一个外躯壳而已。真正具有美学意义的“形式”概念的内核的，应该是指包含有形式美的历史规定性与美学规定性的那一些内容——形式而构成“美”，掺入了从美到审美的许多具体含义，它就不再是一种技术而走向了文化。而再兼括“历史”即时间链与“美学”

即空间链，使它找到了许多相对应的比较面。比如从“历史”范畴中，词可以找到诗、文的句式参照与唐诗民间性与五代词宫廷色彩等一系列修辞追求方面的具体内容，通过对这些内容的筛选与比较来确立自己的柔性地位。而从“审美”范畴中，词又可以找到金樽檀板、红牙拍板的社会审美环境与添声、减字、摊破等一系列技巧转换的技术审美要求等等具体内容。正是在这种种转换中，我们看到了许多有血有肉的“形式”而不再是干巴巴的作为躯壳的“形式”——应该说，像上述的例证，还可以举出许多来。

形式作为“符号”的张力呈现而不是作为“记号”的指示呈现，使我们对词的形式的研究不敢持过于轻率的态度。记号的存在是与客体事物构成一对一的关系，是正确或错误，是增加还是减少，一切都十分清晰，而一种符号却应该掺入社会的、形式自身演变的、历史的，甚至是想象的、发展的丰富内容——它不静止，也不平面。我们在把握一个符号时，应该更多地考虑它的过去与未来，以及它的动态的特征；考虑它的表面规定之下的内面文化含义：包括伸延能力与界定能力。而走向这一层面，则形式中要决绝地排斥“内容”的参与，恐怕也是十分困难的了。即正如关于“形式美”的命题，又何尝能只停留在技术阶段？“形式”而构成“美”，不已最明显地被掺入了主观的或“内容”的成分了吗？而在文学研究中如果只考虑形式却不去进而探讨它的“美”，只能使这种探讨沦为一般技术探讨；当然更不可能将它引向流派探讨这个更复杂的研究范畴了。

综上所述，我们又可以对形式这一部分的讨论列为如下一份表，以见其有序性来：

词的“形式”发展序列：

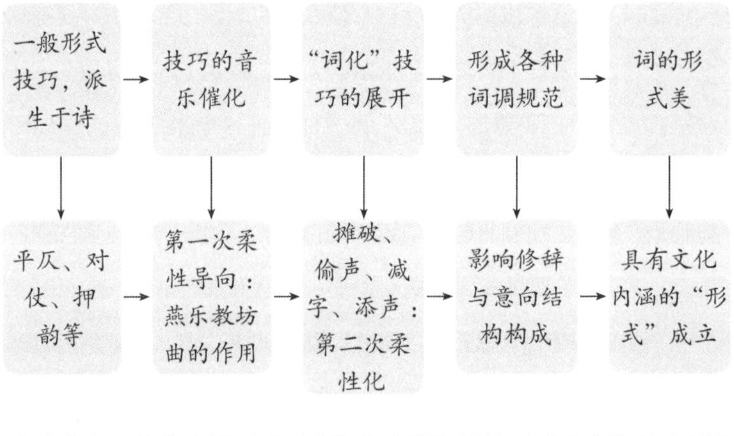

纵观上述内容，并将此处对“形式”的表例与前述对“内容”的表例作一对比，

则可以找到一个共同的支点：它们互相从一个对立的立场出发，最后在一个共同的交叉点上汇合。

“内容”的起点是一般生活内容，它的目标指向是走向有“空间”的词的审美内容。而“形式”的起点是共同的诗的格律，它的目标指向是走向有文化内涵的词的形式美。如果说内容的起点是完全散漫的无组织的——而它的目标是希望把这种无组织走向秩序化；那么形式的起点却是完全的规范化并有固定格式——它的目标是希望摆脱这种已被诗占尽先鞭的秩序化，而走向相对自由的“散漫化”：古人叫词为“长短句”、叫“诗余”、叫“倚声”，即是这种“散漫化”的明显标志。句子本来是一式的，现在却有了长短，这是一种散；诗又走向“余”，“余”即有散而不整的意思。至于是倚声而不是倚词，当然更是一种散。

至于它们的交叉、交汇点，在内容而言是造型空间的审美内容，在形式而言是形式之美。这也是两个表面不同但却在互相靠拢的结论。有造型空间，当然即有了形式，于是这个内容是已被形式化了的内容。而有了形式之美，这个“美”应该指向内容的、审美的而不是单一技术的。它们虽不能互相等同，因为各司其职更重要；但它们之互相依存，却是个显而易见的事实。倘若我们用两个更确切的术语，那么还可以构成如下的 A、B 两式：

内容：造型内容——空间化（非散漫）（A）

形式：意象形式——内涵化（非技术）（B）

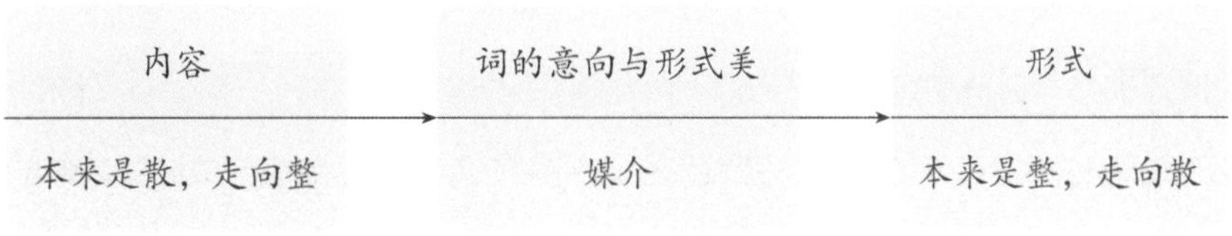

流派研究的不能只考虑“豪放”与“婉约”的内容因素，还应该考虑到“出水芙蓉”与“镂金错采”的形式因素，在此又一次获得了证明。

第三节　流派划分规范与依据（一）——内容与形式的互制互动

毫无疑问，词相对于诗而言，应该是唱的。这并不是说诗即不可唱，刘攽《中山诗话》

即已提到，唐人饮酒有以令为罚的规矩，时人以丝管歌讴为令，即成唱。饮酒行令，自然需要著词；而要著的词，当然即近于我们讨论的作为文学门类的词。今有刘禹锡《抛毬乐》即是酒令。而到了敦煌曲中所见《抛毬乐》词，则不但改一般应酬内容为感叹兴发，从而少却许多酒筵氛围，而且连句式也已改动，变五言句为七七七七五七句式，显然已是长短句了。范摅《云溪友议》载郎中裴缄与举子温岐：

> 二人又为新添声《杨柳枝》词，饮筵竞唱其词而打令也。

又花蕊《宫词》中也已有“新翻酒令著词章”句，表明生活中极一般的酒筵中（它显然不属于文学阶层）也是以词合曲而唱的。词之别名叫“倚声”，我想在最初应该是指用文学的诗与非文学的酒令当然还有其他方式进行吟唱的含义。

无论是当作酒令唱，或是酒筵中的歌妓赌唱，它显然不是一个强健刚劲、杀伐决断的气氛。因此，依“婉约”“豪放”两派分的话，那么酒令式的词或是歌妓的歌词，至少不应属于豪放，这一点恐怕不会有问题。歌妓们唱王之涣诗与唱常建、王昌龄诗时，他们是以现成的诗唱，当然无法选择。但到了自己作酒令作唱词，在酒筵那轻歌曼舞、柔声细调中却大唱“羌笛何须怨杨柳，春风不度玉门关”，显然是要大煞风景的；至于豪放派的词作当然更不合时宜。

因此，如果是以豪放、婉约两派分的话，那么词从一开始即必然是偏于婉约而不可能是起于豪放的。古人云诗庄词媚，或还有诗重格调词重情态之说，要言之，都是以词作为婉约的证据，作为流派划分的基本依据，我们至少已找到了第一个出发点。

词的本身偏于“晓风残月”型，使我们可以暂时把豪放派划出另置。从范仲淹的“将军白发征夫泪”到辛弃疾的“想当年、金戈铁马，气吞万里如虎”，是一个完整的系统，但这个系统也有它自身的发生、发展过程。另置的含义，只是把已成清晰之形的南宋豪放词派如辛弃疾、陈亮、刘过、刘克庄等放置一边，而来集中精力讨论内容上的婉约问题。

内容上的婉约，是一个讨论标准。倘若仅仅依传统的“婉约”派而论，则它应当包含了内容与形式两个方面。内容是浅斟低唱，形式是镂金错采；内容是柳永，形式是吴文英，这样才是古人心目中的婉约派——比如我们考察张綖和他以前人持的两派说，即是这个含义。但如果我们把婉约仅仅从内容上作规定，那么按我们对内容、形式作区别对待的讨论方法看，则婉约的内容不一定只限于与镂金错采的形式作对应；

它应该有更大的范围，即以内容的婉约，在形式表现上却既可能是清水芙蓉的，也可能是错采镂金的——同样的内容，可以用不同的技巧形式来表现。

婉约的内容 { 镂金错采的形式（可能婉约）
清水芙蓉的形式（可能不婉约）

之所以说“清水芙蓉”的形式可能不婉约，是因为婉约的含义除了柔之外，还有一个深、曲的意义在。而清水芙蓉式的表达，却很可能是清浅（但不是浅薄）如老妪能解的，或是直接坦率而不拐弯抹角。因此，婉约的内容应该是花前月下、浅斟低唱；但婉约的形式应该是婉曲细密、精雕细琢，两者所指并不一样，不宜加以一律对待。

以内容的婉约作为坐标，则我们从北宋到南宋，或是再早从唐到五代，在词的表现上可以找到两种模式：唐代词刚刚兴起，把以诗吟唱的部分撇开，则从张志和《渔歌子》、白居易《忆江南》、刘禹锡《竹枝词》开始一直到五代《花间集》，正是一个从民歌转向宫廷文学的转变过程。它的形式，在民歌时期是清水芙蓉、通畅无碍的；而在宫廷文学时期则是雕金琢玉、香艳悱恻的。但其内容却皆无豪放激越、慷慨悲壮的格调，因此我们可以看出它的转变是一种形式技巧的转变。北宋小令兴起，欧阳修、张先、晏氏父子手中的词，也是走向清新通脱之风，而并无婉转深曲之致。到柳永是一变，到周邦彦又是一变，到南宋的吴文英再是一变。每一变都向婉约即“镂金错采”的格调迈进了一步。到了这时，则婉约的内容（花前月下）与婉约的形式（婉曲细密）才真正携起手来，形成地道的婉约词派。

这就是所谓的两派说中婉约派的基本面貌。依我们的双重基准看，内容上的一个婉约流，在形式上却完全相去霄壤；将之概放在一个“婉约派”中，实在是过于混淆、使人不得要领，并且也在逻辑上无法自圆了。更重要的是，文学流派的判断或归纳依据首先应该是形式技巧而不是一般意义上的主题与题材内容；如前所述，形式技巧本身已包含了相当明确的思想内容的影响力而不再仅仅是一具躯壳。以此推论，则形式对流派的支撑，将比以前任何一个时候都显示出重要价值来。

再来看豪放派。

有婉约的内容对清水芙蓉或镂金错采的形式，那么豪放派内容也应有同样的机遇。这样我们似可以依据上述分列再列出一个表式，大致如下。

豪放的内容 { 清水芙蓉的形式（可能豪放）
镂金错采的形式（可能不豪放）

但细细琢磨一下即发现，这样的表式几乎不可能成立。因为，清水芙蓉的形式技巧，其实并不应属于豪放。只是鉴于它的艺术表现的追求直而不曲、浅而不拗，我们大致可以将它划为与豪放同一性质的表现方式。但豪放内容之与镂金错采的形式，却无论如何也无法凑到一起去。镂金错采的，就必然不可能是豪放的。

豪放的内容是一个规定得相当死的东西。既然进去了，就不可能再有其他选择。于是，豪放词必定只能等于豪放的形式，即使不是慷慨激烈，至少也是平白如诉。慷慨激烈，是一种从内容到形式的彻头彻尾的豪放；而平白如诉，则古来即有一个现成语，叫做“高旷”。它在词史上也有特殊的地位。

豪放与高旷是两种不同的格调，但它们都直而不曲、浅而不拗——这种相似点要远远大于它们的相异点。我们不妨说这是同一种性情的两面：在襟怀抱负上，它们都是大方、开阔、恢宏，所不同的是豪放词作每有一种具体的针砭对象，似是较带批判性的。而高旷词作则是内向的、主要是在于自我打发而不在于指点世事的。我们可以以两首词来作比：

其一是真正从内容到形式皆属豪放，辛弃疾的《别茂嘉十二弟》后片：

将军百战身名裂，向河梁、回头万里，故人长绝。易水萧萧西风冷，满座衣冠似雪。正壮士，悲歌未彻。啼鸟还知如许恨，料不啼清泪长啼血。谁共我，醉明月。

连词调都以仄声入声截断，真是顿挫激越，无法排遣的格调。再来看苏轼的《定风波》上片：

莫听穿林打叶声，何妨吟啸且徐行。竹杖芒鞋轻胜马，谁怕，一蓑烟雨任平生。

这种内容是一种轻松、飘逸、潇洒的格调，是自由的氛围。指它是豪放，本来实在是有问题。但我们却发现了“豪放”一词在词学批评中本来兼有二义：第一是我们已经习惯了的豪放激越、悲壮警拔；另一种却是所谓的豪放不羁、不为拘束、纵情放笔的意思。唐司空图《诗品》中第十二品已列“豪放”，其具体所指是“观花匪禁、吞吐大荒”，“真力弥满、万象在旁”，“由道返气、处得以狂”……已经不实指所谓的“爱国主义精神”标签下的豪放内容而是指一种自由不羁的发挥。而到了苏轼，在他的《书吴道子画后》也已有“出新意于法度之中，寄妙理于豪放之外”，将“法度”与“豪放”对比，显见得“豪放”是“不法度”之意，这已指向形式技巧而不再拘于内容。苏轼更有《与陈季常书》：

又惠新词，句句警拔，诗人之雄，非小词也，但豪放太过，恐造物者不容人如此快活。

细玩上下文意，也是以豪放为自由之意，不然不涉及“快活”，更谈不到诗人与小词的差别。那么，虽然苏轼《定风波》不涉及爱国主义或民族斗争或还有其他什么政治上忠君报国壮怀激烈的“豪放”内容；但倘若指它为自由不羁、豪放不守词律或法度的“豪放”，却是并无不可的。于是，内容本不相干的辛弃疾《别茂嘉十二弟》（忠君报国、壮士悲歌）与苏轼《定风波》（萧散淡远、纵情自娱），却可以在同一个“豪放”的口号下和平共处。它的结果，是使我们极易在尚未清理判断前提下就随便指某为豪放派，而使“豪放派”也产生了两种不同的诠释。

如前所述，对于豪放派，我们不应持前表的态度，因为它不能成立；豪放激越的内容不可能靠近镂金错采的形式，如硬要列出关系表，则应如下式：

豪放的形式	豪放激越的内容（它一定豪放）	★多取“豪”字意
	轻松潇洒的内容（它也豪放）	★多取“放”字意

轻松潇洒的内容大多是放纵的、清通的，但它却未必是雕琢的。或再进而论之，则婉约的缠绵的内容，有时也未必不“豪放”，柳永有许多词即能说明问题。至于其他例子也很多，如李清照词，其内容婉约不假，但形式却相当“放”。至于李后主写与小周后的爱情，其形式固然不“豪”但却也相当“放”。倘以两派分，则在内容上当划归婉约，而在形式上却应划归（豪）放。即使不豪放，至少也是一种不密而疏旷的格调。王国维《人间词话》称:“东坡之词旷，稼轩之词豪。”这“豪”可指形式内容皆豪放的类型；而这“旷”，则应指形式豪放而内容却并不具备多少豪侠之气的类型。王国维虽未有专门意义上的流派研究冲动，但他毕竟是个大家，他已看出了“豪放派”存在的某种非精确性，因而善意地做了一些区别。

有了这样两个基点和两份表例，则我们对古来习惯上的两派分的结论作了一些细部分析，在纠正其不足与混淆之时，提出了我们自己的关系图。但再进一步深入想一想，则以婉约的表与豪放的表再作一对比，却又发现了新的内容。它是个很有意思的、有极大发展可能性的关系图示：

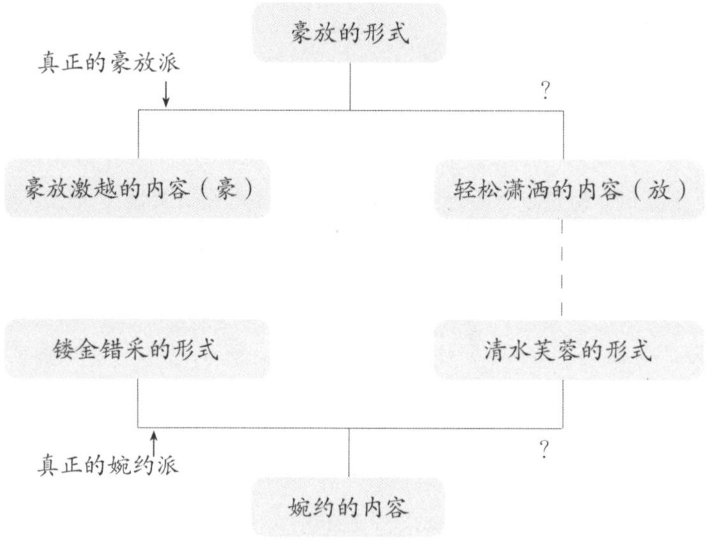

以豪放的表与婉约的表相对，则婉约的内容与镂金错采的形式，构成真正的婉约派；豪放的形式与豪放激越的内容，也构成真正的豪放派。这两点恐怕不会有人提出疑问。但是婉约内容之于清水芙蓉形式，或是豪放形式之于轻松潇洒内容，这两组关系中，却不是单纯的加法问题，相反倒是不那么“婉约”或“豪放”的例外了。

正是在这例外与难以解释中，我们忽然发现了有第三种关系存在的可能性：以清水芙蓉的形式去写轻松潇洒的内容，它既不属深而曲的婉约派，也不属浅而直的豪放派；它既非阴柔，也非阳刚。至少从理论上看，我们认为应该有这三种类型存在的可能性：

①婉约香艳的内容←→镂金错采的形式；

②豪放激越的内容←→豪放直诉的形式；

③轻松潇洒的内容←→清水芙蓉的形式。

这是三种标准型，它们谁也无法互相取代。当然，在实际的两万首宋词中，风格表现不可能如此清晰而无有任何混淆。生活是多种多样，而词人性格也是多种多样。以轻松的内容却选择雕琢的形式，或是以香艳的内容却选择清水芙蓉的形式，这是完全可能的。但上列的标准型作为一种“类型化”分析却仍有它的特定价值。因为它可以告诉我们：传说的、被沿续了几百年的“豪放”“婉约”两派说即使在理论上也是不可靠的——首先，在这么几张表列中，它就不能自圆其说了。几张表列还只是一种逻辑的推断，它只提供了某种可能性，至于具体的词作检验，当然更丰富，也更无法仅仅以两派说来统括一切了。

显然，所谓的三种型还只是就一个通常的学术思考与分析的惯例来加以把握的。直到目前为止，我们还不能说它就是三个流派。从标准型到实际的流派现象，其中会包含许多可能实现的转换与不可能实现的种种推测。“标准型”的出现只是一个平面分析的结果，它指向可能性；而“流派”的存在却需要依赖对众多词作的实际检验。“标准型”的依据是“可能性”，指向应有；而“流派”的依据是“事实”，指向已有。以此推断，则从三个标准型走向三个流派的研究模式，其间还有许多艰苦的工作待做。

作为一种理论思考的结果，“标准型”的存在必然具有一种合逻辑性，它在理论上必然是能自圆其说的。但如前所述，每一种类型化的成果，必然同时又带来许多例外。而倘若不具备对实际词作进行综合归类的能力，则理论构想可以毫不发挥作用与产生影响。由是，有许多词家在进行分类分派时，也试图为概括力很强的流派划分做一些细致化的工作——以使它更能囊括大多数词作，少一些例外。

比如，对于婉约派，则大多数学者认为它并非是铁板一块，它有一个从清丽、雅婉、秾艳、纤美直到婉约的过程。当然从情调上说，则除了雅婉之外，应该还有凄婉的格调。具体而言，则李后主的词即被指为清丽而非秾艳、凄婉而不雅婉的基调。而《花间集》以下直到柳永、周邦彦，再到南宋的吴文英，则是走向秾艳或雅丽、纤美的格调。究其所以然，是因为词本身的配乐歌唱，与酒筵伎乐等等天然有一种共生力，无论是清绮还是秾艳或是柔媚,大多可以包括在内。这是一种相当典型的观点:之所以大多以“婉约”为正而反对词去求什么豪放别调，与上述原因有很密切的关系。酒筵伎乐的环境造就了香艳悱恻的儿女情调，它保证了内容的婉约；而镂金错采的技巧又造就了深婉秾艳的华丽色彩，它又造成了形式的婉约。词在早期既无法摆脱酒筵伎乐的环境，又为合乐歌唱而必须有更多的铺排与描绘，则它之合于婉约之旨，似也毋庸置疑。于是，从唐五代直至宋初，它被一概归于“婉约派”之内而无须另张别帜。当然，这样的“婉约派”的囊括性也是十分明显的：从清丽到浓艳，概在此内。

豪放派的情况也不外乎此。尽管一般来说豪放派的实际范围是南宋初和北宋个别词家，但它的直抒胸臆却使得它也具有相当的包容力：古人为豪放派列出的格式，有“豪放”“激切”“高旷”“博大”等等，但细细区别，则“豪放激切”是一种情动于中又溢于外的抗争；而“高旷博大”却是一种无可无不可的潇洒。“豪放激切”是入世的，而“高旷博大”却很可能是出世的。“豪放激切”讲究一种广义上的利害，而“高旷博大”却追求一种空虚灵动的境界。再进而论之，“豪放激切”是以个人与社会做种种对立，以个人的情志抱负去对抗社会、批判社会；而“高旷博大”却是以个人与社会做互相融合，以个人的修养认识去顺应社会、融汇社会并与社会取得默契。至于创作过程的检验，则“豪放激切”的情调的形成，大抵是基于文学外部的世事、社会、家国、伦理等等的要求；而“高旷博大”的格局的形成，却应该是多基于文学内部的修养、审美意境、词风以及对人生宇宙观世界观的认同等要求——前者是一时一事的，而后者却是人生的；从哲学立场上看，这种种关系完全是对立的，但从一个直而不曲，浅而不拗的技巧立场上看，又逢到还有一个参照的婉约派的存在，则这原本是深刻对立的两部分内容，却能很好地合作并聚集在同一个“豪放派”大旗之下。人们对某一首词属豪放或不属于豪放可以纷争不已，但对于豪放派的兼有两种格调意境却并不疑议。当然，这也表明，“豪放派”的构成也是很丰富的、多样化的。

以“豪放”“婉约”两派说的古典类型词论来看，词论家们亦可谓煞费苦心。并且，经过这样改造了的两派说，的确可以减少许多例外，而呈现出一种巧妙的包容性来——两派说在我们的理论检验之下暴露出很大的漏洞，但它之所以能沿袭几百年，直至今天许多理论家，仍愿意引用它来作为研究的向导，当然也是与它本身有丰富性、有包容性这一优势分不开的。

顺着上述的思路再作伸延，则当我们在婉约派的从清丽转向秾艳、豪放派的从高旷转向豪放之中，发现清丽与高旷还可以构成另外一种格调之时，我们也会理所当然地想到，所谓的第三种类型即“轻松潇洒的内容”出以“清水芙蓉的形式”，它在传统的豪放、婉约两派之外将拥有一个什么样的位置呢？抑或是说，它有没有一种包容性？有没有一个明确的历史跨度——占据相当的历史发展时期并形成前后承传的一种典范呢？

讨论这样的问题是有困难的。因为古人并没有这方面的现成论述。比如对豪放、婉约两派的自身风格变化，我们可以从无数古人词论中找到评价。先来看“婉约派”

从清丽到秾艳，大抵可以如下几则词话为证。

〔苏东坡〕论黄庭坚《浣溪沙·新妇矶边眉黛愁》：

鲁直此词清新婉丽，以水光山色替却玉肌花貌，真得渔父家风。（《御选历代诗余》卷一百十一）

〔周济〕《宋四家词选序》论贺铸与柳永之对比：

耆卿熔情入景，故淡远；方回熔景入情，故秾丽。（删稿第六则）

〔刘熙载〕《词概》论秦观：

秦少游词得《花间》《尊前》遗韵，却能自出清新。（《艺概》卷四）

苏东坡以水光山色比玉肌花貌，即是将清丽与秾艳作对；周济以淡远对秾丽，更是直截了当；刘熙载指《花间》《尊前》皆是艳作，而自出清新当然应是“清丽”无疑。因此，着重于所在正是说明从“清丽”到“秾艳”的风格跨度。再来看“豪放派”，从高旷到豪放，大抵也可以如下几则词话为证：

〔陈廷焯〕论苏轼与辛弃疾词风差异：

稼轩求胜于东坡，豪壮或过之，而逊其清超，逊其忠厚。

东坡心地光明磊落，忠爱根于性生，故词极超旷而意极和平；稼轩有吞吐八荒之概，而机会不来……故词极豪雄而意极悲郁。

〔王国维〕论苏、辛差别：

东坡之词旷，稼轩之词豪。

高旷或超旷，其意必不激越，即出世之趣，故能和平。而豪放则于世事有愤然郁勃不平，故豪之极必近悲，于是豪放转向悲壮——这种区别也是赫然在目的。

但关于第三种类型，我们却很难信手拈出一串词论来作为佐证。但遍检古人词论，却也时有蛛丝马迹可寻。所论的当然并不作为一个“派”，但却有一些足资深入思考的风格论线索。

《四库提要》论及词之演变时曰：

词至晚唐五代以来，以清切婉丽为宗，至柳永而一变，至轼而一变，遂开辛弃疾等一派。

“清切”与“婉丽”是两种不同的格调：“清切”指向自然，而“婉丽”指向修饰，衡之晚唐、五代，则自白居易、张志和、刘禹锡直到南唐二主，恐怕不得谓为“婉丽”，而应近于“清切”,但温庭筠以下的《花间》《尊前》一派,却应属“婉丽”而非“清切”。由是，以苏轼、辛弃疾为对照的“清切婉丽”，其实已包含了两种不同的审美格调。而自它们再作伸延，则应构成不同的两种风格类型，只不过,《四库全书提要》的作者未能清晰地指出此中差别罢了。

再进而考察具体词家风格评论，则更能见出端倪。兹摘引数则如下：

〔王士祯〕论《花间》《草堂》异同：

或问花间之妙，曰：蹙金结绣而无痕迹。问草堂之妙，曰：采采流水，蓬蓬远春。(《花草蒙拾》)

〔彭孙遹〕论天然与人工词风不同：

绚烂之极，乃造平淡耳。若使语意淡远者，稍加刻划，镂金错绣者，渐近天然，则骎骎乎绝唱矣。

词虽以阴丽为工，实不及本色语之妙。

咏物词极不易工，要须字字刻划，字字天然，方为上乘。(均见《金粟词话》)

〔沈祥龙〕论词风自然不雕琢：

词以自然为尚。自然者，不雕琢，不假借，不看色相，不落言诠也。古人名句如“梅子黄时雨”,“云破月来花弄影”，不外自然而已。

以上述词论观之，虽未能以流派立论而大多是基于技巧与风格，但却仍然有助于我们进一步把握——王士祯的“蹙金结绣”,彭孙遹的“镂金错绣”、沈祥龙的“雕琢”“色相”等，当然应该是婉约派的基本特征。那么反过来看，王的“采采流水，蓬蓬远春”、彭的“平淡”“天然”和沈的“天然”“自然”，当被归为我们所指的第三派，即取“轻松潇洒的内容”出以“清水芙蓉的形式”。取本色语，取自然，当然也可被归为豪放风格之一种；但内容既非壮怀激烈而有可能施以“蹙金结绣”，当然在题材限定上已非豪放派,那么它只可能是我们新总结出的词派而不会再有其他。亦即是说,它在内容、主题、题材方面与婉约派应该是不分彼此的；但在艺术表现上，它却应该呈现出与婉约派大相径庭的特征来。

我们从流派的纯理论意义上的逻辑考察（即通过内容与形式的互相作用），和通过对古代词家论词时种种成说的整理，大致可以看出，词派的豪放、婉约两派之外，似乎还应该有第三种派别或类型的存在。

第四节 流派划分规范与依据（二）——词形式演进的美学分析

在对词的形式与内容关系的全面考察之后，我们将从另外一个角度——对词的生成与成熟过程的考察——来验证流派的划分。

这当然牵涉到词的形式的历史。但我们的工作是论证的而不是描述的——描述的工作将在下一章进行。我们的目的是要看看，以两派说或三派说来对应于词的形式史之时，究竟孰为合理可取？以理论推导出来的三种词风类型在一个历史检验的过程中能否自圆其说？

最早的词应该即是诗，只不过是用来吟唱的诗。

唐人的诗在吟唱时，似乎都以短调为主即以七绝为主，很少有长篇古风的。至少到目前为止，我们还未发现以长诗吟唱的直接文献依据。而绝句尤其是七言绝句，却始终以抒情歌辞的身份出现于诗坛与乐坛；无论是宫廷所为或是声伎所唱，大抵不出乎此。李白为《清平调》三首“云想衣裳花想容”是七言短诗，《菩萨蛮》《忆秦娥》等当然更是短词。再早的隋炀帝《望江南》也是短句，其下的张志和、白居易、刘禹锡等当然也是短句。再往上溯，则梁武帝《江南弄》、陈后主《玉树后庭花》也皆是短诗。故而朱弁《曲洧旧闻》称宋以前的词即唐词与五代词，均称“工小词”。词而曰“小”，当然是指其短而言。

如果说词的起源是歌诗，那么这种短篇小词的出现似乎为我们规定了些什么。首先，词之短小使它善于抒情但不长于铺排。诗之与赋相比，赋的铺排特色对比出诗不长于此道，这是人所共知的。唐诗是诗歌最发达的所在——当然有绝、律、古风之分，但古风之长于铺叙与律绝的希冀精练，也是个一目了然的区别。唐人诗之可歌者皆为五、七言绝句，这似乎规定了词在最初应该不是铺排华丽的，而应该是简约清秀的。不但唐代的文人诗如李白、王昌龄、王之涣等是如此；唐代的词如张志和、白居易是如此；即使是纯属民间文学的敦煌曲子词也不外乎此——在《云谣集》中收录的曲子词中，几曾见过洋洋洒洒大片的歌词？

今传唐人所作的词如《竹枝》《抛毬乐》《杨柳枝》《菩萨蛮》《忆秦娥》《渔歌子》等等，大多与绝句相同，只是变化绝句以合歌唱，至于如《凉州》《伊州》等大曲，其歌词或直接引用五、七言绝句，或干脆把长篇诗中截出四句入乐。这种做法反映出古代的一种观念：词要唱，要唱就不宜长。口头文学，不但曲调以短为佳，且唱辞也不宜深涩;五、七言绝句中之著名者，世所流传，唱时自然易于博得听者的青睐；而偶有长诗入词吟唱，也必得截成短章，不使长成为一种累赘——来听唱者不会都是高深的文学家，听唱本身也是一种轻松的娱乐，长篇大调过于累赘，而文辞深涩又太不轻松，因此不为词家所取。

故而词也叫“诗余”。这“诗余”可有数解：以绝句入词，是一种“余”；以绝句变化出各种小令的调式，也是一种“余”。至于如前述的把长篇诗作截出四句以入唱辞，也还是一种“余”。当然,从内容题材上指词为诗之“余”者更多,因无关于我们的论述，不赘。

短调小令的存在意味着什么？与南宋竞相以长调慢词的现象相比，我们大致可划出两种不同的美学特征——当然它不是绝对的，只是在比较层次上有意义：

	短调小令	慢词
技　巧	善坦露	善铺排
结　构	单线型	复线型
功　能	抒情性强	叙事性强
修　辞	平淡	藻饰
文　风	白话以便吟唱	文语以便读赏
意　象	多直诉	多用典
美　感	清新通脱	婉约密丽

最后这个“美感”的部分，即是走向流派的最近端的切入口。

唐、五代直到北宋前期，词中小令是否一定如上所述，是平淡白话、直诉坦露、抒情而不涉其他，当然不能一概而论。因为词刚刚兴起，它还没有强大的本体构建能力，因此它的左右摇摆是必然的。亦即是说，在总的倾向于平淡之外，也会有藻饰现象；

在总的倾向于直诉坦露之外，也会有铺排——用典倒不多见，但曲折而不直率却是完全可能的。我们试从几个角度来考察一下这种例外现象。

（一）个人选择型的例外。

梁武帝的《江南弄》即是一例。“舒芳曜彩垂轻阴”，“连手躞蹀舞春心”。词的内容艳，而修辞也艳。色彩华美，讲究藻饰，且并非口语直抒，而是一种叙事与铺排。我们无法想象这是有什么社会影响，梁武帝本来身为九五之尊，他个人的选择显然是决定因素。江左风流对他会有影响，但主要还是他本人的审美趣味在起作用。这样的例子，在温庭筠身上体现得也很明显。温氏固然也属于《花间集》中主要角色，但他本是个诗人，《新唐书》本传谓他是“工为辞章”，《唐才子传》指他为“才情绮丽，尤工律赋”。这样，在诗、文上已形成个人风格的温庭筠，在选择词的创作时，即使是小令短调，他也自然会发挥出自己“才情绮丽”的特色来。于是我们也才会读到“画罗金翡翠，香烛销成泪”，“小山重叠金明灭，鬓云欲度香腮雪”之类的华美无比的词句。很显然，他本人的审美趣尚在此中起了决定性的作用。

（二）社会环境影响型的例外。

最典型的即是《花间集》中诸词作。《花间》所涉的都不是慢词长调，但却都“艳”得可以，“婉”得也可以。究其原因，则是词被引进宫廷后，在繁声淫奏、醉生梦死的氛围之下不得不然。这是一种特殊的文学环境，当然也产生了特殊的词风导向。词人们置身于狭窄、淫靡的小天地中，要想挣脱出来也难，欧阳修《五代史记》卷六三：

> 衍（前蜀后主王衍）年少荒淫，委其政于宦者宋光嗣……而以韩昭……为狎客。起宣华苑……又作怡神亭，与诸狎客妇人，日夜酣饮其中。

《十国春秋》卷五六：

> 鹿虔扆不知何地人。历官至检校太尉，与欧阳炯、韩琮、阎选、毛文锡等，俱以工小词供奉后主（孟昶）。时人忌之者，号曰五鬼。

这五鬼中有四人竟是《花间集》中的作者，想想看，他们为短调小令，亦岂能不艳？与早期词之初起的普遍情况相比，这是个极特殊的环境，故我们也指它为“例外”。但是请注意，由于它是以一种群体的形态出现，比起一般以词为个体创作活动而言，它的鲜明度与影响力要大得多；这样我们就不能太忽略这个例外，应该说，它正在从例外渐渐转为一种传统。

（三）文学史影响的例外。

对词而言，主要的文学史影响当然是来自于诗。早期诗之吟唱，像王昌龄、王之涣的诗被唱，即是一种来自文学系统内部的影响——它保证了词在一开始即已具有一定的文学品位，而不单是“俗文学”的格调而已。当然，相对于平淡如话、直诉坦露而言，这是更蕴藉的也更含蓄的文化格调。不但诗人之诗在歌时是如此，即使是一些大曲杂曲也不例外。如雅乐、燕乐中的歌词均以五、七言声诗式，其中《伊州》共有排遍五遍、入破五遍，其歌词摘如下：

〔排遍〕第一：

秋风明月独离居，荡子从戎十载余。征人去日殷勤嘱，归雁来时数寄书。

〔入破〕第一：

千门今夜晓初晴，万里天河彻帝京。璨璨繁星驾秋色，棱棱霜气韵钟声。

似乎更接近“庄”的诗格而不合于词的“艳”，似乎不如民歌那么直截了当，而细细品味，则在艺术技巧上说，似乎也很难说它不属于以“清水芙蓉的形式”去写“轻松潇洒的内容”——但有一点可以肯定，它不像早期歌词那样平白如歌谣，它是一种有厚度的、带有诗之意境格调的风格。比如，我们可以将韦庄的两首词作一对比：

劝君今夜须沉醉，樽前莫话明朝事。珍重主人心，酒深情亦深。须愁春漏短，莫诉金杯满。遇酒且呵呵，人生能几何。（《菩萨蛮》）

蟾彩霜华夜不行，天外鸿声枕上闻，绣衾香冷嫩重薰。人寂寂，叶纷纷，才睡依前梦见君。（《天仙子》）

前词直率说出，并无内蓄；而后词却多用比兴，其中“天外鸿声”之类的意象，显然是从诗中脱化而出。因此同是写艳体，写情写一己之遭际，在题材上并无大差异；但使用的技巧仍有差异。早期的词以《菩萨蛮》为典型，讲究平白直诉，而《天仙子》则可相对地说是例外。韦庄是晚唐诗的名家，《秦妇吟》有“内库烧为锦绣灰，天街踏尽公卿骨”这样气骨甚高的诗句，他作词虽不免落入艳道，但却时时会流露出作为诗人的本色。那么，对于这种文学内部系统的互相影响（主要表现为诗的影响），我们也无妨指为一种“例外”。当然，这是与个人选择以及生存环境（如宫廷）的“例外”完全不同的另一种格调，它应比早期的词更趋向于“深厚”“醇雅”而不是艳婉。

短调小令的平白直诉作为当时词的基本格局，正是从这种种对比之中产生出来的——倘若我们看不到这许多例外，那么真正的短调小令显然也无法在审美上自立。但作为主流，则一是基于词要唱，是口头文学；二是基于词要不同于诗，要体现出“小”的特色，它当然还是立足于清新通脱而不求生涩深奥。而在题材选择上，它也不会去凭空找什么报国情怀或悲壮激越，而是更适应于酒筵享乐或个人情景抒发的氛围。更以词出于诗，早期是以五、七言绝句吟唱，则诗中古风长调以至律诗，无不取排比精工或用典丰厚为特征，唯有这绝句是最讲究清丽平易、朗朗上口；是则诗中古风律诗与绝句的对比，当然也影响到词的早期形态——词既出自绝句，它不会不同时承袭绝句那清丽平易的文风特征。直到北宋前期，这种传统仍未改变。欧阳修、晏殊、张先以及更早的潘阆，可以说都还是以大致清丽通脱的词风而获得青睐的。词之文风的形成，当然也有来自音乐方面的影响，不仅仅是文学渊源而已。但在早期连诗也可入歌，说明音乐方面的制约也不像我们所想象的那么严格；又加之词从民间文学转向宫廷文学后又转向士大夫文学，当然更易于注意它的文学面而不是音乐面。这样，直到宋初，我们基本上还可以指词风是大致属于既非豪放也非婉约的一种清新通脱的感觉。古人有诗庄词媚的评语，“媚”的所指，应该是指词的题材的软媚以与诗的格调相对应，也应该指词的文风较平易，不如诗之精练严密、格调响亮；但却不应该是指深曲、生涩或密集的婉约派特色——尽管这两种风格常常被古人不加区别地冠之为“媚”。

小令短调的畅快也使词风无法做到深曲——篇幅不容过分铺排，自然回旋余地也有限。但这样的格局，到了柳永手中却被作了一个大改变。

柳永的成功是一种非常偶然的成功。当他中进士之时，虽有喜狭邪游的癖好，但总还想在功名上一展身手。但宋仁宗的一句斥责“此人风前月下，好去浅斟低唱，何要浮名？且填词去”，却断送了他金榜题名的机会。当然也就更是一头栽进脂粉堆中不想自拔了。直到谢世之后，还有许多红颜知己“多载酒肴，饮于耆卿墓侧，谓之吊柳会”。这样的特殊遭际，当然使他对词的创作不会持太飘逸的态度——如果说张先、宋祁、晏殊与欧阳修等，是以词为小道，偶然填唱，不以为毕生功名所聚的话，那么柳永却是在官场上郁郁不得志，填词成了他的唯一寄托。因此，他的态度不乏呕心沥血与用尽心机。用尽心机并非说他有明确主动的创作追求，而是在生活环境所迫之下，又是在借此消愁的寄托之下，他相对更具有一种“词人”的专业意识但不是欧阳修等人的“诗余”意识。作为生活环境所迫的证据，则是柳永之父柳宣是个贫困的士人，他要作狭邪游，游狎之资从何处来？我以为他以填词而获得妓女们在经济上的支持，应该是很有可能的。叶梦得《石林避暑录话》卷三：

> 教坊乐工每得新腔，必求永为辞，始行于世。于是声传一时。

《醉翁谈录》：

> 耆卿居京华，暇日遍游妓馆，所至，妓者爱其有词名，能移宫换羽，一经品题，声价十倍。妓者多以金物资给之。

这样，柳永作词肯定不是无偿的，他的生活来源，应该是出自填词之后的“金物”所得。故而《平山堂话本》《古今小说》都载有妓女供养柳永的故事。虽是小说，恐怕也未必皆属无凭。

至于借词消愁以寄托，当然也有史为证。胡仔《苕溪渔隐丛话》后集卷三十九：

> 喜作小词，然薄于操行。当时有荐其才者，上曰：“得非填词柳三变乎？”曰“然。”上曰：“且去填词。”由是不得志。日与儇子纵游娼馆酒楼间，无复检约。自称云：“奉圣旨填词柳三变。”

在被斥之后“无复检约”还引圣旨自嘲，其间的反抗心态十分明显。这样，他对词的创作必然也更求专注——因为词使他失了进取机会，而他也只剩下与词相伴的生活道路了。他的《鹤冲天》词，有如下一些句子，足可体现出失意后借词浇愁的浓郁心态：

——黄金榜上，偶失龙头望；

——才子词人，自是白衣卿相；

——忍把浮名，换了浅斟低唱。

无论是为衣食温饱还是为排遣心绪，柳永的填词都不再是一种高雅的、无关痛痒的摆设，而成为与他的生活历程（功名、经济、个人形象等）休戚相关的所在。他对词的进一步拓展，当然有了一个充分的理由与前提。只有了解了这些，我们也才会对同属北宋前期的柳永不同于欧阳修等人的事实作出充分评价。

柳永的拓展之一即是他把原有的小令短调改为慢词长调。关于《乐章集》中长调的占绝大多数，似是有目共睹。据日本学者村上哲见的统计，柳永《乐章集》中长调总数，可与他同时代即仁宗朝的其他名家作对比：

	长调作品（约八十字以上者）
晏殊	一调、三首
欧阳修	十调、十二首
张先	十六调、十八首
柳永	八十七调、一百二十二首

从三首到十余首到一百二十余首，同时代的其他三家，连柳永的零头也不到。这样作对比，想必会很有说服力。而制作长调有如此热情，我想与柳永的生活放荡，在秦楼楚馆消耗日月有关,但更与他的“词人”专业意识而不是传统的“诗余”意识有关。

长调慢词作品的特征即是善于铺排。与小令相比，则它的委婉曲折成分自然更浓。亦即是说，由于它的篇幅扩大，在表现内容与方法上必然是更丰富也更多样化。这种丰富与多样化对于提高词的艺术品位即由俗走向雅，是一个极好的契机——虽然柳永本人的词风仍被评为“俗”，但这只是他眠花宿柳的生活环境造就的，亦即是由他的词作题材所决定的；但在技巧上，他已不那么“俗”即白话了。因为长调的关系，他已不得不走向一定程度的曲而不是直，不如此，这长调可能是索然寡味的，试比较如下的词句。先看同时词家的名句：

浮生长恨欢娱少，肯爱千金轻一笑？（宋祁）

一曲新词酒一杯，去年天气旧亭台，夕阳西下几时回。（晏殊）

行乐直须年少，樽前看取衰翁。（欧阳修）

再来看柳永的名句：

多情自古伤离别，更那堪冷落清秋节。

脉脉人千里，念两处风情，万重烟水。

重湖叠巘清嘉，有三秋桂子，十里荷花。

宋祁、晏殊、欧阳修的词句，都是直线的，白话的，不感到有任何不畅。这正是清新通脱词风的特征。而柳永的句子，却已出现了某些“婉曲”的痕迹，比如将“多情”与“离别”的意象组合即不是直线的，将“脉脉”冠在“人千里”之前，又将“两处风情”与“万重烟水”作比，这些都不那么“直”而在立意上见出曲的情致来。至于“重湖叠巘清嘉"，"清嘉"二字用得突兀，显见得是为了协律而臆造。这样的臆造，应该不是清新通脱词风的典型特征，它是曲而不直的。

单独抽出句子来比，当然不足以证明柳永与其他三家的词风差别——因为我们同样也可以在宋祁、晏殊、欧阳修词作中找出"清嘉"的用法。因此，这不是对词人总体风格的裁定，而只是一种抽样分析。也正是因为如此，故我们仍然无法否定柳永词风在大体上仍不出乎北宋清新通脱词风的总格局。批评柳永词为"俗"，这俗字本身即带有通脱即不深婉，或平白不藻饰的意思，亦即如民国时研究俗文学史即是指研究白话文学史一样的道理。柳永是拓展了词风，开创了一个完整的长调慢词的艺术世界，但他仍受当时词风的限制，不会变成周邦彦与吴文英。请看如下几段词论的评价。

李清照《词论》：

> 始有柳屯田永者，变旧声作新声，出《乐章集》，大得声称于世。虽协音律，而词语尘下。

王灼《碧鸡漫志》：

> 柳耆卿《乐章集》世多爱赏该洽……唯是浅近卑俗，自成一体，不知书者尤好之。

刘熙载《艺概》：

> 耆卿词细密而妥溜，明白而家常，善于叙事，有过前人。

冯煦《宋六十一家词选例言》：

> 耆卿词曲处能直，密处能疏，奡处能平，状难状之景，达难达之情，而出之以自然，自是北宋巨手。

夏敬观《手评乐章集》：

> 耆卿写景无不工，造句不事雕琢……耆卿多平铺真叙。

李清照、王灼批评柳词"词语尘下""浅近卑俗"，固然有在内容上责其过艳的一面，但也应包括对词风技巧的通俗化的批评的含义。"浅近""卑"，这些批评，当然是指其未能深曲；至于刘熙载指其"明白而家常"，冯煦则拈出"直""疏""平"，正是宋初词风清新通脱的特征。区别仅在于，欧、晏们是以直接的"直""疏""平"为之；而柳永因为多用长调，慢词多回环曲折，因此是在一个特殊的形式中追求本色词风：即是曲、密、奡（指新的慢词形式）之中体现出直、疏、平（传统的小令风格）。至于夏敬观的批评，易于理解，所述全是清新通脱词风的特征，不必赘释。

柳永的出现为我们划出了一些十分重要的分界线，比如他的大作慢词第一次为我们提出了一个小令与长调的表现力差异问题，从而引出了美学立场上的直与婉、倾诉与隐喻以及意象处理的各种可能性。这对估价北宋初词风的基本特征有明显的价值。柳永是清新通脱的，证据之一即是他的“平铺直叙”的“俗”；但柳永的实践却开启了走向婉约深曲的可能性：他所创造的形式媒介——新的慢词，正是具有特定美学导向的。要研究周邦彦、吴文英，我们决计无法绕过作为前驱的柳永。又比如，柳永的浅斟低唱还为我们界出了词中的雅与俗的问题，具体而言即是市民文学与士大夫文学的问题。没有他的俗，我们无法把握周邦彦的雅的意义所在，也无法把握为什么苏东坡要“以诗为词”——举动本身所包含的针对性。更比如，柳永的出现，使我们开始了解了词家创作意识对词风的影响——作为以词谋生的柳永的“词人”专业意识，与晏、欧、张、宋等词家以词为“诗余”“小技”的偶尔为之的意识，这是北宋前期两种完全不同的创作心态。“诗余”的立场可以对创作持轻松态度，偶有佳句自足名世，但它仍然是“余”。而做专业词家，却必须呕心沥血、刻骨铭心，斤斤计较一字一句得失，在柳永词中出现的某种遣词造句现象，在同时代其他词人中却不多见，正是说明了其中含有差异的。由是，柳永的存在，在词的美学研究中具有第一等的大价值。

以柳永为转折点，我们看到了词在经历了艳科、小技的初级阶段后，豁然开朗，走向了一个成熟的文学新体式。以柳永的上述三个特征为参照基点，可以划出词在三个层面上的不同拓展：

（一）从短调小令走向长调慢词，词在音乐上和词风上都具备了发展的新动力。柳永的词已部分地脱离了唐五代词的那种清新通脱主流，走向了意象的凝练与精心组合；而柳永的多用长调，也使词在一唱三叹、婉转深曲方面找到了最好的媒介。顺着这部分思路伸延下去，则我们看到了周邦彦的存在。对于这一点，夏敬观在《手评乐章集》中已为我们提示出个中关键了：

> 耆卿写景无不工，造句不事雕琢，清真效之。故学清真者，不可不读柳词。耆卿多平铺直叙，清真特变其法，一篇之中，回环往复，一唱三叹，故慢词始盛于耆卿，大成于清真。

具体而言，周邦彦从柳永处“脱胎”而出的，应有以下几点：第一，柳永开拓慢词创作，使之大盛。而这种开拓，缘于他整日浪迹花街柳巷并为“教坊新腔”填词。亦即是说，他的善长调，与“教坊新腔”的音乐催化不可分割，而且还与填词的方法难以割断。正是基于此，周邦彦进一步发挥词在音乐上的优势，造成一种以声律为重的大晟词派或曰格律词派的主导倾向。第二，柳永作长调因是草创期，还不免有早期小令的清畅平淡、平铺直叙的风气；直到后来，他才因长调本身形式上的提携走向一定的婉、曲。而周邦彦正是抓住这一启端，努力深化与扩大，造成了“一篇之中，回环往复，一唱三叹”的新格调。至于柳永与周邦彦虽然身份有别，但以我们上述的分析来看，柳永是“奉圣旨填词柳三变”，是相对较有专业词家风度的人物。周邦彦虽不必浪迹酒肆，但他“疏隽少检，不为州里所重”，以后则辗转为“入拜秘书监，进徽猷阁待制，提举大晟府”，虽身非布衣，却是专门为宫廷词乐作专业“提举”者。是则周与柳自不免雅、俗之分，但在对词的创作心态上，却应是较为相同的“专业”立场，他们都不以词为小道，对词倾注入毕生的精力。

这样，从柳永到周邦彦，从柳永的“散坊乐工每得新腔，必求永为辞”，到周邦彦的干脆“提举大晟府”，我们看到了以音乐为主线的一个词派的出现——柳永启其端而周邦彦总其成：第一是他们都重乐律；第二是他们都用慢词；第三是他们都具有“专业”意识。

（二）从柳永的词格“卑俗”走向“雅”，是柳永在无形中给后来词人提出的一个新课题。周邦彦的词亦已走向雅，但更典型的，应该是秦观。

秦观上承柳永的记载是很多的。“山抹微云秦学士，露花倒影柳屯田”，将秦、柳并列，已见出两人的同一性来。苏东坡指责秦少游“不意别后公却学柳七作词”，也很说明问题。

但秦观仍还是秦观而不是柳永。细细比较两者的区别，则我们可在柳永的“俗”和秦观的“雅”中找到关钮。俗和雅在词中，可有两种所指，一是指内容，过于露骨的男女性爱，出以卑俗之词而不含蓄，是俗，反之则雅；另一指形式，过于白话口语而无修饰也不讲意境者，当然也是俗，反之则雅。第一种内容的对比，如柳永《菊花新》下片：

> 须臾放了残针线，脱罗裳，恣情无限，留取帐前灯，时时待看伊娇面。

这是一种平白的描述男欢女爱的场面，诉诸感官，并无掩饰。按古代文论标准来看，里巷艳曲，实在是不登大雅的俗词。而秦观词中却少有这样的内容，即使是爱情题材，到他手中也带有明显的“雅”趣。著名的如《鹊桥仙》下片：

柔情似水，佳期如梦，忍顾鹊桥归路。两情若是久长时，又岂在朝朝暮暮。

同是说男女之情，何尝有半点肉欲的俗调在？再来看第二种形式技巧的对比。先看柳永叙事——《长寿乐》下片：

对天颜咫尺，定然魁甲登高第。待恁时，等着回来贺喜，好生地，剩与我儿利市。

几如口语白说，通俗到家，屠夫沽儿一听即懂。这便是语言应用的“通俗”，而秦观《水龙吟》下片：

玉佩丁东别后，怅佳期，参差难又。名缰利锁，天还知道，和天也瘦。花下重门，柳边深巷，不堪回首。念多情，但有当时皓月，向人依旧。

这样的对比，作为一种总体倾向，在《乐章集》和《淮海集》中是很明显的。

秦观的走向雅化是一种文学性很强的倾向。如果说周邦彦是立足于词的整个结构与音律，则秦观却更着重于在修辞上对柳词进行改造。前引“露花倒影”为柳永的特色，其特色即是平铺直叙；而秦观却是“山抹微云”，一个“抹”字点出精神：不再是平叙而有一种意境在内，意境动起来了。

（三）从柳永的艳体、媚态而走向士大夫气，这是柳永给后来人创造的又一次机会。苏轼可以说是在此际应运而生者。

柳永的题材太俗有目共睹，而他已走到了俗的极限，再发展下去则成了色情词，这当然不符合中国古来士大夫的精神主旨。于是在他之后，需要有人来“重振纲常”，具体而言是以传统的士大夫格调去统摄词的创作，在词中体现出明确的士大夫浩然正气。东坡的以诗为词即是最好的范例。诗是古来的文学传统，以此来改造词当然十分现成，且诗一旦被引进词中，则反古为新，反而使艳科的词的观念发生了天翻地覆的变化。本来，从单纯的历史时限上看，以诗为词是以古老去反对新兴；但从词自身来看，却是以新格调一破旧风气。苏轼的词作有豪放词如《江城子》《念奴娇》，也有高旷词如《卜算子》《临江仙》《浣溪沙》《定风波》等等，都是名篇，毋庸赘举。从苏轼老是以柳永作对比的举止看，我们无法否认他在词的发展中的巨大价值——概言之，他在无形中消除柳永的那种专业词家意识，而试图将词重新拉回到诗文氛围中来，即以非专业的词作来体现出一种文化统摄力。苏轼自己不属专业词家，他的诗、文、书、画均是一派奇才。他看词，当然是更看重词作为文化媒介的价值而不是词作为专业的“艳体”的价值，因此他不可能去鼓励词人专门作词，而是希望词人更应该具有士大夫气、诗人气。甚至不妨有此一想，即苏东坡认为以余力填词并不坏，因为这样的创作可以借助诗文的积累，其积也厚其发也薄，比起专门津津于花前月下浅斟低唱应该强胜得多。我们于此不禁想起了中国绘画史上士大夫画与工匠画的对比：专业的工匠画不为世所重，而逸笔草草的士大夫画却被奉为正宗，其间不也正是个文化积蕴的问题吗？苏轼把坠入艳道的词重新拉回到一个文化圈中来了；或者更可以从流派意义上说，是东坡把词早期源于绝句、追求清新通脱的传统再一次从内容到形式进行了回归——这是一种崭新的回归，是具有文化意义的、确保词作为文学形式的一种回归。

这样，我们看到了从柳永以来词的发展拥有三种不同指向。从流派立场来看上述分析，则我们无妨再进行一次归纳。柳永不出于清通的宋初格调，但他的倡慢词、有专业词人心态，以及把词创作更深地扎根于平民社会生活之中等等，却使我们对他的清新通脱的风格构成不敢持太轻率的态度。倡慢词提示出走向声律词派的可能性，词的市民化则必然导致修辞逐渐走向香艳华美，而“专业”的立场使他不得不刻意求工，而很难像欧、晏诸子平易淡泊待如余技——所有这些，都表明了“清新通脱”在柳永这个特定的人物、特定的身份与生活环境中有了某种新的转变倾向。当然他也还是处在转折的连接点上。不但他尚无可能完成这种转变，即使是秦观，其词风被张炎《词源》指为“体制淡雅，气骨不衰，清丽中不断意脉”，被董士锡指为“少游以平易近人”，被刘熙载指为“自出清新”，亦证明秦观仍未逸出北宋前期“清新通脱”的格局。至于苏东坡，则还被王半塘指为“仙”，指为“大罗天上一种”，当然更是“清”得可以;只不过他的“清”堂庑颇大，非可以宋初诸家视之而已。只有周邦彦生于北宋后期，超出了“清新通脱”而转向典雅婉曲。

周之婉、秦之雅、苏之大或曰旷，正足以反衬出柳永的直、俗、窄的特征。我们虽不必说宋初小令词皆属此类，比如“俗”就不得不推柳氏为首；但在大的格局上说，则这三个特点并非凭空生来。倘将上述三家作一比较，则周与秦大抵相近，他们相对于柳永，都是更倾向于把词引向“婉约派”；而苏则逐渐倾向于高旷与豪放。由此而得出一个初步的结论:在北宋时期，以柳永为分界线，我们大抵可以划出三种不同的类型:

①以晏殊、宋祁、欧阳修、张先为代表的词风，上承唐人绝句以来传统，上承南

唐二主。其特征是以词为诗余，强调词的清新通脱的风格。这一系统到柳永的时代被部分地作了改变。但直到北宋末，如李清照、朱敦儒等仍在承传。

②以秦观、周邦彦为代表的词风，针对柳永的“俗”提出雅而婉，又借助于柳永的倡慢词长调而在形式技巧上大开方便之门，把词引向专门的“词人之词”，强调词的深婉与曲折，强调雅婉，这一系统的存在，基本上奠定了“婉约派”的基石。到了南宋则更有史达祖、吴文英等不断推出新的高潮。

③以苏轼为代表的词风，则倡导词的文化性格，希望以词来表达人生。苏轼本人的词风从总体上说仍不外乎宋初欧、晏以及更早的南唐二主的清新通畅格调，但题材与表现手法更开阔博大。而他的一部分高旷、豪放词却下开南宋辛弃疾、陈亮、刘过等风气，形成“豪放派”系统。

研究词的形式演进的美学意义，主要在于它的开创性即启动性。故而我们抓住一个柳永作为切入点，将他作前后伸展，形成一种三派鼎足的流派认识，从而与前一节的内容与形式互制互动分析的结论形成对应与吻合——这种三派鼎足的看法并不是随心所欲的，因为它牵涉到词形式的美学进程，如从小令到长调；又牵涉到词家创作观，如从余技到“专业”；还牵涉到词作生存的环境，如教坊倡楼与文人书斋等等差别。这是一种历史的分析，但也许可以说更是一种观念的美学分析。

第五节　从流派到形式——“内形式”意象与“外形式”声律

在对流派作横向、纵向两个“维”的初步分析之后，我们回过头来，再对流派展开的基点“形式”作深入思考。

毋庸置疑，流派是一个综合的存在：从形式到内容，尽皆包括在内。但鉴于这两者之间在研究上的不同特征，人们在掌握内容即主题、题材等方面总是较为得心应手，即使找捷径，也还可以从词家的个人生涯与词作的时代背景中找到相近的结论。而对于形式，倘无一定的美学功底，特别是没有对古典的词进行现代的美学分析能力，我们可能毫无所获。进而言之，在过去，探讨词的流派，为了各种社会需要甚至是旨在迎合各种政治的、伦理的需要，也是对内容的发掘多而对形式的观照少。这又表明词形式研究方面成果甚少，而成果甚少意味着今天我们的讨论起点不会太高。

成果少并不意味着没有。纵观对词形式研究的现状，我感觉到大部分成果集中在词的合乐：或是研究早期的词出于燕乐、清乐、胡乐三个源头；抑或是只有燕乐与胡乐两个源头……还有许多成果则集中在燕乐二十八调的研究；甚至有以词牌名与调式作对应，而将词牌名称作望文生义的曲解。词律的研究当然很有必要，因为词是音乐文学，但它并不等于就是词形式研究的全部内容——概言之，词作为书面文学所具有的文学形式的发生、发展，长期以来却不受重视。

古来研究词的文学形式的成果也并非绝无。对诗与词之间关系的讨论，对词之正、变的讨论，应该即算是这方面的成果。但问题在于，许多研究着力于论证其中关系，如嬗递、转换，但却未有一种“形式史”或“形式美学”立场上的宏观研究；更少见以形式为出发点去判断词学流派的尝试。正是基于这一点，我们毫不犹豫地以形式作为流派研究的主要立足点：它既是一个有针对性的选择，它又是一个具有美学含义的选择——是词的形式美学研究。

形式作为我们的一个主要立足点，或许可以分开来考虑：（一）在流派构成时，是形式与内容共同作用于流派，不能说孰主孰次。没有内容的支持，形式照样无所用其极。（二）在流派作为定式去影响后来时，则主要是形式在发挥作用而内容却退居其次。因为后来人创作时，前人的内容已是过去了的东西；而前人的形式却足以成为我之寄托的所在。过去有“借古人杯酒，浇自己心中块垒”的说法，自己的“块垒”是自己的内容，而古人“杯酒”则应理解为古人的形式——这样，对后人发挥作用的，主要是形式因子。我们讨论辛稼轩、吴梦窗，每首词的内容，恐怕很少有人能熟记谙详，但对其形式特征，却早已在心中凝结成一个模式：此是辛、彼是吴，绝对无法混淆。而古来词作中多见效某某体，如：

——辛弃疾《玉楼春》“效白乐天体”；

——辛弃疾《唐河传》“效《花间集》”；

——仇远《合欢带》“效柳体”；

——元好问《鹧鸪天》“效东坡体”；

——蒋捷《水龙吟》“效稼轩体”；

——黄升《阮郎归》“效姜尧章体”……

此中的“效”，当然是效形式而非效内容。即如苏轼批评秦观的“不意别后，公却学柳七作词”，这“学”当然也是指学形式的柔媚靡弱。后人没有前人的生活环境，即使有所感受也因人而异，所学的当然只是形式。这就使得形式在流派前后演变中有更多的受重视的机会，当然也构成了形式作为流派研究最重点的理由所在了。

流派作为一个整体，也是由几个侧面构成的。我们可以看到流派的“外”：由社会背景及词的生存价值来选择形式。相对而言，社会生活当然是比文学更大的范围。它来制约词的创作，是一个十分笼统、不确定的，但在一定历史时期却能投射出明显痕迹的过程。比如词的清通形式，竟然会落脚到南唐二主，而没有被本来是艳歌曼舞的宫廷生活所淹没而走向《花间集》格调，恐怕就是一种社会对词的选择。与此异曲同工的南宋豪放派，恐怕也是一种外表个人、内里社会的选择结果。

至于词家个人的选择，则可以称之为是流派的“内”：由词家个人以某种审美理想为基点的开拓，它当然是个极重要的因素。典型的人物是苏东坡。他的以诗为词，扩大词的内容量与更新词的表现力，可以说并非是出于社会环境影响而完全是一种个人的美学追求。南宋姜白石、吴文英，均可以说是这一类型的代表。相对于词的创作反映社会生活而言，词家个人选择尽管很重要（它常常占据主导地位），但它也仍不得不居于一种“内”的位置。这样，以社会影响（通过个人传达出来）的“外”，与个人美学追求的“内”共同作用于词的创作形式，形成了一个对流的、立体的创作格局。它表明流派并不仅仅是一具躯壳，而是有血有肉的，与生命休戚相关的一个本体。

由流派的“外”与“内”再转向形式的“外”与“内”。

流派的立足点是形式，但两者又不能划等号。如果说，流派研究决计绕不开内容主题，因此较易与社会挂上钩的话，那么形式却是个更具体的研究范围，它的技术性更强。

具体到宋词的形式研究，以美学的立场来观照，我们提出形式之“外”与“内”的两个对应范畴。

（一）外形式：声律

词是音乐文学，它比诗更注重声律的重要意义。这样，一般意义上的平仄、韵脚、对仗等内容，它当然应该遵守，而词特有的如词牌、词调、词韵、词律等更细的规定，当然更是词的生命维系所在。比如令、引、近、慢，虽然在词牌上都能看出不同的文释句式，但它的主要所指，却是在于音乐上的节奏与唱法完全不同。“令”起于酒令，当然甚短；调短字少，是它的主要特征。而“慢”则是“调长拍缓，即古曼声之意也”（《词谱》卷十）。这样，“令”是小巧轻快，而“慢”却是音节变化繁多而悠扬动听。至于“引”“近”，则是介乎于两者之间，俗谓中调。虽然“引”在曲首，“近”则是句短音密而拍长，它们之间还有许多不同，但以“令”为短、“引”“近”为中、“慢”为长的分类，则是不错的。

讨论令、引、近、慢是走向词的文学体裁的全体，而讨论词的片、腔、句、韵，则是针对词的文学体裁的局部。词牌分为几个片？各句式有什么差别？它都会关乎词的抒情与形式美的问题。比如，本来在形式上应点断的句式，却在词意上一贯而下，造成丝丝入扣的连绵情态，如柳永的词：

漫向我耳边，作万般幽思。（秋夜月）

奈芳兰歇，好花谢，唯顷刻。（秋蕊香）

恨从前容易，致得恩爱成烦恼。（法曲第二）

像这样的句法，在吴文英的词中恐怕就不太会出现。讲究密度的吴梦窗词是尽力浓缩意象；而柳永此处却是在尽力疏散意象，化短为长，这样的技巧，恐怕就应该是形式个性构成的一个重要依据。

如果说，研究“令”“引”“近”“慢”和研究“片”“腔”“句”“韵”是分别代表了词形式的声律的各种正面内容的话，那么，研究各种变体如转调、犯调、偷声、减字、添声、摊破、叠韵等，则是关于词形式中声律部分的特殊内容。

转调又曰“移调”，是相对于本调而言的“移宫换羽”。它可以有几种方式，一是“字句虽同，音律自异”；二是“摊破句法，添入衬字，转换宫调，自成新声”；三是可以变韵，如以仄改平。大抵宋人好为新声，丰富词调词牌形式，则转调的这三种方式，可以说是基本手段之一。《词谱》卷十三陈亮《踏莎行》调注有云：

宋人精于音律，凡遇旧腔，往往随心增损，自成新声。如元人度曲，或借宋人词调偷声添字，名为过曲者，其源实出于此。

这种随意增损、自成新声的方法，正是宋人词调词牌数量急剧扩大，形式日见丰富的主要原因。犯调的方法则更是强调音乐为表现力。一曲用三四个宫调，称为“三犯”“四犯”，当然是比只用一个宫调的选择余地更多；至于再在以宫调相犯之外出以词调相犯，如吴文英《暗香疏影》即以姜夔的《暗香》上片和《疏影》下片合为一调，当然在体式上更见丰富。

犯调、转调是针对词的整首结构（包括音乐结构与语词结构）而言。而添声、摊破、偷声、减字则是针对词的每一句法而言。偷声、减字是指减省字句的节奏形态，如由七言改为四言，以调整节奏、协调音律，当然也即是在对词的句式作加工了。至于添声、摊破，则是增加或添插短的乐句以见出空隙感，达到更好的交替效果。叠韵还着力于对词韵的探讨，如一首短调《忆故人》，本是小令，一作叠韵，重叠一遍，小令成了长调，又起新调名叫《烛影摇红》，等等不一而足。

能作为具体词例的甚多。我们的目的不是在介绍读词常识，故不赘述。但从一个形式立场去看这些词的技巧规范，则大抵可以判断出，这都是一些固定的法则，人人得而沿循之。说它们是些固定的法则，并非是说它们不具有创造性——事实上，无论是令、引、近、慢，还是转调、犯调、偷声、摊破等等，它们都是后来词家对前贤变化的结果；词的调式本来很有限，正是这样的不断探索、不断尝试又不断形成新的词调词牌，于是我们才会看到一个洋洋大观的宋词世界。但从美学立场上看，或是从一个创作论立场看，则宋词的这些形式技巧规范，当然对每个词家而言都是种客观的规定。它一经成形，就无法更改；不按它去做，当然就是有悖于词律。这样，它应该处在形式的最表层，我们可以称它为“外”的形式。除非我们要专门研究词的形式史，不然我们就只能把它当作一个一目了然的客观法则来对待。

（二）内形式：意象

有外就有内。那么内形式呢？我们不禁想起了修辞，并想起了诗词中最基本的一项要求：“对仗”。

毫无疑问，修辞本不应属于形式，它应该归于内容系统。因为它的努力指向意义表达。但是，中国诗词中的修辞，却并不如一般人心目中的内容是自由的、随机的、信手拈来的；它是个有着相当严格规范的“格律”——我们通常叫“对仗”。塾师叫蒙童做功课，在启蒙时代即要蒙童们对对子：红对绿、天对地、女对男、刚对柔、阴对阳，以及危石对青松、泉声对日色、白云对青霭、漠漠水田对阴阴夏木……从最初的简单词义相对到渐深的诗中名句相对，造就出一种对仗的强大亲和力，不但自己对，而且读唐诗时，也特地点出某处是巧对，某处是暗对……对仗，简直成了中国诗词的专利。

说是专利一点也不过分。因为没有一种表音文字系统有对仗的能力。要讨论这个问题，要牵涉到中国汉语单音节表意系统与印欧语系的多音节表音系统的区别，它是一个比较语言学和比较诗学的重要课题。我在《空间诗学导论》中已有涉及。但它是个更大的文化史课题而不是我们现在的宋词流派研究的具体课题，因此，我们可以先对中国诗词中的对仗持一种“国粹”的态度，并以它作为我们研究的重要出发点。因为很明显，“修辞”是一个西洋的概念，它不具有规范、格律的意义。而“对仗”却是一种人所共知的格律，千百年来被沿袭继承。而研究这个概念，我们忽然找到了一个新世界：我们意外地发现，“对仗”这个词竟是横跨形式与内容两大范畴的超越性的概念——它本来是修辞学内容（指向内容），但它又呈现为一种形式（作为格律）。正是基于此，我们不得不把它归为“内形式”：说它是“形式”，是因为它是固定的格律；说它是“内”，则是因为它落脚在内容上而不是在声律词牌韵脚等等之上；它不是死的、固定不变的、每个词家的修辞——对仗可以有全然不同的个性展现。

当然，内形式的存在并不仅仅是“对仗”，因为“对仗”的技术感甚强，仍然有一定的规定性。以红对绿固然初浅，而红之对灰、对黑、对青、对绛乃至金黄银白，当然也还是在同一范围内的选择——它当然已很丰富，但思维层次相近，则变化仍无法伸屈自如。颜色的对仗只是种最简单的“对”，再复杂些的，只怕也不出其外。概言之，对仗还只限于词语的语义范围，作为技术手段，要它来承担太大的功能，还是心有余而力不足。

然而，倘若以对仗这样兼顾两极的技巧开其端，再伸延出一个更有涵盖力，或曰更有内在质素也更有机的对象来，那却是诗词形式美学研究中最大的福音。在过去，古人很少有过这样的思路；但在现在，我们却找到了一个并不陌生的词：意象。

恐怕人人都在谈意象。画家、书法家谈，文学家也谈。由于“意象”作为单词太不明晰，因此对它的曲解比比皆是：有人说是意象即是古人所说的“立象以尽意”，是“意”加“象”；又有人说凡形象中有“意”的，即可称意象，于是中国水墨画、书法摇身一变全成了意象艺术。

事实上，意象的前提是它作为意中之象，即它在物质上应该是不可视的。亦即是说，视觉艺术诸象不管是抽象还是具象，只要它有充分可视的形象在，不管它包含了多少作者主观之意，也还是不算本来的“意象”的所指。这就是说，书画之类与意象本来亦无关碍；而文学形象因为无法直接可视，因此它却有可能产生意象。

意象的产生必须根植于“意”，亦即是诗人当有意，这里面就有了主观的成分。此外意象的产生还必须有赖于修辞（或对仗），因为没有修辞，纯是描述，平铺直叙，当然也算不得有“意”。《诗经》中有“桃之夭夭”。桃是个描述，一加上“夭夭”，即有了鲜活感，当然也就使桃不仅为桃，而且还传达了诗人的某种情感；再加上“灼灼其华”，则意象的浓度不断加重。在此中，夭夭、灼灼即是修辞，如果组织在律诗中，就构成了对仗。

这样的例子在宋词中不胜枚举。张孝祥的名篇《念奴娇》“素月分辉，明河共影，表里俱澄彻”，这是一种何等冰清玉洁的意象组织？而姜夔《点绛唇》名句“数峰清苦，商略黄昏雨”，又是一种何等孤寂凄清的意象呈现？因此，说中国古典诗词以意象为组织元素，是个尽人皆知的事实。但仅仅这一点是很不够的。因为很显然，意象的存在是一个极宽泛的存在，我们至少无法判明只有诗中才有意象而小说、剧本中就没有意象。在西方，运用意象方式去做文艺批评早就已蔚为风气，如英国的莎士比亚专家斯珀津对《哈姆雷特》归纳出的意象竟包括从死亡到圆桶到眼球再到口腔、子宫再回到死亡等数十个环节；而在后来，由美国批评家对古希腊悲剧的意象分析和对当今小说名篇的分析，可以说是铺开了意象批评的总体格局。这样的关于意象的研究，当然是质量很高的。倘若中国古典诗、词中的意象研究被等同于西方小说诗歌剧本中的意象研究，那我们实在看不出这样做还有什么意义。

正是在经过反复比较后，我们才恍然大悟：西方的意象批评受制于其文体与语言的习惯，呈现出截然不同于中国方式的、以小说情节与描述为中心，或以语体特征很浓的诗的描述为中心的特征。毋庸置疑，因为西方文学的写实性以及西方诗的未有“言文分家”的古老传统的特点，它对于意象运用，常常习惯于从一种情节的、描述的、比喻的或暗示的立场出发，很少有对它的修辞功能予以特别注意的例子。亦即是说，这样的意象大抵指向释义，指向对内容的把握。

而中国诗词中的意象却不同。中国的意象似乎更强调一种形式感觉——意象受制于诗词形式，而表现出一种对抽象意境或是对具体内容的淡化与曲折化的倾向。中国诗词中的意象是与修辞紧密联系在一起的——我们发现了作为格律的“对仗”在此中起的大作用。

毋庸赘释，“数峰清苦，商略黄昏雨”是一种浓郁的凄婉意象，它以雨作铺延，先拈出峰因雨而清苦,再伸展出一个主观色彩极浓的“商略”,点出此中已有主人公的移情;“商略”的主角是谁?又与谁去“商略”?根据这一意象,可以扩展成一个体察的逻辑结构。像这样的意象,恐怕很少是叙事的,而更多的倒是抒情的。换句话说,这样的意象不关心结论是什么,却极端重视过程的综合感觉,由感觉构造出某种意境来。

但我们看到的最多情况,还是作为修辞的意象。关于这一点,前人论述甚多:

> 柴虎臣云:旨取温柔,词归蕴藉。昵而闺帏,勿浸巷曲;浸而巷曲,勿坠而村鄙。又云,语境则咸阳古道,汴水长流;语事则赤壁周郎,江州司马;语景则岸草平沙,晓风残月;语情则红雨飞愁,黄花比瘦,可谓雅畅。
>
> ——引《词语丛编》二四六页

而说得最具体的,当属南宋末的沈义父《乐府指迷》:

> 练句下字,最是紧要。如说桃,不可直说破桃,须用“红雨”“刘郎”等字。说柳,不可直说破柳,须用“章台”“灞岸”等字。又用字,如曰“银钩空满”,便是书字了,不必更说书字;“玉箸双垂”,便是泪了,不必更说泪。如“绿云缭绕”,隐然髻发,“困便湘竹”,分明是簟,正不必分晓。如教初学小儿,说破这是甚物事,方见妙处。往往浅学俗流,多不晓此妙用,指为不分晓。乃欲直捷说破,却是赚人与耍曲矣。

沈义父是吴梦窗一派的词家,其观点也一依吴氏,作为一种技巧,用熟用滥这些代词,思维一走向格式化,自然也是索然寡味;但如仅从词面上考虑,则用“章台”“灞桥”,既是典故,又带有主观情态,自然是比直说一个“柳”字要厚实得多。而其间差别,正是一般形象描述与意象构造的不同指向。故虽然沈义父之后,《四库提要》与王国维《人间词话》对这种主张批评甚烈,但如果从形式技巧角度来看,则沈义父的主张仍属相当有价值的主张,因为它正是文学之所以为文学的所在。倘若反其道而行之,大家都说大白话,则诗词歌赋早就不存在了。

但我们更关心的还不是这些。因为我们看到了意象之与修辞挂钩的奇特现象。而在西方文学中,意象更多的是与情节挂钩,其间存在着相当明显的范围大小的差异:情节的包容范围大,而修辞则小。

沈义父的目的本在于修辞——讲“书”讲“泪”,讲“髻发”讲“竹簟”,都是具体事物对象,沈氏的目的是提倡含蓄的讲法,这样,它的落脚点是具体的形式技巧;

再具体些，则是形式技巧中的修辞技巧这个部分。但正因为他是用意象的方法、典故的方法来进行加工,物象自身就脱离了一般意义上的“指物”功能而走向一个“表情”“构境”功能——与“桃”相比，“红雨”无论如何也是更美的、更具有感情色彩因此也是更具有主观选择的情态词。“红雨”如此，中国古典诗词中恒河沙数的“代字”现象无不如是。

之所以会导致这种风气的产生，仍然不得不归结为中国文字与语言的关系：中国语的单音节使它的排比对偶有了很好的基础；而中国文字的象形基因（尽管已不再明确表现出来，却被作为一种深层基因潜伏、根植于文字中），也是导致诗可以用精凝简约的方式来表达丰富意象的一个主要原因。按西方意象派诗人埃兹拉·庞德的话说，中国字本身就是“意象的”。沈义父写的是《乐府指迷》,他的叙述对象是词;但统观自《楚辞》《诗经》以来的辞赋诗文，何尝不都是如此?

对中国古典文学而言，一个单词足以抵得上一段情节。说桃则用“刘郎”，这本是一种意象的暗示：或许是词人自况刘禹锡，或是词人以为词中主题可置换成刘禹锡的同一主题。如果这个“刘郎”吻合于整首词的气氛与主旨（一般情况下应该是的），则以刘郎为线索，又可引申出刘禹锡的本诗即出典，它是如下的名诗：

百亩庭中半是苔，桃花净尽菜花开。

种桃道士归何处，前度刘郎今又来。

在此诗引叙中，刘锡禹提到了他十四年前游玄都观看桃花诗，以后被贬再复京职的一系列事实。那么，据诗和引，我们又可在“刘郎”字面中归纳出如下意象：一、怀旧，十四年前游此赏桃花。二、人生浮沉不一，命运之不可测，得而失之、失而复得。三、自然进程:十四年前“如红霞”而今天“荡然无复一树,唯兔葵燕麦动摇于春风耳”。四、对未来的信心：“前度刘郎今又来”，“再题二十八字以俟后游”。每首词立意不同，足可在这个字面下隐藏自家所需的意象所指；再进而论之，则还可追到刘禹锡以前的更早的本事，它又是一个足以伸延的极有弹性的意象：见南朝宋刘义庆《幽明录》。这是一则非常优美的故事：“汉明帝永平五年，剡县刘晨、阮肇共入天台山取谷皮，迷不得返。”后见山上有一株桃，遂采桃充饥。后遇二女子，姿质妙绝，见刘、阮，“便呼其姓，如似有旧，乃相见所喜，问来何晚耶？因邀还家”，“至暮，令各就一帐宿，女往就之，言声清婉，令人忘忧”，停半年还乡，子孙已历七世。以此度之，则又可伸延出几个可能构成的意象格式：一是洞中方七日世上已千年；二是艳遇使人羡慕……无论是单个意象，或是复合意象，都可以使“桃”这个本来纯属描述性的单字变成一串串美丽的意象组合，从而使句子的每一段都能体现出足够的伸展性与厚度。一首词有许多句，每句又有若干词，倘多有这样极具弹性的词，这首词之具有广阔的联想空间，夫复何言？

——以一种西方意象主义批评方式来分析，我们可以对一个本来仅仅具有描述价值的“桃”或是仅仅具有修辞含义的“刘郎”，分析成为一连串意象构合的丰富复杂的内容组织：桃——刘郎——世事难料——人生遭际——怀旧——生生不息——入仙——艳遇——千载一瞬……从一个“桃”字的修辞用典出发，使字面之外竟有如此丰富多样的含义，其以少少许代指多多许的本领，比之西方意象批评的注重情节内容为如何？

我们在此中看到了一种意象对形式技巧的倾斜。中国古代诗人在用典时是信手拈来的而不是煞费苦心的。这表明作为形式技巧立场的优势所在。它需要的不是即时的内容情节构思，而是对古典的稔熟与化用技巧。这当然也有弊病，一旦形成较为简洁易用的技巧，则人人招手即来，必至于泛滥，使原有丰富的意象因子变质为简单的几种定势；从而使意象发展遭到削弱甚至走向萎缩。王国维对代字所进行的批评，正是基于这种倾向而发的。但这仍然应由具体的诗人负责；从技巧本身所体现出的美学意义来看，它的价值应该是无可怀疑的——并体现出东方文化尤其是汉文化的独特思维方式的。

由代字走向用典再构成意象，有多种方法。加之，就这一技巧而论，它也只是众多的形式法则中的一种技巧而已。但利用汉字独特性格而构成的这种以“字”（词）而不是内容情节为出发点的意象塑造，体现出传统文化模式的浓郁特征与中国文化中最有特色的内容之一——民族思维习惯。正因为它落脚到形式（修辞技巧），故而我们可以从中去追寻形式技巧对内容的支配能力。亦即是说，正因为它是以形式技巧（而不是西方式的内容即故事情节）为出发点，因此，它可以被我们归纳为“形式”的一个部分；只不过它指向内容，指向意象构造而不是单纯的声律、平仄、词牌等格式，因此我们在形式之前冠一“内”字——叫它“内形式”。这种以单词的意象再被组织进古典格律诗词中去，又形成了一种两两相对的形式法则——在格律诗中称之为对仗，在词中则可称是隐性的对仗。因为必须适应对仗，于是不得不以单词为出发点；因为必须适应对仗，于是只能落脚到修辞而不是故事情节；也因为必须适应对仗，故而这种意象的呈现方式应该是偏于“形式”的，但又必然是能影响内容构成的——修辞、对仗的骑墙性格使意象也可以兼有形式与内容的双重性格，于是，相对于内容而言它是一种形式，而在形式中它又处于“内”的位置而不仅是固定的格律而已。无论是诗、词、曲、赋（甚至是非韵文系统的散文），大体上不出乎此。

不对形式作这样的探讨，不细细分析出其间的差别以及它们的分别指向，我们对词学流派的深入探讨便是一句空话。因为如前所述，形式与内容是交叉地为流派构成服务。而过去我们只考虑作为主题、题材的内容，它其实是个外加的因素而并非本体的因素。以它为出发点，当然也可以研究词派，但却无法概其全面，只是对某一部分的研究有意义。正因为如此，我们不能不对形式更加关注；而对它的研究，将会大大有助于我们的深入思考，并对流派划分与研究产生积极影响。

第六节　形式的存在——本体的存在

讨论对仗、讨论意象、讨论修辞是如何从内容转向形式，讨论中国古典文学的传统与形式规定性，其目的是为了说明一点：过去只依赖于主题、题材内容而莽莽然分派，是多么地片面与不可靠。而中国诗词中所拥有的形式，绝非仅仅是一具空洞躯壳，它是个生命的有机体，它的存在必然包含了内容的存在（对仗与用典、意象即是证明），但这不是通常我们已经习惯了的“内容”。它是一种具有相当隐密性、独特性的内容，它常常被忽视，但其实却十分重要甚至不可或缺。

以词（包括诗）的美学特征来看，作为主题的这一部分“外”内容的存在，仅仅是作为“兴”的作用而存在的。中国诗词中的“外”内容，向来也没有作为一种支配性元素而发挥作用——除了极特殊的情况如唐边塞诗与宋豪放派词或还有宫廷艳体词如《花间集》等等，主题内容有着相当重要的作用之外；一般情况下，常常是诗人词人自身的感受、触发、灵感以及对创作的热心在起作用。亦即是说，在更多的情况下，倒是内形式即“意象”，比单纯的主题内容有更多的呈现。“红杏枝头春意闹，著一闹字则境界全出矣；云破月来花弄影，著一弄字则境界全出矣……”中国人评诗评词，常常注意到“炼字”的突出价值；而炼字相对最不关乎主题内容，而主要表现为一种修辞技巧亦即意象技巧，我们完全可以对前述的思路做一个逆向思考：倘若形式有内

（意象）外（声律）之分，那么内容可不可以也作同样的区分？以上举的方法衡之，如以内容为出发点，那么当然也可有此一解：即以外内容（主题、题材）与内内容（意象）为对应的两组范畴，它们与形式之间呈如下式：

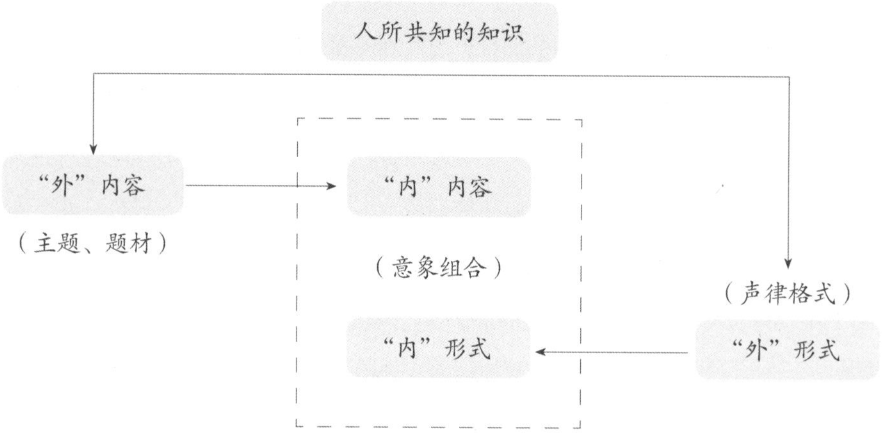

本书的研究重点

外内容与外形式都是一目了然的，古来即已被人不断提示出并作为各种立论的依据。而意象组合这一“内”内容或曰“内”形式，却正是长期以来遭到忽视、因而很少在研究中一显身手的重要因素。但正是它，构成了宋词美学的最重要基点（甚至也是中国诗词等韵文学的主要美学基点）。外内容即主题、题材的部分，在流派研究中当然有价值，但它如果不落脚到一个意象的框架中来，则它对词的流派美学特征不会有多少积极影响；而当它落脚到形式中来，它就会展现出强有力的美学性格。比如宋词豪放派，倘若不辅之以高旷嘹亮的形式意象，则它只是流于叫嚣，当然不可能获得成功——辛稼轩的成功正在于他把报国之志巧妙地融于一种贴切的形式中去；而一旦它被融入形式技巧中，则它的内容也就不复是原有的内容含义，而转换成为形式了——之所以会把内内容与内形式等同起来，正是看到了它们之间有互相转换的最大可能性：它们几乎是同一把刀的两个刃面：同一个出处，指向两个不同的功用。

而从美学立场上看词中形式与内容的存在，我们也应该予前者以更多的注意：内容是随时随地可变的，它对每个人而言可能是截然不同的。这种完全因人而异的流动性与多变性使我们无法把它作为一个可靠的依据来对待。特别是在流派研究这种“类型化”色彩极浓，而“整体性”要求极高的研究中，更是如此。而形式却具有相对稳定性。当然，外形式仅仅是一具（广义上的）躯壳，仅靠它也不行；而由内容转成意象，再依词律作独特组合（诸如对仗之类），却既保证了可依据的特色，又能让我们感受到生命存在的价值。亦即是说，它既是稳定的，但又是丰富的；稳定性指向组合，而丰富性则指向意象构成。

意象的兼跨形式与内容，使它找到了一个极好的出发点。相对于一般内容而言，意象的浓度要高得多；但相对于一般形式而言，则它的丰富性（或曰生命体）又要大得多。倘若我们对形式不做内外的区分，仅仅以形式去指声律、指平仄、词牌句式、韵脚等等，那么我们要以形式作为流派讨论的切入口，显然是有问题的。流派的存在是一个社会意义上的存在，它是具体的、有血有肉的；一大堆固定的法则规定，当然远远无法胜任解释它的工作。倘硬要以这样的形式去解释一切，那么只能被认为“形式主义”，而不复真正的形式、流派研究。但是现在，当我们对内形式及其意象组合性格有了确切把握之后，我们也才会说对形式的研究是一个包容性极大的课题：它几乎可以取代流派研究的绝大部分课题——在前几年，常常有不少学问家以引用克莱夫·贝尔的“有意味的形式”为时髦，事实上，这是个美学界线极强的术语，泛泛地去谈什么“有意味的形式”，但不知“意味”与“形式”的概念界定，这实在是学术界最滑稽的现象之一。而当我们在对文学形式——特别是古典文学中的诗、词作细致的美学分析之后，我们已能够抽取出形式的内外，并以意象组合这一元素去统摄形式中最丰富的部分，我们才可以说是对形式有了相对确切的了解。那么当然，在流派研究中建立起一个形式立足点，也即是水到渠成的了——当一般内容转换（或浓缩）为意象之后，它便获得了进入形式殿堂的入场券，内容开始走向形式。反过来说，形式中必然也包含了内容，形式的存在（在内面）必然意味着内容的存在。再清晰一些的说法，则是“形式即是内容”——当然，这是个很容易被误解的说法，但我们在此处已经能够不误解它了。

词的形式通过组合完美的意象兼括了内容，它几乎无所不包，于是它就有可能形成一个本体。本体的出现是一件了不起的大事，因为它在我们的研究格局中是中介：介于形式这个具体与流派这个综合之间，又还因为它是一个新的出发点——它直接对流派的形成负责。

但更细致地思考形式本体，则我们还可以使它进一步精确化。因为形式本体一词可以把我们引向两种可能的解释：一是形式作为标记，标志着词本体；二是形式自身作为一个本体，标志着词本体，即意味着形式的内蕴可以囊括整个词史（包括词家、词作、词评），是一个以形式为切入口的对词的全部内容的探讨——以形式自身作为本体，那我们即是在具体研究形式这个系统而不涉其他。在语义学上，它是两个完全不同的所指，前者宽泛而后者局部，当然宽泛中亦有局部——因为是以形式为切入口，这是个局部意义上的切入口；而局部中亦有宽泛——如前所述，形式既已有内外之分，则无所不及，因此探讨形式即是探讨词的基本构成了。对我们而言：这两种可能的结论我们都需要。

以这两种可能性的发展作为脉络，我们对词的形式本体这个命题产生了如下四个方面的理解与把握：

（一）形式构成本体之后，即有了自身从生存到衰退的生命历程，这样，它必然会拥有一个自给自足的机制或曰生命系统。合者取之，不合者去之，有吸收也有淘汰，词的历史也必然依赖于它而得以形成。这种对应关系即从形式本体走向词本体，正是近代以来词学研究中较为缺乏的一个视角。因此，形式本体被确立之后，伴随着对它各个角度的研究的不断系统化与深化，则我们可以为词史提供一些必不可少的成果——比如以形式本体研究为支撑的词的艺术性的研究，进而扩展为词的艺术史、美学史的研究……流派研究倘若没有这些局部或专题的史的研究，当然无法走向深化、走向现代化。广义上的词史，如果不对这些问题有极好的解释，当然也无法产生魅力。

（二）形式构成本体之后，它就有了个独立性问题，亦即是说，它具有排他性。形式的自成系统包含了两个功能：一是指向外，即以形式为基点的全面审察；一是指向内，即讨论形式自身的课题——这意味着词的形式研究不包括一般意义上的主题、题材内容，当然也不包括泛泛的社会影响诸内容。而独立性的存在，恐怕更是一个指向内的“内省”式研究特征。过去我们常常形式与“内容”即外内容混淆在一起讨论，习惯于一种十分懒惰的办法：凡是用形式解释不了的问题，即把它推向社会影响。比如辛弃疾，并不都是豪放词，他的形式技巧施展的堂庑甚大，而在全面评价他时发现他的形式风格太丰富，无法一言定鼎，人们就先以偏概全，只强调他的豪放派特色并以南宋初抗战背景作为理由——这当然是一个理由但却不是全面的理由。如果对它作形式本体立场的检验，则我们很可能会不强调或很少强调这些社会背景理由，而更多地从词形式发展到南宋时的内部需要及平衡机制还有既有传统积累等方面去进行思考，并由此而勾画出另一个辛弃疾——政治味不那么浓的词家辛弃疾的形象。

主题、题材及社会影响作为一种内容是客观存在的，但它是一种追加而不是词本体的限制，它是外在的。它不可能否定形式独立并对形式进行随心所欲的支配。在一个具体的创作过程中，以内容来支配形式的现象当然不能说是没有，但在一个创作规律的总结与整理过程中，则外内容（主题、社会意识影响）却可以干预形式表现，也可以不。在某些情况下，很可能是独立性极强的形式反制约内容，使本来十分明朗的内容意向被淹没在形式的含蓄之中。南宋末的咏物词集群的出现，即是个十分典型的范例。而常州词派强调的“寄托”，恐怕也正是以既有的内容屈从于形式来作为前提的。

（三）形式作为本体成立之后，也使得研究形式自身更具备了多条通道。本体的构成绝不是个单一的现象，它必然是一种复合，或是一种化合。比如，在外内容——内内容——内形式——外形式这四个环节中，其实真正有价值的只是三个环节：内内容与内形式只是在同一个环节中的两个不同朝向而已。那么，我们又可以将上一节的表作如下的修改，成如下一个更简洁的表式：

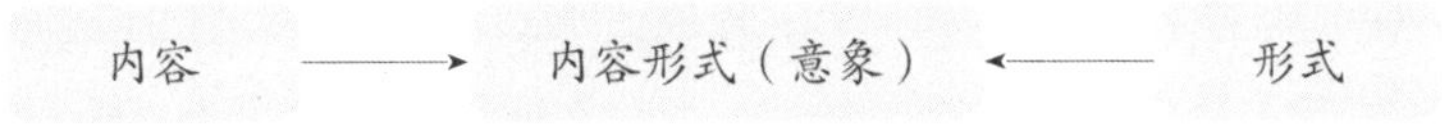

如果说，意象的（内容形式）存在，在这个表上是作为中转连接两极而存在的话，那么我们感到这还不是最后的结论，因为据上述讨论，它应该是形式本体确立的第一前提，或是形式本体讨论的最主要依据，它在本体中担任的，是一个中心的角色，以它来**能动地统摄**两极而不是**技术性地连接**两极。两极的存在是未经清理的存在，（外）内容太驳杂而未进入词的机制，（外）形式又太固定而难以进入生命展现。那么，以本节的叙述为基点，还需要改变上表的关系示意，再成如下式：

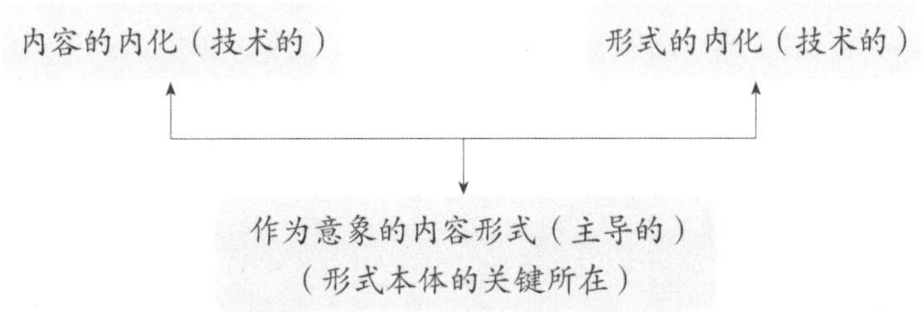

这并不是一个最全面的复合构成的分析。类似这样的分析，在词学研究特别是美学式

研究中可以有许多；但这样的分析方法，却是自古以来很少见的。其因何在？我想最重要的理由，是我们过去对词的历史研究只满足于描述但却忽略了思辨，只满足于罗列却忘记了分析。而现在，在一个“形式”“本体”的视角下，进行这样的研究却是顺理成章的——因为形式本体研究是旨在发掘词的艺术性的美学的研究，它不能不牵涉到对本体构成、形式价值等一系列基本课题。

（四）形式本体的被确立，还关系到流派形式或曰流派研究的可能性问题。

流派的特征主要应表现为对形式艺术性把握方法的异同，如前所述，主题是重要的，但它又不是唯一的甚至也还不是必不可少的。相对而言，一首词可能完全没有什么明确的时世主题内容，而仅凭个人生活感受（它当然也有主题，但与我们通常的所指不同）或仅凭技巧的展现，照样可以构成一般意义上的好作品。但反过来，如果一个好主题不投身到形式怀抱中去，它可能根本不产生任何效应。以这样的看法去考虑流派，则形式的存在当然应该是流派得以确立的生命维系，不可须臾失之了。

而要构成流派，要让某一形式投放到更大的文化氛围中去自省与创造，当然仍需要内容的鼎力相助。形式之所以要形成本体，形成史的脉络，正是希冀由于时间、社会条件的介入而使自身成为一个有始有终的生态过程。那么毫无疑问，当时间进入形式发展轨道，当社会条件被引进形式，作为“内容”的各种成分当然也一拥而入；它们在对形式立下汗马功劳的同时，必然也对形式产生相应的钳制。

这正是走向流派的最佳通道。在形式自身的美学构成中已有了个“意象”内形式；在形式本体确立后又有了个形式史的本体制约（它会部分地转为内容制约），这样纵横交叉，形成了流派发展的最佳机制。一个流派的出现，如果我们能予以合理的证实与确认的话，那么我们将持如下的审视态度：第一，以形式为本体，为主脉络，为系统的中心；第二，走向形式中的意象部分与格律部分；第三，走向形式的史的生态历程考察的部分。这几种审视，对于流派而言必不可少。它们之间的关系，竟可说是一个无所不在的、包容量绝大的范围。以这样的思路去从事流派研究，一是能抓住重点，二是它绝不自我封闭而有着极强的开放性，它是一个以形式为中心的辐射网，如下页表：

这样，我们终于找到了本书的立足点——尽管对它的证明很复杂，但它的结论却很简单。它展现为一个十分清晰的逻辑过程：①因为流派研究在过去一向不重视形式的主导作用，因此我们强调形式的重要价值，并以它为流派研究的主要切入口。②但

· 形成形式本体后的走向流派研究

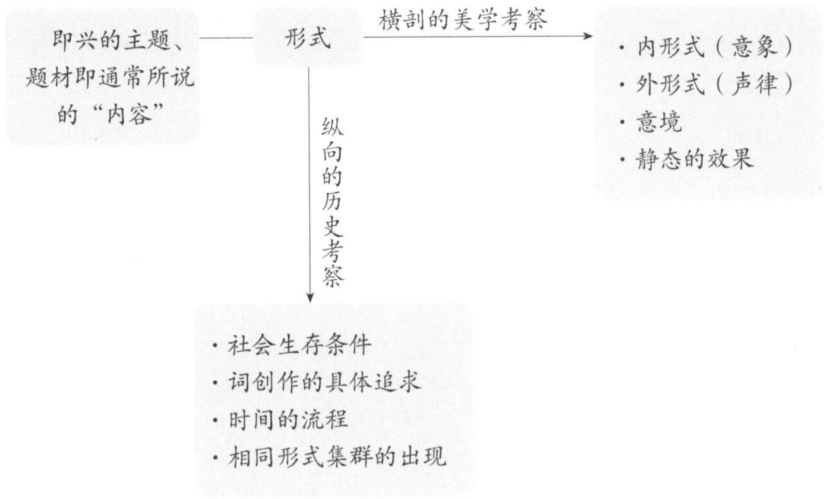

这个形式并非习惯上所指的那么简单，它拥有多种构成因素并呈现出一个包容性极大的结构。③以充实了的形式为起点，形成本体，进而展现出两个发展指向：一是美学的，二是历史的；一是静态的剖析，二是动态的综合。

这虽然是个结论，但又是本书的一个起点。在以后各章讨论中，我们会不时地发现这些结论的潜在支撑作用，它会不断引发出各种更新的思想启示与流派研究的新角度、新内容……

第三章　词形式的生成与发展

——宋词流派的纵向考察

第一节　词与诗

词的广义上的传统当然包括诗。即使是从最简单的时序上看，词之起于诗也是个众所周知的事实。唐代七绝诗即可唱，而唐代许多乐曲甚至酒令，在填词合乐时，也大抵以七言、五言为基本句型，再加上从平仄、四声、押韵这些基本技巧，词都是上承诗，故而两者之间自有其割不断的关系。至于在内容、题材方面，则词之沿于诗也是有目共睹的。举凡诗中所有的题材，如田园、山水、边塞、闺情以及各种社会生计诸题材，在宋词中均有反映。田园词、山水词是数量最多的；边塞词则自范仲淹“塞下秋来风景异”一首到南宋豪放词派，也是一个完整的系统；闺情更是词的特长，既然是诗庄词媚，那么闺情应该是词的主要题材——相对于散文的韵文而言，则词与诗本是一家；而站在局外的立场来评论诗词，则看到它们的相似点也多于相异点。作为比较的两个参照，一是赋予诗的差异相当大，除句式上重视对仗和修辞、立意有相近之处以外，在体裁上却相去千里。不但如此，赋长于铺排，也与诗长于抒情写志的目标大相径庭。另一则是词与曲的对比，一到曲，则文人士大夫的格调自被削弱了许多——

元曲作为韵文的地位，自古以来即未能像诗词那么正宗而重要。即使元曲中有许多精品，但它似乎还是一种“准俗文学”。诗词之间的差距，要远远小于词曲之间的差距：当元曲被吸收入以情节、故事曲折为主的说唱戏曲文学中去之后，它更偏向于剧本体裁，即使其中有不少抒情名篇也已无济于事了。

在整个中国古典文学世界中，诗词是近亲，是血脉相连的。也正因如是，我才对词有一个别称叫“诗余”会如此感兴趣。南宋王灼《碧鸡漫志》，成书于绍兴十九年（1149），其中已提到了诗之为余而成词的说法。以后，则正反两面之说皆有：有指词非为余而是正体；也有反指词不当为诗之余而应为诗之源；更有从“诗余”的名目中分析开去。兹举几例如次以见大概。

（一）赞成“诗余”说者：

谓之诗余者，以词起于唐人绝句，如太白之《清平调》即以被之乐府。太白《忆秦娥》《菩萨蛮》皆绝句之变格，为小令之权舆。旗亭画壁赌唱，皆七言断句。后至十国时，遂竟为长短句，自一字两字至七字，以抑扬高下其声，而乐府之体一变，则词实诗之余，遂名曰“诗余”。

——宋翔凤《乐府余论》

（二）认为词非“诗余”而为诗源说者：

词非诗之余，乃诗之源也。周之颂三十一篇，长短句属十八，汉《郊祀歌》十九篇，长短句属五。至《短箫铙歌》十八篇，篇皆长短句……诗先有乐府，而后有古体，有古体而后有近体，乐府即长短句，长短句即词也。

——李调元《雨村词话·序》

（三）反对词为“诗余”说者：

当开元盛日，王之涣、高适、王昌龄词句流播旗亭。而李白《菩萨蛮》等词，亦被之歌曲。逮及《花间》《兰畹》《香奁》《金荃》，作者日盛，古诗之于乐府，律诗之于词，分镳并辔，非有后先。有谓诗降而词，以词为诗之余者，殆非通论。

——汤显祖《玉茗堂选花间集序》

（四）提出词与诗是异体同音者：

> 夫所谓诗余者，非凡谓诗之余，谓唐人歌绝句之余也。盖三百篇转而汉魏，古乐府是也。汉魏转而六朝，玉树、后庭、子夜、读曲等作是也。六朝转而唐人，绝句之歌是也。唐人转而宋人，长短句之词是也。其后词转为小令，小令转为北曲，北曲转为南曲，源流正变，历历相嬗，故余者，声音之余，非体制之余也。然而词虽与诗异体，阴实与诗同音矣。
>
> ——谢章铤《赌棋山庄词话》

各家所持的理由不一，聚讼纷纭。但不管是正面的赞成还是反面的否定，对我们而言却恰恰提供了一个无法抹煞的事实：诗与词的确是不分彼此的。

虽然纯理论的探讨是如此，但落脚到具体的创作欣赏，更具体的是落脚到句式四声等技巧上来时，古来词家们却是努力想要划出词之不同于诗的界限：倘若真的可以不分彼此，则词也就没有存在的必要了。

首先当然是纯技术上的界定。比如在宋代诗已不可唱，而词却是地道的音乐文学。即使在乐府这本属供唱的样式中，也因为在汉魏以后乐谱失传，乐府歌辞与诗已不分彼此，自然也已被划入诗中，变得不能入乐、不可唱了，以此摧断词的与音乐密不可分的关系，当然是宋词中的一个清晰的界定。

又比如词有词牌，词牌即词调，还可以有词题。前者指它的格律形式，后者指它的内容主题。这种双重题目的存在，恐怕也是诗所不会有的，于是它当然也成了一种界定。

再比如词韵虽宽于诗韵，但词的四声却严于诗：诗只分平仄，上、去、入三声通用；而词却不能，用去声的不可用上声，在仄声中还有细密的分别。此外韵也常常转，一首词用三四个韵者并不少见，即使是一首小令如《荷叶杯》，只二十三字，却有三个韵，比起短诗的一韵到底来当然也是一大特色。

万树《词律》所收的词有六百六十调，近一千二百体，像这样繁复的格式当然也为诗所无。按谱填词向来是词的一大特色，它足以使词人炫耀词的体式是极为丰富多变的。

当然还有长短句式。诗多以五、七言为之，古风中亦偶插有三言；而词则是短只二字、长可九字，句式变化极大，句式变化多当然意味着表现力丰富，故词比诗更易于声情并茂。

如果说上述技术上的对比是一种属于外形式的对比的话，那么走向意象组织的字面意境的对比，则是走向更深的一步。

词的发生本来是依靠民歌与绝句的推动。即使是最初的文人词，也有明显的摹拟民歌的痕迹。但中唐之后，妓乐繁兴，词要依靠歌女们传唱，则歌女们的趣味与生活环境对词的风格形成当然也会产生反制约。又加之歌女们不是学富五车的将相才子，她们的情感倾诉常常比较偏向于平白的直抒（敦煌曲子词中的《望江南》“莫攀我，攀我太心偏”等即是明证），而这种种主题中，既有抗争，也有靡弱；既有屈辱，也有奢淫。待到文人再将它“雅化”，祛除其俚俗的一面而赋予其华美的格调，当然是对靡弱、奢淫的部分加以夸张强调——《花间集序》中有极好的形容：

> 有绮筵公子、绣幌佳人，递叶叶之花笺，文抽丽锦，举纤纤之玉指，拍按香檀。

走到这一步，则词的大格局已定。“诗庄词媚”的区分也已成不易之论。于是，诗刚词柔，诗尚骨气而词尚肌肤，诗追格调而词重辞采……这一切都成了人们习惯认识，再要去做反面文章反倒会招来“怪异”的批评了。

所谓的肌肤、辞采、骨气、格调还只是一些很抽象的概念，落实到具体的遣词造句中究竟是何种差异？这需要我们就具体的词作进行对比考察。

首先，是关于温庭筠与和凝的故事。《旧唐书》卷一九〇《温庭筠传》中有如下一段：

> 苦心砚席，尤长于诗赋。初至京师，人士翕然推重。然士行尘杂，不修边幅，能逐弦吹之音，为侧艳之词。公卿无赖子弟，裴诚、令狐缟之徒，相与蒱饮，酣饮终日，由是累年不第。

温庭筠初入京师而为人士翕然推重，其原因即在于长于诗赋；而他后来与无赖子弟相聚，作侧艳之词，于是人所不齿，当然不第。这即是说，作词是侧艳的、无赖的，而诗赋却可以是“为人士翕然推重”的。再来看和凝、孙光宪，《北梦琐言》：

> 晋相和凝少年时好为曲子词，布于汴洛。洎入相，专托人收拾，焚毁不暇。然相国厚重有德，终为艳词玷之。契丹入夷门，号为“曲子相公”，所谓好事不出门，恶事行千里，士君子得不戒之乎？

写写词竟至要作为恶事来戒之，连自己也托专人去收拾焚毁，可知视词为艳科，有辱相国品德。这样的观念，诗就不会有：我相信和凝一定同时也有不少诗作流布，但这些诗就不会给他带来偌大烦恼。

走向具体的技巧与意象组织，则可引晏殊为例。他分别有一诗一词，对比起来饶有趣味。先看诗：

《假中示判官张寿丞王校勘》

元已清明假未开，小园幽径独徘徊。

春寒不定斑斑雨，宿醉难禁滟滟杯。

无可奈何花落去，似曾相识燕归来。

游梁赋客多风味，莫惜青钱万选才。

再来看词：

《浣溪沙》

一曲新词酒一杯，去年天气旧亭台，夕阳西下几时回。　无可奈何花落去，似曾相识燕归来，小园香径独徘徊。

王士祯《花草蒙拾》对诗与词的区别研究竟以晏殊的这两首作品为例，他认为这是不可多得的好素材：

或问诗词词曲分界。予曰：无可奈何花落去，似曾相识燕归来，定非香奁诗。

王渔洋凭什么说“无可奈何”一联只是词而不是诗——甚至也不是艳体诗的格调，以他博学如斯，他难道不知晏殊自家诗中已有此联？倘若晏殊自己已把它当诗句来用，那么王渔洋又何必非得反对它是诗？

王渔洋当然不是在闭着眼睛说瞎话。那么对于这句“定非香奁诗”的判语，我们只能在一个美学思考的层面上重新考虑它的价值：因为事实已表明他错了。晏殊已有诗引入此联。但具体事实的错却未必能替代抽象美学思考的对——换言之，王渔洋的立论不是它事实上有没有成为诗，而是它究竟能在多大程度上典型地反映出诗的美学特征。王氏的结论是否定的——即使它曾经已成为诗也罢。

依鄙见，“无可奈何”一联之词性而非诗性的理由，大约应该有如下三点：

①“无可奈何”一联的文句太口语化，通畅平白，意象的组织较为坦直。以诗的

标准看，则它的骨气不够强健、格调也不够高亮，缺少一种深邃的组织深化力。因此它更适宜于词的柔性气氛。

②“无可奈何”一联的句法流动性太强，它一气直下，缺少诗的那种精凝与锤炼，也缺少并列意象的跳跃性特征。律诗由于平仄对仗而使跳跃性成为自身的主要特征；词的对偶弱于诗，词中对如此流动感的句法并不会格格不入，因此它更适宜于词。

③“无可奈何”一联的音调是十分柔婉的，它是一种无限感叹，一唱三叹的情态，首句“无可奈何”四字即是平、上、去、平的回旋式节律，它与诗的短促节奏与紧密排列相比，显然更具有一种旖旎的氛围。而下联的“似曾相识”也是去、平、平、入的柔婉式，这种格调不属铿锵的阳刚而属百回千转的阴柔，自然它更适宜于词了。

于是，在王渔洋之后也才有了张椿《词林纪事》中的再评价：

> 细玩“无可奈何”一联，情致缠绵，音调谐婉，的是依声家语；若作七律，未免软弱。

所讲的软弱，即是指它在诗和词中给人的不同感受以及它所发挥的作用。它是一种咏叹的基调，是一种一唱三叹的情致。“无可奈何花落去，似曾相识燕归来”一联，在词中是尽人皆知的名句而在诗中却无人问津，也正反映出接受者对它的选择：词家引它为知己，而诗人却对它漠不关心，不置可否。同时，我们还从此中发掘出另一种思路——正因为是重在修辞、意象，而不仅仅是技术性的声律词牌，则它之接近内形式意象并相对较多地表现出内容一面的因素来，因而更具备走向风格流派的潜力。

最后，我们再来看观念。

以诗与词分属不同价值观，如“诗庄词媚”的老说法，本来即是作为历史内容出现在文学批评的历史进程中的。当然，这样的说法未始不带有一种对词的鄙夷不屑的情绪；而我们看五代以来《花间》一派词作，也很难否定它不属实。但也许还可以有另一种说法，即更心平气和的提示：李清照指出“词别是一家，知之者少”。她的看法即是一种风格立场上的观点，即不存褒贬只述异同。而这“别是一家”的看法，当然也是针对诗而发。不但是她，更早的从观念上区别诗与词，或曰词应有别于诗的并不鲜见。首先是欧阳修。

欧阳修是唐宋八大家之一，文章、诗都是一流的，但这位写过《醉翁亭记》《秋声赋》等名篇的大家，一作小词，却立即显得十分颓靡甚至有些“艳”起来。《欧阳文忠集》

卷后附有词，名曰近体乐府，后被毛晋收入《宋六十一家词》时改为《六一词》；而据说他还有《醉翁琴趣外编》，是出自宋代坊贾之手，其中艳词正复不少。清丽的如《采桑子》《踏莎行》自然可颂，但十之八九，却是些香艳的"丽词"。虽无搓粉滴酥之华美，却也艳得可以（有个别的如《阮郎归》"玉肌花脸柳腰枝"、《盐角儿》"增之太长"等，也无聊得可以）。像这样的词，说它出自欧阳修这样的大文豪之手，恐怕实在难以置信。故而自古以来，对《醉翁琴趣外编》就不断有人提出疑问——先是指它出自坊贾，以后又说其中混入大量伪作。种种怀疑，都是基于欧阳公不应如此"艳"的预想。但事实上，即使把一些可疑之作略去，《醉翁琴趣外编》乃至全部欧阳修手作，也还是柔靡香艳者居多，而与他的诗文的恢宏气格迥然有异。我以为，这正是当时士大夫的一种观念：词是可以艳的而诗却不行。在诗文中不能表现的儿女情态，在词中却可以不受任何约束也没什么忌讳。即使为人所知，则艳词本身在风格上的规定性，也使评者一笑置之：显然这是风流韵姿而并非是人生疵点。

这是比技术性的声律差异和晏殊式的句法差异更大的一种观念差异。欧阳修对自己的创作做诗文与词的区分，这种做法并非是孤立的。但他的时代，词还是小令短调，还不甚发达，当然关于词的考虑也仅仅依据主题选择（即"内容"）的倾向而言："以清切婉丽之词，写房帏儿女之事。"但到了苏东坡时代，则这种注目于主题的批评观，被一种更深入的注目于形式的批评观所取代。请看苏轼、晁补之与黄庭坚等人关于词与诗异同的讨论与评价。

陈师道《后山诗话》：

> 退之以文为诗，子瞻以诗为词，如教坊雷大使之舞，虽极天下之工，要非本色。

胡仔《苕溪渔隐丛话》前集卷四十二引《王直方诗话》：

> 东坡尝以所作小词示无咎、文潜，曰：何如少游？二人皆对云：少游诗似小词，先生小词似诗。

吴曾《能改斋漫录》卷十六：

> 晁无咎评本朝乐章……黄鲁直间作小词，固高妙，然不是当行家语，是著腔子唱好诗。

陈师道所云"本色"，即是词的柔婉特征。诗无此，故诗入词便非本色。胡仔引文中的“小词似诗”当可作词过硬过刚解，而秦观被评为诗似小词，当然也可以作诗过柔过软解。吴曾所提到的“当行家语”等同于陈师道的“本色”。则他评黄山谷词也是太硬而不软。可见得当事者如苏轼、晁无咎、张耒、黄庭坚、秦观以及记录者如陈师道、胡仔、吴曾，他们依据的标准完全一致——其观念也完全一样：词应该是软而艳的；苏、黄却是硬而亮，当然不算“本色”。这种词学观念的产生有其深刻的历史背景与文化背景，但有一点却是毋庸置疑的：从欧阳修的北宋初到吴曾的南宋，一百十数年间的词学观传统并未大变，至少在评论界是如此。

由是，我们可以对上述的讨论作一概括。亦即是说，在词之不同于诗、词为艳科的传统观念中，我们看到了一个由低向高的递进结构，它们的关系是这样的：

①初级的技术层面：词律与技巧上的诸问题如词唱诗不唱，词有定调而诗无，词韵宽于诗韵，词严于四声而分上、去声，词有长短句式而诗则五、七句式等等，这些都是较外在的，可以一目了然的。

②中级的意象结构与句法层面：如温词艳而诗则非；又如和凝曲子相公之讥；更典型的则是晏殊“无可奈何花落去，似曾相识燕归来”一句在律诗与词中的不同感觉，包括音节、意象组织、对偶性等一系列问题。

③高级的词学观念层面：欧阳修诗文恢宏而作词却艳靡，这是个题材选择方面的观念制约；而苏轼、晁无咎、秦观、黄庭坚等人的实践，与后来的讨论，还在艺术性上展现出词学观念的巨大影响。这是两种不同着眼点但却作用于同一观念结构的极好范例。

正是这三个层面的分析讨论，为我们提示出一个流派研究的最佳出发点。如果说诗与词也有所谓“派”的区分的话，那么这三点足以划出各自的“派”的基本特征；而再把它推向历史中去，则对于北宋初词作的柔与苏轼以降词的刚，我们正可以从诗与词区别中去寻得一些消息。这种柔、刚并不全是内容的作用力，恰恰相反，它主要却是取决于形式。

从形式立场上看宋词之不同于唐诗的所在，我以为应当抓住“对偶”这个关键点。

中国诗是对偶的，更准确地说，中国的韵文其特征即是对偶。从赋、骈文开始的对偶之风，包括了内容对仗与平仄粘对的双重效应；到了唐诗，则对偶形成固定的格律。律诗的方法当然即是最典型的对偶方法，这种对偶的素质，极深地潜入了韵文学的形式中去并转换成为固定不变的隐性或显性模式，比如把内容变为意象再进行对仗式排列；又比如造成平仄对应、韵脚对应，以及句式对应和词的上下片之间的对应，等等不一而足。由是，赋、骈文、诗的韵文进程，可以说即是一个从散列走向对偶，亦即是从较散的韵文走向严格的韵文的发展过程。到了律诗，则对偶的存在几乎成为生命维系所在——倘若没有对偶，律诗还能叫律诗吗?

词承诗，因此词中也有明显的对偶现象。“无可奈何花落去，似曾相识燕归来”即是地道的对偶句，无论平仄、句式皆是如此。词的早期形态即是诗绝句的唱。这样的唱，当然不会失去对偶，故而词牌词调虽多，但对偶却仍随处可见。

但是，我们还是发现了古典文学中韵文的发展在最初由散到整（对偶），而到律诗完成后，其发展却呈现出由整（对偶）到散的倾向。亦即是说，在诗中登峰造极的对偶，到了词中却遭到了某种削弱。词的对偶能力明显不如诗，究其原因，是因为诗的对偶依靠它的句式相等两两相对；而词的句式长短却是不划一的，这样，它很难把每个对仗放在固定的语句位置上——位置一移动，对偶当然就很难构成。

相比之下，词的方法更是一种反对偶的方法。诗是五、七言固定不变；词以诗为依凭，却将五、七言做大幅度的变换，少则一字，多则九字，如柳永的《昼夜永》:“对满目乱花狂絮”，这“对”字就无法对偶。一则是没有成词组两两相对，完全不合律诗七言句式;二则其句法也不同,是以上三“对满目”下四“乱花狂絮”或还可以上一“对”下六“满目乱花狂絮”来组合,这种句法也是更接近散文体的。而这样的句子并非偶见:

秋渐老、蛩声正苦，夜将阑、灯花旋落。(《尾犯》)

追往事、空惨愁颜，漏箭移、稍觉清寒。(《戚氏》)

这样的句式,都是走向长度（时间）而不是走向并列（空间）的。所谓的走向长度，我们只要把同属七言的律诗句式与词的句式作一对比即可明了。

——高适《送李少府贬陕中王少府贬长沙》诗：

巫峡啼猿数行泪，衡阳归雁几封书。

——李商隐《锦瑟》诗：

沧海月明珠有泪，望帝春心托杜鹃。

——柳永《古倾杯》词：

动、几许伤春怀抱，念、何处韶阳偏早。

——晁元礼《绿头鸭》:

最关情、漏声正永，暗断肠、花阴偷移。

诗是两两相对，而词却走向一种叙述。它的紧密度显然不如诗，而它的意象呈现频度也显然不如诗。但反过来，它的抒情性却大大强于诗，因为这种点顿的方式，适足以展现出起伏跌宕、一波二折的情态，词之婉媚，大约也即在于此吧?

由是，我们可以对诗与词在形式美学性格上做一整理。在韵文史上，诗与词正处在一个转型期：诗是对偶的极致，到词则走向散（到曲当然就更走向散）。诗的对偶有一种空间构筑之美，它讲究排比与并列而不是叙述，讲究组织而不是陈列，是并列的、对称的，而词却是拉开的、走向长度的，因而是不对称的。之所以不对称是为了便于歌唱，但正是这种走向长度的、不对称的句式的存在，造成了词不同于诗的新颖特征。诗是“空间”“并列”而词是“时间”“流动”。诗走向对偶，内部系统极严密；而词却是走向外射，讲究句式的上下承接——词更口语化，从它再走向散曲、走向小说，正可说是一个由雅再还回到俗的文学历程。不但词的句式是如此，词的分片也无不如此:对称的词即上下片重叠对称，绝大部分是集中在唐五代与北宋词，如《南乡子》《踏莎行》《浣溪沙》《临江仙》《采桑子》《西江月》等；而到了柳永，则开始采用大量不对称的词调，在《乐章集》中，上下片相同的对称重叠的词调极少，只占八分之一，其余八分之七均是不对称的双调。上下片对称与否，是关系到词的结构是否具有空间性的一个主要标志。柳永以不对称的两片作词，可以说又使词不但在句式上，也在结构上“反诗”倾向明显，从而形成了真正的“词”的品格。以美学的术语说，则它即是从“空间”走向“时间”，从“构筑”又走向“顺延”。

至此，我们才可以说对诗与词的差异——历史差异、形式差异与美学特征差异做了大致周详的讨论。

宋词流派中的各种表现，在题材上有刚柔之别，以及能唱与否的差别，历来有不少识者提及；但关于句式对偶的美学分析，却好像论者不多。其实，它也正是流派划分的一个重要特征。比如，我们前举的“以轻松潇洒的内容”出以“清水芙蓉的形式”，这样的风格流派必然是不太强调对偶的。而“镂金错采”的形式却必然是追求对偶效果的。于是，这应该是两个完全不同的艺术流派——从诗与词的关系而言，则清水芙蓉一派的词风与镂金错采一派的词风，应分别上承唐诗中的绝句与律诗：

流派特征	代表人物	唐诗渊源
清水芙蓉的形式	欧阳修、晏殊、苏轼等	五绝七绝 （伸展性）
镂金错采的形式	周邦彦、吴文英等	五律七律 排律（构筑性）

这律、绝之分的总结，不正可以引出更多、更丰富的思考课题来吗？

第二节　关于词乐

讨论词乐是一个相当复杂的问题。严格说来，它与我们的流派讨论的目的关系不大——讨论流派是立足于它作为文学体裁，是“文学流派”；而词乐本来是个技术特征甚强的内容。我们在研究词的起源时必须涉及它，在研究词的创作方式上也必须重视它；但在词派研究中，却未必即能直接引进它——因为词派研究已是一种既成的文学现象研究，它已是一种案头文学。而宋代以降，早期词之唱还有相当的普遍性，到了北宋末南宋初，则以词作唱的风气远远不及以词读赏来得流行。亦即是说词已从口头文学转向书面文学，由此而形成的词派，当然与音乐关系甚远了。

但这并不意味着词乐研究在流派研究中毫无价值——不但对于词的起源而言，乐的催化就是个绕不开的话题，而且词派中也不乏此例——周邦彦倘若不以他精于音律的功底为词，大晟词派的出现即不复可能；至于南宋姜白石善自度曲，当然更是词乐对词的文学性的一种支持。研究词派，这样的内容即难以随便忽略。但是，还不仅仅如此。

词是“填”的，填要有腔即有乐，当然还要有谱。按谱填词向来是文人的乐事，那么在所谓的填的过程中，必然会遇到一个创作美学方面的课题，比如是先有文辞还是先有音乐；是乐对词作限制还是词对乐作限制——倘是前者，词（文学）的自由度很小，而倘是后者，则它的自由度却很大。这自由度即可决定词派的特色：自由度大易于抒情写意，自出机杼；自由度小则步步顾后瞻前，不能不按部就班。按部就班当然未必不好，但两种不同的创作心态却足以对流派产生巨大影响。再进而论之，则乐是什么乐？词是什么词？倘若是雅乐将如何？倘若是胡乐又如何？清商乐是承自汉魏的中原古乐；而燕乐却是结合西域音乐文明的，它们之间的不同性格，对于词的文风难道不会产生影响？再进而论之，由不同的乐曲引出不同的词牌词调，它们作为音乐在文学中的代理，对词派的形成不也必然会发挥主导作用？

问题当然很多，但有一条十分明显：我们是站在流派立场上去讨论词乐。既然流派问题主要表现为文学性问题，因此这种讨论必然也是基于文学出发点的讨论，它不是纯技术的，或者也不是专题词乐研究的，更不是一种常识介绍的。比如对于词乐中燕乐还是清商乐占主导地位的问题，因为它是个纯粹词乐的课题，在我们的流派研究中就不占重要位置——它当然也会有影响，但对文学流派形成的作用力甚小。反过来，对于是采诗入乐还是以声填词的问题我们却予以特殊的重视，因为它对文学流派的产生有直接影响。

由上述考虑而引发出的一系列疑问，基本上可转换为如下几个命题：

①词的起源与音乐的作用；

②依乐填词还是按词度曲；

③乐的倾向对词风的影响；

④从音乐的调到词牌词调；

⑤词与乐的角色转换；

⑥走向流派分析。

我们逐个地来讨论这些问题。

首先是关于词的起源与音乐的作用问题。历来对词的起源，大多持音乐催化说，就中又以对燕乐的作用持最重视的态度。胡云翼、夏承焘以及其他各家都持此说，宋沈括《梦溪笔谈》卷五曾提到三种不同的词乐：

> 自唐天宝十三载，始诏法曲与胡部合奏，自此乐奏全失古法。以先王之乐为雅乐，前世新声为清乐，合胡部者为宴乐。

沈括分乐为雅乐、清（商）乐、宴（燕）乐三类。但他提到了唐天宝年间诏命法曲与胡部合奏，这即是说宫廷演奏曲目均走向以西域音乐胡部乐为主，正因为如此，才有“乐奏全失古法”，而宴乐（燕乐）独行天下。而此前宴乐，却应该是还未经改造的“法曲”——本来，宴乐是飨宴之乐，因为在唐天宝间被合以胡部，故而移宴为“燕”，以示区别。关于这种承嬗递进关系，也有文献可征。白居易新乐府《法曲》自注云：

法曲虽似失雅音，盖诸夏之声也。故历朝行焉。玄帝虽雅好度曲，然未尝使蕃汉杂奏。天宝十三载，始诏诸道调法曲与胡部新声合作，识者深异之。明年冬而安禄山反。

宴乐变为新的燕乐，是由正宗走向新声。据音乐史学家们认为，这是中国音乐史上的一次大变革。

六朝以降的宴乐其实也未尝不受胡乐的影响。南北朝的分列，北朝胡乐渗透到南朝来是完全可以想象的。正是基于这一点，许多学者认为六朝的“前世新声”清乐其实也与胡乐不分彼此。而到了唐代，只不过使之走向更极端而已。由是，传统的清商乐（已含有部分胡乐成分）和新的燕乐结合，使作为词源的音乐系统几乎就是一个胡乐（燕乐）系统。“其中自然也包括一部分民间音乐的成分”，但主要的成分，却是胡乐即西域音乐。它包括以琵琶乐器为主的西凉、龟兹等乐以及中亚、印度音乐。元稹《法曲》诗有云“女为胡服学胡装，使进胡音务胡乐”，正是当时举朝上下燕乐流行的最好写照。而词的音乐起点应该即是这个燕乐。

关于这个结论，也有不同意见。一种是不认为唐代是以雅乐、清乐、燕乐三者并列。清乐也是宴飨之乐的一种，燕乐是一个总称，因此，应该是以“燕乐”与“雅乐”并列，即民间或贵族宴飨之乐（生活音乐）与宫廷仪式时正规肃穆的象征之乐（礼仪音乐）相对应：

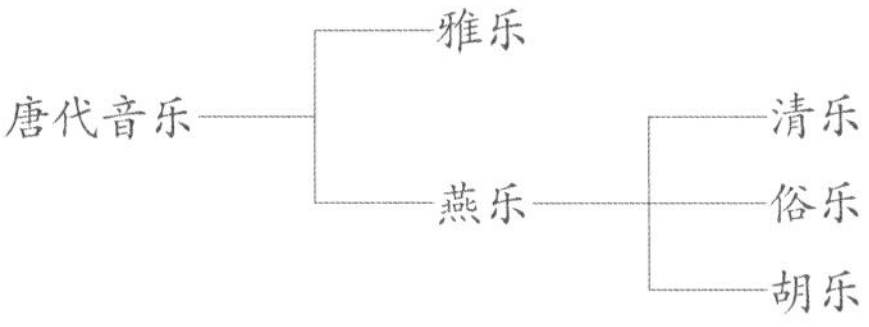

此说见郭沫若译日本林谦三《隋唐燕乐调研究》。

另一种是不同意唐代燕乐只倾向于胡乐，清乐仍有其重要价值。燕乐只限于上层贵族范围，而中原民间音乐即清商乐却仍长期存在，并不断被反映在乐曲名称上。相反倒是胡乐在不断地被中原化，被清乐作不断改造，而不再是原封不动的胡乐格式了。这是一种新的互相融合关系，其构式如下：

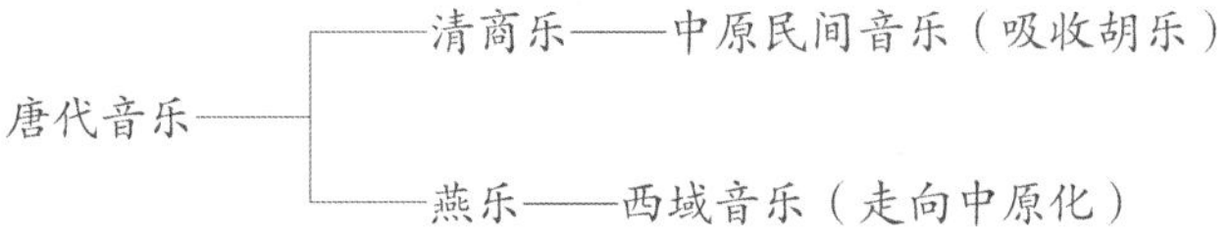

此说见阴法鲁《关于词的起源问题》。他并提出了关于入词的音乐的调查，在词调名上可明显看出西域乐曲情调的如《苏幕遮》《婆罗门引》《柘枝引》《伊州令》《赞普子》《西河》《甘州令》《凉州》《酒泉子》等，只不过是唐代教坊曲中十分之一数量。于是结论应该是唐代乐曲中特别是入词调的乐曲中，胡乐并不占优势。

究竟是“雅”“清”“燕”三乐分还是“清”“燕”或“雅”“燕”二乐分？对于讨论词的起源、它的音乐依据，以及它的历史上限来说当然很重要；但对于宋词流派研究而言却还看不出重要意义所在——在乐曲尚未转换成文辞之前，它的意义只能限于乐本身而落不到辞上来。我们当然可以牵强地说：燕乐、胡乐是西域音乐，它比较具有阳刚之气，以这种乐式形成的词作可能更接近豪放派……但这仍然是个无法证明的猜测。且宋词几万首中，《苏幕遮》《婆罗门引》的词牌下，其具体词作也未必即是豪放、阳刚的。范仲淹《苏幕遮》固不失豪壮之气，而梅尧臣《苏幕遮》却有“独有庾郎年最少，窣地春袍，嫩色宜相照”之句，显见得并不如此阳刚。

但上述的讨论却给我们提供了一个事实：先有乐曲，再按曲拍填词；先有曲式，再产生词调，这表明音乐对词形式的形成是极其重要的。举不胜举的词调名称中即可窥出音乐的痕迹；可以说，没有这些雅乐、清乐、燕乐的存在就不会有词。前人追溯词的起源，一直追溯到《诗经》与汉魏，想来也应该与此有关。因为既有先王之乐曰雅乐，则雅乐当然也可能会有词配唱，那么先王时代也应该已有词。

依上所述，则雅、清、燕诸乐配词可唱，则是从纯演奏的音乐转向歌曲——配词的第一步是把乐曲变为词调，再加以填词。那么从乐曲转向歌曲似乎是一个众所周知的过程。它的要点是：先有乐曲，再产生歌曲（辞），但看来这并不是最终结论。因为我们在唐代也同样看到了先有辞再有曲——或辞先独立再合以乐的相反的情形。

薛用弱《集异记》卷二有一段长文记载了这种情况，兹全引如下：

> 开元中，诗人王昌龄、高适、王之涣齐名。时风尘未偶，而游处略同。一日天寒微雪，三诗人共诣旗亭，贳酒小饮。忽有梨园伶官十数人，登楼会宴。三诗人因避席隈映，拥炉火以观焉。俄有妙妓四辈，寻续而至。奢华艳曳，都冶颇极。旋则奏乐，皆当时之名部也。昌龄等私相约曰：“我辈各擅诗名，每不自定其甲乙。今者可以密观诸伶所讴，若诗入歌词之多者，则为优矣。”俄而一伶拊节而唱，乃曰：“寒雨连江夜入吴，平明送客楚山孤。洛阳亲友

如相问，一片冰心在玉壶。”昌龄则引手画壁曰：“一绝句。”寻又一伶讴之曰：“开箧泪霑臆，见君前日书。夜台何寂寞，犹是子云居。”适则引手画壁曰：“一绝句。”寻又一伶讴曰：“奉帚平明金殿开，强将团扉共徘徊，玉颜不及寒鸦色，犹带昭阳日影来。”昌龄则又引手画壁曰：“二绝句。”之涣自以得名已久，因谓诸人曰：“此辈皆潦倒乐官，所唱皆《巴人》《下俚》之词耳。岂《阳春》《白雪》之曲，俗物敢近哉！”因指诸伎之中最佳者曰：“待此子所唱，如非我诗，吾即终身不敢与子争衡矣。脱是吾诗，子等当须列拜床下，奉吾为师。”因欢笑而俟之。须臾，次至双鬟发声，则曰：“黄河远上白云间，一片孤城万仞山。羌笛何须怨杨柳，春风不度玉门关。”之涣即揶揄二子曰：“田舍奴，我岂妄哉！”因大谐笑。诸伶不喻其故，皆起诣曰：“不知诸郎君何此欢噱？”昌龄等因话其事。诸伶竞拜曰：“俗眼不识神仙，乞降清重，俯就筵席。”三子从之，饮醉竟日。

以这段栩栩如生的记载衡之，则当时王昌龄、王之涣、高适等人当然不可能是专为乐曲填词，他们的诗是先做好的，而诸伶官则是借他们的诗入曲，或是依他们的诗再制相应的新曲。这种方式，与依曲填词、先有乐曲再有歌曲的方式完全不同。

但是，这还不是词而只是借诗为词。诗仍是五、七言一律格式。在唐代当然也有直接以五、七言为词的做法，如《水调歌》《凉州》《伊州》皆用五、七言绝句；而《竹枝》《浪淘沙》《抛球乐》《杨柳枝》等其格亦与绝句诗同。因此在当时，诗即是词词即是诗，似乎也并无太大的差别，至少在上举词调中是如此。

词入曲一走向全面，则仅以一式的五、七言当然不易配合丰富多变的乐曲。在最初尚未有定格之时，是以添声来岔开节奏形成长短间隔，而到后来，则对这添声的虚词也逐一加入实词，于是就形成了真正的长短句式。关于这方面，当然也有文献可考。

沈括《梦溪笔谈》卷五：

古乐府皆有声有词，连属书之。如曰贺贺贺，何何何之类，皆和声也。今管弦之中缠声亦其遗法也。唐人乃以词填入曲中，不复用和声。

朱熹《朱子语类》卷一四〇：

古乐府只是诗中间添却许多泛声，后来人怕失了那泛声，逐一声添个实字，遂成长短句。今曲子便是。

泛声的出现显然是为了音节丰富的目的，待到那泛声的虚变成了实字，则音律婉曲的特征亦未变，但原来的七、五句式当然可以变得变化更多，表达内容也更有曲折多情之感。诗之刚与词之柔，在这个泛声的句式中是否也已露出一些端倪来了呢？

但我们却更从此中看出了另外一些重要内容：古诗添泛声才能入唱，是以诗为主；要合乐，又不能乱改诗，于是就只好添泛声。而到了后来，将泛声皆添为实字，却是以声为主，而填以词了。在这个转折关系中，前者是词（诗）即文辞为主而乐从之，后者却是以乐（词律或乐律）为主而词从之。其间的关系正好相反。

自古以来，歌诗即有一个词与曲之间的主从关系的矛盾。既如此，当然对它作论述的也不乏其人。王灼《碧鸡漫志》卷一即提出："古人初不定声律，因所感发为歌，声律从之。"是以辞为主而声律为从的关系。而这种判断，在上古时代有印证。《毛诗序》：

诗者，志之所之也。在心为志，发言为诗。情动于中而形于言；言之不足，故嗟叹之；嗟叹之不足，故永歌之；永歌之不足，不知手之舞之、足之蹈之也。

在这里，排列顺序是先有言，后嗟叹、后歌、后舞蹈，那么很明显，应该是文辞在先而歌曲在后，至少在创作过程中是如此。

但到了乐府诗，乐却成了主角。"乐府"这个名称本身即已说明问题：所谓的"饶歌""郊祀歌""相和歌"等，皆是以歌定式再填以词。尽管古乐府已失谱而无法唱，但它在当时正是为了唱的，即如古诗《江南》有此例："江南可采莲，莲叶何田田，鱼戏莲叶间。鱼戏莲叶东，鱼戏莲叶西，鱼戏莲叶南，鱼戏莲叶北……"这样的词，辞本身并无多少独立价值；仅示词意也不用如此反复吟咏，它应该是基于歌咏的节奏重叠以委婉动人的目的。

古乐府以下的乐在辞先的做法，直接提示出上古所无的新的创作格局。但乐之与辞的关系，还不就是作为文学体裁那样的关系。因为在词中，除了乐与辞这两个极端之外，还有一个中转的格式规定：词谱。因为有了它，于是就从原来的两转走向三转，即乐曲、词谱、文辞。

没有词谱这一环节，我们看《诗经》，看古乐府民谣，尽管也是先乐后辞，尽管也是长短句，但却仍不能算是作为体裁的词。其理由是当时入乐的大抵是诗。旗亭赌唱的是诗；失去乐谱的古乐府，在文学体裁上也被归为诗——而不是宋词之"词"。

而词谱的出现，是在文学立场上为自身提示出一个清晰的界线：合者存之，异者去之。于是古乐府、可唱之诗概不在其内。而词的创作也决然不同于其他了。有谱则有事先的格式定规——不但是乐律的规定，还是辞创的规定；于是词之“填”则成了当然。这当然也还是先乐后辞，但却与古乐府的先乐后辞有了明显的区别：它是先谱后辞；谱出于乐，但谱不等于乐。当词成为案头文学之后，它的谱的作用就要远远大于乐了——因为词谱在某种意义上说更是一种文学的规定，而不像我们通常所以为的那样，是音乐的规定。宋代中后期词几乎已不唱，成为纯文学作品了，但只要谱不失，则词的本体即不失；而乐却可以失并且已经失了。

词谱之出于乐谱，我们可以以几个范例来加以说明。比如《西江月》是一个词牌，这是词谱中的记载；但它在尚未成词牌之前，乐谱叫《步虚词》或叫《步虚歌》。《乐府解题》曾称：

步虚词，道家曲也，备言众仙缥缈轻举之美。

这便是曲名。乐曲流传历史甚长，唐中宗时有给事中李行言能唱《步虚歌》，唐宪宗时施肩吾还作《闻山中步虚声》(见《全唐诗话》)。直到此时，《步虚》仍是曲名。以后此曲被教坊采集，在教坊曲中改名《西江月》，再逐渐变成固定的词谱，在句式、分片和韵部上都有了格式。后人填《西江月》时，即使不知原先的道家曲是何等样式，只要词谱中句式分片韵部有记录在，即可按谱填词，而无关乎曲调了。

由是，就可以构成如下一个演变的序列：

①曲名《步虚词》，属道家乐；

②通过教坊变成固定的曲式《西江月》并固定辞的格式；

③被作为词调的《西江月》被收入词谱；

④后人不知其曲，仅依词谱亦可填词为《西江月》。

《西江月》属清商乐，属于燕乐的词牌更多。《西江月》只是小令，而长调当然也更多。但其演变方式大抵不出乎此，故可举一隅以三隅反。不赘。我们最感兴趣的并非是①、②——这是词乐研究专家们的事；我们感兴趣的倒是③、④。但探讨③、④又离不开①、②。因为其间存在着因果关系——倘若没有乐曲调式，当然也不会有词牌的规定。但词牌的种种规定虽然有明显的乐律制限痕迹，但词谱相对于乐曲曲式仍有其相对的独立性。

当然，因为是依声填词，辞与乐之间产生不同的差异或曰两者不能吻合，这样的情况也是很常见的。比如《子夜歌》本是女子所制，“声过哀苦”，而到了后人拟《子夜歌》，却把它变成了四时行乐之词——由苦到乐，显然是个大转变。由于辞是具体的，而乐曲却是抽象的、不写实的，《子夜歌》从苦到乐的转换，至少在乐曲上也并不让人感到难以容忍。声与意即乐与辞的不相谐，作为从乐到辞的转折，似乎是个必然的现象。因为乐、声本来太抽象，它只能提供大概的倾向暗示，却无法指实某情某事。反过来，辞却充分具有这样的才能。这是两种不同美学功能所导致的结果。

故而到了慢词出现之后，填词几乎成了文人的专利。它成了地道的书面文学——苏轼的词被指为“不协律”，而黄庭坚词被指为“著腔子唱好诗”，正是这种词慢慢从音乐的束缚中走出来，或曰词从歌词逐渐变化为文学之词的过程写照。而再以这种以词谱（而非乐谱）为中心的填词创作，当然也是一种文学色彩很强的创作而不是纯粹的音乐工作：是诗人、词人、文学家在做而不再是音乐家、歌唱家来做。音乐家也并非没有，但教坊的力量却还是有限。至于大晟府周邦彦的重乐律，则他也还首先是个文人而精通音律，而不是一种音乐家初通文墨的形象。曾对苏东坡词作评为“关西大汉铜鼓琵琶铁绰板唱大江东去”，而指柳永词是“十七八女孩儿执红牙拍板唱杨柳岸晓风残月”的袁绹，即是教坊中的名音乐家，而他存世的词却不见，在词坛上也无甚名望，即此可见音乐家在宋代的不济事，而不得不让文学家专美于前。周邦彦首先是个文人，其次才是词乐家；姜白石据说能自度曲，在词乐上是把好手，但他也首先是个大词人，被誉为“清空”的词风，仅凭谙熟乐律而不懂文学技巧，是肯定创作不出来的。

有了词谱词调的规定，则倚声填词却又成了创作的基本模式。词如果想有别于诗，则音乐性是它的性命所系。虽然它日趋隐退，但它是一切的根基，当然不会全部销声匿迹。相对于文辞而言，则保存了词调就等于保证了它背后的乐曲规定。正是在这样的界定下，我们看到了流派滋生的土壤。先有歌词后配以曲，则其文辞大抵应该是清新通畅不受拘束的。而先有乐曲、词调再填以文辞，则其文辞必然会因不能自由伸展而走向相对晦涩婉转。其间的技巧对比，正是清水芙蓉与镂金错采之间的差距。词的形式规定了它不可能像民歌，不可能如上古时代的“感发的歌声律从之”。因此，从严格意义上说，它不可能有真正的清水芙蓉、平白如话的风格出现。但合于曲式与合于词谱，其间却有了一种畅与涩的差距。唐五代词在早期是合乐的，乐曲的感情指向太抽象，则对文辞的制约也较少，因此当时词的清畅感甚强。而宋词特别是慢词出现后，由于合乐以唱，以及作为词谱、词律、词调自身在文学上的限制力，要比单纯的曲式限制要强得多也具体得多，于是就有了精雕细琢、繁声淫奏、炼词敲声等种种新倾向，形成了婉约的镂金错采一派。到了周邦彦，则更是强调曲式与词律对文辞的双重制限，从而走向了吴文英的密丽。可以说，早期词只受乐所限，到后来词既受曲式乐律限制还受词调格律限制；原来的单重制约变成了后来的双重制约，要其不婉约也难。而既有这样的层层制约，故反叛的可能性也大，苏、辛一派词人的反叛，正是基于此而发的。

——单一的抽象乐律的制约：文辞清畅通脱；

——双重的曲式词调的制约：文辞镂金错采；

——反叛这种双重制约：文辞豪放高旷。

这是大概的归纳。倘若据此再想得深入一点，则还可以伸延出三个进一步的结论：

第一，以文辞清畅通脱为标志的词派，它的依据应该是以“唱”为主，即是以口头文学作为其主要环境规定的。要唱当然不能不合律，但因为是较抽象的乐律，又是小令，当然限制并不很大。口头文学的特征是不能太讲词藻，忌讳深涩奥秘，而讲究一唱即懂。这样，相对口语化的文辞与限制抽象而并不太具体死板的乐律，它作为一种词派当然有其特殊性——从上古文辞为主、声律从之到乐府诗再到绝句入唱，均可作为此派的源头，也规定了此派的风格特征：它是文学体裁尚未被彻底“雅化”之前的活泼的状态。唐五代北宋前期小令大抵属于这一派。

第二，以文辞镂金错采为标志的词派，它的依据应该是“谱”为主。它不仅仅是供唱（口头传唱），更是一种受“雅”的乐律与雅的词调共同限制的一种格式——在声乐（四声、平仄、阴阳清浊），词调（分片句式以及其他）上都严格控制自身。限制是双重的，又是具体的，这样，它的组织文辞当然受到很大影响，而不得不专门去寻求合乐的（当然是非口语）文辞加以重新组合。是则文辞的不畅通，讲究词藻，讲究意境的密度，讲究辞与谱、律的妥帖，如果再加上如长调慢词的更见回婉，当然更见出婉约的特征来。它显然不是民间色彩的，而是被“雅化”之后，代表士大夫高修养高文化的一种体裁。前期的柳永、中期的周邦彦、后期的吴文英大抵属于这一派，而以周、吴为集大成。柳永严格地说只是在形式上技巧上开了风气而已，其本人尚未达到这样的“雅”的程度。

第三，以文辞豪放高旷为标志的词派，它的依据应该是以“辞”为主，亦即是在乐与辞之间较偏向于辞即文意表达。它也未必皆不注重唱，但文意的表达与否却是其第一位的目标。相对而言，这是与诗文联系最密切也是保持文学传统最明显的一派。当然，它在某种意义上说也是对词的专业特征注重不够，而习惯于强调词的文化特征——特别是当外界如社会动荡、个人遭际等因素产生作用之时，则这一派词最有可能获得充分的展现。它的文学性最强，但“词”性却相对最弱。古来“以诗为词”“要非本色”的批评，即是针对这一派而言的。代表人物，则从苏轼到南宋辛、陈、刘等豪放派词家皆属此例。

上述我们对词乐的探讨，都是以词乐与词句即乐与辞分列为前提的。这样做的好处是分析十分清晰，不会导致太多混乱。但它的不利面则是使乐与辞太孤立，看不到其间的互相包含与渗透关系。故而在获得大致结论之后，有必要再做一些补充工作。

首先，是声乐对词风的影响问题。

说声乐对词风的影响仅仅是抽象的、不具体的，这只是一个笼统意义的判断。要每一个声、每个乐都有情绪、事实标签，当然不可能。但当声乐构成一定的组织结构之后，它仍有可能传达出一些较具体的感情，从而去影响词的文学风格并进而再影响流派。音节有轻重缓急、昂扬低抑之分，则其间也就会产生喜怒哀乐的情调，大抵轻而缓者较偏于喜乐，而重而急者则偏于哀怒。当然，这只是个最泛泛的分法。

以此来看苏东坡的《念奴娇·赤壁怀古》，我们发现《念奴娇》这个词调是较偏于表达豪迈激切的情态的——它的音节高亢而急切，而每一韵部所在，都用重而急的仄声韵：

——故垒西边、人道是，三国周郎赤壁。

——羽扇纶巾、笑谈间，樯橹灰飞烟灭。

《念奴娇》的全部押韵处均以仄声应之。如“物”“壁”“雪”“杰”“发”“灭”“发”“月”，这都是些短音急声，它显然不是平和的、缓慢的、悠扬的、轻松的，因此它不是一唱三叹低回曲折，而是慷慨激昂奋发豪强的。《念奴娇》如此，其他一些典型曲调也皆如此。明王骥德《曲律》卷二论平仄曾有云：

> 平声声尚含蓄，上声促而未舒，去声往而不返，入声则逼侧而调不得自转。

以此四声来构建词的韵味与句式声律，当然会有不同的表情功能了。倘若词家能善于利用这种种“条件”，则他的词作当能有水乳交融的美感。即如苏轼《赤壁怀古》，他的内容是豪放悲壮的；他的修辞技巧是通达顺畅不晦涩的；他选用的《念奴娇》词调又是激越高昂的——题材、技巧、声律三位一体，遂使得此词成为千古名篇。由此可见，词乐、词的声律也有相应的表情作用，它们应该能对词风（进而对词派）产生影响，关键是看怎么驾驭它而已。研究词乐与词派的关系，不应把它们过分割裂开来对待，应看到异中有同，或对应中有包含的辩证关系。

其次是乐调对词调的风格影响。

乐曲在唐代已呈燕乐居上之势。先王之乐（雅乐）范围既窄，又只能用于正规的宫廷礼仪场合，它对一般音乐不会产生太大影响——连宫廷内的法曲，还要被合以胡乐，可见雅乐的衰落之甚。清商之乐是汉魏以来中原民间音乐，它应该是有相当普及面的。但正是基于燕乐（宴飨之乐）的兴起，而导致词的大盛，这却是清商之乐在总体上难以抗衡的一个大关钮。诚然，清商之乐入词成为词调的并不少，但它也正是在逐渐进入宴飨并为士人所接受之后，才有可能走向词。由是，在此中我们应该对本属同一的燕乐、宴乐这两个名词作一分解。燕乐是以西域音乐为主的乐式，它不含有清商乐，但当它进入宴飨的环境中之后，则它不再仅仅局限于西域胡乐；换言之，清商乐也有可能走向宴飨，并通过它走向词。在这里，燕乐可以指燕北或西域音乐为主的北方音乐，而宴乐则是指宴飨之乐。前者以地域为界，后者以生存环境为界。这样，对古来燕乐、宴乐同指的习惯，我们作一自出新意的区别——当然是为了叙述清晰之便而作的权宜区别。从作为地域音乐的燕乐，走向宴飨之乐，本来不属于此系统的清商乐被忽然包囊进来，成为宴飨之乐的一种，其间应该包括一种环境对艺术创作的制约——如果不进入到宴飨这个环境中，任何乐式都难以有持续的生命力。雅乐的衰落即是最好的证明。

宴飨不仅是达官贵人的事。旗亭赌唱时，王之涣、高适、王昌龄等人尚未发迹，但旗亭中却是一个真正的宴乐世界。具有相当庶民性的宴飨环境作为一种社会形态，使音乐重新走向民间汲取营养，这是顺理成章的。而宴飨之间，以妓佐饮，或还有专门的伶官，这歌筵酒席中语娇声颤而不是豪放激越，恐怕也是毋庸置疑的。用铜琵琶铁板令关西大汉唱“大江东去”，恐怕是要令酒客绝倒的。因此，轻歌曼舞，嫋嫋婷婷，是宴飨之乐的基本氛围。娱宾遣兴的目的，使管弦冶荡，进而使歌者娇声柔气、淫词丽曲，成为必不可少的陪衬。歌者大多是妓女，有时伶官虽属男子，却也是“重女音”以欢宾客。

王灼《碧鸡漫志》卷一批评当时的风气，说古人善歌不分男女皆可成功，但到了宋代：

今人独重女音，不复问能否；而士大夫所作歌词，亦尚婉媚，古意尽矣。

这就是乐对词的影响。一方面是由燕乐走向宴乐，宴飨的环境使乐曲益趋柔婉，而少却民歌那般清新刚健、直抒胸臆的格调。另一方面是慢曲需要媚词——连男伶也竟作“女音”，歌词当然不得不媚。“诗庄词媚”的说法，在此中得到了又一次验证——倘不是唱，词未必媚；倘不是在宴席的灯红酒绿中唱，词也未必是媚。但现在，一切好像都已经被事先规定好了。

以流派的立场来看这规定的结果，则豪放派的确较有“外向心”而不复词的“本色”，至少从历史上来看是如此。而更进一步的结论是，无论用什么技巧，词之内容应是柔软的；词越受乐的影响，则词风就越可能走向婉。这种影响可分为两类：一是受宴飨之乐的影响，在内容上不得不婉媚；另一是受乐曲（比如大晟乐）的影响，则在形式上也不得不婉媚。宴飨之乐是一种及时行乐的格调，而宫廷音乐（大晟乐）却是一种贵族的格调——前者淫靡，后者雅正，若拟之词家，则柳永与周邦彦适可比之。

再次，是词与乐的角色转换问题。

倘若仅仅是依赖于乐曲，词要作为独立的文学体裁仍然是很困难的——仅仅是配乐歌辞，它当然是依附的而不可能是独立的。但是，词谱的出现，却为词走向文学独立提供了一个最佳契机。

词谱当然也受制于曲式，但它把纯音乐的声转换成为语言的声，却是个具有历史意义的壮举。声判宫商，词分清浊，从乐的宫商角徵羽到词的平仄抑扬，是从音乐到文学的一个必不可少的转换。词家固不妨仍去搞音乐研究，但词所依赖的，却是从异己的音乐之声转向自身的语言文字之声。故而我认为，词调词谱的出现，是词与乐角色转换的关键点。

这当然应该属于词的形式美学的课题。由外在的乐式的规定性，走向内在的辞声的规定性，再走向词的内部的格律化即组织化，是一个从音乐走向文学的过程。在这个过程中，辞的地位从原有的附庸走向对等再走向主导，经历了反客为主的大转变。倘再把格律化、组织化作一伸延，那就要牵涉到意象组合，走向内形式、修辞对仗与内容题材一面去了。应该说，在唐五代小词小令时，词的格律化还不成其为问题，当时人也未想到它的重要性。柳永以新声作词之后，由于他的慢词是与乐工一起合作的成果，在酒楼妓馆随编随唱，在词调上也是自出新意的多而构成定式的少；为教坊乐工所作新腔填词，使他还无法产生一种“定式”的概念。“定式”需要的是反复应用的稳定性而不是随编随唱、随时更新。柳永的“好为新声”使他不可能做到这一点。而到了苏东坡等文人士大夫手中，则由于并不混迹于秦楼楚馆的庶民阶层，有一定的风雅文化环境作为保障，苏、秦、黄、晁等自不必频繁地更换新曲以示趋时逐流，因此他们对词调的应用，是重复率高但很少新调。这样反复制填，当然就形成了较为固定的词律定式，构成了一个所谓的格律化、组织化倾向。其直接成果，是使每个词牌的文学声调即字声、叶韵方面固定化。以后则按谱填词，只需注意字声相协而不用去管乐声合否了。

字声、叶韵等内容，不但词有，诗也同样有。由是，摆脱了乐曲束缚而走向辞声规范，反而使词与诗进一步靠近。不但“以诗入词”成为可能，而且词本身即被作为一种书面文学被归入广义上的诗，而不再是音乐。这是词的最大成功。书面文学的形式规定，使词可以上承自文、赋、诗以来的传统而下开曲、话本小说等风气，成为文学史上一个不可忽视的存在。当然，从流派意义上看这种词与乐之间的角色转换，则我们也还可以寻求出一些分派依据来：音乐重声而文辞重意。重声是口头文学，重意是书面文学；佶屈聱牙的深涩字面，仅读音自然已不易懂，则它应该是词作为书面文学被完成后的现象。这样，清新通脱的清水芙蓉格调可以与口头文学作某种联合，而置身于宋词的前期即欧、晏及苏东坡；而婉约深曲的镂金错采格调，仅凭读音实在不易懂，而只能被归入注重字面的宋代中后期周邦彦特别是吴文英的流派中去。至于豪放派，出自主题内容的不同，在我们的形式技巧论中可暂时搁置。

要检验这种归属，仅凭口头文学（重音）与书面文学（重意）的区别是远远不够的。因此这只是个大概的划分而并非全面总结。但这样的区分仍能帮助我们找到一个流派研究思考的新角度。在从口头文学走向书面文学的过程中，乐与辞之间的角色互换曾有过多大的催化作用。

第三节　词牌、词调与词风

从由乐曲到词调词牌再到词作为文学样式独立的三转式关系研究，再进入到对中转的词牌词调的专门研究上来——它是词形式的美学研究中最重要的落脚点。

近人邵瑞彭有《周词订律序》，见《清真集》。是一篇长文，兹先摘引如下一段：

> 词律之义有二，一为词之音律，一为词之格律。所谓词之音律，如宫调、如旁谱，宋人词集中往往见之。然节奏已亡、铿锵遂失……若夫词之格律，本为和协音律而起，但音律既难臆测，不能不于字句声响间寻其格律，格律止求谐乎喉舌，音律兼求谐乎管弦。

当词成为文学形式而不再是附属的唱词之后，它的格律而非音律的一面地位日趋重要，逐渐上升成为“声”这一方面的主流。谈词律也以谈“格律”为主。这种文学性重于音乐性，或曰辞先于乐的观念，自宋以来即有之。宋张炎《词源》是词学史上最重要的文献，其中即公然宣称：

> 音律所当参究，词章先宜精思。

这“先宜”二字颇堪玩味。张炎是格律词派的代言人，他重词律，但却还是“先”词章，显然是很有代表性的。当然，对我们而言，词章与音律中间还隔有一个词律即不属宫调旁谱的平仄句法谱——相对于音律而言，它也已走向词章了。我想张炎的“词章”中，似应包括合词律这一点的。

词律的标志即是词牌又曰词调。一个词牌标示着整首词的句法、字数、声律、叶韵以及对仗等一连串规定。对于具体的句法长短、字数多寡、声律平仄、韵部所定等技术性的问题，我们暂且不问，先来研究一下词牌之缘起以及它的功用。

早在唐代，对古乐府即已有人做此研究了。古乐府在当时也是可唱的，当然就会牵涉到体式问题。只不过是因为可唱，体式也是以音律为主。元微之序《乐府古题》云：

> 操、引、谣、讴、歌、曲、词、调八名，起于郊祭军宾吉凶苦乐之际。在音声者，因声以度词，审调以节唱。句度长短之数，声韵平上之差，莫不由之准度。而又别其在琴瑟者，为操、引；采民甿者，为讴、谣；备曲度者，总谓之歌曲词调。斯皆由乐以定词。非选词以配乐也。诗、行、咏、吟、题、怨、

叹、章、篇九名，皆属事而作，虽题号不同，而悉谓之为诗可也。后之审乐者，往往取其词度为歌曲，盖选词以配乐，非由乐以定词也。

这样的叙述，可能是文学理论中最早涉及乐府、词调体裁的论述之一。尽管其间并不完全确切，如以前八种指为乐府是先乐后诗，而以后九种指为诗是先诗后乐，显然太过简单，最初恐怕应该是“初无常法”，并不如此划一的。

尽管元稹的结论有问题，但他的思路却极有启发意义。因为他划出了两种基本型：“由乐以定词”和“选词以配乐”，这是两个极有代表性的分类。元稹论的是古乐府还不是真正的词，但他列举的十七种名义，其中大部分即被引进词牌名中来。由此可见乐府与词的承传关系之一斑。

要确定每个词牌词调一定是先乐后词或是先词后乐，恐怕未易做到。现存几千个唐宋词牌，是在长达四五百年间，由不同的创作方式、创作起源和发生、发展的不同途径汇总起来的。其间的构成极为复杂多样，自未易简单划分。不但乐与词孰为先后是个复杂问题，单就乐而言，出于清商乐、出于雅乐，或出于胡部燕乐的种种起因也不相同，甚至唐宋时代之隔，同是燕乐，也自有其发展过程，并非是同一个格式一成不变。而仅以词的部分看，则出于文人绝句与出于民歌的，其构成也不尽相同。时人将词调词牌格式形成，总结为六个源头：一是来自民间曲子，二是来自边地外域如胡调和边州曲调，三是创自教坊和大晟乐府，四是创自乐工歌妓，五是摘自法曲、大曲等大型歌舞曲，六是得自词人自度曲（见吴熊和《唐宋词通论》）。是则以民间曲子与边地外域曲调的，其中必不只限于音而将词的格律也一起引进，这样的方式，并不能说是“由乐以定词”。而出自教坊大晟府、乐工歌妓和摘自大曲法曲等，倒应该是先有曲式再据腔子填词，是真正的“由乐以定词”的。或还可有一说，即前一类型是词的真正意义上的传统——有声有词，全盘承袭；而后一类型却多表现为翻新声立新谱，是一种丰富的过程而不仅仅是开启的过程。当然，由于其间构成情况太复杂，恐怕也未易定说。

词人自度曲却可说是最典型的了。因为在此中，我们看到了真正的两种规范并存的现象。即以姜白石这位大师来论，请先看他的两段词序：

①“由乐以定词”型：

《惜红衣》序曰：“丁未之夏，予游千岩。数往来红香中，自度此曲，以无射宫歌之。”

②“选词以配乐型”：

《长亭怨慢》序曰：“予颇喜自制曲，初率意为长短句，然后协以律，故前后阕多不同。”

先度曲后填词成《惜红衣》的方式，显然是以词作被动配合的。在这种情况下，作为曲与词的中介——词律，当然是跟着曲式走，形成曲式为主、词律从之、文辞更从之的阶梯型。而先“率意为长短句”再“协以律”成《长亭怨慢》的方式,却是以文辞为主、词律从之、曲式再从之的阶梯型。两者的方法同一，但取向正相反。姜白石虽是个人的行为，但这两种方式却大抵可窥出词在最早时期的形态——除非许多词调是长时期由不同的人承传而成，分不出孰主孰次，只要是出于个人之手的创立词调，则不外乎这两种类型。即如民歌型就应该是词为主，乐从之，而教坊大晟府型则应该是乐为主词从之，其余大抵可据此类推及之。

以流派立场看，则词为主乐从之当然是最尊重词的价值；因此它在语言上绝不可能是佶屈聱牙、深涩难懂的——除非是有意自找别扭。民歌固是清畅，即使是文人词也不外乎此。北宋小令也讲立意讲修辞，但它也还是有一个“度”，至少不走向深涩。即使柳永这样善写慢词者，其词风也还是较畅而不涩的。因此，这一词风应属于“清水芙蓉”的技巧形式而不会有其他。豪放派词家如辛弃疾、陈亮，当然更是直抒胸臆，绝决地以词为主，故而也应被归在此类。

而乐为主词次之的类型，却是以辞去屈从于律。屈从的不但是词的格律，还有音律即宫调管弦之类，这是一种双重的屈从。辞的自由度当然被严重削弱，而格律、音律对词（文意）的限制，无疑是叫词人“戴着脚镣跳舞”。这样，要完全合词律音律不误的词之“填”，当然也只能走向深涩、走向刻意精巧——精巧不一定即是坏事，从某种意义上说，它还显得更具有“词”性一些而为诗所不及；但它作为一种镂金错采的技巧形式，也是有目共睹的事实。高手如周邦彦、吴文英，劣手如方千里、杨泽民，信手即能举出一串来。

这样，在词调词牌形成的“由乐以定词”“选词以配乐”的不同方式中，我们已可窥出流派产生的因子——它还不涉及内容而只限于形式，因此通常我们可以不把豪放派计算在内,而指这是一种“清水芙蓉”与“镂金错采”之间的对比,也即是“清新通脱”

与“婉约深柔”之间的对比。

词调词牌的构成，是一个技术过程，而一定了调并赋以名，则就有了内容的掺入。举个最简单的例子：《破阵子》的调名使我们想起了唐代《破阵乐》，它很少有可能让我们有莺啼燕语的柔媚感；而《采桑子》《诉衷情》这样的调名，也不可能让我们想起破敌斫阵的刚勇之气。

但这只是个可行的感觉而不是个可靠的方法。因为《破阵子》填柔媚词和《诉衷情》却有悲壮情怀，在宋词中并非罕见的现象。在词牌等于词题之时，指词牌的名义即断定词的风格本无不可。但到了宋代，词牌的存在只是一个词格律的存在，它是一具躯壳，可以与填入的内容不相关涉。于是《破阵子》的词律其实亦无“破阵”意义；指它必然为豪放派，就有点靠不住了。词的调名与题目的相分离，造成一词有双题，这是诗文所没有的新情况，恐怕不宜将它们一律对待。

以词牌名指词的风格既靠不住，那么只有从词本身去检验。乐与辞作为词的两大构成因素，不管是孰前孰后，一旦被凝固成词牌了，则原来的前后之争便不再具有意义。因为词牌作为调式，它对新的填词活动而言当然是预先的限制，除非有自度曲的能力，或多或少都不得不以乐（准确地说是词牌）定词。但乐与辞本身即应有一定的表情能力。辞的部分不用多作说明，乐的部分，也有“涉乐方笑言哀已叹”的表达方式，曲调的哀、乐、刚、柔、疾、缓，都可以造成不同的情态效果——唐代有健舞与软舞两种曲式，即是明证。由健舞走向雄曲，由软舞走向艳曲，恐怕也是个合理的推测。前者高昂、后者低回，前者激切、后者柔婉，其间的差距应该是不难区别的。

故而古来很有些这样的议论。以艳词出名的搓粉滴酥派词人，亦即较接近婉约派词风的，大抵多用《诉衷情》《蝶恋花》《临江仙》《雨霖铃》……取其柔软深切，缠绵靡弱的儿女情态。而以雄曲出名的豪放派词家，则多用声调高亢激越、雄强悲愤的《满江红》《贺新郎》《念奴娇》等。试以苏东坡与辛稼轩为例，这两位均非婉约词家，在《东坡乐府》与《稼轩长短句》中词调使用的对比与重复的统计，其雄强豪放词牌的应用，相对于其他词家已有十分明显的差异。再以《全宋词》作为依据，核查苏东坡、辛稼轩和被称为柔靡的柳永和被称为雅正的周邦彦，其间对某些词调应用的差距更大。试见如下的统计：

	苏轼	辛弃疾	柳永	周邦彦
满江红	5	34	4	1
贺新郎	1	24		
水调歌头	4	37		
水龙吟	5	13		1
沁园春	1	13		
永遇乐	2	5	1	
六州歌头		2		
八声甘州	1	2	1	
念奴娇	2	20		1
江神子	9	12		
破阵子		4		
渔家傲	4	2		2
菩萨蛮	18	6		1

表上所列的都是偏于雄曲的词调。一个最简单的对比是，苏、辛两家用这些词调很多，辛更甚于苏。而柳永、周邦彦却甚少。

当然，这样的统计不一定可靠。因为用这样的词调写出来的作品仍然可以不豪放激越，即如《满江红》这样的词牌是最具有阳刚之气的了，但柳永的四首词中竟有三首是内容软媚的。苏、辛的词作中当然也不排除这种现象。又如周邦彦以《水龙吟》去咏梨花，像这样的情况，当然苏、辛亦复不少。因此，用豪放调写出来的并不一定就是豪放词。

但我们还是可以找到一些启发。第一是这些词牌的出现是个绝对数。同是《贺新郎》，东坡可以用、稼轩可以用、柳三变也可以用。用与不用，那就是个口味问题了。虽然我们尚未考虑到这些词调在他们词集中所占的百分比，但从词调出现的频率中，还是可以揣摩出词人的选择——对于柳永、周邦彦而言，这样的词调未免太生硬；有的只能偶一为之，有的则干脆调头不顾。柳永创了那么多新声，但对于一些现成旧调却不用，显见得是因为词调本身的风格特征太强，不合于自己的婉约或轻靡的胃口。于是，词调里也就包含了一个流派倾向问题：合豪放的未必合婉约，合婉约的却又未必合豪放。

第二是词调的长短问题。从《满江红》以下直到《念奴娇》，都是长调，北宋初小令为主，人们还对它不太有认识。柳永以后，则慢词长调兴；但直到周美成以后，长调才蔚为风气，故而苏东坡词中这些长调相对不占太大比例，因为若论首数，则他的小令短调数量要多得多，自然会冲淡长调绝对数，使人误以为《东坡乐府》中这些豪放词调并不占重要位置——这是小令对长调的干扰，而不是柔词曼声对豪放词调的干扰。而到了《稼轩长短句》，则大多是长调，于是这些豪放词牌大量被应用，小令与长调的差距既无，则应用的结果当然是出于词调情感倾向对作者的影响，这显然更说明问题了。辛稼轩对豪放词调的应用不但超过柳永和周邦彦，还大量超过苏轼，其原因即在于此。而后人指辛为豪放派的真正领袖，很大程度上也在于此。

词调词牌一被固定下来，其间也即有了个刚与柔、疾与缓、扬与抑的差异。则选用此而不选用彼，其间也就有了个流派风格的选择考虑。正是上述并不精确的调查，使我们感受到了词调形式躯壳并不只是一具空洞躯壳，它与流派之间仍然会有相当微妙的内在联系。

如果我们反过来再对诸家的婉约词调，如柳永《乐章集》或周美成、吴梦窗等人词作中的词调也作一调查统计，并指他们所常用的词牌与婉约词派之间有联系，想来也不会被指为信口开河吧?

以词牌词调所具有的情态倾向性走向风格流派的取向，是一个虽笼统但却值得一试的课题。相对而言，它更是一个可以用统计学方法来加以检验的课题。当然我们还无暇专门来做这样的工作，但通过以上分析，我们至少已可以肯定它的可行性了。词牌是一个大的判断出发点，那么有没有更小更具体的出发点——换言之，既然作为整体的词调词牌有这种能力，那么作为其构成的具体因素如音节、句法、分片等是否也应包含这种种因子的存在？至少在理论上说，它是应该存在的。

首先来看音节。

词调长短不同，难以一概言之，但却也有规律可循。不管长短，若韵距越短，则停顿感越明显，当然就越显得急促，反之则缓。大抵急促的利于抒发而迟缓者利于吟诉，特别是在仄声韵的情况下，急促的短韵会产生一种激越的情态，这正是典型的豪放词派的形式特征。我们可以先来看用韵的两个极端例子，一是最短的韵——只两个字；一是最长的韵——多至二十七字才押韵。两字韵的见柳永《定风波》：

自春来、惨绿愁红，芳心是事可可。日上花梢，莺穿柳带，犹压香衾卧。暖酥消，腻云亸。终日厌厌倦梳裹。无那，恨薄情一去，音书无个。

“无那”两字即一韵。其韵最短。再来看长韵，仍是柳永的《凤归云》上片：

恋帝里、金谷园林，平康巷陌，触处繁华，连日疏狂，未尝轻负，寸心双眼。况佳人、尽天外行云，掌上飞燕。向玳筵，一一皆妙选，长是因酒沉迷，被花萦绊。

起句共二十七字才押一韵，这样的长韵，恐怕快要把词变成散文了，但它的音律却又十分紧严。一般说来，短韵可以在曲中起间歇的作用，如短韵用仄又排列密集，则它就有可能传达一种特定的情绪。请看辛弃疾《贺新郎》的音节：

绿树听鹈鴂，更那堪、鹧鸪声住，杜鹃声切。啼到春归无寻处，苦恨芳菲都歇。算未抵人间离别，马上琵琶关塞黑，更长门翠辇辞金阙，看燕燕，送归妾。

将军百战身名裂，向河梁、回头万里，故人长绝。易水萧萧西风冷，满座衣冠似雪，正壮士悲歌未彻。啼鸟还知如许恨，料不啼清泪长啼血。谁共我，醉明月。

在此词中，“△”符的指韵部，而“·”符的则是指句。词押入声韵，已是斩钉截铁，顿挫屈郁，刚健有力，而韵脚密处更是如此。更重要的是，不单在韵脚上是全用入声字，连在句读处，也全用去声等仄声字。这样不但韵位是锋锐十足的，连每一句收煞也都是斩截不软弱的。像这样的音节，当然倾向性鲜明，绝不会软媚而走向柔靡颓废了。倘若是婉约词派的作品，恐怕就会避免选这样的词调，即使是清新通脱的小令短调，恐怕也不太适宜于《贺新郎》这类调式：断顿太多、节节停截，于那通脱顺畅自然也不甚相吻。

再来看句式。

词中的句式安排，有对称不对称之分。所谓的对称，一是指双句对偶，二是指同句字数并列，三是指单字句与偶字句的对比。双句对偶如同律诗的对，如李清照《浣溪沙》“玉鸭熏炉闲瑞脑，朱樱斗帐掩流苏”，是名词对名词，动词对动词。同句字数并列，则是指出双句，如欧阳修《采桑子》“群芳过后西湖好，狼藉残红，飞絮蒙蒙，垂柳阑干尽日风”，中间四字两句虽不对偶，却是四言成双重出，有排比之妙。至于单字句与偶字句，则是以三、五、七为单字句，而四、六、八为偶字句，一般偶字句易于对偶排比。但这是个大概的区分。通常而言，是第一种最有特征，最易于出镂金错采的效果，而第二种、第三种递减。

以此作为标准，去看宋词中的一些名作，想必会很有意思。李清照《醉花阴》下片：

东篱把酒黄昏后，有暗香盈袖。莫道不消魂、帘卷西风，人比黄花瘦。

第一是句式不对偶；第二是单字句多；第三是七五、五、四五交叉句式，当然使句式十分通畅而不婉涩。而这样的句式，当然也与诗之间有很大的差距，它是真正的词的句法。再来看另一种词例。周密《献仙音》上片：

松雪飘寒，岭云吹冻，红破数椒春浅。衬舞台荒，浣妆池冷。凄凉市朝轻换。叹花与人凋谢，依依岁华晚。

打点的均是对偶句，不但字数相等，又都是双偶字句（即四言），还有工整的对仗，几乎是地道的律诗对偶式。像这样的句法，当然是更具有工稳骈骊、婉约密丽的格调，而与前举李清照的词相去径庭。周密词中这样的对偶句式很多：如“小雨分江，残寒迷浦”“夜汐东还，冷照西斜”“云中烟树，鸥外春沙”（《高阳台》），“鉴曲寒沙，茂林烟草”“磴古松斜，崖阴苔老”（《一萼红》）。再看吴文英也是如此，“花梢钿合，锦屏人妒”“连鬟并暖，同心共结”（《宴清都》），“落絮无声春坠泪，行云有影月含羞”（《浣溪沙》），至于《莺啼序》《三姝媚》等长调，则对偶句更多。这样，我们就可以说，像周密、吴文英这些词家，都属于婉约深曲的流派。吴前周后，交相辉映。

词中的句式，对偶少、短句多，交替句式多，则较为清通；对偶多、长句多，排比句式多，则较为深婉。北宋前期小令是前一种，而南宋中后期慢词则是后一种，这也可以说是个大概的区分。当然也有例外，柳永身为北宋人，但他既为慢词，则多用偶句与长句，也是可以预想的。因此，这是个双重或多重标准互相交叉的结果。

最后看分片。

绝大多数词调是分上、下片的。重叠上片为下片，造成上下片句式一致的双调，在早期唐五代词中最常见。北宋小令亦复如是。直到欧阳修、晏殊、张先也还是多用小令双调，使每词的上下片重叠对称。直到柳永，以音律发为新词，又大量引进慢词，延长词拍，这样才造就出许多上下片不对称的词牌词调来。大抵上下片不对称重叠，则其对偶特征不强但连贯而下一气呵成；相对而言，越不对称重叠的词当然是越远离诗特别是律诗。但这只是一个方面。由于慢词的不重叠是辞随乐律，则词的句法伸长为慢调，势必在修辞上有组织严密的更大优势，这样又造成了另一种密：不是句式对偶的密而是词藻、意象组合的密。因此，仅仅是分片，还不能确定流派倾向的指向——分片的重叠与否只有与句式、音节结合起来，才会体现出一定的流派风格。

我们以上分别从音节、句式、分片三方面对词调与流派关系做了一些考察。综合本节内容论之，则单以词牌论，其风格流派倾向的展现已有体现。比如《解语花》是“音韵婉丽”，《雨霖铃》则是“哀怨”，《沁园春》却是“声甚清美”，而《贺新郎》却需要“浩唱”，《水龙吟》是“彻骨清”，《念奴娇》却“响遏行云”……在其中，要归纳出清通、豪放、婉约三个流派类属并不难。至于再具体论到音节、句式、分片，当然又形成了更丰富的关系。

必须指出的是，上述任何一个具体的对比都不能孤立地决定流派，它们是作为每一个个体元素共同综合地作用于词风进而形成流派的。因此，必须综合地而不是孤立地来考虑这种种对比因素。我们在此处不是做判断、做最后结论，而是在提示出种种可能影响流派风格形成的形式、技巧原因；因而与其说所提出的具体分析内容有意义，不如说是提出的这一组组范畴作为方法论更有意义。

各种形式构成中的对应范畴举隅：

由乐以定词	选词以配乐
镂金错采	清水芙蓉
长调	小令
韵位长（27 字一韵）	韵位短（2 字一韵）
仄韵	平韵
上下片重叠对称	上下片不对称
句法对仗	句法参差
句式对出并列	句式交替
偶字句	单字句

像这样一些两两相对的范畴，对于我们深入到词作分析中去有极大的帮助。既有词作艺术表现力的分析，当然也就有了走向流派的可能性。上述具体某一项的对比不足以构成流派倾向，但综合多项的同一取向，却很有可能形成鲜明的流派特色。

第四节　词的形式特征与流派划分的可能性

词形式的构成当然有它的潜在规定性，选择此而不选择彼，其间就有了个规定。但词形式的生成又不是某个个人的愿望，它是在几百年时间中不断萌生、成熟并形成体格的。因此，对每个具体的形式技巧要素，我们又不能以片面、孤立的态度去对待，以为它生来即有、生来即是，或是一出现便广泛流行。比如，《沁园春》是个很著名的词牌，其调式流传极广，但它的发生，却是在北宋仁宗时。刘斧《青琐高议》前集卷八《续记》一条有云：

> 闻前客肆中唱曲子《沁园春》，肆内有补鞋人，倾听甚久。顾（崔）中曰："此何曲也？其声甚清美。""乃都下新声也。"

词牌词调的成形有一个时间过程，各个词调的发展并不一式；在探讨形式生成之时，当然应该考虑到各个不同的因素。但当形式构成一定的格局，并且对风格已能产生积极影响之后，则流派探讨却不能不重视它的存在——因为内容是因人而异的，但形式却具有相对稳定性——这种稳定性再经过不同的作者创作陶冶，就会形成相近的类型化特征、流派特征。我们不妨这样说，内容题材对流派的影响，是一种外在影响；而形式技巧对流派的影响，却是一种内在影响。相比之下，后者的影响更具有持续力和类型化能力，当然也更具有美学意义。

形式为我们提供的是一种框架结构。一个作者从自己的角度看世界，他当然会有不同的表达，于是就有了他的个性。但在这个独特性中，我们却看到了两个规定不变的内容，一是作者看世界必然要通过自己的文化类型，这个文化类型亦可说是文化背景。文化类型的存在是个范围极大的内容，大到东西方文化差异，小到东方文化中两大系统即印度文化圈与汉字文化圈；再小到同是汉字文化圈如中国与日本的差异；再小到中国文化中的不同时期的文化类型。这种类型差异对词人而言可能无意识，但却不断作用于词人创作的过程。比如，意象、境界、格调、韵味这样的术语，非中国文化类型中的人恐怕就不易确切把握——有的是干脆不理解，有的则理解层面完全不同。中国人对西方人理解意象竟会落脚到小说结构与剧本情节就会大惑不解；而西方人对中国人理解意象竟落脚到修辞和词汇上去，并还抽出个稀奇古怪的“对仗”来进行证明，显然也是茫茫然的。

二是作者看世界必然又要通过自己的专业角度——词家看社会，是通过词的立场来看的。如果与前述文化类型作对应，则此处的专业角度，我们也不妨称之为文化语言。文化语言的存在是一个专业界限的存在。词家用的是词，而不是诗、文、赋、曲，更不会用西方的小说、戏剧。在词的创作中，诗中的杜甫、曲中的关汉卿、小说中的蒲松龄、文中的韩愈，虽是同属华夏民族，只怕也都不相干。词家看世界，用的只能是词这种文学形式提供的空间，亦即是说，他的文化语言的基础必然应该是词牌、词调、词韵、词律；他选择的表现内容，也必然是适合于词这种文化语言表现的东西。比如词家很少会用词叙述一个历史事件，因为词这种韵文并不适合这样做。

文化类型的存在决定了词家思维方式、文学观念以及创作取向的大致内容，它对词的创作起一个出发点或氛围规定的作用。而文化语言的存在则决定了词家创作手法、创作表现的主要特征，它是一个具体到形式、技巧、内容、题材等“实质性内容”的规定。亦即是说，文化类型提供了一种可能，而文化语言则指向实现。有了从文化类型到文化语言的过渡，就有了具体的词形式。它是表层的、可视的；但它又包含着许多深层的不可视的内容在。至少从词形式产生的美学视角看，我们同意这种过程的合理性。当然，更应该强调的是，词形式的产生是个历史发展过程，它在性质上有上述的过渡与转换，但它在具体进程中又未必如此嬗递清晰，而常常表现为一种“无序”状态。

当形式被凝固成一个实体后，对它的态度由创造变成了使用。创造时是满心希望它完美无缺，使用时却常常要对它进行挑剔。于是，就希望在既有的形式规定下自出新意，尽量使它变得更有弹性些、更丰富些。这就有了对词形式的不断再创造——柳永大创新调慢词是一次创造；苏轼以诗为词不求协律又是一次创造；而周邦彦的音律更趋细严，当然也是一次创造。创造有对既有的反叛，也有对既有的深化，词形式的生命体才会充满新陈代谢的能力，才会有发展，才会不断吐故纳新。这样，我们又看到了词形式作为框架的两重性：一方面它接受来自内容的要求；另一方面它接受来自形式自身的要求，它始终在一个伸缩、自我调整的过程中。其结果，是词形式的弹性更大，表现力更丰富；词作为生命体的发展力也就更强。那么当然，形式对于各种主流派、次流派的接纳能力也就越强。也许词本来也不是个固定的对象，它究竟有多少内容，能呈现出一种什么样的框架，也就是看这一次次从题材、声律、文辞等方面而来的“改造”。正是在不断“改造”中，我们看到了框架，看到了词的特征，看到了形式作为本体的价值所在。比如以题材“改造”方式，辛弃疾是豪放派；以音律“改造”方式，周邦彦是大晟词派；至于苏轼，以文辞“改造”方式，虽没有个固定的名称，但历来即直指它为“苏派”——以诗入词之派。它们作为流派取向，都有足够的影响力。而这一切流派的产生，都必须落脚到词形式这个基点上来。

形式规定对流派产生积极影响，主要是指形式自身依存的每一块基石都可以成为拓展某一流派的出发点：词要讲究音乐性，要研究宫调谱式，于是就可以形成大晟词派那样对音律精益求精的流派。词要讲究文学性，要研究文学史传统，于是就有了以诗为词或以文为词更有以曲为词（如黄庭坚即被人有此一评，而周邦彦更被指为以赋为词），甚至还有以楚辞入词的。在这方面，苏东坡，尤其是辛稼轩，可以说是做得出神入化。词作为文学作品，要投入生活，于是就有了社会词派。豪放派词人的以词为抗争武器是众所周知的事实。词是合乐唱的，于是需要一种朗朗上口的“歌词”式的通俗易懂的格调，则从欧阳修、苏轼直到李清照、朱敦儒也皆可以算是一个系统，张口就来，委婉动听……这些，都可以算是词形式对词流派的一种提携：音乐性、文学性、社会性、市民性等等在形式结构中，本来只是某个侧面而已；词没有音乐性当然不行，词不走向市民性也难以大盛。但在词家看来，这某个侧面倘加以好好利用，却有可能蔚为大观，形成一种有特定宗旨、技巧的流派。换言之，一定的形式结构包含着一个立体的多维面，每一个面的伸延，就有可能成为一种词派现象。不但词的形式结构自身是如此，当我们把它再放到一个更宽阔的文学史结构中去时，则横向的文学追求也皆可以投射到词派中来——清代浙西词派重格调，常州词派重寄托，前者注重词的本体建设，强调词的内省研究，后者注重词的思想内容的传达，强调词的外拓研究，这些倾向，都是从整个文学大系统中获取养料，而不仅仅是限于词形式自身的内容的。

至于词形式对流派形成的消极面的影响，则主要表现在观念方面。比如“词为艳科”的思想一直笼罩词的批评，使许多词人无力自拔。吟唱、合乐、花筵酒席、浅斟低唱的生活氛围，造就了词形式的与生俱来的许多特色。硬说词非艳科，恐怕也未易服人。但这样一来，词的拓展——特别是流派风格的拓展就不易出入自如。完全可以想象，倘若没有南宋半壁山河偏安一隅的外在社会环境制约，要词以自身形式能力去倡起一个豪放派，只怕未必能如愿，因为词的观念先天地限制了这种能力与技巧的发展。苏轼还仅仅是高旷，就已被时人指摘不已，什么“句读不葺之诗”“不协音律”……倘若让批评家看看陈亮、刘过的握拳透爪、劈空横来的豪放词，真不知该如何置辞。

形式对观念的制约是一种物质对意识形态的制约。故而人们可以在批评柳永“语词尘下”的同时对他大加推扬、津津乐道，但对于陈亮、刘过却无不指为“魔道”而不屑一顾。因为从形式上看，柳永仍是本系统内部（如修辞、音律、调式）的改良与调整；而陈亮、刘过却是走向系统以外的异己与反叛。前者是人人乐于接受的，而后者却是必须大张挞伐的。

观念以下，具体形式技巧也并非没有对流派形成的消极影响。词形式的乐律限制就曾经捆绑住词人的手脚。四声中还分清浊阴阳，这不是在创作文学作品而是在做乐谱——与诗、文相比，它的“镣铐”未免太沉重了些。当然，千百年来词人欣然接受，习以为常，似乎也没有什么大阻碍；但对于后世人而言，这毕竟是件过于麻烦的勾当。戴着这样的“镣铐”去创作，则尊声律必然会损文意。为什么周美成、吴梦窗的技巧人人佩服，而他们的内容题材狭窄却常常成为人们指摘的疵点，其间似乎正反映出这种不平衡所带来的弊端。由此而产生对流派的消极影响，则每当词人的社会意识增强时，周、吴一派总是被遗弃与忘却;而每当词人的艺术意识增强时，他们却又重新受宠。起落浮沉，看似偶然，其实却与形式对流派的潜在制约有割不断的关系。说它是消极影响，当然是就一种批评的立场而言；但事实上，我们不能指望有一个包容齐备的流派出现，因此这种正或反的影响其实也很正常。一旦从历史角度出发，则这些影响又可以构成另一些思考课题了。我想，指它为消极影响，恐怕还应该是与诗相比较而言。诗没有这么严格的声律限制，又没有词那种从绮罗香泽中发足的历史限定；因此，诗中有边塞诗派，但从未遭到批评家们如临大敌的对待；诗中也有很讲声律技巧的，但也不至于像词那样在音律、词律上有极严的自我束缚——以诗作比来看词形式，则我们上述的“消极”二字便落到了实处。

毋庸置疑，词作为一种韵文样式，是由文字与音律构成的——走向书面文字，于是就有了内容；走向吟唱曲式，于是就有了声律。但词之不同于诗，还在于它不是两分而是三分，即它是文学（辞）——格律（声）——乐式（音）三位一体。诗只有前二者，而词却兼有第三者。只依词谱，则我们可能也还只关心前二者，但第三者（音）其实已被溶进了第二者（声）之中。我们可以把辞与声作为表层内容而把音作为隐性内容。关于表层内容，词与诗本来相去不太大；但因为词有这么个隐性内容，于是它的形式构筑就大不一样了。

众所周知，音乐在美学上是时间的。亦即是说，它是依据时间维度展开与伸延走向艺术表现的。文学本来也是时间的；但当文学依靠单音节的、富有造型意味的汉字，把诗变成是空间的之后，我们就看到了一种变迁（关于中国古典格律诗的空间特征，我在《空间诗学导论》中有充分的展开，不赘述）。这种空间造型性格，我们在格律诗的句式、对仗、并列、结构、方向、群化、节奏、空白的艺术处理中已可很清晰地领略到，它决定诗的“空间构筑性”。对于上述种种相对，对于意象组织的相对，这些词都可以与诗结近亲之好。但从形式美学的角度出发，则词由于音乐的引进，却重新又返回到“时间”中去，从而形成在中国古典格律诗王国中的一个离心的存在——空间中的时间。

在音乐面前，什么单音节、什么“象形味”的汉字，一切都无济于事。音乐就是时间的、线形的。于是，格律诗依靠古老的汉字所构筑起来的空间魅力，在音乐面前一概不相干——不管是西洋音乐还是中国音乐，只要是音乐，美学特征只能是独此一家：时间性。

词是以文字为媒介的。但它要用此来入乐，则不管它有多少独立意识，也不得不屈从于音乐时间对它的规定与限制。燕乐也罢，雅乐也罢，清商乐也罢，对于“时间”的美学限制，谁也不含糊。于是，词上承诗，又沿承乐，它的来源由一个变成两个。这样，我们看到了两个不同的角色：诗是传统，是词的渊源；而乐却是条件，是词的应用前提。词当然不能抛开诗，但它更不能脱离乐。所谓“空间中的时间”，正是说明词是以诗为起点，对乐作有限的靠拢——不靠拢则无法唱也就无以为词。

靠拢的方法、渠道多种多样。以词的文辞而言，一走向线形的音乐时间展开，则原有的得之于诗的对偶当然要作某些削弱；故而诗的一律换成了词的参差（长短句），诗的并列换成了词的交替，诗的横向对偶换成了词的纵向伸展。一言以蔽之，词打散了诗的空间，把诗的造型拉向一个长度的显示。

这是一种真正的“依曲定体”。以一句为例，添声、减字、摊破，正是把一个或一组完整的（很可能是对偶的）句子拆散，比如张先《木兰花》上片：

青钱贴水萍无数，临晓西湖春涨雨，泥新轻燕面前飞，风慢落花衣上住。

是四句一式的偶句。但到了同一作者的《偷声木兰花》，却是打破对偶，形成交替了：

曾居别乘康吴俗，民到于今歌不足，骊驭征鞭，一去东风十二年。

句式从四个七言转为七、七、四、七，又转韵。很明显，后者是不那么“空间”的。偷声、摊破、减字等等的范例，在词中是举不胜举。即使是同为七言，也可依音节加以伸缩。以柳永为例：

将七言转成上三下四式，《戚氏》：

追往事、空惨愁颜。漏箭移、稍觉轻寒。

将七言转成上一下六式，《古倾杯》：

动、几许伤春怀抱。念、何处韶阳偏早。

将七言转成八言式，《夜半乐》：

泛画鹢、翩翩过南浦。

又见《满江红》：

归去来、一曲仲宣吟。

将七言转成九言式，《望远行》：

满长安、高却旗亭酒价。

像这样的展开，当然是主要基于乐律上的协和。这还只是句法上的变化，倘再追索结构上的变化，则范例更多。因为有许多词调就是以音乐的伸展而使衬音、泛声增加，从而形成句式的前后伸延的。李白《忆秦娥》上片：

箫声咽，秦娥梦断秦楼月，秦楼月，年年柳色，灞陵伤别。

再看王建《宫中调笑》：

团扇、团扇，美人病来遮面。玉颜憔悴三年，谁复商量管弦。弦管、弦管，春草昭阳路断。

这里重叠的“秦楼月”“团扇”“弦管”，当然也即是依据音节上的理由。它们的出现，打破了诗中既有的造型构筑特征，把句式从“构筑性”转换成为“延展性”——亦即是把立体空间转换成线形时间。

理解了词对诗的这种转换并把握住它是基于音乐这一缘由，则对于词的形式走向流派的可能性讨论，我们可以另换一个美学角度加以思考：正因为词与诗有上述的不同，则词风的注重构筑还是注重延展，是空间的词还是时间的词，立即会成为词派分析的一个切入口。构筑的、空间的词讲究对偶、讲究骈骊、讲究回护，它是诗（准确地说是律诗而不是绝句）的词；而延展的、时间的词讲究伸延、讲究流动、讲究行进，它是乐的词。而音乐与文章在注重时间性这一点上完全一致，于是在美学立场上，这个“乐”的词又可转换为“文”的词：以散文的自然伸延为词——这种形式间的美学比较，不正是镂金错采与清水芙蓉之间的风格流派差异所在吗？

交叉构成的流派现象，当然是个极复杂的结构。它因人、因时、因事、因地而异；要在五花八门的每一首词中寻求类型模式并以之定于一尊，实在是不可能的事。但以我们正在进行的形式分析与美学构成的研究而言，正由于它选取的是相对稳定的“形式”，又以它所涉的是一种较抽象的理论命题，因而能较理想地接近这一课题的核心——以形式为起点对流派进行各种可能或应该的推断，应该是一件最可行的工作。由是，我们又应回到第一章的结论上来。以词的创作与词的形式构成而言，大抵应该是如下的一个过程：

由内容题材走向形式：词的形式

词形式 →
- 形式①意象→文化类型：中国古典文学的思维模式。
- 形式②格律→文化语言：词的独特表达方式。
- 形式③乐式→美学性格：从对偶式空间结构走向伸延式时间长度。

各环节中只要稍有变动与侧重处理，则流派的特征马上即能呈现出来。无论是清通、豪放、婉约诸派，或是更小的如格律词派、俗词派等等，皆可于此中取得消息。

归纳（一） 宋词流派的纵向考察

这是一个词史的工作，只不过是以类型化方法进行的史的清理。根据以上的种种美学的、形式的、文学的考察，我们大致可以对既有的词作风格流派作一归纳了。

首先，是为词史分期。北宋词的发展，大致可分为三大块面：一是唐五代至北宋前期，即宋词的发生期，属于形式的前导阶段；二是北宋初期到中期，以中期为重点，即宋词的发展期，属于形式的严整阶段；三是从北宋中期到末期，属于形式的散逸阶段。三者相比，是先合后分。

南宋词史分期正与北宋相反，是先分后合。亦即是从南宋初到中期，是形式的语意扩张期；同样在南宋中后期，则形成一个形式的超越期；再在南宋后期，还有一个形式的精致萎缩的阶段。其间关系，大抵应构成如下一份表格。

纵向的宋词风格流派分类及历史分布示意表：

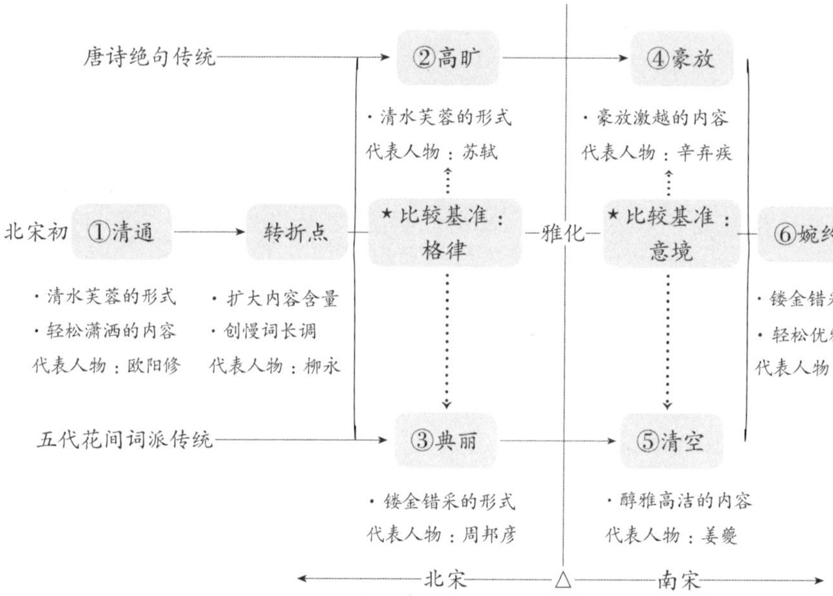

关于这份表，还有一些说明：

第一，北宋时期分为形式的前导、形式的散逸、形式的齐整，和南宋时期形式的扩张、形式的超越与形式的精致与萎缩，它们分别可以对应于下述各派：

①清通：形式的前导——欧阳修式

②高旷：形式的散逸——苏轼式

③典丽：形式的齐整——周邦彦式

④豪放：形式的扩张——辛弃疾式

⑤清空：形式的超越——姜夔式

⑥婉约：形式的精致与萎缩——吴文英式

这六位代表人物再加上一个柳永，基本上可成为宋词史上具有历史意义的领袖。而这几种流派追求的嬗递消长，则大致勾画出了宋代词史、艺术史与流派史的基本面貌。

第二，图表中所示的，是时序不十分严格的、但在美学嬗递上却较为明确的关系。以时序论，周邦彦身处北宋末，正介于苏轼与辛弃疾之间，以他与苏并列而与辛隔代，当然不为妥当。但考虑到周邦彦的努力主要是要挽高旷一派的“流弊”而希望以词的本体为准绳，它的针对面是苏；而辛弃疾对周邦彦却没有明显的针对意图，辛与周也构不成正或反的因果关系；故从词派上分，则以周与苏并列而远于辛。至于姜夔与辛弃疾几乎同时，两者之间当然能构成对应。再看北宋词，欧阳修与柳永，本也是同时人，以欧居前而柳居后，在时序上并不严格。主要也是考虑到欧阳修作词仍是承西蜀南唐的传统，而柳永却下开新声——苏、周、辛、姜、吴的成功，几乎都是在长调慢词上的成功。因此，欧阳修是面对过去的，柳永却是面向未来的；以词形式的审美递变来看，当然是欧前柳后了。

第三，图表中的对应关系，是一种断代的立场。即在北宋时，是高旷与典丽；南宋时，是豪放与清空的对比——其间对比的基准在变。北宋时，柳永开了新声，词家们的自辟新境，主要是从完成词自身的体格这个角度出发。因此高旷与典丽的差别，主要表现为反格律与合格律的差异。而到了南宋，词作为本体已经确立，故而辛弃疾借助于词形式以外的社会干预力量，而姜夔持词形式以上的审美意境标准；他们的努力，都不再是格律本身——格律已经十分完善，毋需再花精力，需要的是对形式的反思与更换角度。故而到此时，比较的基准也从格律转向意境——比较基准的不同，大致可以使我们体察出历史发展的并非平面直线。以单线形态来理解历史，以为前有因后必有果，常常在许多情形下无法自圆其说。而考虑到历史在不同阶段有不同要求，历史的制约之外还有一个词本体（如格律建设在初期的被重视和在后期的被超越）的制约，则我们就不会简单地理解词史与流派史，把它误解为平面的简单伸延了。

第四，以上表来看，则在北宋、南宋两个时期，每期都有三个流派，即北宋之有清通、高旷、典丽，南宋之有豪放、清空、婉约。三个流派或曰三种倾向，当然是我们提出三派说的最佳证据。由于时代环境的变迁，要让南宋每个流派上承北宋流派，当然不复可能——倘是如此，那宋词就没有发展了。但毫无疑问，当我们在经过了前述各个角度的讨论之后，对于这三分式的格局，谁都会看出其间的风格承启关系来的：

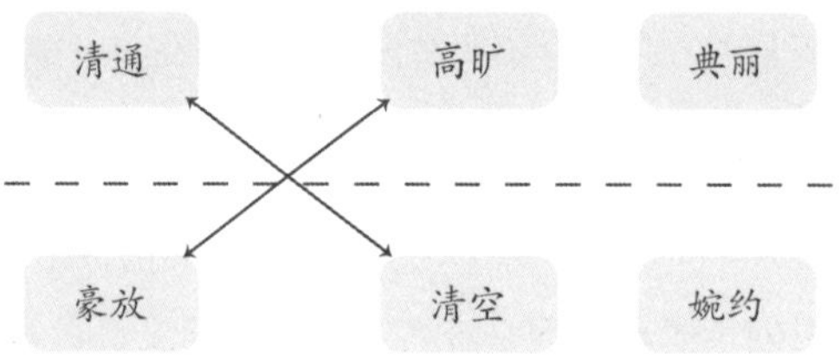

也即是说，这三种格式虽然在北宋、南宋的表现不一，但它却有共同的内在美学依据。以我们在第一章划分出的三种流派的标准衡之，则应该有如下较详细的说明：

①清通与清空，同属于“以清水芙蓉的形式去表达轻松潇洒的内容”的类型。但由于南宋词进一步雅化，故而“清空”少一些活泼随意而多一些醇雅。这是词本体发展的规定所致。

②高旷与豪放，同属于“以清水芙蓉的形式（准确地说是直诉心曲的形式）去表达豪放激越的内容”的类型。但由于南宋遭家国之痛，因此“豪放”较“高旷”多了些针砭现实的目的而不复个人性情抒写。这是词的社会环境制约的规定所致。

③典丽与婉约，同属于“以镂金错采的形式去表达婉丽香艳的内容”的类型。但由于南宋词家不但能利用乐律武器同时也能利用北宋词家所提供的修辞、构境武器，因此它能更强调字面的精致与巧丽以及还有“深曲”，组合感更强。这又是词作为文学形式发展的前后历史规定所致。

因此，虽然这北宋三派与南宋三派的互相关系不同；而且前后同类型的词派其表现力与思考点也不同，但我们却还是可以将这“三派说”的构想确定下来，并赋予它比豪放、婉约两派说以更高的价值。

第五，整个词史就是一个不断雅化、士大夫化的历史——任何文学形式的发展也都如此。

从民歌酒令到敦煌曲子词，再到文人词中的缠令，再到慢词，又日益走向形式精致，这是词的发展的基本脉络。在表中，我们特意在正中央标上一个“雅化”的符号，以揭示在词的流派发展中，它是个最基本的原动力这一深刻事实。而从清通走向清空、从典丽走向婉约，正是一种不断“雅”的进程。豪放派虽有不同，但它不是发自词本体，而是得益于外来干预，当然可以作为例外来对待。

因为有了个雅化的标准，于是对前后各三派的去取，我们可以掌握一个更简洁的标准。亦即是表中作为横中轴线的从清通走向婉约的指向，它可以说是词本体发展的最基本走向：清通大约是指民歌小令直到宋初文人词，婉约则是词形式语汇高度成熟的标志，是词的归宿。倘若没有意外情况，仅从清通出发，也有可能走向婉约——诗、文也都是这样走过来的。但在这一过程中，有来自各个角度、各种理由的影响、干预、反馈、吸收、调整等等内容。但它们都是在词本体的轨道上延伸、摇摆、局部脱离、回归、再进入轨道的发展特征，词的历史也正是在这种脱出与归入过程中构成的。因此，只从清通转向婉约固然省事，但它却是个主脉络而不是全部事实；但从清通经过不断的异化、消长再走向婉约，这个婉约就具有一种丰富的体格。它的性格是立体的而不是平面的。作为雅化的结果值得研究，而作为雅化的过程特色，更有必要进行深入研究。

对三派说在“雅化”过程中的地位与作用，我们也无妨作一整理归结。清通当然是词的起点，当它走向慢词，找到最好的语言、体裁媒介之时，则它不断经受着来自两个方面的传正与锤炼：一是来自词家与社会方面的，“高旷”与“豪放”对它的修正即是；另一是来自词本体（包括格律与文学）方面的，“典丽”与“清空”对它的格律与文学锤炼即是。这样，当它最后走向婉约时，它已包含有“外”（从高旷到豪放——具体表现为豪放派的崛起）和“内”（从典丽到清空——具体表现为形成婉约派自身）这样一种大致趋势。相对于早期的清通而言，豪放的“外”使它易于被注目；而婉约却是雅化的最后一站，因为它包括了从典丽到清空的各种雅的内容，则“清通”“豪放”“婉约”三大类型的确立，因为包括了内和外、偏师独出与包容巨大以及时代的早与迟、俗与雅的各种交替关系，其囊括性毋庸置疑，当然也就显得较为可靠了。

第四章　词形式的技巧与创作

——宋词流派的横向考察

第一节　词的结构视角——焦点与散点

以技巧为中心，我们开始另一角度的探讨与研究——立足于流派分类，但深入到文学技巧内部去的创作研究。如果说，上一章的探讨主要是立足于比较即外向型的研究，那么在本章中，我们主要立足于文学内容——意象的这一组关系，对词的意象组织技巧从宏观到微观进行尽可能深入的剖析。相对而言，上一章的主题也许可以说仍是外形式，而本章的主题才是内形式。

在诸多技巧中，结构当然是最重要的焦点。因此探讨从它开始。

诗与散文的不同，并不仅仅表现为音韵、句式、节拍的不同。七律诗是整齐的节拍句式，散文却是参差长短的句式，这是最明确的区分。但假如我们把散文按照诗的节拍组织起来而不变其内容，散文是否即转向为诗呢？当然不行。因为诗还有一个意象组合的规律。同理，散文是散行的，如果把诗的一律句式转向长短散行，它也还是不能成为散文。李白那些浩瀚磅礴的古风，句式不可谓之不自由，但没有人拿它当散文看，它还是诗。词是长短句，表面上看来，它已向散文靠拢了，但我们之所以要另起一个“词”的名称而不叫它散文，就证明除了技术上的叶韵、句式、节拍的散与不散之外，诗（词）与散文应该还有一些内在的差异——而其中最重要的差异，即是组织结构上的不同。诗（词）很少以平铺直叙或逻辑演绎的方法为之，它常常是组织跳跃的意象，使表现的内容曲折化、含蓄化，并通过种种组合的技巧提示出各种隐喻、暗示、启发、联想，构造起一个深邃的世界。而读者在读诗时也必然有一种心理期待：他所寻求的并非是“是”“否”的简单判断，而是通过连贯或不连贯的意象去自寻启悟：诗人意图何在？诗中是什么意境？诗背后隐藏着什么——随着对意象的伸延、连接等自我加工与领悟，读者把握诗（词）就会产生多方面的收获与审美享受、满足。

因此，意象结构的有否组织性，可以说是诗（词）区别于散文的关键所在。它不仅表现为文字、表现为句式或叶韵、节拍，更重要的是表现为意象的分布规则。每个诗人所习惯使用的分布规则不同，作品的结构当然也不同。于是就有了不同的流派。即如诗与词对比，则诗的句式整齐，两平两仄相对，有明确的粘对规则，这使它的意象组合的起伏感较强。“感时花溅泪，恨别鸟惊心”，“五更鼓角声悲壮，三峡星河影动摇”，一起一伏，十分对应，意象节奏的对比与伸延较为平稳。而在词中，由于韵脚相错，句式长短乃至平仄交替等诸因素的作用，它的意象分布当然变化更大，也更丰富。跳跃的节奏也不是匀速的，而是不断地变换着距离与速度，时急时缓，时集时散，时实时虚……这一切，都使我们对词的结构研究比诗似乎更为困难——它有意象的分布，但规律却不太好把握。

词的结构可以有多种类型，每种类型都规定着一个风格、意境与流派倾向。我们先来看两首词：

群芳过后西湖好，狼藉残红，飞絮蒙蒙，垂柳栏杆尽日风。　笙歌散尽游人去，始觉春空，垂下帘栊，双燕归来细雨中。（欧阳修《采桑子》）

润玉笼绡，檀樱倚扇，绣圈犹带脂香浅。榴心空叠舞裙红，艾枝应压愁鬟乱。　午梦千山，窗阴一箭，香瘢新褪红丝腕。隔江人在雨声中，晚风菰叶生秋怨。（吴文英《踏莎行》）

两首词的风格差别是十分明显的。在结构上，它们展现出完全不同的取向。欧阳修《采桑子》用的是一种绘画上称之为是“焦点”的结构，亦即他的视点集中确实在某一点上，他的意象组合也就沿着这个点进行伸展——他先看到了群芳过后的西湖，看到西湖上的飞絮残红，又看到了西湖边上的垂柳栏杆和煦风，再看到了笙歌尽游人散，觉得春天将尽，于是放下帘子，看到在蒙蒙细雨中有一双燕子归来；觉得终能在寂寞在春空中找到一些安慰。这样，在西湖、飞絮、垂柳、栏杆、煦风、笙歌、垂帘、细雨、燕归等诸种意象的组合过程中，有一个定点——西湖，一切都围绕着西湖而生发，而这种生发带有明显的前后顺序、先后嬗递——有群芳过后之“后”，又有始觉春空之“始”；有后有始，暗示了还有它们的对立面——前和终。那么，对群芳争竞的春光即虚示的前，是略写，是通过“狼藉残红”来暗示的；而对于始觉春空的“始”以后的终，则详写，通过垂帘、归燕等来表达。

而吴文英《踏莎行》，用的却是绘画上称之为“散点”的结构方式。亦即他的视点是不集中于某一点，而是从各个不同点出发对对象作步步看、面面观的刻画与描绘。从开句的“润玉笼绡，檀樱倚扇”，视点就在空间中移动：从女郎的“玉”肌移向“楼”唇，从穿的“绡”移向用的“扇”；后一句“绣圈犹带脂香浅”，还是在移动视点：从装饰的绣衣到清浅的脂香；后面的舞裙、艾枝、鬟饰、红丝腕，都是在移动视点，“边走边看”中逐渐显现出来的。这是一种通过前后、左右、上下等各个角度的观察，通过从零碎到整体的过程，使刻画的对象逐渐凸现出来。陈洵《海绡说词》评此词曰：“读上阕，几疑真见其人矣。”这种真见其人的效果，就来自于散点结构：它不只露一个侧面给人看，也不是让人笼统看，那样的话只需一个视点即足矣。它却是从头到脚，面面转去，造成了视觉形象上的立体感。

如果说欧词是截取某几个景象片断，使这些片断通过作者的视点流畅而有顺序地流露出来的话，那么吴词则是通过对各个不同视点的片断摄取，把它们总合起来，构成对象的完整面貌。前者的特征是流露，而后者却是一种糅合。因此，欧词这类结构就多偏于意象时间的顺延，而吴词的结构却着重于意象空间的并列。这种倾向于不同时、空起点的结构追求，表现为对前后始终（时间）与上下左右（空间）的不同组合基点，它正是两种不同美学结构、审视点所带来的出奇效果。过去苏轼评唐代王维有云：“观摩诘之画，画中有诗；味摩诘之诗，诗中有画。”王维一身诗画双绝，他的作品中又是诗画相合，这就证明中国诗、画之间有十分密切的内在联系。那么，在诗与画的结构组合方法中也一定会有互证的可能性。我们运用古代画中对透视的焦点、散点的对比概念，其实也是意在说明结构的聚、散关系——通常而言，古典油画的透视较聚，即以固定视点向四方伸延；而中国山水画的透视甚散，即不求固定视点、边走边看，采取移动转换的方式来取视点。这虽然是一种绘画式的立场，但用来解释诗词，却有着意想不到的好处，因为它也是个框架，比文字说明清晰、简洁得多。

焦点的、聚的视点并不复杂，因为它与文章的方法大抵相近，容易理解。而散点的、散的视点却比较复杂，它关系到词（扩大为韵文）的基本美学特征所在，必须认真理会。广义上的聚、散视点关系，则举散文与诗词为对比最佳，前举对偶与否的讨论，即与此有很大关系。而落实到词句中，有时就不太容易被分辨出来，比如贺铸有名句："试问闲愁都几许，一川烟草，满城风絮，梅子黄时雨。"关于对它的艺术性的理解，古来颇有些差异，许多读者就疏忽了它内在结构上的特色。比如，周紫芝《竹坡诗话》认为：

> 贺方回尝作《青玉案》，有"梅子黄时雨"之句，人皆服其工，士大夫谓之"贺梅子"。郭功父有《示耿天骘》一诗，王荆公尝为之书其尾云："庙前古木藏驯狐，豪气英风亦何有？"方回晚倅姑孰，与功父游甚欢。方回寡发，功父指其髻谓曰："此真贺梅子也。"方回乃捋其须曰："君可谓郭驯狐。"功父髯而鬍，故有此语。

连贺铸的好友郭功父也都认为贺词中"梅子黄时雨"一句最妙，时议大略可知。看来周紫芝也赞成这一看法。他们都着眼于这一句，而不是这一个特定结构，因而显得太过泛泛。

其次是罗大经，他著《鹤林玉露》有云：

> 贺方回云："试问闲愁都几许？一川烟草，满城风絮，梅子黄时雨。"盖以三者比愁之多也。尤为新奇。

他以"多"指此词妙处，而未能看到这不是一种数量的积累，而是一种内在意象并列的并列效果，虽比郭功父、周紫芝等深了一步，但仍不够理想。

沈谦《填词杂说》又指出：

> 一川烟草，满城风絮，梅子黄时雨。不特善于喻愁，正以琐碎为妙。

他注意到了"琐碎"，这又进了一步。但仍未从理论上提出一种模式，甚为可惜。但沈谦无疑是初步进入问题的核心了。

直到慧眼独具的刘熙载，才算是点到了贺词意象结构之妙。《艺概》卷四有如下一段议论：

贺方回《青玉案》词收四句云："试问闲愁都几许，一川烟草，满城风絮，梅子黄时雨。"其末句好处全在"试问"句呼起，及与上"一川"二句并用耳。或以方回有"贺梅子"之称，专赏此句，误矣。且此句原本寇莱公"梅子黄时雨如雾"诗句，然则何不目莱公为寇梅子耶？

这是绝妙的一问。贺铸之所以不同于寇准，并不是因为他用了梅子和雨的意象，而是他运用了以此为中心的并列结构——"并用"。一川烟草、满城风絮和梅子黄时雨，是三个不可能同时出现的场面；正是为了形容闲愁之深之多，贺铸才把这并不相干的三组意象拉来，并列地为表达"闲愁"服务——烟草、风絮、梅雨，正像电影中切入切出的镜头剪辑与蒙太奇技巧，同时跃现出来，然后依靠读者的想象将之串联起来，形成一个完整的、丰富的、立体的闲愁主题。以我们所述的两种内在结构而言，贺铸此词显然属于散点型——意象与意象之间没有时序上的连贯，却有着面面观的糅合的效果。当然，这是与上述吴文英词的散点不尽相同的一种糅合。

在词的结构组织中，散点与焦点是作为最基本的两种形式出现的。一般说来，北宋前期的词直到李清照，较多采用焦点结构手法，不太强调词的意象的立体交叉关系，而喜欢采用流畅的意象伸延来表现主题，跳跃幅度不大，有些词的字面效果清畅明快，比较口语化，但内涵的多层面构造的感觉不太强。作为"清通"这一流派的内部构成，其中也有一些既保持流畅又有较复杂的韵致含义的好词。而主张用散点结构手法的，则以周邦彦、吴文英、周密等词家作品中多见。他们比较注意刻画细致入微，场景的出现与推移、切换的速度较快，意象与意象之间距离急促密集，有些词作较显深奥曲折，字面比较华美。对应于流派，则当然应是"婉约派"。

两种不同的内在结构，会对艺术效果产生不同影响。这种种不同，前人也常论及，尽管所用的并非是散点、焦点这样的术语，但在思想上却有相近之处。陈霆《渚山堂词话》卷二，曾有一条并不起眼的文字记载：

花朝曲古作者多矣。予见杨孟载一阕云："鸾服先寻斗草钗，凤头新绣踏青鞋，衣裳宫样不须裁。雕玉垒成鹦鹉架，泥金镌就牡丹牌，明朝相约看花来。"此词造语虽富丽，然正宋人所谓看人富贵者耳。未必知富贵也。如温飞卿"笼中娇鸟暖犹睡，门外落花闲不扫"，王随"一声啼鸟禁门寂，满地落花春昼长"，则真富贵气象。

据上述,杨孟载是贫士艳羡富贵人家装饰,所以从上到下细细打量,细细叙来。在叙述时,词家自己并不身处其中而只是个局外人，这叫作看人富贵。而温庭筠词却是身历其境，是贵公子自叙，是局内人，因此描画出自亲历，词中也就有了“暖”“闲”这类感受性很强的词藻。这叫作真富贵气象。冷眼旁观与身处其中，与词的内在结构之间有着莫大的联系。因为它们提供了截然不同的视角。

首先，杨、温二词皆属于华赡密丽的风格，都有婉约的内容，因此差别主要不在主题（内容）和字面（修辞）方面，而是在结构的组合方式上。而造成不同结构的原因正是在于作者的视点完全不同。杨孟载的词所采用的是面面观、步步看的视点：对象是核心，作者视点以上下左右各个角度向这个核心聚集。这正符合作者作为旁观者的位置。从作者不断移动的视点来看，由于它的角度变换太多，因此它是散的、不定于一点的。这种散点，我们可以把它看作是一种聚的效果的形成：

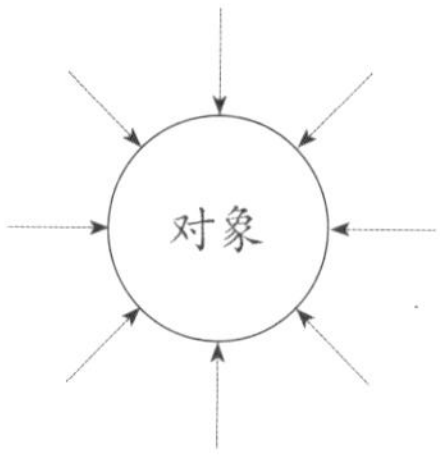

而温庭筠的词，所采用的是固定的视点。他是以自己为核心，以同一视点去环顾周围事物，这种定点焦点的方法，我们可以把它看成是一种散的效果的形成：

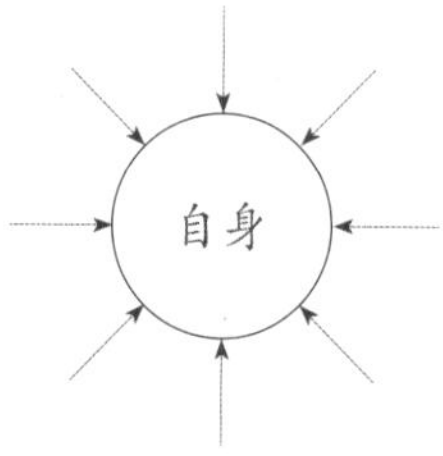

焦点与散点这两种结构方式的特征即是相反相成，它们各自所达到的效果，正好是自身的反面——散点的视角走向的是“聚”的结构，而焦点的视角走向的却是“散”的结构——这样，以结果来推定，则起点的聚、散关系又正好可以对换。

意象结构的散点与焦点，虽然是相对立的两种类型，但它们本身并非水火不容，而常常表现为互相穿插与渗透。有时，在同一词中上下片之间穿插，有时则是在上几句与下几句中穿插。更需要说明的是，并非浓艳的修辞就一定是散点并列结构，很有可能也来用焦点式舒展伸延。反之亦然，清淡的修辞很可能在视点上却跳跃性很强。比如苏轼《永遇乐》起首：

明月如霜，好风如水，清景无限。曲港跳鱼，圆荷泻露，寂寞无人见。

从月到风，从霜到水，从曲港之鱼到圆荷之露，视点都在移动，依靠步步看、面面观的刻画，把清景宁静的主题塑造得极为立体；而每个意象，就是一个剖面，它们的连贯与综合，就是最后的效果，这正是以清淡的修辞而出以散点结构的妙用。其后半是这样的：

天涯倦客，山中归路，望断故园心眼。燕子楼空，佳人何在，空锁楼中燕。

下片的起句明显不同于上片，词人站在山路上，回头去看空空如也的燕子楼，佳人无踪，空有一双燕子——在这里，山路、故园、空楼、佳人、楼中燕，整个一串意象，都是在视点不移动的情况下，围绕着作者的感慨，缓慢地、有次序地被推出来的。这个依次出现，依的就是作者思维与感慨的轨迹，正与上举欧阳修《采桑子》词的结构相似。

在一首词的上半阕采用散点结构而在下半阕采用焦点结构，且上半阕的散点大结构中还套着两个层次不同的小结构，其丰富程度不言而喻。但倘再要深掘，则还可能有新发现——“天涯倦客”是作者自喻，“山中归路”是作者所处地点，这同样是两个不相干的意象；作者把它们糅合在一起，通过“倦”“归”的连接形成一种惆怅情调，为“望断”的下句作了巧妙铺垫。这种组合方式，似乎又是散点的了——它与前引贺铸《青玉案》的名句不无相似之处，很显然，这是一种很复杂的结构层次。以电影术语论之，则镜头（它代表着视点）的作用有两种，一种是切——散点：切入切出，不断变换；另一种是化——焦点：淡入淡出，持续连贯。镜头上下前后左右地依次移动，层层推进深入，层层交合重叠，于是词的意象结构就可以无拘无束地游移于时、空之中;视点时而固定时而变幻，主观与客观不断进行对比，再加上视点之间的间隔、距离、速度……视通万里，思接千载，镜头的推、拉、摇、跟、急促与缓慢，画面感情在瞬息万变地流动着、变化着，这是一个多么丰富、壮观的创作空间?

更有意义的是，古人虽还无法从理论上系统总结这些散点、焦点结构之时，就已在对它们的应用进行评论了：

梅溪、白石、竹山、梦窗诸家，丽情密藻，尽态极妍，要其瑰琢处，无不有蛇灰引线之妙，则可谓一气流贯也。

——《古今词论》引邹程村语

史达祖、姜夔、吴文英诸家在两宋词坛上，向以用散点结构见长，即所谓“丽情密藻”“瑰琢”——与步步看、面面观的视点移动方式同义。而“一气流贯”却常为焦点结构所倚重。这样，邹程村实际上提出了如下一个问题:焦点与散点之间本无不可逾越的鸿沟，它们应该互相包容。散点结构可以有极鲜明的艺术效果，但用得太滥，则会导致各组意象之间没有连贯，最终导致零碎、孤立、支离的弊端，从而使词坠入晦涩的窠臼中去。故而，互不相干的各组意象在组接时，必须有一个主题作为骨来贯串其间，这就是“有蛇灰引线之妙”的所指。况周颐《蕙风词话》认为词中之有蛇灰引线之妙，即是“有理脉可寻”。这个理脉，应当是指主题或创作意图——如果说种种相关的或不相关的意象是音乐中的和声与重奏的话，那么理脉就应该是贯穿始终的主旋律。通过它的支撑，各种音响效果才有可能找到自己的位置并构成有序性。

研究焦点与散点的结构方式，其目的并不只是提示出一种技巧范畴——当然这也很重要。但更重要的是，它把原本无序的修辞与意象纳入到一个严整的结构中去：有时是以两种明确的结构组织形式进行交替；有时它们又会把自己的结构面貌隐藏起来，在词作的字面、句面上看不出痕迹，但即使如此，它的作用也是无所不在的。我们不禁想起了当代结构主义学派的代表麦可·兰恩（Michael，Lane）在为他的《结构主义文选》所写的序中的一句话：

结构并无固定的内容，它是内容自身呈现在一个逻辑的组织里。

焦点与散点这两种组合，正是这样一个逻辑的组织。它本身并无固定内容——任何生活内容只要上升为诗词的内容，就有权利为自己在诗词中寻找独特的、它应该有的“逻辑的组织”，亦即是我们所说的意象结构。

第二节　词的意象衔接——紧密与疏朗

意象的构造，是一个空间层面上的课题。前节谈到的“焦点”与“散点”作为一种透视学术语，当然是归之于视觉艺术类项。因此，“焦点”“散点”，是空间的而不是时间的。或准确地说，是旨在研究意象结构的空间构筑特征。

但当我们转过头来研究意象的衔接关系时，又从空间转向了时间——从上下左右的方位概念转向了前后相续的伸延概念。意象的构筑与衔接，作为一个美学课题的探讨，可以说是概括了纵、横两个轴的发展内容。按索绪尔的结构主义方法论，则是从研究语言（应该是意象）的“共时”走向研究语言的“历时”。

“历时”也有结构——虽然共时的结构更像是个空间概念，但毫无疑问，一般时间的伸延也有它特定的结构。音乐是纯粹的时间艺术，我们能说音乐没有结构吗？或许更可以说，历时的结构可能不表现为可视的构筑而更表现为一种秩序。

相比于文章而言，诗词的意象衔接密度要大得多，之所以有许多诗念起来已不知所云，非要看到文字才能领会其意义，也即是因为诗的意象密度太大，按一般的口语的伸延能力，完全不能说是通畅的、平白的。于是从民歌的通俗走向诗的“雅化”，诗也就成为一种书面文学了——成为书面文学的最基本理由，既不是声律平仄，也不是题材内容，而正是这个被雅化了的意象衔接。它借助于对偶对仗，已把正常的语言思维变成（对口语来说）“非”正常的文字词汇思维，语言思维表述是社会交流的工具，不需要意象，描述、批评，直截了当。而一走向审美的诗，意象就呈现出来，还有了个意象的衔接问题，当然也就有了衔接得松与紧的问题。

词相比于律诗的两平两仄还有粘对，似乎又部分地回到了文的一面去了，这正表明它的时间性相对更强于空间性。那么又不妨说，在意象衔接的方面，是词比诗更见疏朗而不是密集。诗的对偶太严，意象太密，而词则稍松，当然意象较疏。

再就词本身而言，前期的清俊通畅的小令，由于比较口语化，其意象衔接当然较疏。待到周邦彦的典丽、姜夔的清雅、吴文英的婉约……一次次的陶冶与锤炼，技巧水准越来越高，当然意象衔接的能力也越来越强，越来越以能衔接紧密为能事——因为“疏”是出于自然，人人皆能为之；但“密”却没有专门的功底不成。词越走向成熟，当然越是以密为时尚，这是顺理成章的。当然，我们还是以具体的词作来做分析：

恨君不似江楼月，南北东西。南北东西，只有相随无别离。　　恨君却似江楼月，暂满还亏。暂满还亏，待得团圆是几时？（吕本中《采桑子》）

芳莲坠粉，疏桐吹绿，庭院暗雨乍歇。无端抱影销魂处，还见筱墙萤暗，藓阶蛩切。送客重寻西去路，问水面琵琶谁拨？最可惜一片江山，总付与啼鴂！（姜夔《八归·湘中送胡德华》上片）

在吕本中《采桑子》中，作为意象的衔接，是以疏取胜："恨君"是叙述，"江楼月"是一个意象，后来的三句都不属意象，而只是"江楼月"这一意象的伸延与活用。故八句只一个意象。

再看姜尧章的《八归》,意象却密集得多。每句都有一个意象,合而为十句十个意象;不但如此，姜氏的意象，每个都还是一种复合意象：暗雨而在庭院，又是初歇，是三个小意象合成，萤暗在筱墙，蛩切在藓阶……都是三个条件合成，这样的密度，真可说是十分罕见的了。

当然，词作为一种艺术的表现，不可能是简单划一的——疏的意象与密的意象也都可以互相包容，互相转换。姜夔的《八归》每句一个（复合）意象，可谓密矣；但在上片收尾，却也有一个疏宕的衔接——"最可惜一片江山，总付与啼鴂"。这种密中见疏，正表明姜夔是个大手笔，他懂得以疏间密的魅力。一味地密，效果也许会适得其反。

这还是一种字面上的意象衔接。另外，还可以有关于用典的意象衔接方法。兹以辛弃疾的作品为例：

> 甚矣吾衰矣！怅平生交游零落，只今余几！白发空垂三千丈，一笑人间万事。问何物能令公喜？我见青山多妩媚，料青山见我应如是。情与貌，略相似。　一尊搔首东窗里，想渊明《停云》诗就，此时风味。江左沉酣求名者，岂识浊醪妙理。回首叫云飞风起。不恨古人吾不见，恨古人不见吾狂耳。知我者，二三子。(《贺新郎》)

对打横杠的用典处：

①"甚矣吾衰矣"，出《论语》孔子晨起；

②"白发""三千丈"出自李白《秋浦歌》;

③"能令公喜"，出自《世说新语》;

④"东窗""停云"是指陶渊明有《停云》诗；

⑤"江左沉酣求名者"，以"江左"借指南宋；

⑥"浊醪妙理"语出杜甫诗；

⑦"云飞风起"语出刘邦《大风歌》;

⑧"不恨"两句，出《南史·张融传》;

⑨“二三子”，出自《论语》。

这样，我们看到了以意象为主线的衔接。前半阕共用三典，衔接轻松，而后半阕衔接甚密，竟连用六典，几乎每句一典。相形之下，是由疏到密。后半对比得更扎实更沉厚，而前半则相对较洒脱；这种洒脱与沉厚，当然与用典的密度以及整首词的行文气氛有关。至于用典意象与前举的字面意象孰优，当然不好妄断。但用典意象是典与作者的双重含义，如辛稼轩是面，还有里，如典中人物孔子、李白、桓温、陶渊明、杜甫、刘邦、张融……每个人物的出语，以及每个人物出语时的倾向、具体所指间的差异……与辛弃疾的本意的交叉，使用典意象当然要比一般叙述、感慨厚实得多。这种用典排列越密，当然词的厚度也越明显。而字面意象，大都是一种氛围的构画，重在情的传达。其长处不在厚而在于化，故衔接也相对会较松动。这应该可以说是两种不同值的意象衔接，而不是同一值的意象之间排列疏密的问题了。

关于词的意象衔接中之有疏密二体，古代词论家似乎都不太注意。刘熙载曾有过一般评论，略约提到过疏密这个概念。《艺概》卷四：

> 北宋词用密亦疏，用隐亦亮，用沉亦快，用细亦润，用精亦浑，南宋只是掉转过来。

在这里，密、疏是作为一种词史风格评述而存在的——疏、亮、快、润、浑，作为北宋词的特征，不正可以落脚到“清通派”中去吗？而密、隐、沉、细、精，则当然应归属“婉约派”无疑。刘熙载以南北宋来划分词派词体，固然不能太精确，但他的这种宏观把握，与我们上章的词派分布大表是相吻合的：两者之间的转换，正体现出一种“雅化”的倾向来。

到了近代词学大师朱孝臧，则对疏、密的对比有了更确切的把握。他在评《清真词》时曾精辟地指出：

> 两宋词人，约可分为疏密两派；清真介在疏密之间，与东坡、梦窗分鼎三足。

当然，关于此处的疏密究竟何所指，还是不甚明确，比如是指修辞？还是指意象衔接或声律？

在他的同时代人况周颐《蕙风词话》中，我们又找到了关于“疏”“密”用法的一例——况周颐与朱孝臧是交往甚密的老朋友，他们之间的意见常常可以互证：

萧东父《齐天乐》云:"软玉分裯,腻云侵枕,犹忆喷兰低语。"秾艳极矣。却不坠恶趣。下云:"于今最苦,甚怕见灯昏,梦游间阻。"极合疏密相间之法。

上句是软玉、裯、腻云、枕、低语,意象组合十分紧促,属于密接;下三句中只是灯昏、梦游意象,交织得比较松动,属于疏接,有了这样的词作为例,我们就可推测朱孝臧的"疏密"也并非指声律,而应是指意象结构的衔接方法。又以上节的结构焦点散点视之,则"软玉"三句正是一种散点结构——步步看、面面观,刻画一个女子对幸福的美好回忆。作者的视点在不断移动与交切,而"于今"三句却是一气畅达,以女子自己口吻出之,极合于焦点结构之法:身历其境,环顾四周,但视点并不移动。前者是一种错综并列之美,后者则是一种连贯融注之美。两种美交叉在同一首词中,就有了疏密相间的妙趣。

朱孝臧以苏、周、吴分别作为三种范型来对待,而在我们看来,周与吴却应该是较接近的,把周拉出来做单列,是否妥帖也未可知。但纵观整个词学史,能像朱孝臧这样对意象组合疏密的方法进行评论的着实不多。自朱孝臧、况周颐以后,近代人刘永济又一次涉及了这一问题,但他是用另外一对术语来进行评论的:

文艺之美有二要:一曰条贯,二曰错综。条贯者,全体一致融注之谓也。错综者,局势疏荡转变之谓也。错综之极而仍不失全体融注之精神,条贯之极而仍不失局势转变之德性,此应和所谓体势相偶合也。

——《词论》卷下《作法》

用条贯与错综来解释意象组织的结构与衔接,是个崭新的思路。条贯可以与焦点结构相对应,时间性较强;而错综则可以与散点结构相对应,空间感较强。相比之下,前者是疏,后者是密。

除了条贯与错综这一对术语之外,还可以找到类似的术语范畴,比如,南宋末张炎《词源》提到的"清空""质实",虽是指风格,但却也不无对技巧进行总结的含义:

词要清空,不要质实。清空则古雅峭拔,质实则凝涩晦昧。

"清空"的古雅峭拔,当然是一个风格层面上的评语;真正与凝涩晦昧相对的,应该是"清通畅达"才对。当然,张炎的批评带有明显的倾向性而不是持平的风格分类,这一点与我们的立足点不同;但从历史对质实的指责中,我们大致可以发现"清空""质实"的批评大致可以等同于意象衔接的"疏"与"密"。

初学词求空,空则灵气往来。既成格调求实,实则精力弥满。(周济)

梦窗非无生涩处，总胜清空，况其佳者，天光云影，荡漾绿波，抚玩无斁，追寻已远。（周济）

词宜清空，然须才华，富藻采缛而能清空一气者为贵。（刘熙载）

《乐府指迷》云：词要清空，不要质实，此八字是填词家金科玉律。清空则灵，质实则滞，玉田所以扬白石而抑梦窗也。（田同之）

“灵气往来”“天光云影”“清空一气”“灵”，都是指清通畅快——或曰意象衔接的“疏”。而“生涩”“富藻采缛”“滞”，无论是褒是贬，当然应该是一种“密”了。谢章铤《赌棋山庄词话》甚至指“密”是为“饾饤”，这当然也是一种“密”了。

疏与密的存在，不仅仅是用词技巧方面的问题。即如词体，小令长于疏，轻松明快、一气直下；而慢词则善于密，刻画细密，立意深实。这些都可以对意象衔接发生作用。再比如疏与密之间，也各有利弊。大抵“疏”易失之“流”“浅”；而“密”则易失之“涩”“晦”。此外，音节的排列也会对疏、密产生影响——但这些都是另一个问题，我们准备作专节讨论，此处不枝蔓了。

意象衔接的技巧，从词的创作与修辞立场上看，则大抵可以分为几个层面的课题：

第一是实字，或曰意象分布的疏密度；

第二是立意，或曰词意转换的曲折度；

第三是构架，或曰内涵层次的深浅度；

第四是音律，或曰节拍间隔的繁简度。

实字一般是指那些表述性极强的名词，即如“芳莲”“粉”“疏桐”“绿”；当然一个典故的被拈出，其感觉也是很实的。实字排列得紧，当然意象就密。吴文英有许多词意象排列极密，词藻又很华美，故而况周颐甚至认为他的风格是一种“密丽”，其原因就是他用实字用得较多。反之则疏，如“最可惜一片江山”，实字仅“江山”可当之。通常而言，词抒情则易于疏而畅，而叙事则易于密而紧。立意，则是指整首词是否一以贯之还是跃跃转换？前举吕本中《采桑子》从头至尾，皆言月，这样的意象转换不明显，故而较畅；而姜夔的词忽曰莲、忽曰桐，或又谈雨，又转向萤、蛩，再转向琵琶、后转向江山、啼鸩，从述景述事到感叹“最可惜”一句前后意象的衔接幅度太大、距离太遥远；而作为过渡的中间层次则几乎没有。像这样的快速切换，转折都太快而没有交代，当然较为晦涩，倘不反复吟咏几遍，根本无法把握其中妙处。

至于构架所涉内涵层次的深浅，主要还在于寄寓。古人以香草美人喻君子，即是在字面以下寻找意象的双层含义。常州词派之所以要在词作中找寄托，当然也是认为好的词不只字面一层意思而应有另一个系统的存在。前举辛弃疾《贺新郎》多用典，使一个系统变为两个系统（即字面与典实），所涉当然深刻而有厚度。此外，意象之间的重叠也能成为内涵深厚的一个有效方式——“筱墙萤暗，藓阶蛩切”，每句四字，可构成重叠；而两句合并互文以渲染气氛，又构成一个更大的重叠。这样，八个字之间的横向与纵向关系，竟可成倍于八种关系——古典诗词中的互文技巧，在此被发挥得淋漓尽致。暗的未必是萤，也可能是蛩；墙边未必均是筱，也可能有藓；只不过是为了修辞格而让它们安置于此而已。

这是一种排比的真正妙处。因为它显然勾画出了一个可以自由伸展与组合的空间。当然，有得必有失，倘处理不好，则虽铺锦列绣却有可能琐碎饾饤——宋词中这样坠入恶趣的作品亦正复不少。但如同清畅通达的风格也可能流于苍白淡薄,缺少回味一样，关键还在于能否掌握住火候，作为技巧本身而言，当然是不应被非议的。

至此，我们可以对意象衔接的疏与密作一归纳整理了。参照形式、技巧、流派、美学观等种种因素，我们可对各组范畴作如下一个划分：

性质	对比内容	
文体特征	近口头文学	纯书面文学
意象衔接	疏	密
体裁	小令	长调
流派归属	清通	婉约
目的	抒情	叙事
格调	通俗	典雅
风格	易清空	易质实
技巧（一）	直抒	用典
技巧（二）	条贯	错综
技巧（三）	虚字多	实字多

技巧（四）	平铺直叙	婉转曲折
美学性格	时间伸延	空间构筑
结构视点	焦点	散点

第三节　词的构境传情——造景与写景

写景是为了写情。一首词在描写景色时，形象的呈现当然是题中应有之义。即使词并不以描绘景色为目的，但只要词家希望抒发自己的感情，那他也不能直接写喜怒哀乐，而必须通过可视的形象——“代码”，把自己的喜怒哀乐委婉地表达出来。这些可视形象可以是来自于人物本身，也可以来自于自然景色；它们当然必须为画面（作品）形象塑造服务，并进而为词家的情绪表诉服务。故而，古来词家无不指出，创作中最主要的一对元素，即是情与景。

词家在创作构思时，通常是以词中形象去面对读者；而以情感隐藏在字面以下，不直接告诉读者，但却暗示读者。当然，正是情在支配着词的艺术表现，在统帅形象的排列、伸延、组合……读者读一首词，首先接触到的是形象，进而从形象再去探求词家的思想感情。某个低劣的艺术家可以把自己的感情毫无保留地坦露在字面上而不提供作为载体的形象，但高明的词家在塑造各种形象之时，必然会融入自己的思想与情态。他们不为景造景，而是把景的塑造当作抒发自己喜怒爱憎的一个最好媒介。我们更不妨把情与景作为一组对应的范畴，以它们作为共同构成词创作（乃至一切文学创作）的重要基础：情是景象组织的灵魂，而景却是情性生存的载体——至少依我们已讨论过的那样：景通常表现为一种意象内形式在发挥作用。

划分流派的基点在于形式——这是本书的主要立足点。那么，我们在情与景之间当然会更多地选择“景”作为探讨对象，并通过对它的构成分析，进而探讨在词家立意与塑造词的风格方面，景的构造有什么可总结的规律。情的存在因人因事而异，对情感的追索倘若不伴随着对词作形式表现、词家生平遭际与当时社会条件的研究而展开，可能毫无所获，也毫无意义。只有当我们将每一种已有的情感放到一个特定的形式结构中去考察之时，我们的努力才是有价值的。如果没有景这个载体的存在，情就成了无所依托的空虚。

在词中，我们只能看到被形式化了的情，而看不到孤立的、单一的情。其实，古人早就注意到了词中情、景的关系——他们大多认为，情是应该被隐藏在景中的。孤立的情感与孤立的心理描写完全不符合古典诗词的艺术特点。“景无情不发，情无景不生”（范晞文《对床夜语》），“情以景幽，单情则露；景以情妍，独景则滞”（《古今词话》引宋微璧语），“景乃诗之媒，情乃诗之胚”（《谢榛《四溟诗话》），这些熠熠发光的观点，对于我们的研究极具参考价值。而到了况周颐，则将这种对应关系提升到一个最清晰的层面上进行概括：

盖写境与言情，非二事也。善言情者，但写境而情在其中，此等境界，唯北宋词人往往有之。

——《蕙风词话》

就是说，言情不应该直接表露，而应该通过写境含蓄地表达出来，这正是一种写境以表情的古典诗词最常见的创作模式。王国维的词学观点与况周颐异曲同工：

昔人论诗词有景语、情语之别，不知一切景语皆情语也。

这本来是《人间词话》中的一句话，但后来，王国维自己把这句话从《人间词话》中删去了。他之所以如此做，恐怕是因为用“一切”这个词太嫌绝对；事实上有一些词（特别是咏物词）以纯粹的刻画塑造而不甚流露感情，这样的情形也是有的。但总体而言，“景语皆情语”这句话并没有错，大多数词家也是这样做的。

景语皆情语作为一种实际应用的技巧，大致可以在三个方面发挥作用：

①字面。有的名词本来描述是景，但只需加上一个定语，原来的本无倾向的名词马上活了起来，显得楚楚动人。况周颐曾举过一例，见《蕙风词话》卷三：

党承旨《鹧鸪天》云“开帘放入窥窗月，且尽新凉睡美休”，潇洒疏俊极矣。尤妙在上句“窥窗”二字，窥窗之月，先已有情，用此二字，便曲折而意多。意之曲折，由字里生出，不同矫揉钩致，不坠尖纤之失。

一个毫无生气的名词，在修辞上一加工，立即点铁成金。这正是景语即情语的最好证明。

②句式。有的整句纯是描景，但在景语中通过某种氛围的构造，构成一种特殊情调，同样可以使景物变得有情有致。贺裳《皱水轩词筌》举过一例：

凡写迷离之况者，止须述景。如“小窗斜日到芭蕉，半床斜月疏钟后”，不言愁而愁自见。因思韩致光“空楼雁一声，远屏灯半灭”，已足悲凉，何必又赘“眉山正愁绝”耶？

小窗、斜日、半床、斜月、疏钟，这些对象单独出现本来是中性的、纯描述的；但当它们被组织成为一个有机句式后，马上即显示出寂寞清愁的气氛，这是以句式中意象排列来达到情感抒发的例证。贺裳认为韩致光后句末点出“愁”字是蛇足，正是认为后面这句纯情语已无必要，因为前面的景语已皆是情语了也。

③全篇。有些词全首写景，并无自己的具体情感，但由于在刻画景物和塑造词境中倾注了自己的悲喜之情，因而传达出的情感仍然能被读者准确地捕捉。特别是通过形象寄托的、不直写情的词句，往往情的表现深沉厚实而不单薄。这类例子甚常见，兹举两首词为证。第一首是辛弃疾《西江月》：

明月别枝惊鹊，清风半夜鸣蝉。稻花香里说丰年，听取蛙声一片。七八个星天外，两三点雨山前。旧时茅店社林边，路转溪桥忽见。

辛稼轩并没有说明自己是在什么样的情绪支配下写这首小词的。但我们从整篇一气流畅的特点来看，词人在吟唱时心情是轻松愉快、无限喜悦的。特别是后片的“七八个星”“两三点雨”的描述，显得多么松动？“路转溪桥忽见”，又是一种多么突兀而平淡的情调？全篇的基调、结构、意象组合、节奏，完全是统一的，不言情而情自在景象中。再来看另一首辛弃疾《鹧鸪天》：

壮岁旌旗拥万夫，锦襜突骑渡江初。燕兵夜娖银胡觮，汉箭朝飞金仆姑。追往事，叹今吾。春风不染白髭须。却将万字平戎策，换得东家种树书。

每一句都是叙述，是事实的展示，没有对情的具体描写。即使是叹今吾的“叹”，也并没点明是什么叹。但通过上阕的四个刀光剑影画面的描写，再突然转向下阕的潇淡，并以“万字平戎策”“东家种树书”这两个景语意象对比，造成一种深切沉痛、失望难过的情调；尽管词的序上有“戏作”的提示，但我们不会轻率地指它为游戏之作，因为词中整组景语提供给我们的情，并不是“戏作”式的情。

以字面、句法、全篇这三种特殊的“情景合一”，应该是以字面上展现出来的景为标准的。它较偏重于作者感情的自然流露——可以是一朝一夕、一事一地的喜怒忧悲；也可以是时局危安、家国兴亡的感慨抱负。再进而论之，词中的寄托当然也应该被归为此类。当然，“寄托”所包含的内容范围要比一般的景情关系大得多，它把作者小大由之的感情与随意构建的景象，上升到一个特定的层次；把特定的历史现象、事件及作者对之所做的思考、审美评价，寄寓于具体个别的艺术形象中——它当然也有描述而成的客观对象，但一般的“情景合一”在字面上是直接的形象，而寄托却是作者的“寄意题外”的本意或本事与直接形象的复合体。由是，它可能并不仅仅表现为情景关系，而具有更复杂多变的内容结构。

不同的景是不同的情的表征符号，而不同的景被加以独特的组合，则又可以产生出人意料的效果——它并非是几个不同景象的简单叠加而已；那么，以我们研究形式、流派的立场来看，景与情作为浑然一体的结构，又作为这个结构的两个对立面，它们在交汇过程中，有没有一些值得总结的规律？

纵观整个词史，我们大抵可以感觉到，在情、景关系的展开中，不外乎两种基本型：一是以情布景，一是景中见情。此两语出自周济《宋四家词选》。他在批评柳永与贺铸时使用了这一对概念：

耆卿于写景中见情，故淡远。方回于言情中布景，故秾至。

这当然是就两个词家的风格类型而言。但事实上，词家创作时一般都两种方法并用，很少有只涉一端的——词的创作是一个十分丰富的过程，倘仅仅是单一的方式，则柳永、贺铸根本不可能享有盛名。因此，周济是就大略言之。

怎样才算是“景中传情”？周济既以柳永为例，我们也就在柳永作品中找找这方面的范例。柳永有《凤栖梧》，其词曰：

伫倚危楼风细细，望极春愁，黯黯生天际。草色烟光残照里，无言谁会凭栏意。，拟把疏狂图一醉，对酒当歌，强乐还无味。衣带渐宽终不悔，为伊消得人憔悴。

整首词上片从头至尾全是景，但在刻画中，已把自己的情感（当然是男女之情）表达得淋漓尽致。下片的对酒当歌、衣带渐宽、人憔悴，当然是转向情的描述，但在这个情的展开中，我们又看到了一个个活脱脱的景即形象的凸现。柳永还有一首《戚氏》，通篇都是景语，因词过长，不赘引。

再来看“情中布景”，贺铸有《薄幸》：

艳真多态，更的的频回眄睐。便认得琴心相许，与写宜男双带。记画堂斜月朦胧，轻颦微笑娇无奈。便翡翠屏开，芙蓉帐掩，与把香罗偷解。

自过了收灯后，都不见踏青挑菜。几回凭双燕，丁宁深意，往来翻恨重帘碍。

约何时再？正春浓酒暖，人间昼永无聊赖。厌厌睡起，犹有花梢日在。

词以明写情感为主，“频回眄睐”以及认、记、与、恨、厌厌等等，都有明确的情感倾向。在这条情感主线贯串下，作者开始安排他的“景”：这里有含情脉脉的回首留恋，有轻哂颦笑的香罗偷解，有相约再会的丁宁深意，有春浓酒暖的厌厌无聊……不一而足，与艳词的格调十分相合。画面的推移依靠各种感情助词，体现出明确的情的倾向。它是可视的，从景象字面的连贯上直接可捉摸到的。

如果说柳永《凤栖梧》上片是着眼于景、情深藏于景的话，那么贺铸《薄幸》则是着眼于情，情是露在画面上的。两者均有情象也均有情感，但通过不同手法，情与景的侧重、对比位置、显露与深藏，都有明显的差异。或再换个角度，柳词可说是不写情而写情，景是被作为表层遮挡而存在的。在此中，画面的连贯与完整必须得到保证；没有连贯的景，不构成完整的情节，就难以表达强烈动人的完整情感。而贺词，却可说是为写情而写情，它明确提示出自己的情是主题，绝不掩饰。为了达到这一目的，它有意识地调动对“景”的安排，这种安排可以是依画面的顺序，也可以打破画面原有的逻辑顺序，按照自己的需要来重新组合。倘说上述整篇词的结构复杂，篇幅太大而无法把握，那么我们还可以从句法入手，找一些更一目了然的范例。比如贺铸《青玉案》名句：“试问闲愁都几许，一川烟草，满城风絮，梅子黄时雨。”从情景关系来看，则三个景不处于同一画面，各不来往，是贺铸为了言自己愁情，把烟草、风絮、梅子雨三组景“布”在一起，这正是周济所说的“言情布景”的妙着。而反过来看柳永，《雨霖铃》有句：

留恋处，兰舟催发。执手相看泪眼，竟无语凝噎。念去去，千里烟波，暮霭沉沉楚天阔。

刘熙载说它有点染之妙，从我们讨论情景关系来看，柳词描述的是一个个连贯的焦点结构的场面，一经融入词中，则这组景顿时就“见”出了作者“多情自古伤离别”的依依之情，构成了一个周济所说的“写景见情”的妙例。

从词面形象——景的立场看情景关系，则我们不妨将“言情布景”视为一种造景，是“散点”组合；而“写景见情”却是一种写景，是“焦点”描述。毫无疑问，在经过充分说明之后，用“造景”“写景”的术语似乎更简洁清晰。当然，我们也看到了一种榫合：焦点、散点是一种结构，疏淡与浓密是一种衔接，现在，我们又找到了造景与写景这一对关系。它们互相间可以有一种大致对应：三个不同课题范围内的东西，在形式技巧这个更大范畴内终于携手并肩，走到一起来了。

当然，写景与造景并非是泾渭分明、水火不容。我们常常可以在一首词中看到写景与造景在交叉穿插，或是片与片、句与句之间，或是还牵涉到意象节奏的轻重快慢，曾以隐士风度自矜的东坡宗兄，号称后湖病民的苏庠，有一首《倦寻芳》很是典型：

兽环半掩，鸳甃无尘，庭院潇洒。树色沉沉，春尽燕娇莺姹。梦草池塘青渐满，海棠轩槛红相亚，听箫声，记秦楼夜约，彩鸾齐跨。　　渐迤逦，更催银箭，何处贪欢，犹系骄马。旋剪灯花，两点翠眉谁画。香灭羞回空帐里，月高犹在重帘下，恨疏狂，待归来，碎楺花打。

上片全数由景语构成，基本上没有流露出主人公情绪的倾向；到了下片，情的流露迫使作者逐渐有意识地组合画面，在景的穿插中，情的主题是明确的。贺裳《皱水轩词筌》对此词的前后阕在手法上的不同很是注意，他说此词上片“皆景语也”，到了下片，则“触景生情，复缘情布景，节节转换，秾丽周密，譬之织锦家，真窦氏回文梭也”。在此中，节节转换，即可看成我们所说的意象（景）的重新组织。织锦家的比喻，正以此“织”字，与缘情布置之“布”字异曲同工——这样，苏庠的《倦寻芳》前半是写景，后半是造景，在一首词中同时出现了两种对应的技巧。

周济是发现词中情景之两种不同组合方式的一代大家。他不但在《宋四家词选》中提到“写景见情”“言情布景”这一组术语，还在他的论词专著《介存斋论词杂著》中，又一次提到造景与写景的不同：

北宋词多就景叙情，故珠圆玉润，四照玲珑。至稼轩、白石，一变而为即事叙景，使深者反浅，曲者反直。

“就景叙情”即是“写景见情”，“即事叙景”即是“言情布景”，反复提到两种不同的类型，可见周济相当重视此中差别——这是一种方法论意义上的发掘。如果说，在前引《词选》中的评论还仅是针对柳永与贺铸的词的话，那么现在，周济却是在对两宋词做全面的考察。这恰好证明了“造景”与“写景”两大类型的典型意义。至于周氏持论偏爱北宋词而批评辛、姜，这是个人偏好问题，并不妨碍我们对两种基本型的理解。

对造景、写景之间关系的研究，是一种开创性研究，在周济以后，王国维也投身于此，在《人间词话》里反复提到“有造境、有写境”，与周济一脉相承。当然，才华横溢学富五车的王国维不会仅仅沿袭周济而不思另辟新境。从“造景”与“写景”到讨论景、境的“隔”与“不隔”，即可以说是他对周济说的新发展。

梅溪、梦窗诸家写景之病，皆在一隔字，北宋风流，渡江遂绝。

白石写景之作，如“二十四桥仍在，波心荡冷月无声”，“数峰清苦，商略黄昏雨”，“高树晚蝉，说西风消息”，虽格韵高绝，然如雾里看花、终隔一层。

“采菊东篱下，悠然见南山，山气日夕佳，飞鸟相与还”；“天似穹庐，笼盖四野，天苍苍，野茫茫，风吹草低见牛羊”。写景如此，方为不隔。

欧阳公《少年游·咏春草》上半阕：“阑干十二独凭春，晴碧远连云。二月三日，千里万里，行色苦愁人。”语语如在目前，便是不隔。至云“谢家池上，江淹浦畔”，则隔矣。白石《翠楼吟》“此地，宜有词仙，拥素云黄鹤，与君游戏，玉梯凝望久，叹芳草萋萋千里”，便是不隔。至“酒祓清愁、花消英气”，则隔矣。

咏物之词，自以东坡《水龙吟》咏杨花为最工。邦卿《双双燕》次之。白石《暗香》《疏影》格调虽高，然无一语道着，视古人“江边一树垂垂发”“竹外一枝斜更好”“疏影横斜水清浅”等作何如耶？

——均见《人间词话》

综上所论，在王国维所涉及的对景、境塑造的各种理由，从古诗到宋诗（如林和靖）甚至是咏物词，甚至是同一词家如欧阳修、姜夔的作品中的不同，都细细地作详密举证。正是因为有这些实际词例，我们才慢慢悟到，他所说的隔与不隔，说到底，其实是用词是否清通如白话，从心中流出，是则不隔，不是则隔——姜白石的“商略黄昏雨”并不生涩，但“商略”与“黄昏雨”之间的衔接缺少逻辑联系，显得切换速度太快，跳跃感太强，不似清到如白话，故而曰隔——隔其实是“雅”的表现。那么反过来，不隔则应当是民歌之属了。这个民歌与雅词的差别，当然不仅是修辞，还包括意象以及衔接组合的方式。那么，再以本节所涉的造景与写景的对比衡之，则造景大抵是偏于隔，而写景则较偏于不隔。王国维对于“隔”的方法是颇有微词的，但我们只是把握住“隔”与“不隔”的美学差别，不在此中强加进个人偏嗜并妄加褒贬。

由写景到造景，由不隔到隔，从词史立场上来看，这本应该是词的发展、成熟的标志；但在这里，我们还是要把写景与造景的差别落脚到流派中去，以此来证明形式技巧中“清水芙蓉”与“错采镂金”的区别，由此而形成的清通派与婉约派；再与依靠题材影响而构成的豪放派鼎足成三，构成宋词流派的三大基本型。

第四节　词的炼字遣辞——敷色与白描

词的存在，首先表现为文辞的存在。

从某种意义上说，文学本来就是一种修饰。把一般生活表现得曲折动人，或把一句白话写得色彩斑斓，这就是一种修饰的过程。

但这仍然是一个难以把握的课题——因为我们看到了修辞作为技巧的超越性格。亦即是说，修辞常常展现出其永恒的一面，而很少是因人而异、因事而异。倘若对它作一般的纯技术分析，我们几乎可能毫无所获。

然而，现在我们有了一个有效的武器——意象分析。既然意象可以有组合、衔接等各种不同的处理方式，那么它在修辞上也应该有相同步的表现。亦即是说，修辞中也应该有相对应的两种方法，以吻合于其他意象技巧的对应关系。

正是从一首词的某个字的处理，以及它引起古今词家争执的事实中，我们感受到了这种对应式的差异。秦观有一首很著名的《满庭芳》词，起句是“山抹微云，天粘衰草，画角声断谯门”，对此一直存有争论。争论的重点是在“天粘衰草”之“粘”字上。一般词选本和朱祖谋《彊邨丛书本淮海居士长短句》以及叶恭绰藏宋刊本，有作“天粘”或亦有作“天连”；但毛氏汲古阁宋六十家词本《淮海词》，却作“天粘”。直至今天，两个最著名的宋词选本也不一：唐圭璋《宋词三百首笺注》此词作“粘”，而龙榆生《唐宋名家词选》则作“连”。明代人杨慎曾著《词品》，卷三对此有过详细论例：

> 秦少游《满庭芳》“山抹微云，天粘衰草”，今本改“粘”作“连”。非也。韩文“洞庭汗漫、粘天无壁”。张祜诗“草色粘天鶗鴂恨”。山谷诗“远水粘天吞钓舟”。邵博诗“老滩声殷地，平浪势粘天”。赵文昇词“玉关芳草

粘天碧"。严次山词"粘云江影伤千古"。叶梦得词"浪粘天，蒲桃涨绿"。刘行简词"山翠欲粘天"。刘叔安词"暮烟细草粘天远"。"粘"字极工，且有出处；又见《避暑录话》可证。若作"连天"是小儿之语也。

虽然杨氏举古人为证，但作为否定"连"字的证据仍欠充分。因为古人如此未必秦少游一定得如此。故而龙榆生照录作"连"字，并不以自己的"小儿之语"而感到不安。

但是，正是这两个字本身的色彩启发了我们。"粘"显然是个刻意修饰并十分工巧的字，而"连"则较自然平坦、不加雕饰，若以"婉约""清通"分领这"粘""连"二字，恐怕是十分恰当的。由是，这两字之争，似乎与我们的流派研究有了些瓜葛。

老词人张伯驹在一则发表于《词学》的短文中，清楚地点出了这两个字的"流派色彩"，与我们的立场如出一辙，这是让人十分振奋的：

杨升庵《词品》及钮玉樵谓少游《满庭芳》"天粘衰草"，今本改"粘"作"连"之非。并举唐宋人用"粘"字来历，但潘氏滂喜斋及无锡秦氏所藏宋本《淮海集》仍系"连"字，叶玉甫印《淮海词经见各本概要表》，"粘"字者只明毛晋、清王敬之两刻本。细味"粘"字，仍不免有做作之意，不如"连"字之自然。诗与词用字不同，词中用字亦有时代不同，南宋词必用"粘"字，北宋词必用"连"学，当能意会得之。

北宋词稍见天籁，纯出自然，故以"连"字为上。南宋词多讲功力，略具雕饰，故用"粘"字为多。张伯驹领悟到"词中用字亦有时代之不同"，认为它们分别代表了北、南宋在修辞上的不同特征，这正与我们的目的相合——试以"连"学系清通派，而以"粘"字系婉约派若何？

修辞的情况十分复杂，一个"粘""连"的区分当然不能概其全。但既可以有如此的美感上的区分，那么当然也可以有走向流派研究——流派中修辞特征研究的可能性。对于这种种不同的修辞方法，古代词论家已有概论式的表述。清沈祥龙《论词随笔》即提道：

词不宜过于设色，亦不宜过于白描，设色则无骨，白描则无采。如粲女试妆，不假珠翠而自然浓丽，不洗铅华而自然淡雅，得之矣。

"骨"与"采"可以作为词的美学评论中一对极重要的范畴来对待。淡妆而丽，浓妆而雅，当然是极高的境界，但关于具体分析却仍没有。因此，我们应以词作为中心，从几个方面对这敷色与白描即采与骨进行更具体的考察与归纳。

（一）浓与淡

所谓浓与淡，一般可以指两种现象：一是字面色彩的浓烈与淡恬，二是画面形象的华丽与素雅。先来看色彩：

过春社了，度帘幕中间，去年尘冷。差池欲住，试入旧巢相并，还相雕梁藻井，又软语商量不定，飘然快拂花梢，翠羽分开红影。　芳径，芹泥雨润，爱贴地争飞，竞夸轻俊。红楼归晚，看足柳昏花暝。应自栖香正稳，便忘了天涯芳信。愁损翠黛双蛾，日日画栏独凭。

——史达祖《双双燕》

在词中，色彩关系形成几个套式结构：有直接点出色彩的，如“翠羽”“红影”“红楼”“翠黛双娥”等；有指事但有明确的色彩形象的，如“雕梁藻井”之饰色华美，柳昏（绿）花暝（红），乃至画栏的颜色等等；也有色彩虽不明指，但却可以揣度的，如帘幕、花梢、旧巢等等，这些色彩均可以实际拈出。这样，整首词就有了一个完整的多层次的色彩构成，各种不同颜色表征并在词的某一具体位置上发挥作用，读起来，真有五光十色、华美精工之感。这类例子很多，秦少游《满庭芳》有“红蓼花繁，黄芦叶乱，夜深玉露初零”，“碧水惊秋，黄云凝暮……凭栏久，金波渐转，白露点苍苔”。红、黄、白、绿、金、青……各种色彩交叉混合，有令人目眩之感。

与色彩强烈的一类相对，也有色彩淡恬的类型：

燕雁无心，太湖西畔随云去。数峰清苦，商略黄昏雨。　第四桥边，拟共天随住，今何许，凭栏怀古，残柳参差舞。

——姜夔《点绛唇》

所有的物象都被蒙上了一层薄薄细纱。作者有意削弱色彩的明度。因此，在《点绛唇》中，色彩对比不强，人们的感觉也是和谐温柔，甚至有点黯淡的愁苦之态。这样的例子也不少见。欧阳修《朝中措》“平山栏槛倚晴空，山色有无中”；又《踏莎行》：“候馆梅残，溪桥柳细，草薰风暖摇征辔，离愁渐远渐无穷，迢迢不断如春水”——山色之有无，梅之残，柳之细，皆是和谐的——当然未必灰暗，而是明快的和谐的色彩处理。姜白石《踏莎行》名句“淮南皓月冷千山，冥冥归去无人管”，月虽然皓，但却冷、却冥冥，塑造的仍然是一种淡而雅的不强烈刺激的色彩效果。

再来看画面的华丽：

绣幄鸳鸯柱，红情密，腻云低护秦树。芳根兼倚，花梢钿合，锦屏人妒。东风睡足交枝，正梦枕瑶钗燕股。障滟蜡，满照欢丛，嫠蟾冷落羞度。

人间万感幽单，华清惯浴，春盎风露。连鬟并暖，同心共结，向承恩处。凭谁为歌长恨，暗殿锁、秋灯夜语。叙旧期，不负春盟，红朝翠暮。

——吴文英《宴清都·连理海棠》

绣幄、鸳鸯柱、腻云、芳根、锦屏、瑶钗燕股、滟蜡、嫠蟾、华清浴、连鬟、暗殿、秋灯、红朝翠暮……好一个豪奢华丽到极点的场面。作者把我们引进了一个或明或暗、恍惚迷离的所在，到处都是鲜艳的色彩在不确定地闪现；但当我们头晕目眩地在这个迷宫中转了半天，却恍然大悟：哦！这华美的景致，其实不过是吴文英一手造成的幻景。幻景的根基，不过是一株不足道的连理海棠罢了。

这种七宝楼台式的华丽，是吴文英的看家本领。其他词家也有类似之作，但不如他这么走极端，不像他这样浓得连飘动的云都成了“腻云”——飘不动了。

再来看它的对立面——素淡：

长忆西湖，尽日凭栏楼上望，三三两两钓鱼舟，岛屿正清秋。　笛声依约芦花里，白鸟成行忽惊起，别来闲整钓鱼竿，思入水云寒。

——潘阆《忆余杭》

既无色彩之间粉红翠绿的对比，也没有豪华奢丽的金樽妓宴场面，而是开阔简远、平淡天然。钓鱼舟三三两两，是一种疏而不密。笛声依约是一种清彻而不是婉转。芦花是白，鸟也是白，钓鱼竿的意象使我们想起了静谧，还想起了柳宗元的“孤舟蓑笠翁，独钓寒江雪”的枯寂意境，最后的“思入水云寒”，与其说是构景，不如说是作者本人对词的整体风格的把握。与“绣幄鸳鸯柱”式的浓腻相比，这当然是清寂疏淡的。

色彩的浓烈与淡恬与画面的华丽与素淡，足以构成一种双重对应。色彩的浓烈不可能造成画面素淡；反之亦然。但我们仍将之划分为二，因为色彩毕竟只是局限于视觉；而画面的华丽素淡，不但依靠色彩的交叉搭配，还有赖于意象的密与疏、宽与窄等一系列因素。像吴文英这样的腻云、梦枕、欢丛等等意象，既没有任何色彩的直接表露，也没有任何可供色彩想象的条件，但它们却仍然是浓的、色彩华丽的而绝不可能相反。故而，画面的华丽与素淡作为更大范围内的对比和综合效果，仍有独树一格之必要。

一般而言，画面色彩的浓淡是决定一首词的基调的关键点之一。但也有许多词家出手不凡，在同一首词中造成浓淡相间的对比，形成一种色彩的节奏。这与我们讨论焦点散点、紧密疏朗、造景与写景时的情况相似：它们并不截然分明、互不相涉，正相反，常常是互相包容，互相调节。辛弃疾有一首著名的《青玉案·元夕》词：

> 东风夜放花千树，更吹落，星如雨。宝马雕车香满路，凤箫声动，玉壶光转，一夜鱼龙舞。　蛾儿雪柳黄金缕，笑语盈盈暗香去。众里寻他千百度，蓦然回首，那人却在，灯火阑珊处。

起首时的画面十分华美。花千树、星如雨、宝马雕车、凤箫、玉壶、鱼龙飞舞，真是繁华热闹景象。又有白纸做的柳条和金纸做的柳条装饰在妇女们的发髻之上，使穿金戴红的女士们更添了一层艳丽，一派节日气氛，但结尾却是陡然一转，从浓到淡，归到灯火稀落的冷僻角落处去了。色彩画面的那种奢丽华美感全部消失了，留下的只是淡雅、安静的一个小瞬间，是一个以浓起以淡收的结尾。

同一词中的浓淡对比，当然需要在技巧、结构上有极精到的造诣，它可以决定画面推移的节奏，并进而决定词的总体氛围的大倾向。

（二）深与浅

所谓深浅，不外乎就是用词深奥晦曲与平白如话的差别。由是，它本应指字面而言而不是指立意而言。

宋人张端义有《贵耳录》，在评论李清照词的风格特征时，曾有过如下一说：

> （易安）晚年赋元宵《永遇乐》词云"落日熔金，暮云合璧，"已自工致。至于"染柳烟浓，吹梅笛怨，春意知几许"，气象更好。后叠云"于今憔悴，风鬟云鬓，怕见夜间出去"，皆以寻常语度入音律。炼句精巧则易，平淡入调者难。

从工致到逐渐寻常语，是一个风格的转换。相对而言，"落日熔金"比"如今憔悴"是要深奥一些。但在宋词中，遣词造句比它深涩的大有人在。如吴文英《声声慢》："檀栾金碧，婀娜蓬莱，游云不蘸芳洲。"初看不知是什么意思。要反复读几遍，才知道"檀栾"是指竹，"金碧"是指楼台，"婀娜"是指柳，"蓬莱"是指仙岛。把这莫名所有的八个代字的外壳剥掉，才知不过是竹、楼台、柳、仙岛，如此而已。但这样读词太累，于是张炎就有了"亦恐太涩"的叹息。

以此来讨论修辞上的深与浅，当然极易理解。凡口语入词一般浅近，凡拗字僻字入词者往往奥涩。但这样的对比关系仍然过于简单，因为在深与浅的比较中，除了这些之外，往往还能带出两个问题：一是用典、二是炼字。不对它们做出令人信服的解释，则所谓的深与浅的关系讨论非但不能深入，反会引出误会。故有必要涉及一下。

①用典。凡用典总有个字底字面，总不如口语的浅近，那么它当然不符合张端义“平淡入调”的标准。然则用典究竟属优属劣？

近人蒲菁在补笺王国维《人间词话》论隔与不隔时曾对之做过如下发挥：

人生自是有情痴，此事不关风与月（欧阳修《玉楼春》），言情如此，方为不隔。蔡伸《柳梢青》“自是休文，多情多感，不干风月”，则须隶事矣。

以“不隔”的标准论，则同一内容堆砌典故，当然是隔；但自古以来，词中用典早已是真正的传统内容，全盘否定“隶事”自然也太多偏颇。南宋张炎《词源》就专门讨论过词中用典的问题。他的看法是全在运用之妙，不在于用典现象之有无：

词用事最难，要体认著题，融化不涩。如东坡《永遇乐》云：“燕子楼空，佳人何在，空锁楼中燕。”用张建封事。白石《疏影》云：“犹记深宫旧事，那人正睡里，飞近蛾绿。”用寿阳事。又云：“昭君不惯胡沙远，但暗忆江南江北，想环佩月夜归来，化作此花幽独。”用少陵诗，此皆用事而不为事所使。

细玩张炎的叙述再参照他举的词例，我们大致了解了他的真意：他主张用典要融化不涩，应该在字面上保持完整流畅的意象，即古人句为我所使而不是我被古人句所限；亦即是说，词的本句意象与语言的流畅完整是第一义，而典的构成是第二义。典在词中应该进行重新消溶与组织，重新适应、重新构造。这样看来，吴文英“檀栾金碧”的组合方法未免是过涩了。

用典用事，即意味着在词的字面含义下再加一层含义，使词的内容由单线变为一明一暗的复线。在这双层构造过程中，下层一定要服从于字面的上层意义，保持文辞上的意趣完美。诚如古人所说的那样，应该是水中著盐，无迹可循；既无饾饤之嫌，也无晦涩之弊，但仔细揣摩，则又能体察到明暗相衬之妙。即如前举辛弃疾用典的好例《贺新郎》（甚矣吾衰矣）一首词，不看其中十数个典，仅凭字面便很一气畅通；但捕捉到每个典之后，则以典联结起来，又能构成一个更大的交叉网络。典的功能是既要自成一系，又要配合字面形象的一系，它的配合作用是双重的。倘能如此，则用事使典也完全可以保持张端义所说的“平淡入调”的特色。当然，这是一种难度相当大的技巧。一个词家要同时照顾到字面、用典以及互相间衔接关系这三条线，没有非凡的本领，当然会顾此失彼。

②炼字。既然提倡平淡，则皆宜轻松拈出；炼字却是反其道而行之。

应该看到，炼字是指一种技巧；每个词人在用这一技巧时可以有不同的侧重点——有的是炼意境，有的是炼字面。炼字面可能要走向字面的华美精闳，自然是不易口语化。前述秦观“山抹微云，天粘衰草”之“粘”字，即是有炼的痕迹在，因为它不是口语中的词汇。吴文英“檀栾”句，后一句“游云不蘸芳洲”，这“蘸”字即是花了很大气力，这种“炼”还是有迹可循。句子既不顺畅，意思亦嫌奥涩，故而它只能算是在炼字面。倘不从意境上着手，则这些字眼未必能起到带动全句构成新境的绝妙效果。而王国维评宋祁、张先的名句，说“红杏枝头春意闹，着一闹字而境界全出；云破月来花弄影，着一弄字而境界全出矣”（《人间词话》），则是肯定了宋、张在炼“闹”“弄”字中所体现出来的那种意境之美。但他们的词句并不奥涩，一听就懂。可见，炼意境是不妨碍“平淡入调”的；正相反，它使“平淡”在入调后变得更隽永，更韵味悠长了。

刘熙载对炼字有很精到的理解：

> 古乐府中至语，本只是常语。一经道出，便成独得；词得此意，则极炼如不炼，出色而本色，人籁悉归天籁矣。
>
> ——《艺概》卷四

极炼是苦吟，不炼是化境。没有苦吟，当然无所谓化境；但仅有苦吟，化境也同样不会来。其间的关系很是辩证。而后句正应着我们的课题：出色——敷色也；本色——白描也。于是本节标题在此也有了着落。

敷色与白描在流派研究上的价值是显而易见的。仅从字面上，我们就能对清水芙蓉——白描与镂金错采——敷色的对应关系进行把握。因此，这本来就是个直接针对流派、形式研究的课题——只不过它偏于修辞方面而不像前几节那样是针对意象结构而已。但毫无疑问，既然修辞是诗词流派（扩大为一切文学形式）形式的最基本元素，则对它的探讨绝不是空泛的、缺乏实际意义的——它是一种有直接应用价值的研究，所获得的结论能直接落实到流派研究的重点——形式中来。以修辞（包括用典、炼字）

中的敷色与白描（包括浓与淡、深与浅）的种种技巧，再与其他各项讨论成果如焦点与散点（视角）、紧密与疏朗（衔接）、造景与写景（布境）等构成一个系统结构，又能形成更大的流派施展的大空间；流派作为一种历史现象，正是在这种种条件规定、支持下才得以形成的。

第五节　词的句式组织——拗接与顺续

由字面修辞再转入句法组织。

从逻辑上说，有什么样的修辞就一定会有什么样的句式。但要证明它却不太容易。

句式的存在首先表现为一种思维程序的存在。这就是说，它应该与词人的思想方式有关。但当它落实到字面上来之后，它就成为一种既定的文学现实；而我们，当然也可以有两种不同的研究方法：一是通过对句法字面的探讨去追踪词人的思想轨迹，进而探求词人所在的社会生活环境内容。另一是通过对句法字面的讨论，去探讨一些形式方面的课题，即不着力于词的思想方法而着力于词的审美方式。探讨每个词人在句式中所体现出来的技巧特征与美感构成，或许还可以探讨这种种句式的美感在作用于读者时将引起什么样的审美效应。应该说，词的流派研究更注重的是后者。

关于句式，主要的差别应该是顺与逆，即顺续与拗接这两种类型。先来看两首词：

先生筇杖是生涯，挑月更担花。把住都无憎爱，放行总是烟霞。飘然携去，旗亭问酒，萧寺寻茶。恰似黄鹂无定，不知飞到谁家？

——朱敦儒《朝中措》

这是一种顺续的典型。来看拗接的例子：

我住长江头，君住长江尾，日日思君不见君，共饮长江水。　此水几时休，此恨几时已，只愿君心似我心，定不负相思意。

——李之仪《卜算子》

从“共饮长江水”（在这时，长江水是令主人公喜悦并作为爱情见证的正面意象），到“此水几时休，此恨几时已”（在此时，长江水却成了主人公诅咒的，阻碍爱情、此恨绵绵的象征），显然是个相反的意象，这正是一种逆向的拗接。

当然，这是一种最基本的上下片之间的连接关系，它还不是句式，也牵涉不到字面技巧的具体课题。但用它来作为“顺”与“逆”的基本型的说明,却是最清晰不过的了。

造词造句的逆与顺，主要是是否依照口语的习惯来组织字面;过于违反口语习惯的，读起来人们听不懂，也不知其内容，这就是拗。反之则为顺。拗与顺，着眼于字面形象安排的主、宾语法结构的布置。最简单的拗与顺的词例，如吴文英《高阳台》上片：

修竹凝妆，垂阳系马，凭栏浅画成图。山色谁题？楼前有雁斜书。东风紧送斜阳下，弄旧寒，晚酒醒余。自消疑，能几花前，顿老相如。

山色之题，雁之能书，从何说起？斜阳落日，又岂是东风相送得了的？凡此种种，皆不是顺畅的语句方式。意象的构成，渗入了很大部分作者的主观感觉。因此从字面结构上说，这些句子于常理不通，但在艺术意境上说，它却是合理的、适宜的，因而也是富有魅力的，这就是作拗。再来看李煜《虞美人》:

春花秋月何时了，往事知多少？小楼昨夜又东风，故园不堪回首月明中。　雕栏玉砌依然在，只是朱颜改，问君能有几多愁，恰似一江春水向东流。

李煜也在用主观意图去组合画面：愁与春水并不相干，是词人的感受把它们组合到一起来的。这种方式,与吴文英看山色可题、雁在书字、东风之送落日的做法完全一样。但李后主在愁与春水之间用了个“恰似”作为连接词，把春水作为喻体明点出来，使这两个不相干的意象从字面上得到了和谐的衔接。于是,从句法上看,它便顺而不拗了。可见，顺与拗并非是能否用主观感觉对客观事物进行加工的问题；它的差别是在于这种加工在字面上的可视效果。吴文英的加工在字面上不出效果，需要读者自己去找其中内在联系，因而在句法上是拗。李煜的加工触及字面，遣词行句口语化，因而就顺。

拗与顺的对比，其构成很复杂。我们正可以吴文英这个句法最多变的词人为例，去看看《梦窗词》中的句法展现。

①思渺西风，怅行踪，浪逐南飞高雁。

——《惜秋华》

“西风渺渺”是正格，因为渺渺是感觉，这个感觉是从西风这一客观事物中引发出来的。有了西风这个因，才有了渺渺情思这个果。但在词中，似乎是先有渺渺情思再有西风，倒果为因了。这种画面与字面顺序相反的情况，就是拗。我们把它称之为感觉与实事之间因果关系的拗。

②乱云生古峤，记旧游惟怕，秋光不早。

——《瑞鹤仙》

峭立千年的山峰是主，夏云冬雪、春风秋雨，都为它披上了一层层不同季节的时装，是客。只听说过有峡谷荡层云，却不曾听说过在浮云中会生出高山来。因此，“古峤生乱云”才是正格。这个正格，吴文英自己也用过，如他的《金缕曲》有“乔木生云气”——是乔木生云气而非云气生乔木，总算是顺了许多。但吴文英似乎更喜欢“乱云生古峤”之类逆接的句法，因为这样的方法更显得奇倔诡秘——我们把它称之为主客关系的拗。

③绣幄鸳鸯柱，红情密，腻云低护秦树。

——《宴清都》

情密而“红”，不免使人颇费猜索，红情，是何等语？有红情是否还应该有其他颜色的情？感情无色无体，却加上色彩，显然，吴文英在此另有所指。词本题是咏连理海棠，那么，这个“红”字可以实指海棠的花瓣红色，这是实。红一般又象征爱情与美貌，又可指海棠的连理枝的缠结，与“密”呼应，这是拟人化的表现手法，是虚。“红”字不但可以是花的本色，而且还可以是绣幄、鸳鸯柱、锦屏、美人所投下来的环境色，因此这个“红”又可以是整个场面的气氛，这更虚。这样，一个“红”字，带动、生发出了层层套起的由浅至深、由近至远的意境。

当然，红情之密，毕竟于字面上不合。我们可以把它解释为通感的妙用，但无法让它的字面结构走向完整——我们把这种“拗”称之为词性不吻合的拗。

④水涵空，栏干高处，送乱鸦斜日落渔汀，连呼酒，上琴台去，秋与云平。

——《八声甘州》

“秋与云平”，是个何其豪阔开朗的境界？但细细一想，这个景象用眼实在无法看出：云自可见，秋也可见吗？而吴文英不但看到了抽象的秋，而且还看到了它的“与云平”。这样，我们发现它至少有两个地方是拗的：第一，抽象的秋是不可见的；第二，秋是一个广泛的、不具体的概念，而云是具体可视的物。但在吴文英眼中，云与秋取得了同等并列的地位，并把自己的“平”也强加给本无所谓平不平的“秋”——我们把这称之为是总体与局部、抽象与具体、概念与形象之间的拗。

⑤飞红若到西湖底，搅翠澜，总是愁鱼。

——《高阳台》

秦少游有词句“飞红万点愁如海”，历来被称为喻秋名句，因为它是一个愁的典型氛围。但它“飞红”一旦落到了湖底,“万点”的场面当然没有,但它却能搅得鱼也发愁——吴文英的奇特想象力不免令人惊讶。飞红不经过秦少游的吟咏，恐怕自身不会有什么感情色彩。看来，要让鱼儿愁起来，似乎还要让鱼多读读秦七的词。但这样也有问题：飞红在天上是万点飞散，而落入湖中，与翠澜搅在一起，红绿相映，非复往日情态，其感情的传递自然有异。故而要把这飞红、翠澜、鱼儿三个意象联结起来，需要对秦观词原句的了解，又需要不拘执于秦词原意，仅提取出飞红与愁的关系，再将它换移到鱼儿这个对象中去，使鱼儿变成“愁鱼”这一特定意象。这就是秦观词先入为主印象对吴文英词的正反两个方面的启示。这种拗，我以为是一种用典的拗。

⑥听风听雨过清明，愁草瘗花铭。楼前绿暗分携路，一丝柳一寸柔情。

——《风入松》

绿暗，或指青苔或指弱草。花草苔茸总是依附于路阶的，路阶是本，草苔是从；只有路去携草，却不闻草来携路。我们可以虚构这么一幅场景：清明多雨，雨后草苔滋生很快，在小楼上看，一层层绿草向几个方向伸延出去，形成了一条条青青小径。于是吴文英选定了“携”这一词以点出不是一般的路。但以草苔“携”路，于字面上毕竟不顺——我们把它称之为本与末、主与从之间的“拗”。

类似的拗还有很多，无法一一列举。在吴文英这位拗句大师笔下，无论是如何奇怪的结构、意象乃至奇怪的句法，都会坦然出现，忽顺忽倒，忽推忽拉，令人头晕目眩;而且这种技巧运用得又都那么娴熟轻松，在字面上的拗却掩盖不住在字面以下隐藏着的一组组新鲜生动的意象画面。我们不禁想起了歌德的一句名言：“这个包含在大而深的理性之中的小小悖理，赋予诗歌以特殊的魅力。”吴文英不正是这样一位有特殊魅力的词家吗?

再来看拗的反面——顺。

顺的例子很容易举，也很易理解。但顺句也并非是不加考虑的粗糙拉杂成句。沈祥龙提到行句自然即顺时指出：

词以自然为尚。自然者，不雕琢，不假借，不著色相，不落言诠也。古人名句如“梅子黄时雨”“云破月来花弄影”，不外自然而已。

——《论词随笔》

所举的都是词中名句，古来都把它们作为炼意炼字的范例；但沈祥龙却认为它们的自然本质更重要。确实，像贺铸、张先两位的词句，绝不颠倒字面和语法结构，顺畅自然，清晰明朗，读起来朗朗上口；而像吴文英的拗，要做到能听懂就相当困难。由是，作为婉约曲折的词派之倾心于拗，而清新通脱的词派则专注于顺，似乎又是一个不言而喻的结论。王世贞《艺苑卮言》有一段话，专指苏东坡词之自然顺畅，堪可与我们上述对吴文英的拗的分析构成对应。他是这样说的：

> 子瞻“与谁同生，明月清风我”，“明月几时有，把酒问青天”，快语也。“大江东去，浪淘尽，千古风流人物”，壮语也。“杏花疏影里，吹笛到天明”，爽语也。

被王氏指为快语、壮语、爽语的，竟一无例外都是顺续的句式。则以东坡归为清新通脱流派，而与吴文英的婉约深曲相对，当然是毋庸置疑的了。

综上所述，顺续是最通常的技巧；关于拗，我们以吴文英为例，已分析了六种不同类型的表现方式。它们分别指向不同的意境效果。由于词所表现的内容是极为丰富的，词的形式容量又是极为庞大的，因此以一个拗接而言，当然也应该有不平面、不简单的丰富多彩的表现。只有这样，我们也才可以说，作为一种类型的存在，拗与顺是具有典型价值，并不断地被从各个角度、各个层面上加以证明着的重要技巧内容。

以流派立场观之，则拗与顺之间的对比，大抵也能与上几节讨论构成呼应关系。焦点、疏朗、写景、白描、顺续——这常常代表了一方，而散点、紧密、造景、敷色、拗接——这些又代表了另一方。前一系统可能天籁，也可能很幼稚；后一系统则是很精巧，但又可能失去自然而走向生涩与造作。当然，它们之间因为分属不同的层面与视角，泾渭未必如此分明，其间也有可能出现某种交叉现象。但在一个美学形式与技巧立场上看，则两大模式的分类，无疑有助于我们对技巧内在本质的探讨。

张端义《贵耳集》提到了“炼句精巧则易，平淡入调者难”；刘熙载则提到了“极炼如不炼”。依前所述衡之，他们似乎都赞成“顺续”这一系统，这当然与中国古代“大味必淡”“无执故无失”这样的思维方式有关。但这是一个创作学立场上所获的结论。倘若以词史或词的形式、技巧发展史而论，则“拗接”这一技巧，正体现出一种高度成熟的技巧意识。在它的统辖下，任何角度、立场的技巧发挥都是可能的。由是，当我们研究宋词发展的技巧进程时，我们又不得不承认，后者代表了词史发展的方向，或曰它为词提供了一个在形式上走向开放、在技巧上走向多样、在审美上走向雅化这样一个新模式。在词史发展进程中，纯粹的美学研究（而不是社会学研究）绝不敢轻易忽略婉约词派的价值。这样看来，拗接作为一个具体的技巧现象，它的成为形式研究课题中的一个正面的、重要的落脚点，又有什么可怀疑的呢？

最后，对顺续与拗接这一对技巧，我们再从创作美学方面进行概括：大凡以表达涵意为目的——即以词为媒介而试图表达一种社会意义上的思想、意志、情态或判断、认识等等目的的，大抵不会采用拗接的技巧而多采用顺续的技巧。究其原因，则是拗接常常会把词意变得晦涩，对传达意义显然不利。故而豪放派词家很少用这样的接续方法。而大凡以审美为目的，注重词作本身的展现而不注重外加内容的创作，则大抵喜用拗接（至少是拗与顺并用）方式。究其原因，也即是因为词本身就是目的而不是媒介，对词的表现力应有尽可能精到的发掘与探究——当然，这是一个相对意义上的分类；事实上在豪放词中也会有拗接方法的出现，而在婉约词中也不乏顺续的痕迹。我想应该用如下一种认识来对待两者之间的关系：

第一，顺续是一个绝对的存在。因为词是文学，文学的存在首先即表现为语言的存在；从语言到文字，不可能有不顺续的句式组合。否则，它就不能完成思维交流与语义传达这些最基本的目的。因此，语言、文字的存在即决定了顺续方式的绝对存在。落实到文学，除非它能摆脱文字、语言甚至表意功能这些物质规定，不然它也就只能顺乎于此而不可能背道而驰。词中最早出现的之所以是清通词派——有十足的顺续句式组织与表意能力，也即是基于这一限定。这是个最基础的限定。

第二，拗接是一个相对的、“文学”的存在。它出现的目的与理由是纯审美的，而不是语义的。为了文学表达的艺术性，为了词不像日常生活中的对话那样乏味，为了文学的结构，为了词（诗）的空间构筑，为了能同时在一个语言展开轴上表达尽可能多的内容与意义，为了立体的美感，还为了开启读者的阅读想象力与审美把握能力——总之，为了很多表层的修辞与内层的意象的理由，应该有拗接这种技巧的存在。正是在这个意义上，我们认为它首先是文学的——因为是文学的，因此它就只能有一个相对值而不能要求所有的词家都必须照此作词；它更应该是一种审美意义上的流派、形式、技巧层面的需要。

当然，就词本身而言，也不无端倪可寻。作词曰“填”——这个“填”字的存在，即为“拗接”技巧提供了可能性。“填”可以不讲前后次序。它可以打破语序上的限制，可以先有后句再补前句。这种独特的创作方式，当然也为句法上的拗接，以及视角上的散点等等提供了一个理想的框架。试想想：按谱填词，以辞就声，哪些文学体裁有词做得这么决绝？

第六节 词的字声节拍——连续与间隔

在技巧层面上谈节拍，应区别两个不同的所指。首先，讨论节拍者不是讨论声律，因此宫调旁谱之类纯音乐的内容不在我们的范围之内。或者更准确地说，是字的发声或韵位等问题还能与我们的论题有些许接近之处，但音律却与我们相差太远。其次，即使是字声，它也不是唯一主题；我们更关心的还有作为词（意象）之间的距离——它的排列的连续与间隔的问题。词作为音乐文学的特征，它的注重声律、讲究音调的特征，当然对文辞产生了重大影响。填词时下字水准的高与低，以及某字亮某字稳，某处必用去声而不得混用上、入、仄声，等等这些，都有特殊的规定。更加之词是长短句式，能极好地提示出长短节拍、抑扬顿挫之感，当然对于下字讲究字声带来了更大便利，也呈现出比其他韵文学更富有魅力的一面。

李清照是善于运用字声技巧的旷世奇才。我们先来看她的几首词。

①《如梦令》：

昨夜雨疏风骤，浓睡不消残酒。试问卷帘人，却道海棠依旧。知否？知否？应是绿肥红瘦。

这是一种最简单的字声重叠技巧。两个“知否”的重叠，是一种连续强化的技巧，它把女主人公与卷帘侍女之间的对话表现得非常委婉亲切，对日常的生活环境气氛的渲染，可以说是恰到好处。倘若只有一句“知否”则不免会有一种教训、责备的基调，少却许多轻松的、带点自问自答趣味的诙谐情趣了。

但我们还是指它为简单的技巧，因为这是词牌规定的现成的句式重叠——尽管李清照用它来嵌入问句。

②《一剪梅》：

红藕香残玉簟秋，轻解罗裳，独上兰舟。云中谁寄锦书来？雁字回时，月满西楼。　花自飘零水自流，一种相思，两处闲愁。此情无计可消除，

才下眉头，却上心头

从词调词牌规定的句式重叠的规定，转到对声字与意象的排比，是一种明显的进步。“花自”飘零与“水自”流，是两个领格关系的叠用，“才下眉头”与“却上心头”，又是两个相同句型的叠用。前后句本身，是两个小距离的，在本句内的间隔；而前句即“花自”句，与后句即“才下”句，则构成了一个间距较大的间隔。而带动这个声字节拍的关键点的，正是两个重复使用的声字——“自”与“头”。由于它们的叠现，使得声律委婉回护，在总体上造成一种一气呵成的自然伸延。由是，总体是连续的（不因句换而断气），局部又是间隔的（有大间隔和小间隔）。但是请注意，它不是指向内容意象，它指向的是实实在在的叠用声字:“自”“头”——“花自”“水自”;“眉头”“心头”。更需要注意的是，声字重叠在此词中并不是词牌词调的句式规定，比如，最善于炼字的吴文英也有《一剪梅》，就没有这样的声字相叠。上举三句，在吴词中是这样的：“瘦倚溪桥梅夜寒”“春在西窗，灯火更阑”。相对而言，它就不具有一种“连续”与“间隔”的妙趣——当然，不是说吴文英词就一定不如李清照，因为这牵涉到每首词的表现目的、表现手法，不须强求一律。但有了这样的对比，再来看李清照《一剪梅》，当然就更重视她的声字节拍的出众技巧了。

③《声声慢》:

寻寻觅觅，冷冷清清，凄凄惨惨戚戚。乍暖还寒时候，最难将息。三杯两盏淡酒，怎敌他，晚来风急。雁过也，正伤心，却是旧时相识。

满地黄花堆积，憔悴损，如今有谁堪摘？守着窗儿，独自怎生得黑？梧桐更兼细雨，到黄昏，点点滴滴。这次第，怎一个愁字了得？

声字重叠以造成连续与间隔的效果，这首词可以说是最成功的。起首七组叠字，即是前无古人后无来者的大手笔。它使我们感受到了一种声字紧密排列以见连续的效果。而后片收尾时，又叠用“点点滴滴”两叠，造成前后呼应，前主后次的对比。更有意思的是，在前片七叠和后片两叠中，不但字叠，音也叠，如：“寻寻觅觅，冷冷清清，凄凄惨惨戚戚。”除觅、冷两叠之外，其余全是以齿音统辖，这样就造成了一种“cí”音节的不断闪现，字韵不同，但却更增添了一种低回慢吟、悄声细语的情调。在开首即多用叠字又多用齿韵的构想，显然是自古未曾见的。但这并非是李清照的偶然得之；作为证据，我们还看到了齿音现象的不断出现，如次一韵的“息”字，上片煞尾处的韵“识”，这是一种前后呼应，形成间隔的丰富对比关系。不但有“齿音”的重叠，还有另一个次系统的“de”音入声字的重叠，下片有“得黑”，即是叠韵，收尾时的“得”，也是呼应极妙的范例。在声字处理上，有这样复杂的结构安排，怎不叫人佩服李清照的出神入化？

以连续与间隔的处理技巧衡之，则《声声慢》开首十四字叠字，显然是一种连续的技巧；其后的点点滴滴的两叠，则是一种间隔技巧。而这双声的连续与间隔，又带出了另一个系统的叠韵。第二系统的叠韵，却是以间隔为主的技巧展开。这就构成了一种复线状态：前一系以连续为主，后一系以间隔为主。而在每一系里，又有连续与间隔之别。

字声的排列，不仅仅是李清照，也不仅仅是上举三种例子。我们不禁想起了另一种类型，是表面上不明显、但却有一个暗示的声字节拍连续与间隔的技巧隐隐在起作用。请看晁补之《水龙吟·次韵林圣予惜春》：

问春何苦匆匆，带风伴雨如驰骤。幽葩细萼，小园低槛，壅培未就。吹尽繁红，占春长久，不如垂柳。算春常不老，人愁春老，愁只是，人间有。

春眼十常八九。忍轻辜，芳醪经口。那知自是，桃花结子，不因春瘦。世上功名，老来风味，春归时候。纵樽前痛饮，狂歌似旧，情难似旧。

关于这首词的声拍接续关系，我们可以从如下三个方面去加以总结：

①以春字所在的位置串联起来，散布全词始终，配合词题的“惜春”，几乎把字声重复出现的效果应用得淋漓尽致。这是一种间隔出现而在总体上却十分连续贯气的技巧效果，当然也是词中最常见的一种效果。

②以上片尾句为例，又构成了一个自足的循环，我们在此中看到了一种循环相续、逐层递进的效果：以“春”“人”“愁”三字反复出现，意象叠现而字声环护；而这种技巧，又暗伏着另一种循环关系，即春（景）——主题、人——主角、愁（情）这样一种三角关系。

在最后的煞尾时，则重复使用了两个“似旧”，对作为总脉络的主题“春”做出配合呼应，也对上片收尾的三层逐级递进的循环作出呼应。这样，形成了一个主、次、最次，或曰明、晦、最晦的结构关系。它们可以说是晁补之整首《水龙吟》的声字节拍以及音象衔接之连续与间隔的基本关系。点出了这层关系，则关于词中声字节拍的讨论，当然就有了现成的结论了。

晁补之的“算春常不老，人愁春老，愁只是，人间有”，是一种连环生发的结构安排。它让我们想起了苏东坡的名句“燕子楼空，佳人何在，空锁楼中燕”(《永遇乐》)，也是将“楼”“燕”两字重叠回环使用。有一点是可以想见的：这种回环以声字出之的技巧，在当时十分普遍，是词家所乐于采用的。而依我们看来，这种回环的节拍间隔与连续，似乎还不仅仅是声字的排列问题。它其实已带有明显的意象衔接的含义，从而走向文学表现一翼去了。

我们构画出的，是一个体系化了的声字节拍技巧内容。但是，这是一种分析式的构画，是一种以词为例作具体考察的研究。那么，从理论思考的角度，是否有可能为声拍技巧归纳出几个不同的表现类型呢？

声字节拍的存在，本来是个复杂的存在。我们可以把“节拍”落实在连续、间隔或还有抑扬顿挫的基点上；但作为节拍构成的内容即声字，它却包括了“声”“字”这两大部分。声的部分是字声，每个字的发音及字调；而字的部分则是文辞——同一声字的重叠以形成间隔或连续，则必然意味着同一声字调和同一个字意的反复闪现。这样，它势必牵涉到声（格律）与字（内容）这两个范畴。以“声”这一部分伸延开去，即会牵涉到词调词律（当然还不是音律）的规定——它是一个最基本的物质规定。以字这一部分伸延开去，则牵涉到了意象、文辞内容的表现问题；但它显然是从属于格律而存在的：没有格律的规定，它可以无所依傍。正是基于这样两个主次关系明确的构成因素，我们才可以深入去考虑一下，声字节拍的理论价值究竟何在？

以声字的“声”这个方面伸延开去，我们看到了它将涉及如下几个层面的课题：

①节拍作为元素；

②词调的声字的间隔位置的规定；

③句式的间隔；

④韵位的间隔；

⑤特殊处理如摊破、减字、添声等的间隔。

节拍的存在是一个“物质”的存在，它本无所谓倾向性，常常有人说节拍的松与紧会传达人的感情倾向，但这本来只是一个一厢情愿的看法。节拍的抽象性太强，不用一定的调式把它组织起来，仅仅节拍并不传达什么情绪。就像仅仅是孤零零的音节也不传达什么具体情绪一样。

但节拍的存在却是个起点，因为有了它，才有了进一步情绪化所必须具备的物质载体。节拍就像是音乐中的音符，文辞中的单字，它们虽不孤立发挥作用，但用不同的方法对它们加以使用，却能传达出不同的意念、情感、内容，并进而构成起一个文学的世界。

由单一的节拍走向词调，是一个组织化的过程。正是调式，把节拍安放在一个个固定的位置上，使它们互相作用，产生“律”的意义。最基本的如诗中的平平仄仄的对应关系，即反映出一种阴阳对称的、互补的节拍，成为诗律的基本格式。而由平平仄仄再走向粘对，即上句平下句仄，又构成了句与句之间的关系。在词中，则还有许多“去声”部位的存在不容忽视，这些，都可说是基本的词调规定在起作用。李清照的《如梦令》叠用“知否，知否”，以及小令中常见的如李白《忆秦娥》“秦娥梦断秦楼月、秦楼月”，韦应物《调啸》“胡马、胡马，远放燕支山下”等等的叠用，即是词调的规定在起作用。它本应起于音乐的规定，但一落实到文辞并被固定为词牌格式之后，则声字节拍的表情作用就有了一个相对稳定的表现程式，每个词家在填《如梦令》《忆秦娥》《调笑令》时，可能内容、情态完全不同，但到了规定位置必须叠用前句，却是谁也不能违反的格式了。

但这些仍然还只是一个较为简单的规定格式，它还不能说反映出词人个人的创造力。到了更具体的句式间隔与韵位间隔，词人的手法才开始多样化起来。晁补之的《水龙吟》，分布在全词各个位置上，起串联与连续作用的“春”字虽然也合平仄，但它却不是词牌规定必须如此的，而是词人根据主题需要，运用巧思加以特殊处理的。而李清照《一剪梅》“才下眉头，却上心头”，却正是利用了四言对偶的句式，巧用字声形成重叠节拍；这种同声字“眉头”“心头”的间隔，造成了更大意义上的连续，显然是独出心裁之举。

作为特殊处理的字声节拍技巧，则一是通过较稳定的方式出现，如以改造词调来达到变化（摊破、添声、减字等等皆是）。它们本是词人的灵活运用，在把词从一律句式转换成有点、有逗、有间歇、有顿挫，特别是还随之产生了韵位的变化（即转韵）方面，可以说是充分拉长或缩短了节拍构成。这种使一律句式长短的技巧，客观上使词更生动活泼，更易于唱吟，使词变得更像词了。另一是通过词人在创作时的独出心裁，造成出其不意的效果。如《声声慢》起首十四字，在李清照手下连用七叠字，造成了一气相连的节拍效果，再以后面加两叠呼应之，像这样的临机应变的技巧，当然还未可以定格论之。它是词家经验积累与才智聪慧双重作用的结果，是只可有一不可有再的"绝唱"。词的创作，当以这种出神入化的技巧展现与声字节拍展现为最高境界。

再来看以声字的"字"这个部分。它主要应表现为如下几个方面的课题：

①字面形象的间隔与连续；

②意象排列的间隔与连续。

前一个问题是修辞层面上的，而后一问题则牵涉到内容。作为第一个课题的证明，则如前举晁补之《水龙吟》以"春"字闪现分布于全词中，即是一种字面形象的间隔、连续技巧。读者随着词人，不断感受到指示明确的"春"的景色、气氛的感染，字面十分清晰，不会引起误解。但这是一种明示的字面间隔，还可有一种暗示的字面间隔，比如晏幾道有《鹧鸪天》下片曰：

从别后，忆相逢，几回魂梦与君同？今宵剩把银红照，犹恐相逢在梦中。

"忆""梦""照""梦"，它们在字面上不全部以同字相叠，但含义却取向一致——即它们都带有一种非现实的虚幻的感觉在。如果这种技巧再辅之以"声"的叠现即另一系统的"逢""梦""同""逢""梦"等等的重叠间隔；则在五句之中，形成了声的间隔与字义（暗示明指交叉）的间隔这两条轨道，它们作为修辞与声律配合的范例，是很能说明问题的。

意象排列的间隔与连续问题，则当以张孝祥的名篇《念奴娇》为最典型：

洞庭青草，近中秋，更无一点风色。玉鉴琼田三万顷，着我扁舟一叶。素月分辉、明河共影，表里俱澄澈。悠然心会，妙处难与君说。　应念岭表经年，孤光自照，肝胆皆冰雪。短发萧骚襟袖冷，稳泛沧浪空阔。尽吸西江，细斟北斗，万象为宾客。扣舷独啸，不知今夕何夕？

这是一首心境两清的千古绝唱。关于它的妙处不待赘说，我们在此处只把它的意象排列的间隔与连续作一解析。以"清"为基点：

①"更无一点风色"：则静也，静者自有清气。

②"玉鉴琼田"："玉""琼"皆洁白，是清之极也。

③"三万顷，着我扁舟一叶"：以无比大衬无比小，浩然旷寂，是清也。

④"素月分辉"：素者白也，辉，清光也。亦是清甚。

⑤“明河共影”:“明”字点出清。若浑浊何来影子?

⑥“表里俱澄澈”:“澄澈”即直言清也。

⑦“孤光自照”:“孤光”者,言清静之极。

⑧“肝胆皆冰雪”:“冰雪”自是极清之物。

⑨“沧浪空阔”:能“空阔”者必不浊,故反喻清。

全首《念奴娇》无一字涉“清”,但通篇九处皆直涉清的意象。连续衔接与间隔,又不断变幻角度,在意象排列上可谓是出神入化。记得清厉鹗在笺《绝妙好词》时提道:宋末魏了翁曾跋张孝祥此词真迹,有如下一段话:

方其吸江酌斗、宾客万象时,讵知世间有紫微青琐哉?

如是,从词的字面、意象、境界之清,又转向词人人格之清,则内外表里都是“澄澈”。

也许从形式美角度去看,间隔与连续本来是一个不分彼此的矛盾体:对于某一句而言,韵位、声字重叠是一种间隔;但对于全词来说,不同距离的韵位重叠或声字重叠,又毋宁说是一种连续。间隔不是“断”,它本身就含有连续的成分在内——如果在视觉艺术中使用这一词,它表示对空间的间隔即“断”;但在文学、音乐等依时序展开的体裁形式中,则它显然是一种断与连的交替。这样,局部的间断与整体的连,正表明这一对概念的实际含义可能更偏向技术而不是形式特征。再以它走向流派,我们当然不能说,某派是连续而某派是间隔——恐怕没有一派能偏取一端而舍弃另一端。但大体上说,则婉约派因为主张深曲含蓄,组词造句又以密见长,以造景、散点的组合功夫见长,它应该在技巧上更倾心于间隔技巧;而清通畅快的词风希望在声字节拍上毫无阻滞,自然在技巧上会习惯于以连续为主。这是一种大致的、并不严格的分类。而倘以词意与字声、节拍之间为对比的话,我们倒可以提出一种新的讨论结构。以间隔距离的疏、密、长、短论,则大凡字声、节拍间隔疏长而词意连续贯串者为清通派所长;字声、节拍间隔密短而词意间隔生涩者为婉约派所长。至于豪放派,虽然内容不同,但在形式技巧上则大抵可以比照清通词派的特征。不再重复举例。

归纳(二) 宋词流派的横向考察

通过前六节的讨论,现在可以进行总结了。

总结的是流派自身的发生、发展与起运关系。这样一来，有多少种流派类型，就应该有多少种局部的流派史构架内容。以我们已提出的三种流派分类——清通、豪放、婉约三派说，即意味着应该有三个作为分支的流派词史，即清通词派史、豪放词派史和婉约词派史。

对三个词派史作一系统的、平均的论述，当然是十分重要的。但我们却认为平均论述并非是一种最好的方法。如前所述，我们在词派划分时，曾提出两种衡量标准，一是以内容为基点的划分，即以豪放激越内容与轻松潇洒内容相区别，形成豪放派与清通派的对比；另一是以形式为基点的划分，即以清水芙蓉的形式与镂金错采的形式相区别，形成清通派与婉约派的对比。但内容题材因人因事因时而异，它们为类型化的流派研究依据太不稳定；而形式却是艺术性的所在，它既具有相当的规范性，又有明确的审美性格，这两点正是流派研究的两个主要支柱。因此，流派研究选择形式作为主要出发点，是理所应当的。

作为反面的提示，我们又看到，古来以婉约、豪放两派分的传统观点，之所以在面对具体词作时捉襟见肘，穷于招架而破绽百出，也正是因为它选错了立足点——它选择了内容，却无法解释许多艺术层面的、审美层面上的差异现象，当然更无法由此再转向真正的流派模式研究。

建立在题材内容上的豪放、婉约两派说，是一种语义学立场的分类，它是一种判断色彩十分明显的既有认识。而我们的研究，正是以它作为针对面，并在语义学立场之外提出另一个审美学的研究立场——以审美的、艺术的视角对词作流派展开研究的新模式。那么，我们当然是选择形式而不是内容来完成这一跋涉。这就是说，我们的研究基点十分明确：依上述对三派划分分属形式、内容的结论，只要是以形式为基点，我们必然会把主要目标集中在于清水芙蓉与镂金错采这两种形式的对比之上；而把内容的差异只作为一种外来因素进行参照。一旦在这两种形式差异中找到了我们所需要的结论，婉约派与清通派的区别既已明了，则豪放派的内容差别当然也不言自明。

本章前六节的讨论，正是基于这样的构想，即不多考虑内容但却对形式予以最大的关注；并且，讨论的结果也必然是指向婉约派与清通派的形式差异与艺术表现差异，而于豪放派却关照不多。六节的讨论有不同的角度，又分属不同层面，因此，有必要对这些讨论结果作一清晰的梳理，列成表式如下：

角度	对比	
词的结构视角	焦点—时间的前后始终—时间—聚—化	散点—方位的上下左右—空间—散—切
词的意象衔接	松—散体—疏—条贯—纵向—清空—浅易—简—畅	紧—对偶—密—错综—横向—质实—深曲—繁—涩
词的构境见情	言情—言情以布景—不隔	写景—写景中见情—隔
词的炼字遣辞	白描—骨—淡—素雅—深—工致语—人籁	设色—采—浓—华丽—浅—寻常语—天籁
词的句式组织	顺—平淡入调—语言的	逆（拗）—炼字精巧—文学的
词的字声节拍	字声、节拍的间隔疏长而词的意象贯畅	字声、节拍的间隔密短而词的意象间涩

就一般情况而言，为便于理解，我们大致可以将表格的左列看作是“清通派”清水芙蓉的形式美学特征，而把右列看作是“婉约派”的镂金错采的形式美学特征。当然，正因为上表分列左右的意识十分明显，许多细微的区别还很难拈出，故而只能有一个大概的把握，不宜死扣。亦即是说，这样的划分只是分类学意义上的，而不是作为最后的精密结论而提出的。有些对比分别牵涉到了方法论、观念归属、概念清理、语词风格、意境、美感、文学内涵、音节、叙述目的、方位意识、体裁、视角、美学性质等各层面的课题，在此为是在彼却可能为非，其间还会有极复杂的转换，作为表格，当然是很难一一照顾周全的了。但我想，从流派的角度去看这么一份立足于技巧、形式、艺术审美风格对比的比照表，虽然不必说它就是最终结论，但它却显然是富有启发价值的：表中许多对比其实还可以引出更多更细的对比关系来。

通过形式分析与技巧展示而获得的这样一份表，给我们的流派研究带来了一个极重要的出发点。因为正是有了它的存在，我们才真正了解到，在题材、内容的语义学规定之上，应该还有一个审美的、形式的、艺术学的法则在起作用。它即是一种本体——词作为特殊的文学样式得以确立的主要依据；它构画出了一个词的形式、词的美学的世界。以此为起点，来对宋词三个流派进行类型观照，我们大抵可以对遍布整个两宋时期近三百年的词家词风，做出尽可能深入的美学上、风格上的把握。

落实到词家集群、风格流派归类这一层面上，我们对三个流派各自的发展本体、发展特征，作如下的总结与提示：

（一）清通派

清通派作为一个流派的起讫，可以说贯穿了整个宋代词史。由于唐五代小令，以及绝句入唱的影响，宋词从一起步就具有浓郁的民间趣味，其形式技巧的特征即是清新通脱。此外，敦煌曲子词中所存内容，虽在题材上有豪放的边塞诗风，如《望远行》“年少将军佐圣朝”，《生查子》“三尺龙泉剑”等等，也有柔媚如《渔歌子》“洞房深，空悄悄”，《内家娇》“丝碧罗冠”等，但在形式技巧上，却大抵是清新通脱，并不深涩的。是则敦煌曲子词中大多数无名词家，当然也还是擅长清通词派的手法无疑。

进入唐末五代，我们看到了韦庄与温庭筠的对比——韦庄词是以清新者居多，不雕琢不生涩；而南唐二主更是善于抒情的大家，他们的出现奠定了词的风格的大致导向，即以清新通脱的形式与技巧去表现轻松优雅的主题，从而与诗的讲究格调与主题范围开阔拉开了距离。但因为他们还是社会上层的帝王将相与士人，因此这可以说是文化人对词进行的第一次正式改造：使词既清新俊逸又能脱离民间词的粗俗。

北宋的晏殊、张先、宋祁、欧阳修可以说是第二代词人，尤以欧阳修为代表——在保持继承清通词派的一贯传统之同时，他们已注意对修辞的追求——这正是一种高文化对民间词的改造。但因为唐五代以来的传统，这种修辞上的改造，仍然集中在炼字炼格注重意境而不曾使用华丽奢靡的艳字丽调；清通仍是清通，但词的文学意味更浓了。

苏轼、黄庭坚等词家则是第三代清通派词家。在他们手中，清通已转向一些新的表现。如苏轼的高旷与隐世，即是以清通为基点的别出心裁；黄庭坚则干脆把词当作江西诗派的实验品，以瘦削生硬为高。特别值得注意的是黄庭坚还有不少直接以口语入词的尝试，被论者以为是直接之曲，是以曲为词；当然清畅的特征更明显了。而贺铸，则可以说是上承晏殊、宋祁、张先的一种格调。这样，这一时期词家大抵是以苏轼的高旷清逸意境、黄庭坚的平白还“曲”的语词和贺铸的上承欧、晏，构成清通词派的丰富格局：苏、黄是出新，而贺则是稳承。当然，这也是就大概而言。三家之外，晁补之、陈师道、李之仪等也皆学苏并有明显成就。

李清照是南宋初第一位清通词派的大家。她的意义是在于：①把词从一般的抒情转向对自己生活琐事的描述，从抒情转向写景，但却不失清通之意——写景要清通，实在是十分不易的。②把词从字面再还原为声拍，在声拍对比组合中寻找一种前所未有的美，并展现出她作为女词人的细腻体察与灵活运用。清通词派的存在，主要是一种文学的存在；苏轼以诗为词更是强化了词的文学性。而李清照则在不失文学性的前提下，把一向被忽略的词律（主要是指声字节拍）再提示出来，形成清通词派的又一种新格。

朱敦儒与李清照同时。他本来不是个引人注目的大家，但他的探索却是独一无二的——他竟然采取反修辞的方法，又把词拉回到民歌民谣那种毫不掩饰、平白如话的气氛中去，从而形成了清通词的另一面——"通"的文学语言。这一尝试，虽然在后来少见步武者，但作为一种流派类型，朱敦儒在清通词派内却有相当的地位——他成功地在词的形式技巧上做了一次走向极端的探险，并为我们的风格流派研究提供了一个有价值的参照。

南宋词中，以豪放兼清通的词家正复不少，这当然是因为豪放派与清通派在形式上却并无太大分歧的缘故，词人可以在此中左右逢源游刃有余。但也还因为是身处同一个社会环境，倘若词作题材指向内省则易于清通，而词作题材指向外拓则易见豪放。张元幹、张孝祥、辛弃疾等类皆如此，既有非常出名的豪放词，也有同样出名的清通词。这也是一种特殊的类型：在特定的社会环境影响下，词家自身在风格探索上不再拘于一端而有更开阔的展开。

姜夔的出现部分地把清通词做了一次变形：一方面，他保留了清通派中少用华词丽藻的习惯，不求深曲而讲轻俊；但另一方面，他却又使清通词的雅化倾向更明显，当然也使词风少却许多清畅而多了一些生涩。因此，他是一个促使清通词派走向纯文学的雅形式，但同时又使清通词派在美学上走向大成、从而走向寿终正寝的代表性词家。他祛除了清通派词家常有的通俗色彩，以高雅对通俗，在提高清通词品位的同时也损害了它的特色。姜夔的追随者张炎在创作上无甚特色，但却在理论上为他做了一次极重要的总结。

从通俗走向骚雅，或曰从清通走向清空——这是清通词派在两宋词坛上走过的全部历程，它很符合文学从民间走向士大夫的雅化规律。

（二）婉约派

唐末五代，以艳丽精工为主的词风已有端倪。温庭筠的艳有目共睹，花间词派如毛文锡、牛希济、欧阳炯、顾敻、鹿虔扆等人的小词极艳，也是众所周知的。早期婉约词有一个明显的特征，是修辞很艳丽，但在意象组织上却是顺逆交叉，有时也不乏流畅之作。这既与唐末五代词都是小令，慢词长调尚未成形因此难以铺叙有关；也与当时词人还未有流派意识，而只是根据个人审美情绪与环境熏染的原因有关——在还未有豪放、清通作为流派的对立面之时，婉约词家对自身的“婉约派”的立场也未必了然于心。故而，早期婉约词似乎更多地表现为题材内容的选择取用：因为有了这些题材内容，才会有独特的词风出现，但思考起点，显然还不是风格、流派层面上的。

柳永与秦观的出现对唐末五代婉约词在宋代的进一步发展是一个福音——柳、秦两位并不算是真正的婉约词家，他们有很不错的清通词。但他们在慢词上的开拓，却主要为婉约派的展开提供了一个不可多得的契机——柳永是强调音律的专家，在立意上也很有特色，又把题材拉向一个真正的俗文学世界，这三个特点，都是唐末五代婉约词家所没有的。到了秦观，则又在修辞上对婉约词进行了调整——这样，以柳永、秦观为代表的北宋词人，对婉约词进行了货真价实的开拓，并初步建立起“婉约词派”的基本特征：长调、音律、修辞、艳丽的世界——它有效地改变了唐五代婉约词题材狭窄，表现力不强的弊端，使它具备了真正的作为一个流派的体格。

周邦彦无疑是个集大成者。他在修辞（文学）和声律（宫调）两个方面都有杰出贡献——在文学上，他一反柳永的俗，大力提倡雅的格调；在音律上，他利用自己作为大晟府提举的独特身份，为词的创新调提供了很多成果。因此，他的崛起，可以说是婉约词派成立的最重要的标志——如果说，过去我们评论婉约派，主要是立足于题材内容的香艳的话；那么现在，我们在周邦彦身上却看到了一种体系化特征：文学修辞上的雅，音律宫调上的细，以及意象组合上的对比并列密度。后来的婉约词派，大抵没有突破他的范围，只是做得比他更极端而已。

姜夔本非婉约派词家，但他却有一批婉约情调很浓的词作。即如《暗香》《疏影》这样的名作，其实也不脱婉约气息。或许更可以说，他的小令短调是清空，而长调特别是自度曲，却未免更接近婉约技巧。可以说，他在下字的“雅”方面比周邦彦更具有士大夫韵味、更接近于一种高境界。此外，他的自度乐律与按调填词双管齐下，表明婉约派肌体在一定程度上更健全、更丰满了。

吴文英是集婉约派大成的代表人物。他是一位真正的婉约派语言大师。他的意象、他的修辞，手法变化极多，简直是无法捉摸。当然，正因为如此，他的词缺少一种大众情调，而更多的是传达一种个人审美倾向，而被许多词家批判为过于“真实”，“如七宝楼台，眩人眼目，碎拆下来不成片断”。但我以为，吴文英提倡的词风，可以说是最具有文学性格，也是最“雅”的。在意象组织的正反并进、顺逆并进、密度加强、聚点更集中，以及拗接的离奇、立意之瑰丽多姿诸方面，恐怕很少还有能超过吴文英的了。而这复杂、离奇、瑰丽多姿，亦正是婉约派（而不是清通派）的基本价值所在。以吴文英与周邦彦作比，则周邦彦在声律上的严与在下字上的雅，到了吴文英则成为以修辞为中心的一种文学活动，而很少看到外在的声律限制痕迹。我们甚至还有可能从吴文英词中发现一些现代感即与现代主义文学流派有某种异曲同工之处。以此看来，他似乎不仅仅是婉约派的一代宗师，更应该是一个超前的文学技巧大匠了。

从文辞（题材）到音律再到文辞（字面意象）——这是婉约词派在两宋词坛上的主要历程。它很符合文学之所以为文学、或词这一音乐文学之所以为文学的法则。

（三）豪放派

敦煌曲子词中的年少将军跃马弯弓以及为国征战的词作如《望远行》《生查子》等，李白《忆秦娥》“西风残照，汉家陵阙”，也是一种悲壮肃穆的情调。这些，都可算作是豪放词的渊源。但五代以降无论南唐西蜀，似乎很少有豪放词。宋初范仲淹，有《渔家傲》“塞下秋来风景异”，被欧阳修称为穷塞主之词，但毕竟也是与豪放的意趣十分相通的。但在北宋前期，这样的词百不一见。

苏轼堪称豪放词派的第一代人物。尽管在他的词集中，豪放词所占无几，但他却是有倡导之功。因此后世人反倒很注意这不到十首的豪放词——亦即是说，从诠释学立场上看，正是这寥寥几首豪放词为后人所接纳，开了一代风气。因此它反倒比那百余首更具有一种流派的意义。自他以后，贺铸的《六州歌头》“少年侠气”等也皆是不尚姿媚的侠骨剑气之作。此外，苏轼的门生中，黄庭坚也偶有点染，如《水调歌头》“落日塞垣路”，亦是写铁骑围猎的慷慨悲壮之作。我们大抵可以把这一时期看作是豪放派成形的预备期，以它作为流派的前导。

南宋初，由于国家动乱、战乱连年，词家对词的创作态度，也从过去的雅玩、作为自省自娱的态度一变为干预时事、积极入世——只有在这样的情况下，豪放派才有了长足发展的可能性。由是，倘没有南北宋之交的动荡与战争，豪放派不会有生存的条件；苏、黄、贺等人只偶一为之而无法蔚为大观，亦正是缺乏这种社会条件的支持。

豪放派的全盛是从南宋初到中期，张元幹有《贺新郎》“梦绕神州路”，鲁逸仲有《南浦》“风悲画角”，岳飞有《满江红》，张孝祥有《水调歌头》“雪洗虏尘静”、《六州歌头》“长淮望断”，陆游有《诉衷情》“当年万里觅封侯”……这可以说是一个系统，它们开创了豪放词的基本体格，但在个人词集中，豪放词所占数量仍不多。到了辛弃疾、陈亮、刘过，则词大抵是以豪放为基调，成为了真正的豪放词家。他们的出现，是豪放派中心形成的标志，在思想上、艺术上都达到全盛。而再后的第三个阶段，则以刘克庄、黄机、文天祥、蒋捷、刘辰翁等词家为主——他们是对辛、陈、刘的延续，但创造力似乎大不如前了，可称之为是豪放词派的殿军。

范仲淹、苏轼的存在还是一个偶然的存在——在他们可能是必然，但在词史上说却只能是偶然。但进入南宋之后，前期的张元幹、张孝祥直到陆游，是一种进入流派意识的明确尝试。而到了辛弃疾、陈亮、刘过，则是在流派中追求自身的艺术表现，追求一种审美的完整性，是流派的定鼎之人。再后的刘克庄直到蒋捷，则是流派的伸延。这样，以流派成形为起点，来看宋词豪放派发生、发展、成熟的过程，我们大抵可以把握“起”“盛”和“讫”这么三个基本阶段。比起敦煌曲子词中的同类作品，比起北宋前期寥若晨星的豪放词，南宋豪放词当然是一个洋洋大观的、流派特征很浓的存在了。更重要的是，辛弃疾的出现，极大地改变了本来只注重内容题材的流派倾向，使它在艺术表现层面上也获得了某种反省，这是豪放派词史中最值得大书特书的辉煌一笔。

根据以上对三派的简要叙述，大致可以归纳成如下一份详表。表中以词人名标示词风特征，这样虽不太全面（因为一般词人如苏轼、辛弃疾、姜夔都有多种风格，并非一种面貌），但以他们的存在做排列，却最能收一览之效。故不避“片面”之讥，重在强调此表的类型化价值，并希望读者能从中获得更多的启示，如各种发展的逻辑承启关系、时空差别所包含的历史启示。

第五章　词的流派构成的三大支柱

第一节　词的本体概念的确立

由纵横两个轴逐渐展开的形式讨论，为我们构画出一个货真价实的词的本体的轮廓。

当然，形式是词本体的一个载体，但正是通过它，我们才知道了词的存在是无法取代的。它不是诗、文、赋、曲，更不是话本小说，它就是词自己。从纵向的“词形式的生成与发展”，到横向的“词形式的技巧与创作”，我们看到了讨论的立体性与结构性。正是这种立体性与结构性，保证了它不是一般的欣赏感受描述，也不是简单的词家词史事实罗列排比，更不是关于词的格律常识和入门方法的知识介绍。正相反，我们从这纵横两个轴中看到了另一种范畴归类：“词形式的生成与发展”，是一种历史角度的考察；而“词形式的技巧与创作”，则是一种审美角度的考察——是囊括史学与美学这两大范畴的考察与分析。

本体的存在首先告诉我们，在词史上，豪放派素来就没有成为词派的主流；而清通派与婉约派，却一直贯穿着宋词的始终。或更准确地说，在题材内容上，婉约词派显然占据上风；而在形式上，却是清通词派更有持久力。在过去，由于豪放、婉约两派分的格局，清通词派被并归为婉约派，因此许多词家都提出，婉约派是词的正宗，而豪放派却是别格——这样的判断看来并非没有道理。

倘若还要进一步追究，则题材的走向婉约还只是一个通常的认识；在词逐渐发展成为一个发育成熟的本体之后，则婉约派在占有题材之便之外，也逐渐在形式上形成了一整套看法。亦即是说，技巧原归清通派的习惯认识，也渐渐有了改观——在词史走向全盛阶段之后，清新通畅的技巧开始转换成为深曲含蓄的技巧——由清通转向婉约，姜夔的清空，从本质上说即是一种清通内部的转向：他仍注重清的美学境界，但他开始走向雅，由通达走向精凝。

这就是我们所说的雅化——雅化的过程是一个本体发育、成熟的过程；没有雅化，就没有词的发展。而雅化的动力，则是词进入文人士大夫文化圈。从一般作为妓馆酒楼取乐的方式，到词作为文人抒情达意的主要表现形式，此间的转换是巨大的。若不然，宋词只需到柳永为止即可，因为他已经把词该有的东西都凑齐了——音律他也有，词语他也有，按韵腔填词是他的拿手好戏，创新的长调慢词又是他独家首倡，再加上“杨柳岸晓风残月”和“关河冷落，残照当楼”的意境，他还有什么欠缺？但词却仍然在向前走，苏轼、周邦彦、李清照、辛弃疾、姜夔、吴文英……每一家都还在用不同的文人士大夫立场在重新诠释词，每一家都还是拥有自己的诠释特征：苏的高旷与洒脱，周的典雅与精巧，李的轻俊自如，辛的激越沉郁，姜的骚雅清空，吴的精巧工稳……没有这些，哪来的词史？没有这些，又哪来的词的风格？

李清照的《词论》，可以说是强调词本体的最重要的文献之一。她提出的“词别是一家”，强调了诗、词之间的专业界限，并从正反两面证明了词之不同于诗的特征所在——比如，她提到了诗只分平仄而词须五音，又分五声、又分六律、又分清浊轻重，这些都是讲究词律，讲究词在声律上应有别于诗的具体标准。而她更提出：

> 王介甫、曾子固，文章似西汉，若作一小歌词，则人必绝倒，不可读也。
>
> 晏元献、欧阳永叔、苏子瞻，学际天人，作为小歌词，直如酌蠡水于大海，然皆句读不葺之诗尔。

这样的“文学”批评（而非声律批评），代表了一种鲜明的词本位的意识。文章好的如王安石、曾巩，学问一流的如欧阳修与苏轼，本来以他们的天才与学养，作小歌词实在牛刀小试，但却仍然不入李清照这个注重词本体的专业词家眼光。值得注意的是，李清照写词论是囊括到她为止的词史现象；她不像此前的晁无咎、陈师道的批评是一种创作欣赏感受。相比之下，她的思考似乎是有更理性、更逻辑化特征的。

以我们今天的目光看，李清照的讨论深刻而又有说服力，自是研究词派、词本体的珍贵议论，但毕竟它也还缺乏更深一步的哲学开掘——当然也很难这样去要求古人。毫无疑问，李清照提出了各种现象；但她只做了批评而却还没有深入分析这些现象产生的根源、理由和逻辑因果关系——这样的批评标准，或许是一个宋代词论家所无力完成的。而我们研究词本体，却无法回避对这个标准所做出的分析与评价。或许更可以说，正因为我们确立了一个理性的词本体的“存在”，我们就必须对它有清晰的交代。李清照不是一个文艺理论专门家，她的批评感性价值很高，依据于实际创作经验因而十分贴切的特征也极强；但正是这种起步于实际创作感受的视角，使她不可能走向一种哲学的思考。她的批评不是一种哲学立场的批评，她的目标只针对具体的词家与词作，因此她尽管是在作词的美学特征整理工作，但却缺乏一种真正的美学展开；尽管是在做宋代到她为止的词史归纳工作，但也还是缺乏一种真正的史观认识——不但是她，她以前的陈师道、晁补之和她以后汗牛充栋的词论著作，直到近代，也依然没有解决这一问题。

这正是构建词本体的最迫切待做的工作——本体的存在即表现为一种哲学高度的存在。由是，以本章为起点，我们要开始另一种思想的跋涉——如果说，到此为止的研究，都是建立在一种词作风格分析研究并加以体系化、词的形式特征构成分析的类型化等立场上的话，那么在本章中，我们则试图将研究触角伸向一种抽象的哲学思考。形式的美学构成不再是一个绝对的存在；而形式——词的流派存在，以及它依赖于哪几个方面的原动力才得以顺利发展，这却是我们更关心的课题。

词的存在（包括形式、流派、审美的存在），是一个本体的存在。对于这个本体的存在，我们应当持一种发展、开放的态度。因为本体自身的存在，必须有赖于词家——创作主体——和社会这个生存环境客体的互制互动关系的建立。因此，单纯的孤立的词本体的研究，倘若不考虑到主体与客体的作用力，则它几乎无法进行。因为它无法在摆脱主、客体的情况下单独构建自身的本体性格。但反过来，本体并非是能依赖的，或许更可以说，如果没有本体作为一个系统的存在，如果没有本体的接纳、排斥、吐故纳新的功能，则任何主客体的作用也必然会百无聊赖，缺乏效果——柳永的时代，慢词可以登场并蔚然大观，这就是与词本体的已有过小令阶段的孕育和已形成一定接纳能力有关；而这种尝试，在唐五代的词本体中即无可能——唐中后期即有词，但当时词本体的体格还很微弱，词的接纳能力还很低，故而当时诗中有古风，有排律，却并没有在词中也倡导出一个慢词长调来。这，就是本体反过来对主、客体的影响进行逆向制约的好例。词家无论有什么天才，尝试无论多么有价值，只要不落脚到词并为词本体所吸收，则它也还是一句空话。

形式还是证明词本体存在的主要媒体。没有对形式的深入探讨，我们仍然无法勾画出一个本体的框架来。或许更可以说，形式是词家的思想、词的艺术构思得以展现的一种“物质”载体，但这是就一个创作论前提而论。一旦形式被落实到史上，则它就由载体变成了可能的本体。形式开始有了自身的性格，对各种外来的参与或干预、改造或变更，它可以做出自己的抉择：或取或予。抉择从表面上看，是由词人做出的；但在一个深层面上考察，则它却脱不开形式自身的美学的、历史的规定。有许多选择取舍，很显然得之于词形式本体的制约。一个最典型的例子是，朱敦儒希望把词拉向一个白话的、民谣的世界，这本来是一个很有美学特色的选择；但在词形式日益走向文人化，在士大夫手中已有过上百年历史之后，形式本体却并未对这一很有特色的选择改造表示认同，不但有同时的李清照，还有后来的辛弃疾与姜夔，他们几乎都不取朱敦儒的创作模式——在一个雅化的发展过程中，倒过头去追求通俗化，显然已不合时宜并且不会有大批响应者。词家的价值观变了，不再以通俗为可取了。宋词的发展会走向更重境界的姜白石和更重字面的吴梦窗，却对朱敦儒置之不理，这即是词本体通过形式在起作用。

于是，我们看到了雅化作为形式本体的鲜明特征——当然，不仅仅是这个特征。本体的存在是一种多方面的存在，是一个立体的结构。大凡词应有的格律、修辞、意象，以及宫调旁谱，都有可能成为本体构成的主要基石。不过，因为词首先是文学体裁，因此音律大抵不直接作用于这个本体，而更多的是通过向词律即字声格律调式的转换，来曲折地作用于本体。但这仍然只是一个以创作、形式构成为基点的剖面的认识。而再以哲学的立场从词的生存形态——文化形态出发，我们又不妨把词本体看作是一个由社会、词家、词形式三位一体的构成形态。两者相比，当然是后一种模式更具有宏观的涵盖能力。

社会环境的存在是一种文化的存在，它大抵可以决定词这一特定文学门类的基本形态。并且，它不断地向词家提供取之不尽用之不竭的生活源泉，从而形成词的创作的各种素材、题材、主题等环节。可以说，没有它，则词便是一具空洞的躯壳，很少还有可能产生发展的动力。这种素材、题材主题的存在，不仅仅指向创作内容，有时也指向观念与形式。比如讨论宋初欧阳修以降词家的文人化，牵涉到的文人观念，与宋代文官系统的确立，与宋初重文轻武国策等等有密切关系。再由此而牵涉到宋代文人词家在北宋前期大抵很有地位，文人强调文学创作的品位，讲究在抒情中见出格调等等观念，与词创作之间所有的那种微妙的若即若离的关系，都可以说是社会环境对词的观念影响——欧阳修可以说是最典型的一位：一方面，他做过不少艳词，诗庄词媚在他身上有着明显的体现，这即是一种以词为本位的观念出发点；但另一方面，欧阳修作为古文运动的领袖，在文学上的总体追求，却又是强调自然、朴素的"信""简""常"的美学趣旨，而这种文学观落实到词中，虽不必在题材上有直接的体现，但在形式技巧的展开上却并无不合——清水芙蓉式的自然技巧，在欧阳修词作中反映十分明显。由是，所谓的观念，在前种情况下，是以词（主要表现为题材）游移于整个文学氛围之外；而在后种情况下，却是以词（主要表现为技巧）吻合于文学格局。像这样的观念形态，倘要追索，则必然要牵涉到社会观（文官系统确立）、政治观（重文轻武国策）、文学观这样几个层面上的课题。它们即可以构成一个很有系统的客体——我们可以将它称之为"社会学立场"。

词家个体的存在，则是一种主体、主导的存在。因为词作为一种文学，必然首先是"人学"，没有一种文学的生存与发展，是可以脱离人而存在的。它大抵可以决定词这特定文学门类在前行时的基本倾向——由不同时代的不同词人做出不同的尝试，最后则归结为一种大的趋向与潮流，形成不同的流派与时代风格，而此中的主要原动力，即是词家这个"人"。

不同的流派、风格的存在虽然是一个客观存在，但它既可能是偶然成形，也可能是符合发展逻辑的。一般而言，合乎逻辑的发展是一种倾向发展，它可以被事先预测。比如宋词从清通走向婉约，又比如豪放派在南宋初崛起，皆属此类。而出于偶然进入历史前进轨道的发展，却是无法逆料的——一切都是以词家个人偶然的探索作为主要特征，却未必有多少逻辑依据——我们在此中发现了历史（文学史）的"不可知论"之所以会产生的理由。苏轼以诗为词，从词史发展来说，没有任何逻辑理由，在最初完全是出于他个人的审美口味。因为他是一代文学宗师，因为他修养极为全面，因为他不愿按部就班，因为他的研究与思考十分“通”而不拘滞，因为他胸中有高旷清澄的浩然之气……因为有许多许多他个人的理由，故而他才会以诗为词，不再只是热衷于什么“艳科”之类的限定。其实苏词中艳句并不少。“彩索身轻常趁燕，红窗睡重不闻莺”，如此艳句，倘不言明，谁信出自东坡之手？但正因为他也写艳句，故而对他的高旷的以诗为词的作品，我们更应该看到其中包含了相当的偶然性——这未必是出于清晰的理性批评，却很可能是得自于词家在偶然场合、偶然时间中的偶然发兴。一旦成功，它就会逐渐由偶然转向必然，从而成为词坛上的新的时风，形成新流派了。

苏轼的情况并不是唯一的，柳永的栖身于秦楼楚馆并非是他本人的心愿。敢于对皇帝老儿发发怀才不遇的牢骚，以“奉圣旨填词柳三变”自嘲，表明这本是一种出乎意料的偶然。但既已有这种生不逢时的偶然，当然只能顺其自然，于是结交伶官妓女，在此中自颓自废。艳词大量出现，但新调也大量出现。在无可奈何的偶然中却获得了意外收获。柳永词中有许多低俗格调者，正是他的个人心态的写照，也是其他人所难以深入体察的一种特殊情态表现。在他的作品中，我们或许更多地应从词家个人生涯遭际以及由此而形成的个人心理状态上去寻找表现痕迹。它们也可以构成一个很有系统的主体，即以偶然的个人际遇、个人创作心态到个人特殊偏嗜的创作手法综合起来的主体——我们可以把它称之为“心理学立场”。

以词家为出发点与以社会环境为出发点，是两个关于创作形成前的研究范畴，无论是两者中的哪一方，最终如果不落实到词的形式中来，则它们仍然缺乏实在的意义。

但这样看来，词形式似乎只是一个媒介、一个容器，它只接受影响而并不操纵选择影响，似乎仅仅作为媒介而被动地存在着；至少在一般创作过程中是如此——词家选择词牌时并不会事先征询词牌是否同意，社会内容进入词中也不会考虑词调是否心甘情愿：无论如何，词牌词调都只是默默地接受、容纳，并作为载体实施自己的功能——它的选择个性似乎是没有的。

当形式在一个悠久浩瀚的词史中展开之后，形式的选择个性即慢慢自我形成。亦即是说，当我们在一个具体的创作过程中考察词家对词形式的选用时，它不能说是很有个性的——即使是在《永遇乐》《水龙吟》《满江红》这样的刚性调式中，题材内容的柔媚与婉曲仍然是屡见不鲜的。但是，当着眼点不再只放在词家个人的某次具体选择过程上，而从词史的宏观角度去考察词形式的能动性格时，我们却会毫不犹豫地承认，形式在接纳主体、客体的同时，也在对主、客体进行某种限制，只准如此不准如彼——朱敦儒的不被青睐即是个现成例证；柳永的“语词尘下”在后来被反复非难，并且还导致这位词学大师的历史地位不断下降；而周邦彦、姜夔、吴文英的地位却不断上升，即可看作是词作为文学所拥有的本能：对过于世俗的格调，它很少会表示默许——几千年的广义上的文学批评不允许这样做，上百年的狭义上的词学批评也不赞成这样做。这，就是形式对词家个人、对社会题材内容所作出的逆向选择。

形式一旦取得了主动的发言权，它当然也就构成了一个“体”即系统，构成了一个独立的世界。它既有能力维护自身，决定前行的方向，也就有能力反过来去控制词人、社会环境曾经有过的随心所欲的支使。这样，它与词人主体、社会客体之间不再是一个内容支配（主动）与形式躯壳（被动）的关系，而呈现出一种鼎足而立的互制互动的形态来。如果我们按前述的主体、客体对比的格式来看，则现在，对形式我们可以赋予它一个相应的名称：本体——即本位，以词的形式作为基点的认识模式。

本体、主体、客体三者之间的互制互动，不仅在词史、流派史研究中体现得十分明显，即使是在一个创作格局中，这种鼎足而立的关系也处处可见痕迹。即如我们一直在讨论的关于内容题材、词调音律和意象之间的关系，如形式、内形式（意象）、内容这三者的关系，其实说到底也正是一个主体、客体、本体之三位一体的关系。形式相对于创作者而言，是一个客体色彩很浓的成分，而内容则相对较带有主体性格；那么内形式即意象组合，则更多地带有一种本体即反映出词的自身发展规范的性质。

综上所述，我们大致可以为这种重叠的三角关系列出如下一个关系表（见下页）：

对我们而言，作为中轴的“本体”这一条轴线是最重要的。在过去的主、客观对立两分的模式中，我们找到了第三个因素——而且是最主要的因素，这样，把对应的两分法转换为鼎足而立的主体、客体、本体三分法；并且，是在总体的词的美学特征构成和具体的创作实践过程这两个层面上获得这种分析成果的。

本体的确立，是当今文学艺术理论研究中最重要的一环——在过去，我们很少去考虑每一文学形式本体的法则与规律，只注重词家与社会这两个因素。或更准确地说，在词的社会学研究方面，我们有一大堆简单的、形而上学的成果；而在词家研究中，更多的却只是词人传记生平介绍，却很少有上升为词家创作心理的研究，它的程度也仍然不能令人满意。至于作为本体的研究更是可怜，除了一些入门的诗词格律书，孤

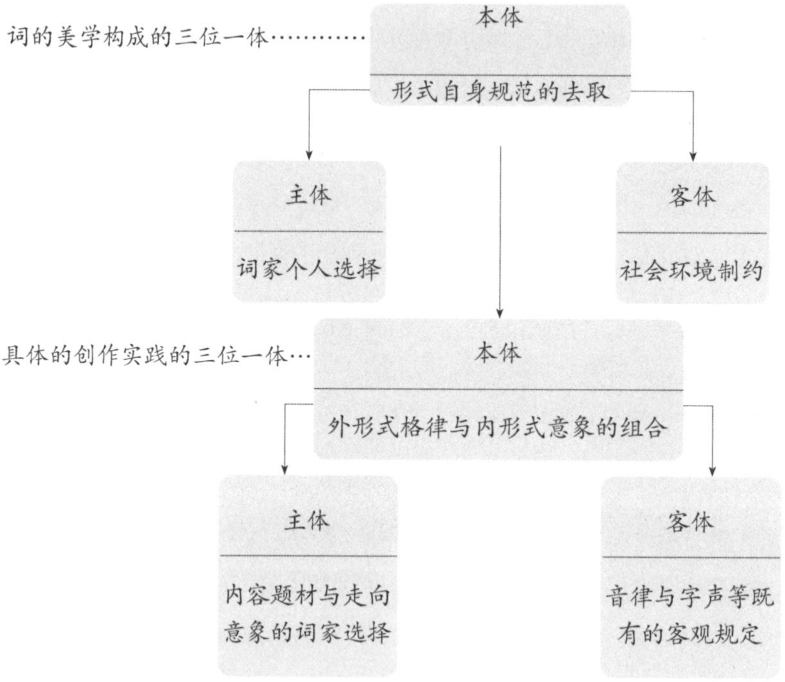

立的音乐调式、孤立的词牌格律溯源研究之外，能把它落实到流派研究中来的却极为罕见。

本体观的确立以及它与主体、客体构成三位一体的互制互动关系，首先即表现为词论研究取得了一个哲学的视角。它引导我们进入了一个认识论的世界——这是另一个同样广袤开阔的世界。与前述的形式分析相比，它的宏观审视与抽象把握的成分更强，需要我们进行抽象思辨的课题也更多——从形式分析到认识论探讨，可以说正是本书对词派研究所提出的又一种新思路与新方法。

第二节　词史本体：形式史与流派史

没有历史，就没有本体。本体必须有赖于一定的时间跨度的展开。没有这个时间跨度，则对象仅仅是个凝固体，不足以形成一个作为生命系统的本体现象。即如谈词也必须考虑到它的发生、发展一样；单独的一首词是个个例，它可以引向审美欣赏，引向艺术感受描述，引向对作品背景的探讨——但它不是本体研究。本体研究应该考虑的是如下一些课题：数以万计的词是如何分布在两宋这个时间跨度上的？它们的分布有什么可以总结的特征？初期的发展与全盛期的发展各呈现出什么样的状态？在这种种发展状态中，主体的作用有哪一些，客体的制约与影响有哪一些？本体规范呈现出什么样的状况？历史发展有什么规律？它与诗文的关系？外部规律与内在的逻辑又各有哪一些？当然更进一步值得探讨的还有：词的流派与主体、客体、本体的关系，词家创作的心态——比如唐五代词家与宋代词家、北宋词家与南宋词家的不同心理状态，以及各时期社会背景与文化、文学背景的作用。

形式仍然是词的本体研究的主要切入口。本体的存在首先即表现为词形式的存在。但这种研究并不是重复已有的形式分析方法，而是强调形式的哲学意蕴。即此而论，它应该暂时疏远对词的音律方面的探讨，而更多地把注意力集中到语义考察、语言形式表现考察的基点上来，即从一个“含义”的角度去把握本体之所以为本体的精要——在形式探讨时，我们把外形式也作为一个主要的构成因素来对待；但现在，当我们讨论形式与本体的课题时，一切却应当以词的文学性为出发点。格律并非不重要，但它如果不落脚到文学表现上来，则它基本上可以说是缺乏意义的。比如宫调于我们即是过于遥远的。至于词律，当它产生表情作用并对词义提供特殊支持时，它应该被列入讨论范围；但如果它仅仅局限于技术上的平仄四声阴阳清浊时，则它仍然缺乏本体讨论的价值。

形式与词相始终，因而它必然会成为本体讨论的主要对象；一部词史说到底即是形式发展史——我们能看到没有形式支持的孤零零的题材内容吗？显然不能。无论是什么词派，也无论有多么好的构思与创作准备，只要它还未落脚到形式中来，则它仍然是虚无缥渺、无法捕捉的。形式的出现为各种思考与构想提供了一个作为终点的载体，提供了一个完成式，它成了我们唯一的“物质”依据。其他关于词家传说、社会背景记载等等，说到底都只是一种参照。在研究展开时，参照当然很重要，但唯一的“物质”依据却是生命维系所在。

这即是说，我们是先读“形式”的词（它包括外形式格律与内形式意象），其次才来考虑各种参照，而并非是先以参照材料为依据再来了解词作本身——作品的存在是一个永恒的事实存在。由此而得出进一步的结论则是，形式自身的成熟过程，亦正可被看作是词史发展的过程。一部词史即主要表现为一部形式史：词家、词作、词的主题，都必须有赖于形式而获得一种固定的效果。那么反过来，判断词作为本体发生与发展，其主要依据也必然落脚到形式。在这个作为完成式的“形式”概念中，已经包含了词的内容题材并已使它“进化”为意象，包含了词家存在（不以词作证明自身的存在，则词家找不到更好的证明方式），包含了社会背景的潜在影响（它们常常落实到内容主题与审美观念层面）。试想想，还有什么因素能取代这个包罗万象的词形式？

本体⟷形式的认识结构，使我们在前几章所做出的努力有了更重要的价值显示。歌德说过一句很著名的话：

> 题材人人看得见，内容意义经过努力可以把握，而形式对大多数人是一秘密。

从题材到内容，是一个语义学意义上的展开。它与一般文化之间的关系太密切，自然人人皆能拥有之；而形式——特别是作为研究对象的形式，却是一个纯粹审美的课题，它只对专家们有意义，而对于一般读者，虽然会引起感受，但却未必能引申出意义。一般读者习惯于通过形式去捕捉内容，以理解内容作为终极目标，而专家们却相反，他们以把握形式之美、把握形式的艺术表现力为主要目的，反过来却把内容题材当作不那么重要的存在。其间的差异，标志着一种层面、学养和研究思考的深浅特征——我们更甚至无妨作这样一个显然是不太准确的判断：研究题材内容是所有人都关心的课题；但研究形式，却只是专家层的人才有资格、有能力关心的课题。恐怕很少有一个普通水平的、学养一般的大众读者对形式表示出浓厚的探索兴趣。

以形式与内容作如此的区分，那么在研究本体与作为个别范例的词作之间，也存在着一种同构关系——欣赏个别的词作，是无论专家还是大众都拥有的能力与希望。入门的书之所以常常是名词名作欣赏，当然即是基于这一道理。而要从个别词作走向词史，已是普通人所不能及；再要由经过归纳、整理的词史走向哲学层面上的本体研究，当然更是一项宝塔尖上的工作——但它却是极为重要的工作。

形式的生成与发展，作为一个本体，必然有它自身的各个侧面。亦即是说，它也是立体的、有各种不同功能指向的。正是由于本体观的建立，我们才发现它作为生命的“存在”性格：它有发生，有发展，有在某阶段所做出的适应性强调；也有作为本体内核所拥有的始终如一的目标；它有不可逾越的目标，也有灵活的权宜态度；它可以从格律内部寻得前行的动力，也可以从社会生活环境中求得发展的契机。形式本体的存在，包容了一个全面的构成内涵：既有主体选择——词家对形式的随机应用与屈就；又有客体规范——社会对形式所提供的种种限制与拓展机遇；还有本体内部的制约——扩张与收缩的度即可能性，合则取之，不合则弃之。正是这些内容的互相作用，构成了流派现象——作用的各个部分比例不同，形成的流派就不同。于是，形式本体又转向了流派本体。

相对而言，流派本体更是一个应用的过程，它是形式在各个时代、各个词家、各种社会环境中的具体表现。它并非是原则的或原理的，而是现象的或既成结果的。但正是它，又成为词史发展的内核部分——浩瀚上千年，几万首词的涌现，本来是个十分驳杂繁复的现象，但一有流派史作为内核加以支撑和统领，我们就有可能去粗取精、去伪存真、由表及里，去主动把握词的发展的主脉络，并提出一系列经过周密思考的词史轮廓，形成各具特色的词史观模式。"雅化"即是一种史观模式。清通词派的文学基点作用于词史的始终，也是一种史观模式。两派说与三派说，尽管所持不同，但都可以说是一种史观模式——当然，是一种流派史的史观模式。

这样，又回到了我们已经牵涉到的老问题：流派史的史观模式的意义何在？它的潜在针对对象是谁？我们在过去所看到的史，是词家传记与掌故，是词作赏析——把这些按时序排列起来，即是一个史。但这样的史不具备思辨性，不具有一种研究性格。它是介绍，是罗列，是陈述，如此而已。

但要对事实进行一种特殊的浓缩——把各种驳杂的现象按一个主线条进行去粗取精的剔除工作，没有思辨就难以如愿了。剔除与保留的依据，它的界限，对每一个事实集群的或侧重或忽略的理由，都需要详细加以说明。没有说明，当然无以服人。而理由的说明过程即是个思辨过程。从浩瀚的历史事实中归纳出流派，显然应该是这样一个艰巨的工作。

这是以词家为出发点的取舍工作。苏东坡有价值，但张耒就价值不大；吴文英有价值，但周密亦价值有限……再进而论之，以词作为中心，从词的赏析这个起点出发，则浩瀚两万首词作全部编为词史，这也是十分荒谬的——对词家而言，生平几百首词，有得意精品，也有滥竽之作；有在风格上开派之作，也有纯属应酬并无新意可言的冗辞滥调。苏轼《东坡乐府》中艳媚的冗词并非没有，但人们无视它的存在，却取那些刚健、沉郁、高旷的词作——这取此不取彼，当然也就要有个说明。高旷之作具有流派意义，符合东坡作为流派代表人物的形象——对词家的去取，是立足于“流派人物”的基点，不属于此或拿不出理由的，当然不在此例。对词作的去取，也是立足于“流派代表作”的基点，提不出理由的照样在摒弃之例。

倘若我们讨论的是一般意义上的词史：为词家传记或词作作编年体叙述，那么思辨究竟有多少价值也还难说。但我们讨论的是流派，是一个带有浓郁的主体特征的、又必须依靠强有力的逻辑力量支撑的深而广的课题；没有思辨方法，这一讨论几乎是无法进行的。思辨当然是一个最具体的方法起点；落实到词史中，则就有了一个相应的史观模式存在之必要。或许正可以说，史观模式是一种落实到史的思辨方式的总和。它不像具体的思辨那样，作为基本方法适用于任何领域——它已经进入史的范畴并被凝固成一种方法系统。对浩瀚两万首词，我们大可不必去逐个思辨、证明一下；有了史观模式即有了个清晰的标准，合与不合，取与不取，一切均十分明朗化。

因此，从“本体—形式”这个层面，又可以转向另一个层面“史观—思辨”。这是两个十分重要的认识论与方法论依据。以它们为中心，即构成了本书对流派研究的哲学思考的基本范围，流派研究的价值也正在于此。一般词史必须以流派史作为基干，但词史毕竟还不同于流派史。流派史的研究是一个更专门化的、更囊括史学与美学两种研究方法的特殊所在：我们看到了形式分析所具有的美学性格，也看到本体意识确立过程中所包含的史学模式，这是一些极为复杂、统领性极强的研究范畴。它们之间的交叉，我们可以再作伸延的思考，寻求出一种能自给自足的系统特征来。它大抵是如下格式的：

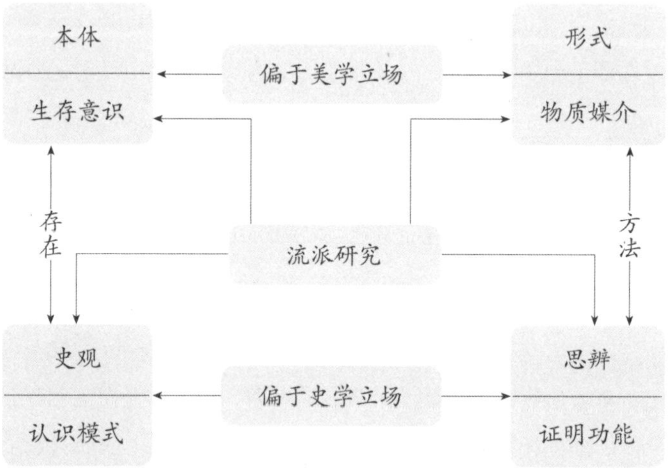

这就是整个研究的大系统。相对而言，词史研究——习惯所指的那种以文献为主的历史研究，不必过多地去牵涉美学部分。但一旦落实到流派史，如果不对形式作细密的美学分析，流派的归纳可以是毫无说服力的。因此，流派史是一种介乎史学与美学两种研究并兼有二者的一种特殊研究视角。

一部词史当然不等于一部流派史，但一部词史却应该是一部流派史。

这是一个十分矛盾的提法。说词史不等于流派史，是指流派现象只是整个词史中的一个局部构成；词史中还有另外许多内容，如作为严格意义上的词律史、修辞史、批评史与词的思想史甚至还可以有词的美学观念发展史——很遗憾：到目前为止，我们很少看到这些分支史的研究成果。比如词的美学观念史，有它不同于诗、文的特殊轨迹，但却很少有人去关心这样的课题。又比如词论批评史，与《文心雕龙》《诗品》等相比，有很多独特的所在，但我们也并未看到有专门的词学批评史成果。一门学科中的史学研究，如果仅仅局限于一个笼统的史而缺乏细密化、专题化能力，则表明它的研究体格仍然是不够丰满的，它的思维空间仍然是过于狭窄的。至于更进一步的研究，如词论与诗论、文论的史的比较研究，在词学界更少见了。从这个层面上说，词的流派史只是一个局部的分支史而不能成为全史——它应该是作为词史支撑的一个重要基础而存在，而不是作为词史本身而存在。

但说词史却应该是一部流派史，却是基于目前的词史思辨性太弱，完全缺乏真正的史观介入，更缺少美学介入的现状而发的。词史的注重事实、文献是必要的；但词史的只限于此，却是史学家的悲哀。因为这样的研究并无特色可言——我们所看到的词，本是文学，是一种艺术品，但我们在研究时却忘了这一点，忘记了对词的艺术性格的发掘——不是一般赏评意义上的发掘，而是对词的艺术性作宏观的美学思辨的发掘。正是基于此，我们才认定过去的某些词史写得实在是缺乏艺术性，读起来味同嚼蜡。而新时代的词史研究，必须先从强化词的艺术性、发掘词史的艺术发展轨迹这一点出发——词的流派史正是担负这一任务的最佳对象。

流派首先是指向艺术的。流派的立足点——形式，当然也是“艺术形式”而不可能是其他。但流派史研究又不等同于单纯的美学研究，因为它包含了一个时间上的素质：没有一定的时间展开即历史展开，流派就无生存的基点。由是，它虽然有许多艺术的、美学的方法特征，但它却又必须是一个地地道道的历史研究类型。没有这一保证，“流派史研究”也就称不上是流派史的研究。立足于历史的、并强调艺术性的流派史研究，正是过去的词史研究最缺乏的素质，并且也是词史中最核心的部分。试想想，一部词史如果没有流派，不去讨论流派中的词家、词作、词的文学表现、词的形式美，它还剩下什么？

也正是在这个意义上，我们认定一部词史应该首先即是一部流派史。后者的存在能有效地支撑前者的存在，在目前，似乎还找不出可以取代流派史核心地位的其他研究内容。

那么，当我们把词史当作一个本体来对待时，我们心目中的词史，首先即应该表现为流派史的含义：一方面它是向来的研究空缺，另一方面则是基于它本身在词史中的核心作用。当然，流派史仍然是个综合的现象，它的包容面极大。于是，我们又必须寻找一个更具体、更可以把握的切口——形式。从形式史入口走向流派史整体，这即可以说是宏观词史赖以生存的主要基石了。因此，对于形式、流派、词史三者之间的关系，亦不妨作如下一个总结整理：

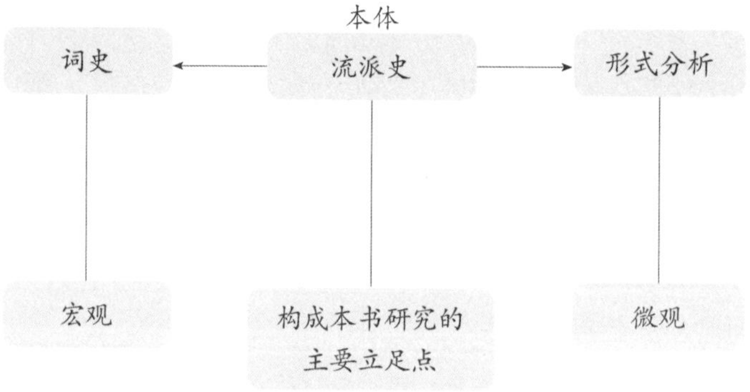

词史、流派史、形式分析的三位一体，有其内在的逻辑。如图所示，它是一个由大到小或由小到大的逐渐递进的过程，这是一个有序的标志。但更重要的是，它们有一个共同的基点，即是“艺术性”：形式分析是一种艺术分析，流派史表现为一种艺术追求的分布规律，而词史更应该直接表现为文学艺术门类史。共同的艺术基点，使它们之间的递进关系环环相扣而不会离题万里。过去的词史正因为缺乏这种有序性，往往难以达到一个理想的研究高度——比如，在民国初年的一些词史著作中，对流派也并非没有热心追究，但大抵是满足于立名目，划分期，很少有学者是从艺术性分析出发，以美学立场去做逻辑思辨式的证明工作。故而即使是牵涉到了词派问题，因为没有形式分析的支持，也拿不出深入的研究成果，从而给后人留下了无尽的遗憾。

从形式本体走向流派本体，又从词史走向流派史，其间正构成一个对流形态。正是基于这样的双向往复的思考轨迹，我们才提出本节的标题“词史本体：形式史与流派史”。而这个本体的概念所指，即是从词史、流派史到形式分析这三个环节所包含的内容——它们分别代表了不同的指向范围，但它们有一个共同基点：“艺术性”。由是，词的本体，首先应是艺术本体而不是其他什么。

第三节　词本体发展的自律与自洽

由主体、客体与本体构成三位一体的词学研究流派研究模式，是以词为对象的一种哲学审视。它不必以具体的词作为对象，并且它所关心的，与其说是主体或客体等等的本身，不如说更是三者之间的关系。毋庸置疑，我们对主体——词家个人的内容，客体——词作生存的社会环境，本体——词自身的发展规律，已有过不少单独的研究结论，但作为一种关系的研究，对于它们之间是在何种情况下用什么样的方法来取得何种质量的平衡等问题，则还缺少可观的成果。

词的存在的主体因素当然来自于词家。主体研究应该集中探讨词家个人的创作冲动、创作积累、创作审美性格与美学趣味倾向，以及词家的文化素养、个人性情、对客观自然环境的感受力、对历史的把握与认识能力，当然还有思辨力与学识等等方面的课题。它指向的是词家这个词的支配者与词创作的主导者。我们可以由此而抽取出心理学意义上的词学研究的部分，并且由此而伸延出词的美学、词的创作心理学、词的人才学以及词的批评与欣赏还有创作研究。它基本上应该属于一种内省式的研究指向。社会环境之类的课题当然也并非完全不能进入这个内省式研究模式。但相对而言，它更注重个体的“人”的研究，却是有目共睹的。

词的生存的客体因素则应该来自文化环境与社会环境这个词的生存土壤。它可能是具体到词的生活环境如柳永时代的酒馆妓楼等等；也可能抽象为一般文化意识的规定，如诗文等古典文学大格局对词的制约影响；更可能反映为词的社会政治干预，如南宋初抗战意识对豪放词的影响。我们可以把它们综合为一种社会学、泛文化学意义上的词的客体因素。它具体可表现为词的批评史、词的文化学、民俗学研究，以及词的审美环境与词史研究。毫无疑问：这些研究领域的呈现，是保证词作为一个完整的文学体式所具有的各层面各角度的支撑——生存的客体环境所必不可少的内容。相对而言，可以将它归结为一种外现式的研究指向，并与主体研究的内省式研究指向构成对应。

主、客体关系的对比是一个最通常的对比，一旦它被引入一个本体研究中，形成三角格局之后，主客体两极的对比才有了特殊的意义。这就是说，我们终于有可能从一个阳刚阴柔非此即彼的传统模式中摆脱出来。词除了心理学动因和社会学动因之外，还可以有另一个介乎于其中的本体发展法则动因在起作用。

事实也正是如此——我们在两宋词史中看到了主、客体所发挥的巨大作用，但是，仅靠社会的推动或仅靠词家个人的努力，并不能解释一切词史现象。比如秦观，历来词论家都指他为上承柳永、下开周邦彦的一位历史人物。但令人费解的是，秦观的词风被称为“清丽婉约”“辞情相称”（夏敬观语），比柳永，他要典雅得多，但比周邦彦，他却要舒畅得多。他的这种特色，很难判断是得自于何种来源。倘论社会文化环境对词家的影响即客体影响，则自柳永开慢词风气后，秦观应该承袭这种风气才合乎逻辑。他也多用慢词，也用一些非常精到巧丽的意象，但我们却不能说他是得自柳永以来词的社会大气氛的影响。苏轼指他学柳七风气，这一方面可理解为他直接主动地学柳，另一方面也可理解为他屈从于当时“有井水处皆歌柳词”的流行词风（而这正是一种典型的社会文化客体影响）。但秦观却并未坠入艳俗的窠臼中去,而是以“清丽”自立。这难道是他个人即主体的追求的作用所致？显然也不全是。苏轼责他是学柳七，他的辩解是“某虽无学，亦不如是”，口吻十分勉强，似乎并未有多少主见。再来看他的论述，我们也还看不到他有李清照那样清醒而理性的理论认识，至于秦观当时在词坛上的地位，也还未到要以主动倡导流派来确立自身形象的地步。他的前辈有柳永，他的师长有苏轼。这两个分属绮丽、高旷的大师把秦观夹在中间，使他的个人意愿很难有效地实施并引来积极反响——人们把目光集中在柳、苏身上，而相对较少注意秦观的价值，即是一个明证。没有作为理性思考的证据：词论，也没有在理论上脱颖而出的机遇，使秦观的个人主体选择基本上无用武之地。对于他的主体能力，我们当然也不会持太高的评价。我们更愿意以他作为词派发展进程中的一个自然角色而不是一个自觉的角色。

那么，对秦观的“清丽婉约”的词风的构成原因，我们更多的可能应该从词本体的制约与逻辑规定这个方面去加以总结。亦即是说，正是因为有柳永的“俗”，需要有更具有文学性追求的“雅”来做弥补。也正是因为有苏轼的豪（高旷），似乎离词的委婉倾诉距离太远，才会需要更合乎词性的“婉”来作为矫正——这“雅”与“婉”的风格指向，即是来自于词本体的要求而不是取之于社会客体与词家个体的影响。是词的自身要求使秦观在不知不觉中扮演一个矫正的角色。

在客体社会环境与主体词家内心之外，词的本体存在以及它对客体、主体的制约，应该是个更重要的研究对象。当词被构成一个持续几百年上千年的历史形态之后，它并不仅仅是沿循着社会制约与个人选择这两个轨道——也许可以说，这两个轨道是时时在产生变化的——更有一个在潜在层面上作为支配力量的，是词的本体的发生、发展、成熟的规定；它拥有自身的逻辑规定，并以此来时时调整词的发展的导向——社会文化氛围的活跃未必即意味着词的发达：唐诗文化全盛期中却没有词的地位，这即是词自身的本体构建能力尚未健全的制约在起限制作用。同样，词家主动参与与把握、调整的能力也未必能包治百病：很可能有个人能力出众的词家，但因为没有把握词的本体规律特征，仍然无法倡起一代风气。这样的例子并不少见。论个人才情，李清照是超一流的；但因为她的时代已不是北宋初期，词的清通风格已有了上百年历史，名家辈出，成果如云，因此她尽管有绝顶的词作为后人所崇仰，但却已无力倡起一个明确的词派以为词坛构建出一个新格局。而她本人，也只能作为超佚绝伦的技巧大师但却不能成为词坛上的领袖人物。朱敦儒的白话词探索更是典型。他的指向极明确，作为流派指向的形象极清晰，但却仍然无法笼罩词坛而只能限于个人尝试，孤芳自赏，难有大作为。所有这些都表明，词家个人的努力，如果不取得作为支配力量的词本体的支持，仍然有可能是一事无成。

反过来，由于迎合了词本体的逻辑规定，一些貌似平平的词家却被推上词坛，成为众所注目的明星人物。欧阳修即是个好例。在欧阳修的文学体系中，诗、文均是一流的，但词却并无惊人之笔。与此后的柳永、苏轼、周邦彦、辛弃疾、姜夔、吴文英各有创建相比，欧阳修在词中的成绩平平，但正是他，顺应了词本体发展的需求——走向文人化，从而一跃成为北宋前期清通词派的领袖，连个人成就高于他的张先、宋祁还有晏殊，在作为领袖的诸条件配合方面也不及欧阳修来得典型。这样的例子，仅以社会客体原因与词家主体原因也无法解释，而不得不转而从本体立场上去寻求启迪。这即可说是词本体的逻辑规定所致。

特定历史时期中的社会文化环境，对词作为文学体裁所施加的影响，可能是积极也可能是消极的，词家个人对词史进程的推动可能是自觉也可能是不自觉的。但不管情况如何，词的本体终究会按照自身的逻辑需求来发展，并决定是接纳或排斥客体、主体的努力。社会文化环境的影响与词家个人的选择只能起到一个加速推进或延缓的作用，却不能指望根本改变词本体的总体发展趋向，即使是这种加速、延缓作用的发挥是否充分，也必须取决于词本体的逻辑规定与取舍态度。毫无疑问，由于本体发展的需要，在北宋初期如果没有欧阳修、没有柳永、没有苏轼，也一定会有另外相应的词家来承担同样的工作——欧阳、柳、苏，只是在一个适当的时机，以适当的方法顺应了词本体的发展需求。在他们自身可能是理性的选择，但在整个词史进程中，这都是些在广义上说十分偶然的现象。

有关词本体的逻辑因果关系研究，在过去向来不为人所注意。我们过去很少习惯以词本体作为直接对象进行词史研究。我们搞词史，一般总离不开对社会时代背景的描述和对词家的生平介绍，却很少去致力于一种不涉时代背景也不罗列词家姓名的词史研究。当然，问题不在于是否可以谈词家，在词史中绝对不谈词家的作用，实在也并不合适。但在众多的词史中皆以词家“人名录”为大致模式之时，作为一种权宜的矫枉过正，如果有一部不倚靠报词家人名为主的词史出现，在方法与观念上当然会产生很大的冲击力——因为它可以告诉我们，词史的本体生命是如何发生、发展与成熟的，它也可以帮助我们做特殊的思考：因为不涉及词家和词作赏析，就必须把注意力更多地放到发掘词的发展内在逻辑规律等宏观研究上来，研究词的规律史、逻辑史，而不再是老调重弹的个别词现象的陈述与拼合。

这样，我们就有了一个新的史观模式——以词的环境（客体）、词家（主体）与词（本体）三者综合，构成一个词的文学门类史的基本关系。它们共同合作，形成了一个时代词的现象产生的完整基础。词的环境研究是一种立足于词现象（包括主体与本体）与社会文化意识之间横向联系的系统研究，词家研究是一种立足于词现象（包括客体与本体）与词家主体之间横向联系的系统研究；而词的本体研究，却是探讨词的发生、发展、成熟、衰老之循环生发的纵向进程的系统研究。三者之间的关系，并非是一种绝对对应的同步关系，而是以两个横向牵引出一个纵向的三合一的关系。

词的本体研究是一个内容并不新颖但却屡被忽略的学术空隙点——从主体研究、客体研究再到词本体研究，标志着研究的学术层面在不断提高——它是从现象与一般关系讨论上升到对词的发生、发展基本规律的讨论，上升到对它的内在法则、生命机制即新陈代谢能力以及自我调节、平衡的能力的研究。

本体的内在法则与自我平衡能力，是保证它能健康发展的最基本条件。我们对于这些条件大抵可作一归类。内在法则的呈现，是本体对自身进行自我约束的一种规范。它是内省的、力求秩序化的表现，是一种冥冥之中的“纪律”与“条例”，谁都无法违反。因此，我们把词本体对内在法则的通求与建立，看作是本体和维护自身生命力所必须的一种保护措施——我们将它称之为“自律”原则。词即是词而不是其他什么，这即是“自律”原则在起作用——当然是最简单的、一目了然的作用。

至于词的生命机制即它的新陈代谢能力、自我调节与平衡能力，则是本体对自身提出不断生发创造的一种能力。它是动态的、随机的、灵活多变的。没有生发创造，作为本体——生命体的词即会死亡。本体如果不拥有一种生命活力、不断生发的能力，则它决计无法自我确立。与“自律”原则的主要以约束、限制的功能相比，这是一种以生发、开拓为特征的新的能力——我们可以称它为“自洽”原则。

“自律”旨在约束，“自洽”旨在开放——在开放运动中取得新的平衡。这样看来，“自律”是相对静态的，而“自洽”却更倾向于动态；自律提供一种凝固的秩序，而自洽却倡导一种活泼的生发；自律以否定与排斥来强化自己的特征，而自洽却是以生发与开拓来丰满自己的体格。这是本体结构的既对立又统一的两个侧面——它们缺一不可，但却又各行其是，似乎对对方都是一种制衡与补充。

“自律”原则的存在表明了词的发展具有一种相对独立的自我意识——它拥有自我限制、自我规定的需求与能力；它可以通过本体自身来限定外延与内涵的基本界限，可以自己寻找发展的动力与基点并考虑哪些是可行的，哪些是不可取的。只要我们承认词的发展是一种有机的而不是杂乱无章的发展，是一种符合文化与文明发展有序特征的成功进程，那么它一定会有自我选择、调节、约束、限制的能力。这种能力的展现通过词发展的环境背景催化和词家主体选择等不同渠道凸现出来，但它却并不受制于某一个别词家或环境因素的偶然选择。这就是说，某个选择一旦成功，它必然是具有典型意义，因此也是吻合于自律原则的——欧阳修、柳永、苏轼、辛弃疾、吴文英……他们个人的选择本来仅仅是个人，但正因为符合自律原则的规定，因此这些选择又都是以代表或构建起一个时代的逻辑起点：因为历史、词本体需要有他们，于是他们才出现——他们是谁并不重要，但他们的功效却是至关重要的。而另一些词家，仅凭个人努力也未必不可取，但却有悖于词本体的自律原则，因此或只能作为个人成功的范例（如李清照），或只能作为失败的标志（如方千里）——前者缺少一种本体的历史价值，后者却连个人价值也无。

自律原则的确立，是词本体发展有自我保障能力的一个标志。作为一个生命过程，唯有能够自我限制，才能够自由拓展；限制与拓展是相比较而存在的——唯其失去被自律所淘汰的一部分内容，才能确保被自律所接纳的一部分内容。失去的是词本体以外的，而得到的则是词本体生命维系之所在。

自律原则的存在，又表明词本体是一个有序的存在——它并非自生自灭、毫无章法，它有严格的“律”即秩序化的过程并以此作为生命进程所沿循的轨道。它是一个自足的、高素质的“存在”。这种高素质的自律即秩序化：并不必非得出自词家主动的选择取舍，也不仅是社会时代自然淘汰与竞争的结果，而是在一个特殊的因果关系链中呈现出的逻辑需求与定位。需求当然是出于词自身的发展目的的缘故，但它只是一个笼统意义上的目的。落实到具体的某时某地某人的场合，却带有相当大的偶然性。毫无疑问，如果是外加的“他律”，则任何选择都是可证的、必然的；但“自律”却产生于内部的自我调节，因此它更可能在表面上看起来是偶然的——是一种在偶然中反映出的必然，在随机中体现出的秩序法则。

自律原则的确立，还表明词应该有一个生命体所拥有的一切特点：即使是生命的起讫生死，落实到词中则是新生与衰落，词中都应该有。这意味着词应该有衰败：它可以表现为一时一地的衰退如南宋末词为元曲所替代，词的创作也走向狭窄化的现象，即可以表现为 种总体意义上的无可救药的衰败。而在五四新文化运动抽掉词的文化土壤与文学土壤之后，词作为一种创作形式更不可避免地走向衰败——清代词学的中兴，可以看作是对宋词在南宋末衰败的一种力挽狂澜，但它只是一个循环圈中的轮回现象。当我们站在更高的历史文明进程角度去看时，走向白话文之后的中国文学格局中，很难再有词的一席之地，几乎是个不言而喻的事实并且已被近现代史所不断证明着。

而以客体立场来看词，则只要词生存的社会环境在，词就有生存的权利；以主体立场来看，则只要词家在词也必然就在——词生存的社会文化环境，近代虽然削弱了不少，但古典文学研究家与大学古典文学系教学体制以及各种诗词学会、韵文学会等社会团体的存在，至少表明环境还是有的；至于词家，当然更不会绝迹，也就是说，词的主体、客体这两个条件，当代并非没有。但是，正因为词本体是一个独立的存在，它不仅拥有主体、客体所提供的服务，还必须尊重自身的“自律”规定——作为生命体的规定，因此它仍然不得不自叹垂暮。词作为文学在初生阶段时，机体内自我限制的机制并不健全，哪些必须加以约束而哪些可以自由放开的界限也不清晰，因此这些问题也不会出现。一旦词作为生命进程走向成熟并开始露出步履蹒跚的老态来时，词的自律也日渐顽固老化，灵活性更少而封闭性、保守僵化成分更浓，走向失调与顾此失彼；这样，自律原则最终会无限膨胀、君临一切，以顺昌逆亡的专横来强行控制词本体，走完自己的生命历程。

与自律原则相对的自洽原则，从另一个角度为我们提出了相同性质的证明内容。

自洽原则着力于研究词本体的自我拓展、协调能力。它强调词的发展受制于自身的要求，在其发展过程中，本体内部拥有对发展方式、发展导向、发展目标以及发展层面等提出能动的调整与限定能力。发展是一种自为因果、自我协调的结果，是一种运用自身平衡机制的正常运转，并且可以在词发生逆转或衰败时，尽可能阻挡这种不良倾向。因此，自洽原则是一个相当积极、并富于挑战性的机能。在词发展的初期到全盛期这一阶段，词正处于生机勃勃的生命力旺盛的状态，对一切充满信心并试图以充满新鲜活力的本体调节、平衡、融洽机制来干预一切，自洽原则当然可以应付裕如，不断为它所取得的成功欣喜无任。但当词本体走向衰落，生命的新陈代谢机制日趋僵化与缓慢，自洽的能力都今非昔比，因此，它也难以用自身来包揽一切。词是一个生命的过程，它有出生、幼稚、成长、成熟、沉滞、衰败的全部生命环节。流派的更迭，从某种意义上说，恰可看作是词本体力图挽回走向衰败的命运而做出的种种努力与抗争。种种生命环节的更迭，以及这些更迭中所体现出来的转换嬗递轨迹，或许还有这些转换嬗递过程中所体现出来的逻辑因果关系，恰恰可以提供给自洽原则以一个极广阔的用武之地，使它能充裕地面对动态本体进行同样动态的剖析、调整、转换……在调整过程中展现出词是如何保护和展开自身以及如何随时代、随词家而反复呈现消长规律的诸多内容。

这样，在探讨自洽本体时，我们看到的不是约束与限制，而是调节与平衡。更进而言之，我们看到了两种自洽的模式。一是积极进取的，以局部目标为主，强调词内部的自我调整能力，强调词的发展的逻辑力量具有支撑与平衡的作用，并通过借助于客体社会、主体词家之与本体词之间的互制互动关系来提高词本体自我协调的能力，从而发掘出词的有序性与可解释性、可把握性。它在词本体的上升阶段是绝对有价值的。并且，正因为它的进取性与抽象把握性，我们看词本体也就多了许多亲切感——许多在表面上看起来并不相干的孤立的现象，一旦被置于这种原则映照下，马上就能呈现出其内在的联系，如前举秦观之相对于柳永、苏轼的发展即是明证。当然，每个流派现象都可以这样进行验证。于是，词本体不再是那么抽象与陌生。而这种积极型的自洽原则，也即成为点铁成金的魔杖。

另一种自洽模式，则是以更宏观的生与死的本体命题作为条件，并不认为词史中的一切现象均可解释。但却在努力解释各种表层的与深层的逻辑因果关系中，为我们构画出一个词本体的生命历程。它提示出的问题不仅仅是某一上下环节之间的关系，它还考虑词本体的现有逻辑程序已为词自身设立了一个什么样的生存状态，以及依据这一状态，词将在什么样的条件下走向终点、完成生命过程、进入死亡，并又在何种转次上重新涅槃、走向新生。毫无疑问，以“一切规定都是否定”——“无执故无失”的哲学观命题来看：词只要为自己确立了任何一种逻辑程序，那么同时也必定为自己带来了限制。词已经拥有什么样的生存状态，则必然也已经把自己的死亡点刻在了某个未来点上了。关键是我们过去不这样想。但现在，自洽原则可以帮助我们去这样想并获得从未有过的新的经验。

两种不同的自洽本体之间是有矛盾的：前者指向具体、局部的可证，后者指向总体的不可证前提下的可证；前者倡导词的有因果关系，并通过主、客、本体的共同努力可以发展到无极的未来后者却认定已存在着一个死亡终点，并以此为前提来分析既有的词本体与词现象；前者认为词永恒，而后者则认为词必将消亡……虽然差距很大，但以我们的研究立场而言，差距却并非是最重要的——两种自洽本体有一个共同的基点：它们都认为词的发展应该是可解释的，区别仅在于各自的前提不同而已。正是这个思辨的、抽象的、逻辑的“可解释”，为我们带来了词本体研究所必不可少的方法论武器，从而使我们的流派研究远远超越于资料文献与介绍罗列的水平之上。但毫无疑问，倘若我们对文献资料与词作词家不了如指掌的话，我们完全可能对这样的“可解释”的要求茫然不知所措。

在词本体机制的研究层面上，自律与自洽是一组对立的范畴，它们分别指向约束与融洽、限制与调整这两个方面。但它们却又都被统一在词本体之中，成为两个不可或缺的构成因素。正是有它们的互相制约与启动，才能形成词本体的历史性格，从而引发出斑斓夺目、锦绣辉煌的宋词艺术流派世界来。作为一种认识论前提，我们应该予以特殊的重视。当然，之所以要特地拈出这两个原则来并对之作详尽分析，其目的最终即是要说明，在宋词生存的社会文化环境（客体）与宋词的主观支配力量词家（主体）之间，还应该有第三种制约启动力量：词的本体。词的本体如果不存在，仅听命于环境与词家的偶然提携，我们很难想象宋词何以会脱离诗文的控制并拥有上千年的文化性格，构成了一个有血有肉的生命发展历史。很显然，我们无法规定什么时候一定要出现何种社会文化背景，也无法预言欧阳修、苏轼或姜夔一定在什么时候出现——这一切对于词史而言，都带有强烈的随机性与偶然性。把词的进程仅仅归结为这种偶然，而不尊重词本身的逻辑法则与本体能力，是词史研究与流派研究中最不可原谅的错误——导致这种错误的根源，即是缺乏一种哲学、美学的思考立场。因此，关于词的本体概念的提出，以及词的本体的自律原则与自洽原则的分析，对于现代意义上的词派研究，是绝对有必要的。

第四节　本体与主、客体之间的互制互动

讨论了词本体的存在与自律、自洽两原则，我们再来讨论本体、客体、主体三者之间的关系。

倘若把词的自律与自洽视为本体内部的约束与伸展、限制与平衡能力的话，那么在本体与外界如主、客体之间的交流、反馈中，必然会有一种超越于自律、自洽的因素存在。它不应是以本体为立足点的内省，而应该是外射的，因为本体与主、客体交流本来就不是一种内向的活动而是外向的。

本体与外界的联系，主要是通过自洽对自律的平衡或“破坏”来进行的。当本体

构成了一个“体”之后，它就有了自我封闭的独立意识，它不再依附，也不再随波逐流。于是，对于外来的主体词家与客体环境的干预，它可以接纳但不是必须接纳，它可以根据自己的独立意志进行取舍。取舍的主动权不在主体也不在客体，而在于本体自己。

我们在此看到了一个相反的现象。在词的创作过程中，主体词家是起绝对支配作用的。形式本体或是内容题材，一切都听命于词家的调度去取。词是词家创造的结果——不听命于词家则不会有结果，则意味着词的不存在。但是，在词史演变过程中，情况却倒了过来。当词史形成了一种本体格局之后，最有条件自高自大的却不再是词家这个主体，而是本体自己。从表面上看，是词家们在主宰创作，但词家与创作能否进入词史这个本体，以及它将拥有一个什么样的位置（是主角还是跑龙套），却全是由本体的自律与自洽原则去裁夺。由是，在一个历史层面上的本体，肯定是驾驭着主体的活动，即如上千年的文学史与作为文学家的个人做对比，当然是前者控制后者。即便这个后者是一个能动性极强、创造力极旺盛的对象也罢。

那么客体与本体的关系呢？作为社会环境与文化背景而存在的客体，其容量当然要远远超过作为个体的词家，那么它能否与上千年的历史的凝聚——词本体相抗衡？

从某种意义上说，词家个体的存在有赖于社会文化环境这个空间。即使是词本体，没有具体的文化空间对它的容纳，它照样无所依傍。因此，社会文化环境的空间当然有能力制约、决定着作为主体的词家与作为本体的词史的命运。生存空间的存在首先是一个物质基础的存在，没有它，一切都无从谈起。

但这并不是个真正的结论。它涉及词的生存这个宽泛的社会学课题，却并未涉及词的本体发展这个更专业的内容。也即是说，仅以上述理由，我们仍然找不到词史发展的充分依据。固然词有赖于社会空间，但这个宽泛的命题丝毫也不能为词这个特定对象提供多少有益的内容与启示——词只不过像社会学巨人手中的一张牌，被随便插在这个证明的环节中。但在社会学巨人手中，诗、文、书、画、政治、文化、经济、科学……随手可以拿来的牌也实在太多了。

而如果转到词的角度来看，则情况又不一样了。我们可以看到，作为单纯的客体——社会文化环境这一概念，它的构成复杂得很。它所涉及的内容五花八门、包罗万象。而真正能进入词的内容，不过是万分之几或者是百万分之几。这样，社会文化环境的容量再大，对于词来说也只是虚设，因为真正能对词本体进行有效干预的因素，实在是非常之少。我们往往被它的博大所震慑，当然很难做出清醒的判断，而一旦以词为本位去看社会文化环境这个客体，那么把与词不相干的部分删去之后，我们便发现，真正能与词发生联系的客体部分，并不那么庞大可怕。并且，它能否进入词史与词本体，能否使这个客体真正对词施加影响，则仍然需要看本体的眼色。倘若本体对之表示冷漠而不欲接受，那么客体所提供的影响只能是自生自灭。一个最简单的例子是：南宋初社会文化环境客体（主要表现于偏安一隅、丧土失地的环境，以及主战与主和的激烈对抗），曾经在词家中激发出强烈的爱国主义精神与抗敌报国的宏大志向，从而被词本体所接纳，形成了一个豪放词派。而到了南宋末，上述的丧土失地现象更烈、士大夫们的危机感更强，按理应该出现更强烈的豪放词，但当时词坛的主流，却转向吴文英的婉约词。豪放派早已不成气候。这样的现象，显然不能用社会文化背景这个客体来解释——由于词本体对此不再取接纳的态度，故而客体影响并不能一如既往再产生什么作用。在此中，起决定作用的仍然是本体。

这样，又造成了一种本体对主、客体进行驾驭的交叉关系。词家、社会因素，都必须服从于词本体的意向、受它制约，并被纳入本体的自洽、自律轨道中来。

应该承认，就主体（词家）、客体（社会）而言，进入词的系统中并被作为一个有机部分来对待，是保证它的存在价值的必备条件。没有进入词本体的词家，就像是整日游手赋闲不肯作词的词家，对词本体来说是毫无意义的。而没有进入词本体的社会文化环境，则只能是与词毫不相干的自在之物。

进入了词本体，投入到它的自律与自洽机制中去，作为一个已经完成的结果，则主体、客体与词本体即是三位一体的了。但在投入过程中，也还有一个洽与不洽的问题——有些词人主观上很想投入，很想当一个领袖、大师，但却缺乏才能与条件；这不是他不投入，当然也不是本体不让他投入，而是投入的环节出了问题。进入本体的词人是幸运的成功者，尚未进入本体的词人是个未知数，而正在努力进入却未能如愿的词人，却是最不幸的失败者。自洽是已进入本体之后的原则，尚待进入的，又是什么呢?

与自洽的以本体为本位的立场相对，我们可以把主、客体的试图进入本体的努力过程，看成是一个“他洽”的过程——相对于本体而言是“他”而不是“自”。自洽是一个本体内部循环往复、调节平衡的机制，它只负责本体以内。但外来因素要取得它的认同并被接纳，却必须配合、服从它的调节，这个由异质到同化，由外到内的转换过程，正是一个以外（主、客体）迎合内（本体）的过程。于是，主、客体与本体之间原本对等的关系发生了变化：它们不再是三个对等交流的角度，而是以一主二从的关系，并以“他洽”转向“自洽”的过程来实现的。

“他洽”是一种向心运动，是围绕着本体目标的“聚”。因此呈现为“体”与“体”之间横向关系的特征。当然，因为是“他”，故而也还能看出两个体之间分离的特点。而作为“他洽”结果的“自洽”，却是一种本体运动，是以本体自身为空间的动态平衡，它呈现出的是已经过融合后的纵向时间（历史）的关系特征。也正因为是“自”，故而已看不出不同体之间的分离现象，一切都被归于本体这个本位中去了。由本体、客体、主体三个范畴又伸延出“自洽”“他洽”两种连接关系，并最终形成词本体的“自律”，表明词的成熟特征与排他性，而自律原则确立后的词本体，倘逐渐无视对“他洽”的接纳，或无视“自洽”的功能，最终则会日益走向固执、老化、衰败。这个生命体也就走向自己的终点。

由此，我们可以对它作如下一个总结了。以词本体的立场来看词的自律与自洽，再考虑词的主体、客体对本体的迎合，大抵呈现出如下的关系：

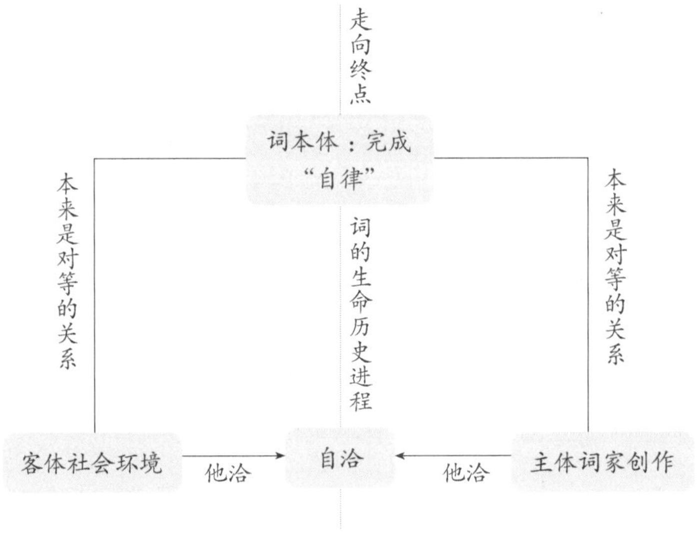

在这一关系表之中，应该把握如下几个重点内容：

1. 以“他洽”转为“自洽”再上升为“自律”的过程，并非是由“自洽”（低）转向“自律”

（高）的过程，因为在本体中，自律与自洽是对等的。但是，在客、主体进入本体的过程中，却必然是先由异己的迎合即“他洽”走向本体的“自洽”（即进入本体运行轨道）；而这种转换如果成功，必然是以被“自律”即自我约束固定下来成为词的基本特征为标志。因为只有在此时，“异己”也才彻底消除了自己的痕迹，真正融会到本体循环机制中去。词的排他性是检验词的特征确立的标志：只有说明什么不是词，才会有什么是词的结论。而这个排他性，正是词的自律的任务。这样，自律正可以说是一个相对意义上的终点。客体、主体的努力，通过他洽→自洽→自律的过程，最终进入词的本体特征结构中去被固定下来，成为本体的一部分，这正是一个词史，词创作发展的基本过程。无论是柳永创慢词、苏轼以诗为词或豪放派的以特定社会现象入词，都必然要经过这样一个过程。我们今天不认为柳、苏、辛的努力是异己，而把他们看作是词应有的特征，正表明他们的努力已通过他洽、自洽的过程进入了词本体自律系统，已被凝固成为词的传统，并被作为新一轮的“排他性”确立的依据——以苏、辛为准则（自律）去指斥别家词派的现象，在古代词论中难道还少见吗？

2. 从理论上说，主体、客体均无法干预控制本体，而只是通过“洽”的过程去进入本体。当然，“进入”本身也即是“干预”了本体，但在这个过程中，客体与主体并非是对等地“他洽”于本体的——鉴于主体是词家的“人”，它是最有活力也最有主动性的一个因素，因此它对客体亦有一种统摄力。任何一个客体影响的存在，倘若不首先作用于人，当然更不可能作用于本体。词家的主动性即表现为它对客体的能动把握。由是，上述的三角形的关系整理，只能是一个纯理论的整理。它的好处是把每个范畴的周边关系都标志得很清楚。而在实际的创作转换过程中，却是以客体→主体→本体这样的顺序来实施的：客体影响通过主体吸收，变成主体的创作行为的一个构成元，再被全部投入到本体自律自洽的循环机制中去。主体的主导性决定了它必然统摄客体内容。这样，在一个范畴清理的关系叙述中，我们提出主、客、本三体的对等相生关系，而在一个具体的创作形态中，却是客、主、本三体的递进关系——客体被主体所消化，主体又被本体所包容。

3. 本体是一个动态的系统，对它的认识不宜执一个固定僵滞的立场。

相比于一般意义上的主、客体，本体当然是一个独特的存在——正是它，使我们的研究找到了一个崭新的审视角度。我们乐于将它与词家、社会对比成鼎足而立的三个基点。但这样做很容易引起误会：以为本体是与生俱来的、永恒的；既然是三者鼎立，那么主体人与客体社会是永恒的，则词本体也应该是永恒的。

这无疑是个靠不住的结论。相对于人而言，词的生命循环只有一个始终过程：从宋词，或从宋词到清词，大抵都是这一个始终过程中的内容。它并非生生不息，超百代仍能占据时代文化的主舞台。这一点，王国维的“一代有一代之文学”是早已脍炙人口的名论了：

> 凡一代有一代之文学。楚之骚、汉之赋、六朝之骈语、唐之诗、宋之词、元之曲，皆所谓一代之文学，而后世莫能继焉者也。
>
> ——《宋元戏曲考·序》

这“后世莫能继”的含义，即是指每一种文学（如词）作为本体的生命力的限制。它在时间上有对自身的规定性，在文化基础方面也有对自身的规定性。王国维另有一段话则粗粗地分析其原因，读来也颇发人深思：

> 四言敝而有《楚辞》。《楚辞》敝而有五言。五言敝而有七言。古诗敝而有律绝。律绝敝而有词。盖文体通行既久，染指遂多，自成习套，豪杰之士，亦难于其中自出新意，故遁而作他体以自解脱，一切文体所以始盛终衰者，皆由此也。
>
> ——《人间词话》

王国维总结的，似乎是主体即“豪杰之士”个人希望自出新意的原因。但究其所在，正是因为有“文体通行既久，染指遂多，自成习套”的本体方面的原因。亦即是说，是本体随着时间的推移日渐丧失生命活力，从而导致“习套”现象的产生。

本体是一个生命的过程。当词呱呱坠地之时，它并无所谓本体——在远指六朝近指盛唐的词的起源时期，词并无“体”的意识。连绝句即可唱，诗人即是词人，有什么本体可言？因此，当时的词是可以任人妆扮的。但当词进入到一个具有自我意识的时代，则它就有了理智的选择：词中承袭诗的七言律句的现象越来越少，新创的词调中，几乎不再以七言句为唯一的表现形式。而纵观北宋中叶以后，像《流溪沙》这样纯以七言组成的词牌句式可以说是百不一见……这些，都可以说是词的自律原则在发挥作用。

从幼稚到成熟，从任人妆扮到自我独立，直到这时，本体才获得确立。但在这之后，经过全盛阶段，本体又将向衰老奔去。正是基于此，对本体的考察，以及对本体与主、客体之间关系的考察，便不能拘于固定格式，应该有一个变化的、发展的认识基点——倘若我们承认儿童与壮年与老年在智力与创造力上有明显的不同的话，那么词本体在不同时期，也应该有着不同的表现侧重。上升期的词生机勃勃，有极强的接纳、吸收、消化能力，主客体对它的投入即从“他洽”到“自洽”的过程会很顺利完成，由于接纳能力强，因此自我更新的速度与频率也快，日新月异，一日千里。柳永创慢词，会一时风靡天下，即是词本体之有生机盎然之妙的最好表现。而到了衰落期，词的自我封闭、自我保护的意识极强，主、客体对它的顺向投入当然仍有可能，但逆向投入则大多被拒之门外，这样它就日趋狭窄，日益以词的本体立场自居而排斥异己，当然在风格流派方面的广取博存亦不复可能。南宋中后期词坛姜夔与吴文英分衔前后，说是两个大词派，但其审美意识与技巧方面却有如此相近相同之处，正足以证明词本体在日益走向自己的归宿——以雅化为标志的归宿。因此，把本体看作一个动态的生长过程，它的自律、自洽能力也有个从弱到强、从强到弱的生态学进程，它对于客体与主体的接纳能力也因不同时期而呈现出不同状态——主、客体在每时每刻发生着变化，本体也在同样发生变化，则我们会更多地发现其中存在着错综复杂的微妙关系，从而寻找出更多的内在结构模式构成的可能性来。

4. 从某种意义上说，本体不依靠主、客体的推动与催化，便很难顺利地完成自我历程——严格说来，恐怕不存在一个孤立的、没有主客体关系支持着的本体。在哲学层面上，本体是一个真实的存在；但在历史层面上，则本体是一个关联的存在。没有社会就没有文学当然也没有词，没有人也就没有文学当然也没有词。

由是，本体在一定条件下又可以被转换为载体。词相对于人而言，本来就是一种载体、媒介、框架；是容纳人的思想感情和社会生活诸相的容器，是一种表现形式；是把生活万象和情感万象吸收到一个特别的语言组织中去的特殊传达过程，是一种“符号”——文学符号与人的符号。

我以为，把主体强调到一个统辖万物、唯我独尊的不适当高度，是过去曾有过的惨痛教训。但在我们的论述结构中平等地予它以一席之地，并以它来展示出一个独特的、本书不太涉及的视角，却仍然有助于我们对词本体作立体的多侧面的思考。因此，载体、媒介、框架式的词的研究立场，在本书中不是统辖全过程的立论基点，但却不妨碍它作为我们在本章末节本段中作为一个局部的观察点。

依靠主体与客体的帮助与扶持，词本体获得了前行的动力。柳永倡慢词，是一个词史上的重要现象，它对词本体的确立至关重要。但这正处个主、客体对本体进行支持的绝好范例。首先，是柳永这个人，懂音律、善文辞，又怀才不遇，潦倒终身，不得已浪迹妓楼酒肆，"忍把浮名，换了浅斟低唱"——这是个很特殊的主体，"教坊乐工，每得新腔，必求永为辞，始行于世"（叶梦得《石林避暑录话》卷三）。没有他的仕途失意，没有他的绝妙好词，这慢词之兴就难以遂愿，这当然是主体即词家的主导作用。其次，是柳永身处的社会环境这个客体在支持他，没有当时散落各处的妓馆酒肆，没有妓乐乐为新声的社会风气，没有教坊乐工的多创新腔，没有"妓者爱其有词名，能移宫换羽，一经品题，声价十倍，妓者多以金物资给之"（《醉翁谈录》）的社会风气——"妓者之爱"是社会风气，"一经品题，声价十倍"是社会风气，至于其间金帛之资当然更是一种社会环境的制约——如果没有这些作为客体的支持，第一柳永不会有创兴慢词的动机愿望，第二即使做了也不会风行于世。而没有了这些，词本体从何处来确立自身的价值？以此来推断词本体之不可无主体（词人）、客体（词的社会环境）的支持，想必是极有说服力的吧？

从词的本体概念的确立，到词史本体的以形式与流派史为基点，再到词本体发展的自律与自洽，再到词本体与主、客体之间的互制互动，我们对词的本体展开了多方面的立体考察。考察的首要目的，当然是真正确立一个词本体的形象，以便为此前的形式美学探讨找到一个哲学归结，又为此后的词的生态进程探讨确立一个思辨的起点。

第六章　词的本体与客体

——宋词流派形成与当时社会文化背景的提携

第一节　词与社会生活

讨论词与社会生活之间的关系，实在是一个最容易但却又最困难的课题。说它最容易，是因为我们根本无法找出一个非社会生活的，或是与社会生活不发生联系的词家与词作。任何一首词的存在或是一个词家的存在，必然是一种社会现象即作为社会生活一部分的存在。这样的事例可以说是触目皆是，信手拈来，丝毫用不着去冥思苦想。

但不花力气却告诉我们另一种危险存在的可能性——即这很可能是一个没有理论价值的课题。倘若如此，我们却又感到无比的失望：从主体、客体、本体三角关系中看，当然应该有本体与客体之间的关系并构成一个合理的课题，但从实际的课题来看，它又实在是普通得可以，常识得可以，根本犯不着为之做什么深入的哲学的、思辨的强调。

对一个众所周知的浅显课题做深入研究，这是件相当困难的工作。但落实到词派研究中来，我们又不能故弄玄虚，以深奥对深奥，弄一些哲学名词来做逻辑游戏。没有对实际的词派、词作、词现象的考察，空洞的理论证明也未必有多大价值与说服力。这正是一种两难的尴尬处境——举些范例来证明词与社会生活休戚相关，则信手拈来，实在无所谓深；弄些文艺理论原理并以抽象的逻辑名词互相印证，却又落不到词这个特定的基点上来，又无所谓词。在词与社会生活这个命题规定之下，又要是词，又要有深度，孰谓不困难？

强调词作为一种文学现象只存在于社会之中，我们可以大致划出几种不同的类型。比如，在词与社会这个命题中，首先即可分出两种区别：一是词生存于社会生活，词作为一种被动的存在是如何为社会所认可的；二是词是如何与社会生活发生联系的，亦即是说它是如何主动干预社会生活的。前者所讨论的，是一个自然的生存形态方式；后者所讨论的，却是一个能动的生命形态方式。“生存”的状态是一个相对静态的事实展现，而“生命”的状态却是个相对动态的系统展现。

这可以是一个有效分析视角，但这还不是唯一的视角。还可以有另一种视角——不是横向的以结果为基点的逆向判断分类，而是纵向的以生发为基点的顺向的递进式整理与归纳。它又可以以如下的三个层次为主要依据：

1. 作为一般社会文化、文学现象的词；

2. 作为特殊社会文学聚焦点的词；

3. 从社会文学走向专门流派形态的词。

我们分别应用这两种不同的审视方法来进行讨论。

以词的生存形态与生命形态的对比方式来探讨词与社会生活之间的关系，实际上提示出分别以切片式的考察与系统式的考察为主导的研究出发点。毫无疑问，词之作为“存在”被动地为社会所认同，首先即表现为整个文学形态之为社会所认同——既然社会需要文学，当然也逻辑地需要词。虽然词的发展有它自己的上限——在唐以前讲社会、文化需要词，实在是个过于泛泛的推论，但我们既是在做切片式研究，则只要词一旦出现并作为体裁被文学所接纳，它当然可以说一定会获得社会一以贯之的认同与支持。不但在宋代是如此，在元、明、清各代，只要有词作与词家，当然也即可说是如此。词在某个时代是否属于主导形态或盛衰如何，这是另一个问题——只要词没有完全退出社会文化结构，没有被迫消亡，它当然还是一种“存在”。不管词家个人付出多少努力，对词的“存在”仍然不具有显著的影响。正是基于这一点，我们才认为它是一种“被动”的、不以人（词家）的意志为转移的形态。

追溯这种“生存”形态的历史渊源，一直可以上涉词的萌生时期。诗之唱比如著名的王之涣、高适、王昌龄的旗亭画壁赌唱的故事，自然是一个最好的社会文化结构之接纳词（歌词）的典型事例。倘说旗亭歌妓们唱的不是词而是诗，因此并不能算是严格意义上的词与社会关系的证据的话，那么柳永的“有井水处，即能歌柳词”的记载，却是典型无疑的了。不但从文辞角度看是如此，从音乐角度看亦是如此。雅乐是宫廷古乐（宫廷当然也是一个特殊的社会），但它还不典型；而清商乐是汉魏六朝以来的中原古乐，流传甚广。至于燕乐（宴乐），通行于社会各阶层，在宴飨环境中极为活跃，这当然就是社会文化环境无疑。从某种意义上说，宴乐所在的宴飨环境，可能比文人士大夫的书斋更具有社会的意义。柳永所在的妓楼酒肆固然是词生存的理想的社会环境，而老是请他填词的教坊艺人，在“得新腔”时，也未始不是个十足的社会氛围。词的叙事、抒情，这“事”与“情”，一是直接的社会内容，一是社会对人的感情的投射，连人也是社会的一分子。因此，这是个绝对的、无法辩驳的结论。当然它又意味着这是个毋庸费力气去证明的多余的结论。

而要讨论“生命”形态的历史渊源，却是一个深奥得多的学术课题。生命是个周而复始或有始有终的循环过程。它不是静止的，而是运动的；它不但接受社会的认可并以此为自己立身的基本，它还在接受的同时付出——这个付出，可以概括为词在能动地干预社会文化。这种干预，大抵可以分为几个阶段。第一是在词的本体发生、发展的初期，词仍然有相当幼稚的特征，但它已开始干预既有的社会文化结构，试图在其中打进一个楔子，为自己寻找一个发展空间——在唐代，是诗、文在决定着当时的社会文化、文学结构的基本形态，它们是独裁者，并且它们的权威已是被社会所公认了的。但是，初期的词毅然崛起，在以诗、文为主的文学结构中打开了一个缺口，并终于把原有的诗、文对应型结构改变成为诗、文词鼎足型的新颖结构。这正是一种明确而有力的干预。到了宋代，诗人编集子必须附自己的词作，而更出现了专门的词集——甚至还有许多文士是仅仅以词闻名——它表明社会承认词的独立价值，这个时期的出现，则是词对于社会文化（文学）结构干预成功的明确标志。毫无疑问，它是一种动态的成功。

待到宋词作为一种固定的文学形态崛起之后，词即已作为主导的文学担任社会文明表述语言的第一角色。我们在宋词中发现有君臣唱酬、父子唱酬、夫妻唱酬、兄弟唱酬、师徒唱酬等等举不胜举的事例；又发现词可以用来干政、得名、进退、联姻、通款、赎罪，甚至会成为亡国的缘由……在宋代，词的渗透力已深入到社会的各阶层各角落，可以说是无处无时无地不在。而这种无与伦比的覆盖面，正是词担任社会文明表述语言的第一角色的最好证明。关于这些词例，我在《宋词流派的历史研究》一书中有详细的展开，此处就不再赘述了。

这是词的全盛时代。正是在这个时代，词真正完成了自己的本体建设，词作为生命体进入了成熟期。进入成熟期的词本体，开始有能力对社会文化作更强有力的干预与倡导、控制与提携，它能及时传达社会的需求，并以自身的本体为各种社会文化潮流提供一个喷发口，从而使自己成为时代、社会动向的晴雨表。“豪放派”词派的形成与崛起，正是词本体对社会文化进行干预的最重要事实。请注意，干预的不仅仅限于文学体裁之争（它是社会文化结构中的一个内容），干预的还是更宏观的社会政治、经济，如国家、民族、制度、文明形态等等大文化机制。它几乎可以说是一个横跨文学与社会学两大领域的有机结晶体。我们读豪放派词作，也正可以它作为一部社会史、政治史来读。毫无疑问，这一词派的出现，表明文学走到了时代的前列，并成为时代、社会的号角。词对社会文化进行干预，从此可以说达到了力所能及的制高点，也达到了本体生命所能发挥出的对社会进行参与的艺术顶点。

从生存形态的考察走向生命形态的考察，是一个由简单走向复杂的过程。“存在”事实的考察是不难做到的；但“生命”形态的考察，因为要同时考虑到本体能力与社会对象这两个方面的动态因素，当然难度要大得多。比如，在词本体的初期，词中要孕育出豪放派这样的主动干预现象即不复可能，因为本体还缺乏这样的能力。这是就本体立场而言。反过来说，要在北宋初即提倡豪放派式的干预，社会文化机制也缺乏接纳的准备——因为当时词的社会地位还不高，还未被全社会所完全认同，社会对它还有相当的不理解，当然会对干预做出抗拒。当然，事实上这种种思考不过是一个假设而已。但可以肯定：没有本体健全的干预能力与社会文化机制的接纳干预准备，亦即是没有影响与被影响的两方面的配合，豪放派式的主导性文化干预，显然是形成不起来的。

再来看纵向的以生发为基点的顺向的递进式整理与归纳，这是另一个“史”的视角。

把词本体分为几个不同的层次并逐个证明之，意味着我们必须从一种“结构”的眼光出发。层次的出现并非是一个个互不相干的块面的简单拼合，它是一个有机的分布——亦即是说，每个块面对于上块面与下块面都形成一种证明的支撑作用。依次递增或递减，并呈现出一种大致的倾向。作为一般社会文化形态的词，存在于宋代社会中的每个角落。词人不但分布天南地北，而且遍布贵至皇帝，庶为平民，甚至和尚、妓女等各个阶层。我们信手即可举出许多实例：皇帝词家如宋徽宗，被俘五国城后还有词作；和尚词家如仲殊、惠洪，空门礼佛时煞是恭谨，一旦填起词来却是香艳得可以，全不顾佛家戒色的规训；至于妓女，自打柳永以来即是词坛发展的重要润滑剂——而如台州妓严蕊竟不顾身家性命，敢与道貌岸然的朱熹对抗，还有《卜算子》词自明，可见妓之为词，也是宋代司空见惯的风流事儿，并没有人大惊小怪的。更有一位籍中人琴操，还能为名词改韵，比起词人本身似也不逊色：

杭之西湖，有一倅闲唱少游《满庭芳》偶然误举一韵云："画角声断斜阳。"妓琴操在侧云："画角声断樵门，非斜阳也。"倅因戏之曰："尔可改韵否？"琴即改作阳字韵云：

山抹微云，天连衰草，画角声断斜阳。暂停征棹，聊共饮离觞。多少蓬莱旧侣，频回首烟霭茫茫。孤村里，寒鸦万点，流水绕低墙。魂伤当此际，轻分罗带，暗解香囊。漫赢得青楼，薄幸名狂。此去何时见也，襟袖上空有余香。伤情处，高城望断，灯火已昏黄。

句法、意境有如原词一样，以此来看宋代歌妓对词的功底，恐怕是不用多解释了吧？

不但皇帝、大臣、平民、妓女、和尚……连"强盗"也有词，杨升庵记载有宋江夜访李师师时有长调一首："天南地北，问乾坤何处可容狂客？"后来还被收入《水浒传》中，即是一例。杨升庵在录词后还有一评："小词盛于宋，而剧贼亦工如此。"正是为我们下一注语。甚至，连夷狄也有词，金兀术是一代"虏酋"，即有《念奴娇》，仅以字面论即够桀骜不驯的了。而更有说是金兀术攻宋也是为了一首词。宋罗大经《鹤林玉露》卷十三：

孙何帅钱塘，柳耆卿作《望海潮》词赠之云"东南形胜"云云，此词流播，金主亮闻之，欣然有慕于"三秋桂子，十里荷花"，遂起投鞭渡江之志。

柳永词居然系着大宋江山安危，真可说是件耸人听闻的奇事了。那么，说宋代词文化是遍布每个社会层面与角落，应该也是无可怀疑的了吧？一部《全宋词》，本可以为我们提供许多妙不可言的内容来的。

作为普遍的社会文化现象，是以大而泛作为其特征的——不在于评价它的高低，而在于检讨它分布面的宽窄。即此而论，宋词的社会文化性格，可以说是绝不亚于唐诗，它们都是本时代的写照：《全唐诗》可当作唐史读，则《全宋词》也可当作宋史读。之所以如此，正是因为它的包罗万象之功。当然，相比之下，宋词的娱乐性更强，写实功夫稍弱，因此可能不如唐诗那么鲜明直接。但如果我们不把题材内容当作唯一的社会表现渠道的话，那么从词人身份和所处阶层、词创作的动机与环境、词所引起的反响与社会评价等各个方面综合考察，我们仍然能据以构画出一幅恢宏的社会生活、思想的画卷。"凡有井水处，皆能歌柳词"，是一个词家的社会渗透度，而遍布社会各阶层的词的活力所在，却是个全方位的渗透能量所在，它是无法估价的。

走向特殊社会文化聚焦点的词，却是由广转向了深，由泛走向了专。它所需要的不仅仅是创作热情，它还需要深邃的理性与思考。或者更准确地说，它不是一种自然的存在，而是一种有意的选择。

《花间集》可以说是第一次这样的选择。"镂玉雕琼，拟化工而迥巧，裁花剪叶，夺春艳以争先"，是它的词风的总概括；而"家家之香径春风，宁寻越艳？处处之红楼夜月，自锁嫦娥"，又是它的生存环境的总概括。但还不仅仅于此。

我们在西蜀《花间集》的出现中看到了一种象征性格——以集中词人出现与词作出现作对比，则共有十八家共五百首。其中有集团性的与散见的（与西蜀关系不大的）词人词作，呈如下一种对比关系：

与西蜀关系不大的词人（计 5 人 178 首）
温庭筠（66 首） 皇甫松（一二首） 薛昭蕴（19 首） 和凝（20 首） 孙光宪（61 首）
蜀人或流离于蜀的词人（计 13 人 322 首）
韦　庄（48 首） 牛　峤（32 首） 张　泌（27 首） 毛文锡（31 首） 牛希济（11 首） 欧阳炯（17 首） 顾　夐（55 首） 魏承班（15 首） 鹿虔扆（6 首） 阎　选（8 首） 尹　鹗（16 首） 毛熙震（29 首） 李润（37 首）

首先是人数，在蜀的词家有十三人，这当然是一个明显的集团形态。至于词作，是 178：322，倘考虑到温庭筠、皇甫松、薛昭蕴都是唐末人，他们的形象在蜀人看来

是一种前辈先贤的形象，则多收他们的作品也是很正常的——温庭筠收词六十六首，为全集之冠，正表明了这样一种含义。以此反观蜀词人的三百余首词，则其数量实在不能说是少了。因此，这又是一个创作群体的形态。更以《花间集》中所收词人大多为西蜀宫廷清客帮闲，如欧阳炯、鹿虔扆、韩琮、阎选、毛文锡均以词供奉后蜀主孟昶，时号五鬼，是则这又是一个以宫廷为中心的词的社会生活圈——正可以说一个特定的社会文化聚焦之所在。花间词大抵香艳绮丽，当然与靡侈的宫廷生活有关，虽然宫廷作为社会不那么典型，但它毕竟也是一个小社会，故而花间词人的存在与《花间集》的存在，当然可以证明词与社会生活之关系密切，并作为一种特殊的范例而体现出价值来了。《花间集》中词人，绝大多数并不传诗文，仅有词，是知以词为文化的“聚焦点”。《花间集》中词人，又大抵以软玉温香写宫廷艳情，是知以词为社会的聚焦点，无论怎么说，这也是有过主动选择的一种文学形态而不是被动放任的形态。后蜀宫中会专门出现“以小词供奉”的职位，词家会聚于其中并有如此的作品群，非经过选择何以臻此？

西蜀《花间集》是如此，南唐二主也不外乎此。未闻他们以诗、文代言，却都选用词作为特定的表诉媒介。虽然词风各异——西蜀花间派婉约香靡，上追温庭筠，而南唐二主及冯延巳却更清通流畅——但以词代言的做法却是一致的。宋代以后，欧、苏是诗文大家，自不易言，但柳永、秦观、周邦彦、辛弃疾、姜夔、吴文英，却都是以词名世，特别是李清照，不但以词名世还有词论，更是体现出一种专业意识。所有这些，都可以说明：词在当时的文学结构中已成为主导的社会文化聚焦点，它不再是尾随诗文，甚至也不属于与诗并肩，它是专业的，唯我独尊的“聚焦点”。李清照的专业意识的表现是词作与词论双擅，而辛弃疾却以词作极大地开拓了表现方法的天地，使词形式的张力走向极致——这些，都表明词已成为一种文化（文学）的中心，它是主流的，富于倡导性的。

词的专业意识的崛起，是导致自身成为社会文化聚焦点的主要标志。

从社会文化形态走向流派的形成，是词对社会文化进行更能动干预的一个转折点。自花间词以来，词一直是社会文化的一个组成部分，通过努力，它已逐渐上升成为社会文化的代言人（即“聚焦点”现象的出现）。但代言人终不过是代言人，当词产生本体意识之后，它不仅希望外向为社会服务，还希望内向为自身建设服务。服务的方式也仍然各有指向——如为自身的艺术性建设服务，即走向雅化；又如为自身的表现力建设服务，则走向能动地干预社会生活。而这后者，正是更高层次上的词与社会生活关系的集中写照——词本体以自我确立为前提的主动干预。豪放词派的出现可以说是最为典型。

以豪放词派为典型的理由如前所述，不必重复提示。如果说，相对而言周邦彦的大晟词派是一种以建设词本体为目标的内向模式，而吴文英以降的婉约词派，更是一种同样的内向模式的话；那么，豪放词派却是以强烈的使命感和社会责任感，把词的功能拉向一个外向的干预时事的目标中去。词的反映生活，本来是词美学研究的题中应有之义：只要有内容、题材，当然是离不开反映、表现生活。无论是民歌、花间词派还是清通、婉约、豪放诸派，从广义上说皆是社会生活的反映。但像豪放派那样去主动地干预生活，却是其他词派很少拥有的性格特征。我们不妨将"花间词派"拿来作一对比。有集团性，有稳定的词家、词作群体，有共同的审美趣味，有相近的艺术表现方式，这些，都是花间词派与豪放词派共同的方面。而谈到反映社会生活，则虽然花间词派的生活范围很窄，反映的不外乎宫廷贵族纸醉金迷、灯红酒绿的内容，但它也还是一种生活类型——是则宽与窄或积极向上与消极颓废等等价值高低不论，至少不能说它不反映社会生活。因此，这反映生活也是双方所共有的。

但根本的区别即在于，花间词派是以对生活的被动反映为特征的，它只记录、描绘、叙述，却很少以伦理的、政治的立场去进行议论与评价。而豪放词派对社会生活，采取的却是一种主动干预的积极态度。它不但记录、描绘，还把自己放进去进行价值判断：孰为优劣？倾向于哪一些而批判哪一些？取舍的标准是什么？由是，它对社会生活不仅仅是取联系的态度还取评价、改造的态度。正是这种态度使豪放派在与社会生活及社会文化环境的关系中拥有鹤立鸡群的地位。

花间词派的类型，是一个普通的类型。词本来不必非得承担改造社会改造历史的沉重负荷，它是文学，它能予人以审美的娱悦，有此足矣。故而自它以后的清通词派、婉约词派等皆是同类。它们都醉心于自我的构建即本体艺术性的构建，并以此为正途。但我们本章意在讨论词与社会生活的关系，以此为立足点，我们就有了一个特殊的评价角度，于是也就对豪放派持特殊青睐的立场——因为这个流派的存在，正是一个词文学主动干预社会时事政治的最好例证。它的主动干预与其他词派的被动反映形成了鲜明的对照。

当然随之而来的评价则是，豪放词派的出现是一种艺术流派的确立而不是政治宣传的廉价代言人，它有它自己的艺术表现途径与方法。它不是御用的服从与迎合，也不是无聊的帮闲凑趣，它是词人发自肺腑的呼喊与情真意切的表诉——我们对前者鄙夷不屑，但对后者却表示敬仰不已。热血男儿的表现自然不同于花前月下的风流浪荡子，这是一种美学类型的崛起。研究它的美学特征而不是简单地予它一个进步、革命的内容提示，恐怕是目前对豪放派研究中需注意的问题。而正是基于这一认识，我们才把它指为我们在本节研究中的最重点的一链：从作为一般社会文化现象的词，到作为特殊的社会文化聚焦点的词，再到现在的作为专业的本体确立的流派的词。这，是一个有相当专业化特征，又有相当高层次而绝不流于泛泛的词的现象。它几乎可以说是一个归结点：对词与社会生活之间关联研究在思考上的归结点。正是在这一结论上，我们才可以说本节的研究终于构画出了自身的全部内容。

第二节 词的发展与宋代社会思想文化的考察

从一般意义上的词与社会生活关系的考察，走向词与社会思想文化关系的考察，是一个角度的转换。一般社会生活是一个五花八门的存在，而所谓社会思想文化，却是一个有相当明显的主观成分的对象——社会思想文化正是由人倡导起来的。这种倡导落实到宋代，则应该是出自文人士大夫之手。于是，探讨社会思想文化，势必要探讨作为士大夫的宋代文人的构成、观念、能力、地位等一系列“人文”课题。宋代是一个文人的社会——这是一个并不严格的界定。但正是这种不严格，为我们留下了许多思考空隙。讨论宋代何以是文人社会而宋以前社会何以不是，是个极复杂的学术课题，许多社会学家或社会文化学家对此都投入过大量精力。我过去从艺术上（书法、绘画、篆刻方面）曾论证过它的存在，而在一个宏观的比较文学基点上也曾经论证过这种社会文化结构的转换（请参看《书法史学概论》，浙江美术学院出版社 1992 年版；《中国画形式美探究》，上海书画出版社 1991 年版；《篆刻艺术综论》，同上，1992 年版；《空间诗学导论》，上海文艺出版社 1989 年版）。词只要处在同一时代文化背景之下，它也应该同样可以适用。

文化背景的囊括性原则，使我们毋须化大量篇幅去重新论证一个社会文化学方面的课题。而可以以词的研究为中心，去做一些简略扼要的背景提示。这一提示，大致应包括以下几个方面的内容：

1. 作为大背景的社会思想文化特征；

2. 作为主要文化背景的文学意识；

3. 作为词的音乐来源的社会传统；

4. 作为具体社会背景的文化氛围。

每个题目均可构成一个独立的论述中心，但依次递进，由大到小，由外围到核心，形成一个完整的叙述结构。

（一）作为大背景的社会思想文化特征。

中国古代社会是尚武的。汉武帝铁骑直指漠北，唐代初期军锋横扫边陲，论文治是开出一个灿烂辉煌的唐诗世界，而论武功则是缔造出一个恢宏博大的大唐帝国。唐诗中还有个刚健豪阔的边塞诗派，李白、杜甫都是些求为国家效力而不获的失意落魄之人，不得已而从文。这样看来，唐代的尚武精神并不亚于汉魏。只不过，随着盛唐时期爆发的安史之乱，整个帝国元气大伤，而中、晚唐藩镇割据之乱，影响一直波及五代，军阀混战，民不聊生，使尚武从积极的阳刚精神转向它的最劣点：弱肉强食，尔虞我诈。宋太祖陈桥兵变，黄袍加身，鉴于唐末五代的局面，首先想到的即是消除这一隐患。“杯酒释兵权”的闹剧，从表面上说是宋太祖个人为自己江山社稷所做出的周密安排，但从社会文化机制上看，此举却开了重文轻武社会观念的先河。自宋以后，明代朱元璋的屠戮功臣战将，清代虽以满洲铁骑入关但却用文人治国，扬文抑武的风气一直未有消歇。武将地位低下，而文臣却颐指气使，是中国封建社会在中后期的主要特征之一。正是这种特征，造成了社会文化心理的倾斜，一旦它再与科举制度相配合，与文官系统主持朝政并有源源不断的文化人才补充机制相配合，当然就构成了一个循环相生的社会生态系统——它为文化繁荣带来的刺激与催化作用，是无可估量的。

文化繁荣是一个非常广泛的范围。比如，在朝廷之中，文官的能量与活动范围极大，而且，文官们的自尊意识也很强。北宋前期有所谓的蜀党、洛党、朔党之争，又有所谓的新法旧法之争，这都是文人士大夫各怀治国之策，互相不合，互起意气龃龉的好例。换了唐前的社会机制，勾心斗角、尔虞我诈当然也少不了，刀枪相见、厮杀决胜当然也比比皆是；而像宋代那样是为治国方略不同作口舌之争，恐怕是很少得见的。文官系统和重文轻武的社会心理机制的不利面，于此展现得非常充分。

文官们都有一个科举出身的资格，做策论是政治眼光和分析力，而作诗赋却是体现文才学养的好途径，因此谁都是满腹经纶、自我感觉良好；或许还俨然有一种错觉，以为诗文真可以安邦定国。宋初有不少文学侍从之臣，如欧阳修、余靖、蔡襄等，都有极强的干预朝政能力，但若论身份却不过是无权无名的低品位小文官。而这些手无缚鸡之力又无经邦镇国的名位还无显赫卓著的功勋的文学谏从之臣，在当时却能左右舆论导向，每出一文，百口相传，足见在朝野士庶心目中，他们是极有分量的人物。而我们还从中看到了一种社会意义上的价值评判——因为这都是些学富五车的文人，因为他们是论政与诗文兼长的才子，因为他们都有正义感、不阿附权贵，故而，他们成为社会对舆论导向、文化倾斜的主要聚汇点。倘若是武将们来做这同样的工作，恐怕就不会这样被众口称颂了。社会的安定繁荣是文化滋生繁荣的主要前提，又逢着有一个人为的重文轻武政策的推波助澜，再有一个系统化的科举机制作为实际上的保障，则从刀光剑影中杀出来的军功，反而不像科场三考金榜题名那样趾高气扬。说是宋代武将时运不济，恐怕实在不为过论。

文官们有此特殊的优越感，于是吟风弄月，诗酒唱酬的风气大盛。而在此中大展风雅的实在不乏其人。墨客骚人们组成一个个诗书雅集式的聚会中心，比诗比文、比书比画，交流切磋，在上层形成了一个个文化圈子，体现出明显的高文化官僚层的活动特色。这种特色，唐代那些职业官僚们是只能望洋兴叹，徒唤奈何的。我们在唐代朝廷阶层中发现真正具有文人风度的官员并不多。安禄山、歌舒翰、郭子仪、李光弼那样的武将当然不在其列，即使是姚崇、宋璟这样的文臣，似乎也不能说是地道的风雅文人。而到了宋代，无论是欧阳修、晏殊、苏轼、王安石，却都在政名之外更有文名，并且有的文名还胜过政名。

文化的昌盛及其社会地位的上升，使文学艺术获得了一个理想的滋生地。文人士大夫们在政治上掌握枢要，而在文学上却吟风弄月，自然会把这两者作一贯穿——贯穿的不一定是指向具体的内容题材的比附，更可能是在于一种文化氛围的倡导。即如欧阳修、晏殊，他们作为文学家当然有足够的地位，但倘若没有较高的政治地位，恐怕亦未可有如此盛名。而这个政治地位，则有赖于作为国策的重文轻武和作为制度的文官系统的提携。或更可以反过来说，是由于背景大氛围的提携，人们对欧、晏的推崇恐怕更基于对他们文学修养的钦佩。政治支持文化，文化又反过来支持政治，这是一个相辅相成的关系。

但自唐以来，文化的主要对象当然还是指诗文。因此，倘以为有这样的有利背景而词即能受恩沾匪浅，恐怕仍是过于武断的。出于词本体的规定，当时词还刚刚崛起，仅仅文化背景的提携还不足以使它立即走向大盛，而只能说是加速了它发育和健全自身的进程。欧阳修、晏殊上承南唐词风的传统，以二主与冯延巳那种清新通脱的语言风格为词，各逞所长，已造就出一个相当集中的词的集群，其中包括晏殊、张昇、宋祁、张先、梅尧臣以及与欧阳修交往颇深的范仲淹。这些词家，都是文化倾斜政策下的直接受益者，也是当时朝廷中呼风唤雨、左右舆论者。范仲淹任枢密副使参知政事，晏殊为枢密使同中书门下平章事集贤殿学士，宋祁为工部尚书翰林学士承旨，张昇为参知政事枢密使，欧阳修为刑部尚书兵部尚书太子少师，只有张先是晏殊幕僚，官都官郎中，未能成为封疆大吏或朝中重臣。但这样的词家身份构成，难道还不说明问题吗？

故而冯煦《宋六十家词选例言》曾有一段十分精辟的分析：

宋初大臣之为词者，寇莱公、晏元献、宋景文、范蜀公与欧阳文忠，并有声艺林……宋至文忠，文始复古，天下翕然师尊之，风尚为之一变。即以词言，亦疏隽开子瞻，深婉开少游。本传云“超然独骛，众莫能及”，独其文乎哉？独其文乎哉？

这是指欧阳修为北宋初词坛尊师和领袖的直接议论。而它对宋初大臣作词之风，构画亦不可谓之不明了。对于词本体的发展而言，特别是其刚刚起步之际，倘没有这样一批身居显要、文化素质极高的达官显宦为之鸣锣喝道，无疑是难以一举成功的。更重要的一点补充是，宋初文官系统的确立与作为科举制度的人才补充系统，曾被我们指为宋代社会文化性质转换的一个关键所在，这一点在宋初词家中也可以获得明确印证，寇准是太平兴国中进士，范仲淹是大中祥府中进士，张先是天圣中进士，宋祁是与兄宋庠同时举进士，张昇亦是进士，至于北宋前期词坛两位领袖欧阳修与晏殊，则更有如下详细记载：

（晏殊）七岁能属文，张知白安抚江南，以神童荐，帝（真宗）召殊，与进士千余人并试廷中，殊神气不摄，援笔立成，帝嘉赏，赐同进士出身。

（欧阳修）四岁而孤，母郑亲诲之学。家贫，至以荻画地学书。幼敏悟过人，得唐韩愈遗稿于废书簏中，读而心慕焉。苦志探赜，至忘寝食，必欲并辔绝驰而追与之并。举进士，试南宫第一，推甲科。

这些宋初词家皆举进士的记载，一方面告诉我们社会变了——靠贵族血统做官或门阀声望做官，是汉魏以来的古法，但欧阳修、范仲淹、寇准等都是家贫苦学之士，并无此一项资本；靠杀伐军功累积做官，是唐以来的旧法，而欧、晏、宋、张都是文学侍从之臣，与征战兵戈并无缘分，也无此一项功绩。他们之所以成功，就是读书做文章。这是宋初独有的现象。另一方面，它又告诉我们这些高学养的文人一旦登上政治舞台，对文学的态度倾斜又将呈现出何等明显、强烈的势头，从而为词的崛起提供一片何等美妙的绿洲。

（二）作为主要文化背景的文学意识。

一是走向文学讨论的层面，则在宋代，我们看到了一种历史发展的“时机”或曰“机遇”。

诗的成功自汉魏六朝以至唐，经历了漫长的演变期；如果是从南朝齐梁沈约创四声诗律开始算起，那么也有近五百年历史了。诗的从草创走向成熟，为唐代文学的建立起时代特征立下了汗马功劳。唐代文学的其他门类也并不弱，但人们还是钟情于唐诗，即此可以看出历史对唐代文学体裁门类方面的选择态度。

诗既为唐代文学中的骄子，则就其自身而言，当然也应该是走向高度成熟、体格巍然。这里面应该包含了两种关系：第一，与唐代其他文学体裁相比，唐诗最优秀；第二，与诗自身在唐前任何一个时代相比，唐诗最成熟。前一比较是横向的断代的，而后一比较则是纵向的历史的。

强盛的、成熟的唐诗对我们而言意味着什么？它告诉我们，诗的繁盛在唐代已被完成了。这句话的反面意思是，唐以后的诗，休想再有唐诗那样的骄傲，历史不会再把这一幸运赐给另一个时代。元明清如此，宋代当然也如此。

这并非说宋代就没有诗。讲宋诗重说理，即表明宋代的诗还是有自身的特点的。但是，诗本体把自己的全盛期定在唐代，则这个全盛，当然应该包括形式法则的健全与体系化——从平仄对仗韵位句式再到意象境界再到对内容的提取……应有尽有。它是一个王国，王国应该有的“机构设置”它全得有。但正是因为这个全有，却使得后来者的创造能力缺乏继续施展的舞台——面对一片空白，一举手一投足皆是创造、皆成定式；但面对前人所树立起来的森严壁垒，后人却很难自由如愿。平仄对仗韵位句式对唐诗本体来说是一个创立与构建，但对宋以后人来说，却是显见的束缚。不按它写，就不算诗；按它写，法不由己出，于是只能亦步亦趋。宋代没有天马行空的李白，当然与这种后来者的地位与心态很有关系。这是时间的绝对作用，任何人都奈何不得。

当然，宋代才是真正的文人士大夫崛起的时代。士大夫的个人素质都是一流的，屈从于唐诗的规定，按部就班寄人篱下，当然不合他们的心意，而要创造，沿袭唐诗的创造又将不成其为创造。转向词而不再沿袭诗，以词作为宋代文学的主流，恐怕正应该考虑有这样一个潜在的历史选择在。

适足以证明宋代士大夫个人素质极高的，不仅仅是词。宋诗在数量上大大超过宋词——仅仅陆游一人的诗就近万首。整个宋诗的数量，据厉鹗《宋诗纪事》，涉及宋代诗人将近四千人，是唐诗人数量的一倍，则诗作虽未统计，估之应多达十数万首，而宋词却不过两万首，仅从数量上来说，宋词为时代文学的主流这一观点恐怕还有推敲的余地。而且，宋诗中也不乏名篇名作。不但北宋初有西昆体——欧阳修、梅尧臣直到王安石构成第一个诗的中心，苏轼与苏门四学士构成第二个诗的中心，仅就流派而言，则如江西诗派、田园诗派，以及产量最多的陆游，都可说是宋诗对时代做出的大贡献。很显然，完全否定宋诗的存在，是有悖于事实因而也是没有说服力的。宋诗能在唐诗高度发达的状态之下不减余勇，一则可看作是唐诗所保持着的发展态势尚未完全消歇；另一则也不妨看作是宋代诗人（士大夫）的质量在发挥作用——正是他们在总体质量与文人意识上的高水准，有效地阻遏了宋代诗歌本应出现的下滑，使宋诗仍保持相当有力的发展自信心。到了元明时代，一旦这种“人”的优势不复存在，诗之走向衰落自是不可避免的了。

但宋诗却还是不得不逊避一席之地，而让宋词成为叱咤风云的主角。其理由，除了宋诗在总体上不得不带着对唐诗作继承的历史心理包袱，因此除创作无法指挥如意之外，还与个人的选择有关。即如苏轼，因为词是新体，没有框框束缚，因此他以学问入词、以诗为词，即使遭到批评，却仍能作为正统存在。苏轼之以诗为词，苏轼之开豪放派，苏轼之以高旷取代原有的软媚……所有这些，无论历来评价如何，至少可以证明一点：在没有框框束缚的词的创作（或曰没有固定的本体意识）之中，他的创作心态是十分自由的，左右动静无不如意，触处成妙、游刃有余。当然，苏诗也是才气横溢，但苏诗在唐诗比照之下，却绝不如苏词在唐五代词比照之下所拥有的那种鲜明度和自由度。究其所以，正是诗与词的不同本体在冥冥中影响着作家的发挥：诗已经是个苍髯老者，一切风云变幻都经历遍至，城府极深，喜怒不形于色，而词却还是个毛头小子，它为每一个发现而欣喜若狂奔走呼叫。诗是渐趋老成而词却还不乏激情与狂热。正是这种本体，使同出于苏轼这位天才之手的诗与词，在不同的结构中遭到了截然不同的反响。唐诗中已有李白、杜甫，苏轼的出现只不过让后人重复已有的愉悦：哦！又来了一位天才。而宋词才刚刚起步，苏轼的出现却足以让人感受到一种狂热与躁动：真棒！词坛上升起了一颗明星，我们正期盼很久的明星。

毫无疑问，这就是一种历史心态的差别。历史总是把幸运赐给拥有“第一”的人。苏轼对诗律形式并无多少大发明，但他对于词律形式以及风格流派，却堪称是一位缔造者。虽然我们在他之前看到有柳永——柳永创新词牌词调极多而苏轼却是多用旧调；但如前所述，在一个文化氛围极浓的社会之中，在一个以重文轻武与文官系统为主导的社会观念形态之中，在一个达官显宦皆从科举出并且都拥有极高文学艺术素养的阶层之中，柳永的终日混迹妓楼酒肆，与妓女为伍的俗调，毕竟是不登大雅之堂的，因而也是为当时的官僚士大夫们所不屑的。苏轼之所以责备秦观“不意别后，公却学柳七”，而秦观之所以还要讷讷地辩解“某虽无学，亦不如是”，与其说是一种风格流派之间的争论，不如更确切地说，是高阶层士大夫官僚对低层文人的一种文化观念上的鄙视。类似的例子还不仅是苏轼、秦观，早在柳永时代即已有明显反映了。张舜民《画墁录》：

> 柳三变既以词忤仁庙，吏部不放改官。三变不能堪，诣政府。晏公曰：“贤俊作曲子么？”三变曰：“只如相公，亦作曲子。”公曰：“殊虽作曲子，不曾道‘彩线慵拈伴伊坐’。”柳遂退。

晏殊的口吻中所体现出的，也正是对柳永过于低俗的一种鄙视。他认为“彩线慵拈伴伊坐”一则太口语，二则格调太平庸浅俗，实在不是士大夫君子们应有的创作态度。在此中，晏殊代表士大夫的“雅”，而柳永则代表平民阶层的“俗”。在宋初士大夫皆由科举进身的气氛笼罩下，“雅”当然看不起“俗”——这，我以为正是宋代文人高文化素质的特殊规定在对词的创作发挥影响。于是，明明是柳永多创新调，但人们却更愿意指苏轼为“第一人”——第一的不是开创表面上的形式即句式声律音调，而是提示出词作为文学作品所应有的“格调”“意境”。自古以来，中国古典文学就是以这些标准一步步地走过来的。

我们在这样的批评中很能嗅出一丝“诗教”的传统意识。从《诗经》以来即有的“诗教”传统，不一定仅仅表现在内容题材的要“助人伦成教化”；它更表现在于艺术表现应该是有格调品位的、有较高素养的而不是浅俗俚鄙的。柳永的词容易给一些正人君子看作是坏人心、导人欲的渊薮，而只要有这一点，他就永世不得翻身。事实上，不但批评者如晏殊、苏轼、秦观是如此，柳永自己也未必不如此。晏殊对柳永的批评，竟然导致柳永的“遂退”，其间也似乎勾画出柳永的自馁与缺乏自信的心理来。因为倘若不自馁，他完全可以据理力争，第一是他拜访晏殊的目的是求吏部放改官，这与词的雅俗亦无关系；第二是即使是论词，他也可据理反驳，为什么一定要雅而不准俗呢？俗词难道不也是一种审美格调？事实上，晏殊的“雅”与柳永的“俗”，以今天的眼光来看，孰为贡献大？恐怕治史者都会左袒柳永的吧？

柳永面对着的并不只是一个宰相晏殊。他面对着的是整个舆论界。叶梦得《石林避暑录话》卷三载柳永进士登科后初为睦州掾官，当地“郡将知其名，与监司连荐之。物议喧然”，弄得沸沸扬扬，最终还是“遂不得调”，抑郁以终。他先被宰相抑，又被皇帝抑，又被舆论“物议”抑，身后还被同行如苏轼、秦观抑，而究其原因，只不过是因为他的词“俗”。试想想，这是一种多么可怕的社会文化观念与文学意识的控制力量！

（三）作为词的音乐来源的社会传统。

从理论上说，音乐在词中扮演的是一个宫调格律形式的纯粹角色，这样，在我们的词本体与社会思想文化客体之关系的研究中，它本不应该有多少作为。

但是，音乐的存在又首先是一个社会的存在。雅乐、清乐、燕乐的存在即表明，它与社会生活是密切相关的。雅乐局限于先秦宫廷古乐，就应用范围而言它的“社会生活”色彩并不浓郁，但它的社会传统文化意识却极为强有力。以祭祀仪式为主的宫廷雅乐，立即会使人想到它的文学一翼的表现——《诗经》中的雅、颂部分，即是配雅乐的歌词。《诗·周南·关雎》曾提到这种配合的方法，是“钟鼓乐之”“琴瑟友之”。而据统计，则《诗经》中提到的乐器，竟有二十九种之多。钟、鼓、琴、瑟，大约即是庙堂雅乐在演奏时的主要乐器。应该说，在雅乐处于刚刚形成之际，它必定也是采自民间，因此会有相当的活力。但随着它被引进宫廷，被引进一个特殊的祭祀享牲的仪礼格式之后，它的活力渐渐消失，程式化逐渐加强，而被赋予的那种正统的、规范的、伦理的、官方的束缚，却越来越扼杀它应有的生命力。魏文侯听雅乐时要“端冕”不准“卧”以免不敬；而听郑卫之音的民俗之乐，却“不知倦”；梁惠王则公然宣布自己不喜欢“先王之乐”（雅乐），而“直好世俗之乐”，这些都表明，雅乐在战国时代已日趋僵滞，难以自振。宫廷内如此反应，在民间的对比当然更见明朗。虽然为了儒家统系的门面，唐代郊庙祭享时还在用雅乐，但这纯属是仿古之举，其目的是装点礼仪，连欣赏音乐的原始目的也丧失殆尽了。没有了这样的目的，也就必然离文学、离词越来越远。因此，雅乐即先王之乐，在一定的时期内曾经反映了社会音乐文化的面貌，待到它被引进宫廷，又被作为一种伦理的象征行使过于沉重的教化负担之后，它的衰落当然是可以想象的了。

早在汉魏时代，雅乐在实质上已渐趋消亡而仅存一具躯壳。而燕乐的出现，却取代了音乐主流形态，成为催促词的诞生、并促成词与社会思想文化产生关联的一个重要途径。

首先，燕乐包括的三个成分即清乐、胡乐、俗乐这三者，都是自社会中来。清乐是清商三调或曰相和三调（宫调、商调、角调，或曰平调、清调、瑟调），是行于中原的汉魏乐调。而演奏清乐的主要乐器也不再是钟鼓之类，而转向丝竹如箫、竽、筝、瑟之属。它可被归为中原古乐部分。到了六朝，则以江南吴声、荆楚西曲等称清商乐，行于江南。黄河流域的中原音乐与长江流域的江南音乐，综合而成“清乐”的总体格局——我们很能理解“清乐”之从中原流向江南吴楚之地的社会原因：六朝可以说是第一次文明和政治中心大迁移，以金陵为中心的六朝金粉，秦淮妙声，引出清商乐的江南格调，是一个顺理成章的事实；但毫无疑问，覆盖面遍布中原和江左这两大文明地域的清乐（清商乐），是具有绝对的社会生活基础和文化基础的。特别是我们还看到了清乐、清商乐的文学表现——乐府诗，我们对它的社会文化性格更无须怀疑了。有如雅乐之有《诗经》一样，清商乐之有古乐府诗，必然是乐与诗双重社会存在的最理想的证据。而诗以更具体的语言表达，也足以把音乐的社会性格提示得相对更明确与更贴切。

胡乐是一个外来的品种。顾名思义，它是北方少数民族音乐与西域音乐的总称——相对于华夏正音，它当然就是“胡”。或许，我们还可以有另一种说法——以江左风流为代表的南朝清商乐，可以称之为“南乐”系统，而在北朝残存的中原旧乐与西域胡乐，由于政治社会体制的相融合而形成合并，它又可称之为是“北乐”系统。清商乐（南乐）、胡乐（北乐）的双线型音乐发展的态势，可以说是魏晋南北朝社会文化大动荡所带来的新的成果，南北划疆而治，即是南、北乐系统最合适的社会载体。吕光通西域带回龟兹等国的“胡戎之乐”，伴随着筚篥、腰鼓、羯鼓等胡乐器，首先即传入凉州这个要冲，形成“西凉乐”；其次，又在北魏再度形成交流，以琵琶、箜篌为主要乐器。直到唐代，则合清乐乐器筝、瑟、箫、竽，雅乐的部分乐器如钟、鼓、琴、瑟，还有西域的琵琶、箜篌，形成一个完整的多层次的乐器乐调系统，而龟兹、疏勒、安国、康国以及天竺等西域音乐也大会于长安，形成自魏晋、北魏以来的第三次交流浪潮。《宋史·乐志》分燕乐为十部，其中除燕乐、清商之外，西凉、天竺、高丽、龟兹、安国、疏勒、高昌、康国八部，除高丽略异于西域胡乐而是东方乐，大多是胡乐系统。可见，宋人眼中的唐十部乐，主要还是以胡乐这新兴音乐为中心构成的。或更可以说，胡乐在隋唐音乐大交汇之际，已成为音乐的主要角色之一了。

燕乐以西凉乐与龟兹乐为主，这就是说，当时通行于社会各阶层的俗乐，都是以西域音乐为主的。当然，这已不是原来的胡乐了，而是融会了初唐宫廷燕乐，盛唐法曲、二部伎、散坊乐，还有在民间流行的全部音乐的总和；胡乐是一个主要的构成因素，而各种音乐的大融会，却正是燕乐具有社会意义的第一个证据。作为构成，它是集南北、集夏胡于一体的综合体。而第二个证据，则燕乐（宴乐），包括宴享、饮游以及各种欣赏性音乐的体式，它又能包容从上层宫廷到下层酒肆瓦舍妓楼戏优的所有社会阶层。显然，它的覆盖面是无与伦比的。俗乐的“俗”字，即是普及性的一个主要标志。

强调音乐的构成，强调它的社会覆盖面，对我们的论题有什么意义呢？首先，它表明词赖以发生的“乐”，是一个社会文化现象，它有充分的代表性，并不仅仅是一个技术现象而已。既是社会文化现象，则以词的依赖于乐而言，当然也就有了个很好的社会依托。以此再出以文辞，当然也不可能与社会文化脱离太远。因此，结论似乎是很现成的——因为有了这样丰富的乐的构成，于是就有了词与社会文化环境之间的联系。联系的途径，即是通过这个音乐的社会性来体现的。

但这只是一个笼统意义上的结论，而并不是最后的结论。

音乐的社会性格的构成，为我们提示出什么样的含义？以音乐的构成而言，我们不妨把“雅乐”与“燕乐”分开讨论。“雅乐”自六朝虽已基本处于消亡状态，然而猜度它所反映出的内容，当然也应该是与之相吻合的雅的文学体式。雅乐与雅词，相得益彰——虽然在先秦的雅乐中，我们看到了《诗经》内容，它似乎并非雅得高洁、雅得不食人间烟火，但这是早期文学尚未健全的局限性所致。到了全盛时期的汉魏六朝隋唐，文学可以雅起来了，对于“雅乐”的文辞之配，当然更可以大搞“诗教”传统，搞“阳春白雪”的一套。不过，汉魏以至隋唐，雅乐自身却又实在是雅得太脱离现实生活——只是局限于宫廷内部，又只是局限于祭祀享牲仪礼的特殊场合，它几乎已不再具有社会文化形态的一般特征了。于是，文学的雅，终于也没有能雅得起来。我们真不知道对此该表示遗憾还是表示庆幸。

但俗乐即燕乐这一系统，却是大张旗鼓地被渗透到社会的各个阶层中去。燕乐在宫廷也有上乘的表现：隋、唐、宋宫廷都引入大量俗乐，比如，中唐时杜佑《通典》即已将九部乐、十部乐、二部伎乐统称为“燕乐”；而宋代教坊中的燕乐，则分为大曲、法曲、龟兹、鼓笛四部，这些都是宫廷燕乐。但更令人注目的，则是社会上宴飨与游乐所流行的燕乐（宴乐）：它渗透到社会最低的平民阶层，成为歌妓、教坊伶官们佐欢清唱时的主要音乐依据。唐代的旗亭赌唱即是一例，又甚至从近代出土的敦煌写本中，亦可看出燕乐与燕乐文学（词）在平民阶层中的流行程度——敦煌写本中的曲子辞的曲调，敦煌曲谱中所载的曲调，以及敦煌舞谱中所载的曲调，还有敦煌说唱文学中所描写的曲调，作为四种不同的成分，向我们展示出平民阶层的曲调、词调应用的基本状况。敦煌曲中除了一些标明为李杰、温庭筠、欧阳炯、定惠、法照等人所做的之外，大多没有作者姓名。据推断应是出自当时地位低下的伶人、乐工、舞伎之手（在许多词的文字内容上也能看出这样的痕迹）。以此作为词乐（燕乐）的遍布全社会，应该是并无问题的。

当然，敦煌曲子词还不是最典型的例子，因为它被发现的年代太晚；又地处边陲，很难据以推证中原吴越地区词乐流行的具体情形。而由民间的旗亭赌唱式的流传，再走向五代的宫廷，再走向宋初的士大夫文人，这是个更有价值的流传范围。

事实上，五代的西蜀、南唐宫廷和宋初的以文人为中心的达官贵人，只是词史中的表面上的一个系统；在民间，应该还存在另一个瓦舍勾栏、秦楼楚馆的系统——若不然，柳永就不会有机会因把浮名“换了浅斟低唱”而丢了功名，也不会“有井水饮处，即能歌柳词”，更不会有当时的红粉知己们在他死后每年举行“吊柳会”。这一切，即可说是非文人官僚系统的平民阶层的词乐流行状况的真实写照。而检宋代文人词家，与妓女相处款洽的官僚也并不罕见：从欧阳修到苏轼，形形色色的香艳记载正复不少。甚至还有些歌妓因文人名士的关系而芳名远播。因此，文人官僚系统与勾栏瓦舍系统，其实也并非即是势同水火，绝不相合的。由此，我们看到了这个词的生存环境，在流行于宴飨而为伶工歌妓们唱，或流行于秦楼楚馆为妓女们唱，使它天生就有一种庶民音乐文学的格调。这种庶民音乐文学可以有两个内容指向——首先是题材无非是金樽檀板歌、男女艳情，其次是形式则以解放诗的一律，讲究长短相错为标志：相对于诗的句式整齐而言，词的长短句式无疑是一个走向散文化的有限尝试，而这个散文化，其实归根到底即可说是口语化。音乐对文学的社会意义上的提携，于此是可以看出些端倪来的。

——词乐的构成中包含有明确的社会性；

——词乐中雅乐消亡，燕乐兴起的社会生活倾向；

——走向瓦舍勾栏的社会中的词乐：宴乐；

——在这种市民氛围和音乐条件下，由伶人乐工歌妓们倡导起来的文学词风：软媚的风气。当锦衣绣裳的歌女们手持红牙拍板，在市民性很强的宴乐声中红唇初启，莺声四转；而环顾四周，却又是金樽檀板、觥筹交错的宴游场面，试想想，要词不艳不软不媚而去追求什么豪放激越，可乎？

（四）作为具体社会背景的文化氛围。

具体情况具体分析，则词的生存并不是在所有场合下都一味软媚的。它有一个红牙拍板的初生期，它是一种宴游文学，这在北宋以前的词坛上当然是合乎事实的。由此，我们也找到各种足以证明词与社会思想文化之关系的有力证据。因为文官系统与科举制度，因为重文轻武的国策，因为文人士大夫的雅，因为希望能不受制于既有的唐诗系统，因为词乐的社会构成，也因为宴乐的社会性，于是词与社会文化产生了各种各样的交流。交流的结果是词进入了韵文学体系之中但却独树艳帜，以世俗的、香艳的特征去勾画出自己的社会特征与艺术风格特征。我们通常把它看作是一个词的规范现象。

但当词被转移到真正的文化人之手，从而局部地摆脱了勾栏瓦舍、脂粉习气之后，文人对整个社会的驾驭力必然同时反映到词史上来。概言之，词既受社会制约，则社会一有变动，词当然也不会不受影响——这不是一种通常意义上的影响，勾栏瓦舍、秦楼楚馆、伶工歌妓，任何一个时代都有，从宋到金，或是北宋到南宋，并不因某一王朝覆灭而不存在这种社会俗文化。宋为元所灭，但若论勾栏瓦舍，元更不亚于宋，元曲就是这样被刺激起来的。即此而论，则词的香艳似乎是铁定的。

但一到了文人士大夫手中，这华夏夷狄之防却是根深蒂固。在饱读诗书、遵从儒教的文化人看来，社会的动荡不但事关自己的生活方式与生存机遇，还事关自己信奉恪守的政治伦理教义。因此，如北宋到南宋、南宋到元的社会变迁，动荡战乱中，平民死得最多，但平民却并无多少愤愤不平奔走呼叫;伶工歌妓还是在瓦舍勾栏中谋生活，他们并不在乎台上坐着的是宋王朝的士大夫还是元朝的将军。而文人们个个去做遗民，却有了无数的感慨与不食周粟式的“抗争”。文学,也就在这种并未付出生命代价的“抗争”中被作为传播方式，一代代获得青睐。因此，豪放词派那样的内容，是与伶工歌妓不太相干而与文人却休戚相关的。

具体的社会背景（政治或文化背景）会对词产生巨大影响，这是因为它首先能作用于词家这个主体，词家的能动作用是个相当有效的因素，它能祛除一般意义上的社会制约和历史制约，当然反过来，它也能顺应某一类来自社会的或历史的要求。豪放词派的崛起，即可以说是一些词家排斥了词为艳科的词本体的历史制约，而顺应了来自社会的因为山河沦丧而倡导爱国精神的具体影响。在我们看来，是时间纵向轴让位于空间横向轴。当然，也有反过来的例证。比如五代李后主亡国入宋，按理他的南唐也应该有一个山河沦丧，需要大力提倡保家卫国的社会伦理要求在，但在南唐词中，除了李后主几首哀哀切切的小令之外，并无这样一个豪放词派出现。究其原因：一是词本体尚未确立，尚无能力；二是南唐之于北宋，并不如北宋之于金，后者还有一个十分敏感的民族问题在，这是个更重要的对比；三是南唐之亡，对士大夫们的冲击力也远不如北宋亡时大，或正可以说文人们并未有身历其境、身受其害的感受，到北宋后照样做官，在观念上并未有什么自觉不妥之处。而在北宋末，则大凡以气节自许的文人个个泣血流涕，誓与“虏”不共戴天。故而南唐亡后，词也还是照样“艳”；连亡国之君李后主，怀念旧山河时，也还是在凄凉满目中不忘他与小周后的儿女情长，在总体上仍未脱出“艳”的格调。以此看来，则又可说是空间横向轴（社会变迁）让位于时间纵向轴，词受社会政治转换的影响又并不大了。南唐二主、冯延巳的词风直接影响宋初欧、晏，形成一个跨时代的“清通派”，即是词未受社会环境动荡变迁之影响的一个有效证据，若不然，国家颠覆，社稷崩坏，新朝与旧朝之间在词风上怎能不动声色保持原状反而呈同一流派？！

——由南唐至北宋，是社会变而词未变；

——由北宋到南宋，是社会变而词变。

这是以社会变为基点的一种视角。它足以证明词本体与社会文化之间的互制互动这一规律性内容。也正是在这种对比中，我们看到了本体的价值。本体提供了足够的支持量，则词即使遇到了变的机遇却仍然可能白白放过。

变不变是一个事实判断，而如何变却是一个课题的探究。处在不同时代背景下的词人，即使是遭遇到相同的经历，其变法也是不同的。我们在此提出两个词人：一个是李后主，一个是宋徽宗。以他们做对比是一个很有趣味的讨论。

——都是君主的身份；

——都是亡国之君；

——都是善为倚声的专家；

——都在国破家亡后有词作；

——都表现亡国后的哀怨与痛苦。

有这五个前提，即可构成一个精彩纷呈的比较过程。

先来看这两位皇帝词家被俘后的词作。

李后主：

春花秋月何时了，往事知多少？小楼昨夜又东风，故国不堪回首月明中。　　雕栏玉砌应犹在，只是朱颜改。问君能有几多愁，恰似一江春水向东流。(《虞美人》)

四十年来家国，三千里地山河。凤阁龙楼连霄汉，琼枝玉树作烟萝，几曾识干戈？　　一旦归为臣虏，沈腰潘鬓销磨。最是苍惶辞庙日，教坊犹奏别离歌，垂泪对宫娥。(《破阵子》)

宋徽宗：

裁剪冰绡，轻叠数重，淡着胭脂匀注。新样靓妆，艳溢香融，羞杀蕊珠宫女。易得凋零，更多少无情风雨，愁苦！问院落凄凉，几番春暮？

凭寄离恨重重，这双燕何曾，会人言语。天遥地远，万水千山，知它故宫何处？怎不思量，除梦里有时曾去。无据，和梦也新来不做。（《燕山亭》）

读这两家词，每一个读者都会有同样的感觉。首先，是李后主词流畅而宋徽宗词曲折。相对而言，同是一个抒发亡国之哀的主题，前者是清通派而后者是婉约派，至少在艺术形式技巧层面上说是不错的。李后主看花是春花秋月，笼统得很，只是一个大感觉，而宋徽宗却是刻画入微：又是“裁剪冰绡”，又是“新样靓妆”。再者大家都谈愁，李后主是直诉：“问君能有几多愁。”而宋徽宗却是半摭半掩：“凭寄离恨重重，这双燕何曾，会人言语。”据说，宋徽宗此词是咏杏花，而不是单一的抒发，后人曾为这首《燕山亭》加过一个副题：“北行见杏花”。咏物之作，似乎不好直接作比，那么我们也举李后主咏花一首，更见直接些：

林花谢了春红、太匆匆。无奈朝来寒雨晚来风。胭脂泪，相留醉，几时重？自是人生长恨水长东。（《乌夜啼》）

赵佶是“淡着胭脂匀注”，李煜却直截了当“胭脂泪”；赵佶是“凭寄离恨重重”，李煜却如民歌：“自是人生长恨水长东。”无论是词汇、语法、句式、意境，两者之间相差太大，但表达的却是同一个主题。

之所以举李煜和赵佶的词来做对比，是因为他们的动机、思路、感受应该是完全一致的。按常理，他们的词作应该有很多相近之处才对，但事实却并不如我们的想象。因此，我们应该看到词家主体在相同的背景之下，对社会现象所做出的理解、诠释仍然有可能是不尽相同的。亦即是说，词家与词作主题均无差别，但词的本体作用与词家的审美观，使词家在处理相同的题材时用了不同的手法。这，正是一种社会文化机制对词创作发展进行的反制约。很显然，作为社会背景，两者是相同的，但作为文化、文学背景，两者间的差距就很大了。文学背景的提示，主要是指文学、词的创作意识，社会对词的看法与认同方式变了。在五代时，词作为文学尚未登堂入室，自成体格，不用通脱自然的语言，抓不住读者；而对于作者本人而言，也只能出以朴素真诚的趣味来做开创性尝试。《花间集》的文学风格固然并不朴素，但它如果不被偶然编成词集，要想在早期词坛（而不仅仅局限于宫廷之中）有一席之地，只怕也并不容易——更何况花间词中有很多作品也有明显的清通优雅之作，以至被最注重“重”“拙”“大”的况周颐屡加点评，如《餐樱庑词话》对毛文锡词的评价是“词简质而情景具足”；评欧阳炯词是“艳而质”,“行间句里,却有清气往来”;评顾复词是“毫不着力,自然清远”,“工致丽密，时复清疏”。这些都表明《花间集》并不等于婉约派，它还是有自己的时代特征的。修辞艳丽而立意清畅，恐怕正是它的一个美学特色。再来看南唐二主和冯延巳，当然更是毋庸赘言了。

因此，是词本体的初生阶段的规定，导致了面对亡国之痛的李后主那种流畅不涩、平淡不曲的真性情的流露。诉儿女私情与诉亡国哀痛，对于词来说，仅仅是题材不同，并不意味着前者必须艳恻而后者却应该哭诉。而到了宋徽宗的时代，亡国还是亡国，但词本体却变了——由原来的初生走向成熟，由原来的明快走向精练，由原来的瓦舍勾栏重新走向宫廷——周邦彦在徽宗年间出任提举大晟府，即是个好例。徽宗所选的，当然应该是合自己胃口的人物，又加以徽宗自己的艺术品味极高：创画院、立博士、倡导文艺不遗余力，他有“裁剪冰绡，轻叠数重，淡着胭脂匀注”这样的词句，非精于画道者不能道，正是工笔花鸟画与词的联姻的证据。故而他的抒发被隐藏在刻意描绘之中，这正是一种周邦彦式的词风。词本体的成熟，使词在文学意境与修辞上都出现了进一步求精到的倾向，又有从柳永到秦观再到周邦彦这样的一个技巧型词家的嬗递；以格律词派、大晟词派闻名的周邦彦又曾任宫廷音乐、词乐的主管；再加上徽宗的艺术修养……所有这些条件合起来，就有了宋徽宗自己的“雅”的《燕山亭》一路的词风。

讨论作为具体环境的文化氛围，主要是看它是否反映、表现出社会思想倾向以及如何反映这种倾向：首先是以社会环境变词是否变为考察内容，据我们看来，有两种不同的可能性；其次是以社会环境不变而词是否变为考察内容，据我们的考察，也有两种可能性。它们分别构成如下四个类型。

1. 社会变而词不变：以南唐到宋初的词考察，李后主遭丧国之变但词却本色，并使北宋初小令也承其本色。

2. 社会变而词相应变：以北宋末到南宋初的词为考察对象，豪放派是以词风大变而成为新的流派形态，并积极配合社会发展动向的。

3. 社会不变而词也不变：同样遭亡国之痛，李后主仍出以通畅不滞的词风，遵循词发展的本体轨道。以本色为抒情。

4. 社会不变而词变：同样遭亡国之痛，宋徽宗却是出以典丽的雅化词风，使词从抒情直诉转向寄寓深曲，从而走向婉约派风气。

毫无疑问，这本来是一种类型的把握，但既然是类型，当然就应该有一定的囊括性。即如以此原理去衡量其他词派词作现象，也应该能解释圆满。比如，“亡国之音”中除李后主与宋徽宗之外，还可以有一个南宋末的咏物词，它就是个很有趣味的参照对象。又比如，同样是亡国之音，北宋末的词家如李清照和南宋末的词家如王沂孙，也是一个比较的好材料。倘若再把视野展开，由个人转向集群，如北宋末以后有南渡词人，和南宋末以后的有遗民词人做一比较，看看在相近的社会背景遭遇下，词家们是如何抒发那种独特的“黍离之感”的，我想会找到更多的旁证材料，对词与社会思想文化之间的关系，也会有更深刻的认识的。

第三节　“小文化”：词与诗／文的历史衔接与美学衔接

顺着上一节讨论文学意识的思路，我们再来思考词与社会文化命题的另一个侧面：词与社会文学的关系。文学是文化的一个局部内容，但它又是文化的主要表现形式，我们可以称它为“小文化”。

适足以说明词与文学关系的价值所在的，应该是两个前提：第一，词的书面文学性质；第二，词的韵文学性质。书面文学是针对口头文学而言，而韵文学则是针对散文而言。

走向书面文学的词，意味着它的非口头文学性——这是一个矛盾。因为口头文学正是词在最初阶段的主要生存方式——无论是就歌词形式而言，或是就音乐文学这一定义而言，皆是如此。歌词首先是要唱的，唱当然是口头的。音乐文学首先也是唱的，是由乐到辞，这个乐的存在，当然也是口头的。我们不妨这么说，一部词史，就是不断地从口头文学走向书面文学的过程。这是一个最简单的、当然不无粗略的概括。它的潜在意义，又可以是另一个概括：一部词史，就是不断地从音乐文学走向纯文学的过程。词在后期已不再被唱，词的宫调旁谱已失传、唱词方法也已失传，但词却照样存在；照样有许多人在按词谱（而不是乐谱）填词，即已表现出词作为文学的独立。

走向韵文学的词，又意味着它的非散文性——这又是个“悖论”。因为词在韵文学史的历史长河中，所扮演的却是个不无散文性格的角色：相对于诗的七言、五言一式的句式，长短句显然是一种“散”;相对于律诗平仄粘对的对偶方式，词的逗、顿、虚声、泛词等即是一种“散”；相对于诗的每首的整体性，词的分片甚至分为三片的方法，也即是一种“散”；相对于诗的一韵到底，词的转韵当然也即是一种“散”……但是，它还是韵文学。它可以有许多形形色色的“散”出现，但却坚决反对真正的散文化倾向——不但反对一般意义上的散文，即使是赋体的“散”，词也还是不愿与之同流。

这样，我们在书面文学与韵文学这两个前提中发现了一种微妙的交叉：书面文学相对于口头文学、音乐文学而言，是一种顺向的进化。而韵文学之相对于散文而言，在文学史上是进化，但以实际的诗史（韵文学史）论，却是一种逆向的调整：律诗本来已经够韵的了，词却有限地走向不那么“韵”。换言之，它在确定自己是韵文学的同时，却对已有的韵文学成果做了一次相当灵活的调整，深究起来，这种调整的实际指向其实是不那么“韵”的。

造成这种差别的理由，首先即在于两者的依据不同。书面文学之相对于口头文学，是词本体发展内部的进化，它的转换的合逻辑性毋庸置疑。由粗糙走向精致，由民间走向文化阶层，由俗走向雅，一切都是顺理成章的。而韵文学之相对于散文，却并非是词本体发展内部的问题。或者说，是广义上的诗史共同的原则——词只是此中的一个环节。这样，它除了自己的局部目标（即强调自身韵的立足点）之外，还有一个是否吻合于整个诗史大目标（即它相对于以前的诗是韵还是散）的问题。正是在这个诗史的讨论结构中，我们看到了词的既韵又不韵的双重性格：相对于文、赋而言，它是韵的；但相对于律诗，它却又是不那么韵的。

这样一来，两个前提又为我们提示出两个极有价值的思考脉络。在文学范围即“小文化”范围内，词的发展取向与文学的价值观的影响之间存在着极大的关联性。作为词生存的社会“小文化”环境，在词本体发育、成熟的过程中，有着极为重要的指导作用。它的具体表现，在书面文学这个层面上说，是以“雅”为标准，而在韵文学这个层面上说，则是以“境界”为标准。

雅是相对于俗而言的。

无论是何种口头文学，它总被归为俗文学——民间文学的层次。我们可以举出无数例子表明这种观念的流行是历史悠久的。唐人传奇中已有许多说唱文学的痕迹在。而敦煌说唱文学中已有俗讲与变文两种形式，一是僧人们宣扬佛法，以俗语向善男信女讲述佛经故事；另一则是以图画画出佛经故事，再以偈赞作讲唱。以后，则又伸延到通俗文学历史的讲唱，连当时宫廷里，都已经有如高力士为太上皇玄宗“讲经、论议、转变、说话”等作消遣，可见唐代说唱文学不但佛寺庙宇中流行，在宫廷、集市和士大夫家中都已有专门的讲唱通俗故事的风气。到了宋代，话本小说与“说话”方式大盛，宋人有说话四家，曰小说、曰讲史、曰说经、曰说铁骑儿。但这些，与文学殿堂中赫然高座的诗文相比，似乎实在是不登大雅，以至过去写中国文学史的学者，对这些丰富的民间文学内容连提都不提，好像它根本不算是文学。

完全可以想象，在这种诗文正统的观念影响下，还不知有多少非常珍贵的口头文学作品没有被保存下来。俗文学在文人把持的文坛上缺少足够的地位，本来是可以预料的。当文人在科举体制中苦苦挣扎，博得个青云得志的机遇之后，诗文等当然成为他们的专利而不容市庶百姓染指。少通文墨的说唱艺人们既无法进入文学的上层，又缺少足够的地位，还没有一定的文化把握能力，当然还有素质偏低、趣味不高的弱点，相对而言，他们更难以在文人社会中取得恩惠，他们只能在芸芸众生中获得生存的机遇并且自生自灭。

于是，俗文学一旦产生之后，它一定要千方百计使自己走向雅——只有走向雅才能改变它那尴尬的地位；也只有雅，才能使这本来是“俗”的文学走向生命的另一转次。雅的目标，意味着文学必须从民间转移到文人手中，并被文人改造成一种理性的、可证明的格式。历代文学中有数不清的文论诗论如《文心雕龙》《诗品》，即是雅的一个重要表现。进而论之，从粗糙转向精致，从散漫走向约束，从口头语言的琐碎芜杂走向文学语言的精练丰富，从叙述走向抒情，从抽象转向意象境界……这些，都可说是雅的导向的重要标志。更甚至，从灯红酒绿、打情骂俏的妓楼花宴，走向一派静穆、书剑相伴的文人书斋；从只会唱曲不通文墨的歌伎，到满腹经纶的士大夫，当然也是“雅”无疑。思想观念、生活环境、人物、表现技巧……都在不约而同地走向雅，正是这种走向，使我们的先辈清晰地界出俗的所在，并以对它进行批判或不屑，提示出文学之所以为文学的理由所在。

文学这个名词本身就意味着雅。古人云“文质彬彬然后君子”，在此中“文”即是指华美藻饰的外象。相对于粗糙的质而言，“文”是一种走向雅的审美追求，也是一种雅的表现途径与方式。许慎《说文解字》释“文”是一种“错画也，象交文”。显然也是一种关于美饰的叙述。以文为名的学，当然也应该是一种美饰之学——以语言表达文字表达为手段的美饰之学。自然谓之质，错画藻饰谓之文，似乎是自先秦以来即有的观念传统。而“雅”，正是藻饰到一定程度后被作为规范、约束或是更高一层次提携所提出来的美学概念。以此看来，说文学即是一种雅学——或曰是努力求雅之学，似乎也不为过言。

因此，文学之中与生俱来的雅的指向，文学作为本体所拥有的从俗到雅的指向，文学之从口头文学走向书面文学时所希望的雅，这三条脉络，作为词的发展的“小文化”的环境提示，应该是极为充分的。词只是文学中的一体，但词同样包括了这三个渠道。亦即是说，词既是文学大家庭中的一员，则文学既是雅学，词当然也是雅学。不过，这仍然是一个相对含糊的分类。因为词仍有自己特殊的位置——与诗相比，它就不够雅：“诗庄词媚”“词为艳科”，词又称“诗余”，这些都表明它并不在一切条件下都雅，至少在诗的比照下是如此。但词比起曲、比起小说通俗话本来，却又是雅的，属高层次文学体裁。古人以诗文为正宗，词在个人文集中常常是被作为附录来对待，即表明词的地位不如诗、文。但词毕竟还是文人当行手段，至于小说，当然更等而下之。刘熙载著《艺概》，以文为首，诗为次，词曲则排在赋之后，这是一个很有说服力的排列。而民初一些文学史，则干脆不列小说，只以诗文为大端而附以词，到词为止。这些，恐怕正是长期形成的文学观念的作用。因此，词的与生俱来的雅的指向，只是指它作为文学的共性，但事实上其中还有区别——它在整个文学格局中介于雅与俗之间，故而它的雅仍然是有限度的。比如写儿女情长、缠绵悱恻、撑粉滴酥、金樽檀板，在诗是齐梁宫体或艳体，并不入流，但在词却是司空见惯，与生俱来，若仅因题材而指它俗而不雅，实在也是无可辩驳的。

其次是词作为本体所拥有的从俗到雅的指向。这是个比较容易理解的课题。作为文学——特别是作为书面文学，它自身在文字运用、意境勾画方面当然也有雅与俗的对比。我们更愿意把这种雅的趋向，当作一个文学上共性的“雅化”课题来对待：民间萌生出一种文学形式，很生动但也很粗糙；随着不断发展，它逐渐走向高文化，并逐渐被士大夫们接过去，在形式、技巧、意境、表现力方面反复加工，以臻完美。一旦完美后，本体的功能获得最大限度的释放，当然也失去了早期生机盎然的民间活力，于是再逐渐走向消亡。不被士大夫们接过去，则不成其为真正的文学；一旦被士大夫们接过去，却又必然预示着文学的走向寿终正寝。

这样，词的从俗到雅顺应文学大潮流和文化发展大趋势，它的走向也是绝对的。它的起点不能不俗，而它的目标也不能不雅，进而论之，则雅了之后也不能不消亡。词本体是一种生命，生命的意义就在于生与死。

再来看词从口头文学走向书面文学时所希望的“雅”。严格说来，这是一个词本体的内容。前面论及的作为词本体的从俗到雅，是以书面文学为前提，以民间俗词和文人士大夫雅词作为对比。而现在，我们却没有书面文学这个论述前提。我们讨论的是从口头传唱到书面文学之间的转换。

之所以说这是词本体内部的事，是因为词对口头文学有着先天的亲近感。诗在古代也是唱的，但它很早就进入了纯文学领域，不唱的诗比唱的诗多得多。之所以叫吟诗而不是唱诗，即表明它离口头文学逐渐疏远。因为诗其实更是观赏的，是文学的。词却是发源于唱，并且一直在唱。直到南宋姜夔、张炎也还在唱——不唱，就毋须来什么自度曲之类的举动。因此，词的口头文学特征极强。

如前所述，口头文学大抵是俗文学，这就是一个规定：词在最初应该是俗的，正因为起步是俗，后来才能走向雅。俗的词表现为生存环境的秦楼楚馆，表现为唱词的角色是伶工歌妓，表现为唱词的内容是儿女艳情，也表现为听唱的是市民阶层的大多数，人人皆有资格。那么反过来，当词走向雅时，它的具体表现也有大致的类型可以把握：生存环境，应该是文人书斋或雅集；唱词的主角，应该是文人士大夫或是有学养的歌妓；唱词的内容，则是走向诗文境界；而听唱者，当然也应为士大夫阶层中人而不再是一般市庶。而书面文学所特有的窗明几净、吮毫抻纸、推敲句法、刻意炼字，以“吟成一个字，捋断数茎须”的创作态度来填词，这种种特点，当然也得到进一步的强化——词之用“填”的方式，不但有音乐对文学的制约的影响在，也还有书面文学那种精心考究字面，炼字炼意的创作意识在。这种创作意识，口头文学是不具备的。长于铺叙，绘声绘色，不厌其烦，是口头文学表现的特征，而炼字炼句，推敲斟酌，以优质的意象与下字技巧作浓缩的表现，却是书面文学的特长。相比之下，当然是前者有淋漓尽致之效，但后者却更“雅”。

这即是我们对词作为书面文学的“雅”的审美标准及具体表现的三个把握。

再来看作为韵文学的“境界”的审美标准。

韵文学的确立，即以上述第三个叙述点的结论而展开：从口头文学转向书面文学，使词逐步摆脱音乐、说唱的表现特点而转向文字表现，这样势必导致它对古代诗论、文论的进一步靠拢——这是刚刚获得的结论。正是这个结论，将成为韵文学层面上做深入讨论的前提。

摆脱音乐、说唱痕迹而走向书面文学形式，势必在三个方面引起反响：第一是作用于词家，树立他们的文学家意识而不是民间艺人意识；第二是作用于词，建立起一种文学的词而不是歌词或说唱词的观念；第三是作用于词论，形成一种文学共同标准之下的词论而不是技术性的词论。

1. 词家：文学家意识而不是民间艺人意识。

早期的诗人并没有这种意识，西蜀宫廷内的大臣填艳词，虽然是一种高层社会文化活动，但当时并未有高层文化人与民间市庶在词中的对比，因此还不曾有这样一种“结构”的存在。到了北宋初，以欧阳修、晏殊代表的清通派词人，由于都是宰相大臣的地位又都是学富五车的文人，他们开始有意识地倡导词家（文学家）意识，而反对艺人意识。前举晏殊在柳永拜访时，批评柳永填词用字太俗，充分体现出晏殊以文学家之尊去指斥柳永的艺人之卑的居高临下心态。在晏殊看来，“骫骳从俗天下咏之”的柳词，更接近于一种民间艺人格调，而不登文学之大雅。以此伸延，则词当为文学创作，而不仅仅是民间说唱的“佐欢”而已。这种思想在北宋后期和南宋间更是流行遍至。我们完全可以想象，如果不把词家看作是文学家，豪放派的崛起就不复可能——因为国破家亡的事实哪个朝代都有，词人们对它作咏还要形成一个特殊的豪放派，这首先即要取决于词人自身的使命感与文学观。一个在精神上受制于温饱生计的民间艺人，使命感一定是十分有限的。而文人士大夫却俨然以社稷为己任，有一种“天下兴亡匹夫有责”的社会责任感，因此他们就有可能把这种对社会的热情倾注到词的文学创作中来，并以文学作为实现政治理想、为民族大义奔走呼号的斗争武器——或更进而论之，民间艺人纵然也论这社会内容如国破家亡的题材，也大抵是满足于叙述，如许多小说话本中所表现的那样，很少有可能把自己投身进去，因为社会兴衰对地位卑下的民间艺人而言，本来就是个超大的根本无法把握的对象。但文人们在进行文学创作时，却常常自己投身进去，并以自己为能“致君尧舜上，再使风俗淳”的贤良君子，一旦获得重用，对于治国安民有充分的能力与发言权。这种种不同的心态，即导致了文学家更具有使命感与历史责任感，从而也解开了豪放派之产生于南宋初的又一个原因——因为到了南宋，词家的民间艺人意识几乎被扫荡殆尽，而真正的文学家意识却已被牢固地树立起来了。豪放派中坚张元幹、辛弃疾、陈亮、刘过、刘克庄，还有另一些优秀词家如张孝祥等，无不是以天下自许，以文学的历史责任感与社会功能自许的杰出人物。至于像文天祥这样的人物，与民间艺人意识更是相去霄壤，风马牛不相及了。

2 词作：雅文学的词而不是通俗文学唱词歌词。

毋庸置疑，早期的词是作为唱词而存在的。没有唱，就没有词——种种有趣的称谓，如"倚声""乐府"等等，都表明这种与生俱来的音乐、歌词关系的存在。倘若调查宋人词集名称中的歌词痕迹，即可发现有很多更生动的称呼。

如：

南宋初编《复雅歌词》

曾慥编《乐府雅词》

赵闻礼编《阳春白雪》

元好问编《中州乐府》

黄庭坚词集《山谷琴趣外编》

贺铸词集《东山乐府》

朱敦儒词集《樵歌》

姜夔词集《白石道人歌曲》

周密词集《蘋洲渔笛谱》

点明是"歌词""乐府""琴趣外编""歌""歌曲""渔笛谱"等等，主要即是基于它的可唱，即是可当作唱词来对待这一特征。因此，无论词有多大变化，音乐文学这个规定，表明了它或多或少总应该是属于歌词这个大范围中的内容。

但仅仅如此却又无法解释更深入的词文学的现象。因为正是在作为歌词的同时，我们却看到了词人们不那么追求歌词的举动——许多词人把填词当作一项纯文学活动来对待，这种趋向，在词刚刚进入文人士大夫之手的北宋初，即已经出现了。最典型的是张先、宋祁还有北宋后期的贺铸。请看如下三则记载：

张子野郎中，以乐章擅名一时，宋子京尚书奇其才，先往见之。遣将命者谓曰："尚书欲见'云破月来花弄影'郎中。"子野屏后呼曰："得非'红

杏枝头春意闹'尚书耶?"遂出,置酒甚欢。盖二人所举,皆其警策也。(《苕溪渔隐丛话》前集卷三七引《遁斋闲览》)

有客谓子野曰:"人皆谓公张三中,即心中事,眼中泪,意中人也。"子野曰:"何不目之为张三影?"客不晓。公曰:"'云破月来花弄影','娇柔懒起,帘压卷花影','柳径无人,坠风絮无影'。此余生平所得意也。"(《苕溪渔隐丛话》前集卷三七引《古今诗话》)

欧阳文忠公见张安陆,迎谓曰:"好!云破月来花弄影。"(宋刘攽《贡父诗话》)

张先自诩的,宋祁和欧阳修欣赏的,是作为唱词的曲调悠扬或缠绵妩媚?还是作为文学的炼字炼意?显然应该是后者。于是,对张先、宋祁、欧阳修等人而言,词最重要的,也是最值得把玩的,应该是它的文学性而不是其他。这个文学性,应包括字面精巧妥帖和意境的独到与新颖——它们同时也是诗、文所重视的内容。

张先的情况并非是个别的。贺铸即有如下记载,与张先异曲同工:

贺方回尝作《青玉案》词,有"梅子黄时雨"之句,人皆服其工,士大夫谓之"贺梅子"。(《竹坡诗话》卷一)

不但在炼字炼句中,是以绝对的文学性去统帅,从而祛除民间歌词还残存的影响,而且在创作时,词家们也并不讳言当以文学传统为首要。贺铸即自称:"吾笔端驱使李商隐、温庭筠,常奔命不暇。"这是在强调自己所作词的文学传统的可靠与悠久,与歌词的俗文学观念显然是相去甚远。更典型的还是周邦彦,这位被所有人都指为声律词派、大晟词派的领袖人物,本应对音律十分重视而对文辞却较为忽略,但他却恰恰反其道而行之——他对词的文学性的强调,简直是到了无以复加的地步。请看:

清真词多用唐人诗语,隐括入律,浑然天成。(陈振孙《直斋书录解题》卷二十)

词忌用替代字。美成《解语花》之"桂华流瓦",境界极妙,惜以"桂华"二字代"月"耳。梦窗以下,则用代字更多。(王国维《人间词话》)

多用唐人诗语隐括入词,这是一种彻头彻尾的文学性的体现。而周邦彦多用代字虽然为王国维所讥,但词之创作要用代字,不正是强调它的文学性吗?俗文学歌词平铺直叙,毋须曲折,而一旦成为雅文学,则用代字适足以见出其雅来。用得是否得当,这是另一个问题，但用代字本身，却必然是基于文学性的强调而不会是相反。周邦彦如此，吴文英也如此。注重音律的周美成有此一举，对于提示词的文学性导向，倡导文学的词而不是通俗的唱词歌词这一历史发展导向，具有典型的证明价值。

3. 词论：文学的共同批评标准而不是通俗的技术标准。

宋代词论，散见于各集者甚多。但主要的则应以李清照《词论》和张炎《词源》为代表。至于北宋前期，除一些片断评语外，苏轼与门下诸公如晁无咎，还有陈师道，也可算是代表人物。

晁无咎的词论见吴曾《能改斋漫录》卷十六，他指出黄山谷作小词固高妙，但是“著腔子唱好诗”。这是一种文学评论的立场。“不是当行家语”的含义，是指在文学表现上不是词本色而接近于诗。但这一批评与音乐曲调无关。晁无咎并未像李清照那样还有“不协音律”的音乐立场的批评。我们可以将这两种批评作一对比：结论一样——词不应该是诗，词应该是词，但衡量原则却不一样——晁无咎是文学标准而李清照则另有音律标准。很显然，晁无咎只有一个文学中的诗与词的对比；而李清照则是两个标准，一是文学的，另一是音律的。

虽然如此，我们却发现文学标准受到普遍的尊重。晁无咎如此，陈师道亦如此。《后山诗话》有一条：

> 退之以文为诗，子瞻以诗为词，如教坊雷大使之舞，虽极天下之工，要非本色。

不管陈师道的倾向如何，但“文”“诗”“词”，当然都是文学的而不是音律的标准。陈师道另有一条也颇堪玩味：“苏子瞻词如诗，秦少游诗如词。”所取的也是同一个文学标准。作为早期词论所持的共同标准，文学是根基，是评论的立身之本——因为词是文学。

李清照的《词论》中着意区分词与诗文的不同之处，时时提出词的声律问题。但读其全篇，则以文学标准作评的痕迹仍然触目皆是：柳永是“语词尘下”，故虽协音律亦难以弥补；张先、宋祁等人“虽时时有妙语”，但在文学上“破碎何足名家”；而晏、贺、秦、黄一出，才能振兴词坛。但是，他们也各有不足：

> 又晏苦无铺叙，贺苦少典重。秦即专主情致而少故实。譬如贫家美女，虽极妍丽丰逸，而终乏富贵态。黄即尚故实而多疵病，譬如良玉有瑕，价

自减半矣。

李清照在此处的批语如“铺叙”“典重”“情致”“故实”等术语，当然皆是指文学表现而不是指音律表现。那么，它也还是一种文学批评而不是合乎音律与否的技术批评。从它可以引申到审美意境、境界的优劣，但从音律协与不协的技术批评中却只能找出一种技巧规范和正、误的结论，而无法再作出伸延——它应该是个终点而不是另一转次的起点。

如此重视音律的李清照尚且如此，其他词家当然更是唯词的文学性是瞻。这正是一种批评的效应——它对建立文学的词而不是歌词唱词起到了推波助澜、指明方向的作用。南宋末张炎的第一部正规的词论著作《词源》，则进一步提出了词的量高标准：曰“意趣高远”，曰“雅正”，曰“清空”。

《词源》上卷论词乐十分详尽，下卷除第一条《音谱》第二条《拍眼》之外，却大多是论词的文学表现的。“制曲”“句法”“字面”“虚字”“用事”“咏物”“节序”是指文学创作技巧与主题，“赋情”“离情”“意趣”“清空”是指文学创作的风格情调，而“制曲”“令曲”与“杂论”，则是指文学创作过程特征和程序的规定性。把它们综合起来，可以说是一个非常完整的文学的词的创作论体系。本来，仅以这一点，它就可以不朽于词论史，但我以为，更重要的则是张炎提出了一个词的文学性追求的制高点：“清空”。

词要清空，不要质实。清空则古雅峭拔，质实则凝涩晦昧。姜白石词如野云孤飞，去留无迹。吴梦窗词如七宝楼台，眩人眼目，碎拆下来，不成片段。此清空质实之说。

“清空”“质实”，以及“野云孤飞，去留无迹”或是“七宝楼台，眩人眼目”等等的评论，都是针对词的文学表现而发的。因此，第一个印象，即是张炎与李清照、陈师道、晁无咎处于同一个侧重点之上。他们的论述，都是词之强调文学性——书面文学、韵文学的有力证据。但问题还不仅仅如此，在张炎的《词源》中，我们还看到了他的更高着眼点——他注重的不仅是文学技巧，还注重文学的审美境界，这显然是一个更高的文学标准。

晁无咎、陈师道所牵涉的是文学体裁问题：以词与诗、文做对比以区别词的体裁特征。相对而言，它是个较外围的课题。李清照已涉及了文学技巧问题。所谓“铺叙”“典重”“情致”“故实”即是不同技巧实施后的不同效果，当然，相对而言它也更具有能动性。

而到了张炎，则进一步牵涉到“清空”“骚雅”“意趣高远”等审美境界、审美风格范畴学的高层次理论。它不但需要一种抽象的技巧实施，还需要一种对应的、同样抽象的审美理解，把握与释读体察能力。值得注意的是，姜白石的“清空”和张炎提出的“清空”境界，具有明显的文学共性。亦即是说，它应该是文学共有的、不只是词特有的。比如，清空，亦即是张炎所说的“野云孤飞，去留无迹”，多像是司空图《诗品》中的口吻！倘若我们把它换一句话来说，用“不着一字，尽得风流”如何？理论与批评常常是最直接体现出词的美学追求的宣言书，那么，用词论来证实词的文学追求（书面文学，韵文学）的特征和导向，不正可以说是最顺理成章的吗？

文学是一个中介的存在。相对于社会大文化环境而言，它是一个实在的艺术世界，但相对于我们研究的对象——词，则它又变成了一个环境、一个文学小环境，它仍然拥有明显的社会色彩——只不过是一种折射后的社会观念形态而已。因此，词的向文学大家庭靠拢，从本质上说，正是一种与大社会文化背景取得沟通的行为方式。或许更可以说，词通过对文学性的追求，使它与社会大文化背景之间的交流，取得了一个更能动的立场，交流的质量更高，交流的频率更快，作为文学门类的品位也更见高雅绝伦——最终则是完成了词的本体建设的生态过程。毫无疑问，这是一个辉煌灿烂的生命活力得到充分展现的过程。

第四节 〔典范〕从客体影响看宋词流派

每一种流派的存在，都有它的社会环境与文化背景。但这个文化背景应该包括两个方面：一是大文化即社会观念伦理，二是小文化即文学环境。这是我们刚才获得的结论。

以此来看清通、婉约、豪放三派说，流派不同的理由是基于各自所取的客体背景的含义不同，这样，三派所依仗的也不会是同一个质量相等的背景。有的对大文化背景倾斜一些，有的则对小文化环境倚重一些。但它们，都可以构成一个本体与客体关系的讨论课题。我们依轻重，把这种讨论划分为两类：一是一般分析，二是特殊分析。

（一）一般分析

清通词派的存在，是一种文学小环境与社会大背景共同作用的结果。文学小环境的作用，主要表现为对清通词派在语言、文学上的规定：自南唐至北宋，以通脱流畅的语言为小令，既符合词刚刚兴起必然主张浅显以求生存的本体愿望，也符合词家以文人士大夫高雅心态为词时的祛除艳俗格调的目的。而社会大背景，则主要表现在于词的通行于瓦舍勾栏宴游之乐，它有明显的社会文化痕迹，则作为形式风格而言，当然也不能求涩求奥弄得不知所云，以至影响了它的流传。这两种社会客体的影响，其交错和无序的特征，使我们颇难加以清理——比如欧阳修，他既有士大夫的高雅，又有词为艳科的传统观念。前者使他在形式技巧上出语清通，后者又使他的题材也不外柔媚侧艳、灯红酒绿。又比如晏殊和柳永，一善小令一善长调，但在选取词的题材时却仍然不外乎儿女呢喃，但在技巧上却更有一种清丽通脱的韵致，有时下字极雅极精，像这样的风气，当然与社会环境有关——晏殊自称在宴饮时填词是“呈技”，欧阳修则在《采桑子》题序中提到是“聊陈薄技，用佐清欢”。这样的环境，使词不可能在语言上奥涩（因为还要唱，而且是由歌妓等文化水平不高的人唱），也不可能在内容上刚健（既因为唱的是脂粉气浓的歌妓，环境又是宴游行乐）；倘若再加上一个本体自身的规制作用，则清通词派的作为一个流派现象，几乎是早已被规定好了的——这片土壤，只能滋生出像“清通派”这样的词学风格来。

这并不等于说，清通词派的水平是低的，技巧是幼稚的。严格说来，清通词派的成就有的甚高，有的则一般。大抵清通派若以文学标准来衡量之，则因为出自一些文学大师之手，水准相当高，但以词的标准来说则不够，这个标准包括词律、词调、意象组合和技巧的系统化。或许更可以说，清通词派的文学表现与意境，水平甚高，而清通词派的词的表现，则还未臻理想境界。因为词本体还刚刚发育，还未能有一种成熟老到的风度。文学标准是一个较宽泛的标准，诗词曲赋皆可比照，但词的标准却是一个专门的标准，唯词才能应用之。但一个多余的补充是，文学标准并不比词的标准低劣，这只是一种不同的叙述角度与叙述类型而已。

随着清通词派作为流派的稳定发展，也随着词家们各显神通不断提供丰富的创作成果，清通词派不断祛除自身那种相对不成熟的局限，逐步走向成熟、老练，也走向更书卷气；清通的“通”即“浅显”的一面不断被雅化，而“清”作为一种风格类型却被完整无误地保存下来——保存的理由，即是社会文化的小背景“文学环境”对它一力提携。因为这个清的风格范畴，正是诗文也在大力弘扬，并被作为至高无上的境界提示出来的。士大夫讲究“清”，曰“清高”；隐士讲“清”，曰“清节”……无论是作为立身处世的准则还是作为一种理想的审美范畴，清都很难找到媲美者。当然它也开始摆脱原始意义上的自然之清，而走向一种作为美学范畴的理性的清——清空。

从清通到清空，是一个以“清”为基点的由浅显生动自然活泼走向纯粹骚雅、空灵蕴藉，它显然更深入，当然与文学环境所提出的共同审美标准也更吻合。反过来说，走向士大夫格调的倾向也更明显。这，正是一种以文学背景对词进行影响的流派演变过程。比如，欧阳修（清通）与姜夔（清空）之间在词上的对比，欧词即大多以清畅流转，一气呵成，从心中汩汩流出；而姜词却添却许多矜持，讲究炼字炼句，不再以字面的是否流畅为准，而更讲究一种抽象境界的提示——清雅的语言表诉和空灵的意境构造。作为两个不同的美学标准，解释“清通”与“清空”之间的差距，可以说是最有说服力的了。

当然，在文学环境客体对词本体进行提携之时，我们也看到了一种反面的提示：清通词风是扎根于社会生活土壤的，而清空词却逐渐把目标转向词家自身。因此又不妨说，姜白石的清空，是以文学小环境的影响去削弱社会文化大背景对词的直接投射，由外转向了内。再进而论之，则还可引用章学诚在《文史通义》中所引用的两组概念——清通词中的形象，是“自然之象”，而清空词中的形象，却是“人心营构之象”。“自然之象”直接取之社会生活，虽浅显，但却鲜活；而“人心营构之象”经过了重新营构，则虽深邃，却不免使人难窥真相。仅仅限于“自然之象”，表现手法有限，难以蔚为大观，而走向“人心营构之象”，表现固是丰富，但同时却失去了对社会万象的直接依赖，仅以个人因素出之，有时不免苍白琐细。此中孰得孰失，正未可易言。

再来看婉约派。

从五代西蜀花间词派走向柳永、秦观、周邦彦再到吴文英，婉约词派的发展比清通词派所经历的要丰富得多。这也不奇怪。词在被金樽檀板浅斟低唱之时，即已被规定为“十七八女孩儿”。因此，词是与生俱来即有“婉约”的特征的。

但这个婉约并非是一成不变的持恒形态。正相反，它时时在改变自己的发展态势，并不时反映出社会生活大文化与文学小背景的制约痕迹来。转变的主要关键，我以为可用一组概念来对待之：“从婉丽走向婉雅”。

婉丽是一种色彩的表现——“婉”指内容题材，而“丽”指表现方法，即以婉约缠绵的题材、以镂金错采的形式出之。在五代花间词派中，我们看到了不少词作，都是以婉丽为基本特征的。直到柳永，婉丽还是一个较基本的特征。柳永出入秦楼楚馆，要那些文化素养欠高的伶工歌妓们去学深奥的文学表现，显然是不切实际的。但香艳的题材和华美的修辞，却正符合她们的生活环境。故而柳永倘书生气十足、大掉书袋卖弄深奥，决计不会获得如此高的“青楼薄幸名”。“丽”的含义，带有一种眩人眼目的表面的美感——它不指向深，但指向艳，它不指向雅，却大抵指向俗。

对于“婉丽”的存在也可从社会大文化背景中去寻找根源。西蜀宫廷中的靡侈氛围，与宋初汴梁的纸醉金迷，虽说一个在内廷一个在市肆，似乎等级相去太远，但究其实质，这都是社会环境所提携出的影响——它正是婉丽词风发生的不可或缺的文化土壤。这是第一个原因。

西蜀宫廷的词人虽高官厚禄，但却未必是学富五车，与宋初词人的三考出身截然不同，其中大多数是仅以辞章之擅而官封极品的。如鹿虔扆、欧阳炯、韩琮、阎选、毛文锡，都是“以工小词供奉（孟）后主”，而顾复则是“以小臣给事内庭，累官至太尉”。他们即使有学问，也不过是丽藻艳词之学，大抵不会有如宋代士大夫那样讲究节操，讲究修身齐家治国平天下。欧阳炯被人指为“性坦率，无检操”即是一例。因此他们为文，应该是重文不重质，讲词藻不讲气骨。而这，正是“丽”的概念所指。因此，西蜀宫廷的淫靡是一种“丽”，宫廷词人的文学宗旨也是一种“丽”。词作如《花间集》中所载，也大抵是艳词淫曲，有如齐梁宫体，品下者还更见庸俗无聊、空虚无物。指《花间集》词风为婉丽，无论就内容题材还是表现技巧而言都是十分吻合的。

北宋初的柳永，已如前述。酒肆妓楼约可等同于西蜀的宫廷——在侈靡浮艳这一点上并无大差别，只不过酒肆妓楼是民间物，自不比官家气派而已。而词人歌人则伶工乐妓亦可比作花间词人，前者是文化水准不高而只能为辞章之丽，后者是不屑诗文正统而故为辞章之丽，但无论如何，丽是毫无问题的。柳永只是一个人，他当然不算是文化素质低者。但当他投身于这个氛围之中后，他也不得不屈从于这个环境的规定，从而在词中反映出相当浓郁的艳的特征来。陈振孙《直斋书录解题》指柳虽然“格不高”（这当然是指他多写艳词），但“尤工于羁旅行役”，仍有意提示出柳永词学的两面性。在我们看来，则“格不高”是指他迎合酒肆妓楼气质的艳词部分，而“羁旅行役”则是指他文人本色部分，如“霜风凄紧，关河冷落，残照当楼”，连一向鄙薄柳永的苏轼，也激赏它的“不减唐人高处”，这就是一个明证。但统观全局，虽然柳永的创作有双重性格，毕竟因为他是受制于社会生活环境，因此他更多的还是“婉丽”之词。历来每每有人指责柳永“俗”,“格不高”,即表明他给人的基本印象还是这些“婉丽”之词。连宋仁宗、晏殊都这样去看他，还使他丢了功名，潦倒终身，夫复何言?

秦观是一个转折点。他毕竟是苏门四学士之一，所处的文化环境和社会环境全不同于柳永。他一作小词竟会被苏轼耳提面命地责备，即表明他不可能走向俗调。有苏东坡这样的名师，又有晁无咎、张文潜、黄山谷这些同辈词友，秦观作词也渐渐偏向于“雅”了——第一是他的社会生活环境（大背景）是文人士大夫诗书翰墨的氛围而不再是淫词曼曲下里巴人了，第二是他的文学环境（小文化）是以苏轼为中心的一群高修养高学问的饱学之士，也完全不同于伶工乐妓、市民百姓。这两个环境的制约，使秦观虽然也写“婉”的内容题材如儿女私情缠绵悱恻，但却不再满足于一般感官式的“丽”，而走向较高文化的“雅”。但秦观并未完成这种“雅”，周邦彦和吴文英，才是这个“雅”的集大成者。

我们从中又看到了社会生活环境与文学背景的干预、支持作用。宋徽宗时代的大晟乐府，其气氛当然是十分高雅的——是皇家御用的音乐机构，还要为宫廷音乐包括祭祀仪礼之乐和宴飨游娱之乐编曲，这是个最神圣庄严的工作。又逢上宋徽宗这么个艺术修养绝高的风流皇帝，大晟府内高雅脱俗的格调不言自明。周邦彦在此中为提举，其身份又高出大晟府一般乐工或职官如制撰一头，则他更是雅上加雅，据说，崇宁间大晟府有每月按律进词的规定。王灼《碧鸡漫志》卷二：

> 万俟咏雅言，元祐诗赋科老手也……政和初召试补官，实大晟乐府制撰之职。新广八十四调，患谱弗传，雅言请以盛德大业及祥瑞事迹制词实谱。有旨，“依月用律，月进一曲”，自此新谱稍传。

身为大晟乐府制撰（周邦彦身份更高，是提举），又是以盛德大业祥瑞事迹为词（比之妓楼酒肆浅斟低唱的俗何如），又是奉徽宗这个艺术家皇帝之旨（又与柳永的遭斥相比何如），以此看万俟咏雅言，他就是想再坠俗趣，岂可得乎？那么，再看比他更高的周邦彦呢?

俗、雅于此不言自明。有趣的是，北宋末人不但身体力行去做，并且他们也已意识到，雅是婉约词获得再生的一个关键前提。这是一种相当理性的认识。还是上举的万俟咏，王灼《碧鸡漫志》对他还有过如下一段极有价值的记载：

> 雅言（万俟咏）初自集分两体：曰“雅词”，曰“侧艳”。目之曰“胜萱丽藻”，后召试入官，以“侧艳”体无赖太甚，削去之。

这就是说，第一，词集中有两个对立的部分，一为“雅词”编，另一为“侧艳”（它大抵是俗词的）编。以雅对艳（丽），正是表明万俟咏的看法很清晰。第二，是为官后觉得侧艳部分太不像话（为什么会有此想？是因为侧艳体太俗太丽而不雅），于是削去之。这即是说，大晟府内是雅词一统天下，俗体不被阑入。那么，周邦彦身为大晟府提举，他还不可能明目张胆去鼓吹“雅”吗？万俟咏有《大声集》五卷，正是周邦彦写的序，两人气味相投，引为知己，又奚足疑？

由“婉丽”走向“婉雅”，正是婉约派在社会环境与文学环境这两个客体支持下对自身所做的改造。从周邦彦再走向吴文英，则是一种顺向的强化但不是逆向的改造。当然，相对而言，吴文英对于字面的雅的追求更甚于周，而婉约词派到了吴文英可以说是走向一个顶峰，此后则渐趋衰落了。但这种对比关系并未变。词的以婉约为大宗，而在共同的题材内容限制之下，由较表面化的“婉丽”走向文学性更强的“婉雅”，不断提高词的文学品位，不断雅化，这可以说是词本体发展的最重要的轨迹。于是，素质低为素质高所取代，下里巴人为阳春白雪所取代。散发着混浊气味的酒肆妓楼为高洁的书斋翰墨清香所取代，而伶工妓女和落魄文人也为自视甚高的士大夫所取代——它在审美上的最终结果，是以深代浅、以曲代直、以精练代粗疏、以高洁代浓艳、以意境深远代单薄无韵、以情调代感官……从而，走向文学各门类共同追求的理想境界。

从“婉丽”走向“婉雅”，在婉约派历史中还表现为，它是一个由单纯的题材内容婉走向形式技巧婉的性质转换过程。五代北宋的婉约词，内容当然婉，但技巧却未必（深）婉，之所以说它是婉丽，以一表面效果的“丽”字来称之，即表明它并不是真婉。这，可以说是一种题材甚婉（儿女私情缠绵悱恻）但表现手法却不失为直的词风。我们无论从花间词还是从柳永词中，都能感觉到这一点。究其原因，花间词限于小令体式，未有长调慢词，不能尽心铺张排开，是体裁上的问题。而柳永词则是限于生活环境，表现手法太深涩则不能通行于秦楼楚馆之间，是环境上的问题。而到了周邦彦以后的婉约词，却以婉雅的词风，确立了一个题材内容婉、表现手法更婉（即曲而不直）的创作模式，一首词不反复读几遍，几乎不明其旨所在。这种以曲而不直、涩而不畅、厚而不薄、精而不滥为美学特征的“婉雅”，正可看作是文学的、审美的本体追求在起作用——是本体最大限度地利用客体所提供的各种支持，所达到的一种理想的美学境界。它证实了在词派研究中，我们倡导的以形式技巧为基点的研究方法是合乎实际的——从题材内容的婉，走向形式技巧的婉，谁能说这不是一种发展的“进化”？！

词本体的发展依赖于社会环境所提供的支持，取得了无穷无尽的好处。我们可以肯定地认为，没有社会“大文化”环境与文学“小文化”背景的支持，词要完成上述由清通到清空、由婉丽到婉雅这两个性质的转换，几乎是不复可能的。但反过来，我们也更清楚地意识到，社会客体对词本体的影响，并不像一般所理解的那样，仅仅是落脚在内容题材上；正相反，它在潜移默化中对“本体—形式”的影响要大得多，在审美立场上说也更有价值得多。

（二）特殊分析

毫无疑问，豪放派是最能体现出社会环境客体对词本体进行影响的典型范例。因此，应该对它进行特殊的分析。

豪放派的渊源是敦煌曲子词中的某些作品，这些作品以刚健豪迈的格调描写战事，抒发立功边关、报效明主的豪情壮志，但这只是个别的尝试，并不具有流派意识。五代西蜀花间词派和南唐二主、冯延巳等词家虽然成果斐然，但却不见有可称为豪放词风的作品出现——当时的词本体似乎也还缺乏这方面的能力。北宋词也还都是晏殊、欧阳修、柳永的天下，豪放词作在词坛上并没有多少影响。范仲淹有《渔家傲》“塞下秋来风景异”，倒是比较纯粹的豪放词，但却有如此一段是非议论，见宋魏泰《东轩笔录》：

> 范文正公守边日，作渔家傲乐歌数阕，皆以“塞下秋来”为首句，颇述边镇之劳苦。欧阳公尝呼为穷塞主之词。及王尚书素出守平凉，文忠亦作渔家傲一词以送之，其断章曰：“战胜归来飞捷奏，倾贺酒，玉阶遥献南山寿。”顾谓王曰：“此真元帅之事也。”

欧阳修能讥范仲淹词，证明他身为清通派领袖对豪放词还缺乏基本认识。而他自诩“真元帅之事”的词句，我们怎么看也是多了一种富贵承平的雍容气象，而少却豪放词那种顿挫屈郁的悲壮格调。谈的也是战事，却竟有如此大的差异，实在是让人匪夷所思。

由是，豪放词在宋初的不获理解，是有目共睹的事实。不但作为一个流派还完全缺乏基础，就是作为作品（它的个体特征更强）也不被接纳。词应该是艳科，应该是金樽檀板、红牙拍板，以这样的社会观念立场去看范仲淹，当然会有一个“穷塞主”的嘲讽了。

豪放词的第一代人物当属苏轼。苏轼词集中豪放词并不多，但他却勾画出豪放词大致的规模。这就是以题材豪放激越为标志的豪放词，和以境界开阔博大、沉郁恢宏为标志的高旷词。而尤以高旷词的崛起，在词本体的审美开拓方面功绩莫大。

所谓高旷，应是一种立足于形式、风格、审美、技巧等非内容立场的提示。但正是这个高旷类型的存在，使词从艳科、小技转向反映社会重大史实的观念转变成为可能。它为引进社会史实内容提供了一个优秀的接纳窗口；它率先在创作风格层次上进行了必不可少的美学准备。

首先，高旷不像豪放那样是依靠对社会环境客体的直接引进来构成自己的流派特征，它主要是以词家（主体）与词作形式（本体）对自身的抒情功能、表现功能的强化追求来形成风格的。这一点，在苏东坡的词作中表现得最为生动出色。我们可以把它暂时看作是一种个人追求，或曰个人情怀得到抒发的类型。胡寅《酒边词序》有云：

> 眉山苏氏，一洗绮罗香泽之态，摆脱绸缪宛转之度，使人登高望远，举首高歌。而逸怀浩气，超乎尘垢之外。自是花间为皂隶，柳氏为舆台矣。

《花间》、柳氏之说，正是以客体立场而与苏轼的逸怀浩气的主体立场做对比。逸怀浩气，显然是一种主体至上、集聚于个人心胸之内而不散落于社会之外的内容。这并非是说他的个性中就丝毫没有社会背景的作用与影响，而是相对地指他的个人追求的特色更浓郁更典型而已。

苏轼的高旷词，无论是《水调歌头》“明月几时有”，《望江南·超然台作》，《浣溪沙》“簌簌衣巾落枣花”，《定风波》“莫听穿林打叶声”，《浣溪沙》“山下兰芽短浸溪”，《临江仙》“夜饮东坡醒复醉”等等，都可说是一种个人情性的坦露而并非是对社会现实的抨击或针砭。它的目标是指向个人内心而不指向社会环境的。但以此来看豪放派第二代人物辛弃疾，我们却发现了一种转向：辛弃疾的豪放词，却是直接指向社会环境，或指向国家社稷安危兴衰的具体内容的。辛弃疾有《水龙吟·登建康赏心亭》《水调歌头·舟次扬州和人韵》《摸鱼儿》“更能消几番风雨”，《木兰花慢·席上送张仲固帅兴元》《水龙吟·为韩南涧尚书寿》《清平乐·独宿博山王氏庵》《八声甘州》“故将军饮罢夜归来”，《贺新郎》“老大那堪说”，《破阵子》“醉里挑灯看剑”，《鹧鸪天》“壮岁旌旗拥万夫”，《贺新郎》

“绿树闻鹈鹕”,《永遇乐》“千古江山”,《南乡子》“何处望神州”，都可说是针砭时事之作。而他的高旷之作也正复不少，如《太常引》“一轮秋影转金波”,《沁园春·带湖新居将成》《祝英台近·晚春》《水调歌头·盟鸥》《丑奴儿近》“千峰云起”,《鹧鸪天·鹅湖归病起作》《青玉案·元夕》《西江月》“明月别枝惊鹊”,《沁园春》“杯汝前来”,《西江月·遣兴》，其格调之清新与立意之高旷，的确可以说是行家里手。但是后人还是习惯于以豪放视辛，对他的这些高旷词也有意无意地往豪放方面牵。究其原因，则是因为高旷词已有苏轼导其先，而豪放词却相对地是辛弃疾的独创——更准确地说，是辛弃疾巧妙地利用了南宋初士大夫思念故土，试图振奋有为报国杀敌这一社会背景与社会思潮,在词中树立了一面崭新的旗帜。苏轼的《江城子》“老夫聊发少年狂”,《念奴娇》“大江东去”，当然也是豪放词，但那是一种个人经验、感情抒发的类型——苏轼并没有家国沦丧的社会经历。而辛弃疾的豪放词却是以家国之痛、黍离之感来构建他的风格体系，故而他的豪放，可以说是真正构成了一种流派现象——流派是一个社会概念，个人偶作尝试的两三词作，不足以形成流派。而走向社会，走向集团，走向创作导向，流派自然应运而生了。说辛弃疾的高旷词不过是步苏轼之后尘，而他的豪放词却是开辟一代新风，其理由正是在于此。

我们在此中看到了一个内面性质的转换：由高旷到豪放，是由内省的个人追求抒发转向外射的社会现象评价——这可以说是豪放派在确立之际为自己定下的主要特征。

但豪放派的发展并未就此终结。在辛弃疾的豪放派集团形成之后，我们看到了流派发展的又一个转次：由豪放转向激切。

辛弃疾是豪放的，但他也有婉约词、清通词，宋代词家中若论技巧的全面，他或可说是首屈一指者。正因为他是个全面型人才，故而他把词推向豪放后并不走极端，他仍注意避免使豪放走向杀伐而尽量保留一份含蓄与内在。特别是在技巧应用上，他以多用典、少直抒来力求词之有厚度而不流于奔走呼叫。我们可以把它看作是词在接纳了社会环境影响之后仍力求不失本体自我的表现——是主动接纳而不是被俘虏。前者表明本体价值仍在，而后者却意味着本体可能走向消亡。从辛弃疾的豪放词来看，他是倾向于前者的。

但他的词友陈亮、刘过却义无反顾地把词推向一个激切的气氛中去，从而充分凸现出词的社会反映功能和阳刚之气。并且，也随之使词走向了奔走呼叫，成为宣传某一社会政治观点的媒介。陈亮喜谈兵，才气超迈，但不喜雕虫文章，以气节自许。作词则忽视文采意境，“不作一妖语媚语”，固是一条好汉，但却实在难作为成功的典范而超越辛弃疾。陈延焯《白雨斋词话》有一段话极有意思：

> 同甫《水调歌头》云：“尧之都，舜之壤，禹之封，于中应有，一个半个耻臣戎。”精警奇肆，几于握举透爪，可作中兴露布读，就词论则非高调。

辩证地说，陈亮不同于辛弃疾之处在于此，而他之不及辛弃疾也在于此。论激烈高亢的程度，他超过辛弃疾，但论词的艺术性，他不及辛弃疾。词本以婉约为正宗，陈亮的出现，则把它的形式张力和题材内容张力拉向了一个极限。而陈亮之所以会如此“冒天下之大不韪”，当然也即是因为南宋前期的社会政治现实令人失望与民族意识大弘扬的大文化背景在对他做有力的支撑。换一个时代，陈亮的努力不会有任何奏效的可能，他本人也休想能在词坛上有一席之地。

豪放派到了陈亮还有刘过等，则它作的流派形象已获得完全确立并且逐渐走向自己的极限，而走向极限，则意味着它将寿终正寝。因此，我们正在讨论的，可以说是豪放派本体地从发生、发展到成熟、衰退的生命过程。它大致呈现出如下一个格局：

	苏轼	辛弃疾	陈亮
美学风格	高旷	豪放	激切
社会影响	弱	强	超强
个人追求	强	弱	最弱
流派特征	前豪放阶段	豪放特征确立	豪放特征强化
本体历程	发生	成熟	全盛

至于豪放派所依仗的社会文化背景，当然也可分为两个来源，第一是社会政治大文化背景，即表现为南宋初爱国与卖国、抗战与投降之间的激烈对抗，以爱国抗战派为主导的豪放词派的崛起，可以说是受益于社会背景的最典型词派现象。至于文学小背景，豪放派强调诗、文皆可入词——苏轼是以诗为词，到辛稼轩则是无语不可入词，诗文典故、经史硬语，甚至对话皆可入词，至陈亮则“中兴露布”式的政治宣言也可入词——这样，词可以说是找到了文学全方位的支持。豪放派词家自苏轼以来即被指为不入律，

那么，这种轻律重文的偏侧，不正是为它自身寻找一个文学背景的有力支持提供了最佳机遇吗？

——从清通到清空；

——从婉丽到婉雅；

——从高旷到豪放。

社会文化环境客体对词本体的支持，在词派的发生发展与成熟过程中，起到了无可估量的作用。它不但是词派形成的必备条件，它还在词派由俗到雅、由低向高、由幼稚向成熟的本体发展过程中，时时进行推动并提供有力的支持。它是本体完成自身生命历程时不可或缺的好伙伴。它的存在，决定了本体存在的权利、价值和前行轨道。

第七章　词的本体与主体

——宋词流派形成与当时词家的主动选择

第一节　词与词家

词是文学，文学是人学。没有词家这个“人”的存在，决计不会有“词”的存在。

人是一个动态的存在。人对世间万物的看法不会一成不变——不同的人当然有不同的看法，即使是同一个人，自少至长、由幼稚到成熟，艺术修养由单薄到全面，其间对同一对象的看法也会完全不同甚至是朝秦暮楚。可以说，人是世间最复杂、最难研究的一个对象。那么落实到词中,则词家也应该是一个最难研究的对象。鉴于这一点，我们应当先对词家作一概论意义上的研究，以便为具体词家创作实例研究的展开确立一个认识前提。

（一）词家是文学创作的主动力。

文学创作是一种与产品生产、制作截然不同的能动的过程，而这个能动即大大得力于人的能动。它需要调动人的思维方式、人的审美积累、人的观念形成、人对事物的把握、人的感性与理性的矛盾与平衡等等一系列偶然组合起来的因素。说它是偶然组合，一是指思维方式、审美积累、观念形成、对事物的把握、感性与理性等内容，本来就是不可定量的；它们是一个活性的存在，起伏消长并无固定格式，也不是一个个可以把握的凝固体。以这些飘忽不定的因素去构造文学创作，其五花八门各行其是几乎是个不言而喻的结果。二是指这些内容被组合到某一个创作过程中来时，它们也不是以固定的等量或比量的方式出现，而是完全随机触发又随遇而安。审美积累的作用大，则词的艺术特征强调就较充分；对事物把握的希望明确，则词的证明的（而不是欣赏的）色彩就浓郁；强调文学教化功能的思想意义胜于艺术表现的想法占上风，则词就可能被当作“中兴露布”来对待；而以享乐为创作冲动的主要目的来源的，词即必然会走向浅斟低唱搓粉滴酥。不但如此，即使是强调艺术特征的“为艺术而艺术”派吧，注重宫调律吕的，与强调修辞立意的，在词风上也会呈现出截然不同的样式来。由是每一种词风或词派的形成，看起来都是必然，但从词家角度去看却又大抵是偶然，并无规律可循——倘若任何一个创作环节都可以精确计量的话，我们也就不用费心来讨论什么“文学灵感”之类的课题了。

因为无规律可循，而文学研究却偏偏以找规律为己任，此中就出现了很大矛盾。研究者们也深知此中是个迷宫，趟脚进去即会晕头转向不知所从：对一首词做研究，曰思维方式作用占几成、审美积累作用占几成、观念作用占几成、感性作用与理性作用各占几成，这实在是一种荒唐的想头——于是没奈何，退而求其次，来研究综合的词家这个对象。研究必须要用西洋解剖刀，定性定量，实在是束手无策，但研究一旦进入综合，各种结论都被置于一个有序的结构之中，有了相对性与可变性，自然就易于下手了。

词家无疑是文学创作的主导。这是因为，词家的思维方式、审美积累、观念形成、感性与理性等等，作为一种个人素质，对词的文学性产生决定性的作用。词家是主体，而作品在一个相对层面上可以成为客体，是以主体去决定客体。优秀的主体会导致优秀客体的出现。即为什么名家多有脍炙人口的佳作，而一般词家却少有家喻户晓的名篇，其理即在于此。但优秀的词家不一定导致名篇出现，因为词家这个主体自身也是动态的、发展的，对自身思维方式、审美积累、观念形成等等的发挥不当，或未达到最佳竞技状态，或各部分的对比平衡关系没有处理好，即使名家也同样不会出好词。此亦即是名家一生作词上百上千首但真正作为名篇的也就是那么几首的道理。但无论是这两种情况中哪一种，却决不会出现反过来的情况：拙劣的词家竟会写出优秀的词作。主体是起支配作用的，拙劣的词家写不好词是个绝对指数；而优秀的词家能写优秀的词，是一个相对指数，虽然“相对”并非保险，它毕竟是提供了一种可能性。

除此之外，还应该有更进一步的结论。词家的个人素质可以说是提供了一个接纳与释放的“窗口”。各种得自于社会的感受、体验、心得被接纳到这个窗口中来，并在此由原有的粗材料，经过人的“文学”加工、提炼、发酵、醇化并经有序组合，再从“窗口”被推出来，成为词这个成品。而“窗口”这个比喻，却告诉了我们一些更深的内容。窗口有大有小，它的接纳量和推出量也有差异。对大者而言，接纳的内容多则推出的成品也多；对小者而言，则接纳能力与推出能力均有限。于是就有了大师与平庸者的区别——大师是吞吐六合纵横八极，词风多变体格恢宏；而平庸者则拘执一端故步自封，词风单一体格窄小。大抵苏东坡、辛稼轩都是一身多任，堂庑极大，而花间词派的作家则局促辕下，难有大作为。

窗口设置的“形状”也不同。有的注重思想意义，强调社会功利目的；有的注重审美内容，强调艺术的纯洁性；有的讲究词须重寄托，讲究词意的厚度和多层次；有的讲究词当重格调，以避俗为第一要务；而有的则反过来，认定词是大众文学，当以俗反雅，扎根民间……这样，注重思想意义的窗口就不会接纳纯艺术的原材料，强调格调的窗口必然对俗词拒之门外。这就是窗口“形状”的不同。它导致了各种词派的产生，也导致了词家创作个性的凸现。叫吴文英去接纳朱敦儒，或叫陈亮去接纳花间词家，恐怕都不合窗口的“规格”，因而必然被拒之千里之外。而再论推出，则苏轼虽偶也肯定柳永词有“不减唐人高处”，但他决不甘心等同于柳永。他的主体机能中，缺乏对俗词的消化能力。接纳既不可能，消化也做不到，推出当然更是空想。这就是苏轼这个主体窗口的规定，每个词家都有这样一个窗口的规定。创作个性、流派特征、个人风格，即是在这因人而异的一个个规定中形成的。

词家主体的主导性在此中体现得淋漓尽致。窗口就像一道严厉的关隘，顺昌逆亡，取舍皆由此裁决。这样，以“窗口”即词家主体内部素质的规定为基点，即可伸向客体社会与本体词，形成一个“社会”—“词家”—“词”这三位一体的连环格局。而在此中，词家主体的支配地位是毋庸置疑的。或许更可以说，在一个历史考察过程中，词本体有相当的规制能力，本体可以反过来制约词家的选择与观念形成，从而影响流派，但在一个具体的创作过程中，本体制约词家的表现极为隐蔽，能量也甚小，而词家主体之主动支配词作风格、形式、内容的能力，却是极普遍的现象。

（二）社会内容必先作用于词家主体再作用于词。

社会大文化环境的存在，是一个绝对的存在，但它作为一个客体，能否进入词的结构本体发挥作用，在很大程度上取决于主体对它是否提携热情。倘若主体对它视若罔闻，它完全处于自生自灭，毫无影响力的地位。

社会内容应该是一个存在基础，它不可或缺，但它又像是一堆材料，能否产生作用完全看是否有人来利用它。

词之能形成一种文学现象，靠的是文学在社会中的地位与作用。请注意：是文学生存于社会之中而不是社会生存于文学之中。社会是“物质”，而文学则是相对的“精神”。词之能构成一个本体，靠的是文学在历史中的作用；而历史正是空间社会形态在时间维上的伸延。现象可能表示着一种社会与文学之间的瞬间形态，而本体则可能表示出社会与文学之间的历史形态。前者是空间表现，后者则是时间表现。

于是，社会的存在成了文学（词）存在的物质前提：没有社会为文学提供的从一般生活现象、自然现象到创作素材、主题、内容这一切，文学即不可能展开自身。说穿了，连文学本身也是社会生活现象的一部分。它在利用社会各类现象的同时，自身也作为一种社会人文现象被研究——比如，我们现在即是在进行这样的工作：一方面我们研究词这一社会文学现象，另一方面我们研究词所生存的文学环境这个社会现象。其间的关系，是一个连环生发的递进的过程。

作为存在基础的社会内容如上述，那么，作为一堆材料的社会内容呢？我们在社会与文学的关系讨论中已提到，社会与文学之间并不是对等的——既不等质也不等量。社会内容的博大与浩繁，与文学作为局部构成的特征，决定了文学对社会内容的采纳与引入，必然是有所选择的。亦即是说，文学这个“窗口”接纳不了全部社会内容，它只能也必然是选择一部分能进入这个“窗口”的内容，而抛弃其他不合适的内容，这其中就有了一个选择的过程。

选择的过程，意味着不全盘吸收，于是社会内容由生存的环境基础转换成为一个素材的角色，它是被选择的，非主动的。它仅仅是素材。生存基础是指文学的发生论而言，而素材的提法，则是指文学的创作论而言。

众多的包罗万象的社会生活素材，是如何进入文学窗口，如何被选择的？很简单——在一个创作过程中，把持窗口的，进行选择的角色，正是词家。亦即是说，只有先通过词家这个主体，客体内容才能进入词本体。词家的思维模式、审美观、观念基准以及具体的风格偏嗜，都是“窗口”上的一道道障碍。吻合的畅通无阻，不吻合的被拒之门外。以词家论，陈亮被称为不作一妖语媚语，即是说以他的立场，词为艳科以及红牙拍板浅斟低唱的形式、儿女私情搓粉滴酥的内容等，统统通不过他这一关；而社会斗争民族斗争爱国精神与抗战救亡的内容，却因为吻合于他的审美积累与观念基准而全盘涌进他的主体“窗口”进入词作之中，从而也进入了词本体历史之中——陈亮在词史上仍不失一席之地，即是一个明证。这可以说是词对社会政治现实内容（作为素材）的一次主动选择。

至于词对社会小文化背景即文学的选择与接纳，则可以诗为例。苏轼作词，以诗的文学内容大量引进，是则诗文这个小文化内容通过了苏轼的“窗口”。但同样这个“素材”，在其他选择结构中即不被通过。李清照指责苏词是“句读不葺之诗尔”；晁无咎指责黄庭坚（当然也包括苏轼）是“著腔子唱好诗”。在他（她）们的“窗口”中，诗的内容就不被选择与接纳。素材是同一个素材，又都处在同一个时代（这表明生存环境是大抵相同的），但就是因为主体词家各自的选择口味不同，有的得以进入词本体并被留在历史中，有的则被拒之门外自生自灭。以此看来，主体这个窗口的把关作用岂可忽视？

可以肯定，没有获得主体词家这第一个窗口的选择并吸收，社会生活现象和小文化的文学现象要想进入词的创作系统中是不可能的。在这个过程中，社会生活现象和泛文学现象，是被选择的素材，它是被动的。它的生死存亡，有无价值，完全取决于能否获得词家主体认可这个前提。那么很明显，词家主体起决定的作用——它既决定社会内容的是否有价值，又决定词作为结果应该具有哪些特点并具有何种风貌。

明确了在客体、主体、本体三者的互制互动关系中，词家主体的控制作用、决定作用极为重要这一点之后，我们对于“词家是文学创作的主动力”这一命题，会有更深的体会与把握。词的创作论不同于词的历史论或美学论——在历史论和美学论中，我们为以往的研究忽略词本体的法则而深感遗憾，并力求能建立起一个本体论的研究模式；但在创作论中，我们却更注重主体的决定作用，因为创作是一种“人”的活动。

（三）词家的主动选择是一个永恒的现象。

词家是个具体的存在，因为它直接落到人。但词家又表现为一种抽象的存在。我们每指具体词家则举欧阳修、柳永、苏轼、周邦彦……他们是一个个差别极大的存在。讨论各位词家风格，只能提出这样的命题：研究欧阳修、研究柳永、研究苏轼、研究周邦彦，但却无法提出另一个命题——笼统地称“讨论词家风格”。因为“词家”是一个抽象的名词符号，它是欧、柳、苏、周等人的总和。但欧之清通，柳之缠绵，苏之高旷，周之典丽，各不相同，无论是什么样的“总和”都无法同时包含这截然不同的清通、缠绵、高旷、典丽的不同成分。因此，“词家”作为术语，具有很大的抽象性。它无法指向具体的风格实践，它只是一个指示名词而已。“词家”名词如此，“词家主体”作为一个哲学名词亦如此。正因为它不具体，因此它又相对永恒——苏轼只有一个，但词家这个概念却必然永恒，只要不涉具体风格，则每个时代都有词家。由是，词家的主动选择即它对社会内容作为素材的选择，和它对词作结果的选择，作为一个过程也必然永恒。只要有词家，只要有词的本体、客体与主体的关系，这种选择就必然存在。欧阳修的选择导致了清通词派的兴起，柳永的选择导致了长调慢词的大盛，苏轼的选择廓大了词的文学表现力，周邦彦的选择健全了词的乐律规制，辛弃疾的选择引出了豪放词派，姜夔的选择把词引向士大夫气十足的格调意境，吴文英的选择则完善了词的修辞和意象组合形式技巧……再往后还有，浙西词派选择清空，选择了注重词的艺术表现本身的姜白石，而常州词派又选择了比兴寄托，以家国兴亡融入词的表现。选择在一代代持续，只要有词在，就会有词家的选择在。

成功的选择如上述。相对不成功的，但在性质上同样是选择的例子也不鲜见。李清照的选择作为个人形式技巧而言是超一流大师，但作为历史人物，则不够有力而清晰可按；朱敦儒希冀回到清通以前的民谣阶段，却不为本体发展的轨道所接纳；陈亮大胆开拓，努力强化词的社会表现功能却难以进入“雅化”的氛围中而不得不被视为别格——这些现象，作为评价而言当然不属成功者，但他们的选择痕迹却是明确无误的。那么以它们来证实词家的主动选择的永恒性，当然也具有充分的说服力。

成功的、或不成功的大师们的选择既如上述，而一般的小词家，虽未必青史留名，但却也还是有自己的选择——选择未必成功或一鸣惊人，但选择作为一个过程却是毫无问题的。比如晏幾道，他本不能作为小词家而有相当的成就，但他却有一种典型的小词家自娱娱人不求闻达的心态。这也不失为一种选择。黄庭坚在为《小山词》作序时，活画出晏幾道的自娱形象来：

> 晏叔原，临淄公之暮子也。磊隗权奇，疏于顾忌。文章翰墨，自立规摹，常欲轩轻人，而不受世之轻重。诸公虽称爱之，而又以小谨望之，遂陆沉于下位。平生潜心六艺，玩思百家，持论甚高，未尝以沽世。余尝怪而问焉。曰："我盘跚勃窣，犹获罪于诸公，愤而吐之，是唾人面也。"乃独嬉弄于乐府之余，而寓以诗人之句法，清壮顿挫，能动摇人心。
>
> ——彊邨丛书本《小山词》

不但黄庭坚有此语，晏幾道自己亦有夫子自道。同上引：

> 叔原往者浮沉酒中，病世之歌词，不足以析酲解愠，试续南部诸贤绪余，作五、七字语，期以自娱。

像这样的选择，当然不必以历史人物相期。事实上晏幾道也并未以此自期。那么，这种自娱的创作心态，和他的秀气胜韵，接近花间词派红牙拍板娉婷唱之的格调，在北宋中期虽然不必是主流，又何损于晏小山的选择价值。

晏小山之外，在局部技巧上追求选择个性的，如张先、宋祁的炼字，又如万俟雅言的讲究合律，更有如南宋张炎之追姜夔，周密之追吴文英，以及末期词坛上对咏物词情有独钟的现象，都可说是一种不求闻达式的选择现象。他们并没有为词指出发展导向的宏大目的，他们只是出于自娱本心，以个人所好作为基准，去寻求自身词风与审美格调的大致形态。

成功的与不成功的，大师级的与个人自娱式的，词家对词风的主动选择，作为一种关系的展现与过程的展现，遍布于社会—文学创作的各个层面，也遍布于词本体发展的自始至终。正是这种横向的各层面与纵向的各时期的分布，使我们有理由认为，它是永恒的，与词的存在不可分割的。

（四）词家选择的社会依据与艺术依据

如果以社会（客体）—词家（主体）—词（本体）作为词的创作论中三个主要范畴的话，那么我们首先是将它们视为平等的并列的。亦即是说，在一个水平线上，三者之间作横向的顺应或逆转的交流与反馈。这应该是一个认识前提。

但在强调主体研究的本章中，基于词家主体的独特视角，则我们还应该看到有另外一种关系的存在：以词家主体为制高点去统辖词与社会内容；社会内容与作为结果的词，与词家主体构成因果关系而不是并列关系。亦即是说，是因为有了词家主体的努力，才有社会客体的被确认和词本体的被完成。其间构成一种因果关系。

毫无疑问，词家本身即是个主要的干预因素。但在一个具体的展开过程中，词家主体的那一部分内容如观念、情绪、性格、思维方式等等是潜移默化地制约着词的创作，它们并不抛头露面。它们的隐蔽性和深层性，有时几乎连词家主体自身都感觉不出来——比如创作时观念起什么作用、性格起什么作用、思维方式有什么影响……像这样的问题，倘去问词家，得到的答复肯定是不得要领，并且有时还令人茫茫然，甚至也令词家本人茫茫然的。由是，词家在进行文学创作时，一般不会去理性地考虑自身（主体）所拥有的优劣条件以及它的作用，这些是与生俱来，几乎无法察觉而且已被转换成习惯了的内容。这表明，词家主体在具体的创作活动中，它本身缺乏一种可以捕捉的实际内容；我们可以肯定它的存在，但却无法去实际把握它的存在。

相对于主体的这种隐晦而言，作为被统辖的客体社会与本体词（传统），它们却是一个可以把握的实体。社会背景内容是历历可数的——倘无法历历可数，它就无法作为素材被词家主体进行选择。词本体作为对象也是有形可按的：词史是一个形态，词作品更是一种有形的存在。作为创作结果，它们必须有形；作为创作形式载体，它们更必然有形。创作结果是词作品的产生，有什么主题、什么题材、什么内容与情感，都已是具体的"这一个"，而形式载体更是具体可按：词牌、格律、韵部、句式、修辞方法、意象结构……都是已被明确规定好了的。因此，我们大抵可以把主、客、本三体的这种关系看作是以一隐对二显、一虚对二实的结构展现，或干脆把词家主体看作是一个非实体的支配操纵力量，正是它在调配客体与本体的特定位置、关系。它并非作为一种"物质"并列于同属于"物质"的客体与本体，它是一种抽象的"精神"，自身也许相对是"空"的，但正是这个能动的"空"却对物质的"实"点铁成金。

于是，站在词家这个主体立场上考虑，我们看到了词家手中的选择对象，不外乎是社会内容与词风格这两大块面。在这两大块面中寻求平衡，以及有意夸张某一端的美学功能以造成创作倾向并引发出流派，正可说是词家主体在创作过程中的主要表现与主要功能。

社会内容的具体所指，当然是词的创作的主题、题材方面。而词本体风格，作为一种传统现象，则主要应指词的艺术表现。由是，词家在进行创作时，即面临着社会内容（题材、主题内容）与词本体风格（艺术表现）之间的矛盾。能在这个矛盾结构中取得平衡，则词的创作即有了一个基本的保险系数；而在平衡基础上的再作偏侧，又足以构成流派现象的不断崛起与生发。比如，对特定的社会内容客体的依赖与侧重，造就了豪放派；而对词的艺术表现的注重与倾斜，又造就了婉约派。社会内容客体与词的艺术表现本体之间孰为轻重，常常能反映出词家的艺术个性、艺术修养以及创作观念、技巧等一系列课题。以它们之间的互为消长，可以造就出无数奇丽瑰美的风格流派现象来。豪放派固是对社会文化环境的倾斜所致，而清通词派恐怕亦未出其外；相比之下，清通词派的倾斜也许更有价值。只不过豪放词派表现强烈而清通词派貌似平平并无激烈冲突而已。侧重于社会环境或艺术表现技巧的不同主体选择，它也绝不是非此即彼的简单选择，它有着丰富的层次表现和微妙的对比关系。

可以说，这种丰富性不仅仅是由于客体或本体“物质”本来是丰富的，它还是基于主体词家那丰富的内心构成、心理活动和审美心理选择而成的。人是世界上最复杂、最不可言貌的对象；人的心理，更是一个“宇宙”的存在。它根本无模式可循。以它的空灵虚幻的随机性、变化性和无限伸展性，来操纵这无比丰富的客体、本体的“物质”构成，自然是锦上添花、妙不可言。因此，对这发动于主体的精彩纷呈，怎么估价也不会过分的。

第二节　词的发展与典型词家主动选择的考察

词的主角是“人”，词创作的主动力是“人”，那么，词的历史发展的主要因素当然也是“人”。

但这并不是一个笼统意义上的“人”——一个词家，可能是被动地接纳历史的推动，也可能是主动地创造历史开拓新境。被动与主动，在“人”的概念中就很难区别开来。我们不能说被动的随波逐流中就没有人的作用，因为仍然是人去完成发展、创作的目的；但相比之下，恐怕是主动的“人”，即以词的本质发展为己任的词家，更具有研究价值，因为他们是能做出主动选择的人。

要寻找这样的“人”对词本体发展的业绩，必须回顾历史。但并非是历史上所有的名家都具有这样的资格；许多著名的词家，在某一时代被视为领一代风骚的领袖，但就他们自身而言，却是在茫茫然中被推上台的——亦即是说，自身并没有意识到更没有心理准备与认识准备，完全是因为所学宏富，再加上良好的机遇，互相作用才得以臻此。所谓词家生前无闻身后得名，可以包括两种情形，一是怀才不遇淹蹇终身者，另一即是这类生前茫茫然不自觉而在身后却被人从某个角度加以阐释与弘扬者。他们并非是能理性地把握历史的人物。

我们在两宋词史浩瀚的词家人名中举出五位典型词家加以论例。他们是：苏轼、周邦彦、李清照、辛弃疾、姜夔。

不能说欧阳修、柳永两位在词史上的业绩不大，一个是开流派风气的领袖，一个是开拓词创作形式风气的巨擘。这都是千古不朽之盛事。但在考察典型词家主动选择历史的角度看，则他们二位却受到时代的局限，未能如后来的词家那样目标明确、选择清晰，对词史施加理性的影响。欧阳修的功绩是在于倡导文人词；但他对词的认识，还是艳科式的“聊陈薄技，用佐清欢”，并不真以词为主要创作体裁——诗文境界阔大，词却仍为薄技小道，在他的文集中即可明了——不但数量不成比例，诗文之“载道”与词之“佐欢”的界线，在他也是十分泾渭分明的。他的词之所以能有此成就，很大程度上是因为北宋初时代的需要。或更确切地说，是他把词引向文人士大夫阶层这一点，下开了苏轼的风气。冯煦《宋六十家词选例言》称他是“疏隽开子瞻，深婉开少游”，即可证之。但就他本人的创作而言，对词做“主动选择”的痕迹并不明显。世以欧阳修等北宋前期词人，上接南唐冯延巳，即表明在北宋前期词中，个人意识很强的开拓是不多见的。因此，尽管他是清通词派的领袖，在流派研究、词史研究中有牢固的一席之地，但在我们特定的“词家主体做主动选择”的标准映照下，却难有典型价值。

柳永的选择性虽相对强些，他的开长调慢词大盛的局面，他的创新调，当然都是一种个人行为而不是随波逐流者。但是，正因为他是被迫屈沉下僚甚至混迹青楼，郁郁不得志，因此他也并非是主动在选择这样的创作道路；不但如此，就以他创新调论，也都是为迎合伶工乐伎们的嗜好或还是为自己生活计，相对而言并非是出于文学创作的主动选择——故而他填的词才会被讥为“俗”。倘若是一种有目的的文学选择，以宋初的社会文化环境论，绝不可能是沦为“俗”的。这样，对柳永我们大抵可以提出两个估价：第一，他有较强的个人意识，有开创性，这使他不同于欧阳修、晏殊；第二，他也还是在一个被动的、非本心所愿的环境中被迫无奈，而缺乏真正的士大夫不计功利、潜心探索的那种心态。正是基于此，我们也不把他与苏轼、李清照一律对待。

在一个主动选择的讨论前提下，并非所有的流派领袖都一定具有典型性，领袖更可能是在无意识中被推戴出来。反过来，有主动选择能力的词家，却因为各种机遇不合而构不成流派，这也是司空见惯的现象。因此，在“主动选择”的标准之下，会产生浮沉起落现象：一些领袖们下沉了，而另一些在历史上并非成功者却上升了。我们考察的不是整个词史现象而只是立足于主体与本体关系的侧面，因此我们认为这样的浮沉上下现象是十分正常的。

先来看苏轼。

苏轼是封建社会中超一流的文人——他身上集中了士大夫文人最优秀的特征。他的填词也体现出了这一点。

苏轼对词的主动选择，具体表现在于他的境界的廓大。如果说以诗入词，还只是立足于形式技巧立场的话，那么刘熙载《艺概》的评价，却是包容了内容、形式两方面的全面之论：

> 东坡词颇似老杜诗，以其无意不可入，无事不可言也。

这种无事不可言的内容特色，比起宋初和五代的只能以儿女私情、婉丽艳调入词，在范围上相去何啻千里？

题材上仅限于搓粉滴酥、金樽檀板，显然是词在初期尚未有本体发展观时的弱点；而在后期，则是词走向狭窄、走向自我束缚的标志。它在任何时期，都不能说是积极的。因此，至少在苏轼的词作中，我们看到了题材的扩大，有豪放的，有高旷的，也有婉约的。龙沐勋认为东坡词格随着年龄与环境而有转移，并依东坡行实而分为三期，表明一个词人并非一生仅用一种固定风格创作。

题材的扩大是一个表面现象，它的背后，则是词的境界的廓大。题材仅指内容。题材的被引进，表明词家有超人的消化能力与点化能力。对题材的把握一旦转向形式，必然也在形式技巧上引出同样追求。香艳的婉约词是词的传统；一旦词转向高旷豪放，在技巧上也会出现相应的走向潇洒自如、恢宏博大的创作特征而不可能沿用旧有技巧。由是，技巧风格上的开拓是势在必然的。

但还不仅仅乎此。词家开拓题材不会是茫茫然的举动，他是有理性思考作为支撑的。

苏东坡之所以没有顺着香艳词再走下去，而返身来做逆行的工作，其间必已呈现出一种“选择”。而这种选择，主要应得力于他的修养与审美理想——在诗文方面的雄厚积累和在审美上的高格调，使他可以逆行但不可能顺沿，因此，这又是苏东坡这个“人”所已经规定了的必然结果。题材的扩大出自他的选择，这是一种审美口味开放的标志，但还只是证明他不同凡庸的一个标志。而再由题材扩大转向境界的廓大，这却是一种综合学力的作用。它足以证明苏东坡之所以为大师的所在。相比之下，前者是一种“技术”层面的处理——人无我有，而后者却是一种学养与观念还有功力的综合展现。这种展现，欧阳修和柳永是没有的——欧阳修有学养有功力，但却没有观念更新的支持；柳永则是缺少整体环境的支持而不得不沉沦。两相对比，是苏轼最主动而且把握得最成功。

境界的廓大取决于苏东坡的诗文造诣——他在做的工作，并不是绝对意义上的开创工作，或可以在文学立场上说是一种借鉴与移植，但在词本体立场上说则是一种真正的独创：词史中从未有过，故曰“独创”；是从诗文借来，故曰“借鉴”。因此，没有文人士大夫综合的修养与学力，不是像苏轼这样在诗、文、书、画各方面都出类拔萃的天才，只怕这样的重担也未必承受得起——我们在此中又看到了宋代文人阶层走向政治舞台的潜在影响。诗文书画全能的文坛大师，在唐代就不典型；而在宋代，却是屡见不鲜的现象，横跨几个艺术领域的文人如欧阳修（诗、文、史、书）、黄庭坚（诗、书）、米芾（诗、书、画、印）等等，表明这个时代是一个文学艺术总汇的时代，也表明这个时代文人质量的绝高。他们除身怀绝技之外，还具有全能的本领。于是，书画中的意境可作用于诗，诗文中的境界可投射于词……互相交叉，观念既是绝高，而融汇能力又是绝强；高不可攀的天才和广不可及的全面知识修养，使苏东坡的词也是浩瀚博大加高窅无垠。境界之廓大，作为一个他以前的词家不能为、而他同时的词家又不敢为的超前目标，在苏轼手中却轻轻松松地展现出其魅力来。倘无其人，安得有其词！

苏轼词中境界的廓大，除了其题材内容的遍布豪放、清通、婉约三派之外，在形式技巧方面，还可作如下的归类：①咏史，著名的代表作如《念奴娇·赤壁怀古》，思接千载，上下纵横，融历史、人物、江山于一体。可谓神游目接不可一世。②言情，著名的代表作如《贺新郎》“乳燕飞华屋”，《洞仙歌》“冰肌玉骨”，都是写闺情的妙作，言情而不涉于滥，不坠于俗，而是格调高雅，的称绝品。③说理，著名的代表作如《水调歌头》“明月几时有”，《如梦令》“水垢何曾相受”又“自净方能净彼”。其中纯说理的如《如梦令》。而情理兼胜，以“人有悲欢离合，月有阴晴圆缺，此事古难全”为理悟的则是《水调歌头》，另有一些不直接说理但却含义极深的，如《定风波》“莫听穿林打叶声”，《临江仙》“夜饮东坡醒复醉”，皆属此例。④咏物，著名的代表作，如《水龙吟》咏笛、咏杨花，《卜算子》咏孤鸿，《减字木兰花》咏古松，大抵有寄情遥深，寓意丰富的特长，堪称是“体物浏亮”而不落拘执的好例。只要与南宋咏物词相比，其间的粘着与脱化、狭窄与开阔是一目了然的。⑤田园，著名的代表作，如《浣溪沙》石潭谢雨五首。连“老幼扶携收麦社，乌鸢翔舞赛神村”之类的句子都有，乡土气息极浓。以他当时身任徐州太守，却能如此关心民事，实不多见。而此中，尤以“簌簌衣巾落枣花”一首为脍炙人口。⑥檃括，著名的代表作如《哨遍》“为米折腰”是檃括陶渊明《归去来辞》；《水调歌头》“昵昵儿女语”檃括韩愈《听颖师弹琴》。其特点是用前人现成诗文但不固滞，而是活用语词意境，有如新创，并无斧凿痕迹。非有超凡的功力不成。⑦悼亡，著名的代表作是《江城子》“十年生死两茫茫”。这是开悼亡词风气的名作，写得感情真挚，如泣如诉但却又不失须眉气概，全不似那些雕词琢句刻意修饰的悼亡词。其间的差距，恐怕未必仅是技巧原因而已。试想，在欧阳修、柳永或苏轼之前的词人中，能列举出如此丰富多变的体式与境界来吗？这种主体对技巧、形式方面的大面积探索，比起仅仅以豪放、婉约、清通等抽象划派来说明苏词境界的廓大，恐怕是更有典型意义的吧？

第二位是周邦彦。

周邦彦是一流的词律家。他对词的主动选择，当然是充分发挥他在这方面的优势。

但他不像苏轼，他不是一个文化名人，不属于在文学上全面开花的人物。他的全面性主要表现在于词的专业领域——音律与文辞，在这两个方面，他堪称是十分全面的。

对音律的选择并非是偶然的——我们不能说是因为大晟府提举这个职位导致了周邦彦的重视音律。因为周邦彦任大晟府提举之职相当晚。他少年时为太学生，又于元丰六年献《汴都赋》，以此被宋神宗擢为太学正，此后在哲宗朝任溧水县知事，秘书省正字，到徽宗朝累进为隆德府及明州知事。历任秘书监，徽猷阁待制提举大晟府，再转顺昌府与处州知事，再提举南京鸿庆宫，宣和三年卒。享年六十六。在提举大晟府一职的前后，曾任过许多地方官职，并非是以大晟府职贯穿始终者。而据《宋史》本传，则有如下记载：

……兼议礼局检讨。以直龙图阁知河中府。徽宗欲使毕礼书，复留之。逾年，乃知隆德府，徙明州。入拜秘书监，进徽猷阁待制、提举大晟府。未几，知顺昌府，徙处州。卒，年六十六。

这就表明周邦彦任提举大晟府不久即转地方任了。此外，陈思《清真居士年谱》《辽海丛书》和王国维《清真先生遗事（附年谱）》述他任大晟府职时间也颇短。吴则虞校点《清真集》引王国维说，谓周邦彦政和五年尚在知明州，次年即入为秘书监进徽猷阁待制提举大晟府，两年后的重和元年即出知真定府改顺昌府，是则周邦彦在大晟府的任期，仅是两年：即从政和六年（1116）丙申六十一岁至重和元年（1118）戊戌六十三岁时。以他六十六岁的生涯，仅此两年，说他的重音律是因为职务上的原因，恐怕是很难自圆其说的。

应该说，是他的重音律导致了他的出任此职，《宋史》本传对他的好音律有过一评：

邦彦好音乐，能自度曲，制乐府长短句，词韵清蔚，传于世。

而毛晋更在方千里《和清真词》（宋名家词本）的跋中提道：

美成当徽庙时，提举大晟乐府，每制一调，名流辄依律赓和。

倘若属实，也应该是在这两年间的事。有此几段记载，则重音乐是他的个人选择而并非是一种客体环境影响，应该是一目了然的了——客体倒是在接受他的影响，或曰他已构成一种客体去影响了其他词家，“名流辄依律赓和”的说法，显然是可以作为证据的。

周邦彦的出现，我以为是在主体选择这一主线上对苏轼的一种反拨。苏轼被讥为不协音律，又被讥为不能唱；但有人也为他作辩，说苏轼本来善唱而只是不屑为而已。但不管如何说，苏轼为了开拓文学境界而尽力排除乐律干扰，而以文学立场的廓大作为根本，这却是无须怀疑的。因此，他至少不能算是一个格律派词家。周邦彦的努力却正是致力于格律，他是把苏轼忽略的词律再拿起来与苏轼相对，创建出一个词的格律派来——大晟词派只是一个笼统的概念。如上所述，大晟府职在周邦彦的一生中并不占主要位置；但重视音律，却是周邦彦在苏轼成功之后所能掌握的主要法宝。我们无法判断周邦彦是不是有意针对苏轼而发，但我们却注意到了如下的事实：

①周邦彦生于宋嘉祐元年（1056）。是年苏轼二十一岁，次年即进士及第了。这就是说，苏轼一生中最辉煌的文学功绩与词学探讨，小二十岁的周邦彦是看得到的。

②周邦彦有词，但诗文极好。他少时献《汴都赋》即是一例。因此，这也是个地

道的文人。对苏轼，他应该也不陌生。

③周邦彦有一叔父名叫周邠，字开祖。为嘉祐八年（1063）进士。苏东坡任钱塘通判时，与周邠关系极好，交往密切。这即是说，周邦彦的家庭与他的生活圈，都有接触苏轼的条件，以他的年龄，作为苏门诸学士之一也并无不可。

但在《清真集》中，我们不但看不到有关苏轼的记载，甚至连苏轼式的词风也未见。不但如此，连苏轼那种创作模式，在周邦彦词中也概无踪影，这又是很引人注目的。

苏轼的创作，是以文辞为主。因此词牌之后每再加词题，如《念奴娇》词牌后加词题“赤壁怀古”；《望江南》词牌后加“超然台作”；《江城子》词牌后加“乙卯正月二十日夜记梦”。词题的长，有时多如一篇短文。如《哨遍》的词题述陶渊明，述自己，直是一篇札记。《洞仙歌》《水龙吟》皆是如此。在词牌外再加词题，这本来即是着眼于文学而不是音律；至于词题叙事，当然更是强调文学立意的目的。在《东坡乐府》中，这样的词占了绝大部分，可以说是一个基本特征。但是，在周邦彦《清真集》中，我们发现在词牌后却大多数不列词题，但却反过来列宫调。如《瑞龙吟》（大石）、《琐窗寒》（越调）、《渡江云》（小石）、《应天长》（商调）、《荔枝香近》（歇指）、《扫花游》（双调）《满江红》（仙吕）、《瑞鹤仙》（高平）、《少年游》（黄钟）、《渔家傲》（般涉）、《满庭芳》（中吕）……即使有词题，也都是十分简约的“春雨”“梅花”“新月”等，不太用长题。

我们可以把《清真词》（不包括有疑的补遗部分）的各项对比作一统计以见明晰：

总词数	注宫调词数	注词题词数
127	125	58
	只注宫调无词题	只注词题无宫调
	66	2

* 其中《浣溪沙》四首、《塞翁吟》一首既不注宫调也无词题，不计入内。
* 据林大椿本吴则虞校注本。

这样，以注宫调词数与有词题词数对比，是相差一倍以上。而以只注宫调无词题的词与只注词题无宫调的词作比，则是三十三倍。有些统计，指周邦彦为格律词派，并指此是出于他的个人选择，当是最为可靠的了。毫无疑问，在一首词上标宫调还是标词题，这全属个人意愿；而即使我们来看他的词题，都是寥寥二三字，无丝毫文学气概，纯属点题而已。

强调宫调律吕之作为主要创作依据，使周邦彦的文辞展开也有了截然不同于苏轼的特征：苏轼是以文意畅通为最尊，而周邦彦既尊宫调，对文意的畅当然会持另一种立场——他是以精雕细琢的文词去嵌入宫调之中——这不能说他就是在牺牲文辞迁就乐律，而是他采取了另一种处理方式：把文辞切成一个个更小的单位，依律加以组合。苏轼是流畅感强，“意”的展现十分明确；周邦彦则是组合感强，不以意胜而以字面组织的“抽象”处理胜。衔接一旦达到如此地步，当然跳跃感也更强，或许，在词的“雅化”过程中，它是更符合目标的一种做法。因此，我们肯定周邦彦的词是重宫调音律，但却不能就反过来说他不重视文辞。正相反，重音律的主动选择，使他的文辞技巧意外地获得了新的发展生机，处理方式更奇特而构成意境也更有现代感了。宫调与文辞本来是个对立的概念，在一个抽象的瞬间中可能表现为互相对抗，此起即意味着彼伏；而在一个历史时期中，它们却未必互相水火不容，或许宫调乐律的被重视反而为文辞意境的构造另开一新天地。周邦彦的主体选择以及他的成功事实，正向我们说明了这种互相提携关系的存在。

第三位是李清照。

在词为艳科的观念统制下，红牙拍板唱歌的是女儿，填词创作的主角却向来是须眉男子，但李清照却是个历史性的例外。她的崛起不但气压须眉，在历史上也少有媲美者。

在我们的讨论中，流派意识始终是一个主题。李清照在流派的开拓上并无多少建树，她以纯粹个人的创作行为，为自己在词坛上树立起一个不朽的形象——不作为流派领袖而能获得这样的形象的，在两宋词坛上唯她一人。柳永没有；秦观、晏幾道、贺铸以及南宋的张孝祥，都是身手不凡的词坛名家，论个人在词史上的地位并不逊于李清照，但都无法上攀李清照的历史价值。

我们可以来看看李清照曾获得过什么样的殊荣吧：

男中李后主，女中李易安，极是当行本色。前比太白，故称词家三李。（沈谦《填词杂说》）

张南湖论词派有二：一曰婉约，一曰豪放。仆谓婉约以易安为宗，豪放惟幼安称首，皆吾济南人，难乎为继矣。（王士祯《花草蒙拾》）

易安在宋诸媛中，自卓然一家。不在秦七、黄九之下。词无一首不工，其炼处可夺梦窗之席，其丽处直参片玉之班。盖不徒俯视巾帼，直欲压倒须眉。（李调元《雨村词话》）

以她比李白、比李后主；又以她比辛弃疾，还以她比吴文英、周邦彦——至少，在我们词派豪放、清通、婉约三派分的格局中，李清照不属豪放派。但她的第一组比照对象，正是清通的李后主；而第二组比照对象，则是婉约派的周邦彦、吴文英，前者清水芙蓉，后者镂金错采，李清照应该都包容无遗。如前所述，从美学上看，它是最基本的一种对比。

沈谦、王士祯、李调元等人的比拟终究只不过是出于个人感受而已。但它至少提供了一个历史信息：李清照作为女流之辈，在历代文人中有着极高的评价；她甚至被指为婉约之宗；而依过去两派分的模式，这个婉约，应该包括从宋初晏、欧、柳永、秦观，直到周清真，再到南宋的姜、史还有吴梦窗、周草窗，大凡非豪放派者皆在此例。是则以李清照为此派之宗，几乎是笼罩于所有的"正宗"词家之上，是大师中的大师了。

为什么李清照会博得如此高的评价？这当然不会是受客观社会环境的影响所致——因为李清照既无苏东坡文坛泰斗的地位而只是一介女流，也无周清真大晟乐律提举的职务而只是闲散之人。她是女子，与社会交往更难于男子。这样，她身上所体现出的主体选择即个人性，应该更甚于其他词家。客体对男性词家而言是整个社会，而对李清照而言却只是闺房。即使南渡以后她也有限地接触了社会，但无论其质其量以及频度都仍不足以与男词家们相比。连她目下迫不得已的有限接触，已被王灼《碧鸡漫志》斥为"自古缙绅之家能文妇女，未见如此无顾藉也"，以此看来，她又怎样痴想在客体环境方面比肩男子？

但身处闺阁之中，却使她的主体选择有了一个更稳定的活动空间，她不须考虑既有流派或大家们的影响，纯以己意为词。感受的独特性、生活范围的独特性，以及主体作为一种运作结构的独特性，都构成了一个独特的李清照的无法取代的词风。这种词风的展现，我以为主要表现在于对技巧的锤炼。

请注意"锤炼"一词的真正含义。以刘熙载的话说，即是"极炼如不炼"。李清照的技巧锤炼，正是这样一种炉火纯青的不炼式的极炼。首先，是她下字极讲究又极平淡：《声声慢》的叠字运用，我们在前面已有过分析。它即是一种纯似口语的不炼，但却又是无人敢为的极炼。又如《如梦令》"昨夜雨疏风骤"一词，把叠句变成问答：用"知否知否”来传达闺房问答那种柔软、轻巧、温馨的气氛，真可说是传神之致。《醉花阴》：“莫道不消魂、帘卷西风，人比黄花瘦”，无论词意、境界和修辞，都是以精巧臻平淡，难有继美者。元人伊世珍《琅環记》卷中有关于此词的记载颇饶佳趣：

易安以重阳醉花阴词函致明诚。明诚叹赏，自愧弗逮，务欲胜之。一切谢客，忘食忘寝者三日夜，得五十阕。杂易安作，以示友人陆德夫。德夫玩之再三，曰："只三句绝佳。"明诚诘之，答曰："莫道不消魂，帘卷西风，人似黄花瘦。"正易安作也。

关于李清照的技巧锤炼，恐怕最明显地体现在于她的句法之中。究其原因，我以为一是她生活圈子相对较窄，难以涉及国家社稷大事；而一旦转向日常生活琐事，以她的锤炼，却能道常人之所未道。二是她是个女词家，女性细腻体察的特长，易于表达细部而不利于传达磅礴大气之旨。因此她的词是句法更长于结构，小韵致胜于对大境界的把握。三是她的生活圈相对优雅闲适，早期与赵明诚夫唱妇随，“取半千钱，步入相国寺，市碑文果实归，夫妇相对展玩咀嚼”，这是一种诗书相洽的气氛。以后，则又与赵明诚琴瑟相和，其风雅有如此者：

明诚后屏居乡里十年……及起知青、莱二州，皆政简，日事铅椠，易安与共校勘，作《金石录》，考证精凿，多足正史书之失。

每获一书，即同共校勘，整集签题。得书、画、彝、鼎，亦摩玩舒卷，指摘疵病，夜尽一烛为率。所藏纸札精致，字画完整，冠诸收书家。

易安性强记，每饭罢，与明诚坐归来堂烹茶，指堆积书史，言某事在某书第几卷几叶几行，以中否决胜负，为饮茶先后。往往举杯大笑，茶覆怀而不得饮。

收书既成，归来堂起书库大橱，簿甲乙，置书册。如要讲读，即请钥上簿关出。卷帙或少损污，必惩责揩完涂改。……遇书史百家字不刓缺、本不讹谬者，辄市之储作副本。

建炎二年，明诚知江宁府。易安……在江宁日，每值天大雪，即顶笠披蓑，循城远览，得句必邀赓和。明诚每苦之。

学问的富，文化氛围之浓郁，个人素质之高，还有生活之闲适，正是造就李清照对技巧有特殊锤炼的理由所在——苏东坡是参政的士大夫，无其闲适，且家庭中也无此赓和之乐；周邦彦则无此“起书库”的举动；到了辛弃疾以后，则又心忧家国之事，难有如此的家庭生活乐趣。因此，李清照式的家庭气氛，正造就了她的词风;而这种规定，也造就了她的个性，使她在做主体选择时，有了其他词家所无的内向的、生活化的态度。

适足以证明李清照的个人技巧成功者，还在于她有一篇词论。词家而有理论，专门者自李清照始，这表明她不同于柳永等人，她是有见解的、理性的。在《词论》中，她批评了唐宋以来的所有词家，批评的主要标准之一即是技巧，并大谈词的技巧当如何如何，可以判断，在此中的技巧不是指音律技巧即是文辞技巧——“词别是一家”，也是她以技巧观提出来的；在当时，这的确是振聋发聩的理论宣言。《词论》的传世，是李清照自傲于其他词家的一个重点依据，也是我们指她为技巧锤炼型大师的一个主要理由。宋张端义《贵耳集》说李清照作词“皆以寻常语度入音律”，并指出她的“平淡入调”的高难度特征。在我们而言，则认为李清照是以词技巧的考究来做平淡自然的表现，是一种内省的、细腻体察的生活化的创作态度。这种独特的“个人选择”，在两宋词坛上，确乎可以说找不出媲美者，倘指苏轼是把词引向境界的“大”，则李清照则是以她女性的闺阁生活，成功地把词引向了技巧的“小”——这个“小”的评语并非贬义;历来对李清照词有如此的高评价，也正是因为我们看多了以沉重的进步与倒退、抗战与投降之类的“载道”意识写出来的词，反倒觉得李清照的词离我们更亲近些。

第四位是辛弃疾。

以主体选择的立场去看辛弃疾，我们除看到了他的豪放之外，还看到了他的襟怀抱负借词抒发的非流派的一面。豪放是一种固定的词风类型；而对襟怀抱负的展现，却是任何一个词家都有心为之的——但似乎辛弃疾做得最出色。

展现博大的襟抱，当然也即含有一种豪放的成分在。首先，襟抱是一种偏于阳刚的境界，它通常是与须眉气概连在一起的。我们当然不能说女流之辈李清照不能有襟抱，也不能说柳永式的艳俗即是没有襟抱，但大抵上他们不算典型。而登临浩叹，观史长歌，以天下兴亡为己任，这才是襟抱的主要内容。苏轼有之，辛弃疾则发扬光大之。

襟抱是个人的，但它又是非个人的。它指向的是整个社会时代。这样，柔媚轻佻者当然不宜阑入；就是一般意义上的如田园词、闺阁词，即使有天趣盎然之妙，但也还是不宜阑入。比如张元幹，南渡以前词大抵婉丽，是传统的艳词一路；而南渡后却慷慨长歌、气度豪迈，直接针砭时事，我们就指后者为有襟抱——因为后者已放弃了小我而走向大我。又比如朱敦儒，少年时也有豪气词，但南渡后却反而走向民间化，以个人经历作白话词，而少却许多对社会世间的观照态度。这样的情况，论襟怀未必没有（不坠艳俗恶趣，还是有格调的），而论抱负却未必有（只关注小我而缺乏致世的理想）。张元幹与朱敦儒作为同一时代又同是南渡词人的对比，很有说服力——大抵苏轼与辛弃疾的差异，即在于苏轼以襟怀展现为主基调；而辛弃疾则更多地提示出壮志凌云的经世致志的抱负来，并在他的词中，以襟与抱复合为一种固定的词格，它有豪放派的成分，但却不仅仅是豪放派而已。

被指为“青兕”“真虎”的辛弃疾，曾是位叱咤风云的沙场猛将，他曾领五十骑冲入五万敌营之中手缚叛徒以归；他曾在湖南创置飞虎军，雄镇一方。这样一个怀有雄才大略又文武双全的人物，对词也绝不会是固执自缚，并以正统沾沾自喜；桀骜不驯的个性贯穿于他的功业中，也贯穿于他的文学创作之中。当然，正因为词家的襟抱极大，于是又引申出另一点：在词的创作手法、形式表现方面，也皆体现出开阔多变、不拘于一家的特征来。在题材内容上的有襟抱，必然反映在形式技巧上也有襟抱，对一个大师而言，这是一个可以互相生发的关系。

我们可以来看看辛弃疾是如何充分展现出他的襟抱来的——由于辛词数量多，名篇也特别多，都录全篇未免太累赘，故作分类并引其名句，读者自可按图索骥，觅得全篇。

①送别。《贺新郎·别茂嘉十二弟》：“将军百战身名裂，向河梁回头万里，故人长绝。”以王昭君别汉嫁匈奴、李陵兵败别战友、荆轲易水别太子丹三事总括人间离别事，真是沉郁悲壮，不忍卒读。

②怀古。《永遇乐》：“斜阳草树，寻常巷陌，人道寄奴曾住，想当年，金戈铁马，气吞万里如虎。”此词是在京口北固亭怀古而作。引孙权、刘裕、廉颇等名人名事以发感慨，被杨慎指为辛词中第一。

③登临。《水龙吟·登建康赏心亭》：“落日楼头、断鸿声里，江南游子。把吴钩看了，栏干拍遍，无人会，登临意。”传达英雄失意痛苦，可以沉郁深切，无以复加。

④读史。《八声甘州·夜读李广传》：“射虎山横一骑，裂石响惊弦，落魄封侯事，岁晚田园。”此时正辛弃疾被劾落职，以此自抒郁愤。

⑤祝寿。《水龙吟·为韩南涧尚书寿》：“待他年整顿，乾坤事了，为先生寿。”祝寿大抵有俗套，以此为寿人之词，气魄浩大，不可一世。被寿者与寿人者皆是襟抱阔

大者也。

⑥田园。《西江月·夜行黄沙道中》:“七八个星天外,两三点雨山前,旧时茅店社林边,路转溪桥忽见。”写得清畅如民歌而纯朴之趣跃然。又如《鹧鸪天》“携竹杖,更芒鞋,朱朱粉粉野蒿开,谁家寒食归宁女,笑语柔桑陌上来”“城中桃李愁风雨,春在溪头野荠花”等,皆是田园词好例,不赘举。

上述还只是题材立意的差别,我们还可以从技巧上对辛词作一分类。接上述:

⑦论理。《青玉案·元夕》:“众里寻他千百度,蓦然回首,那人却在,灯火阑珊处。”彭孙遹认为是“秦周之佳境”,而此中其实是蕴含了很深哲理,非止言情也。王国维以此作为治学三境界之一,亦属解人。说理以形象出之,实在是大手笔。又如《菩萨蛮》“青山遮不住,毕竟东流去”,亦有异曲同工之妙。

⑧用典。《贺新郎》:“甚矣吾衰矣……不恨古人吾不见,恨古人不见吾狂耳,知我者,二三子。”用大量典却不粘涩,而有脱化之妙。此为高手,即使不以典视之,又何其自然生动?此类例辛词甚多,不赘。

⑨对话。《沁园春·将止酒,戒酒杯使勿近》:“杯汝来前!老子今朝,点检形骸……杯再拜道:麾之即去,招则须来。”刘体仁以为此“非倚声本色”,而我们却看到了辛弃疾的点化之妙。日常对话皆可入词,孰为不可入词!以此论稼轩技巧襟抱之大又如何?

⑩梦境。《西江月·遣兴》:“昨庭松边醉倒,问松:我醉何如?只疑松动要来扶,以手推松曰:去!”又《祝英台近·晚春》:“罗帐灯昏,呜咽梦中语:是他春带愁来,春归何处?却不解将愁归去。”都是极生动极有趣的场景;醉态梦态,借他这支妙笔出之,可谓栩栩如生。

⑪谑韵。《水龙吟·用些语再题瓢泉》:“听兮清佩琼瑶些,明兮镜秋毫些……古人兮既往,嗟余之乐,乐箪瓢些。”全用“些”韵又夹杂“兮”字,完全打破了词的惯用句法与用字,但却取其“歌以饮客,声韵甚谐”,可见大师出手,触处成妙,并无常规可循。

⑫想象。《木兰花慢·送月》:“可怜今夜月,向何处,去悠悠?是别有人间,那边才见,光景东头?”这几乎是一种现代科学式的思维。早在一千年前的辛弃疾,何以有此想头!王国维指此是“直悟月轮绕地之理,与科学家密合,可谓神悟”。

⑬寄托。《摸鱼儿》:“更能消几番风雨,匆匆春又归去……君莫舞,君不见,玉环

飞燕皆尘土。”罗大经《鹤林玉露》指其“词意殊怨”，“使在汉唐时，宁不贾种豆种桃之祸哉”。可证其寄托遥深，含意曲折，的是一篇政治意向强烈的词作，非比自娱的小词而已。

纵观辛弃疾词的整体，他的襟抱展现，无论是取什么题材或用什么技巧，到头来总是被归入一个收复神州整顿乾坤的总目标中去。即使是表面上看来不无失意消极的词作，也总是曲折地反映出词家以英雄自欺而无可奈何的心情。这就使得他的襟怀十分开张，有充足的力度，而不像一般作词的只关注自身周围，不是金樽檀板剪红刻翠，就是发一己之情愫，缺乏一种经纶天下的气度。这一点，辛弃疾可以说是完全冲破旧有藩篱，走出了一条光明大道，从而在词坛上树起了一面阳刚型的艺术表现大旗。以上述十三种类型的分类排比来看，我们无法否认说这不出于辛弃疾个人的艺术选择。因为，被动的顺应或一般探求，很难达到如此明确而多样化的表现；而屈从于社会环境，却又不会产生如此博大的襟抱和一展阳刚之气的特征；只有以词家个人的自觉追求与选择，才能解释这样的现象。

另一个值得一提的、也足以为词家主动选择之证明的，是辛词中已出现了许多“效某某体”的词题。这是以前词家所没有的。如《踏莎行》“赋稼轩、集经句”，《水龙吟》“用些语题瓢泉”之学《楚辞》，《木兰花慢》“用天问体”，《卜算子》“以我为牛”，《哨遍》“池上主人”之学《庄子》，《鹧鸪天》之学陶渊明，《玉楼春》“效白乐天体”，《唐河传》“效花间体”，《丑奴儿近》“效李易安体”，《念奴娇》“效朱希真体”，《归朝欢》“效介庵体”，《蓦山溪》“效赵昌父体”等等，均是有意在形式上学习前贤或时贤。像这样的努力，显然是出于主动选择，并且是以“体”即形式技巧为重点的。词家主体的选择之与词本体（形式与技巧、流派）之间的关系，在辛弃疾身上可谓反映得十分典型。他的时代，他的社会环境决定了他的主体可以更能动更自主，换在唐五代或宋初，第一是尚无“体”可效；二是当时人也无效“体”以扩大艺术表现力的愿望。而换在一个描红刻翠的脂粉气十足的环境中，当然也不可能去考虑什么襟抱等大范围的内容，而只能满足于搓粉滴酥而已了——是南宋初社会大动荡，造就了辛弃疾这样以国家为重以英雄自许的特殊主体，再发为词，自是堂堂正正，襟抱展现得淋漓尽致了。

第五位是姜夔。

周邦彦之于苏轼晚了一辈，因此周的典丽以抗衡苏的高旷，是一种前后相接的关系，姜夔与辛弃疾却是同代人。姜夔以清空去对比辛弃疾的豪放，应该是同一时代词坛上双峰对峙的现象——虽在词风上是双峰对峙，而姜、辛二人的私交却甚好。《白石道人歌曲》中有与辛弃疾唱和之词，如《汉宫春》“次韵稼轩”“次韵稼轩蓬莱阁”；《洞仙歌》“黄木香赠辛稼轩”等等，可为佐证。我以为这也很符合本体发展的规律——因为本体发展由自然走向自觉，原来对社会环境的依赖，更多地被对词家个人的依赖所取代。个人的风格选择越来越具有主动意识。因此姜夔与辛弃疾在风格上自寻新途却又互相唱酬，便成了十分正常的词坛现象了。这正是词走向自觉的一个社会心理方面的证明。

与辛弃疾强调襟抱的展示不同，姜夔却更主张神韵的刻画。神韵本是天然的，如苏轼，不求神韵而神韵自至；神韵而言刻画，即是以人工的精巧去追求天籁，这正是姜夔的特色——他不是仅以才气为词者，他的词中也甚少纵横开阖气吞斗牛的气势；他总是在“敲金戛玉”的锤炼刻画中，用人工的精（主动选择）去达到词的句式字面与境界的精。

这显然是与姜夔的生平与出处经历有很大关系。我们在姜夔的词中，又看到了一种走向内省的趋向。与辛弃疾的外射相反，姜夔的创作心理有明显内转的痕迹——亦即是说，他在填词时，又把题材、内容与形式、技巧拉向一个独善其身的格局之中来了。

首先，是姜夔一生在功名上十分不得志。四十多岁还考不上进士，一生漂泊江湖，终老布衣，而不得不寄身豪门。如他的依附于张鉴、范成大为门客即是。但他并非是依托权门以求飞黄腾达之人；对于这种寄托和依附的生活，自身并不满意，于是造成了性格内向而不比辛弃疾尚有功名可搏的雄心。对姜夔而言，国家功名之事本来就是可望而不可得，因此也是与自身关系不大的。可以说，姜夔完全是靠自己的词的艺术，才博得名公巨卿的激赏。关于这一点，周密《齐东野语》卷十二记载：

> 内翰梁公于某为乡人，爱其诗似唐人，谓长短句妙天下。枢使郑公爱其文，使坐上为之，因击节称赏。参政范公（范成大）以为翰墨人品，皆似晋、宋之雅士。待制杨公（杨万里）以为于文无所不工，甚似陆天随，于是为忘年友。复州萧公，世所谓千岩先生者也，以为四十年作诗始得此友。待制朱公（朱熹）既爱其文，又爱其深于礼乐。丞相京公（京镗）不特称其礼乐之书，又爱其骈丽之文。丞相谢公爱其乐书，使次子来谒焉。稼轩辛公深服其长短句如二卿。

南宋中的诗坛名流如范成大、杨万里、朱熹以及丞相京镗、谢深甫，还有辛弃疾，都视姜氏为座上宾，这当然是如他自述：是以文字翰墨为交的结果。而在此中，姜夔自己的擅长也罗列甚全：诗、文、乐、词，色色不差。倘说还有什么遗漏，则当还有书法。陶宗仪《书史会要》说姜夔书法“迥脱脂粉、一洗尘俗，有如山人隐者，难登庙堂”，倒是人书相当。至于赵孟坚还指他为“书家中韩”。总之，没有软媚习气，却是众所公认的。

这样，我们大抵有了一个复合的姜夔形象。第一，姜夔并非富贵中人，因此他是不太容易流于艳俗的。第二，他的学问极好，是真正的士大夫，这是一种全面的修养式文人类型。第三，因为学问极好，不得功名，只能去做隐士；即使不得已为门客，但大抵也有“心隐”——即有隐的精神而无隐的踪迹，而这样的人物，大抵不会终日混迹青楼酒肆，他有一种“洁身自好”“孤芳自赏”的心态。

有此三点，姜夔对神的内省式把握，其个性已是十分明朗的了。亦即是说，一般而言，他不会把触角伸向过于重大的历史、社会、时代内容中去并以之作为主调（尽管他有许多表达黍离之感的名篇）；即使是对这样的题材，他也不会以高昂激越的开放态度而更多地是以闭锁式内省即孤高、惋惜、一唱三叹，回婉无穷的态度对待之。辛弃疾是走向愤然呼号，而姜夔却是走向愁苦与孤独。再进而言之，则姜夔的词在倡导神韵时，又必然以琢字炼句的刻画之功来勾画出一种抽象的意境之美，而不太会像苏、辛那样大处落墨，脱化自然，触手成妙，好似得来十分轻松——他是个苦吟词人，他的一切，都是通过刻画才能得到的。

我们在姜夔的生平中发现了这种刻画的渊源：他早期是从江西诗派入手的。四十多岁时，姜夔曾访问无锡的尤袤，在回答自己诗宗哪家时，他有过一段反省：

> 三薰三沐，师黄太史氏。居数年，一语噤不敢吐，始大悟学即病，顾不若无所学之为得，虽黄诗亦偃然高阁矣。（《诗集自叙》）

尽管他颇反悔自己早年学黄庭坚，但这段经历，却在他的创作生涯和技巧运用上留下了抹不去的痕迹。琢字炼句的刻画，讲究无一字无来历，正是他早年学江西派所养成的习惯。而对诗词风格讲究瘦硬、刚峭，亦即是张炎所说的“清空古峭”，沈义父所说的“清劲知音，亦未免有生硬处”，这些都可说是他早年学黄的见证。先入为主的印象，要做一彻底的脱胎换骨，恐怕还是不太容易的。

但是，是敲金戛玉而不是描红刻翠搓粉滴酥。在同是刻画的前提下，姜夔的内容、题材、意境是不取香艳亦不以纤丽绮靡为旨的。这使他不同于柳永、周邦彦和吴文英；是他别树一帜的关键所在——他把对声色的锤炼功夫用到意境的勾画上去，从而形成了一种"清空高洁"，不食人间烟火的词风。请看他的琢字炼句后的结果：

淮南皓月冷千山，冥冥归去无人管。(《踏莎行》)

高树晚蝉，说西风消息。(《惜红衣》)

西窗又吹暗雨，为谁频断续，相和砧杵。(《齐天乐》)

仗酒祓清愁，花消英气，西山外，晚来还卷，一帘秋霁。(《翠楼吟》)

昭君不惯胡沙远，但暗忆，江南江北。想佩环月夜归来，化作此花幽独。(《疏影》)

但怪得竹外疏花，香冷入瑶席。(《暗香》)

二十四桥仍在，波心荡冷月无声。念桥边红药，年年知为谁生？(《扬州慢》)

翠叶吹凉，玉容销酒，更洒菰蒲雨。嫣然摇动，冷香飞上诗句。(《念奴娇》

正思妇无眠，起寻机杼，曲曲屏山，夜凉独自甚情绪？(《齐天乐》

数峰清苦，商略黄昏雨。(《点绛唇》)

打着重号处，即是姜夔琢字炼句的精华所在，我们不得不承认，这些字下得的确奇特而出乎想象。更重要的是，它引出了一种神奇的意境和氛围。如"清苦"怎能是山峰？黄昏雨怎能"商略"？"冷香"怎能飞又怎能飞上"诗句"？晚蝉怎会"说"？淮南皓月又何须人去"管"？秋霁又怎能"卷"？凡此种种，初读似乎觉得荒唐，但细细品味，却不得不为它的传神赞叹不已。像这样细腻、准确而又新奇的个人情态的表诉与体察，不是姜夔这样内省式的词家，恐怕就难胜任。因此可以说，正是姜夔的孤高冷僻的内省式人格心理，使他能在前代名家如云的词坛上独树一帜。他以题材的窄小却能抗衡于苏、辛的阔大，正是因为有这种特殊的人格展现以及由于琢字炼句所带来的神韵刻画的魅力。周济《宋四家词选序论》言道：

辛宽，姜窄，宽故容秽，窄故斗硬。

以此作比，想必对姜词的成功与风格特征更能一目了然吧？

姜夔词每多长序。有的学者指为累赘，但从中也可看出他的注重文辞立意的态度。

而他之锤炼刻画能有醒目成就，我以为与他的注重音律也有关系——讲究音律，多了个限制因素，则仅满足于文辞的流畅表达，当然已不可能。而走向单独意象的重新跳跃性组合，却使得琢字炼句大展技巧魅力成了预料之中，周邦彦如此做，吴文英如此做，姜夔也不得不如此。这与姜夔这个主体（它包括①孤寂冷僻的性格，②工于音乐，③受江西诗派影响，④内省式创作心理，⑤文学素质极高）的构成特征是分不开的。

本来，还有吴文英也很值得从主体选择角度做一探讨。吴文英是婉约派领袖，是一位集大成者；但论开创性，却未如其他诸家那么典型——特别是当我们已重点讨论了周邦彦之后，已有前例在先，对吴文英则可暂时搁置，不再多化篇幅。

这样，我们通过对五个主体选择的词家典型进行分析，大体构画出了词发展与典型词家之间本体与主体关系的基本态势。特别是对于词家主动选择之对词风、词流构成的影响，做了较为细密的排比与讨论。倘若把它放到一个词史背景中去考察，对于宋词发展史的各个轨道转接，对于词的流派衍生、成熟与衰败的消长规律，以及对于词家在历史潮流中的理性认识与突破口的选择等等，我们是否也寻找到了一种更新颖、更深入的体察与把握契机了呢?

第三节　词的创作与词家心理

由词的流派想到词家的个体选择，又由这种主动的选择想到它的内在动力——心理依据。任何一种选择，都有心理上的理由：社会心理也罢，艺术心理也罢，最终是落实到词家创作时的那一瞬间。我们是逆向从作为结果的流派、形式技巧再推向词家主动选择再到词家创作心理——从结果推向动机，其目的是看看对流派现象这个既定的研究对象的探讨究竟能挖掘得多深。

探讨词家心理是一个范围更广的、牵涉面更大甚至是一个独立的研究课题。从流派研究这个特定角度出发看词家的心理因素，我们大抵可以将一个笼统的心理学课题划分为两个大类，一是个人的心理活动意识，二是社会心理对个人的作用。

首先是个人心理活动意识，它对词的创作与词派的形成，具有很重要的、有时甚至是决定的价值。

（一）词家对环境的心理屈从。

环境的存在是一个词家所无法抗拒、无法挣脱的存在。当词作为轻歌曼舞刻红描翠的工具，在各种高层与低层的文化生活中唱主角时，我们无法要求词家能以个人之力去冲破与创造它。甚至，我们不妨还可以有如下一个假设：当词家在刚刚入门学作词时，轻歌曼舞的气氛已经对他作了耳濡目染的充分渗透，他已有了一个先入为主的印象一词，本来就是轻歌曼舞的。当他作为主体对词做出创作的、研究的各种把握时，他显然也无法摆脱这种先入为主的观念。于是就像历来许多词家那样，他也是沿着既有的逻辑轨道一步步走下去。他面对着的和他曾了解到的，就构成了一种"环境"。

柳永是个最典型的例子。环境对柳永的制约以及在他的创作心理上刻下的痕迹，是非常深刻的。一方面，他在脂粉堆里名声大震使他丢掉了本来可以取得的功名富贵——科考落榜、为仁宗所斥，已如前述。以后，他又去求托内廷宦官，但也还是不行：

> （柳词）骫骳从俗，天下咏之。遂传禁中。仁宗颇好其词，每对酒，必使侍从歌之再三。三变闻之，作宫词号"醉蓬莱"，因内官达后宫，且求其助。仁宗闻而觉之，自是不复歌其词矣。（《后山诗话》）

再后，则又是求请当朝宰相晏殊求晋升，但却又被斥退。数度受挫，他只能把寄托放到那些红粉知己身上去。但上述几条中，有一点却是十分明确的：柳永并非酒囊饭袋，功名本是随意可得——要轮到宋仁宗以九五之尊来"特落之"；证明在"临轩放榜"的榜名上本应有他的大名。这就表明，他的创作心理本来未必都是浅斟低唱，是由于当道从皇帝到宰相——据叶梦得《石林燕语》，还有一位睦州知州吕蔚举荐他，又被侍御史郭勤反对而未成——社会环境系统的反对，对他的谋取功名的愿望打击太大，使他不得不转向真正的浅斟低唱，怀才不遇，郁郁以终。这种迫不得已的选择，正可说是他对环境无力抗争只能屈从的证据。

由此落实到词的创作上，则脂粉气浓郁的、在语言上较为粗俗的词作，在柳永《乐章集》中比比皆是。他本有"霜风凄紧，关河冷落，残照当楼"等不减唐人高处的名句；又有"多情自古伤离别，更那堪冷落清秋节！今宵酒醒何处，杨柳岸、晓风残月"的抒情大手笔；就是写景叙事，如《望海潮》"东南形胜"等，也是千古名篇。但是，《乐章集》中更多的还是艳词俗词。比起他为人称道的"羁旅行役"来，这些艳词俗词似乎更有声价而为妓馆所传唱，如《昼夜乐》（秀娘）、《集贤宾》（虫虫）、《木兰花》四首连作（心娘、佳娘、虫娘、酥娘）等。至于《西江月》则更是他同时受三个妓女访问并被责备时写下的俗词：

师师生得艳冶，香香于我情多。安安那更久比和，四个打成一个。

幸自苍皇未款，新词写处多磨。几回扯了又重按，奸字中心著我。

我们无妨把这样的俗词——题材俗、技巧也俗——看作是已被扭曲了的柳永的创作心理的大展示。他有实力在科场夺魁，他也能写出脍炙古今的名篇，但他却屈服于命运与环境的安排，自甘沉沦，自暴自弃。谁能想象此中包含了多少痛苦、失望与无可奈何——把柳永科场失意看作是他对社会正统环境抗争不成后的第一次屈服；那么不妨把他的在妓女群中大写俗词，看作是他在灯红酒绿的酒色环境中的第二次屈服。正是这次屈服，他彻底绝望了："才子词人，自是白衣卿相。"这种自我解嘲中包含着无法诉说的种种苦涩。空有青云之志和在文学上成就大业但却无处遂愿的屈从心理，造就出一个畸形的、变态的柳永。别人鄙夷他，他满不在乎。他的心理，已经形成了习惯于承受一次次挫折，并且以麻木与屈从来应付的一种特殊结构与模式了。柳永之所以没有在词派史上作为一代宗师而崛起，固然有词本体、词史方面的原因，但他的屈从心理以及在背后的挫折坎坷的遭遇，恐怕也是个主要的因素。正是这种心理，使他不再想从词风境界上去进行大规模的探索与建树——而本来，以他有不减唐人高处的名句又工于"羁旅行役"的特长，他是有条件这样去做的。

（二）词家对传统的心理屈从。

如果说柳永是对金樽檀板纸醉金迷的客观环境的屈从，那么欧阳修却表现为对词的既有传统在心理上的屈从。柳永的屈从导致了他的市井通俗词风的出现，而欧阳修的屈从则形成了他对词为艳科观念的追随。他本来是个地道的士大夫文人，素质极高，修养极全面。他的努力，应该可以成为倡导新时代风尚的努力，就像苏轼那样。但是，他没有。

适足以证明他的这种心理屈服的证据，可以从他的诗文中去寻找——欧阳修是古文运动唐宋八大家中宋人的领袖。他对于散文方面的革新主张，表现出强有力的自信心和坚韧不拔的心理素质。比如，对"时文"即杨亿、刘筠、钱惟演等所提倡的西昆体，欧阳修有过非常严厉的批判。他曾指出："天下学者，杨刘之作，号为时文，能者取科第擅声名以夸荣当世。"这种以骈文四六为对的时文，完全不符合他心目中的"古其理，高其量，随言短长，应变作制"。因此他的目标是祛除浮华空洞晦涩刻意之弊，反对矫揉造作，反对雕琢的技巧和精心的暗喻以及重复拖沓的题材。为了做到这一点，他提出了作文的几项准则：一曰信，二曰简，三曰常。“信”是指真实不虚假不造作；“简”则指行文不晦涩不浮华，以通俗语阐述深道理；“常”则是指合乎自然，反对炫奇斗巧、以怪取胜。他在给石介的信中即已提道：孟子是孔子后的大贤，但“其言不过于教人树桑麻、畜鸡豚，以谓养生送死为王道之本”。但是“今之学者，莫不慕古圣贤之不朽，而勤一世以尽心于文字间者，皆可悲也”（《送徐无党南归序》）。纵观《醉翁亭记》《丰乐亭记》这样的文章，可以说欧阳修的文学主张，无论是理论的清晰度，抑或是实际作品的成功度，都是举世公认的。而在此中所反映出的对传统的反叛心理与渴望有所建树的自信心，更是有目共睹的。

但这种心理并未移用到词的创作中来，在词中，他却仍然沿袭词为艳科的老传统：“聊陈薄技，用佐清欢”（《采桑子》题序），这种创作观与他在诗文中的反叛态度截然相反——或许更可以说，在诗文中极力反对的，正是他在词中不断体现的内容；西昆体式的娱宾遣兴，正是他在词中摆脱不掉并且心甘情愿去实践的特征。

同一个欧阳修，在此在彼截然相反，当然不是有意在自我矛盾。除了他对诗文视作主要而对词鄙为小技不太重视（它本身也是一种传统认识）之外，就创作本身而言，则他受词的传统观念影响太深，在心理上已有屈从的潜意识，这有效地制约了他对词的形式内容把握的自信力。词为艳科在诗文对比之下似乎是已成定局，很难有新的转机；又加之词本体才刚刚发足，还没有来自本体内部的改革动力。欧阳修是诗文大家，越是大家，就越容易使他反过来对词采取小技艳科的传统看法（以与他的诗文拉开距离）。因此，这种对传统的屈从，有词本身的原因，也有作为诗文大家在身份上的原因。只有到了苏轼，词本体发育成熟而苏轼的个人素质、创造心理又强于欧阳修，才会发动对这一传统的“革命”。而在欧阳修时代，词在文学层面上的生存还是个问题。就欧阳修本人而言，则以诗文用世而以词玩世，作为一种典型士大夫心理，也反映出他在词创作中的不可能大举反叛而只可能是屈从。

我们可以把欧阳修《采桑子·西湖念语》十首前的序作为一个士大夫立场上心理屈从的典范来对待：

昔者王子猷之爱竹，造门不问于主人。陶渊明之卧舆，遇酒便留于道上。况西湖之胜概，擅东颍之佳名。虽美景良辰，固多于高会；而清风明月，幸属于闲人。并游或结于良朋，乘兴有时而独往。鸣蛙暂听，安问属官而属私？曲水临流，自可一觞而一咏。至欢然而会意，亦傍若于无人。乃知偶来常胜于特来，前言可信；所有虽非于已有，其得已多。因翻旧阕之辞，写以新声之调。

这是一种与家国重事社稷兴亡全不相干的自娱、玩世心理。因为玩世，故也玩技巧、玩形式、玩感觉，少却许多社会的伦理的历史的抱负的壮志凌云的重荷；自然也无须费力气去"革命"，而只须沿袭传统轨道，悠悠地乘兴而来，闲闲地兴尽而去。就词家本人而言，实在是雅得可以；而在我们看来，则未免有屈从之嫌。

悠闲的结果，是欧阳修的创作心理既不同于苏东坡、辛稼轩，也不同于周清真、吴梦窗。苏、辛们是大倡题材的突破，以境界开阔气格豪迈为抱负，它当然不悠闲，是需要努力才能达到的目标。周、吴们是刻意形式的拓展，以镂金错采刻红描翠为正宗，它其实也不悠闲，也是需要努力才能达到的目标。他们虽然截然泾渭，但不以玩世视词而把词看作是一个重要的表现媒介这一点，却是一致的。亦即是说，他们在心理上都不是屈从者，而是刻意追求者。以此来看欧阳修，则因为他生逢宋初被动地成为"清通词派"的领袖人物这一点无可置疑之外，作为个人心理属从于社会（词为艳科）、观念（小技玩世）、本体规定（词尚未发育成熟）的环境影响更重要的是传统影响，夫复何疑?

欧阳修如此，同时代的晏殊、张先、宋祁等，以及秦观、张耒、晁无咎等中后期词人，大抵也是如此。即使是一代大师苏东坡，在他的词集中，其实偶然也露出这种对传统的心理屈从痕迹来。若不然，《东坡乐府》中为数不少的艳词闲词的存在，就失去了产生的理由。由此看来，对传统的心理屈从作为一种社会心理现象，其分布面极广，无论什么样的词家，或多或少总会流露出一些端倪来的。

对屈从心理类型化进行分析帮助我们把握一些词派词史上的反面现象，但其实我们还可以从词家个体的心理活动做一些范型分析。接上述：

（三）心理分析之一——享乐性原则

词媚相对于诗庄而言，本来即含有浓郁的享乐性格在内。可以说，无论从词的为酒筵妓馆传唱，或是从唱词以歌妓伶工为主角，再或以它的合律即作为音乐文学的特性，更或以词的题材香艳并以男女私情为主题，又或以词有一个《花间集》传统，无论从哪个方面论，它都具有一种先天的享乐性格。或更可以反过来说，没有宴飨之乐没有金樽檀板没有灯红酒绿，就没有词。这是一个绝对的原则。即使到了南宋，虽然不断有豪杰之士在奋起抗争，以金戈铁马的阳刚之气来削弱词原有的软媚靡侈，但纵观宋词，甚至纵观其后的清词，媚的词仍然占了绝大多数。这并不是后来的词人个个成了纨绔公子哥儿，而是词的这种特征与传统在冥冥中制约着词家的创作心理——只要一提填词，马上反应出来的，即是刻红描翠轻歌曼舞。

享乐性原则所反映出的，首先当然是题材的艳。不但《花间集》、晏、欧一派是如此，到了苏东坡时代也不外乎此。苏氏是有大能力者，总算是局部地跳出了这个窠臼（尽管他的词中述享乐者并不在少数）。而他的门弟子秦观、黄庭坚、张耒、晁无咎一无例外是以词写乐事。更有趣的，是与苏轼曾交往莫逆的空门中人，在翰墨交往中是真正的文和尚，但一填起词来，却无不成了风流的"花和尚"——出家人填词却艳得可以，正可证明词的享乐性原则的无所不在和人的追求享乐心理的无时不在。

首先是仲殊。苏东坡曾为这位好友善词而大张其技：

> 苏州仲殊师利和尚，能文，善诗及歌词。皆操笔立成，不点窜一字。予曰：此僧胸中无一毫发事。故与之游。（《东坡志林》）

而到了陈霆《渚山堂词话》，却毫不客气地指责仲殊是个风流和尚，并非"胸中无一毫发事"：

> 僧仲殊好作艳词。其同袍孚草堂者，尝寓诗箴之。迄不为止。殊尝咏妇人，有"凤鞋湿透立多时，不言不语恹恹地"之句。后殊自经于枇杷树下。轻薄子更其句以吊云："枇杷树下立多时，不言不语恹恹地。"闻者捧腹。大率淫言媟语，故非衲子所宜也。

仲殊对妇女的恹恹之态感兴趣，可证其凡心未了，遂为后人讥之。更有一位惠洪，却为同时人所讥。在写《冷斋庭话》时，惠洪已引过自己的艳词，并引为自得。而胡仔《苕溪渔隐丛话》即对之痛加针砭：

> 忘情绝爱，此瞿昙氏之所训，惠洪身为衲子，词句中有"一枕思归泪"及"十分春瘦"之语。岂所当然？又自载之诗话，矜衒其言，何无识之甚耶？

不但胡仔斥责不遗余力，连当时的女流之辈也认为他太不成体统：

> 洪觉范有上元宿岳麓寺诗。蔡元度夫人王氏，荆公女也。读至"十分

春瘦缘何事，一掬乡心未到家”，曰：此浪子和尚耳！（吴曾《能改斋漫录》）

以和尚填词亦坠艳俗之例，来证明词家创作心理上的享乐性原则，恐怕是最典型的。因为我们再也找不到比空门中人更不享乐的类型——禁欲与纵欲，在佛寺禅院中应该是个绝对的界限，但却还是摆脱不掉词的本体规定与词对词家创作心理的影响，即此可见，享乐性原则是词与生俱来的特征，它对词家心理的作用是无处不在的。当然，更细地考察这种享乐性原则，我们还可以划出两种类型：一是以题材充分表现寻欢作乐内容的——从花间词人到柳永再到北宋诸家如黄、秦等人即是；另一是以表现形式的特征，来达到精神上而非直接感官上的享受——如周邦彦、吴文英，在技巧上雕章琢句，词作读起来十分华丽典雅。对词人而言，这也是一种享乐，但它无疑是层次极高、阳春白雪式的享乐，非比柳永混迹于妓楼酒肆式的享乐了。但不管如何，有一点却必须肯定，即豪放词派词家大抵没有享乐的创作心理意识，他们是以词载道。但正是他们的不以享乐视词的创作，使他们始终被指为词的别调，被打入另册，长期以来得不到正统的地位。

（四）心理分析之二——表现欲原则

每一个词家在创作时，他当然是在完成一个实现自我、表达自我的过程。词家的创作冲动，是一种表现欲望，词家的创作过程，亦是一个表现过程。得自于外界启迪如治国平天下的需要或理想，这是一种走向表现的契机；而治国平天下一旦被转换成个人理想即青云之志，则它又成了一种彻头彻尾的表现——因为青云之志首先即表现为个人的意愿。

这样说来，豪放派词家的自我表现心理应该是最强的。陆游的词《诉衷情》：“胡未灭，鬓先秋，泪空流。此生谁料，身在天山，心老沧州。”是一种极强的自我表现受到环境压制后的曲折表现。他的另一首词《谢池春》：“烟波无际、望秦关何处？叹流年又成虚度。”则是一种自我表现不得遂的消沉感慨——它也还是一种表现。这类情况，在辛稼轩词中更可多见：“老却英雄似等闲。”（《鹧鸪天》）“鬓虽残，心未死。”（《夜游宫》）都是同一种表现形式——在现实中得不到实施的理想、得不到表现的志向与才能，只好借助于词来表诉了。

但不一定只有陆游的（或豪放派）表现才算是表现。吴文英的精雕细刻，也是种表现——表现的不是社会意义上的青云之志，而是他的艺术理想追求：他认为词应该是秾丽婉约的。姜夔的清空也是一种表现：表现他的布衣风度，表现他对文学把握的高层次。欧阳修的清通其实也还是一种表现——表现他那优雅闲散的士大夫气息，表现他对词风的无为而治但却糅入了雅的、文化的潜意识，没有他就没有柳永，更没有苏轼。试想想，当他在写“轻舟短棹西湖好”组词时，他的心理是一种什么样的呈现呢？欢快的情绪、明朗的色调、轻盈的节奏、清丽的画面、自然的句法、灵活的调式，还有清通的修辞……这一切，决定了他的创作心理不可能是压抑的、沉郁的或是愤怒抗争奔走呼叫的。那么对他而言，这也就是表现，是他的性格、创作心理的毫不掩饰的表现。

不平则鸣是一种表现，喜而吟咏也是一种表现，甚至不喜不悲的平淡，只要有所思有所虑，有了写词的冲动，也还是一种表现。正是基于此，我们认为词中表现欲、词家的表现心理是永恒的、无所不在的。

也许，我们可以说，应制词之类的奉旨填词是在美学上缺乏表现意识的——柳永的奉旨填词是一种自嘲，更是一种抗争，因此他还是表现；而那些应制词人“按月进律”的官样文章,却不太具有表现欲而是受命而作。我们不清楚万俟雅言的“依月用律，月进一曲”的作品有什么表现冲动，但大抵说来，以周邦彦为代表的大晟词派相对而言却不得不稍有逊色。周邦彦任大晟乐正只两年不到，不足以概括他的词创作的全貌，因此不能说他的《清真集》是非表现的。但那些大晟乐府制撰们,目下我们据王国维《清真先生遗事》考证，还能知道他们的名字，如徐伸（字干臣）、田为（字不伐）、姚公立、晁端礼（字次膺）、晁冲之（字叔用）、江汉（字朝宗）、万俟咏（字雅言）等等，他们的奉圣旨“依月用律，月进一曲”，却大抵是应制之作，很少会有表现的心思了。这就如同中国绘画史上宫廷画家作画常常免不了工匠气，中国书法史上宫廷书家作书常常沦为馆阁抄书手一样，词家一旦成为“御用”，没有了自己的创作意愿，又都吃皇粮，衣食无虞，当然也少却许多不平之气，要他们有充沛的表现热情也难。梁楷的叛逆性在绘画史上唯此一例，那么大晟乐府中的词家，谁有梁楷那样的反骨？

反过来的推论是：除了御用词人亦即是宋代大晟词派和五代花间词派的部分词家外，任何一个流派任何一个词家，都有表现的愿望与表现的实际佐证。不如此，则不会有词。豪放派是强烈表现，指向内容；婉约派是含蓄表现，指向形式；至于清通派，则是以自然的、出于本心的表现，来体现出本派特色。欧阳修、柳永、苏轼、周邦彦、李清照、辛弃疾、姜夔、吴文英，试问谁家不具有表现欲？倘无强烈的表现欲望，他们哪来开宗立派的能力与条件？！

（五）心理分析之三——成就感原则

表现欲是出自词家主体的发动，它是单向的——以主体愿望作为唯一依据的。而成就感的获得，却还不仅仅是主体一侧的问题，它需要来自本体（词史）和客体（社会）的价值确认。没有它们的确认，“成就”就是一句空话。

成就感作为词家创作心理的主要表现，一般分为两个方面：一是社会评价的获得，二是个人对成就的把握。前者指向名誉地位等社会舆论意义上的成就，后者指向个人意识等艺术追求意义上的成就。

柳永可算是获得社会评价最成功的一例：连西夏使者都说“凡有井水饮处，皆能歌柳词”，可见他的普及率。而他在妓馆酒肆中的社会名声，也的确大得可以，教坊乐工、青楼名妓，无不奉他若神明。适足以证明这种来自社会下层人的评价的，不但有他自己的词，也还有众多的宋元明之间的戏曲小说。这些戏曲小说，以他为题材的篇章并不在少数，兹举数例如下：

《新编醉翁谈录》:《花衢实录》

《清平山堂话本》:《柳耆卿诗酒玩江楼记》

关汉卿 :《谢天香杂剧》（正名为《柳耆卿错怨开封主，钱大尹智宠谢天香》）

《古今小说》:《众名妓春风吊柳七》

此外，还有不见原文仅传题名的两则：

陶宗仪《辍耕录》:《院本变柳七》

元戴善夫《录鬼簿》:《柳耆卿诗酒玩江楼杂剧》

作为一种贯穿几百年的社会评价，像柳永这样的词家范例，在古来是很少见的——当然，我们也看到了它的反面：被下层平民市庶看好的柳永，在文人士大夫堆里却不受青睐，至于在官家眼中更是评价极低。不过，要弄到文人士大夫们大张旗鼓来以柳永为对立面，证明柳永已经在当时成气候了。刘克庄诗：“相君未识陈三面，儿女多知柳七名。”张耒为苏轼弟子，《明道杂志》记韩维却曰“每酒后好吟柳三变一曲”。连王安石也不知不觉中坠入此中:蔡絛《西清诗话》有载王安石嘉祐间应制有“太池池边”句，翌日，都下盛传“王舍人窃柳耆卿词”。直到金全真道士王喆有《解佩令》词，自注“爱看柳词”，词中以柳永《乐章集》为参禅悟道之本。凡此种种，都是柳永获得社会评价的好证据。

怀才不遇的柳永，心中自有不平；以社会庶民阶层的评价来取代士大夫评价与官场评价，可以说是基于柳永的成就感心理。他自称："才子词人，自是白衣卿相。""忍把浮名，换了浅斟低唱。"他敢于揶揄皇帝"奉圣旨填词柳三变"……这些，都可说是成就感在正常渠道得不到满足情况下的一种变调，他的骨子里，则还是成就感在作怪。

与柳永在士林中郁郁不得志相反，姜夔却是不立足于市井而立足于士林，并且，他的成就感是十分明确的、有意识的，并且是毫不讳言自己正在孜孜追求着的。周密《齐东野语》卷十二曾载有他的自叙：

> 某早孤不振，幸不坠先人之绪业。少日奔走，凡世之所谓名公巨儒，皆尝受其知矣……皆当世俊士，不可悉数，或爱其人，或爱其诗，或爱其文，或爱其字，或折节交之……嗟乎，四海之内，知己者不为少矣……

所涉二十余人，牵涉到的有丞相、参政、待制、内翰、枢使以及名公巨儒，构成一个规模相当大的"士林"阶层。这样的自述，这样的娓娓道来，字里行间，不正洋溢着一种发自内心的成就感吗——瞧，这么多的著名文人都待我如上宾，夫复何言？又评价牵涉到翰墨人品、诗文礼乐、词章书法，如辛弃疾以词名世，就让他佩服于自己的词，这是一种何等自傲自得的心情流露！即使我们实际上指姜夔的社会身份不过是一介幕客，并非了不起的大人物，但他的这种成就感的表露却正说明了他在精神上是非常孤傲自赏，不屑与俗子为伍的——那么，这种精神贵族式的孤芳自赏，与他的词风清空中的孤芳自赏相比，其内在的共同点不是昭然若揭了吗？更进而论之，以他的这种成就感与成就的欲望，发为创作心理，去制约他的清空孤寂的词风，不也是顺理成章、并无半点凑合勉强的吗？

作为客观社会反馈的成就感与作为主观精神支撑、支持下的成就感，为我们提出了柳永与姜夔这两个典型人物。词家创作如果没有成就感的支持，恐怕就不会有词作的争奇斗艳各展所长了。成就感心理，必然是词创作与词家奋斗的最重要动力。

（六）心理分析之四——独特性原则

每一个词家都希望表现的是自己，是一个无法取代的自己。

词家的希望与心愿导致了词创作的注重开宗立派，尾随人后的词家尽管总是大多数，但它也总不被首肯。或许更确切地说，即使是平庸的词家，也未必不想表现独特的自我，只是他缺乏能力表现而已。作为一种结果，词坛上有非凡与平庸之别，但作为一种心理需求，则任何一个词家都希望自己是大师是巨擘、能否做到是一回事，但想是人人都在想的。

独特性原则在柳永与苏轼身上表现得很突出。柳永大倡慢词，相对于唐五代北宋小令即是一种独特的表现。但柳永的追求并不是一种有明确宣言的追求，他更多的是因为教坊乐工的新腔的缘故才写出许多慢词;在此中，仍有一定的被动性与非理性色彩，因此，他是独特的，但在词人心理活动方面，他又未必是那么有明确的独特性追求的。

苏轼却有着明确的独特性追求。他的目的就是要有别于流行的柳永，自创新格，他的选择是主动的；所具备的心理活动也是很理性、很明晰的。如他作《江城子・密州出猎》词后，与鲜于侁书有云：

近却颇作小词，虽无柳七郎风味，亦自是一家。呵呵！

这是以柳永为参照的别立一家。它所反映的，正是一种独特性、无可取代性的心理需求。比起柳永的对前代作改造而言，苏轼显然主动多了。

独特性的心理需求，是走向开宗立派必不可少的前提。在这方面，一是辛弃疾，另一是吴文英，皆可为佐证。首先是辛弃疾，他创作词的过程即迥异于常人。正是这种相异造就了他的词风开阔宏大，不可一世而内容极称丰富。范开为辛弃疾弟子，他之序《稼轩词》时，即提到他的亲身经历与感受：

……坡公尝自言与其弟子由为文至多而未尝敢有作文之意。且以为得于谈笑之间而非勉强之所为。公（稼轩）于词亦然：苟不得之于嬉笑，则得之于行乐。不得之于行乐，则得之于醉墨淋漓之际。挥毫未竟而客争藏去，或闲中书石、兴来写地，亦或微吟而不录，漫录而焚稿，以故多散逸。

这是一种极度自由的创作心态与情态。正是这种自由的无可无不可的心态，使辛弃疾词风有如此大的堂庑。而这种自由创作心态，我以为应该是辛弃疾个人的理性选择：他知道他的词风要包容巨大，便不能雕字琢句——要追求什么样的效果，就应该采用什么样的方法；独特的创作心态，造就出独特的词派与词风。在词派层面上，辛氏是豪放派之首；但在词风层面上，则他更有一种“襟抱的展示”。这种发自内心自然而出的襟抱，正是吻合于“未尝有作文之意”的创作心理的。

吴文英的独特性不但反映在创作心态的表露上，还反映在创作技巧的规定上。这与他的婉约词派首领的形象十分吻合。沈义父为吴文英挚友，在作词上则师承吴氏，《乐府指迷》开篇即有如下记载，可视作吴文英的自述：

> 癸卯识梦窗。暇日相与唱酬，率多填词。因讲论作词之法，然后知词之作难于诗。盖音律欲其协，不协则成长短之诗；下字欲其雅，不雅则近乎缠令之体；用字不可太露，露则直突而无深长之味；发意不可太高，高则狂怪而失柔婉之意。思此，则知其所以难。

以婉约派词风衡之，一是论音律，可对应于吴氏的善于自度曲；并且吴氏是遍用周邦彦词调和多用姜夔词调的高手。二是论典雅，亦即反对俗调，主张敲金戛玉刻红描翠。三是论含蓄，反直露，亦吻合于吴氏作词的“七宝楼台”的词风。这样，他对沈义父所论的，恰恰就是他身体力行又被作为婉约词派特征而为后世所确认的。理论与实践密切配合者，此为典范。而进一步的思考则是，沈义父所录这三条，应该正是吴文英在创作时的心理期待，抑或可说是吴氏强调独特性的主要依据——仅仅是作为结果的词作，我们还很难确定，因为结果可以从多种渠道上演变得来；但如果是出自吴梦窗的自述，则此论之反映出他的创作心态，却是毋庸置疑的了。他的独特性，一言以蔽之，即是强调“研炼之功”。而他之所以要强碉这种独特性，也正是因为他希望不落人后，能在词坛大家纷起的局面中独树一帜。从他为婉约词派领袖的地位看来，这种独特性的强调，无疑是具有关键的作用与价值的。

词家心理活动是一个很复杂的世界，在这短短的篇幅里，我们根本无法作一全面探讨。但从创作、词派与心理活动之关联角度去作一简单的分类，大致还是能勾画出一些基本骨骼来的。既然我们的研究是以词为本位的探讨，则没有必要硬把它引向纯粹的词心理学立场上去。因此，我们在本节中也即是点到为止，不在心理学框架术语概念原理方面作太多的引入。

第四节　典范词家的主动选择与宋词流派

严格说来，任何一种词派的产生都是词家主体选择的结果。只要词的主角是人，那么人的作用在此中是决定一切的。

但这又是一个空洞的结论。固然，词家全体在对词、词的环境的主动操纵与控制中起决定作用，但这种作用并不是千篇一律的。正相反，在不同的背景、时代、本体形态和词家观念制约下，主体选择会呈现出各个不同的风貌。不但如此，主体词家自身的质量也在变——从一般的基础与前提上升为能动的创作支配力量。由是，我们即可以对这种词家主体的“史的演变”的轨道做一番考察。

从小个人走向大集群——这是从词家主体从最初的自我意识走向成熟的过程。在唐代，无论是李白、白居易、张志和、刘禹锡等一直到温庭筠，他们作为词家都还只是局限于一种个体活动。社会上还未有对词进行容纳提倡的大气氛，词家主体也还缺乏一种强有力的主体意识而只是一种被动的“存在”。这个时期的词家，我们大抵可称之为是“小个人”。

相对于“小”的大集群，则是指从五代到宋初，以西蜀、南唐、北宋三大块面形成的三个词家群：西蜀的词家集群以花间词人为代表，他们形成了一个真正的既是社会意义上也是流派意义上的词家集群。南唐二主和冯延巳，也构成了一个重要的集群，它直接影响了后来的北宋。至于北宋，则以寇准、范仲淹、潘阆、晏殊、张先、宋祁、欧阳修、梅尧臣等为范围，构成了一个名副其实的中心，正是这个中心的存在以及它的高素质高文化，导致了清通词派的出现。而清通词派作为实际流派的走向成熟，则并不限于欧阳修这一代，后来的苏轼、王安石、黄庭坚直到李清照、朱敦儒，都有数量不等的清通词作——只不过在这个时代，词本体已开始出现某种风格上的分化，不宜再用一个“清通词派”来概括罢了。这样，以西蜀、南唐、北宋为三大关节，我们看到了早期词家主体自身意识的演变轨迹，即从宫廷君臣转向士大夫文人。

走向柳永，则又把这种关系再引向市民生活，在题材运用上更贴近社会生活。而它既扎根于社会，自身当然也从中汲取了更丰富的养料。词一旦被引向大众生活，它的集群小团体特征，被一种更大规模的大社会所取代。很明显，这是词家本体进一步健全自身意识的一项必要条件——只有走向大社会、构成一种时代文学形态，词才可以说是充分取得了自立的资格。这显然是一种扩大。词家主体从原先的个人自娱走向整个社会文化主导的进程，反映出词本体的发育成熟对词家主体的积极影响，而这种积极影响，可以说正是促使词家主体不断调整观念与创作意识的一个最主要的原因。唐代的词中本来还应该有一个敦煌曲子词的因素。敦煌曲子词中也有许多戍边兵卒、官吏甚至妓女的词作，要说它也具有小足的社会意义，似乎不应仅指唐代词为“个人”。

但我们认为，这种所谓的个人、集团、社会的三分法，本来就是取一个相对值，正如五代我们就知道有西蜀、南唐的宫廷词，但民间词承唐之余风，肯定也有产生过，但它仍然缺乏一种文化的意义。至少，没有人会因为唐代有敦煌曲子词而指唐代不是诗的时代而是词的时代——这就是一个基本的界限。站在这样的立场上去看词在宋代的社会化趋向，想必会把握一些最基本的内核。“有井水饮处，即能歌柳词”，这是个最有力的证据。但在唐代，我们可以说有井水饮处必有诗，却未闻必会有词；词的本体在当时尚未有发足，何来社会性可言？

应该说，柳永式的市民生活不等于全部的社会生活。在宋代重文轻武政策下的社会文化结构中，市民生活是较低层的，并不具有多少代表性的生活阶层。而士大夫阶层的生活，才是这个社会的主要写照——至少，它是一个社会决策阶层或是一个社会体制的支撑阶层。由是，由市民生活再重新走向士大夫意义上的社会生活，我以为是词本体自身走向成熟的一个重要标志。这又是一次扩大：主体在这一转次中又获得一次洗礼与锻炼；主体关心的，不再是私人生活或周围的生活琐事，以词去干预社会，成为社会精神、伦理思想与个人政治抱负的表现媒介，是一种突出的现象——市民生活中的柳永，恐怕很少会具备这样宽阔的创作意识。当然，这也还只是一种现象，对词作各种社会的、审美的、个人表现的、叙事言志或缘情写景的种种开拓，这才是词之具有充分魅力，亦即是词具有社会性的证据。很明显，过去的词家主体缺乏这种意识，故而花间词家才会如此自囿并还为之沾沾自喜；与北宋苏轼以后的词家相比，花间词家主体在素质构成上未免有井蛙之感，这是有目共睹的。可以说，这个时期词家主体最有活力——它有充分的施展、表现舞台，它与本体、客体之间有着极好的平衡，齐心协力，把词的艺术性表现推向了一个个高潮。这，当然也是一种扩大化。

待到主体与本体、客体之间经过相当长时期的合作之后，动荡的组合关系，必然导致这三者的关系产生变化。随着主体意识的不断成熟，它希望更多地强调自身的地位与作用，更多地作为主导因素而出现，这样，它势必要凌驾于客体与本体之上，并以自身的追求落实到词本体形式中去，使本体作为它的一个传播媒介渠道而不再是平等的合作伙伴——是一个控制对象。于是，词家主体的作用无限膨胀，而对词本体的支配作用也日趋明显。它的结果是：“以社会生活为基本的词的发展，又再一次被拉回到词家主体至上的个人化陷阱中去。”吴文英或者还有姜夔，他们的创作无疑是走向内省，即是以个人而不是社会为出发点的——尽管吴、姜都有不少“黍离之感”的寄托词，但并不能改变他们的基调。又进而论之，吴文英虽然是婉约派之宗，既能成派，当然应该是集群无疑，但从创作意识来看，他并没有多少“集群”痕迹，而更多的是把它当作一种个体行为来对待：首先他并不具有辛弃疾那样的英雄豪气，也没有足够的社会地位来倡导自家集团。宋人载籍中，吴文英生平记载绝少。以至朱孝臧几次想做《梦窗年谱》都无法措手。才秀人微，行事不彰，表明他在南宋后期文坛上的活动力不强。而检他平生，似也未第；只是为人幕客数十年，当然也不是叱咤风云的历史人物，在当时的追随者亦不过周密、王沂孙二三人而已。即使他同时人尹焕有“前有清真，后有梦窗”的评价也罢。而在相当晚的清世，对吴文英初也并不重视。浙派论吴文英归于姜夔；而常州词派论吴文英却只是与柳永、黄庭坚、刘过为同类；张惠言编《词选》甚至不列吴词，可见吴文英在清初未有大影响——直到周济编《宋四家词选》才大力推崇吴文英。由是，作为一个词派的领袖，吴文英有词作有词论，还有步武者，当然是足以名世。但他的名声不彰，活动面不大，地位不高，又严重限制了他的形象。特别是他的词风走向内省，走向个人的倾向，可以说在建立流派形象上也带来了更多的不利因素。指他是把词由社会再拉向个人，并非妄测——不但吴文英，南宋末的词家集群中，无论姜夔、张炎、王沂孙还是吴文英、周密，恐怕都应该说是“个人化”潮流中的主要角色。同是文人，他们的创作意识、表现心态以及对词本体的把握——概言之是作为词家主体的构成，显然是迥异于苏轼、辛弃疾，甚至也是迥异于欧阳修与柳永的。

从小个人走向集团、走向社会的词家主体创作意识的历史导向，到了南宋末却又回归到个人，这是在经过了几个扩大化转次后的缩小化。形式技巧的日趋精致是其长，而主体生存环境的日趋萎缩，却又不能不说是其弊。所谓的有一得必有一失，正是在此中见出了端倪。

宋初的文人士大夫，伴随着在政治上的崛起，在词坛上也倡导起新潮流，这样，士大夫的主体意识当然也随之进入了词；以后，又因为柳永的关系，使词的创作进入了平民阶层，不过，由于词作为文学的规定，当然不可能真的由市民或是伶工妓女贩夫走卒来唱主角。他们作为主体的价值取向是有明显特征的——从题材的狭窄走向宽阔，即是一种主体立场变幻后的新的取向。当然，随着这一主体登上词坛并领导新潮流，它们自身也开始出现了某种分化。具体而论，则是以平民的俗屈从于文人的雅，以市井小民的生活意识屈从于文人士子的文学意识，于是，就形成了一种“雅化”的倾向。词不要俗而要雅，词不要粗而要精。任何一种文学体裁的必然宿命归结，词当然也逃不过。

雅化是文人们倡导的结果，它一旦走到一个相当的程度，则它会形成一种精神上的贵族气——这正是词家主体内部素质发展变化的最重要的一次转折。于是，雅化成了贵族化，词家的贵族气也越来越浓。最简单的事实是，无论是姜夔还是吴文英，在精神上皆有一种孤傲自得、不谐俗流的贵族特征——我们可以称他们为精神贵族，以区别于五代那些实际上的贵族词家。

走向创作意识的个人化，走向精神上的贵族化，可以说是词家主体在宋代词史进程中进行自身改造、转变、适应、调节的主要取向。以这种个人化、贵族化式的演进指向为依据，来考察三个流派中的主体影响力，则我们可以将清通、豪放、婉约三派分作两个层面来进行讨论。

清通派处在词本体发展的初期。这意味着它很难有自觉的词家主体意识。它对词风的选择既有主动的一面，但更大程度上则是体现出较为被动的形态来。欧阳修、晏殊等词家，既沿用唐五代以来的小令格局，又在修辞组句上沿袭南唐二主与冯延巳以及部分《花间集》词风，即是一个主体选择意识不强的直接例证。当然，并非说清通词派就毫无价值——没有欧阳修，就不会有柳永与苏轼、秦观，这是宋代人早就点出了的。而清通词家如欧阳修的自然洒脱，张先、宋祁的炼字炼意，晏殊的格调品位，这些都是前此的词家或不具备或不明确的新成果。我们只是从后来词家那种主动进取的态度中，对比出宋初欧、晏的稍稍欠缺来。他们当然不是五代意义上的“个人”与“贵族”特征，但他们也绝不是宋代后期成熟词家所特有的那种内省或“个人化”与孤傲自标的精神贵族性格的特点。相对于个人化，他们是外射的；相对于孤傲自标，他们却又是开放自然、乐天随和的。不但欧阳修十首《采桑子·西湖》是如此，晏殊、张先、宋祁等词家，所存世的大部分作品也不外乎此。因此，清通词派从总体上说，是一个主体选择性不太强而自然成形的流派现象。如果说此中也有选择的主体作用，那么它主要并不表现为流派整体的形象构建，而多表现在词家个人对技巧的选择追求之上，如张先的“三影”，如宋祁的“春意闹”，如欧阳修的“山色有无中”“离愁渐远渐无穷，迢迢不断如春水”，这些文字，这些境界，这些语言的推敲与运用，可以说已反映出某种对词之尚雅的向往。正是这种出自士大夫之手的追求，奠定了后来词家不断把词推向“雅”境的基调。但是很显然，与着眼于流派的主体选择相比，这还是一种小打小闹的尝试，还不能说是具有代表性的。

豪放派的主体选择是一种明确的主体意识。它是在本体十分健全的情况下产生的。因此，不能用清通派那样的特殊理由来为它作辩解；更不能以清通词家的主体创作心态来套用它。但是，纵观豪放派词家的表现，虽然我们从词中可以感受到非常强烈的人的精神力量；尽管词家个人的主体选择（而不是依着词为艳科的传统随波逐流）有着非常明显的痕迹，但我们仍无法指它为理想的主体选择标本——因为它依赖于外界客体的影响太多。它的主体,基本上是以对客体环境（包括社会政治军事内容）的理解、感受、批评来凸显自身的。词在此中只是一个载体。这种视词为媒介，以经世致用为文学创作主旨的主体认识，虽然相比于自然成形要强烈得多，但对于真正的主体表现而言，却仍有相当的距离——这即是说，主体虽然在词中获得了充分展现，但主体同时又受制于客体，没有客体，就没有一切。那么在这种情况下，我们更可以把主体选择理解为客体（通过主体）选择——是环境造就了词家而不是相反。在一个大动荡的战乱时代，手无缚鸡之力的文人词家根本无法依靠个人去改变世界，他们只能听从命运的安排。但在词创作的内部过程中，他们却是真正的主宰——豪放派既有赖于这样一个特殊的时代，则我们只能以前者视之而不可能以后者视之。词家本身亦是受制于命运安排，词家主体对于这个背景事实无法做出选择而只能承受；于是，词家的思想观念、创作意识、创作冲动也只能是一种相对意义上的承受而不是选择。正是这一点，使我们判断豪放词派词家的主体选择只是一种表面现象，它受制于更广泛的社会客体影响。因此它也很难作为主体选择形成词派的典范。但毋庸置疑，豪放词派在主体选择的坚决性与明确性（而不是纯洁性）方面，却仍然是令人叹为观止的。

最典型的是婉约派。

婉约派从前期的周邦彦到后期的吴文英，可以说有一个一以贯之的目标，这就是以合律来构建本派的基本特征，从而达到对艺术性与词作为文学形式的独立性的追求。因此，在此中我们找到了一个现成的切入口：词律。

再往前推，则柳永或也可以作为婉约派远祖——在俗的方面，他与婉约派的目标相去甚远，但在金樽檀板轻歌曼舞的题材选择方面，他与周、吴却有异曲同工之妙。夏敬观手评《乐章集》有云：

耆卿词当分雅俚二类。雅词用六朝小品文赋作法。层层铺叙，情景兼融，一笔到底，始终不懈。

指柳词有赋意。再来看周邦彦，前人早就有指周词为以赋入词者，周济评周邦彦《拜星月慢》即有云："全是追思，却纯用实写。但读前阕，几疑是赋也。"亦是以赋指词风之骈骊曲折，与柳氏同。更有甚者，周济还明白点出柳永与周邦彦的承后关系。

清真词多从耆卿夺胎，思力沉挚处，往往出兰。(《介存斋论词丛稿》)

因此，我们不妨将柳永、周邦彦、吴文英列为婉约派的三大关节，并以合律来考察词家主体选择的种种迹象。

柳永的合律，是以音律中新腔来填入新词，这些新腔，或得之于教坊伶工，或得之于民间传唱，不一而是。当然，除去他早年以词干谒的情况，他的生活圈基本上是在下层市民之中，不可能脱离这个客观环境而另寻新途。由是他的合律，大抵应该是以民间流行的一般燕乐为基准的。李清照《词论》有"柳屯田永……变旧声作新声……虽协音律，而词语尘下"之语，对他的协律这一点并无异词。而这种协律的评价，是与晏殊、欧阳修、苏轼等人的"不协音律"做对比的。这就告诉我们，柳永的协律，显然具有一种主体选择的含义在内，他在做的是一件前所未有的，或被前人或时人所忽略了的工作。

周邦彦的合律，则是以创新腔制新调来提携新词。与柳永相比，他是自创自填，不比柳永是教坊乐工每得新腔后再由他填词。在讲究词律方面，周邦彦显然更具有主动性。而他具有相当的音律功底，因此对词律，他的要求也极为严格，基本上是一反清通词法，以组合的辞去对应于组合的律。考虑到他的大晟词派领袖的地位；考虑到他对音律而不仅仅是词律的造诣极深，又考虑到他曾供职内庭，我们不妨将他指为以宫廷燕乐为依据即以典雅而非市井俗调为标准的协律。"雅乐"是一个专有名词，当然与周邦彦无关。但周邦彦所取的，却正是一种相对于教坊妓乐俗调而言的"雅"的乐——他的所处社会文化地位要比柳永高，因此他的着眼点也稍别于柳永。而作为对立面，我们也看到了苏轼的"不协音律""以诗为词"的新倾向，周邦彦正应该是以此作为参照而选择出独特的创作道路的。

姜夔的合律（以及吴文英的合律），则比周邦彦更雅，他是强调自制曲的一代高手。他的努力目标，是提倡一种以士大夫式的雅来对待辞与律，适者从之，不做勉强。这比周邦彦的以律为主词相配（即以文辞服从音律）的做法，似乎又通达了许多。比如，他既有专注于词而配以音律的《扬州慢》《长亭怨慢》等，并自称是颇喜自制曲，“初率意为长短句，然后协以律”的做法，又有先为音调律格再作填词的一般做法，如《满江红》序：

满江红，旧调用仄韵，多不协律。如末句云“无心扑”三字，歌者将心字融入去声，方谐音律。予欲以平韵为之，久不能成。因泛巢湖，闻远岸箫鼓声。问之舟师，云居人为此湖神姥寿也。予因祝曰：“得一席风，径至居巢，当以平韵满江红为迎送神曲。”言讫，风与笔俱使，顷刻而成。末句云“闻佩环”，则协律矣。书以绿笺，沉于白浪。

因此，他对于辞与律并无偏侧，两者皆为笔下所使，既是自度曲，当然不必是市井流行或宫廷所用的乐，而应该是出自心中的理想的乐。以姜夔人雅如此，则乐律之雅，正不言而知。我们可以把它算作是第三种乐律的来源，即文人士大夫的乐律——它是相对于市井教坊之乐与宫廷大晟府之乐而言的。至于吴文英这位婉约派大师，第一是能自度曲，《梦窗词》中即载有自度曲十首；第二是遍用周邦彦的词调多达七十余种；第三是多用姜夔的词调。这些都表明，他的合律不会超过周、姜两家的格局，故而从大的发展脉络，上看，我们仍然把他归为姜夔一系而不再细分。至于姜夔的对立面，则我们也看到了辛弃疾一派词——他们并无明确的协律口号，也无自度曲的记载，正足以作为一种对比因素。

姜夔以后，词律对词的约束进一步强化，正因为像姜夔这样的人才极少，大多数无自度曲自创宫调自注旁谱功力的词家，无奈何只得再强调辞对律的服从关系，有时甚至以辞的牺牲来作为保护律不受损害的必需条件。最典型的例子是张炎《词源》中所载的一条：

先人晓畅音律，有《寄闲集》旁缀音谱，刊行于世。每作一词，必使歌者按之，稍有不协，随即改正。曾赋《瑞鹤仙》一词云：“卷帘人睡起，放燕子归来，商量春事。芳菲又无几。减风光，都在卖物声里。吟边眼底，被嫩绿、移红换紫。甚等闲，半委东风，半委小桥流水。还是苔痕湔雨，竹影留云，做晴犹未。繁华迤逦，西湖上多少歌吹，粉蝶儿扑定花心不去，闲了寻香两翅。那知人，一点新愁，寸心万里。”此词按之歌谱，声字皆协；唯“扑”字稍不协，遂改为“守”字乃协。始知雅词音虽一字，亦不放过。信乎协音之不易也。又作《惜花阴·起早》云“锁窗深”。“深”字意不协，改为“幽”字，又不协，改为“明”字，歌之始协。此三字皆平声，胡为如是？盖五音有唇、齿、喉、舌、鼻，所以有轻清、浊重之分。故平声字可为上入者此也。听者不知，宛轻迁就之声，以为合律，不详一定不易之诺，则曰失律，矧歌者岂特忘其律，抑且忘其声字矣。述词之人，若只依旧本之不可歌者一字填一字，而不知以讹传讹，徒费思索。当以可歌者为工，虽有小疵，亦庶几耳。

这是张炎父亲张枢的作为。张枢字斗南，有词见《绝妙好词》《浩然斋雅谈》，其作词以严守音律为正。有《寄闲集》《依声集》，都是旁缀音谱刊行于世。每成一词，“必使歌者按之，稍有不协，随即改正”。

改正的是什么？当然是辞。是不合音律之辞。这即是说，辞又服从于律了。张炎上举的两例，一是将《瑞鹤仙》中的“扑”改成“守”，是以动改静，词意全然相异；另一是将《惜花阴》中的“深”改成“明”，是以晦变显，以厚变薄，以内变外，更是截然相反的含义。以此看来，为律之协可以置辞意于不顾。强调协律的威力，莫此为甚。

有此改法，当然是律为主心——于是即形成了一种律对词的全方位制限。这，正是婉约派发展的一个根本现象。也是词家主体对词进行选择的最重要现象。从柳永到姜夔、吴文英，是词求合律的正常的发展态势。到了张枢，绝对求以词合律甚至不惜以词为牺牲品，这就不属于正常的情况了。但拈出张枢，使我们对婉约派或南宋词雅化后的主体选择心态，可以有一个更好的、更极端的了解。

之所以选择合律作为词家主体选择的典型范例来考察，是因为词的合律与否完全不是外部社会环境的要求——甚至它也不是外部环境作用于词家主体的结果（像豪放派词家那样）；它是出于词家自身对词本体的艺术努力，是一种发自词家主体内部的要求。因此，合律的由弱到强、合律的由俗到雅、合律的由一般的填词方式到以词为牺牲品去迁就律，亦即是由音乐意义上的合律转向文学文辞内容之合律……这些要求，都是只有通过主体选择才可能产生的现象，而其他因素决计无法形成这样的目标。那么，在选择婉约派作为词家主体选择对词派形成的影响这一课题的证据时，我们不正是找到了一种最充分的说明媒介了吗？再进而论之，以词意的服从词律而论，它正是一种“个人化”的个体行动而不需要社会环境的支持；也正是一种在精神上走向贵族化——雅化以求脱俗的主要标志。相比于不协律而言，协律是一种高人一等的“雅”，相比于俗调而言，文人对音律的把握如自度曲之美当然更是一种“雅”。主体在此中获得了最大限度的满足。

由合律的课题又转向内容即文辞规范的课题。

立足于“主体选择”的立场，立足于主体选择对词派的影响，我们应该考虑到，音律上的要求不是孤立的，它一定会在文辞方面引起反映，并最终由一般文辞技巧影响文学创作的主导意识。合律所带来的“个人化”与“雅化”（贵族化）要求，在文辞上或许正可找到一个有价值的对应：情绪内向。

南唐李后主和西蜀花间词诸人，写的都是个人生活感受与身边琐事，题材较狭窄，但当时词刚刚兴起，也没有多少所谓的外射来做对比。因此要硬指五代词是一种内向的词，显然也缺乏比较意义——本无所谓内外。宋初欧阳修、晏殊们，是即景抒情的好手，修辞清丽但不浓艳，而情景相生，却为我们提示出一种词家心绪外放的格调：不压抑不掩饰，轻松自然，情态外泄，并无半点矫揉造作之意。而苏轼以后直至南宋豪放派，却开始有了一些新的动向。词家不再以自身周围的生活琐事和对环境风景的个人感受为满足，而渴望能对社会这个“外”有更大的参与、表现与反映，特别是豪放派词家，其外射的主体选择与心理展现是十分明显的。辛弃疾是无事不可入词，经史子集，古往今来，全被浓缩于词中，像这样的“缘情言志”，显然是有悖于五代词家的只专注于“内”的——在其中，当然也有创作观念上的转变：不再视词为小技，使词家可以有更大的眼界和更开阔的视野。则由内向外，实在也是很合乎逻辑的结果。

但婉约派却是挟雅化之余夙，再次把词拉向“内省”——如前所述，姜夔的孤高幽寂的心理使他必然把词的外射势头加以遏止，并且从反映社会生活转向更多更浓地反映自己内心的空灵世界。而吴文英更是以“七宝楼台”式的浓腻，对词的创作进行了大幅度的“内向”转换，他们并非没有指向社会生活的篇章，姜、吴都有一些被后人称内有黍离之感的感慨国事日非的词作。但即使是这样的词，与豪放派的同类词相比，也逐是有内外之分，而更多地体现出走向内心感受描绘、走向沉吟低诉、走向自己的细腻体察的特色来。亦即是说，他们的“雅化”技巧，本来就是“先天性”内向的。至于那些全为抒写一时一事的词作，尽管包容亦很大，但整体气氛的“内向”却更是明显，如姜夔的《暗香》《疏影》《齐天乐》（咏蟋蟀），史达祖《双双燕》《绮罗香》（咏春雨）、《三姝媚》，吴文英的《宴清都》（连理海棠）、《莺啼序》《三姝媚》（过都城旧居有感）、《八声甘州》（灵岩陪庾幕诸公游），等等，都是名篇，也都是情绪内向的好例。

由此，我们无妨将婉约派与豪放派的词作的“内”“外”不同作一对比：

婉约	情绪内向	南宋中后期
豪放	情绪外放	北宋及南宋初 （包括清通派词）

此外，以所述情景关系而言，如上所述，清通词派以来的即景写情，是一种注重自然、希望与自然融合的人生倾向。豪放词派意在干预社会，但对于自然外界，却也大抵持同样态度。唯婉约派词家，却更多地注重个人心境与经验，不太强调自然的领携作用；即使在写自然，也总是较“隔”，很少有化身其中而多以旁观者地位出之。则与自然之间的距离感较强、视自然外界为纯粹的客体而主客分明的意识也较明显。凡此种种，都可说是两者之间的不同。顺着上表再可伸延出如下的对比：

婉约	个人意识	主客分离
清通	自然意识	主客融合 天人合一、物我合一

相比之下，当然是婉约派的主体意识强而明晰，主体的成熟度较高，但论其应用的自然感，则反而不强。王国维所说的“隔”与“不隔”，陈霆所说的“看人富贵”与“自己富贵”，于此大约是泾渭分明了吧？

那么，以词家主体选择对词派影响论，则婉约派的重合律，它的情绪内向与个人意识，它的主、客分离并以主体独尊，使它作为主体对词派进行选择成功的范例，必然是最具有典型性的——特别是在与清通词派、豪放词派相比时，更是如此。

第八章　宋词流派现象的确立

——清通、豪放、婉约三派说的词论检验

第一节　由创作走向批评与鉴赏

流派作为一种存在，汇合了主体、客体、本体三个构成元，它的丰富性已如上述。但是我们并不能说，这种丰富性与创作共同产生也必然是共同确立——产生是一种客观存在，只要有事实，就有了一切，但确立却还需要来自客观的认可。常常有这种现象：主观上的努力导致了许多产生，但却不被客观所承认而自生自灭；反过来，有时主观上并未努力，却因为一个偶然的机遇而获得客观认可，于是声名大振。在此中可以明显看到，主观（姑且算是词的发展努力）与客观（环境社会对词的认可能力与倾向）之间并不是一回事，常常会出现差距。以为词只要一被创作出来，词派只要一旦形成，就必然能在历史上站住脚，这实在是过于忽略了客观的功用了。此中道理，就有如我们在探讨词的本体、主体、客体之间关系一样，少了任何一个角度的支持，词史就不成其为词史了。

特别是词派，更是一种来自客观的确认的结论而不常是主观的一厢情愿。如上所述，如辛弃疾、陈亮、刘过等，当然是个主观意识十分明显的“豪放”流派。他们已

构成了一个实实在在的群体，又有共同的美学目标。来自客观的确认不可能违背这些事实而硬去否认他们是一个“派”——无论从词的艺术风格或是词家行为方式来看，他们都是轮廓清晰的。周邦彦不但有明确的声律至上的词学主张，而且他的大晟乐府中也聚集起了一大批词家，当然也是有形可据的一个派。欧阳修之于晏殊、张先、宋祁，互相间都有密切交往，词风又大抵相近，作为清通词派当然也毋庸置疑的。

但这种一目了然的现象并不能包括全部词派现象，因为还有一些不同的特例：

（一）活动范围与方式相同但词风有异

典型的是苏轼。有人指他为豪放派，当然在笼统意义上说可取但却不够严密。若要指他是“高旷派”，则这种高旷词风在他也是不多见，而在词坛上还难说即是一种“派”。论活动方式，苏轼有一个明确的集群：以他为首，下有苏门四学士黄庭坚、张耒、晁无咎、秦观，还有陈师道、李之仪，是一个地道的活动圈子。这个圈子不但是以诗文为主题，词也是不可缺少的话题。黄庭坚有《山谷琴趣外篇》；张耒有《柯山诗余》；晁无咎有《琴趣外篇》，并有词论见于《能改斋漫录》《苕溪渔隐丛话》；秦观更是一代圣手，名声直埒老坡；陈师道不但有几十首词，还有“教坊雷大使舞”的评论；李之仪有《姑溪词》，也有词论见《姑溪居士集》。再作扩大，还可以有赵令畤、仲殊、李荐等。除张耒词存较少之外，其余均是当行本色。

但这个圈子中，却又很难说都是同一派的风格。秦观学柳永并为苏轼所讥，是人所共知的事实。黄庭坚以曲子入词；晁无咎却另辟典雅一路；至于晁无咎与陈师道之比较苏轼阳刚词风的批评，更表明他们在观点上并不一致。以此看来，硬指他们为高旷一派，首先于秦、晁二子即不合。我们可以以他们的活动圈子为依据，指他们是一派，但从艺术风格入手却无法认他们为一派。在这种情况下，没有批评与研究从客观角度对之的认识与分析，当然无法做出简单的回答。

（二）活动范围与方式相异但词风相同

典型的是吴文英。在吴文英周围，本来并没有一个足以引起注目的词派。吴文英自己本非文坛领袖，并无多少声望地位。而他身为幕客，仰人鼻息，在词坛上也并无叱咤风云之气概。除了一个沈义父与他切磋词艺之外，即如被指为吴氏一派的周密，论年辈则当少吴文英一辈——周密卒于1308年，而吴文英卒年有两说，主要一说是指他卒于度宗咸淳八年（1272），两人卒年相差近三十年。是则吴、周二人有何交往，也还未知。《宋诗记事》载周密淳祐中曾任义乌令。而吴文英也正是在淳祐中与沈义父讨论作词之法的。他们之间是否会有交往，恐怕也还是件难以判断的事。又加之周密并不只以词名，他的《齐东野语》《癸辛杂识》《志雅堂杂抄》《浩然斋视听抄》《武林旧事》《云烟过眼录》等随笔，更受时人欢迎。综合这些情况来看，要说周密一定是紧跟吴文英并与他一派，至少在活动方式与活动圈子、活动时间上说是不尽合适的。我们可以说周密是亡国词人，因为他亲眼看到了南宋之亡并自为遗民近三十年，但我们却不能说吴文英是，吴氏在宋亡前七年即去世。仅以他们两个为婉约派，不但人数少而且时间不吻。再进一步考虑，则吴文英在此后一直词名不盛，即使尹焕把他上比周邦彦也无济于事，直到清代才声名鹊起。而指周密与吴文英同派，却是清末李慈铭所提出来的：

> 南宋之末，终推草窗、梦窗两家为此事眉目，非碧山、竹屋辈所可颉颃。（《孟学斋日记》）

仅以此数点，无法证明吴文英在当时即有过一个婉约派的活动圈子。但是，我们又看到了在南宋末，吴文英常常被与姜夔并提，姜夔之后有史达祖、张炎、王沂孙；而如果从词当从律与词当炼句炼字还有组织修辞之美的立场看，姜夔与吴文英也确有相近之处。特别是姜氏的弟子，如史达祖、王沂孙、张炎，有许多词作与吴文英也有相同之处，正如周密的词作中也有与姜夔词风相近的一样。这样的交叉，本是词史发展到后期的必然现象。于是，尽管张炎在姜、吴之间努力分出清空、质实之区别，但其实从审美发展史的大流变来看，则两家还是相同点多于相异点。婉约作为一个具体的流派，是指吴文英的镂金错采，而姜夔也未尝不在镂金错采。区别仅仅在于吴用浓敷的修辞，而姜更追求孤高的意境罢了。这样，我们看吴文英，就不妨有如下一种较为灵活的立场：首先是吴、姜皆为刻意求工一路而不同于欧阳修、苏轼或辛弃疾；其次是吴文英是这一派中走向镂金错采的极端者，他的努力正可以代表姜夔、史达祖、张炎、周密、王沂孙还有沈义父等词家群——至少在从清新通畅走向雕红刻翠的审美风格发展过程中是如此。过去词论家大多以姜、吴同归婉约派，又常常会产生周密、王沂孙等人或随姜或随吴的流派归属的游移不定来，其实也不啻透露出了某种消息。直至今天，王沂孙是学姜还是学吴？周密是学姜还是学吴？恐怕也还是众口难说的“悬案”而已。这样，指吴文英（从极端的意义上说）为“婉约派”之首，指他包囊了南宋中后期除豪放派以外的词风，却又是相对可取的了。

词派的难于划分，其原因也即在于此。它必须考虑到主、客、本三体的因素，它又必须考虑到词家的生活圈（社会）与创作风格（艺术）这两个标准。依前一个标准，吴文英的婉约派就不成立；依后一个标准，则苏轼这一派也难以成立。流派的选择，一种是主动的、主观意向十分清晰，如辛弃疾的豪放派，又如苏轼（但他的追随者却不清晰）；另一种是非主动的，如吴文英。他自己也未必意识到有一个明确的流派存在。只不过他的努力引起了后人的注意，后人根据词学发展的大脉络来确认他应该构成一个流派而已。不照顾到这两种情况，我们就无法对词派做出深入的把握与研究。

但是，当我们更深地去想一下，我们就会发现，这些所谓的流派现象，以及主、客体与本体之关系，创作风格、词家观念等等内容，其实本来应该是自在的现象。它未必就应该被后人所掌握。有许多同类现象，就是在自生自灭中销声匿迹不为人知；而之所以会被保留下来并作为结论供我们选择思考，恰恰是因为它们进入了批评家与研究家的视野。因此，是批评家、研究家们揭示了它们的价值——没有批评家与研究家，这些现象可能根本不被作为“存在”对待，或还可能遇到否认；即使没有遭到这种困境，如果没有批评家们，则单一的孤零零的事实之间也决产生不了逻辑关系，无法获得解释，当然更不能形成结论以供后世思考研究。

这样，我们又找到了一个阐释学、接受美学的新的角度。是接受一方对既有现象的把握、整理、确认，才使得现象本身获得价值与含义。从某种意义上说，没有接受与阐释，现象也不复存在——即使它是一种“物质”的存在，但也绝不会有更深的逻辑存在的性格。而没有逻辑的存在，对我们的研究仍然毫无意义，因为物质的存在只告诉我们有什么——有词；而逻辑的存在告诉我们为什么有——为什么有词。前者是一般常识的课题，而后者却是一个专业的研究课题。

逻辑存在——接受与阐释，是我们研究历史、研究词史的重要立足点。对于上千年以前的历史，我们当然无法身临其境亲身去感受一下。我们所能依据的，不外乎两大内容：一是现成的词作（表明物质存在），另一是前人的批评（提示逻辑存在）。词作的存在是前提，但要做研究，则仅仅前提是不够的。本书前几章所引用的历来词话词论中的论述，即表明前人的批评具有十分重要的意义。没有它，我们就无法把握许多观念、思潮、审美性格等方面的课题，特别是无法把握词的批评一翼的情况。而不把握某一时代的批评，当然也无从把握这一时代的创作。正是批评的存在，对词作风格的合理性与大致潮流做了一个确认工作。这种确认的过程，即是一个接受与阐释的过程。李清照批评苏轼“句读不葺之诗”，陈师道说苏轼是“教坊雷大使舞”，都是一种确认——确认的标准、角度不同，自然有时会结论相左，但没有确认即没有词与词史的确立，这一点却是毋庸置疑的。

某一技巧的确认还是个相对简单的工作，因为它直接面对事实：或是或不是，总还能判断明确。而落实到流派，则是一个更复杂的对象了。流派作为研究对象，具有双重性格。一是它的芜杂性。一个流派中包含了许多词家，每个词家都有自己的追求。只是在某一点上他们取得了共同点，但对于同一派词家甚至某一个词家的创作而言，简单化的划类是极其有害的。辛弃疾与陈亮即不同，辛的开阔与自由，即不是陈所能望其项背的。至于同一词家，如苏轼，虽以高旷豪放名，但他的艳词却绝非少见并且也绝非生手。这就是说，如果缺少一番整理、归纳、概括的功夫，我们可以面对各种各样的“例外”表现不知所从，疲于奔命。另一，则是它的典型性。典型当然是从非典型中而来。每个词家或一个群体，都有其精粹的部分，也有其一般敷衍应酬的部分。这些部分是混杂在一起的而不是已被明晰划分的。要进行划分工作，找出词家个人风格的最顶点，进而找出某一词派的最顶点，这仍然不得不有赖于批评家的整理与确认——词家作为创作家，常常会因为“身在此山中”而“不识真面目”；而批评家却是置身其外，立场超脱得多，故而判断会客观冷静得多，当然也合理得多。确认的立场、方法与效果常常是环环相扣的。只有具有概括、演绎的逻辑能力，最后的确认才能具有典型性——从非典型中提取出典型，所需要的正是批评家式的冷静、客观、严密、无懈可击，并且，它还应该与对历史的认识挂起钩来。苏轼豪放词不过数首，却能一跃而成为典型，这正是一种基本历史发展的确认。它比对词家个人风格的确认立足点更高，所需要的洞察力、概括力当然也更强。我们不妨这样来认识:所谓的典型性，本来就是一个抽象的概括与提取过程。它不需要简单的“事实主义”，它需要的是一种高级的思辨，而思辨的主角，正是批评家或来自批评一方的观察思考。一个创作家可以不是批评家身份，但只要他在此时此刻进行认真的批评思考，则他就具有了批评家的立足点——陈师道如此，李清照也如此，他（她）们都是创作家，但却都拥有批评家的发言能力。至于专业的批评家，当然就更毋须特意说明了。

流派的存在基于词家个人的主体选择。但平心而论，词家的存在只是一个个体的存在。他们在做选择时，恐怕很难照顾到什么集团或流派的内容。因此，从词家个人风格选择到流派的选择，是一个渐变的过程，由薄到厚，由晦到明，由个体到群体，由偶然到必然……形成一个有始有终的循环过程。

待到个人选择成为时代、群体的选择，流派现象在客观上已经成形之时，它作为“物质存在”已经确立。但这在我们立场上看，还不是真正的确立——因为它还缺乏一种逻辑的含义，它作为研究对象还缺乏一种理论的价值。

真正要使这种选择具有一种理论的价值，则不得不有赖于批评家们的点铁成金。流派的物质存在当然是个很好的基础，但要赋予它们含义，却还必须有敏锐的眼光与卓绝的发掘能力。某些在当时风云一时的词家，可能在批评家眼中并不重要。一旦时过境迁，马上退避三舍。某些在当时不受重视的词家，在后来却被批评家慧眼所识，成为重要的、有代表性的词家。这样的例子屡见不鲜。前者如万俟咏，在当时词坛名声极大，“每出一章，信宿喧传都下”，但后来却未有大声望，只是作为大晟词派中的一员而已。后者如吴文英，在当时声名并不突出，直到清代周济这位批评家的点化，才得以扬眉吐气，称雄词坛。词家的隐或显，在起操纵决定作用的，就是批评家。至于词派则更是如此，一个豪放派，不但在近来是众说纷纭——有指它进步有指它艺术性不高。就是自宋以来的古典批评，对它也是众口不一，或曰以诗为词，廓大境界，如天机化人;或曰不协音律，是著腔子唱好诗，种种批评，不一而足，甚至连流派构成，也多不能统一。指苏轼为豪放派之祖，其实并不出于今而出于古。很显然，在词史发展过程中，批评对我们起极大的支配作用，它直接影响了我们的观念、思想、审美等，它的出现，是一种“结论”的存在，是一种流派、个人现象获得最终确立的标志。它为词派、词家作出最后的规定。

流派的选择必须获得批评家的注目与确认。不如此，流派就不能取得史的意义。但是，就批评本身而言，它的选择、取舍当然也有一定之规。首先，批评家必须有自身的标准——格律是一种标准，题材是一种标准，技巧也是一种标准；与社会相关联是一种标准，强调艺术独立性也是一种标准……标准五花八门，在批评家的选择时就会有不同的效果。即此而言，批评的功能仅在于确立与认同，它是一个冷静的、客观的过程，但却不可能是一个绝对“公正”的过程。因为批评家所依据的这些标准孰轻孰重，即会引发出由于自身视角的偏差而产生的相对不公正——于是，也就产生了流派的批评。批评也是一个相对自由的过程。从一般批评转向流派批评，就有了我们所说的实践与理论的同步。亦即是说，理论在一定条件下也会与实践共生，而不仅仅是居高临下的裁决。陈师道、晁无咎、李清照等人对苏轼的“非本色”的批评，从苏轼立场看就可能未必公正。那么反过来，对豪放派一面倒的捧场，以为词当与社会现实挂钩而且唯此一途的批评，在婉约派看来也难以引为同道。

从流派接受批评到“流派的批评”，我们看到了批评的价值——批评在把价值、观念、思考传达给读者的同时，也把自己的“偏见”立场传达出来。这对于某一具体结论可能会产生不利影响，但对我们而言却有了意想不到的好处。其一，我们可以通过对这种“偏见”的把握，更深入地考察某一批评家或某一批评结论的立场、视角、出发点，从而形成理论与创作有机关联的研究机制，使我们对创作的研究（如词派研究词家研究）有更广泛的触角与更深入的探察。其二，对这种批评偏见的考察，又必然会形成另一个循环——对批评的批评，从而导致新一轮的“确立”。这竟是牵涉到词学批评史的范畴了。考察流派现象，正是基于流派是一种综合的存在，故而需要分析与批评的帮助以确立自身。但引进批评，却又使它的角色发生了某种置换，由客体变为主体，又必然进一步引发出对它的立场检验、方法检验。宋人的词学批评不同于清人，更不同于今人，这就是需要检验的理由——于是，词学史中的流派研究，牵涉两个不同的脉络：一是词的创作史，一是词的批评史。只有在两个角度都解释得通的情况下，流派的确立才可以说是可靠的、有价值的。

批评家们对词作与词批评两个方面的重新清理与认识，是基于它是词派构成的两大支柱。一个词派的出现，必然会有或明或暗的批评支撑而不仅仅是作品。苏轼的与秦观讨论，以及晁无咎、陈师道对苏轼的评论是一例；而姜夔、吴文英的传世词论以及张炎、沈义父的记载，也都是绝好的例证。因此，仅仅着眼于词作的研究，还只能说是完成了一半。而进一步着眼于词批评的研究，才可说是涉及了它的全部。后代的批评家们根据当时的情况，以当时词创作与词批评所提示出的内容，将之浓缩、分析、概括成为一种史的模式或典型，使某一词派通过类型化的过程，逐渐走向定型，并成为词史发展中的一种典范，这即是一个词派得以完成的主要标志。“流派”是一个被确认的结果，只有作品而没有批评，它仍然是无法确认的：因此它必然是作品与批评两重作用的结果。

当然，也正因为词家的创作在走向流派时是一个典型化过程，而批评在提取这些内容时也必然会有自己的取舍角度，因此，每个流派现象的出现，必然是有详略虚实、有一定的个性色彩的，它不但带有创作家的倾向更带有批评家的取舍。取舍过程中由于典型化而产生的演绎推理、分析概括所导致的“偏见”立场，与取舍本身所拥有的“偏见”出发点，都使得“流派”本身不可能是个人人都能倾心的公允面貌。但它却应该是个人人都能接受的有说服力的结论。前者表明了它的独特性即个性，后者表明了它的普遍性即共性。两者缺一，就构不成真正的“流派”结论。

根据上述的观点，我们在本章中应该来做最后一项“确认”工作——其实本书即是对宋词流派的批评与确认。但那是作为方法而存在的。现在，我们却要以批评为对象来考察宋词流派的状况。

但是，可以肯定地说，前述的三派说在词论中的现成结论是不会有的。因为这是我们提出的新的分派；倘若古已有之并被词论家们点得十分清楚，则本书的功能也就等同废纸了。但倘若本书提出的三派说是具有说服力的话，那么它在古代词论中一定会或多或少已经引起一些反响，一定会有一些有识之士也曾经这样去想过；更可能的是，一定也曾存在过这样一种理论构思的萌芽，只不过因为各种条件所限，使词派三分法的构思未能获得发展的机会，从而逐渐被淹灭在浩瀚的词学典籍中不受人注意罢了。第一，是古代词论在总体上的理论思辨性不够强，随笔札记、感受描述较多，而立足于哲学、美学的体系化思考则较少。这对研究三派说而言当然十分不利。古代词论大都是创作家的附庸，理论的独立性不强，理论体系的构架能力更不强。这是古典文学理论与生俱来的弱点，词学词派研究置身于这个大背景之中，当然也不例外。第二，则是词派研究本身在古来也并不作为重点。词的批评史与绘画、诗、散文、书法、篆刻的批评史（即理论一翼）的情况差不多，大抵是以作家传记、作品介绍为主干，既缺少史的观念立场，更缺少一种艺术（文学）性的探究。在注重实际、注重事实的中国文学批评史的大格局中，理论家很少有对思潮史、流派史进行观照的欲望与意识。因此，对词派研究特别是三派说这样的课题，自然是问津者更少了，如果说，前者是出于一种方法论层面上的局限的话，那么后者则应该是认识论层面上的局限。两者相合，则纵然有对三派说的吉光片羽式的提示与描述，其无法获得青睐、无法获得词坛与词史的接纳并形成词派研究的总体新格局，只怕也是预料之内的结果了。

但不管如何，这类思考一定是曾经存在过的。在浩瀚的古籍中爬罗剔抉，去寻找各种直接的、更多的是间接的证据，并从中抽取出我们所等待的结论，以从批评确认立场上来印证宋词三派说的合理性，这正是本章要做的工作。它的完成，即是三派说彻底获得确立的标志。

我们的探寻，分别从两个角度出发。第一，是随着宋词创作的同步轨迹，去看看三派的创作在词论中是否也有特征明确的反响。亦即是说，清通、豪放、婉约三大派（包括清空、高旷、典丽这三个小结构）在各自展开的时间段里，是否有相应的词论作为配合？它们对词的流派特征究竟有何程度的把握？考虑到词的批评本身也有个从萌起到发展、成熟的过程，对于宋代词创作与词批评的这种同步式考察，或许会更有价值——因为它能典型地反映出词家的艺术观念、流派观念的痕迹来，并对实际词作进行直接的支持。第二，则是古来关于三派说的理论构想，曾经有过哪些论述。看看古人的三派说与我们今天所提出的三派说，有何一方面的相通点又有哪些相异点，在哪一层面上可以形成互相支持。并且还可以依靠古人的三派说使我们的词派研究获得更有力、更可靠也更完整的结论。第一个角度是现象的，第二个角度则是论证的、结构特征的。两者结合，则应该是本章的结论，也是本书的最终“确认”结论了。

第二节 〔流派的确立〕创作与批评的同步式考察

一、清通词派的词论

北宋前期词论——词批评尚处于萌芽的阶段，词本体才刚刚成形，还远未达到成熟的境地，指向它的批评，当然也不可能有十分成熟的体格与观点。关于体格，则北宋前期基本上没有专门意识的词论文章，只是散见在各种随笔札记之中。记时偶然，读时也偶然，并未有专业词论家的风度。既然如此，我们在追寻与考察时就不能太拘泥。并且，正因为是得之偶然又出以偶然，当然也不能只当作词派讨论的专门立场来要求，而是在随意点染中努力发掘出其中的流派探讨的内容痕迹来。到了北宋末的李清照和南宋末的张炎、沈义父，词论的走向成熟已是有目共睹的事实，则讨论自然也可以更专业化一些，词派划分意识更强一些。

以此为准，在一个时间带中展开，则我们依北宋到南宋，大抵可划分出北宋清通派与南宋豪放派、婉约派这三大块面，并以这三大块面为基准来考察词论、词批评的演变发展过程。如同本书在进行美学分析时所提到的那样：清通派的特征，在于它不同于婉约派的镂金错采的技巧，又不同于豪放派的慷慨激越。它是清水芙蓉的，又是轻松自然的——前者指向形式技巧，后者指向题材内容。

笼统说来，欧阳修、宋祁、张先之间的讨论，如“云破月来花弄影郎中”“红杏枝头春意闹尚书”（见《苕溪渔隐丛话》前集卷三七引《遁斋闲览》）等，即具有一种词论批评的意识。但它还只是正面推扬，而并未展开评论。且作为对立面的内容也未出现，难以进行比较。但欧阳修也有一些词论是能窥出词派意识的。比如前引的魏泰《东轩笔录》卷十一曾引范仲淹有词《渔家傲》“塞下秋来风景异”，颇述边镇之劳苦，而被欧阳修指为“穷塞主之词”。反过来，欧阳修送王素出守平凉时，有《渔家傲》词云“战胜归来飞捷奏，倾贺酒，玉阶遥献南山寿”，自诩为“此真元帅之事也”。但以我们的立场看来，范仲淹词有豪放词风度，而欧阳修词虽也有“战胜”“飞捷”等战争语，但它与慷慨悲凉豪放激越的豪放派却并无什么瓜葛。总而言之，是富贵气足而英雄气少。以此来判断北宋前期是清通词派的天下，而豪放词尚未形成格局，可以说是十分有力的例证。到了北宋末南宋初，穷塞主格调变成了抗敌报国之志，这才找到了发展的有利契机。欧阳修以后，则以王安石与苏轼，构成了宋代词论的第一个高潮。如王安石，就已有较初步的评论了：

> 荆公问山谷云：“作小词曾看李后主词否？”云：“曾看。”荆公云：“何处最好？”山谷以“一江春水向东流”为对。荆公云：“未若‘细雨梦回鸡塞远，小楼吹彻玉笙寒’为高妙。”（《雪浪斋日记》）

据此条，我们大致可以有两个判断。第一是北宋词人皆以李后主词为谁，似乎不读李后主词，就不配谈词。王安石问黄庭坚，所问的与所考的，正是李后主词。这正符合我们得出的北宋词上承南唐词的结论，也足以证明李后主词在北宋词坛中风靡的大势所趋。而依三派说的格局，北宋清通词派包括欧、晏、张、宋等人，所持的清水芙蓉的技巧与轻松通畅的题材，正是李后主词的主要风格特征。因此，王安石时代风靡李后主词，足以证明清通词派的创作在批评方面、在历史渊源总结方面是有充分呼应的。

而细细对比王安石与黄庭坚对南唐的词的取舍，则我们还可以体察出某种细微的审美倾向的变化。“细雨梦回鸡塞远，小楼吹彻玉笙寒”是李中主（璟）《浣溪沙》词句。王安石误记为后主词，这无关宏旨，重要的是它已有某种刻意注重修辞技巧的倾向，如“梦回”“鸡塞远”“玉笙寒”等，作为修辞而言显然是逆而非顺、奇而非正、浓而不淡的。特别是与李后主的“一江春水向东流”那样的清俊通畅、自然洒脱相比更是如此。那么，王安石之取此舍彼，不妨看作是北宋前期清通词派走向成熟之后在技巧上的走向精练与细致。亦即是说，是从清通词风逐渐转向婉约词风的一个先兆。不但如此，考虑到清通词派到了王安石、苏轼时代已如强弩之末，不复南唐与北宋欧、晏时代的风采；王安石的词虽大体上还是清通，但像《桂枝香·金陵怀古》已不再一味清通而见出沉郁与厚实之趣来，我们对王安石的这一取舍更不敢随便忽略了。

苏轼的词论甚多。不但如此，他的门生如黄庭坚、晁无咎、张耒、秦少游还有李之仪、陈师道，其间除秦观这位大家未见词论之外，余下五位皆有词论传世。这是一个词的批评的集群，是词史中第一次出现的新现象。考察他们的词论，对我们而言是一个极有意义的工作。

“虽无柳七郎风味，亦自是一家。”苏轼的论词，是以柳永为对立面而展开的。而他对柳永的批判，主要也是针对柳永词过于俚俗的特点而发。那么，他的批评立足点，恐怕正是潜在的强调士大夫格调、强调文化品位的意识。这种批评意识，是以努力把词从酒肆妓馆的下层市俗氛围中解脱出来，力求赋予它以尽可能多的文化含义为目标的——它正是北宋时词坛梦寐以求的方向。

谈到苏轼在技巧上的观点，则我们无妨把他与秦观讨论词句的一般名言引出作证。他批评秦观《水龙吟》“小楼连苑横空，下窥绣毂雕鞍骤”一句，是“十三个字，只说得一个人骑马楼前过”。而我们细细品味，秦观的这种句法以及这种将“绣毂”“雕鞍”“骤”作密密排列的修辞法，正接近婉约派的词风，而与苏轼以前的清通畅达的词风大相径庭。我们在前几章中，曾把秦观的流派归属划在清通与婉约之间，亦正是看到了他的词风相对于清通的不太纯粹的特点。那么，苏轼对于秦观在反复刻画多用叠语浓语词风的批评，正表明他自己的不属于婉约，并且不屑于以浓、厚、实、涩、丽的句法为词的态度。苏轼的高旷，是界乎清通与豪放之间的格局，他的小词以清者居多，而长调则时见激越博大，即使是有艳词，却大抵也以寄托遥深为旨归；他对秦观的不满，当然是预料之中的了。句法顺畅、用事不涩，是贯串北宋全期的总基调。秦观式的婉约追求，以及苏轼自己偶有的豪放尝试，恐怕都只是这个总基调以外的局部内容而已——在这个时期，它们都还不是拥有充分代表性、典型性的内容。

相对而言，苏门诸学士的词的批评，却要比乃师趋于保守。当然，他们之间也并非是统一的，其中黄庭坚与张耒较为开放，而晁无咎、陈师道、李之仪则较讲究正宗品位。

黄庭坚的词学观点，从他的《晏幾道小山词序》中可见端倪。在序中他竟有这样的论述：

嬉弄乐府之余，而寓以诗人之句法，清壮顿挫，能动人心。

乐府在这里是词的代名词。那么对这句话，我们就有了三个认识：第一，过去词是非“诗人句法”的。是艳是媚的，这正符合古来的传统认识。到黄庭坚时代也未变。若不然，他就不会用一个“余”字了。第二，晏幾道“寓以诗人之句法”，是黄庭坚首肯的，但相对于此前的词而言却是独创的。若不然，山谷也不必特地点出了。这种独创，正是与苏轼被指为以诗人词同一机杼。第三，“诗人之句法”入词后，所带来的艺术效果是“清壮顿挫，能动人心”，这是个偏向阳刚之气，即高旷乃至走向豪放派的风格指向。虽然在实际的小山词中，我们并未发现有这类词作，但黄庭坚的去取，却十分鲜明地凸现出来了。而这种态度，正合乎北宋时期词风欲变而尚未变的基本态势。作为宴酣之技的娱人与“动人心”的文学艺术的目标之间，在北宋时代是一个矛盾：欧阳修未能走向后者；苏轼与黄庭坚则希望走向后者。再检黄庭坚自身的词作，则他的《水调歌头》“落日塞垣路”已有豪放词的风气。以后还有《鼓笛慢》（黔守曹伯达生日）、《洞仙歌》（泸守王补之生日）等，都有相当豪阔的气概。而他还有生动质朴、在语言上颇见真率酣畅的一路词，如《卜算子》《归田乐引》《千秋岁》《江城子》，几乎是被人指为民谣。连李调元也大呼“山谷词酷似曲”，刘熙载更指他是“惟故以生字俚语侮弄世俗，若为金元曲家滥觞”。这种种迹象，都可看作是黄山谷身处北宋中期，适逢词风将变时的大胆尝试，也表明他是与苏轼观点相同的。

张耒的词作虽存世仅六首，在创作上无法与黄、秦、晁相比，但他在词论上却并非是庸碌无为者。他为贺铸作的《东山词序》是可以作为考察典型的：

文章之于人，有满心而发，肆口而成，不待思虑而工，不待雕琢而丽者。皆天理之自然，而性情之道也。世之言雄暴虓武者，莫如刘季、项籍。此两人者，岂有儿女之情哉！至其过故乡而感慨，别美人而涕泣，情发于言，流为歌词，含思凄惋，闻者动心焉。此两人者，岂其费心而得之哉！直寄其意耳！

这是一篇歌颂写意抒情而反对镂金错采失却本性的词论，恐怕它也应该是清通词派最为明确的宣言。“不待思虑而工，不待雕琢而丽”，这正是清通词派而不是婉约词派的美学特征。张耒的词作中，有十分清新通畅如《秋蕊香》者，几着后来李清照词风的先鞭。而他也已开始有某种程度的雅化倾向，如在词中多用排比对偶，讲究修辞用典——这正代表了北宋中期词家的一般心态。是以张耒在此进退之际，于批评方面却还是保持清通的本色，苏轼批评他的文章是“汪洋冲淡，有一倡三叹之声”，或许正是这种汪洋冲淡的感觉，使他在词中也出以“本心”之论，从而使在批评方面一向缺少自觉的清通词派，也有了自己的批评成就了。倘若我们还考虑到这是事关张耒与贺铸两人，又以苏轼、黄、晁等相继谢世后，张耒却是硕果仅存，而士人学“骚词”者随从日众，则他的这种词的美学观，对后来者当多有启迪，影响也要相对长远多了。在《东山词序》结束时，他还提到了词的四种格调，是“盛丽如游金张之堂”“妖冶如揽嫱施之袪”“幽洁如屈宋”“悲壮如苏李”，在向来认为是传统的盛丽、妖冶之外，还特意拈出“悲壮”一格，亦可见他的批评视野的开阔与善于容纳。若依一般的观念限制，悲壮本来是不应与媚词有什么瓜葛的。而即使是对盛丽与妖冶，他也还是有自己的看法：“若其粉泽之工，则其才之所至，亦不自知也。”这即意味着，在盛丽妖冶、搓粉滴酥的词风效果（它是婉约派的特征）背后，却应该是“不自知”而不是刻意求工的方法——还是清通词派的立场。镂金错采的内容却不出以镂金错采的技巧，而是清新通脱的“不自知”的技巧。

这样，我们可以把张耒的词论看作是北宋前期以清通词派为中心的代表作。要他坚决不取盛丽妖冶是不可能的——词的走向士大夫化只能有限地改造总体发展趋向而不能彻底消灭艳媚现象。以此来看张耒，则他提出的“粉泽之工”亦应出于“不自知”，或许倒是最能反映出北宋词的进退感觉。而到了南宋词特别是后期词，则粉泽之工却出自于自知与刻意；即使不论吴文英的“七宝楼台”，连清空而不质实的姜夔，恐怕亦无“不自知”的境界。以此想来，则张耒的点化又是一种何等高深的点化，它之时代性又是何其明确。以他与苏轼、黄庭坚相比，虽不必如出一辙，要之也足可引为同志。因为他的审美理想，正是苏轼在实际词作中展现得最为成功的。

李之仪在苏氏门中为晚出。他论词有《跋吴师道小词》，虽然态度并不鲜明，但却很有一种史家意识，并通过对史的评论来推出他的崇扬清通词派的美学主张。如下引：

长短句于遣词中最为难工，自有一种风格。稍不如格，便觉龃龉。唐人但以诗句而用和声抑扬以就之，若今之歌阳关词是也。至唐末，遂因其声之长短句而以意填之，始一变以成音律。大抵以《花间集》中所载为宗。然多小阕。至柳耆卿，始铺叙展衍，备足无余，形容盛明，千载如逢当日。较之《花间》所集，韵终不胜，由是知其为难能也。张子野独矫拂而振起之，虽刻意追逐，要是才不足而情有余。良可佳者晏元献。欧阳文忠、宋景文则以其余力游戏，而风流闲雅，超出意表，又非其类也。谛味研究，字字皆有据，而其妙见于卒章，语尽而意不尽，意尽而情不尽，岂平平可得仿佛哉？

李之仪不重柳永而推许欧阳修、宋祁，并点出他们风流闲雅、超出意表的美学特征，这正是他主清通的明证。而我们看他的《姑溪词》中有“我住长江头，君住长江尾”（《卜算子》）这样毫不雕琢但又意味久远的词，与他的词论相对照，其基本立场亦可想而知。毛晋刻《姑溪词》并有跋语，谓此可谓“古乐府俊语”，亦是个见证。

以苏轼、黄庭坚、张耒、李之仪为一方，是以吻合于北宋清通词派清新畅达技巧并希望有新开拓为批评特征的。那反过来，以晁无咎、陈师道为另一方，则可以说是着重于以维护词的纯洁性为宗旨，对词的批评以其界限分明传统至上为特征的。他们并非是守旧派，因为他们关心的课题如词与诗的差别，是一个创作美学的课题而不是历史课题。这样的课题完全视各人的创作立场而定，很难截然判断“新”“旧”。此外，他们也绝非有悖于清通词在北宋的基本态度，相反倒毋宁说是相当吻合于时代的风尚——因为相对而言，清通词派本来也不是个很自觉的流派。

陈师道的批评见于他的《后山诗话》：

退之以文为诗，子瞻以诗为词，如教坊雷大使之舞，虽极天下之工，要非本色。

对这段话，历来颇有异议。宋代的王灼与清代的刘熙载，以及近代的沈曾植，皆有反批评，颇令人发噱，一并引在此处以供参考：

宋王灼《碧鸡漫志》：

东坡先生以文章余事作诗，溢而作词曲……或曰长短句中诗也。为此论者，乃是遭柳永野狐涎之毒。诗与乐府同出，岂当分异？若从柳氏家法，正自不分异耳。

清刘熙载《词曲概》：

太白《忆秦娥》声情悲壮，晚唐、五代唯趋婉丽，至东坡始能复古。后世论词者，或转以东坡为变调，不知晚唐、五代乃变调也。

近代沈曾植《菌阁琐谈》：

考蔡絛《铁围山丛谈》称："上皇在位，时属升平。手艺之人有称者，棋则有刘仲甫、晋士明；琴则有僧梵如、僧全雅；教坊琵琶则有刘继安；舞则有雷中庆，世皆呼之为雷大使；笛则孟水清。此数人者，视前代之技皆过之。"然则雷大使乃教坊绝技，谓非本色，将方外乐乃为本色乎？

王灼着眼于词的形式起源，刘熙载着眼于词史追溯与词家追溯，而沈曾植却以他的乾嘉朴学功夫，为雷大使作一辨。三人立足点不同，但目的却一致，都是反对陈师道对苏轼"要非本色"的批评，并以为苏轼本来就是"本色"。以我们想来，陈师道此论不仅是代表了他自己，晁无咎以及后来的南渡词人李清照，对苏轼都有相类似的议论，表明这也是一种很有代表性的看法——是站在清通词派（或还有婉约词派）立场上的批评，批评的并非题材而是技巧。平心而论，陈师道的看法从历史角度而言并非妄言，因为相对于传统的花间词派或南唐词家而言，苏轼的确不是"本色"——倘若硬指他为"本色"，则他的创造意义也就不复存在了。但不管如何说，陈师道批评苏轼词"非本色"，至少证明他心目中已有一个"本色"在。正是基于此，我们才指他为与苏、黄、张、李相对的另一方：他希望的是词的纯粹化、正统化。而苏是以诗为词，黄是"词酷似曲"，至于李之仪更是词如民谣，双方之间在观念上的差距是很大的。

晁补之的词论，集中在他的《评本朝乐章》一文中，因所涉词家遍及柳永、欧阳修、苏轼、黄庭坚、晏殊、张先、秦观等，内容铺得太开，我们逐段来评析之。

①评柳永词：

世言柳耆卿曲俗，非也。如《八声甘州》"渐霜风凄紧，关河冷落，残照当楼"，此真唐人语，不减高处矣。

所谓柳词俗，主要是指过于刻红描翠，缺乏恢宏气象，当然所涉也太滥太露。是则晁无咎欣赏的这三句，却正是摆脱了精雕细琢的习气，与花间词相去甚远的构境写物方法。

它是较为接近诗的。这不减高处之说，恐怕应指李白《忆秦娥》一类的作品吧？作为其技巧的清新自然而不雕饰，正是清通词派引为根本的——从李白、张志和、白居易、刘禹锡直到南唐词，都是这种格调：无论在造句、修辞、结构方面，它都启发了清通词的基本美学风格。

②评欧阳修词：

> 欧阳永叔《浣溪沙》云："堤上游人逐画船，拍堤春水四垂天，绿杨楼外出鞦韆"。要皆绝妙。然只一"出"字，自是后人道不到处。

注重炼字，虽清通派、婉约派皆同，但清通派多重提示意境，而婉约派则多重提携色彩。而欧阳修此词正是以平顺的叙事出之，再在平中富奇，以"出"字带动意境与动势，使清通词派的特色淋漓尽致地凸现出来——"出"字本身十分平淡，并无刻红描翠之感，但"出"字用在此处，却是化静为动、化隐为显、化平淡为突出，有如张先与宋祁的炼字一般。晁无咎属意于此，表明他与清通词派在总体上是息息相通的。

③评苏轼词：

> 苏东坡词人谓多不谐音律，然居士横放杰出，自是曲子中缚不住者。

关于苏轼的是否谐律，各家众说纷纭。晁氏此处持模棱两可态度：他也承认苏轼有非曲子本色处，但他又并不全以此为非，而认为是苏氏才高，是曲子（词）缚不住他。于是，我们得到了一个双重结论：第一是不谐音律不可，第二是大师如苏轼不谐音律也无妨。而在北宋时，不谐音律为人所讥，清通词派也希望协律；但苏轼的不协律又是清通词派的通病，李清照即指责晏殊、欧阳修、苏轼是"学际天人，作为小歌词，直如酌蠡水于大海，然皆句读不葺之诗，又往往不协音律者"（《词论》）。以此作为背景，就可以大抵揣摩出晁无咎那模棱两可态度的根本原因来了——他身处词的变革时期，对两者他很难简单地作一优劣评判。

④评黄庭坚词：

> 黄鲁直间作小词，固高妙，然不是当行家语，自是著腔子唱好诗。

唱诗与唱词自是不同。晁无咎主张词的特点不能舍弃，提出一个"当行家语"的概念，表明他还是很有些正统意识的。当然，对苏轼，因为是老师，批评不能太直接；黄山谷是同辈，批评可以更有针对性。是则在黄庭坚开拓的"词酷似曲"，在晁无咎看来却是非当行家语——角度不同，结论当然也不同。但这却反映出到苏轼时代，词的本体意识已较为牢固地占领了词人的心。陈师道的“非本色”，晁无咎的“非当行家语”，表明他们心中的词的特征是十分清晰的。从清通词派大盛到逐渐走向雅化，走向婉约词派，这种注重形式，技巧特征的倾向而不是注重主体本心的倾向，正是一个最主要的催化剂。

⑤评晏元献词：

> 晏元献不蹈袭人语。而风调闲雅，如“舞低杨柳楼心月，歌尽桃花扇底风”，知此人不住三家村也。

此文录自《能改斋漫录》，又见《苕溪渔隐丛话》引《复斋漫录》。所指晏元献有误，查词应是晏幾道所作。《侯鲭录》卷七即指明为“叔原”（晏幾道），词有富贵气，当然是基于作者披风抹月的贵公子派头。以晏幾道从小生于显宦之家，当然不坠村夫鄙俗格局，不过这也仍然是清通词派的特色——以艳媚或轻巧的内容即风月桃柳之类，而出之以平淡、不加修饰的技巧，正是清通词的基本特征。它不是苏轼的“横放杰出”，但它却是晁无咎心目中清通词的典型。以之上拟欧阳修、晏殊，只怕也并不逊色。此外，“不住三家村也”的评点，典型地反映出词进入士大夫阶层后的意识转换痕迹，这种自傲与自诩，伶工妓女们不会有，像柳永这样屈沉下僚、浪迹市井的人也不会有。它预示了后来词走向雅化的大趋向。

⑥评张先词：

> 张子野与柳耆卿齐名，而时以子野不及耆卿，然子野韵高，是耆卿所乏处。

词中讲究“韵高”的标准，正是词经由士大夫文人之手走向雅的主要表现。以宋初说，张先词名远不及柳永，理由是他较少创见（如柳永创长调）又不普及（不像有井水饮处皆能歌柳词）；但在士林中，却是张词胜于柳词，因为张词更是一种文人雅词，而他本人也是个地道的文人，很少俗语俚语。清通词派的成功，首先即有赖于文人。苏轼与门下士也皆是一流的文人，故而他们取张而不取柳，此中既有作为士大夫的本能，又有苏轼这位老师的词学观点，在交叉地发挥作用。在北宋初中期，词的雅俗常常是检验一个词家品位高低的试金石，晁无咎反俗与苏轼反俗，虽然各自的立场有细微的差别，但目标却是一致的。而我们没有把柳永归入清通词派，其中有一个原因，也即是柳永的俗并不吻于清通词派之雅的规定。

⑦评秦观词：

近世以来，作者皆不及秦少游。如“斜阳外，寒鸦万点，流水绕孤村”，虽不识字人，亦知是天生好言语。

肯定秦观的词风，即意味着稍稍有悖于苏轼的新格，因为秦与苏在词方面见解并不相同，这正可以用来作为晁无咎并非苏、黄一派的证据。苏是以“诗为词”，黄是“词酷似曲”，而秦观，却被指为真正的“词人之词”。晁无咎不涉苏、黄，只提出一个秦少游，至少向我们提供了两点信息：一是他仍主张词须婉媚而不能悲壮豪放，这是就内容与题材而言；二是他认为应该“雅”即有推敲提炼，而不是诗文式甚至是曲子民谣式的，这是就形式技巧而言。置身于清通词的大环境下，又在一个转换的即从俗到雅，从市井到文人的过程中，晁无咎如不想随苏轼之后，则这样的态度，应该也是最可行的了。秦观的词风，正是他心目中最为理想的词风。

以上即是晁无咎《评本朝乐章》的全部内容。从我们分析来看，他基本不涉豪放，也不明确指向婉约，他仍在清通词的大格局中进行选择，但这个选择是较偏向于雅的。他用以品藻、评点的标准，仍然是清通派的标准——重意境、重自然、重韵、重格调、重词的“当行家语”，以及重炼字、重高雅。这正符合北宋中期词论家的应有态度——它是一种较为稳健，较有“本色”的态度。

苏门诸公之外，别的词论也还有一些。特别是李之仪，在诸家词集后有大量跋语。而这一词论家集团，可以说是北宋时（或许更可以说是有词史以来）第一个集团性的批评活动。我们很难低估它的存在价值与历史意义——词没有批评，就不能算是拥有一个完整的本体；词有了批评，但各自为战，资料零星，要从中窥见词本体的价值也还难。只有像苏门诸公那样，既有极好的交往与友情，又有一个固定的专门的讨论中心，还有在诗文等其他方面的交流作为辅助，有人际关系的保障，有明确的词的目标，又有一定的文化氛围，这个批评的集群才算是有历史价值的，并且是真正能为词本体的发展做出贡献的。而遍观上述资料，无论是苏轼、黄庭坚、张耒、李之仪的以文化立场、美学立场出发，还是陈师道、晁无咎的以专业立场出发，看法虽然不无分歧，但有一点却是一致的，即他们都拥有一个清通词派的立场。如果我们指清通词派与豪放词派是在内容上的刚、柔对比，而指清通词派与婉约词派是在形式上的直、曲对比的话，那么，上述各家意见尽管有异，却都把立足点放到内容上的“柔”和形式上的

“直”上来，从而形成了清通词派在词论上的基本特征。当然，清通词派自身也不是一个固定不变的对象；像晁无咎的相对追求“曲”的形式与苏轼的相对追求“刚”的内容，作为非主流的现象，也是与主流现象并不矛盾的。有主有次，这正是历史之所以为历史的所在。

李之仪之后的词论，当推“不让须眉”的李清照。关于李清照的《词论》，我们在前面已有过零星引证。由于她是词论史、词学批评史上的一位关键人物，需要重点提示以见其来龙去脉；又以她已是南渡时人，对贯穿北宋的清通词派而言，在创作上而言是个殿尾人物，则对于她的词论，更有重点考察之必要。我们先引《词论》如下：

> 易安尝历评唐、宋以来歌词，皆摘其短，无一免者。其言曰：乐府声诗并著，最盛于唐。开元天宝间，有李八郎者，能歌擅天下。时新及第进士开宴曲江，榜中有一名士先召李，使易服，隐名姓，衣冠故敝，精神惨沮，与同之宴所。曰：“表弟愿与坐末。”众皆不顾。既酒行，乐作，歌者进，时曹之谦，念奴为冠，歌罢，众皆咨嗟称赏。名士忽指李曰：“请表弟歌。”众皆哂，或有怒者。及啭喉发声歌一曲，众皆泣下。罗拜曰：“此李八郎也。”自后郑卫之声日炽，流靡之变日烦，已有《菩萨蛮》《春光好》《莎鸡子》《更漏子》《浣溪沙》《梦江南》《渔父》等词，不可遍举。五代干戈，四海瓜分豆剖，斯文道熄。独江南李氏君臣尚文雅，故有“小楼吹彻玉笙寒”“吹皱一池春水”之词。语虽奇甚，所谓“亡国之音哀以思”也。逮至本朝，礼乐文武大备，又涵养百余年，始有柳屯田永者，变旧声作新声，出《乐章集》，大得声称于世。虽协音律，而词语尘下。又有张子野、宋子京兄弟，沈唐、元绛、晁次膺辈继出，虽时时有妙语，而破碎何足名家。至晏元献、欧阳永叔、苏子瞻，学际天人，作为小歌词，直如酌蠡水于大海，然皆句读不葺之诗耳，又往往不协音律者。何耶？盖诗文分平侧，而歌词分五音，又分五声，又分六律，又分清浊轻重。且如近世所谓《声声慢》《雨中花》《喜迁莺》，既押平声韵，又押入声韵，《玉楼春》本押平声韵，又押上、去声、又押入声。本押仄声韵，如押上声则协，如押入声则不可歌矣。王介甫、曾子固文章似西汉，若作一小歌词，则人必绝倒，不可读也。乃知别是一家，知之者少。后晏叔原、贺方回、秦少游、黄鲁直出，始能知之。又晏苦无

铺叙，贺苦少典重；秦即专主情致而少故实，譬如贫家美女，虽极妍丽丰逸，而终乏富贵态；黄即尚故实而多疵病，譬如良玉有瑕，价自减半矣。

——转引自胡仔《苕溪渔隐丛话》后集卷三十三

这可以说是所涉广泛又篇幅最长的一篇词论。在此中，李清照对欧、晏、苏等词家的不协音律，有着十分严厉而苛刻的批评，并且，更奇怪的是，她对音律的解说不厌其烦。这种刻意追求本来应该与词作的镂金错采——如周邦彦、吴文英那样才对。但李清照的词风，却恰恰是相反的清通畅达一路。亦即是说，她的理论批评与创作实践存在着明显的矛盾：她以清通词家的形象，却对欧、晏以来词家的清通，从音律方面进行指责。对这种情形，倘不加以充分解释，则清通派词论的确立，终究不能说是十分圆满的。更言之，我们看李清照的《词论》，与其说是看清通派的词论，倒不如说是在看婉约派的词论。该如何来思考这种有趣的现象呢？

依我们想来，理由应该大致如下：

①李清照时代，尚未有一个明确的婉约派现象。而北宋词上承五代，却也是以南唐为主而对西蜀并不重视。比如仁宗朝的著名词人，晏殊是江西抚州临川人，欧阳修是江西吉州庐陵人，张先是浙江湖州乌程人，这些地域，都属于南唐的版图。这样，对于北宋词人的上承南唐而不取西蜀，似乎也应该有一个地域文化方面的原因。正因为如此，清通词派的成形，虽然仍不自觉，处于较被动的状态，但却也能蔚为大观。而到了李清照提出重音律的主张，无疑是对清通词派既有状况的一种“革新”——是一种新颖的词学意识，至少在词学批评史上是如此。当然，从另一个角度看，则强调词的音律规范，它应该也是词走向雅化的大趋势的一个必备条件。因此我们又无妨视李清照为北宋批评界强调顺应雅化潮流的一代先驱。

②北宋上承五代，虽以南唐清丽词风为主，但花间一派的作品也并非毫无作为。作为一种刚刚兴起的文学形式，词还缺乏在观念上、理论上自我稳定的能力。又由于它总是宴酣丝竹、佐饮助兴的点缀品，在此中无论怎样强调音律的作用，都是合理的；并且，由于有传统的惯性在起作用，它作为一种追求也是理直气壮，总可以正统自居。我们可以想象，北宋晏、欧虽然为李清照认为不协音律，其实他们与苏轼不同。苏轼是努力开拓，是有意识的选择；而晏、欧却是顺其自然，只是达不到柳永、周邦彦、李清照这样在音律上刻意求工的地步而已。苏轼不协音律是他自己的选择，而晏、

欧们倘有不协音律，却是因为没有这方面的环境条件：是做不到而不是不去做，其间主动与被动的差别十分明显。把他们并列在一起讨论，实在是有些过于笼统的。那么，进一步的结论则是：除苏轼以外，重音律的口号在任何情况下都应该是绝对真理。做得到或做不到，做到如何程度，其间当然有一个相对指标，但不做却是肯定不成功的。李清照强调重音律，其实从广义上说，无妨也可以看作是个“放之四海而皆准”的词学主张罢了。

③传统的惯性在时风不断影响下，也会发生相应的变化。对内容的搓粉滴酥的要求，随着词部分地脱离宴酣丝竹佐兴助欢而走向士大夫书斋，由于创作范围的扩大，也由于创作层次的提高，它逐步在改变自身以适应新形势。创作家们在创作实践中为这种廓大词风的举动高声欢呼，但词论家却必须提出一些规范，以保证词的本体发展不至于泛无边际。规范不外乎两个方面：一是形式，二是内容。既然内容题材在柳永、苏轼之后已无法限制，那么，形式技巧便成了词论家永恒的法宝；在形式中强调声律而不是文辞，可以说既具有传统意义又具有现实价值（因为词是唱的）。亦即是说，内容有宽窄之分，但却没有对错之分，孰取孰弃无法进行限制，但音律却是个十分“公正”的标准，合者取之，不合者弃之。如果说陈师道的议论由于是指向内容，因此还无法清晰地定出优劣正变的界限来的话，那么到了北宋末年，苏轼的词风已经大盛，词要“言志”已经成为当时创作界的大势所趋（连李清照自己也不例外），则李清照作为词论家所提出的声律的标准，恐怕是针对时风的唯一有效的限制手段了。

④仅仅提出声律说的必然性还是很不够的。因为它只能保证词论的产生动因，但却不能保证词论的影响力。李清照的声律说以及她对欧、晏、苏的批评，应该还有一个现实的参照影响在——这就是崇宁间以来作为词坛特殊现象而出现的周邦彦。徽宗时代在内廷设大晟乐府，又设置撰官、协律郎，重点抓音乐，常有乐曲颁行天下，宫徵阴阳，比切严谨，俨然形成一代风气，词家们当然也奉此为现成规范。这样，词家创作如不遵守规范，一则会被讥为无学，于音律乐理一窍不通；二则也会被指为异端，从而在词坛上无法获得地位——它应该说是李清照声律说提出的社会基础。

⑤李清照的提出声律说在北宋词坛上似乎显得较为突兀，但其实若作各方面的分析，则它的必然性也还是容易把握的。它与清通词派的总的目标指向，似乎并非水火不容。然而，为什么这种词论又与她的创作相去甚远呢？

第一，理论与创作并不一定在任何时候都是合拍的。一位词家在创作时可以强调情性的抒发，有感而为，处于“不自知”的状态（清通词家尤其如此）；即使追求偶然越出了词家的总体风格规范之外，也往往能得到较大的宽容。而一旦要树立起理论观点，则其必须冷静下来，从理智与传统来考虑问题。因此，中国历史上有理论与实践互相协调的文学家，但更多的则是理论与创作实践互有参差的艺术家——我们不禁想起了歌德的名言：“理论是灰色的，而生命之树常青。”这个“灰色”正说明了理论往往更具有特殊性。

第二，由此而引申出一个词家心理的角色转换的问题。创作家是努力寻找发展空间，寻找自由度，而词论家则是提出限制规范；创作家不断提出“可能”，而理论家却不断提出“应该”。前者是探究的，后者却是证明的；前者是感觉的，后者却是逻辑的。当创作与理论集于某位词家一身如李清照那样时，她就出现了一种角色分裂，即在创作时她感觉化，而在研究时她理性化，在一个词家（两栖人物）身上出现这种“角色分裂”，丝毫也不矛盾。因为是不同环境要求规定了词家的这种变化。正因为有这样的心理演变状态，故而对于李清照，在肯定她的词论讲究声律并对北宋诸家批评这一事实之外，我们认为她在创作上仍然可以是清通词派中人——这仍然是合乎逻辑的。

第三，从词论家本身的角度看，也会有一个前后期的不同。由于环境、时风、社会文化条件、生活态度以及艺术观的变更，词论家的观点也会发生变动。李清照的《词论》作于靖康之前，这时她正过着非常闲雅的生活，有时间去协调音律，并要求词应有“富贵态”，不“词语尘下”；一旦她身遭社稷之变，国破家亡、茕茕一身之后，她也写下了大量忧愤激切或深沉悲凉的词作，历尽坎坷，“如今憔悴”之时，想法与原来当然大不相同了。

李清照《词论》的出现以及与当时词风、与她本人词风的关系，是一个很有价值的探讨课题，应该有更多的专门篇幅来研究它。它是一个词学批评史的重要关节。但在我们，只能点到为止了。

宋词在理论上的分布，是北宋与南宋之间的对比。北宋清通词派词论的状态，呈现出一种橄榄形：王安石以前的词论，只言片语，是一个“端”；而李清照独立崛起于后，亦是另一个“端”。元祐前后以苏轼与门下诸公为中心，则构成了北宋清通词派词论的中心。这个中心的主要指向，与清通词派的艺术追求是基本一致的。其间虽有诗词之争、本心与雕饰之争、悲壮与绮靡之争，要之都是作为动态的清通词论发展的应有内容。而到了李清照，在理论上走向重声律，则不如说是走向雅化大趋势的一个标志。它也是可以预想的。

二、豪放词派的词论

鉴于批评总是后起于创作，因此豪放词派的词论在时代上也应处在南宋。它与婉约词派的词论形成了双峰对峙的局面。

奋发激烈的豪放词风不但造就了一大批词家，也造就了一批词学批评家。这些批评家大抵可分为两大类：一类是以豪放派词家去批评豪放词，自作自评，或互作互评，可以陆游与刘克庄为首；另一类是专门的批评家来谈豪放词并以豪放派立场去看词史，大抵可以胡寅、王灼等人为代表。但这些词论家的议论大都较零散。我们将之归纳为几个专题。

①对《花间集》的态度

北宋词上承南唐，但《花间集》的格调也并非皆在拒绝之列。特别是花间词家中也有不同，如温庭筠的“浓”与韦庄的“淡”，可说是包容两极的现象。而花间词家虽修辞浓艳，但若论意境组织与句法技巧，却也不都是生涩奥深的。如毛文锡、牛峤、顾敻之行句，是相当通达流畅的。李之仪跋陈师道小词时，即认为词当以《花间集》所载为宗；柳永正是因为词韵不胜花间而难以称雄，可证北宋词论家们对《花间集》的态度——仅仅以技巧论，当然不会对《花间集》词风取过于激烈的态度了。

但以豪放激越的题材内容（而不是技巧）作为特征的豪放派词，一以内容论，则《花间集》式的描红刻翠在南宋初国家沦丧的背景下自然不合时宜，故而豪放派的词论家，大抵不屑于《花间集》的格调。又加以花间词派当时所处的社会背景很像南宋初的情形，也是亡国在即的危急时刻，本应以呼号奔走、以御强敌的态度来创作，却不料还有此淫靡媚弱的词风。因此，花间词风应在摒弃之列。陆游跋《花间集》称：

> 《花间集》皆唐末五代时人作，方斯时天下岌岌，生民救死不暇，士大夫乃流宕如此，可叹也哉！或者亦出于无聊故耶？

以五代时天下岌岌对照靖康时天下岌岌，眼看着豪放词派应运而生，爱国呼声在词坛上日益高涨，再回视五代西蜀的软媚词风，则念念不忘“北定中原”的陆游，当然要感慨系之了。那么从陆游的“无聊”评价的反面，我们正可推断出他的词论观点是以词当愤时切世的媒介的。其实，陆游之前的晁谦之，在《花间集》跋中也已提道："嗟乎！虽文之靡无补于世，亦可谓工矣。"这是一种相对平稳的批评态度，但晁谦之正因为无陆游的时事之感，因此这样的批评实在见不出特定的流派色彩。考虑到陆游生与辛弃疾大致同时，是以他的这种批评与这种词学观点，或许更有开启的价值了。

到了刘克庄，对《花间集》更有自己的看法。刘克庄有《满江红》一首，其中涉及《花间集》，可当作词论来读：

> 金甲雕戈，记当日，辕门初立。磨盾鼻、一挥千纸，龙蛇犹湿。铁马晓嘶营壁冷，楼船夜渡风涛急。有谁怜猿臂故将军，无功级？　平戎策，从军什，零落尽，慵收拾。把茶经香传，时时温习。生怕客谈榆塞事，且教儿诵《花间集》。叹臣之壮也不如人，今何及！

把平戎策与《茶经》《香传》、榆塞边关战事与《花间集》对立起来，亦可知《花间集》在他心目中的雕虫小技壮夫不为的位置。一心想为中兴事业效力的壮士，却用教儿读《花间集》来消磨时日，这真是沉痛切骨的嘲讽。

在豪放派词论家看来，《花间集》自然算不得好词，所有的这一派词论家对《花间集》都无好感，都把它拿来当作反面材料用。他们的愤时切世的宗旨使他们不愿为也不屑为《花间集》那一套。陆游、刘克庄本身是词家，他们自然有明显的本派意识；即使是词论家，如胡寅，有《酒边词序》指苏轼是"以《花间》为皂隶"，明显地以《花间》之劣去衬托苏词之优，亦可说是态度极为鲜明的一种选择——它不只是指向内容，连技巧也包括在内了。

②对苏东坡的态度

陈师道与李清照对苏轼的尝试，分别从声律上或内容上进行了批评，大抵以不赞成的态度出之。但到了南宋初期，词论家们却一反常态，对苏轼大唱赞歌，并以苏词为豪放词的理想境界：

> 词曲者，古乐府之末造也……名曰曲，以其曲尽人情耳。方之曲艺，犹不逮焉。其去曲礼，则益远矣。然文章豪放之士，鲜不寄意于此者，随亦自扫其迹曰谑浪游戏而已也。唐人为之最工。柳耆卿后出。掩众制而尽其妙，好之者以为不可复加。及眉山苏氏，一洗绮罗香泽之态，摆脱绸缪宛转之度，使人登高望远，举首高歌，而逸怀豪气，超然乎尘垢之外，于

是《花间》为皂隶，而柳氏为舆台矣。

——胡寅《向子堙酒边词序》

东坡先生以文章余事作诗，溢而作词曲，高处出神入天，平处尚临境笑春，不顾侪辈。或曰：“长短句中诗也。”为此论者，乃是遭柳永野狐涎之毒。诗与乐府同出，岂当分异？若从柳氏家法，正自不分异耳。

——王灼《碧鸡漫志》

东坡先生非心醉于音律者。偶尔作歌，指出向上一路。新天下耳目。弄笔者始知自振。今少年妄谓东坡移诗律作长短句，十有八九不学柳耆卿则学曹元宠，虽可笑，亦毋用笑也。

——王灼《碧鸡漫志》

世言东坡不能歌，故所作乐府，多不协律。晁以道谓：绍圣初，与东坡别于汴上，东坡酒酣，自歌“阳关曲”。则公非不能歌，但豪放，不喜剪裁以就声律耳。试取东坡诸词歌之，曲终，觉天风海雨过人。

——陆游跋语，引自《历代诗余》卷一百十五

胡寅与王灼不以词名，是专门的词论家，而陆游则是词家。他们的批评，大抵有几个重点：一是为苏氏以诗入词的技巧方法翻案；二是以苏轼与柳永作比，扬苏抑柳；三是认为苏轼并非不通音律，只是不喜削足就履而已。种种议论虽有直接的针对面，但有一点却是很明确的——站在反对绮罗香泽、依红偎翠和绸缪宛转的立场上讲话，这正是一个豪放派主张为愤时切世的立场。处在南宋家国沦亡之际，有志之士都渴望能为中兴事业做出贡献，他们迫切需要利用词来作为媒介以求自我表现，因此，他们对苏轼的突破就会产生深刻的、发自内心的共鸣，而对绮罗香泽的词风表示不约而同的厌恶。请注意，胡寅、王灼、陆游所反对的，不只是《花间集》一派的题材——“绮罗香泽”是指内容题材，而“绸缪宛转”则是指形式技巧，两者皆在反对之列。这即是说，凡是古来被指为传统的词为“艳科”“词媚”的大量作品，均在豪放派词论家的反对之列。胡寅提出的反对理由，包括了一个“态”与一个“度”，是极有系统的，它体现出当时豪放词派批评的深度。

在上引批评中，胡寅与王灼都提到了柳永，并把柳永当作苏轼的对立面。就与南宋吴文英的婉约派或北宋末周邦彦的典丽词风相对而言，柳永与苏轼之间并无如此大

的差别。柳永致力于调式的扩大与变格，苏轼致力于题材的扩大与不拘声律，他们在当时都是开拓者。但是，无论在胡寅、王灼时，还是苏、柳当时，都还没有一个更明确的婉约派出现；因此，不妨说在柳与苏之间，也足以构成一个婉约与豪放的对比——虽然据我们在前几章的讨论，他们既非婉约也非豪放也罢。比较的相对性原理表明，柳永与苏轼的对比，正可伸延为南宋的吴文英与辛弃疾的对比。其间只不过是个比较基点大小的差距而已。那么，柳永词在题材选择上较沾染《花间集》习气，而招致豪放词家对他的指责，恐怕也是顺理成章的。我们不能要求胡寅、王灼用我们的三派论模式来建立历史观，那么，他们能把柳、苏间的差异拉出来评价，足以证明他们是极具史观意识与审美意识，堪称是慧眼独具的了。

③对辛弃疾的态度

辛弃疾是豪放派领袖。对他的评价，往往最典型地反映出豪放派词论家们的观点、态度与理论水平。在这方面，创作家如刘克庄、刘辰翁、范开等是当仁不让，有过极为出色的研究成果，充分体现出豪放派词论的精髓来的。

刘克庄《辛稼轩集序》有云：

> 世之知公者，诵其诗词，而以前辈谓有井水处皆唱柳词？余谓耆卿直留连光景歌咏太平尔。公所作大声镗鞳，小声铿鍧。横绝六合，扫空万古，自有苍生以来所无。

把辛弃疾指为“自有苍生以来所无”，真是辛弃疾的知音了。细细品味文意，则所谓的“大声镗鞳，小声铿鍧，横绝六合，扫空万古”，未必是仅指内容而言，指曰“声”的节奏铿锵，这应该是一种形式技巧的雄强表现。所评有阳刚之气，而刘克庄的评语亦有阳刚之气，直可作一篇豪放词来读。

辛弃疾的门人范开，也曾为《稼轩词》做过一序。开头即是下语惊人：

> 器大者声必闳，志高者意必远。知夫声与意之本原，则知歌词之所自出。是盖不容有意于作为，而其发越著见于声音言意之表者，则亦随其所蓄之浅深，有不能不尔者存焉耳。世言稼轩居士辛公之词似东坡，非有意于学坡也，自其发于所蓄者言之，则不能不坡若也……公一世之豪，以气节自负，以功业自许，方将敛藏其用以事清旷，果何意于歌词哉，直陶写之具耳。

据此，则可窥出当时人对辛弃疾词风的几点认识：一是辛弃疾是位抒情主义者，并非有意为词，而是自然陶写使然。二是他似东坡，在词风上一致，但他非有意学，而是思路、方法一致。至于三，则依范开的议论如开头几句，则凡器大志高者皆得为声、意本原，是歌词之所出，如此则豪放派几乎成了词的发生的主动力而非以婉约派为正宗了。若论词家之器大，豪放词家外指社会，而婉约词家则内指自心；若论志高，当然也以豪放词家报国定边为上，而婉约词家则身边琐事为下。这样的理论，完全是为豪放派服务的——指它为本原，则无疑是指豪放派在词史上是本原了。

恐怕还找不出比范开更具有美学价值的豪放派词论来了。不过，我们又看到了刘辰翁这位亡国词人。况周颐指他为与稼轩旗鼓相当，是豪放派在宋末的代表人物。他曾有《辛稼轩词序》，不但涉及辛氏，还兼及陈亮等人，是又一篇从创作论、美学论角度为豪放词派大张旗鼓的重要文献，摘引如下：

> 词至东坡，倾荡磊落，如诗如文，如天地奇观，岂与群儿雌声学语较工拙？然犹未至用经用史。牵雅颂入郑卫也。自辛稼轩前，用一语如此者必且掩口。及稼轩横竖烂漫，乃如禅宗棒喝，头头皆是；又如悲笳万鼓，平生不平事并卮酒，但觉宾主酣畅，谈不暇顾，词至此亦足矣。然陈同父效之，则与左太冲入群愠相似，亦无面而返。嗟乎，以稼轩为坡公少子，岂不痛快灵杰可爱哉！而愁髻龋齿作折腰步者阍然笑之。《敕勒歌》之拙矣，“风吹草低”之句，与“大风起”句高下相应，知音者少。顾稼轩胸中今古，止用资为词，非不能诗，不事此耳。斯人北来，喑呜鸷悍，欲何为者？而谗摈销沮，白发横生，亦如刘越石，陷绝失望。花时中酒，托之陶写，淋漓慷慨，此意何可复道？而或者以流连光景、志业之终恨之。岂可向痴人说梦哉？！为我楚舞，吾为若楚歌，英雄感怆，有在常情之外，其难言者未必区区妇人孺子间也。

对辛弃疾的抑郁心情与创作情态，做出了极深刻的描述。事实上，豪放派词人的创作心理大抵不出乎此。因此，此文明指辛弃疾，而或有举一反三之效。刘辰翁认为辛弃疾未为诗，倘为之，也是气度豪阔，此无他，本心使然也。但在此中，我们还看到了三点提示。一是以苏轼为辛弃疾先，这与历来的评论一致。二是指出陈亮效辛弃疾，但太过火，遂“无面而返”。这等于是为豪放派的创作划出了一个极致——一旦过头，犹如不及。在讨论豪放词一味霸悍便成叫嚣习气方面，以刘辰翁作为创作家的身份点出之，当然更有说服力。因为他有切身的创作体验。至于第三，可以说是最重要的一点，则是他涉及了辛弃疾与豪放词中的用典现象。

“用经用史”、无语不可入词，的确是辛弃疾的绝招。而在南宋词坛上，豪放派词作的用典多，几乎构成了一个独特的文化现象，并引来了各种批评——连婉约派词家也没有受到过如此集中的批评。关于辛弃疾的用典，我们先提出两个记载：

稼轩以词名，每宴必令侍姬歌其所作……既而作《永遇乐》序北府事，首章曰：“千古江山，英雄无觅，孙仲谋处。”又曰：“寻常巷陌，人道寄奴曾住。”其寓感慨者则曰：“不堪回首，佛狸祠下，一片神鸦社鼓，凭谁问，廉颇老矣，尚能饭否？”特置酒招数客，使妓迭歌，益自击节，遍问客，必使摘其疵，客逊谢不可。或措一二语，不契其意。又弗答。余时年最少，率然对曰：“童子无知，何敢有议？然必欲如范希文，以千金求严陵记一字之易，则晚进窃有议也。”稼轩喜，使毕其说。余曰：“前篇（指另一首《贺新郎》）豪视一世，独首尾二腔警语差相似。新作（即此首《永遇乐》）微觉用事多耳。”稼轩大喜，谓座客曰：“夫君也实中余痼。”乃咏改其语，日数十易，累月未竟。

——岳珂《桯史》卷三

刘改之能诗词，酒酣耳热，出语豪纵，嘉泰癸酉，寓中都。辛稼轩帅越。遣使召之。适以事不及行。因仿辛体作《沁园春》一词缄往，下笔便逼真。辛稼轩得词大喜，竟邀之去，馆燕弥月，赒赠千缗。改之竟荡于酒，不问也。尝以此词语岳侍郎倦翁（即岳珂），掀髯有得色。岳曰：“词句固佳，但恨无刀圭药，疗君白日见鬼症耳。”举座大噱。

——《词林纪事》卷十一引《词苑》

两个故事均牵涉到岳珂，批评的又皆是豪放词家用典太多，这就不是偶然为之了。辛弃疾与刘过，都是豪放词健者，都多用典，可见这几乎已成为豪放派的一大特征。而依我们前述，则豪放派的基本特征，应该是以通达顺畅的技巧去表现豪放激越的内容，这样看来，豪放派的通达顺畅与它的用典，似乎构成了一个矛盾。如何来解释这种现象？

以豪放激越的内容出之，倘在技巧上毫不修饰，则很可能流于叫嚣与流滑，而豪放派词中，这样的例子正不少。陈亮词之所以会被指为“可当作中兴露布读”，亦表明他并非是那么适当的。但豪放的性质又决定了它不可能像婉约派那样在技巧上刻红描翠。作为一种制衡的办法，于是就有了“用典”——首先，“用典”是指向历史，这很符合豪放派词家指向社会功能的特征；其次，“用典”又是涉事，不像婉约派重在修辞与排比，它实在得多，这又可以使它少却矫揉造作；再次，用典的所涉的经史内容与历史事实大抵事关社稷兴亡，在主题上很容易与豪放派的针砭时事挂起钩来；复次，用典是一种浓度极高的技巧，它的组织密度与意象精练度很明晰，自然也可以治流滑、叫嚣之弊。有此数长，豪放派无论在内容题材还是形式技巧上，都乐于引“用典”为知己。我们无妨可以认定，豪放派词风在指事涉世方面的敏感度，应该是各派中首屈一指的，但它如要提高自身的艺术性，则“用典”应该是一大关捩。

于是辛弃疾倡于前，刘过继于后，都在刻意用典以求词在反映社会现实的同时不失其艺术品位。于是，也才会有岳珂的批评。批评也罢，赞扬也罢，这只是一个做得优劣的问题，而多用典，多用历史名人之典，却是个事实的存在。刘过的“白日见鬼”的词是这样的：

> 斗酒彘肩，风雨渡江，岂不快哉！被香山居士，约林和靖，与东坡老，驾勒吾回。坡谓西湖，正如西子，淡抹浓妆临照台。二人者，皆掉头不顾，只凭传杯。
>
> 白云天竺去来，看金碧峥嵘图画开。况一涧萦纡，东西水绕。两山南北，高下云堆。逋日不然，暗香疏影，何似孤山先探梅？晴须去，访稼轩未晚，且此徘徊。

词中出现了白居易、林和靖、苏东坡，不但有他们的对话、场景，还有情节的伸延。至于稼轩大喜，也是情理之中的事，因为这几位哲人都想来访问辛稼轩，这自然是不胜荣幸之至的。从技巧的运用上看，刘过此词的确是巧夺天工，足以“掀髯有得色”的。

但岳珂的不满也并非无据。把古人凑到一起逗乐，这只是游戏笔墨，当不得真的。特别是词当须自然顺畅、言志述怀、寄寓鸿鹄之志，这应该是豪放词的基本特征。以此来看刘过《沁园春》，却难说是如此：虽然语句顺畅如白话，但却未见言志述怀的精神贯穿；而几位古人的串联也不无生硬凑合之处，从意象上看并不顺畅。这正是用典太过火的病症。为用典而用典，作为游戏笔墨自无不妨，但作为一种成功的标准却未必合理。再扩大为整个豪放派，则对于这种依靠用典的技巧来祛除轻滑、火气、跳荡与薄峭的方法，更应从多方面加以提醒。

我们无妨把豪放派的用典与婉约派的用典加以对比。用典的出现，当然是词走向成熟的一个标志。豪放派崛起于南宋，此时北宋一百余年的词史已有相当格局，雅化是一个大趋势，是本体的需要；婉约派如此，豪放派也未必不如此。倘若豪放派出现在词本体尚处于幼稚状态的北宋初，或许很少有可能会产生如此强烈的用典愿望。或更直接地说，在北宋初词坛上，浅显是被允许的，而到了一百多年后的南宋，有那么多前辈大家在作为映照，浅显与浅薄却是决计不会有地位的。豪放派在题材内容上不妨有新举，但它在形式技巧上也同样不敢坠入浅薄之道。以用典来祛除可能有的浅薄与叫嚣，正是豪放词家们为完成自身的主要手段，这种选择，含有深刻的社会文化背景与词本体、词史背景。请注意，在这个用典背后，仍然有豪放派的特殊性格，它具体表现为：一是用典不关注字面华丽，而是以经史为用，相对仍不失阳刚之气；二是所用的方法极为自由，无一定规范，即是刘辰翁所说的“横竖烂漫”“如禅宗棒喝”“如悲笳万鼓”，是酣畅之极又不露斧凿痕迹。这两个特点，便是同样用典的婉约派所不能望其项背的了。其对比如下表：

	豪放派：用典（雅化）	婉约派：用典（雅化）
目的	反向：防止流滑	顺向：提示精致
效果	讲究意义多转，立意交叉互相点化	讲究精巧华丽，字面组合严密妥帖
取材	多用文学之典	多用经史之典
风格	阳刚	阴柔
归属	特殊用典	一般用典

④对其他豪放词家的态度

豪放词派的词是一个贯穿将近百年的历史现象。所涉当然不仅是苏轼、辛弃疾两人而已。对其他词家的评判，也是可见出这一派词论的水平与方法来。我们特拈出张元幹、叶梦得、张孝祥、陆游这四位词家来，看看宋代人对他们是如何评价的。

张元幹，有《贺新郎》（送胡邦衡待制赴新州）一词，即“梦绕神州路”名篇，又有《贺新郎》（寄李伯记丞相）一词，即“曳杖危楼去”名篇。

周必大《益公题跋》：

长乐张元幹字仲宗，在政和宣和间，已有能乐府声，今传于世，号《芦川集》，凡百六十属，以《贺新郎》两篇为首。

叶梦得，以词风豪放为世所称。是南宋初的主战派大臣。并有“谁似东山老，谈笑净胡沙”（《水调歌头》）、“岁将晚、客争笑，问衰翁，平生豪气安在？走马为谁雄”（《水调歌头》）等名句。

王灼《碧鸡漫志》：

后来学东坡者，叶少蕴、蒲大受亦得六七，其才力比晁、黄差劣。

张孝祥，是豪放派巨擘。豪放词极多，而以《六州歌头》“长淮望断”、《念奴娇》（过洞庭）为最有名。其高处不减辛弃疾。

陈应行《于湖先生雅词序》：

比游荆、湖间，得公《于湖集》，所作长短句凡数百篇，读之泠然洒然，真非烟火食人辞语。予虽不及识荆，然其潇散出尘之姿，自在如神之笔，迈往凌云之气，犹可以想见也。

汤衡《张紫微雅词序》：

衡尝获从公游，见公平昔为词，未尝著稿，笔酣兴健，顷刻而成，初若不经意；反复究观，未有一字无来处。如《歌头》《凯歌》《登无尽藏》《岳阳楼》诸曲，所谓骏发踔厉，寓以诗人句法者也。自仇池仙去，能继其轨者，非公其谁与哉？览者击节，当以予为知言。

朱熹《书张伯和诗词后》：

右紫微舍人张伯和父所书。其父子诗词以见属者，读之使人奋然有擒灭仇虏、扫清中原之意。

魏广翁《跋张孝祥〈念奴娇〉真迹后》：

张于湖有英姿奇气，著之湖湘间，未为不遇。洞庭所赋，在集中最为杰特。方其吸江酌斗、宾客万象时，讵知世间有紫微青琐哉？

陆游，为豪放派代表之一。豪放词极多，并有词论，是诗词并称的爱国主义的大家。

刘克庄《后村大全集》卷一百八十《诗话续集》：

放翁长短句，其激昂感慨者，稼轩不能过；飘逸高妙者，与陈简斋、朱希真相颉颃；流丽绵密者，欲出晏叔原、贺方回之上，而歌之者绝少。

综上所述，则豪放派词论家对词作的评价与选择，也是以豪放与否为去取标准。如对张元幹《芦川集》，只取《贺新郎》两首为上；对叶梦得则指其学苏；对张孝祥，则点出其高旷与豪放两端，点出“笔酣兴健，顷刻而成”的创作过程，朱熹还特地点出是“奋然”“扫清中原”“禽灭仇虏”的主题。像这样以豪放题材的选择为中心，又遍涉词家的源头、人生观、宇宙观的全方位评论，正表明豪放词论并不是一种简单化的、只对准题材内容的幼稚词论——过去我们却常常是这样认为的。比如论张孝祥的“方其吸江酌斗、宾客万象时，讵知世间有紫微青琐哉”，所着力勾画出的，与其说是一种豪放的主题，不如说是一种超脱的、旷达的人生境界与宇宙观这一种境界，婉约派词家未易达到，而清通派词家大多也少却这样的胸襟，非苏东坡、辛稼轩和张于湖这样的人杰不能为。

除刘克庄、刘辰翁、岳珂以及前述的胡寅、王灼、陆游之外，创作家群体中，也有一些议论或创作感受可当作豪放词论读。如陈亮这位豪放派的怪杰，据说“每一章就，辄自叹曰：平生经济之怀，略已陈矣”。这也是一种典型的、唯豪放派词家才会有的创作观。像这样的议论，在创作家群体中当不会少。就中最集中、成果最多、词论最多的，则应推刘克庄。我们可以指他为豪放派词论的中坚人物。而范开、刘辰翁，则又可以说是在美学上提携了豪放词派者。这一群体的共同努力，构建起了豪放派词论的大体系，其中既有切时的要求（这是南宋的时代需要），也有自然的要求（这是上承清通词派的需要）；而从总体上看，则豪放派词论与词派的艺术创作呈现出步调一致的发展态势。

三、婉约词派的词论

婉约词派的词论，就像它的创作一样，是最为后起的。

这包含了两个结论。第一，它处在词本体、词史发展的最终点，是雅化进程的最终点，因此它在技巧研究上应该是最全面。第二，它既处在最终点，则它的词论受时间短促的限制，应该数量最少——或准确地说，是限于宋代词论的批评最少。而如果不限于宋，则后来的词论批评，当然应该是甚多——不过我们讨论的是宋代词论，对后世的批评则不以阑入。这样，当然可用的资料是最少。

但它又是得了集大成（雅化的终点）这个便利，它比清通派的不自觉与豪放派的游移，在意识上却要明确多了。因此，一旦词派崛起，词论的配合速度之快也十分惊人。

理性的创作方法为批评提供了一个极好的契机，这种批评，不再是作一句一字的品藻评估，而是对整个技法系统的全面理论构筑——如果说，北宋清通派词没有主性情的特点，南宋前期豪放派词没有切时论世的要求，那么到了后期婉约派的词论，这种种追求是大大减弱了。婉约派词论家们最关心的，是在技巧上进行全面的总结整理，建立起一种创作法度与认识体系。它绝对强调法度对创作的重要意义与规范价值。

最重要的文献当然应该是张炎《词源》与沈义父《乐府指迷》，他们生逢婉约派大家之后，有条件对婉约派词作进行认真思考。更重要的是，他们已建立了婉约派词论的基本特征——各种散见于笔记题跋的内容，在这两部专著中得到了有条不紊的归纳与整理。但这已是宋末元初的事了。由于他们生于宋季，所涉的又是宋词中的形式技巧风格流派，故而我们当然指二位为宋代词论的殿军。

其实，仅指婉约派词论，它应该只指吴文英一派。但正如苏轼不算豪放派但他却在实际上提携了豪放派一样，吴文英婉约派的前面，有一个姜夔，从他开始，词论中已反映出某种世替风移的迹象来了。

姜夔论词的文字实在不多。现存的只有一些谈史达祖词的零星短评。如王国维指他欣赏史词《双双燕》的“柳昏花暝”而不欣赏“软语商量”，即是一种具有词论价值的选择。但光论这两句，也还看不出明确的审美倾向来。此外，他的词多有长题，其中应该不乏词学观点方面的阐述，但大抵也是注重音律。前所引的依谱填词与作词度曲等方法，已是较有价值的了。夏承焘先生认为姜夔作词大抵有六法：一曰裁截旧调；二曰先率意为长短句然后协之以律；三是采各宫调之律合成一调而宫商相犯；四是改旧调之韵腔及其宫调；五是译旧曲为新谱；六是他人制腔已实以词。这六种方法，在探讨词的技巧以及词与音乐关系时，自是极好的参考材料。但若想从此中抽取出美学观来，却仍然不太容易。创作家注重实际的技巧，少有空玄的抽象联想，此为明证。或许，要了解姜夔的文学思想，恐怕倒还是他的《白石道人诗说》为有价值。内中提到“不知诗病，何由能诗？不观诗法，何由知病”，对法度津津乐道，不须臾去怀。论诗如此，论词大抵也不会与之相悖。

杨缵与吴文英，是明确体现出婉约派词论观点的两位代表人物。杨缵，字继翁，号守斋，又作杨瓒，为宋度宗淑妃之父，属皇亲国戚之列。他好画墨竹，善操琴，是一位修养全面的音乐家，曾有《圈法周美成词》，即是在周词旁标记乐谱——“守斋持律甚严，一字不苟作。遂有《作词五要》，观此则词欲协音，未易言也。”这是张炎《词源》所提及的话。我们且把《作词五要》全引如下：

作词之要有五。第一要择腔，腔不韵则勿作。如《塞翁吟》之衰飒，《帝台春》之不顺，《隔浦莲》之寄煞，《斗百花》之无味是也。第二要择律，律不应月则不美。如十一月调须用正宫，元宵词必用仙吕宫为宜也。第三要填词按谱，自古作词，能依句者已少，依谱用字者百无一二。词若歌韵不协，奚取焉？或谓善歌者融化其字则无疵，殊不知详制转折，用或不当则失律。正、旁、偏、侧，凌犯他宫，非复本调矣。第四要随律押韵，如《越调水龙吟》《商调二郎神》，皆合用平、入声韵，古词俱押去声，所以转折怪异，成不祥之音。昧律者反称赏之，是真可解颐而启齿也。第五要立新意，若用前人词意为之，则蹈袭无足奇者，须自作不经人道语，或翻前人意，便觉出奇。或只能炼字，诵才数过，便无精神，不可不知也。更须忌三重四同，始为具美。

洋洋洒洒一篇词论，共有五条，其中四条即论声律；即使是仅一条论词法，看起来是倡导立新意，而还有“只能炼字，诵才数过，便无精神”，这“诵”的过程，仍然含有一个音节问题在内。种种迹象，都可知杨缵的着眼点所在。他所批评的一些现象，如律要应月，又如古词《水龙吟》《二郎神》成不祥之音，其实都是乐律家的事，与作为文学的词是关系不大的。

作为贯穿宋词发展过程的声律词派，以周邦彦等大晟乐官们倡导于前。姜夔则为南宋一代乐家，有《白石道人歌曲》，中有十七首旁注工尺谱，也是一位中坚人物。此后就要论到杨缵了。周邦彦、姜夔、杨缵三人对词乐的贡献是各有侧重的——周词谨守四声阴阳清浊，在建立独特的词律方面为后来者做出了创作上的良好楷模；姜白石的工尺谱，则留下了研究宋词词乐的稀有资料；而杨缵则是从词论上提出了协律的重要性。从文学创作（词作）、乐谱创作（词乐）到理论建设（词论），三位一体，共同为婉约派重声律的风气形成做好了充分的准备工作。当然，倘再以词论为基点往前推，则李清照的《词论》中也已初露端倪。不过，其间仍有细微的差别。李清照所论之律，大抵是声律，即平侧（仄）清浊轻重；所主张的协律，是协词律，这还是词家们所非常关心的问题。而到了杨缵，所论的却是音律，即以宫调乐谱为主，还强调要律能应月。

前者是词家立场，后者却是乐家立场。于此可以看出南宋中后期姜夔、吴文英等多用自度曲的时代痕迹来。不热衷于自度曲式的词乐创作，仅是按谱填词，北宋人是没有那么多讲究的。

杨缵的做法只是就声律而言。那么在字句和修辞这一方面，婉约派词论家是否也提到过一些独到的见解？沈义父《乐府指迷》谈到过作者曾与吴文英讨论词法，吴文英是这样谈他的作词原则的：

> 盖音律欲其协，不协则成长短之诗，下字欲其雅，不雅则近乎缠令之体，用字不可太露，露则直突而无深长之味。发意不可太高，高则狂怪而失柔婉之意。

这样，吴文英为我们提出了四个标准：协律、雅字、不露、不高。想来，作为这四项的反面侧证，则不协律者是苏轼？不雅者为北宋前期清通派小令？太露与太高，则当指豪放派辛弃疾、陈亮？那么，婉约派的曲而不直，柔而不刚的文学特征，以及吴文英个人的词风特征，在此是被总结得淋漓尽致了。沈义父还在末尾加了一条："思此，则知其所以难。子弟辈往往求其法于余，故以得之所闻，条列下方，观于此，则思过半矣。"可见这是在论词法，为作婉约词树立通用的标准。

那么，从杨缵的"乐"到吴文英的"辞"，婉约词派在它创作的全盛期的同时，就已建立起了它自身的理论规模，它的创作与理论是步调一致的。

张炎与沈义父，则是在婉约派词论中起廓大之功的两位功臣。按年辈，是沈义父早于张炎，但历来论词者，无不以张炎为首，我们姑从旧。杨缵与吴文英只留下了短篇零句，而张炎与沈义父却是写出了完整的著作，是学术性极强的著作。许多重要的资料，正是通过他们才得以传播下来的。张炎《词源》共分上下两卷。上卷全论声律与乐律，与南宋词论重声律乐律的主导倾向十分吻合。读过杨缵词论与李清照词论者，大抵都已有了印象，此处不再枝蔓。而下卷除前两段论音律之外，在文学做法上例十五个专题，每个专题涉及词学的一个方面，叙述很是全面。有论字面句法的技巧的，有论意趣清空的风格的，有论用事咏物，也有论制曲，不一而足。把词的技巧如此具体化与系统化，这在张炎之前似还未有过。而在《词源》中，最具有理论意义的则是"清空""骚雅"四个字。

> 词要清空，不要质实。清空则古雅峭拔，质实则凝涩晦昧。姜白石如

野云孤飞，去留无迹。吴梦窗如七宝楼台，眩人耳目，碎折下来，不成片段。

此清空质实之说。

我们在整部《词源》中看到了明显的推扬姜夔批评吴文英的倾向——那么，按本书既有的流派划分状态来看，则张炎的观点应该不太接近作为婉约派代表的吴文英。但是，我们却仍然认为张炎是婉约派词论的大家，何也？

从整个词的雅化进程看，姜夔与吴文英虽有清空、质实之分，但这只是就意境处理与意象处理的不同而言；而在技巧手法方面，则无论是姜还是吴，都是刻意雕琢、呕心沥血者。这就是说，他们都不比欧、晏的清通词派那样是一气呵成了无雕饰；也不像辛、陈的豪放词派那样是一泻千里绝无挂碍。他们是字斟句酌、敲金戛玉，不但在一般技巧如字法句法上是如此，即是整个谋篇布局也无不如此——不同仅仅在于姜词在内容与意境上孤高幽独而吴文英华美密丽罢了。而据我们的看法，分派不应仅考虑内容、题材，而更应考虑技巧与形式。由是，对姜夔，我们依张炎之说，指他为“清空”，既是“清空”，当然在内容上，与早期清通派有相通之处。但早期清通派是以通达自然为特征，而姜夔作词却并无通达自然特征，在技巧上，他反而更接近于吴文英式的密丽——论“丽”未必、论“密”却并非妄言。历来许多词论家明知张炎已提出了姜、吴之分，却仍然将姜、吴划为一个大类，即是对这种内面技巧状况的一个感性认识。准确地说，应该是姜夔在技巧上的密开启了吴文英。姜夔与辛弃疾同时，他或许正应介于辛的豪放与吴的婉约之间，作为一个中介。当然，在把握这种大特征的同时，我们也应看到他们各自的完善努力——辛弃疾虽豪放但多用典以戒流滑叫嚣之弊；而姜夔则虽婉约却着力在意境上追求空灵寂静的清高境界，吟出“淮南皓月冷千山，冥冥归去无人管”“二十四桥仍在，波心荡冷月无声”这样毫无晦涩的名句来。这些，都可以说是双方在确立自身之后的稍做回瞻之举。而到了后期的吴文英，则不取辛弃疾而取姜白石，并以他的技巧精凝细腻为出发点，却抛却他的孤寂与清高，易之以密丽的色彩，形成了地道的婉约词派。相比之下，是姜夔以自己的“清空”开启了吴文英的“婉约”。

正是基于这样的认识，我们可以认为姜夔虽不是典型的婉约词，但他的技巧却含有明显的婉约词的“细胞”，甚至可以说是婉约词必不可少的条件之一——无论从秦观、周邦彦以来的哪一位大家，都不可或缺的形式技巧的条件。

这样一来，姜夔与吴文英之间“清空”与“质实”的差异，应该只是在一个婉约派技巧手法共同基点上的局部对比了——换言之，姜、吴的差别并不是一种大的流派之间的差异，它应该更是一种局部的技巧处理方面的差异。于是，结论不言而喻：张炎《词源》的扬姜抑吴，仍不害他作为婉约派词论家的基本规定。

“清空”与“质实”之间的对比前提，依张炎的原话，亦只是指出不要超过某个极限，即不要坠入凝涩晦昧而已。但事实上，可以有“拆碎下来不成片段”的婉约，也可以有古雅峭拔、“咀嚼无滓、久而知味”的婉约，两者在技巧上都有刻意求工的特征。张炎肯定后者而反对前者，不等于他不是婉约派词论家。适足以证明这一点的，则是张炎在主张“清空”的同时，又提出了一个“骚雅”的美学标准。这是一个更清晰的婉约派的评论标准：

> 白石词如《疏影》《暗香》《扬州慢》《一萼红》《琵琶仙》《探春》《八归》《淡黄柳》等曲，不惟清空，又且骚雅，读之使人神观飞越。
>
> 词欲雅而正，志之所之，一为情所役，则失其雅正之音。耆卿、伯可不必论，虽美成亦有所不免；如“为伊泪落”，如“最苦梦魂，今宵不到伊行”，如“天便教人霎时得见何妨”，如“又恐伊寻消问息，瘦损容光”，如“许多烦恼，只为当时，一饷留情”，所谓淳厚日变成浇风也。

不惟清空，又且骚雅，表明二者是并列关系而不是互相包容，它们是一个目标的两个面。或许，骚雅正是作为清空的对立面而出现的——从技巧上说，清空指向婉约词的相对通脱的一极；而骚雅则应指向婉约词的相对深雅的一极。特别是骚雅的“骚”字，应解释为文学传统与文人士大夫格调，那么它当然更是深而不没无疑。这是我们的第一个理解。

雅的存在是以俗为对比的，而骚即深的存在是以浅显作为对比的。那么再检上引张炎批评周邦彦的例句，却都是一些接近“清通”、通畅平白、不多修饰的词句。虽然批评中也有指周邦彦句中少却“正”而稍见狭斜的道德批评的含义在，但总体说来，则语句的通畅浅显和相对的儿女情思之俗，却正是张炎骚雅所反对的主要内容。用张炎自己的话说，则是“淳厚”与“浇风”（薄）的对比。“薄”者，通畅平白之谓也；而“厚”则应该是刻意求工的结果。那么，倘若我们以北宋清通词派为相对的薄、浅、通畅、平白的艺术特征的话，则这种特征，正是通过周邦彦偶尔的几句词，被张炎特意提取出来严厉批判，这正表明张炎是站在清通词派的对立面，亦即他是注重婉约的。它又是证明张炎属于婉约派词论家的一个重要佐证。此外，张炎还提到了“一为情所役，则失其雅正之音”，把情与雅对立起来——“情”正是清通派讲求抒情达意的主要支柱，它以“情”役“雅”，情为主，词句之雅为副；而张炎却要以“雅”役“情”，是雅为主，情为副，它与技巧上的刻意求工同一机杼，都是证明张炎的批评立足点在于婉约派的绝好材料。

我们还可以从《词源》中寻找出它也不属于豪放派词论的证据：

> 辛稼轩、刘改之作豪气词，非雅词也。于文章余暇，戏弄笔墨为长短句之诗耳。元遗山极称稼轩词，及观遗山词，深于用事，精于炼句，有风流蕴藉处不减周、秦；如《双莲》《雁邱》等作，妙在模写情态，立意高远。初无稼轩豪迈之气。岂遗山欲表而出之，故云尔？

在这里，明显以“豪气词非雅词也”为断语，又指深于用事、精于炼句、模写情态等为无豪迈之气的标志，正表明张炎是反对豪放派的。这反对的理由，正是“雅”的美学追求。

如果说“清空”是张炎提出的具体的技巧与意境的目标，那么“骚雅”则应该是他的审美理想——他正是用此来反对清通派与豪放派的。因此，“骚雅”是个更关键、涵盖面更大、流派价值更高的美学概念。事实上，古来对张炎一番苦心可作解人的也大有人在。同是宋末人的陆辅之《词旨》记张炎作词要诀，不涉具体的技巧，也不涉赫赫有名的“清空”，独独取他的“骚雅”为代表。这是极有眼力的一着。特别是陆辅之这种提取，是在对周、姜、史、吴四家所长作评价时重点提及，以姜夔的词风为“骚雅”，以张炎词论的“骚雅”观点为准绳，更足以令我们钦佩无任——这真是“一超直入如来境”的，对婉约词论最成功的提取，它代表了宋末词论家的基本看法。陆辅之可以说是正面的提取；至于反面的点评也有——清人贺裳即是明眼人，他在《皱水轩词筌》中提道：

> 张玉田《乐府指迷》（按即《词源》），其调叶宫商，铺张藻绘，抑亦可矣。至于风流蕴藉之事，真属茫茫，如啖官厨饭者，不知牲牢之外，别有甘鲜也。

这不正是以清通词派的立场来批评张炎婉约词论吗？调叶宫商，铺张藻绘，不正是婉约派词论词作的基本特征？那么，通过上述几个方面的反复论例，我们对张炎《词源》的艺术倾向，以及对张炎作为婉约派词论家的位置，又有什么可怀疑的呢？

沈义父《乐府指迷》重在吴文英风格技巧的传扬。吴文英论技巧的所谓协律、雅字、立意、用字四原则，正是《乐府指迷》全书自立的依据。而在这开宗明义的《论词四标准》中，他提道："余自幼好吟诗，壬寅秋，始识静翁于泽滨，癸卯，识梦窗。"梦窗自是吴文英。而静翁，据周密《浩然斋雅谈》：

> 时可（本名翁元龙，字时可，号处静）与吴君特（即吴文英）为亲伯仲，作词各有所长，世多知君特，而知时可者甚少。

后人即据此并参稽吴梦窗词及《宋诗纪事》，判断出吴文英与翁元龙应为兄弟，吴兄翁弟；又进一步判断吴文英本姓翁氏，"而出为吴后者"。杨铁夫、夏承焘皆持此说。倘以此说，则沈义父同时结交吴文英兄弟，其与吴梦窗的关系更非同一般了。

与张炎的推扬姜夔而批评吴文英相比，沈义父却是以周邦彦为尊，下及吴文英，他的思路勾画出一个真正的婉约派正宗的脉络。这种以姜、周分属对应的词学观点，在后世则引出了浙西词派"家白石而户玉田"清空骚雅一方；和常州词派尊清真而薄姜、张，以深美闳约为宗的另一方。可以说，在南宋末只是不同词家归属之争的内容，到了后世，在婉约派独尊天下的大背景下，却演变成为两个前后相接又互相对立的词派现象，这真可说是越分越细、越来越走向微观了——或许也可以反过来认识：婉约派的堂庑也越来越大了。

《乐府指迷》中具有美学价值的见解，主要集中在以下两个方面。其一，是沈义父主张协律，并以周邦彦、康与之、柳永、姜夔为宗，并指出如下一个有趣的事实：

> 前辈好词甚多，往往不协律腔，所以无人唱。如秦楼楚馆所歌之词，多是教坊乐工及市井做赚人所作，只缘音律不差，故多唱之，求其下语用字，全不可读。

好词而不协律故不唱，协律可唱者却又是俗人所为，这样，乐与辞的历史关系在此中就有了个清晰的反思：自欧、晏以下，只要不是他所举的周、康、柳、姜诸人，皆不唱而只是作为书面文学存在的——它反映出词作为文学形式的自立；而反过来，倒是柳永、周邦彦、姜夔等人在时时把它拉向音乐。那么，孰为正孰为变呢？沈义父举上述诸家为宗，不正表现出他主张协律的立场？那么"好词甚多"的评价之后，我们却窥出了沈义父的真实用意：第一，以周邦彦协律的标准论，前辈们包括作为清通派的欧、晏、苏轼及其门下、南宋豪放派皆不合格，因为他们"往往不协律腔，所以无人唱"；

第二，如果是不协律、无人唱，则虽如前辈好词，也不足惜，这是一种抑辞扬乐的立场。它也正可被看作是婉约词派词论的共同立场。

其二，是字面即修辞。沈义父是倾向于华美绵密一派的。他提出的用字不可太露，因此要多用代字如桃曰“红雨”“刘郎”，柳曰“章台”“灞岸”等，其论我们前已有引述。这些，正是周邦彦、吴文英的技巧特征。而他还提出一个字面的“雅”，以与声律之“雅”相吻合，并切合于婉约派总体的雅的气氛：

要求字面，当看温飞卿、李长吉、李商隐及唐人诸家诗句中字面好而不俗者，采摘用之，即如《花间集》小词，亦多好句。

凡作词，当以清真为主。盖清真最为知音，且无一点市井气。下字运意，皆有法度，往往自唐宋诸贤诗句中来，而不用经史中生硬字面，此所以为冠绝也。

遇两句可作对，便须对，短句须剪裁齐整，遇长句，须放婉曲，不可生硬。

修辞（即字面）是取温庭筠、李贺、李商隐，温庭筠为艳丽，李贺为奇诡，李商隐为深曲，三者皆不是清通词派的着眼点。最后点出《花间集》“好句”，当然与清通词派上承南唐词的取法相异。此外，沈义父所反对的“市井气”是指柳永、康与之；而“经史中生硬字面”，则是豪放派如辛弃疾、陈亮的拿手好戏。又强调词的句法要剪裁，要婉曲，无一不是婉约派的审美指向。

至于沈义父虽推扬吴文英的婉约词法，却又有“其失在用事下语太晦处，人不可晓”的批评，我们并不能把它看作是沈义父的看法有了改变，恰恰相反，这只是沈义父对吴文英技巧处理在“度”的控制上的微见而已。也即是说，晦是正常的——说桃曰柳都要用代词，又大倡婉曲，还提出“词中用事使人姓名，须委曲得不用出最好”，这些，都不能说不是晦。沈义父的看法，只是认为不宜“太”晦罢了。因此，这看似批评吴文英，其实批评的立场也仍然是婉约派，并且批评的也只是技巧上的枝节问题，无关宏旨。

沈义父之后，还有陆辅之《词旨》——宋代能称为专著而不是零星笔记资料者，大抵可推王灼《碧鸡漫志》、张炎《词源》、沈义父《乐府指迷》和陆辅之《词旨》。但陆氏此书旨在广搜属对警句以供选用，而关于论说部分却并不多见；且其范围也基本不出乎《词源》，似乎应是一本工具书而不是论著。故而我们不多加论说。

统观婉约派词论的发展，大抵可以寻绎出如下几个方面的特征：

第一，较为系统化，与北宋清通派与南宋豪放派词论不同；婉约派的词论大抵以专著形式出现，有明确的形态与轮廓。这表明词论家的专业意识在加强。或者更确切地说，是词论作为批评一翼的本体在逐渐形成，批评不再是依附于创作式的随感笔记，批评有了自立的、体系化、规范化的需要。

第二，内容多为技法总结，这反映出词在经过了两宋近三百年历程之后，希望在技巧上对自己做一个大整理大总结，并且以此来为后世建立起一种本体意义上的规范。就总结本身而言，因为婉约派最后出，因此它可以充分利用此前的清通派、豪放派词论作为正面的或反面的参照，从而凸现出自己的独立性格。婉约派创作本身最注重技法，南宋末又逢着一个技法总结的本体发展需要，于是张炎、沈义父应运而生。这种技法意识与大全意识，清通派是逢着刚刚初兴的阶段，尚未有这方面的自觉；而豪放派却是外向社会时代，又不以此为重点；只有婉约派，既是处在最有利的时期，又是最注重内省的本体艺术表现的着眼点，它的这种取向便是很合乎逻辑的了。

第三，婉约派词论崛起的时间短，只限于南宋将亡前后的一二十年时间。这使它较少有一种本流派的历史意识。但反过来，它却有可能获得一种更宽泛意义上的历史意识。点评分析，拥有很大的批评空间，大凡各派的见解，只要能为本派所用，皆可引来。如沈义父既推扬吴文英但也指出他“太涩”，并且《乐府指迷》中还有对苏、辛豪放的某种辩护，其中渗透了对前辈名家大师的那种崇拜心理，这似乎可以说是暂时跨越了流派界限，而有了史理性的思考能力——不一味为本派袒护与排斥异己，是批评家成熟的标志。沈义父的批评理论有流派意识，但却较为客观，显出一种更大的理论批评视野，这不能不说是词论史上的一种成功。

第四，“雅”始终是婉约派词论的一个审美中心概念：无论是张炎的“骚雅”还是沈义父的“雅淡”“雅正”“古雅”，都是词越来越走向文学大格局、越来越走向本体成熟的重要标志。它与词的雅化的本体发展进程及其历史导向是完全合拍的。我们应该承认，在中国古代文学艺术领域中，无论是哪一个门类，最终无不以“雅”为归。这可以说是中国独有的“士”文化的一个审美规定。婉约词派作为最理性地注重艺术形式美技巧美，又最后起的词派，其理论批评对整个词史所做出的主要贡献也即在此——从它自身来说，是它起了总结、提携、定位之功，而从词史或更大的文学史角度来说，则是它顺应了历史发展的必然。

第五，婉约词派词论的另一个值得注意的倾向，则是它的批评视角在更具有概括性的同时，却又有了更细更深入的能力。比如，张炎推崇姜夔，反对吴文英；沈义父赞成周邦彦、吴文英，对姜夔却并不特别重视。这可以说是以婉约派作为一个大派为基点的不断分出更小的派：张炎是姜白石派，沈义父是周清真、吴梦窗派。张炎为确立自身的批评流派，提出了清空质实之说；沈义父为了确立自身，则提出了雅正之说。他们有批评对象，也有可依据的一套理论。以此看来，我们无妨把张、沈二公看作是在为婉约派树立地位的同时，自身还在构建一个个更细的批评的流派——清代浙西词派与常州词派的对应，即是这种批评流派所引出的结果。一般而言，批评对创作流派进行点化，这是人人皆可为之的。但批评自身要构成流派，却不得不让我们心悦诚服地承认，词的批评本体的确是被明确地建立起来了。批评流派（而不是通常的创作流派）的崛起，批评流派的走向细密化、更专门化，以此来证明词本体的成熟、词的雅化过程的成形，以及词在创作与批评两方面的最终确立，恐怕是最有说服力的一条理由吧？

第三节 〔流派的确立〕三派说理论框架的发现与寻迹

要在古典词论中寻找出三派说的论述，是极为困难的——如前所述，古人并没有成熟的流派理论与美学研究的思辨方法。但是，以时序为脉络，对宋代词论中提示出来的各流派断面特征进行研究之后，我们却已清晰地感觉到，以清通、豪放、婉约三派说为主导的宋词流派格局，在具体的创作词风上存在，在理论研究方面也是有据可查的。它不但符合词本体发展的生态规律，也符合词本体的认识论、价值观的基本规定，更符合词作为文学形式发展在社会发展过程中的测试表的功能作用——对它的考察遍及词学史、批评史、审美观、本体意识、主体作用与客体影响等一系列最根本的史学、哲学领域，其可靠性应该是不用怀疑的了。当然，流派研究是一种相对含糊的研究，它不比清晰无误、历历可按的考据或述史；它除了事实、作品、文献之外，更需要一种特定角度的美学理解。而这种美学理解，往往是因人而异。即使大多数人已确认其价值，也可能会有例外的存在。类型化的概括方法，使我们无法强迫每个读者都接受我们的结论。

那么，以此来要求古代词论家也并不例外。古代词论家没有今天我们应用的史学、哲学方法，又没有一个先期的三派说的流派理论模式，要在大批古代典籍中不费吹灰之力去找出许多有关三派说的现成资料，当然是天方夜谭。但是，如果三派说在历史上是真有其合理性，古代词论家不可能对此都毫无反应。在他们的研究中，即使不直接，也总会或多或少露出一些蛛丝马迹，会有一些初步的投射痕迹。如果我们细心地爬罗剔抉，则总会有些收获。而一旦有了这种收获，无论大小，它总是先于我们的理论模式，并作为我们的先导（至少在时间意义上说是如此），甚至应该是我们提出理论构想之前已经存在的简单框架——它即使还涉及不到史、审美、主客体等复杂的内容。我们确认本书提出的是一种理论框架，它相对较为缜密和立体，但对于古代词论中的这种只言片语，却不能否认其中也包含着一种初步的、隐形的框架——只是它不太缜密较为简单而已。

当然，不会是宋代词论家有此发现。他们还没有后代学者那种必不可少的距离感。但这也不是绝对的结论。比如宋末张炎，居然在婉约的吴文英与豪放的辛弃疾之外，另提出一个“清空”的美学概念，就比较接近（而不是吻合）于三派说的格式，只不过他是立足于创作论而不是流派史，因此作为我们期待的流派结论则尚不理想。直到清代，由于词论的大盛，才有了专门地对流派理论的思考与议论。其中，持三派说或接近三派说的，有汪懋麟、高佑釲（顾咸三）、江顺诒（蔡小石）、刘熙载、谢章铤（王鸣盛）、郭麐六人。而以刘熙载为最深刻。

第一，是汪懋麟《梁清标裳村词序》：

> 予尝论宋词有三派：欧、晏正其始；秦、黄、周、柳、姜、史、李清照之徒备其盛；东坡、稼轩，放乎言之矣。其余子，非无单词只句，可喜可诵，苟求其继，难矣哉！

这是一种三派说的模式。以苏、辛为豪放，自然无疑义；“欧、晏正其始”，大约应相当于我们所说的清通派；那么秦、黄、周、柳、姜、史、李清照等“备其盛”者，按语义应该是婉约派了。当然，对于具体的词家而言，有时归类处置并不适当，如黄山谷词酷似曲，未必婉约；李清照更应是归为清通。又以柳永位列秦、周之后，在时序上不妥。此外，姜白石也未必一味婉约，而更见清空；还有就是未见吴文英。以此看来，汪懋麟对三派有一种感受力，但却缺乏一定的分析，而主要表现为对婉约与清通之间把握不确切，时有游移与串换之病。不过这无关宏旨，因为他已提出了三派，与我们的流派研究框架一致。这就足够了，具体的词家归属，是个次要的问题。

第二，是高佑釲《陈其年湖海楼词序》记顾咸三语：

> 宋名家词最盛，体非一格，苏、辛之雄放豪宕，秦、柳之妩媚风流，判然分途，各极其妙。而姜白石、张叔夏辈，以冲澹秀洁，得词之中正。

以苏、辛为豪放派无疑议；秦、柳为婉约派也无问题；至于姜、张的属冲澹秀洁的中正，本应是“清通”的内容，这样即与张炎的观点十分一致了。不过据我们考察，姜、张也还是更接近于婉约。此外，周邦彦、吴文英这些更妩媚风流的词家却榜上无名，似乎也是个较大的遗憾。高佑釲所记的这段批评，优点是提出了刚、柔、中正这三足鼎立的格局，与三派说在审美格式上相吻，但却缺少一些词史立场的考察，因此它较雷同于张炎的旧说，而未能照顾到诸如词本体发展进程中从俗到雅、从通畅到深涩、从淡泊到秾丽等一系列规律性内容，在理论上显得稍有不足。但作为我们的支持材料却还是大有可取的。

第三，是江顺诒《词学集成》）卷五引蔡小石《拜月词序》：

> 词胜于宋。自姜、张以格胜，苏、辛以气胜，秦、柳以情胜；而其派乃分。

“格胜”的应是中正清空，“气胜”的应是豪放，“情胜”的应是婉约。三派说的格式也十分清晰，它寻源于张炎，而与上引顾咸三文相同，因此可以与上述分析一律对待。当然，蔡小石明确提出“其派乃分”，是流派划分研究立场，这比仅提出一个“格”“体”，当然要更胜一筹了。

第四，是谢章铤《赌棋山庄词话》续编卷四引王鸣盛词论：

> 北宋词人，原只有艳冶、豪荡两派。自姜夔、张炎、周密、王沂孙方开“清空”一派，五百年来以此为正宗，然《金荃》《握兰》，本属国风苗裔，即东坡、稼轩英雄本色语，何尝不令人欲歌欲泣。文章能感人便是可传，何必净洗艳粉脂香与铜琶铁板乎？

王鸣盛也是以艳冶、豪荡、清空三派为说的。但以北宋论艳、豪两派，似乎不如论南宋更为典型，因为极艳丽如吴文英，极豪荡如辛弃疾，要比北宋诸家更明显。但他以为清空是祛艳粉香脂、铜琶铁板的第三派，仍有刚、柔、中正的意识，因此也还是很有启发价值的。

另有一篇议论，是郭麐《灵芬馆词话》中所涉，表面上是论四派，其骨子里却还是三派说。亦引如下：

> 词之为体，大略有四：风流华美，浑然天成，如美人临妆，却扇一顾，《花间》诸人是也；晏元献、欧阳永叔诸人继之。施朱傅粉，学步习容，如宫女题红，含情幽艳，秦、周、贺、晁诸人是也；柳七则靡曼近俗矣。姜、张诸子，一洗华靡，独标清绮，如瘦石孤花，清笙幽磬，入其境者，疑有仙灵，闻其声者，人人自远；梦窗、竹窗或扬或沿，皆有新隽，词之能事备矣。至东坡以横绝一代之才，凌厉一世之气，间作倚声，音若不屑，雄词高唱，别为一宗；辛、刘则粗豪太甚矣。其余幺弦孤韵，时亦可喜。溯其派别，不出四者。

在郭麐的评论中，我们看到了隐形的三派说的“内骨”：“一洗华靡，独标清绮”，应属清通；“雄词高唱”，则为豪放；而婉约，应包括“美人临妆，却扇一顾”“宫女题红，含情幽艳”。当然，由于郭麐太拘于时序，把北宋欧、晏与秦、周、贺、晁合并在一起，而反以吴文英合于姜、张，打乱了词史本体对流派形成的制约痕迹，表现出他对具体词家的归类仍难以得心应手。但三派说的格局即刚、柔、中正，却仍是十分明确的。

最有价值的是刘熙载。他是一位在诗、文、赋、书法各方面全面发展，都有极内行极精辟见解的博学大师，词曲于他只是诸学中的一个局部，而流派又是词曲这个局部中的局部——在词曲概中，他广泛涉及了词作、词家、技巧作法、词乐、词史、词风等几乎全部领域，流派真的只是其中的一个局部而已。但却正是在这个“局部”中，他不动声色地展露出他那无与伦比的洞察力与把握力。请读读下引的几段论述。我们把这几段引述分为四个主题。

①对清通词派的确认——据上所论，则对两宋刚、柔两派，争议并不多，关键是在于对北宋前期词究竟属婉约还是清通有争论。苏东坡则时时被人归为豪放，至少亦是高旷。但刘熙载却慧眼独具，发掘出苏词自然通畅即“清通”的特征：

> 东坡《定风波》云：“尚余孤瘦雪霜姿。”《荷华媚》云：“天然也，别是风流标格。”“雪霜姿”，“风流标格”，学坡词者便可从此领取。

> 东坡词具神仙出世之姿，方外白玉蟾诸家，惜未诣此。

所拈出的这些特征，不正是清通词派以清新通畅为鹄的，即“清水芙蓉的形式”与“轻快潇洒的内容”相结合所应有的结果吗？不仅苏轼，就是秦观，也被刘熙载指为“得《花间》《尊前》遗韵，却能自出清新”，这“自出清新”四字大有深意——在秦观的词中能找出“清新”这清通派的特色来，恐怕亦是鉴于北宋初期清通词风遍布的时代认识吧？

②直指三派说的三种格调：

词淡语要有味，壮语要有韵，秀语要有骨。

词要恰好，粗不得，纤不得，硬不得，软不得。不然，非伧父即儿女矣。

介乎粗与纤之间、硬与软之间，正是介乎豪放与婉约之间，则“清通”呼之即出矣。又淡语可指清通句法，壮语可指豪放句法，秀语可指婉约句法。那么引申一下，则清通戒淡而无味，豪放戒粗而少韵，婉约戒媚而无骨，不正是以三派说为依据的出色的文学批评吗？

③对三派说的优劣品评：

“没些儿媻姗勃窣，也不是峥嵘突兀，管做彻元分人物。”此陈同甫《三部乐》词也。余欲借其语以判词品。词以“元分人物”为最上，“峥嵘突兀”犹不失为奇杰，“媻姗勃窣”则沦于侧媚矣。

我们也借此三语来分领三派：“元分人物”是清通词派风格；“峥嵘突兀”是豪放词派，而“媻姗勃窣”是婉约词派。“元分人物”本色表现，自然通达，无一丝修饰斧凿痕。“峥嵘突兀”是雄放奇杰，不可一世。而“媻姗勃窣”则是艳丽侧媚，刻红描翠。如此作解，想必刘熙载不会反对；那么，不管刘熙载是扬清通抑婉约，但他对三派鼎立的格局却是认识清晰，并无半点含混的。

④词中三品转向曲中三品：

《大和正音谱》诸评，约之只清深、豪旷、婉丽三品。清深如吴仁卿之“山间明月”也。豪旷如贯酸斋之“天马脱羁”也。婉丽如汤舜民之“锦屏春风”也。

这更是以曲为例，直指词中清通、豪放、婉约三派的风格导向——特别是“清深”即清通的“山间明月”，出语通畅，平白无饰，作为北宋词欧、晏一派而言，更是贴切。之所以用“清深”而不用“清通”，大约是希望它清而有味有韵，不流于浅薄之意吧？那么，说刘熙载在词派研究中持三派说——并且是与我们观点最为接近的一位先驱，大约是不为过的吧？

那么，再以汪懋麟、高佑釲（顾咸三）、江顺诒（蔡小石）、刘熙载、谢章铤（王鸣盛）、郭麐等人作为一个主张三派说的清代批评家群，以对应于自宋王灼、王炎、俞文豹以来的二派说的词论，恐怕也不能说是毫无缘由的吧？毋庸置疑，二派说是宋词流派说的主流形态。然而现在，因为有了对宋代词论的顺时序流派研究与追溯，也因为有了对上举六位词论家的批评的再分析，我们几乎可以肯定地说，三派说作为一种新的流派研究模式，它的确立已获得了一切应备的条件——从史学的、哲学的、形式的、审美观的以及创作的、批评的……各种必须的条件，在此中都已齐备了。

古代词论同其他文学艺术理论一样，大抵有要言不烦的特点。事实上，上引六家中，是以刘熙载最确切，看法最深刻，论述量最多，也最全面。汪懋麟次之，因为他点出了“欧晏正其始”的时代规定问题；其余诸家则大都沿袭张炎之说，对清通派的风格确认大体相去不远，但对于它的时代归属是在北宋初的“自然”还是南宋末的“雅正”这一点，却大多数缺少一种宏观的历史把握。但是，对于宋词不是两派而是三派鼎立这一点，却是六家均无异辞的。事物发展总有一个过程，在从不成熟到成熟的渐变中，正足以看出三派说从晦昧到清晰、从混沌到明确的必然趋势。而正是基于这种趋势的引导，我们来做这样一个长途跋涉的、进行最终确立并赋予它理论框架的研究工作，才是有历史价值的。前人的词论是一种零星、片段的启发，而构筑大厦的工作，则应由已掌握了现代研究方法的今人来做。

古代词论家们陆续发现了宋词中不仅是两派而应是三派，那么，当代词论家们是否也有类似这方面的发现呢？

如上已述，直接的发现与论述当然没有。不但如此，更由于自民国以来，或是新文化运动对白话文的提倡，或是抗战军兴，或是受社会环境决定论影响，词派研究毋宁说又倒回到原有的两派说的窠臼中去了。动辄以豪放、婉约为分，而在各种政治局势需要下，又简单地以豪放与婉约分别贴上进步与颓废标签，以前者去反对后者，这当然更无助于词派研究的健康发展。民国时代，龙沐勋于此已稍有过一些评价。如他在《论两宋词风之转变》中提道：

> 两宋词风之转变，各有其时代关系，“物穷则变”，阶段显然。既非“婉约”“豪放”二派所能并包，亦不能；执南北以自限。（《词学季刊》第二卷第二期）

他已提出了“婉约”“豪放”以外的第三派存在的可能性，这比起固持两派说而言已有某种开放的痕迹。而至近期，则如台湾学者梁荣基在《词学理论综考》一书中提道：

> 龙（沐勋）氏论两宋词非“婉约”“豪放”二派所能并包，当指南宋另有白石“清空”之一派；以词风而论，南宋词之豪放、婉约、清空，隐然成为鼎足之势。

他也提到了应有三派鼎足，只是仅把它限于南宋，不涉北宋，便不能囊括全宋词派，是为一憾。且其中也有明显的张炎的痕迹，毕竟不及上举清代词论家的看法。至于大陆学者，也能举出一两位。如著名词家詹安泰，在他的《宋词散论》中，在指出两派分的简单化，又提出自己的八派说（已见第一章引）的同时，也曾发表过如下的议论：

> 他（指姜夔）自周邦彦来而有新变，有时也学东坡之高旷，而无其襟抱；也学稼轩之劲健，而无其魄力。极意创新，力扫浮艳，运质实于清空，以健笔写柔情，自成一种风格，仿佛诗中的江西诗派。

以周邦彦为一派（婉约？）、以苏、辛为一派（豪放？），那么姜夔的自成一种风格，应该是鼎足而立的“清空”了。虽然它与我们的结论不同，但提出有不同于周与苏、辛的第三种派，却终还是对读者有所启迪的。此外，在当世的学术界，也开始对词派有了从美学角度的研究——《学术月刊》1988 年第四期载殷光熹《姜夔词体现了“中和之美”——兼探宋词第三种风格的美学特征》，提出了一个“宋词第三种风格的美学特征”的观点，显然是在与两派说进行商榷。虽然所论的还是指姜夔，其大框架仍不出张炎的规定，但一是立足于美学风格范畴的分析，相对手法较新；二是纯以三派说为立论基础，明确指出宋词中有“婉约”“豪放”“清雅”这三种风格，并不转弯抹角，目标所指十分明确。当然，论文是旨在论姜夔一人的词风，并非如我们是在讨论全宋词派的分类，目的不同，也不宜用我们的要求去削足就履。能有参考价值，已是十分不易的了。

不过，纵观近现代的上述几例，我们也应该看到，所持的论点大抵是以姜夔为第三种风格，亦即是尚未越出张炎在《词源》中作的提示范围，而对流派的历史与时代背景因素则明显考虑不足——如全宋词派变成了南宋一代的词派；而流派的本体发展痕迹也看不出了——如词的从平民走向士大夫再走向雅化之在风格上的反映。“历时”的、以时序为脉络的同步式研究，被一种只针对风格的平面抽象的审美范畴分析所取代。亦即是说，这样的分析，只告诉我们有鼎足而立的可能性，却没有告诉我们它为什么会有以及它分布在两宋三百年间、每个阶段是如何表现还有上下衔接关系是如何的等更深入的问题。这显然是不足。正是基于此，我们才认为，近现代即民国时期与当代的词派研究方面的成果，其总体水平不但缺少理想的展示，甚至它也还未达到清末刘熙载的那种深刻。毋宁说在词派研究的高度上，现代词论家是在走向倒退了。这是一个我们所不愿看到的结论，但它是事实。

无论是停滞还是倒退，甚至是被人遗忘忽略，都从反面提示出我们这次研究的必要性与急迫性。三派说的提出，是一种新构想，新的流派模式的提出当然也还只是一家之言。究竟是否能在历史上经受住考验，要看我们现在对它的研究探讨的深入与全面程度，也要看历史对它的选择态度。但在本书中从各个角度、各种研究层面中提出的批评内容与例证还有逻辑展开，则表明它是有生存力的。而从古代词论家（如刘熙载）那尚处于含糊阶段的提示中，我们更相信，持有这一构想的并不只是作者一个人。从清代直到现在，又隔了三百余年，而看法仍有如此的相通点，即足以表明它作为课题的某种合理性。当然，如前所述，流派研究是一个客观与主观互相交叉的过程，它的整体化、类型化原则，必然会使具体的词家归属、词作归属以及流派形成归类等方面出现见仁见智的状况，甚至即使落实到每一个词家个体，也会有各种例外。这种要通过主体概括、取主舍次的状况，如遇到来自“例外”的指责，恐怕也是很难有面面俱到的说明与解释的。一个词家的词风多变已难用一种风格定论，则一个词派的特征概括，当然就更其困难了。

不过我想，只要不把三派说视为唯一的、唯我独尊的流派研究领域中的“霸主”去压迫别种选择，而只是指出它存在的合理性——并把它作为对宋词流派进行新认识的参考模式来对待，那么，我们的研究必将是有功于词坛的。在社会文化日益走向百花齐放、多样并存的新时代，多一种流派划分模式，总比萧条冷落、无人问津的状态要好得多吧？

后　记

对宋词进行流派角度的研究，在我是十年以前就开始了的。当时我正读完浙江美术学院书法篆刻硕士学位，我的导师陆维钊先生即是一位精于词学的专家。他曾协助叶恭绰先生编纂《全清词钞》，家中即藏有大批清词典籍。记得有一次我与他谈起我很喜欢词时，他非常高兴，拉着我的手说，搞书法篆刻的人应该有一门文学作为基础。并希望我能双管齐下，书法之外兼及词学。虽然自知水平甚低，但受到导师的奖掖，心里是极为高兴的。但当时陆师已身患绝症，缠绵病榻，很少能有机会与他谈词了。半年以后，先生溘然长逝，并在临终前委托沙孟海导师具体负责我的研究工作。从此我一直是循着恩师的教导，以书法篆刻与文学研究双管齐下，齐头并进。有时也发表一些读词札记或单篇词学论文，但也仅仅是以此自娱而已。

接触多了，也逐渐发现了在词派问题上，我们目前还没有十分系统的研究成果。既有的结论又十分靠不住。而我正于是时参加了全国书学研讨会（绍兴兰亭，1981年），会上有同志提出应该建立书法的流派理论，当时就想到在词学上也应该努力建立起流派理论。而这种针对流派、思潮的研究，又正是我最喜欢采用的方法：一则它仍依赖于史，不是过于空泛的，所有史学研究应有的资料考辨、文献收集、文本解读等方面的功底，它都不能或缺；另一则它又不限于史述，而需要美学层面上的分析、归纳、演绎和抽象思维能力，特别是需要对哲学的把握与运用。因此，它的想象空间更大，对我更有吸引力。在书法上，我提交的硕士论文《尚意书风鄞郄视》（人民美术出版社，1989年）和后来撰写的几部专著如《中国画形式美探究》（上海书画出版社，1991年）、《书法美学》（陕西人民美术出版社，1992年）等等，也皆是从流派、思潮角度甚至是从美学立场出发的研究。立足于史以求其实，但又不限于史以求有自己的研究个性，这正是我向往的研究格局。我不想做纯粹的哲学家，但却想做一个兼有史、论的艺术理论研究家。

于是，在经过了一年左右的酝酿之后，我于一九八二年写出了《宋词流派新探》。当时自认为所提出的看法，在国内词论界尚未见到过，也即是还有一定的价值。但是，随后而来的"书法热"把我裹挟入内，根本分不出精力再来从事进一步的修改、整理工作。虽是如此，词学方面一有新成果，也还是十分注意，陆续读到的一些论文、专著，直到十年后的今天，却也还没有与我相类似的研究角度。而在一九八二年以后，我自己也由于在绘画、书法方面的研究全面铺开，特别通过对艺术哲学、文化学与比较文学的学习，也有了许多认识上的提高。一九八七年写出了第一本比较诗学的著作《空间诗学导论》（上海文艺出版社，1989年）。回过头来看十年前的这部专著，虽然骨骼可取，毕竟许多具体的思路和行文的方式都已经有"明日黄花"之感，自己也不满意了。

一九九一年四月，我四渡扶桑，在日本任客座教授。住了一年多。教的是书法，但却因为身居异国，相对于国内而言时间较松，于是也常常独对青山按谱填词。又与日本词学界（也是书学界）的老前辈中田勇次郎教授多有往来。在往返于东京神田街、大阪梅田和京都的各家旧书肆时，也不忘收集日本词学专著。这样又想起了自己的旧稿。觉得有必要将它快些整理出来，并拟出了修改计划并在日本有目的地收集了一些参考书。翌年回国述职，利用暑假期间，对这部积满灰尘的四十余万字的旧稿，又重新调整、润色、修改了一遍。这一次，当然是集十年思考积累之功，使原书观点更清晰也更具有说服力了。

在这十年中，我不断受到许多文学界老前辈的指点——如已故唐圭璋教授、夏承焘教授，以及傅璇琮先生等。因此修改中自然也包含了他们对本书部分章节的批评意见。此外，本书目录与一些章节也曾经沙孟海导师的审阅。有些问题，正因为我是相对的"局外人"，与词学界联系并不十分密切，反而易于看得真切。而且，因为我是搞美术的，书法与绘画作为造型艺术的视角，使我在看词时也会有一些独特的看法，从而与专业词学家拉开距离。记得在日本时，《古典文学知识》编辑特地写信到日本约我写一篇论自己与古典文学的文章，我回寄过一篇文章，题目就叫《“诗中有画”——谈我对诗词的认识》（发表于该刊 1992 年第 2 期），其中对我在词学研究中的理想有过详细的展开，倘有读者对本书的立足点、研究角度与方法感兴趣的话，不妨参看一下。我以为词学研究目前的状况仍然是词史、词鉴赏与词乐、词家研究较发达，而词美学研究则相当薄弱。我希望能用史学的目标而出以美学的方法,来对流派研究作一方法上的探索，以改变古典文学研究者“都是穿长衫的”种种社会印象。

中华书局总编辑傅璇琮先生不辞辛劳，百忙中赐撰大序，大为本书张目增辉；门人张弢、童树根为本书的整理、抄誊花费了不少精力，一并在此表示衷心的感谢！

谨以本书的成稿与出版，纪念已故陆维钊教授在词学上对我的鼓励与指点。

陈振濂

一九九二年八月三十日于浙江美术学院颐斋

参考书目

唐圭璋：《全宋词》，中华书局，1980.

唐圭璋：《全金元词》，中华书局，1979.

张璋、黄畬：《全唐五代词》，上海古籍出版社，1986.

叶恭绰：《全清词抄》，中华书局，1982.

陈乃乾：《清名家词》，上海书店，1982.

〔清〕徐轨：《词苑丛谈》，上海古籍出版社，1981.

〔清〕张宗橚：《词林纪事》，成都古籍书店，1982.

〔清〕万树：《词律》，上海古籍出版社，1984.

〔清〕沈辰垣：《历代诗余》，上海书店，1985.

《花间集校》，人民文学出版社，1981.

唐圭璋：《宋词纪事》，上海古籍出版社，1982.

《绝妙好词笺》，上海古籍出版社，1984.

吴藕汀：《词名索引》，中华书局，1984.

孔凡礼：《全宋词补辑》，中华书局，1981.

刘念兹：《唐短歌》，四川人民出版社，1984.

《苕溪渔隐丛话》，人民文学出版社，1984.

《能改斋漫录》，上海古籍出版社，1979.

《东坡志林・仇池笔记》，华东师大出版社，1983.

《龙川词校笺》，上海古籍出版社，1982.

《李璟李煜词》，人民文学出版社，1982.

《艺蘅馆词选》，广东人民出版社，1981.

《韦庄词校笺》，中国社会科学出版社，1981.

《癸辛杂识》，中华书局，1988.

《羯鼓录・乐府杂录・碧鸡漫志》，上海古籍出版社，1958.

《六一诗话・白石诗说》，人民文学出版社，1983.

《介存斋论词杂著》，人民文学出版社，1984.

《白雨斋词话》，人民文学出版社，1983.

《蕙风词话・人间词话》，人民文学出版社，1982.

《词源注・乐府指迷笺释》，人民文学出版社，1963.

〔清〕张惠言：《茗柯文编》，上海古籍出版社，1984.

〔清〕朱彝尊：《词综》，上海古籍出版社，1978.

《白香词谱笺》，中华书局，1982.

《放翁词编年笺注》，上海古籍出版社，1981.

《稼轩词编年笺注》，上海古籍出版社，1978.

《姜白石词编年笺校》，上海古籍出版社，1981.

《温韦冯词新校》，上海古籍出版社，1988.

《淮海居士长短句》，上海古籍出版社，1985.

《清真集》，中华书局，1981.

王洪主编：《唐宋词百科大辞典》，学苑出版社，1990.

《唐宋词集序跋汇编》，江苏教育出版社，1990.

胡适：《词选》，商务印书馆，1927.

朱祖谋、唐圭璋：《宋词三百首笺注》，中华书局，1979.

龙榆生：《唐宋名家词选》，上海古籍出版社，1980.

胡云翼：《宋词选》，上海古籍出版社，1962.
俞陛云：《唐五代两宋词选释》，上海古籍出版社，1985.
吴熊和：《唐宋词通论》，浙江古籍出版社，1989.
俞平伯：《唐宋词选释》，人民文学出版社，1979.
刘尧民：《词与音乐》，云南人民出版社，1982.
夏承焘：《唐宋词欣赏》，百花文艺出版社，1980.
龙榆生：《唐宋词格律》，上海古籍出版社，1978.
夏承焘：《瞿髯论词绝句》，中华书局，1983.
刘永济：《唐五代两宋词浅析》，上海古籍出版社，1981.
唐圭璋，潘君昭：《唐宋词学论集》，齐鲁书社，1985.
刘永济：《词论》，上海古籍出版社，1981.
陈匪石：《宋词举》，金陵书画社，1983.
郭绍虞：《宋诗话辑佚》，中华书局，1980.
〔清〕厉鹗：《宋诗记事》，上海古籍出版社，1983.
〔宋〕计有功：《唐诗记事》，上海古籍出版社，1987.
唐圭璋：《词话丛编》，中华书局，1986.
唐圭璋主编：《唐宋词鉴赏词典》，江苏古籍出版社，1986.
薛砺若：《宋词通论》，上海书店，1985.
蔡慎：《词源疏源》，北京中国书店，1985.
《宋人轶事汇编》，商务印书馆，1958.
《宋稗类抄》，书目文献出版社，1985.
叶嘉莹：《迦陵论词丛稿》，上海古籍出版社，1980.
唐圭璋：《词学论丛》，上海古籍出版社，1986.
施议对：《词与音乐关系研究》，中国社会科学出版社，1985.
《詹安泰词学论稿》，广东人民出版社，1984.
詹安泰：《宋词散论》，广东人民出版社，1980.
叶嘉莹：《唐宋词十七讲》，岳麓书社，1989.
龙榆生：《词曲概论》，上海古籍出版社，1980.

夏承焘：《月论山词论集》，中华书局，1979.

夏承焘：《唐宋词论丛》，上海古籍出版社，1956.

夏承焘：《唐宋词人年谱》，上海古典文学出版社，1955.

邓广铭：《辛稼轩年谱》，上海古典文学出版社，1957.

《词学研究论文集》（1949—1979），上海古籍出版社，1982.

《词学研究论文集》（1911—1949），上海古籍出版社，1988.

〔清〕刘熙载：《艺概》，上海古籍出版社，1978.

王国维：《人间词话》，四川人民出版社，1981.

梁荣基：《词学理论综考》，北京大学出版社，1991.

流沙河：《十二象》，三联书店，1987.

汪耀进：《意象批评》，四川文艺出版社，1989.

《比较文学讲演录》，陕西师大出版社，1987.

陈振濂：《空间诗学导论》，上海文艺出版社，1989.

《中国首批文学博士学位论文集》，山东大学出版社，1987.

《词学季刊》（1~11 期），上海书店，1982.

《词学》（1~7 期），华东师范大学出版社 .

田能村竹田：《填词图谱》，青木嵩山堂，1881.

中田勇次郎：《两宋词人姓氏考》，1936；《唐五代词韵考》，1936；《词律中所见重叠韵例说》，1938.

神田喜一郎：《日本填词史话》，二玄社，1965.

村上哲见：《唐五代北宋词研究》，陕西人民出版社，1987.

青山宏：《宋词研究》，1988.

王水照，保刘佳昭：《日本中国词学论文集》，上海古籍出版社，1991.

中田勇次郎：《宋代的词》，弘文堂，1940.

中田勇次郎：《词选》，弘文堂，1942.

仓石武四郎：《宋代词集》，平凡社，1970.

图书在版编目（CIP）数据
宋词流派的美学研究 / 陈振濂著. -- 上海 : 上海书画出版社，2018.10
（陈振濂学术著作集）
ISBN 978-7-5479-1805-0
Ⅰ. ①宋… Ⅱ. ①陈… Ⅲ. ①宋词－文学美学－研究
Ⅳ. ①I207.23
中国版本图书馆CIP数据核字(2018)第228818号

陈振濂学术著作集
宋词流派的美学研究
陈振濂　著

责任编辑　朱艳萍　杨少锋
编　　辑　李柯霖
审　　读　雍　琦
责任校对　郭晓霞
特约校对　周晓晨
整体设计　品悦文化
技术编辑　顾　杰

出版发行　上 海 世 纪 出 版 集 团
　　　　　上海书画出版社
地　　址　上海市延安西路593号　200050
网　　址　www.ewen.co
　　　　　www.shshuhua.com
E-mail　shcpph@163.com
印　　刷　浙江海虹彩色印务有限公司
经　　销　各地新华书店
开　　本　787×1092 1/16
印　　张　25.25
版　　次　2018年10月第1版　2021年8月第2次印刷

书　　号　ISBN 978-7-5479-1805-0
定　　价　88.00元
若有印刷、装订质量问题，请与承印厂联系